THE DARK TOWER
黑暗塔
V

卡拉之狼

〔美〕斯蒂芬·金 著 | 张楠 任战 译

WOLVES OF THE CALLA

STEPHEN KING

上海文艺出版社

图书在版编目(CIP)数据

卡拉之狼/(美)金(King, S.)著;张楠,任战译.
—上海:上海文艺出版社,2013
(斯蒂芬·金小说系列)
ISBN 978-7-5321-4935-3

Ⅰ.①卡… Ⅱ.①金… ②张… ③任… Ⅲ.①长篇小说-美国-现代 Ⅳ.①I712.45

中国版本图书馆 CIP 数据核字(2013)第 106207 号

Stephen King
WOLVES OF THE CALLA

著作权合同登记号 图字:09-2013-249

责任编辑:俞雷庆
选题策划:吴文娟 任 战
封面设计:聂永真

卡拉之狼
〔美〕斯蒂芬·金 著
张 楠 任 战 译
上海文艺出版社出版、发行
地址:上海绍兴路 74 号
电子信箱:cslcm@public1.sta.net.cn
网址:www.slcm.com
新华书店经销 山东临沂新华印刷物流集团有限责任公司
开本 670×960 1/16 印张 39.25 字数 624,000
2013 年 8 月第 1 版 2022 年 1 月第 4 次印刷
ISBN 978-7-5321-4935-3/I·3867 定价:59.00 元

THE DARK TOWER

目录

序言:关于十九岁

(及一些零散杂忆)

1

在我十九岁时,霍比特人正在成为街谈巷议(在你即将要翻阅的故事里就有他们的身影)。

那年,在马克思·雅斯格牧场上举办的伍德斯托克音乐节上,就有半打的“梅利”和“皮平”在泥泞里跋涉,另外还有至少十几个“佛罗多”,以及数不清的嬉皮“甘道夫”。在那个时代,约翰·罗奈尔得·瑞尔·托尔金的《魔戒》让人痴迷狂热,尽管我没能去成伍德斯托克音乐节(这里说声抱歉),我想我至少还够得上半个嬉皮。话说回来,他的那些作品我全都读了,并且深为喜爱,从这点看就算得上一个完整的嬉皮了。和大多数我这一代男女作家笔下的长篇奇幻故事一样(史蒂芬·唐纳森的《汤玛斯·考文南特的编年史》以及特里·布鲁克斯的《沙娜拉之剑》就是众多小说中的两部),《黑暗塔》系列也是在托尔金的影响下产生的故事。

尽管我是在一九六六和一九六七年间读的《魔戒》系列,我却迟迟未动笔写作。我对托尔金的想象力的广度深为折服(是相当动情的全身心的折服),对他的故事所具有的那种抱负心领神会。但是,我想写具有自己特色的故事,如果那时我便开始动笔,我只会写出他那样的东西。那样的话,正如已故的“善辩的”迪克·尼克松喜欢说的,就会一错到底了。感谢托尔金先生,二十世纪享有了它所需要的所有的精灵和魔法师。

一九六七年时,我根本不知道自己想写什么样的故事,不过那倒也并不碍事;因为我坚信在大街上它从身边闪过时,我不会放过去的。我正值十九岁,一副牛哄哄的样子,感觉还等得起我的缪斯女神和我的杰作(仿佛我能肯定自己的作品将来能够成为杰作似的)。十九岁时,我好像认为一个人有本钱趾高气扬;通常岁月尚未开始不动声色地催人衰老的侵蚀。正像一首乡村歌曲唱的那样,岁月会拔去你的头发,夺走你跳步的活力,但事实上,时间带走的远不止这些。在一九六六和一九六七年间,我还不懂岁月无情,而且即使我懂了,也不会在乎。我想象不到——简直难以想象——活到四十岁会怎样，退一步说五十岁会怎样？再退一步。六十岁？永远不会！六十岁想都没想过。十九岁，正是什么都不想的时候。十九岁这个年龄只会让你说：当心，世界，我正抽着 TNT①，喝着黄色炸药，你若是识相的话，别挡我的道儿——斯蒂芬在此！

十九岁是个自私的年纪，关心的事物少得可怜。我有许多追求的目标，这些是我关心的。我的众多抱负，也是我所在乎的。我带着我的打字机，从一个破旧狭小的公寓搬到另一个，兜里总是装着一盒烟，脸上始终挂着笑容。中年人的妥协离我尚远，而年老的耻辱更是远在天边。正像鲍勃·西格歌中唱到的主人公那样——那首歌现在被用做了售卖卡车的广告歌——我觉得自己力量无边，而且自信满满；我的口袋空空如也，但脑中满是想法，心中都是故事，急于想要表述。现在听起来似乎干巴无味的东西，在当时却让自己飘上过九重天呢。那时的我感到自己很"酷"。我对别的事情毫无兴趣，一心只想突破读者的防线，用我的故事冲击他们，让他们沉迷、陶醉，彻底改变他们。那时的我认为自己完全可以做到，因为我相信自己生来就是干这个的。

这听上去是不是狂傲自大？过于自大还是有那么一点？不管怎样，我不会道歉。那时的我正值十九岁，胡须尚无一丝灰白。我有三条牛仔裤，一双靴子，心中认为这个世界就是我稳握在手的牡蛎，而且接下去的二十年证明自己的想法没有错误。然而，当我到了三十九岁上下，麻烦接踵而至：酗酒，吸毒，一场车祸改变了我走路的样子（当然还造成了其他变化）。我曾详细地叙述过那些事，因此不必在此旧事重提。况且，你也有过类似经历，不是吗？最终，世上会出现一个难缠的巡警，来放慢你前进的脚步，并让你看看谁才是真正的主宰。毫无疑问，正在读这些文字的你已经碰上了你的"巡警"（或者没准哪一天就会碰到他）；我已经和我的巡警打过交道，而且我知道他肯定还会回来，因为他有我的地址。他是个卑鄙的家伙，是个"坏警察"，他和愚蠢、荒淫、自满、野心、吵闹的音乐势不两立，和所有十九岁的特征都是死对头。

但我仍然认为那是一个美好的年龄，也许是一个人能拥有的最好的岁月。你可以整晚放摇滚乐，但当音乐声渐止、啤酒瓶见底后，你还能思考，勾画你心中的宏伟蓝图。而最终，难缠的巡警让你认识到自己的斤两；可如果你一开始便胸无大志，那当他处理完你后，你也许除了自己的裤脚之外就什

① 一种烈性炸药。

么都不剩了。“又抓住一个!”他高声叫道,手里拿着记录本大步流星地走过来。所以,有一点傲气(甚至是傲气冲天)并不是件坏事——尽管你的母亲肯定教你要谦虚谨慎。我的母亲就一直这么教导我。她总说,**斯蒂芬,骄者必败**……结果,我发现当人到了三十八岁左右时,无论如何,最终总是会摔跟头,或者被人推到水沟里。十九岁时,人们能在酒吧里故意逼你掏出身份证,叫喊着让你滚出去,让你可怜巴巴地回到大街上,但是当你坐下画画、写诗或是讲故事时,他们可没法排挤你。哦,上帝,如果正在读这些文字的你正值年少,可别让那些年长者或自以为是的有识之士告诉你该怎么做。当然,你可能从来没去过巴黎;你也从来没在潘普洛纳奔牛节上和公牛一起狂奔。不错,你只是个毛头小伙,三年前腋下才开始长毛——但这又怎样?如果你不一开始就准备拼命长来撑坏你的裤子,难道是想留着等你长大后再怎么设法填满裤子吗?我的态度一贯是,不管别人怎么说你,年轻时就要有大动作,别怕撑破了裤子;坐下,抽根烟。

2

我认为小说家可以分成两种,其中就包括像一九七〇年初出茅庐的我那样的新手。那些天生就更在乎维护写作的文学性或是“严肃性”的作家总会仔细地掂量每一个可能的写作题材,而且总免不了问这个问题:**写这一类的故事对我有什么意义?**而那些命运与通俗小说紧密相连的作家更倾向于提出另一个迥异的问题:**写这一类的故事会对其他人有什么意义?**“严肃”小说家在为自我寻找答案和钥匙;然而,“通俗”小说家寻找的却是读者。这些作家分属两种类型,但却同样自私。我见识过太多的作家,因此可以摘下自己的手表为我的断言做担保。

总之,我相信即使是在十九岁时,我就已经意识到佛罗多和他奋力摆脱那个伟大的指环的故事属于第二类。这个故事基本上能算是以古代斯堪的纳维亚的神话为背景的一群本质上具有英国特征的朝圣者的冒险故事。我喜欢探险这个主题——事实上,我深爱这一主题——但我对托尔金笔下这些壮实的农民式的人物不感兴趣(这并不是说我不喜欢他们,相反我确实喜欢这些人物),对那种树木成荫的斯堪的纳维亚场景也没有兴趣。如果我试图朝这个方向创作的话,肯定会把一切都搞砸。

所以我一直在等待。一九七〇年时我二十二岁，胡子中出现了第一缕灰白（我猜这可能与我一天抽两包半香烟有关），但即便人到了二十二岁，还是有资本再等一等的。二十二岁的时候，时间还在自己的手里，尽管那时难缠的巡警已经开始向街坊四处打探了。

有一天，在一个几乎空无一人的电影院里（如果你真好奇的话，我可以告诉你是在缅因州班戈市的百玖电影院里），我看了场瑟吉欧·莱昂内执导的《独行侠勇破地狱门》。在电影尚未过半时，我就意识到我想写部小说，要包含托尔金小说中探险和奇幻的色彩，但却要以莱昂内创造的气势恢弘得几乎荒唐的西部为背景。如果你只在电视屏幕上看过这部怪诞的西部片，你不会明白我的感受——也许这对你有些得罪，但的确是事实。经过潘纳维申①镜头的精确投射，宽银幕上的《独行侠勇破地狱门》简直就是一部能和《宾虚》相媲美的史诗巨作。克林特·伊斯特伍德看上去足有十八英尺高，双颊上挺着的每根硬如钢丝的胡楂都有如小红杉一般。李·范·克里夫嘴角两边的纹路足有峡谷那么深，在每条纹路的底部可能都有一个无阻隔界（见《巫师与玻璃球》）。而望不到边的沙漠看上去至少延伸到海王星的轨道边了。片中人物用的枪的枪管直径都如同荷兰隧道般大小。

除了这种场景设置之外，我所想要获得的是这种**尺寸**所带来的史诗般的世界末日的感觉。莱昂内对美国地理一窍不通（正如片中的一个角色所说，芝加哥位于亚利桑那州的凤凰城边上），但正由于这一点，影片得以形成这种恢弘的错位感。我的热情——一种只有年轻人才能迸发出的激情——驱使我想写一部长篇，不仅仅是**长篇**，而且是**历史上最长的通俗小说**。我并未如愿以偿，但觉得写出的故事也足够体面；《黑暗塔》，从第一卷到第七卷讲述的是一个故事，而前四卷的平装本就已经超过了两千页。后三卷的手稿也逾两千五百页。我列举这些数字并不是为了说明长度和质量有任何关联；我只是为了表明我想创作一部史诗，而从某些方面来看，我实现了早年的愿望。如果你想知道我**为何**有这么一种目标，我也说不出原因。也许这是不断成长的美国的一部分：建最高的楼，挖最深的洞，写最长的文章。我的动力来自哪里？也许你会抓着头皮大喊琢磨不透。在我看来，也许这也是作为一个美国人的一部分。最终，我们都只能说：**那时这听上去像个好**

① 一种制作宽银幕电影的工艺，商标名。——译者注。如无特别说明，后文中的注解一律为译者注。

主意。

3

另一个关于十九岁的事实——不知道你还爱不爱看——就是处于这个年龄时，许多人都觉得身处困境(如果不是生理上，至少也是精神和感情上)。光阴荏苒，突然有一天你站在镜子跟前，充满迷惑。**为什么那些皱纹长在我脸上？**你百思不得其解，**这个丑陋的啤酒肚是从哪来的？天哪，我才十九岁呢！**这几乎算不上是个有创意的想法，但这也并不会减轻你的惊讶程度。

岁月让你的胡须变得灰白，让你无法再轻松地起跳投篮，然而一直以来你却始终认为——无知的你啊——时间还掌握在你的手里。也许理智的那个你十分清醒，只是你的内心拒绝接受这一事实。如果你走运的话，那个因为你步伐太快，一路上享乐太多而给你开罚单的巡警还会顺手给你一剂嗅盐①。我在二十世纪末的遭遇差不多就是如此。这一剂嗅盐就是我在家乡被一辆普利茅斯捷龙厢式旅行车撞到了路边的水沟里。

在那场车祸三年后，我到密歇根州蒂尔博市的柏德书店参加新书《缘起别克8》的签售会。当一位男士排到我面前时，他说他真的非常非常高兴我还活着。(我听了非常感动，这比"你怎么还没死?"这种话要令人振奋得多。)

"当我听说你被车撞了时，我正和一个好朋友在一起。"他说，"当时，我们只能遗憾地摇头，还一边说'这下塔完了，已经倾斜了，马上要塌，啊，天哪，他现在再也写不完了。'"

相仿的念头也曾出现在我的脑袋里——这让我很焦急，我已经在百万读者集体的想象中建造起了这一座"黑暗塔"，只要有人仍有兴趣继续读下去，我就有责任保证它的安全——即使只是为了下五年的读者；但据我了解，这也可能是能流传五百年的故事。奇幻故事，不论优劣(即使是现在，可能仍有人在读《吸血鬼瓦涅爵士》或者《僧侣》)，似乎都能在书架上摆放很长时间。罗兰保护塔的方法是消灭那些威胁到梁柱的势力，这样塔才能站得

---

① 嗅盐，是一种芳香碳酸铵合剂，用作苏醒剂。

住。我在车祸后意识到，只有完成枪侠的故事，才能保护我的塔。

在“黑暗塔”系列前四卷的写作和出版之间长长的间歇中，我收到过几百封信，说“理好行囊，我们将踏上负疚之旅”之类的话。一九九八年(那时我还当自己只有十九岁似的，狂热劲头十足)，我收到一位八十二岁老太太的来信，她“并无意要来打搅你，但是这些天病情加重”，这位老太太告诉我，她也许只有一年的时间了(“最多十四个月，癌细胞已经遍布全身”)，而她清楚我不可能因为她就能在这段时间里完成罗兰的故事，她只是想知道我能否(“求你了”)告诉她结局会怎样。她发誓“绝不会告诉另一个灵魂”，这句话很是让我揪心(尽管还没到能让我继续创作的程度)。一年之后——好像就是在车祸后我住院的那段时间里——我的一位助手，马莎·德菲力朴，送来一封信，作者是得克萨斯州或是佛罗里达州的一位临危病人，他提了完全一样的要求：想知道故事以怎样的结局收场？(他发誓会将这一秘密带到坟墓里去，这让我起了一身鸡皮疙瘩。)

我会满足这两位的愿望——帮他们总结一下罗兰将来的冒险历程——如果我能做到的话，但是，唉，我也不能。那时，我自己并不知道枪侠和他的伙伴们会怎么样。要想知道，我必须开始写作。我曾经有过一个大纲，但一路写下来，大纲也丢了。(反正，它可能本来也是一文不值。)剩下的就只是几张便条(当我写这篇文章时，还有一张“阒茨，栖茨，葜茨，某某—某某—篮子”[①]贴在我桌上)。最终，在二〇〇一年七月，我又开始写作了。那时我已经接受了自己不再是十九岁的事实，知道我也免不了肉体之躯必定要经受的病灾。我清楚自己会活到六十岁，也许还能到七十。我想在坏巡警最后一次找我麻烦之前完成我的故事。而我也并不急于奢望自己的故事能和《坎特伯雷故事集》或是《艾德温·德鲁德之谜》归档在一起。

我忠实的读者，不论你看到这些话时是在翻开第一卷还是正准备开始第五卷的征程，我写作的结果——孰优孰劣——就摆在你的面前。不管你是爱它还是恨它，罗兰的故事已经结束了。我希望你能喜欢。

至于我自己，我也拥有过了意气风发的岁月。

斯蒂芬·金

2003年1月25日

---

① 这是在“黑暗塔”中出现过多次的一段童谣。

最后的前情概要

《卡拉之狼》是一个长篇故事的第五部，这个故事受罗伯特·布朗宁的叙事长诗《去黑暗塔的罗兰少爷归来》启发而写成。第六部，《苏珊娜之歌》将在二〇〇四年出版。第七本也是最后一本，《黑暗塔》将在同年晚些时候出版。

第一部《枪侠》讲述了蓟犁的罗兰·德鄯如何追寻并最终逮住黑衣人沃特——那个人假装和罗兰的父亲为友而实则效忠于遥远的末世界的血王。抓获半人半巫的沃特并不是罗兰的最终目的，那只是一种手段而已。罗兰的目的在于接近黑暗塔，以期中世界的飞速毁灭和光束的路径的缓慢死亡可以来得慢一点，或者来个根本性的扭转。这部小说的副题为"新的开始"。

黑暗塔是罗兰的迷恋，他的追求，他活下去的唯一理由，如我们所见。我们得知当罗兰还是个小男孩时，马藤如何试图让人把他送到西部令他失宠，把他从这场重大游戏中踢出局。可是，罗兰彻头彻尾地挫败了马藤的图谋，主要是由于他具备男子汉气概，选择了有利的反击。

斯蒂文·德鄯，罗兰的父亲，把自己的儿子和儿子的两个朋友（库斯伯特·奥古德和阿兰·琼斯）送到了眉脊泗的海岸领地，主要是让孩子远离沃特的魔爪。在那里，罗兰遇到并爱上了被女巫缠住的苏珊·德尔伽朵。库斯的蕤嫉妒这个姑娘的美貌，尤其危险的是，蕤得到了那些被称为"彩虹"……或"巫师的玻璃球"的神奇玻璃球中的一个。总共有十三个这样的东西，最有魔力并最危险的是"黑十三"。罗兰和他的朋友们在眉脊泗经历了多次冒险，尽管他们侥幸逃命（还带着粉红色的"彩虹"），苏珊·德尔伽朵，站在窗旁的可爱女孩，还是被烧死在火刑柱上。第四部《巫师与玻璃球》讲述了这个故事。这部小说的副题是"致敬"。

在围绕塔展开的一个个故事中，我们发现枪侠的世界和我们自己的世界在本质上有可怕的相似之处。我们最早发现这种相似是在罗兰遇到杰克的时候。杰克是来自一九七七年纽约的一个男孩，于苏珊·德尔伽朵死后多年在一个沙漠中的驿站遇到罗兰。罗兰的世界和我们的世界之间有一道道门；其中一道就叫做死亡。杰克是在被推到第四十三大街，然后被一辆汽车碾过后，才发现自己处在这个荒凉的驿站的。汽车司机是个叫恩里柯·

巴拉扎的男人。推他的人是个仇视社会的罪犯,名叫杰克·莫特,是沃特手下的黑暗塔纽约层级的代表。

在杰克和罗兰与沃特相遇之前,杰克已经死过一回了……这次是因为枪侠,在面临这个有象征性的儿子和黑暗塔之间的痛苦抉择时,罗兰选了塔。杰克陷入无底深渊前最后的话语是:“去吧——在这个世界之外还有其他的世界。”

罗兰和沃特之间的最终对决发生在“西海”附近。在漫漫长夜的闲聊中,黑衣人用一副怪异的塔罗牌给罗兰算了命。有三张牌——囚犯,影子女士和死亡(“但不是冲着你来的,枪侠”)尤其引起了罗兰的注意。

《三张牌》,副题为“重生”,始于西海海岸,发生在罗兰从和沃特的对抗中醒来后不久。筋疲力尽的枪侠遭到一群食肉大螯虾的攻击,他还未及逃跑,右手已经少了两个手指,而且被严重感染。罗兰继续沿着西海海岸艰难地跋涉,尽管他病得不轻甚至就快死去。

在行走中他遇到三扇门,全都自由地立在海滩上。这些门通向三个不同时间点的纽约。从一九八七年,罗兰拉来了埃蒂·迪恩,一个吸食海洛因的囚犯。从一九六四年,他拉来了奥黛塔·苏珊娜·霍姆斯,一个断腿女人,是一个叫杰克·莫特的仇视社会分子把她推到地铁列车前致残的。她就是“影子女士”,在她脑子里隐藏着凶暴的“另一个人”。这个隐藏的女人,残暴和狡猾的黛塔·沃克,被枪侠拉入中世界时,决心把罗兰和埃蒂都干掉。

尽管只有埃蒂和奥黛塔两人,罗兰仍然觉得自己已经把三个人拉入了中世界,因为奥黛塔有双重人格。不过当黛塔和奥黛塔合而为一成为苏珊娜的时候(这主要归功于埃蒂·迪恩的爱和勇气),枪侠就知道不是这么回事了。除此之外,他还在想别的事情:他满脑子都是杰克,并为此痛苦不堪,那个男孩在死时讲到其他世界。

《荒原》,副题为“救赎”,开端是一个悖论:对罗兰而言,杰克看起来既活着又死了。在二十世纪七十年代末期的纽约,杰克·钱伯斯也被同样的问题所困扰:自己活着还是死了?他是谁?杀掉一头叫米尔(害怕它的老人们这么叫)或者沙迪克(制造出它来的中土先人这么叫)的巨熊后,罗兰、埃蒂和苏珊娜回溯这只野兽的踪迹,并发现了这种马图林人以为是沙迪克,塔特勒人以为是熊的动物的出没路线。原来曾有六只这样的动物,在标志着中世界边界的十二个入口之间奔跑。在这些动物相交之处,在罗兰的世界(也是所有的世界)的中央,耸立着黑暗塔,所有空间和时间的核心。

到如今,埃蒂和苏珊娜在罗兰的世界里已不再是囚犯。沐浴在爱河中的他们自己也走上了枪侠的道路,这时他们已经完全参与到这场探险之中,并追随着罗兰,这个最后的塞普先生(死亡售卖人),沿着沙迪克的踪迹,马图林的道路。

在光束的路径不远处的一个通话石圈中,时间被修补过,悖论终止了,而真正的第三人被拖了出来。杰克在一个危险的仪式结束时重新进入中世界,那里的四个人——杰克、埃蒂、苏珊娜和罗兰——全都记得自己父亲的脸并体面地洗清了罪责。不久以后,四重奏变成了五重奏,因为杰克救了一只貉獭。貉獭看上去像是獾、浣熊和狗的结合体,语言能力有限。杰克把他的新朋友叫做奥伊。

朝觐者之路把他们带往刺德城,那里两个古老的帮派的幸存者之间继续着旷日持久的冲突。到达这座城市之前,在河岔口小镇,他们遇到几个远古年代的古老幸存者。他们认出罗兰是世界转换之前的往日时光的一个幸存同伴,满怀敬意地接待了他和他的同伴们。老人们还告诉他们有一种单轨火车或许仍可从刺德驶入荒原,沿着光束的路径,朝向黑暗塔。

杰克被这一消息吓坏了,但并不感到意外,从纽约被拉来之前,他从一家书店弄到两本书,书店主人叫凯文·塔,一个发人深思的名字。一本书满是谜语,而谜底已被撕掉。另一本书叫《小火车查理》,讲述了一个与中世界隐隐有所呼应的儿童故事。而“查”这个字在罗兰成长的地方蓟犁的高等语中意思是死。

泰力莎姑母,河岔口的女族长,给罗兰一个银十字架让他戴上,然后旅行者们上路了。在穿越横跨寄河的残桥时,杰克被一个叫盖舍的垂死(而且极端危险)的逃犯绑架。盖舍把自己的年轻囚犯带到地下的滴答老人那里,这人据称为戈嫘人的最后一个首领。

在罗兰和奥伊寻找杰克之际,埃蒂和苏珊娜发现了刺德的摇篮,单轨火车布莱因在那里苏醒。布莱因是刺德城下面庞大计算机系统的最后一个地上工具,而布莱因只剩下一样兴趣:猜谜。它允诺带旅行者到单轨火车的终点站……只要他们能出一道它猜不出的谜语。否则,布莱因说,他们的旅程就会以死亡告终:杀人树。

罗兰救出杰克,留下快要死去的滴答老人。然而安德鲁·奎克没有死。眼睛半瞎,遭毁容后面目丑陋的他被一个自称理查德·范宁的男人救下。

可是，范宁还称自己为永生的陌生人，一个罗兰曾被警告要小心的魔鬼。

朝圣者从行将灭亡的刺德继续他们的旅程，这次是乘坐着单轨火车。尽管事实是单轨火车位于计算机中的实际操纵者被他们甩在身后越来越远，然而当火车在沿着光束的路径某处腐坏的轨道像粒粉红子弹般以每小时超过八百英里的速度飞跳时，这一事实无论如何已没有意义。他们想要存活的唯一机会是给布莱因出一道计算机答不出的谜语。

在《巫师与玻璃球》的开头，埃蒂确实出了那样一道谜语，用独一无二的人类武器——混乱的逻辑，毁坏了布莱因。单轨火车在一个类似堪萨斯的名叫托皮卡的地方停了下来，这个地方已经被一种被称做超级流感的疾病侵袭一空。就在他们沿着光束的路径(如今是I-70公路的启示录版)继续行程时，他们看到一些令人不安的牌子。**血王万岁**是一个。**留神不速之客**是另一个。而且，警惕的读者会发现，**不速之客**有一个和理查德·范宁非常相似的名字。

告诉他的朋友们关于苏珊·德尔伽朵的故事后，罗兰和自己的朋友们来到建造在I-70公路尽头的一座绿色玻璃砌成的宫殿，宫殿和多萝西·盖尔在绿野仙踪中寻找的那座极其相似。在这座高大城堡的宫殿里，他们遇到的不是**伟大恐怖的奥兹**，而是滴答老人，刺德这个伟大的城市最后的难民。滴答老人死后，真正的巫师现身了。他是罗兰远古时代的对头，马藤·布罗德克洛克，在有些世界里叫兰德尔·弗拉格，在有些世界里叫理查德·范宁，还有些世界里叫约翰·法僧(好人)。罗兰和他的朋友们无法杀死这个最后一次警告他们放弃追逐"黑暗塔"的鬼魂("它杀不了我，罗兰，老朋友。"他跟枪侠说)，但是他们可以把他驱逐走。

进入**巫师的玻璃球**这趟最后的行程并经历了可怕的最终揭秘后——蓟犁的罗兰曾杀死了自己的母亲，他误把她当成了那个叫蕤的女巫——流浪者们又一次发现自己处身中世界，并又一次走上了光束的路径。他们再次开始了自己的追寻，而《卡拉之狼》即以此为开端。

这一前情概要决不是对"黑暗塔"系列前四本书的总结；如果你在开始阅读这本书前还没读过那几本，那我劝你先读一读，要么就把这本撂在一边。这几本书只是一个连贯的长篇故事中的一些片断，你最好从头读到尾而不要从中间开始看起。

“先生，我们用子弹说话。”

——史蒂夫·麦奎因《七侠荡寇志①》

“首先是微笑，接着是谎言。最后才兵刃相见。”

——蓟犁的罗兰·德鄯

流淌在你体内的血液
也同样在我身上流淌，
当我望着镜中，
我看见你的脸庞。
握住我的手，
依偎在我身上，
我们回到童年，
自由自在，东游西荡。

——罗德尼·克劳维尔

① 《七侠荡寇志》，好莱坞西部动作片，于一九六〇年上映，改编自黑泽明的《七武士》。

19

抵抗
RESISTANCE

序幕

弱智

1

逖安被赐予(尽管很少有农夫会用这个词)三块田地:**河边地**,那是他的家族在很久以前就种植大米的地方;**路边地**,是扎佛兹人世世代代栽种根茎植物、南瓜和玉米的地方;还有**杂种地**,一片荒芜的土地,主要产物是岩石、疱病和破碎的希望。逖安不是第一个决心在房子后面这二十来英亩的土地上弄出点名堂的扎佛兹人,他的祖父,在其他方面都很理智的一个人,偏偏认定那里有金子。逖安的妈妈同样确信这片地会长出珀林,一种价值不菲的调味料。逖安自己妄想的是麦橘果①。当然麦橘果会在**杂种地**里生长,必须在那里生长。他已经弄到一千粒种子(这些种子花了他一大笔钱),现在正藏在他卧室的地板下面。在明年耕作之前余下的所有种子都会种在**杂种地**里。这可是一件说起来容易做起来难的农活。

扎佛兹部落还拥有牲畜,其中包括三头骡子,可是在**杂种地**用骡子干活的人非疯了不可;不幸被挑中的那头畜牲很可能在第一天劳作不到晌午之前,就已经不是断了腿动弹不得,就是被蜇得奄奄一息。逖安的一个叔父多年前几乎就碰到过后面这种情况。他曾经一边往家飞奔一边声嘶力竭地大喊,后面一群变种的大黄蜂穷追不舍,它们的刺叮有指甲那么大。

他们找到了蜂窝(哦,是安迪发现的;再硕大的黄蜂安迪也不怕)并用煤油烧毁了它,不过也许还有其他的。另外还有些洞孔。该死的,还不少呢,可你不可能把地洞烧掉,对吗?不可能。**杂种地**在老人们称之为"疏松地"的上面。结果它上面的洞孔和岩石几乎一样多,再说至少还有一个洞穴,不断喷出满是污秽、腐烂味儿的气体。谁知道里面藏着什么妖魔鬼怪呢?

而最可怕的洞孔并不是人(或者骡子)可以看到的,根本看不出,先生,想都甭想。那些会让你磕断腿的洞孔总是藏匿在看上去最无害的杂草或高高的草丛中。你的骡子会踩进去,紧接着嘎嘣一声,像一根折断的树枝,随后这个倒霉蛋就倒在地上,龇牙咧嘴,眼珠打转,冲着天空痛苦地叫唤个不停,直到你杀死它结束它的痛苦为止。牲畜在**卡拉·布林·斯特吉斯**可是宝贝,即使是进化不完全的牲畜。

---

① 麦橘果,一种黄色香草,见后文。

因此，逖安就和妹妹一起顺着小径犁耕。没有理由不干。逖阿是弱智，所以做别的什么都不行。她是个大块头姑娘——弱智儿经常会长成惊人的身个儿——而且她乐意帮忙，耶稣爱她。卡拉汉神父为她做了个小耶稣树，他称之为十字架，她到哪儿都戴着。这会儿随着她费力往前走，十字架前后晃荡，狠狠地捶打着她大汗淋漓的皮肤。

犁具由一条生牛皮绳系在她的双肩上。在她身后，逖安通过犁的硬木柄控制着犁的方向，并用颈轭缰绳为自己的妹妹引路，当犁的板片落下即将嵌在地里时，他嘴里咕咕哝哝地又拽又推。早期已结束，可是**杂种地**这里仍然如盛夏般炽热；逖阿的连衣裤又黑又湿，贴在她肉乎乎的长腿和臀部上。每次逖安甩头把头发从眼睛中弄出来时，汗水就会像喷雾一样从他乱蓬蓬的头发中飞出。

“快点，你这个贱货！”他喊道。“那边的岩石会把犁毁了，你瞎了吗？”

她不瞎，也不聋，只是弱智。她用力往左边拉，很卖力。后面的逖安往前打了个踉跄，脖子猛地一抽，在另一块岩石上擦破了小腿上的皮肤，这块石头他开始没看到，而犁具竟然奇迹般避开了。当他感到热乎乎的血汩汩流出淌在脚踝上时，他在纳闷（不是第一回了），是什么狂热症总是把扎佛兹人驱使到这里。在内心深处，他明白麦橘果会和之前的珀林一样不适宜种植，尽管你可以栽种毒草。唉，如果他乐意，他可以让这二十英亩的地上全部开满那种屁玩意儿。可农活的要诀是让地里始终没有毒草，这总是新土①的第一项农活。这——

犁翻到了右边，接着向前猛扯，差点把他的胳膊拉脱臼了。“哎哟！”他叫道。“轻点，丫头！如果你把它们拉出来可就合不上了，知道吗？”

逖阿抬起宽大、满是汗水又毫无表情的脸庞望向天空，空中充满了低垂的云层和雁叫般的笑声。主啊，可是她的声音听上去也像头驴子。然而那是笑声，是人的笑声。逖安寻思，他有时不由自主地这样，那笑声是否意味着什么。他说的话她能听懂一些吗，或者她只能明白他说话的口气？这些弱智们——

“向您问安。”一个响亮却几乎毫无音调的声音从他背后传来。声音的主人无视逖安惊讶的叫喊。“美好的日子，愿它们常驻此间。我远游到此，愿意为您效劳。”

---

① 中世界的说法，相当于暮春时分。

逖安急速转身，看到安迪站在那里——七英尺赫然立在那儿——这时他差点被掀翻在地，因为他妹妹又歪歪扭扭地往前跨了一大步。犁的颈轭缰绳从他的手上滑开并缠住了他的喉咙，听得到劈啪一声响。逖阿不知道可能要出人命，又往前迈了坚实的一步。在她迈步时，逖安喘不过气了。他又咳又吐，并在皮绳上乱抓一通。安迪看着这一切，像往常一样莫名其妙地大笑起来。

逖阿又往前拽，逖安被撂倒在地。他摔在一块岩石上，石头残酷地刺进他双股间的缝隙里，不过好在他又能呼吸了，不管怎么样这会儿可以。该死的倒霉地！总是这样！会永远这样！

逖安趁皮绳把自己的喉咙缠紧之前用力把它抓住，并大叫，"站住，贱货！吁，要不我把你胸前那对肥大而没用的乳头拧掉！"

逖阿相当顺服地停了下来，回过头来看发生了什么事。她笑得更灿烂了。她举起一只肌肉横生的胳膊——上面的汗水闪闪发亮——并指了指。"安迪！"她说，"安迪来了！"

"我不瞎，"逖安说着站起来，揉揉屁股。那个部位也在流血吗？我主耶稣啊，他觉得是的。

"向您问安，"安迪对逖阿说，一边用三根金属手指在自己的金属喉咙上敲了敲。"祝天长，夜爽。"

尽管逖阿肯定已听过这一问候语的标准回答——*祝收成增倍*——不下一千遍，可她唯一会做的是再次抬起她宽大的白痴脸庞，对着天空发出雁叫般的笑声。这一刻，逖安感到一种意外的痛苦，不是来自手臂，或喉咙，或受伤的屁股，而是他的心。他隐约记得逖阿还是小女孩时的样子：漂亮并像只蜻蜓般敏捷，聪明得超乎想象。后来——

可就在他结束思考之前，出现了一种前兆。他感到自己的心在下沉。*消息会在我来到这里时传来*，他心想。*在这块没有好事只有厄运的不毛之地*。到时间了，不是吗？超时了。

"安迪。"他说。

"在这儿！"安迪笑着说，"安迪，你的朋友！远游归来，愿意为您效劳。想知道你的星象吗，逖安君？是'满土'。红彤彤的月亮，就是中世界所说的'猎女月'。有个朋友会来访！生意兴隆！你会有两个主意，一个好的，一个坏的——"

"坏主意是来到这里企图改变这块地，"逖安说，"别去管讨厌的星象，安迪。你来这里干吗?”

安迪的笑容或许不可能被扰动——毕竟他是个机器人,**卡拉·布林·斯特吉斯**乃至方圆几英里中的最后一个——但是在逖安看来,他的笑容变得不安起来,反正也没什么不同。这个机器人就像一个小孩被拉长成了大人,又高又瘦,简直超乎想象。他的腿和胳膊是银色的。他的头像个不锈钢桶,上面有双电眼。他的身体,就是一个圆柱,呈金黄色。身体正当中——该是人的胸部的位置——贴着这样的图标:

北方中央电子有限责任公司
联合
拉莫科工业
推出

安迪

设计:报信者(许多其他功能)
序列号:DNF-44821-V-63

这个傻东西究竟为什么或者如何得以保存,而所有其他的机器人都已消失——消失好几代了——逖安既不知道也不关心。你在卡拉的任何地方都可能看到他(他不会冒险离开边界)用瘦得出奇的银腿迈着步子,四处张望,偶尔当他存储(或者可能是清除——谁知道呢?)信息时,还会发出滴答声。他会唱歌,把飞短流长从镇子的一边传到另一边——**报信机器人安迪**是个永不疲倦的行者——而且他看起来喜欢传递星象胜过一切,尽管村子里的共识是这些信息没什么意义。

然而,他还有另一项功能,而且那意义重大。

“你为什么来这儿,你这个螺钉和柱子皮囊,回答我!是狼群吗?它们从**雷劈**回来了?”

逖安站在那里,抬头注视着安迪那张愚蠢的金属笑脸,身上的汗水开始发凉,他满心祈祷这个傻瓜会说不,然后继续唠叨他的星象,或者可能会唱“绿色的谷物阿达哟”,总共二十或三十诗节。

安迪仍然面带笑容,但他所说的却是:“是的,先生。”

“耶稣圣人啊,”逖安说(他从卡拉汉神父那里觉得那两个名字是一回事,但从没去深究过),“还要多久?”

"还有一个月它们就到。"安迪回答，仍然笑着。

"一个满月？"

"差不多，先生。"

那么是三十天了，再增减个一天。还有三十天狼群就来。寄望于安迪弄错了没什么意义。无人晓得这个机器人怎么在狼群到来之前就知道它们已从雷劈那么远的地方出来，但是他就是知道。而且他从没弄错过。

"他妈的去你的坏消息！"逖安喊道，他为自己声音中的颤抖感到狂怒。"你干什么吃的？"

"很抱歉是个坏消息，"安迪说。只听到他的肠子咔哒一声响，他的眼睛闪出的蓝光越发亮了，接着他后退一步。"你不想让我讲讲你的星象吗？是'满土'之末，此时尤其适宜结束老营生，结识新朋友——"

"去你妈的破预言吧！"逖安弯下腰，抓起一团土块，向机器人掷过去。土块中的一个小石子撞在安迪的金属外壳上发出叮当一声。逖阿倒吸一口气，随后哭了起来。安迪又后退了一步，他的影子在**杂种地**里划出长长的一道。但是他可憎的笑容依然不变。

"来首歌如何？我在镇子最北端的**曼尼**学到一首有趣的歌，名字叫'失落的时候，请神主宰'。"从安迪肚肠深处的某个地方传来一阵定音管的颤巍巍的嘟嘟声，随后是钢琴琴键的潺潺声。"来了——"

汗水从他的双颊流淌下来，把他痒痒的睾丸粘在了大腿上。他心里充满该死的焦虑。逖阿仰起傻乎乎的脸，冲着天空叫了起来。而这个坏消息的传递者，白痴机器人，已准备为他演唱某种**曼尼**赞美诗。

"安静点，安迪。"他听上去相当理智，但却是牙关紧咬。

"遵命。"机器人回答，随后同情地保持着沉默。

逖安走到他大喊大叫的妹妹跟前，用一只胳膊搂住她，闻闻她身上冲鼻(并非臭不可闻)的味道。她只是工作和顺从，并不担忧。他叹口气，然后开始抚摩她颤抖的胳膊。

"停下，你这个咋咋呼呼的臭女人，"他说。用词或许恶劣，但语气却友善之极，而她只对他的语气有反应。她开始安静下来。她哥哥站在那里，她臀部的红斑紧贴着他胸腔下面的位置(她足足高了一英尺)，任何从此路过的陌生人可能都会停下来看看他们，惊讶于他们面孔的相似和身材的极大差异。相似其实是自然的：他们是对双胞胎。

他用亲昵和咒骂相夹杂的话安慰妹妹——自她从东方回来成了弱智以

后的这些年里，这两种表达方式对逖安·扎佛兹来说没什么不同——最后她停止了哭泣。当一只褐鸦从天空飞过，一边翻转着发出其惯有的一长串难听的叫声，她用手指着笑了起来。

一种感觉从逖安心中升起，一种前所未有的感觉，他也无从识别。“不对，”他说。“不。耶稣圣人和众神之神啊，这不对。”他望向东方，那边的小山连绵翻滚成一团升腾的黑膜，像是云雾但又不是。那是**雷劈**的边界。

“他们这样对待我们是不对的。”

“你肯定不想听你的星象吗，先生？我看到闪亮的硬币和一个美丽的黑衣女士。”

“黑衣女士们就甭指望我了，”逖安说，一边开始把挽具从他妹妹宽阔的肩膀上拉下来。“我是有妇之夫，相信你肯定知道得很清楚。”

“许多已婚男人都有自己的情人。”安迪评论道。逖安觉得他的口气几乎是洋洋得意。

“那些爱自己妻子的男人不一样。”逖安背上轭具（是他自己做的，大多数牲口棚里明显缺乏供人类使用的东西）转身往家里走去。“农夫也不行，不管怎么样。告诉我一个养得起情人的农夫，我就亲吻你闪亮的屁股。走，逖阿。抬起来，放下去。”

“回家？”她问。

“对。”

“在家里吃午饭？”她迷迷瞪瞪又充满希望地看着他。“土豆？”停顿了一下。“肉汁？”

“当然，”逖安说。“他妈的为什么不呢？”

逖阿大叫一声，开始往家里跑去。她跑起来时几乎有种让人敬畏的力量。他们的爸爸在去世的那个秋天前不久曾经评论过：“不管聪明还是愚蠢，跑起来可是周身的肌肉都在运动。”

逖安在她后面慢慢地走，低着头留神别踩到洞孔，他妹妹好像不用看就能避开，仿佛她内部的某个部位已经测出了每个洞孔的位置。那种奇异的新感觉越来越强烈。他知道生气的感觉——任何曾经有奶牛患乳毒病而死或自己的玉米地被夏天的雹暴击毁的农夫都深有体会——但是这种感觉更深切。这是种愤怒，而且以前从未有过。他慢慢走着，脑袋低垂，拳头紧握。他没有意识到安迪一直跟在自己后面，直到这个机器人说，“还有别的消息，先生。镇子的西北方，沿着光束的路径，来自**外世界**的陌生人——”

“该死的光束的路径，该死的陌生人，还有该死的你自己，”逖安说。“离我远点，安迪。”

安迪原地不动站了一会儿，四周全是**杂种地**的岩石、杂草和没用的小丘，这片扎佛兹土地上最恶劣的一块。他体内的继电器响了。他的眼睛闪了闪。然后他决定去找卡拉汉神父谈谈。老神父从没说过他该死。老神父总是愿意听他的星象。

还有，他总是对陌生人感兴趣。

安迪朝镇子和“**我们的安详女神堂**”走去。

2

扎丽亚·扎佛兹没有看到她丈夫和小姑子从**杂种地**回来，也没有听到逖阿不停地把头扎进牲口棚外面的雨桶里，然后像马一样把嘴唇上沾的水吹掉。扎丽亚正在房子的南边晾衣服，同时照看着孩子们。她没有意识到逖安回来了，直到她看到他从厨房的窗户伸出头来看她。看到他竟然在那里她觉得奇怪，但更奇怪的是他的表情。他面如灰土，只有脸颊靠上部有两块闪亮的色斑，而且额头中央也有一块在闪耀，就像一个烙印。

她把手中正拿着的几个衣架放回衣篮里，朝房子走过去。

“去哪儿，妈?”赫顿问，赫达也跟着问，“去哪儿，妈妈?”

“别管，”她说。“只要看好你们的弟弟妹妹。”

“为什么—么么?”赫达呜呜地抱怨。她呜呜一下停住了。这些天要是她把声音拖得长了点，她妈妈会把她痛打一顿。

“因为你们年龄最大。”她说。

“可是——”

“闭嘴，赫达·扎佛兹。”

“我们会照看他们，妈。”赫顿说。她的赫顿总是最听话，也许不如他姐姐聪明，但聪明不是一切。远远不是。“要我们把衣服晾完吗?”

“赫顿—顿顿……”是他姐姐。又是那烦人的呜呜声。不过扎丽亚顾不上管他们了。她只是看了其他几个孩子一眼:利曼和利阿，都是五岁，还有亚伦，两岁了。亚伦光着身子坐在泥土中，开心地把两块石头碰在一起发出声响。他是少有的单生儿，村子里的女人为此多么羡慕她啊！因为亚伦总会是安全的，而其他人，赫顿和赫达……利曼和利阿……

她突然明白了在这种日子里，他中途就回家可能意味着什么。她向神祈祷不是这样，但是当她来到厨房，发现他往外看孩子们的样子，她几乎确信就是这样。

“告诉我不是**狼群**，”她说话的声音干涩而狂乱，“说不是。”

“是的，”逖安回答，“三十天，安迪说——一个满月到另一个满月。而且在这方面安迪从没——”

他还没说完，扎丽亚·扎佛兹就双手紧捂太阳穴尖叫起来。旁边的院子里，赫达跳了起来。过一会儿她就会往房子跑去，不过赫顿拽住了她。

“他们不会要利曼和利阿这么小的孩子，对吗？”她问他，“赫达和赫顿，可能会，但是不会要我的小不点吧？噢，他们要不了半年就六岁了！”

“**狼群**最小连三岁的都抓过，你知道的，”逖安说。他的双手张开又握上，张开又握上。他体内的感觉继续变得强烈——比单单生气更深切的感觉。

她看着他，泪水从脸上哗哗流下。

“也许是说不的时候了。”逖安几乎没认出自己说话的声音。

“怎么能呢？”她低声说，“以神的名义我们怎么能呢？”

“不知道，”他说，“但是过来，女人，我求你了。”

她走过来，又转过头看了看在后院的五个孩子最后一眼——好像要确认他们都还在那里，还没有**狼群**把他们带走——然后穿过客厅。祖父坐在熄灭的炉火旁一个角落的椅子里，垂着头，打着盹，无牙紧闭的嘴巴还滴着口水。

从这个房间看得到牲口棚。逖安把妻子拉到窗边用手指着。“那里，”他说，“你看见他们了吗，女人？你能看清楚他们吗？”

她当然能。逖安的妹妹，身高六英尺半，这会儿正站着，连衣裤的裤带已放下，她从雨桶里把水泼在乳房上，硕大的乳房闪闪发亮。站在牲口棚门道处的是扎勒曼，扎丽亚的亲兄弟。他差不多七英尺高，和珀斯老爷一样魁梧，和安迪一样高大，和那个姑娘一样面无表情。一个强壮的年轻男子看到一个强健的年轻女子的胸脯像这般裸露在外，他的裤子里肯定会惹人注目地鼓出一大块，可是扎利①的却没有。永远也不会有。他是弱智。

---

① 扎利，扎勒曼的昵称。

扎丽亚转身对着逖安。他们看着对方，一个男人和一个女人，没变成弱智只不过是因为偶然的运气。就他们俩所知，阴差阳错，很可能现在就是扎利和逖阿站在这里观看外面牲口棚那里的逖安和扎丽亚，身体变得巨大，脑子变得空无。

"我当然看见了，"她告诉他，"你以为我是瞎子吗？"

"你有时不是希望自己是吗？"他说，"看到他们那种样子？"

扎丽亚没有回答。

"不正常，女人。不正常。从没正常过。"

"可自从远古以来——"

"去他妈的远古！"逖安喊道，"他们是孩子，我们的孩子！"

"那么你愿意**狼群**把卡拉烧成平地吗？让我们大家的喉管被割破，眼睛在头颅中被油炸吗？之前发生过的，你知道。"

他知道，没错。但是除了**卡拉·布林·斯特吉斯**的男人，谁会纠正这个错误呢？在这些地区，当然没有执政当局，甚至连治安官也没有，无论什么级别的。他们只能靠自己。即使早前，当**内领地**闪烁着光明和秩序时，他们在这里也没看到一星半点那种光明生活的迹象。这里是边界地带，而这里的生活总是很奇怪。后来**狼群**开始出现，生活变得越发怪异。什么时候开始这样的？经历了多少个世代？逖安不知道，但他觉得一切并没有开始得比他能意识得到的时间更早。**狼群**开始袭击边界的村庄时祖父还小，当然——祖父自己的同胞兄弟被掳走时，他们俩正坐在土堆里玩纸牌。"他们抓走他是因为他离路更近，"祖父告诉他们(很多次了)。"如果那天先走出房子的是我，如果我离路更近，他们抓走的就会是我，感谢上帝！"然后他会亲吻老神父给他的木头十字架，把它朝天高举，并呵呵笑着。

然而祖父自己的祖父告诉过他，在自己的年代——那是五个或者甚至可能是六个年代以前了，如果逖安计算正确的话——并没有狼群骑着灰马从**雷劈**浩荡而出。有一次，逖安曾问过老人，那时候除了少数婴儿大部分孩子都是双胞胎吗？有没有哪个老人说起过？祖父思考了很久，然后摇摇头。没有，他不记得祖先们曾说起过，不管以何种方式。

扎丽亚焦虑地看着他。"我看你现在不适合想那种事情，你刚在那块坚硬的土地里待了一上午。"

"我的想法无法改变他们何时来，或带走谁。"逖安说。

"你不会做蠢事，逖，对吗？独自干傻事？"

"决不。"他说。

决不犹豫。他已经开始设计方案,她想,心中也燃起一丝渺茫的希望。毫无疑问,逖安根本对付不了**狼群**——他们中的任何人都不能——可是他绝不愚蠢。在一个大多数男人只想着下一期耕种(或者在星期六晚上寻欢作乐)的农庄里,逖安确实是个异类。他能写自己的名字,他能写"我爱你扎丽"等字句(而且就是这些字赢得了她的心,尽管她认不出写在尘土上的那些字迹),他会把数字加起来而且可以从大到小报出这些数字,他说这更不容易。有可能……?

她的一部分不愿意再想下去了。然而,当她这个做母亲的心思转到赫达和赫顿,利阿和利曼身上时,她的另一部分又想有所期待。"那么要怎样?"

"我准备召集一次**全镇集会**。我会发送羽毛。"

"他们会来吗?"

"当他们听到这个消息时,卡拉的每个男人都会来。我们会详细讨论。也许这次他们想要反抗。也许他们愿意为自己的孩子斗争。"

在他们身后,一个嘶哑苍老的声音说:"你这个愚蠢的屠夫。"

逖安和扎丽亚转过身,手牵着手,注视着老人。屠夫是个严厉的用词,不过逖安断定老人看他们——他——的神情是和善的。

"为什么那么说,祖父?"他问。

"男人们参加了你计划的会议会发疯的,然后烧掉半个村庄,如果他们喝醉的话,"老人说。"清醒的男人——"他摇摇头,"永远不会为你所动。"

"我想这次你可能错了,祖父,"逖安说,扎丽亚感到一阵冰冷的恐惧钳住了她的心。然而埋藏在其中,温热的,是那份希望。

3

如果他至少提前一晚上发出通知,大家的牢骚也会少些,可是逖安没有那么做。哪怕是一个休耕无事的夜晚对他们来说也是种奢侈。当他让赫顿和赫达送出羽毛时,他们的确来了。他早知道他们会来。

卡拉的**集会厅**位于村子大街的尽头,比**图克的百货店**再远些,在**亭子镇**的斜对面,镇子在夏末这会儿是灰尘弥漫、黯淡无光。很快,镇子上的女人们就会开始把它装扮一新,迎接**丰收**,不过在卡拉他们很少庆祝**收割夜**。当然，孩子们总是喜欢看双手涂成红色的稻草人被扔进火堆里，还有大胆的家伙们在夜晚开始降临时，会偷吻他们心爱的姑娘，但仅此而已。在**中世界**和**内世界**，穿花里胡哨的衣服和欢宴庆祝都可以，然而这里不行。在这里，他们还有比**收割节集市**更严肃的事情要考虑。

就像**狼群**这样的事情。

有些男人——来自富有的西部农庄和南部的三个农场——骑马而来。罗金B的艾森哈特甚至带着步枪，斜挂着十字形的弹药带。（逖安·扎佛兹怀疑这些子弹能有什么用，或者那支古老的步枪是否好使，尽管有些能用的。）曼尼族的一行人蜷缩在一辆巴克马车里，由两匹变种的阉马驮着，一匹长着三只眼睛，另一匹背上有一块粉红的肉像标杆一样戳出来。大多数卡拉的男人骑着驴子或毛驴而来，身穿白色的裤子和彩色的长衫。他们走进**集会厅**时，用长满老茧的拇指把挂着绳子的脏宽边帽推到背后，不自在地相互对望。长凳是纯松树做的。没有女人和任何弱智人，这些男人连九十张长凳中的三十张都没坐满。有些交谈，但全无笑声。

逖安站在前门外，手里拿着羽毛，望着夕阳向地平线沉下，金色的光芒一点点加深，就好像被鲜血染过。当夕阳最终落下时，他又朝大街看了一眼，几乎空无一人，只有三四个弱智人正坐在**图克店**的台阶上。他们全都是巨型身材，可除了把地里的岩石拽出来以外别无用处。他再也看不到别的男人，也没有驴子往这边来。他深吸了一口气，吐出来，接着再吸一口，抬头望着渐渐深邃的苍穹。

“耶稣圣人，我不信奉你，”他说，“但是如果你在那里，现在就帮帮我吧。向神道谢。”

然后他走进去，把**集会厅**的门关上，用力比通常稍微重了些。谈话停止了。一百四十个男人，大多是农夫，看着他走到大厅前方，他白色裤子的宽裤脚瑟瑟作响，短靴踩在硬木地板上发出劈啪声。他曾料想自己在这一刻会被吓坏，甚至可能哑口无言。他是个农夫，不是舞台演员或者政客。可接着他想到了自己的孩子们，当他抬头看这些男人们的时候，他发现自己可以坦然地看着他们的眼睛，他手中的羽毛毫不颤抖。他讲起话来字句流畅、自然、连贯。他们也许不会像他希望的那样行动——祖父在这一点上可能是对的——但是他们看上去很愿意听。

“你们都知道我是谁，”他站在那里，双手紧握着淡红色羽毛的老杆说道，“逖安·扎佛兹，也就是路加的儿子，扎丽亚·许尼克的丈夫。她和我有五个孩子，两对双胞胎和一个单生儿。”

下面传来低声耳语，很可能是感叹逖安和扎丽亚还有亚伦多么幸运。逖安等待着声音逐渐消失。

“我一生都住在卡拉。我分享着你们的楷覆，你们也分享我的。现在听我说吧，我请求。”

“我们说谢啦，先生。”他们嘟囔。这也不过是个普通的反应，可是逖安受到了鼓舞。

“**狼群**正往这边来，”他说，“我从安迪那里听说的。还有三十天，从一个满月到另一个满月，他们就来到了。”

传来更多低语。逖安听到沮丧和愤怒，但是没有惊讶。说到传递消息，安迪是极其可靠的。

“即使我们中那些能读会写一点的，几乎也没有纸张可以在上面写字，”逖安说，“所以我没法确切地告诉你们他们上次到来是什么时候。没有任何记录，你们知道，只能口口相传。我记得那时我还经常挨屁股板子，所以要早于二十年前——”

“二十四年前。”房间后面的一个声音说。

“不，二十三年，”靠近前面的一个声音说。鲁本·卡沃拉站了起来。他是个胖子，有一张快乐的圆脸。然而，此刻快乐已不见踪影，只剩下忧伤。“他们带走了鲁斯，我的妹妹，我请求听我说。”

一阵咕哝声——实际上无异于一种赞同的叹息声——从长凳上挤在一起的人们中传来。他们本可以坐开来，但却选择肩并肩靠在一起。有时在不适中可以寻求安慰，逖安承认。

鲁本说：“他们到来时，我们正在前院的一棵大松树下玩耍。从此以后，我每年在树上做一个记号。即使他们把她送回来之后，我仍然坚持。现在有二十三个记号，也就是二十三年。”说完他坐了下来。

“二十三年还是二十四年没什么区别，”逖安说，“**狼群**上次来时还是孩子的人，现在已经长大成人并有了自己的孩子。这里有好收成等着那些混蛋。收获好大一批孩子。”他停顿了一下，在大声讲出来之前给他们一个自己思考下一步行动的机会。“如果我们任其发生，”他最后说道，“如果我们任**狼群**把我们的孩子带到**雷劈**，然后把他们变成弱智送回来。”

“我们到底能做什么？”一个坐在中间一条长凳上的人说，“他们不是人！”话音一落就有一阵基本赞同的（而且痛苦的）嘀咕声。

一个曼尼人站起来，拉拉自己深绿色的斗篷，紧贴在瘦骨嶙峋的肩膀上。他用怀恨的目光环顾着周围的人。那双眼睛不疯狂，但是在逖安看来，它们却远不理智。“听我说，我请求。”他说。

“我们说谢啦，先生。”怀着敬意却有所保留。在镇子里看到曼尼人是件稀罕事，而这里却有八个，全坐在一条长凳上。他们的到来让逖安很高兴。如果有什么能突出这件事的极端严峻性的话，曼尼人的出现就可以。

集会厅的门开了，又一个人溜了进来。他身穿一件黑色的长外套。额头上有块伤疤。没有人注意到他，包括逖安在内。他们都盯着曼尼人。

“听听**曼尼的经书**怎么说的：当**死亡天使**穿过**阿伊吉普**时，哪家房子的门柱上没有涂上祭祀品的鲜血，他就会杀掉这家的初生儿。**经书**就是这么说的。”

“赞美**经书**。”其他的曼尼人说。

“也许我们也该这么做，”曼尼的发言人继续说道。他声音平静，可是额头上有根筋剧烈地跳动着。“也许我们应该把接下来的三十天变成小不点儿们的欢庆节日，然后把他们哄睡着，让他们的鲜血洗染大地。让**狼群**把他们的尸体带到东方吧，如果他们愿意。”

“你们疯了，”波尼托·卡什说，看上去义愤填膺可同时又几乎笑出声来。“你和你所有的同类。我们不会杀死自己的婴儿！”

“那些被送回来的还不是生不如死？”曼尼人答道，“没用的庞然大物！掏空的外壳！”

“哎，那么他们的兄弟姐妹怎么办？”沃恩·艾森哈特问，“狼群只从每两个孩子中拿走一个，你知道得很清楚。”

又一个曼尼人站起来，他银色的长须垂落到胸部。第一个坐下了。这个老者，韩契克，看看四周的其他人，然后看着逖安说：“你拿着羽毛，年轻人——我能讲话吗？”

逖安冲他点头示意可以。这个头开得还不赖。让他们尽情探索自己所在的处境吧，探索到山穷水尽。他确信，他们最终将发现只有两种选择：让狼群带走还没长到青春期的一对孩子中的一个，就像他们素来的做法，或者奋力反抗。但是要意识到这一点，他们需要明白所有其他的出路都是死路。

老者耐心地讲话。甚至有点悲伤。“这是个可怕的主意，唉。可是你们这么想想，先生们：如果**狼群**来时发现我们没有子嗣，也许他们从此以后就会让我们安宁了。”

“啊，也许他们会，”小自耕农中的一个低声说道——他的名字是佐治·埃斯特拉达。“也许他们不会呢。曼尼先生，你真的会因为一个也许而杀死整个镇子的孩子们吗？”

人群中传来一阵强烈的低声附和。又一个小农，伽瑞特·斯特龙，站了起来。他那张哈巴狗式的脸一副凶相。他的两个大拇指勾在腰带上。“我们最好连自己也杀死，”他说，“管他是婴儿还是成人。”

曼尼人看上去对此并不动怒，他周围其他穿蓝色斗篷的人亦然。“这是种选择，”老者说，“如果其他人愿意，我们愿意讨论。”他坐下来。

“我可不愿意，”伽瑞特·斯特龙说。“这就好像为了省去刮胡子，把自己该死的脑袋砍下来，听我说，我请求。”

笑声传来，还有几声“听得非常明白”的喊叫声。伽瑞特坐回原位，看起来少了些紧张，并把头和沃恩·艾森哈特的头靠在一起。另一个农场主，迪厄戈·亚当斯听得黑色的眼睛目不转睛。

又一个小农站起来——巴吉·扎夫尔。他有双闪亮的蓝色小眼睛，小小的脑袋像是从长着山羊胡的下巴倾斜到了后面。“如果我们离开一阵子如何？”他问，“如果我们带着孩子们返回西部怎么样？也许一路走到**大河**的西部支流？”

这一大胆的建议提出后出现了片刻的沉默，显然大家是在考虑。到**外伊河**的西部支流几乎要一路走回**中世界**去……那里，听安迪说，前些时候出现了一座雄伟的绿色玻璃宫殿，而近来又消失了。逖安正准备自己回应，这时伊本·图克，那个百货店主，替他回答了。逖安松了口气。他希望自己尽可能保持沉默。当他们走投无路时，他再告诉他们剩下的选择。

“你疯了？”伊本质问，“**狼群**来发现我们走光了，会把所有一切烧成灰烬——农田和牧场，庄稼和商店，根茎和枝干。我们回来还有什么？”

“再说他们要是追赶我们怎么办？”佐治·埃斯特拉达插话，“你觉得对**狼群**来说，追上我们是什么难事儿吗？他们会像图克说的那样把我们烧个精光，沿我们的原路返回，然后把孩子们抓走！”

传来强烈的赞同声，短靴在简朴的松木地板上的跺脚声，还有几阵叫喊声：“听他说，听他说！”

“另外，”站在那里把宽大、肮脏的宽边帽捧在胸前的内勒·法拉迪说，“他们从不偷走我们所有的孩子。”他讲话的口吻胆小怕事，像是说“让我们理智点”，这让逖安咬牙切齿。他最最害怕的正是这种观点。对理性大错特错的呼唤。

曼尼人中一个年轻一点而且没有胡子的，发出一声尖厉和嘲弄的笑声。"啊，每对可以二剩一！这样就正确，对吗？愿神保佑你！"他本还想再说，但是韩契克一只粗糙的手抓住了年轻人的胳膊。年轻人不再多说，不过也没有屈服地低下头。他双目含火，双唇泛白。

"我不是说这样正确，"内勒说。他开始转动自己的宽边帽，转得让逖安感到有点头晕。"可是我们必须得面对事实，不是吗？唉。他们没有把孩子们都抓走。比如我的女儿，乔治娜，她就能干又聪明——"

"呀，而你的儿子佐治是个头大无脑的大弱智，"本·斯莱特曼说。斯莱特曼是艾森哈特的工头，他对傻里傻气的人全无耐心。他摘下眼镜，用一块大手帕擦了擦，然后又戴上。"我骑马沿街来这里时，看到他正坐在图克店前的台阶上。他和其他几个同样没脑子的弱智。"

"可是——"

"我明白，"斯莱特曼说，"这是个艰难的抉择。没有脑子可能比全死光好些。"他停顿一下。"或者全部抓走也好过只要一半。"

在一阵"*听他说*"以及"*谢谢你*"的叫喊声中，本·斯莱特曼坐下了。

"他们总是给我们留下活路，不是吗？"一个小农问道，他就坐在逖安西边，靠近**卡拉**的边缘。他名叫路易斯·黑考克斯，说话时一副沉思、苦涩的腔调。他胡子下面的嘴唇弯成微笑状，但其中却没有什么幽默感。"我们不会杀死自己的孩子，"他说，一边看着曼尼人。"神与你们同在，绅士们，但我相信连你们自己也不会那么做，格杀勿论。或者你们不会都那样。我们没法卷起包裹和行李往西去——或者其他任何方向——因为我们把农场留在了身后。他们会把我们的一切都烧光，然后像以往一样抓走孩子们。他们需要孩子，上天知道为什么。

"问题总是归结到同一点：我们是农夫，我们大多数都是。我们的双手在土地上就会强大，在别处就会软弱。我自己有两个孩子，四岁了，我深爱着他们俩。丢掉哪个我都舍不得。但是我情愿舍弃一个保全另一个。还有我的农场。"传来赞同的嘀咕声。"我们还有其他选择吗？我认为：世界上再没有比惹怒**狼群**更糟糕的错误了。当然，除非我们能挺身抗争。如果可能的话，我会反抗。可我就是看不到可能。"

逖安感到黑考克斯每说一句话，他的心就凉掉半截。这个人窃走了他多少能量？神和耶稣圣人啊！

韦恩·欧沃霍瑟站起身来。他是**卡拉·布林·斯特吉斯**最成功的农夫,他腆着的大肚子就是证明。"听我说,我请求。"

"我们说谢啦,先生。"他们嘟囔。

"告诉你们我们要怎么做吧,"他环顾四周说道,"一如既往,就是这样。你们中有谁想讨论挺身反抗狼群吗?你们有谁如此疯狂吗?凭什么?矛和岩石,几张弓箭?也许是像那样的四支生锈老枪管?"他用拇指朝艾森哈特的步枪一弹。

"别嘲笑我的枪,朋友。"艾森哈特说,不过他不好意思地笑了。

"他们会来此而且他们会抓走孩子,"欧沃霍瑟往四周看了看说,"孩子中的一些。然后接下来的一个世代甚至更长时间,他们都不会再打扰我们。就是这样,一向如此,我要说让它保持这样。"

听到这话,下面响起不满的嘀咕声,但是欧沃霍瑟一直等声音停止。

"二十三年还是二十四年没有关系,"当他们再次沉默时他说,"不管哪个都是很长一段时间。一段长时间的安宁。可能你们忘记了几件事情,伙计们。一件是孩子们就好像其他任何一种庄稼。神总是会送来更多的。我知道这听起来很残酷。但这就是我们的生活和我们不得不继续的生活。"

逖安不再等他们作出惯有的反应。如果他们沿这个思路继续讨论下去,他将错失可能说服他们的任何机会。他举起愈伤草羽毛说:"听我说!请听我的,我请求!"

"谢谢你,先生,"他们回答。欧沃霍瑟用怀疑的目光打量着逖安。

你有理由那么看我,这个农夫心想,因为那样懦弱的常识我头脑里多的是,我有的是。

"韦恩·欧沃霍瑟是个聪明而且成功的人,"逖安说,"为此我不愿反驳他的意见。还有一个原因:他的年纪足以做我的老爸了。"

"可他不是你的老爸。"伽瑞特·斯特龙唯一的雇农——名叫罗斯特——大叫一声,下面一片笑声。连欧沃霍瑟也被这句玩笑话逗乐了。

"小子,如果你真的不愿反驳我,就别那么做。"欧沃霍瑟说。他仍然笑着,只是有点勉强。

"可是,我必须反驳。"逖安说。他开始在前排的长凳旁慢慢地踱来踱去,他手中的愈伤草羽毛那铁锈红色的翎羽也随着摇摆。逖安略微提高了嗓音,以便他们明白他不只是在和大农场主讲话。

"我必须这么做正是因为欧沃霍瑟先生的年纪足以做我的老爸。他的孩子们已经长大成人，你们知道的，据我所知，他一共有两个孩子，一个女孩，一个男孩。”他停顿一下，然后往要害击去，“中间相隔两年。”换句话说，两个都是单生儿，两个都没有被**狼群**抓走的危险。当然他无须大声说出这一点。人群咕囔起来。

欧沃霍瑟脸红了，面露凶光。“说这个真他妈的可恶！我的孩子与此无关，不管是单生儿还是双胞胎！把羽毛给我，扎佛兹。我还有几句话要说。”

可是传来靴子在地板上跺的声音，开始很慢，然后逐渐加快，后来出现冰雹般的轰响。欧沃霍瑟愤怒地向四周看看，脸色红得泛紫。

“我要说！”他喊道，“你们听我说，我请求？”

听到的回答却是“*不，不行，现在不行，*”“*扎佛兹拿着羽毛*”，以及“*坐下听着*”等叫喊。逖安觉得欧沃霍瑟先生开始意识到——相当后知后觉——村庄里最富有和最成功的人经常遭到一种根深蒂固的憎恨。那些不太幸运或不太精明的（经常是同一群）人，也许在富农从他们的骡子或低矮的巴克马车旁经过时，会摘帽致意；当富农借雇农帮他们修房子或牲口棚时，他们也许会送一口屠宰好的猪或牛作为感谢；在年末的集会上，中农也许会受到欢呼，因为他们帮忙买了钢琴，现在正放在**亭子镇**的音乐房里。尽管如此，卡拉的男人还是带着某种野蛮的满足感猛跺自己的短靴来轰走欧沃霍瑟。

欧沃霍瑟不习惯遭受如此挫折——事实上，有点大吃一惊——他又试了一次。“给我羽毛，行吗，我请求！”

“不，”逖安说，“稍后如果我觉得合适的话可以，不过现在不行。”

这话引起了欢呼声，主要是那些小农中最弱小的分子和他们的帮手。曼尼人没有加入。他们这会儿贴得那么紧，看上去就像大厅中央一滴深蓝色的墨点。他们显然被气氛的转变搞糊涂了。沃恩·艾森哈特和迪厄戈·亚当斯同时绕到欧沃霍瑟的两侧，和他低声耳语。

你的机会来了，逖安心想，*最好充分把握*。

他举起羽毛，他们安静下来。

“每个人都有讲话的机会，”他说，“至于我，我要说的是：我们不能一味这样下去，在狼群来此抓走我们的孩子时，只是低头哈腰，忍气吞声。他们——”

“他们总是把孩子归还。”一个叫法仁·珀色拉的雇农怯生生地说。

“*他们归还的是些空壳！*”逖安喊道，还有几声“*听他说*”的叫喊。时机还没到，逖安断定。目前还不是时候。不是时候。

他又降低了嗓门。他不想大声疾呼。欧沃霍瑟尝试过但不得其所，音量传得再远也无济于事。

“他们归还了空壳。而我们呢？这给我们造成了什么影响？有些人也许会说毫无影响，**狼群**一直是**卡拉·布林·斯特吉斯**生活中的一部分，就像偶尔发生的飓风或地震。然而并不是这样。他们来过六个世代，最多了。可是卡拉已经存在了一千多年。”

瘦骨嶙峋、目光邪恶的老曼尼人微微起身。“他说得对，伙计们。在**雷劈**的黑暗尚未降临之前这里就有农夫——其中包括曼尼人，去他的**狼群**。”

他们神情好奇地听着。看起来他们的敬畏让老者感到满足，他点点头坐回原位。

“所以在时间的长河中，**狼群**差不多是件新鲜事，”逖安说，“在大约一百二十或一百四十年中他们来过六次。谁说得准呢？因为你们知道，时间有些弹性。”

有人低声嘀咕。几个人点头。

“不管怎么样，每个世代一次。”逖安继续说。他意识到欧沃霍瑟、艾森哈特和亚当斯正在结成敌对的一伙。本·斯莱特曼或许是，或许不是他们那边的——多半是的。即使他口舌如簧也休想说动这些人。嗯，也许没有他们一样能行。只要他说服其他人。“他们每个世代来一次，并抓走多少孩子？三打？四打？

“欧沃霍瑟先生这次也许没有孩子，但是我有——不是一对双胞胎而是两对。赫顿和赫达，利曼和利阿。我爱他们四个，可一个月后，他们中的两个就会被抓走。当那两个回来时，将变成弱智。形成一个完整的人的任何生机，都将永远丧失。”

一阵“听他说，听他说”的叹息声弥漫房间。

“你们中多少人有乳臭未干的双胞胎？”逖安问。“举起手！”

六个人把手举起来，然后是八个，接着一打。每当逖安以为都举完时，就会又有一只手犹犹豫豫地举起。最终，他数了数，一共有二十二只手，当然，并非每一个有孩子的人都在场。他看得出欧沃霍瑟对这个大数目很失望。迪厄戈·亚当斯也举了手，逖安很高兴看到他和欧沃霍瑟、艾森哈特以及斯莱特曼产生了点距离。曼尼人中有三个举手。佐治·埃斯特拉达。路易斯·黑考克斯。还有其他许多他认识的人，这不奇怪，真的，他几乎认识在座的每一个人。或许除了几个为了小钱和热饭到处流浪、在不同小农场打工的人之外他全认识。

“每次他们来抓走我们的孩子，他们就带走一部分我们的心和灵魂。”逖安说。

“噢，拜托了，小子，”艾森哈特说，“那有点胡说——”

“闭嘴，农场主，”一个声音说。是那个迟到的人，他额头上有块伤疤。声音中的愤怒和蔑视让人震惊。“他拿着羽毛。让他把话说完。”

艾森哈特急速转身看是谁这么跟他说话。他看在眼中，但并没作声。逖安也不觉得意外。

“谢谢你，神父，”逖安坦然说道，“我就要说完了。我一直想到树木。你可以把一棵大树的树叶剥光，它仍能存活。在树皮上刻无数个名字，它仍能重新长出新皮把它们覆盖住。甚至你可以挖走一些心材，它仍能生长。可是如果你一次又一次地掏走心材，那么总会有一天，即使是最结实的树木也会死去。我在自己的农场上见过这种情景，是一件可怕的事情。他们会从里往外死去，树叶从主干开始到树枝末梢依次变黄，你可以看到死亡在一点点延伸。而这就是**狼群**正在对我们这个小村庄所做的一切，是他们对我们的卡拉所做的一切。”

“听他说！”从邻近农场来的弗雷蒂·罗萨利奥喊道，“他说得非常好！”弗雷蒂自己也有双胞胎，尽管他们还没断奶，很可能是安全的。

逖安接着说：“你说如果我们挺身反抗，他们会把我们都杀死并从东到西把卡拉烧个精光。”

“是的，”欧沃霍瑟说，“我确实是这么说的。不只我一个人这么认为。”他四周传来赞同的嘟囔声。

“可是每次狼群抓走对我们来说比任何庄稼，或者房子，或者牲口棚都更心爱的孩子时，我们只是俯首帖耳罢了，他们又一次从树里掏走了心材，而这棵树就是这个村庄！”逖安讲得铿锵有力，他此刻站立着一动不动，手中的羽毛高高举起。“如果我们不尽快奋力反抗，我们不管怎样都是死路一条！这就是我——逖安·扎佛兹，路加的儿子——要说的话！如果我们不尽快挺身反抗，我们将都会成为弱智！”

传来大声叫喊“听他说！”还有兴奋的短靴跺地声。甚至还有掌声。

另一个农场主，乔治·特勒佛德，冲艾森哈特和欧沃霍瑟快速轻声低语。他们听着，然后点点头。特勒佛德起身。他头发银白，肤色黝黑，一副饱经风霜的英俊相很能博得女人的喜欢。

“说完了，孩子？”他友好地问道，好似问一个孩子一个下午他有没有玩够，是否准备睡觉了。

“对，完了，”逖安说。他突然感到很沮丧。特勒佛德这个农场主比不上沃恩·艾森哈特气派，但他却有伶牙俐齿。逖安觉得自己终归还是会输掉。

“那么，可以把羽毛给我吗？”

逖安想过抓住它不放，可这有什么用？他已经尽力了，已经尝试了。也许他和扎丽亚倒是应该带着孩子们到西部去，回到**中世界**。离**狼群**来还有一个月，照安迪的说法。在三十天里，一个人足以做好应付麻烦的准备了。

他把羽毛递过去。

“我们都欣赏年轻的扎佛兹先生的激情，而且当然没有人怀疑他的勇气，”乔治·特勒佛德说。他说话时把羽毛放在胸口左边，贴着心脏。他的目光在听众中转来转去，好像是进行眼神交流——友好的眼神交流——和每个人。“可是我们既要想到那些被抓走的孩子，也要想到那些被留下的，对吗？事实上，我们必须保护所有的孩子们，不管他们是双胞胎，三胞胎还是像逖安·扎佛兹的孩子亚伦那样的独生儿。”

特勒佛德此刻转向逖安。

“你会怎么跟自己的孩子们讲，**狼群**射杀了他们的母亲，而且也许用一个光棒烧着了他们的祖父？你会怎么解释那些尖叫声？用来给燃烧的皮肤和庄稼增加芬芳？而我们正在拯救灵魂？或者某种假想树木的心材？”

他停了停，给逖安一个回答的机会，但是逖安无言以对。他恨不得把那些话……但是他先不跟特勒佛德算账。巧言令色的杂种特勒佛德，他自己已远远过了提心吊胆担心**狼群**骑着灰色巨马出现在自己前院的年纪了。

特勒佛德点点头，仿佛逖安的沉默是他意料之中的，然后他转身对着长凳上的听众。“当**狼群**来时，”他说，“他们会带着火焰喷射武器——光棒，你们知道——还有枪支，会飞的金属怪物。我不记得它们的名字——”

“嗡嗡球。”有人叫道。

“飞贼。”另一个人喊。

“暗器！”第三个人嚷嚷。

特勒佛德和蔼地笑着点头。一个老师领着些好学生。“不管它们是什么，它们会在空中飞动，寻找目标，当找到时，它们会抛出像剃刀一样锋利的旋转刀片。它们能在五秒钟内把一个人从头到脚毁灭掉，除了一摊血迹和毛发什么都不剩下。不用怀疑我，因为我曾亲眼目睹过。”

"听他说，得听他说！"长凳上的人高喊。他们瞪大了眼睛，面露恐惧。

"**狼群**本身也很吓人，"特勒佛德接着说，老练地从一个恐怖故事转到下一个。"他们看上去有点像人，不过他们不是人，而是更庞大和可怕的东西。他们在遥远的**雷劈**服侍的东西更加恐怖。吸血鬼，我听说。也许是长着鸟兽头的人。沉船上未死的秃鹰。**红眼斗士**。"

人们嘟囔起来。连逖安听到**红眼**的名字也感到毛骨悚然。

"**狼群**我见过；其余是我听说的，"特勒佛德接着说，"虽然我不全信，但大部分我信。不过别去管雷劈以及那里的怪物。我们只关心**狼群**。**狼群**是我们的麻烦，还是大麻烦。尤其当他们全副武装而来时！"他苦笑着摇摇头。"我们该怎么办？也许我们可以用锄头把他们从巨马上捶下来，扎佛兹先生？你觉得呢？"

话一出口便引起一片嘲弄的笑声。

"我们没有可以抵抗他们的武器，"特勒佛德说。他此刻态度冷漠，一本正经，像是在表明自己的底线。"即使我们有，我们也不过是些农夫、农场主和畜牧人，不是斗士。我们——"

"停下你那没出息的讲话吧，特勒佛德。你应该为自己感到耻辱。"

这句冷峻的话令一些人震惊得倒吸了一口凉气，人们纷纷转身伸腰勾头看是谁在讲话。然后慢慢地，好像是要让他们看个够似的，那个头发花白、身穿圆领黑色长外套的迟到者从房间最后面的长凳上缓缓起身。他头上的伤疤——呈十字架形——在煤气灯的照耀下闪闪发光。

是老神父。

特勒佛德较快地缓过神儿来，可当他讲话时，逖安觉得他仍然处于震惊之中。"对不起，卡拉汉神父，不过羽毛在我手上——"

"去你的异教徒羽毛吧，去你的懦弱意见，"卡拉汉神父说。他沿着中间的过道走过去，从走路的样子看得出他有严重的关节炎。他没有曼尼的老者年长，甚至岁数远比不上逖安的祖父(他宣称自己不只是这里，而且是卡拉南部一带最老的人)，然而他看上去似乎比两者都要老。比时光还要老。这一方面无疑与他那双忧烦的眼睛有关，这双眼睛从额头的伤疤下面关注着这个世界(扎丽亚认为那伤疤是他自己弄的)；更多是因为他的声音。尽管他已在这里多年，建起了他奇怪的耶稣圣人教堂，还使**卡拉**一半的人皈依了他的精神信仰，可是连陌生人也不会愚蠢地相信卡拉汉神父来自这里。他的异常主要反映在他平淡、带鼻音的讲话以及他经常使用的晦涩俚语(他自己称之为“粗俗隐语”)上。他毫无疑问来自曼尼人经常唠叨的那些世界中的一个,尽管他从没提过,而且**卡拉·布林·斯特吉斯**现在就是他的家。他有一种淡漠和毋庸置疑的威严,这使得挑战他讲话的权利非常困难,不管他手里有没有羽毛。

他也许比逖安的祖父年轻,但是卡拉汉神父仍然是**尊长**。

4

此刻他打量着**卡拉·布林·斯特吉斯**的人们,连看也不看乔治·特勒佛德一眼。羽毛在特勒佛德的手中垂了下来。他坐在第一排的长凳上,仍然握着它。

卡拉汉上来就是一个俚语,不过他们是农夫,没人要求解释。

“这是鸡屎。”

他用更长时间打量众人。多数人没有与他对望。过了一会儿,连艾森哈特和亚当斯也目光低垂。欧沃霍瑟昂着头,但是在**尊长**的目光威逼下,这个农场主看上去更加气急败坏而非目中无人。

“鸡屎,”穿着圆领黑色外套的这个人重复道,清晰地发出每一个音节。在他后翻衣领的切口下面,一个金色的小十字架闪着微弱的光芒。他额头上另一个十字架——扎丽亚确信是他出于对某种罪孽的忏悔,用自己的拇指指甲刻在肉上的——在油灯下像文身般刺目。

“这个年轻人不是我的教徒,但他是对的,我知道你们全都明白这一点。你们心里很明白。包括你,欧沃霍瑟先生。还有你,乔治·特勒佛德。”

“一点也不明白。”特勒佛德说,不过他的声音很微弱,全无先前振振有词的气势。

“你们的眼睛会暴露你们的谎言,我母亲会如此对你们说。”卡拉汉冲特勒佛德淡淡一笑,而逖安生怕他朝他这边看。然后卡拉汉果然转向他。“我从没听谁像你今晚讲得这么好,孩子。谢谢你,先生。”

逖安无力地扬扬手,然后更加勉强地笑了笑。他觉得自己就像一部愚蠢的欢庆闹剧中的人物,在最后一刻因某种不太可能的超自然力的介入而得到拯救。

“我对懦弱略有所知,老实讲,”卡拉汉说着转过身,对着长凳上的众人。

他举起因旧伤而扭曲变形的右手，目不转睛地盯着它，然后又把手放下。“我自己就曾经历过，你们也许会说。我知道一个懦弱的决定会引出另一个……再一个……又一个……直到最终无法挽回，无法改变。特勒佛德先生，我向你保证年轻的扎佛兹先生所说的那棵树不是虚构的。**卡拉**已危如累卵。你们的灵魂也处在危险中。”

“感谢玛丽，充满仁爱，”房间左边的一个人说，“神与你同在。你腹中的果实得恩宠，基——”

“停下，”卡拉汉厉声斥责，“做礼拜时再说。”他深陷的眼睛闪着蓝色的光芒，仔细地打量他们。“从今夜起，别再想神、玛丽和耶稣圣人，也别再想**狼群**的轻弹和嗡嗡球。你们必须反抗。你们是**卡拉**的男人，对吗？那么就表现出男人的样子吧。别再像狗一样趴在地上舔那凶狠的主人的靴子。”

欧沃霍瑟听到此话脸涨得通红，并要起身。迪厄戈·亚当斯抓住他的胳膊，在他耳边讲了几句。欧沃霍瑟僵在那里一会儿，弯着腰一动不动，随后坐了回去。亚当斯站起身来。

“听起来很好，主人，”亚当斯带着浓重的口音说。“听起来很勇敢。可是也许还有几个问题。黑考克斯问过一个。农场主和农夫们怎么对付得了武装起来的杀人狂？”

“雇一些属于我们的武装起来的杀手。”卡拉汉回答。

下面突然一声不响，一片愕然。就好像**尊者**突然转用了另一种语言。最后迪厄戈·亚当斯说——谨慎地，“我不明白。”

“你当然不明白，”**尊者**说，“听着并记住。亚当斯农场主和你们大家，听着并记住。用不了六天的行程而且不在我们西边，沿着光束的路径朝着东南方，有三个枪侠和一个学徒会来到这里。”对他们的惊讶他一笑置之。接着他转向斯莱特曼。“那个学徒不比你的儿子本大多少，但是他已经像蛇一样迅速，像蝎子一样毒辣。其他人要比他迅速和毒辣得多。我听安迪说的，他看到他们了。你们想要强悍的人手？他们来了。我调好我的表以作证。”

这次欧沃霍瑟忍不住腾的一下站起来。他面红耳赤像是发烧。他的大肚腩颤抖着。“这是什么哄小孩睡觉的故事？”他问，“如果真的有那些人，他们在蓟犁就会消失。千年来蓟犁一直是风中的灰尘。”

既没有赞同也没有反对的声音，没有任何声音。人群依然僵着，是因为那个神秘的词在回响：枪侠。

“你错了，”卡拉汉说，“不过我们无需争论，我们可以自己过去瞧瞧。几个人就行，我觉得。这里的扎佛兹……我自己……还有你怎么样，欧沃霍瑟？想来吗？”

“没有什么枪侠！”欧沃霍瑟咆哮道。

在他身后，佐治·埃斯特拉达站起来。“卡拉汉神父，神保佑你——”

“——也有你，佐治。”

“——可是即便有枪侠，三个人怎么抵挡得了四十或六十个？还不是四十或六十个普通的人，而是四十或六十匹狼？”

“听他说，他说得有理！”店主伊本·图克大声说。

“而且他们为什么要为我们而战呢？”埃斯特拉达接着问，“我们年年都能撑下去，但是仅此而已。我们能给他们什么，除了几顿热饭以外？又有什么人愿意为一顿饭而死呢？”

“听他说，听他说！”特勒佛德、欧沃霍瑟和艾森哈特齐声喊道。其他人有节奏地在地板上跺着脚。

尊者一直等到跺脚声停下，然后说：“我的住处有些书。半打。”

尽管他们中多数人知道，可是一提到书——那么多纸张——还是引发大片惊叹声。

“那些书中有一本写到，枪侠不准接受报答。据猜测，是因为他们是**亚瑟·艾尔德**的后代。”

“艾尔德！艾尔德！”曼尼人低声说，还有几个举起拳头，食指和小指翘起来对着天空。*爱卖弄的家伙，*__尊者__*心想，去吧，得克萨斯。*他强忍着不大笑，但是嘴角依然挂着微笑。

“你是说那些四处游走、行侠仗义的彪形大汉？”特勒佛德用轻微的嘲弄语气说。“你讲的这种故事太老了吧，神父。”

“不是彪形大汉，”卡拉汉耐心地说，“是枪侠。”

“三个人如何抵抗**狼群**，神父？”逖安不由自主地问。

照安迪的说法，枪侠中有一个还是女人，不过卡拉汉觉得没有必要把水搅得更浑（尽管他有种顽皮的念头想要说出来，能怎么样呢）。“那是他们首领的事，逖安。我们会问他。还有，他们不只是为几顿饭而战，你知道。根本不是。”

“那么，还有别的什么呢？”巴吉·扎夫尔问。

卡拉汉认为他们想要的是躺在他教堂地板下面的东西。那也好，因为那个东西已经苏醒。这位曾经从另一个世界名叫**耶路撒冷**的小镇逃来的**尊**

者，想要摆脱它。如果他不尽快甩掉它，就会被它杀死。

卡已吹到**卡拉·布林·斯特吉斯**。像一阵风。

“及时，扎夫尔先生，”卡拉汉说。“一切都恰逢其时，先生。”

与此同时，**集会厅**出现一阵咕囔声。沿着长凳口口相传，一阵希望和恐惧的争论声。

枪侠。

来自西边的枪侠，从**中世界**出来。

这是真的。神保佑他们。**亚瑟·艾尔德**最后的毒辣孩子，沿着光束的路径奔**卡拉·布林·斯特吉斯**而来，卡像一阵风。

“该有点男人样了，”卡拉汉神父对他们说。在他额头的伤疤下面，他的眼睛像油灯在燃烧。然而他的腔调不无怜悯。“该起来反抗了，绅士们。该挺身面对现实了。”

第一卷

隔界

第一章

水面上的脸庞

1

时间是水面上的脸庞：这是很久以前遥远的眉脊泗流传的一句谚语。埃蒂·迪恩从没到过那里。

但是他确实以一种方式去过。罗兰曾经带着他的四个伙伴——埃蒂、苏珊娜、杰克和奥伊——在一天晚上到过眉脊泗，露宿在堪萨斯 I-70 号高速公路上，位于一个名为堪萨斯实则不然的地方，并没完没了地给他们讲故事。那天晚上他给他们讲了苏珊·德尔伽朵，他的初恋——也许是他唯一的恋人，以及他如何失去了她的故事。

在罗兰还是个不比杰克·钱伯斯大多少的孩子时，这句谚语也许有些道理，但是埃蒂认为如今它越发有道理了，因为这世界就像一块古表的主发条。罗兰告诉他们，在**中世界**即使像罗盘上的罗经点这样最基本的东西也不再可信；今天的正西方也许明天就成了西南方，这看起来的确错乱不堪。而且时间开始富于弹性。埃蒂发誓有些白日足有四十个小时那么长，其中一些到了晚上（比如罗兰带他们到眉脊泗的那个晚上）甚至更漫长。随后的一个下午，夜色冲出地平线向你扑面而来时，你几乎可以看到黑暗在绽放。埃蒂纳闷时间是否走丢了。

他们已经乘上单轨火车布莱因摆脱（猜破谜语而走出）了一个名叫刺德的城市。布莱因是个讨厌的家伙，杰克在好几个场合说过，可后来发现他——或它——远不只是讨厌，单轨火车布莱因是个十足的疯子。埃蒂用混乱的逻辑杀死了它（"这是你生来就擅长的事，亲爱的。"苏珊娜这么对他说），然后他们在托皮卡下了火车，这个地方不属于埃蒂、苏珊娜和杰克来自的那个世界。这挺好，真的，因为这个世界——在那里堪萨斯城职业棒球队被称为**君主**，可口可乐叫做**诺茨阿拉**，日本最大的汽车生产商叫塔库罗而非本田——已经被某种瘟疫笼罩，这几乎夺去了每个人的生命。那么把它载入你的塔库罗精神车向前行驶吧①，埃蒂心想。

---

① 原文为 Stick that in your Takuro Spirit and drive it. 疑为根据汽车广告语改写，其中 Takuro Spirit 为一种车型。

他在经历这一切时相当清楚地感到时光的流逝。多半时候他怕得要命——他猜想大家都一样，也许除了罗兰——不过的确，时间的流淌真切又清晰。即使在他们耳朵里塞着子弹走上I-70，看着冻结的道路，听着罗兰称之为**无阻隔界**讨厌的啾唧声，他也没有这种时间流走的感觉。

但是，他们在玻璃宫殿与杰克的老友滴答老人以及罗兰的老友（弗拉格……或者马藤……或者——只是可能——梅勒林）发生正面冲突后，时间改变了。

也不是顷刻之间。我们坐在那该死的粉红球里前行……看到罗兰错杀了自己的母亲……当我们回来时……

对，变化就是那时发生的。他们在离开绿色宫殿约三十英里的空地上苏醒。他们仍能看到宫殿，但是大家都明白已经来到另一个世界。有人——或者有种力量——把他们抬着超过或是穿越无阻隔界，让他们回到了光束的路径。不管是谁或者是什么，它其实都很有心地给他们每人备了一份午餐，包括**诺茨阿拉**苏打水和更熟悉的**奇宝**[1]曲奇包。

他们身旁一棵树的树枝上夹着一张纸条，是罗兰在宫殿中没能杀成的那个家伙写的。“放弃黑暗塔。这是给你们的最后一次警告。”真是荒唐。要罗兰放弃塔，比叫他把杰克的宠物貉獭杀死，然后串在烤肉叉上烤熟当晚餐吃更不可能。他们没有谁会放弃罗兰的**黑暗塔**。神保佑他们，他们会一条路走到底。

现在离天黑还有一段时间，埃蒂在他们发现弗拉格的警告纸条那天说，*你是想好好利用这段时间，还是怎样？*

对，蓟犁的罗兰回答，*我们得利用这段时间*。

然后他们那么做了，沿着光束的路径穿过无穷无尽的空地，每一片空地由杂乱烦人的矮树丛带隔开。看起来人迹罕至。由于他们沿着光束的路径前进，头部上方的云层有时会翻卷裂开，露出大片的蓝色，只是为时不长。一天晚上，云层开裂的时间相当长，露出一轮满月，上面有张面庞清晰可见：**商月**那张丑陋奸诈的脸在眯着眼笑。罗兰依此算出现在正值夏末，可是在埃蒂看来，时间一动未动，草丛多半无精打采，或者彻底死掉，树木（没几棵）光秃秃的，树丛矮小棕黄。难得见到猎物，而且几周来头一回——自从他们离开沙迪克，那个电子熊的森林以来——他们会吃不饱肚子就睡觉。

---

① 奇宝（Keebler），美国谷物食品巨头家乐氏（Kellogg）公司旗下著名品牌。

然而所有那些，埃蒂心想，都比不上丧失时间本身的感觉让人苦恼：没有小时，没有白日，没有星期，没有季节，上帝啊。月亮也许可以告诉罗兰已到夏末，可是周围的世界看上去却像十一月初，昏昏沉沉地向冬天睡去。

时间，埃蒂在此期间认为，很大程度上是外部事物造就的。当有很多有趣的事情发生时，时间看起来就走得很快。如果你只是陷在日常的无聊屁事中，它就会变慢。而当所有事情停止发生时，时间显然会彻底停下。那就卷起包裹到**科尼岛**[①]吧。怪异但真实。

所有事情都已停止发生了吗？埃蒂琢磨(除了把苏珊娜的轮椅从一块沉闷的空地推到另一块以外无事可做的他有充足的时间思考)。自打从**巫师的玻璃球**返回后，他能想到的唯一特别之事是杰克所称的**神秘数字**，而那或许毫无意义。他们在**刺德的摇篮中**必须解开一道数学谜语，才能打开通往布莱因的入口，而苏珊娜提出**神秘数字**是类似那个谜语的东西。埃蒂不太相信她是对的，不过无论如何，这是种理论。

说真的，数字十九有什么特别的呢？**神秘数字**，一点不假。经过考虑，苏珊娜指出它是个质数，至少是这样，就像那些曾经打开过挡在他们和单轨火车布莱因之间的那扇门的数字一样。埃蒂补充说它还是你每次数数时，处在18和20之间的唯一数字。这遭到杰克的嘲笑，他还叫埃蒂别再犯傻。埃蒂一直坐在篝火旁刻一只兔子(完工后，可以和他包裹中已有的猫和狗放在一起)，他告诉杰克别再嘲弄他真正仅有的才华。

2

他们回到光束的路径上也许已有五六周时间了，这时他们发现一对古代双轮车的车辙，这里原来肯定是条路。这条路与光束的路径并不完全一致，但是罗兰不管那么多还是把他们推了上去。它离光束的路径相当近，可以达到目的，他说。埃蒂觉得再次回到路上或许可以重新审度事物，帮助他们摆脱那种让人发疯的风平浪静感。然而事实并非如此。道路一直把他们带到高处，并穿过一系列台阶式上升的田地。他们最终登上一道绵长的南北向山脊。在远处，他们的路向下延伸到黑暗的树林中。好似童话中的树

---

① 科尼岛(Coney Island)，美国纽约市布鲁克林区南部的一个海滨游憩地带，原为一小岛。

林，他们穿进林子的黑影时埃蒂心想。在森林里的第二天（也可能是第三天……或者第四天），苏珊娜射死了一头小鹿，连续多顿吃了枪侠的玉米煎饼后，鹿肉吃起来味道鲜美，只是在林子深处的这片空地上，既无妖魔又无巨怪，也没有小精灵——除了奇宝什么都没有。连鹿也再没出现过。

“我一直在找糖果小屋，”埃蒂说。此时他们已经穿过那些高大的古树蜿蜒行走好几天了。或许已有一周之久。他唯一确定的是他们仍然离光束的路径相当近。他们能在天空中看到它……而且他们能感觉到它。

“什么糖果小屋？”罗兰问，“又一个童话？如果是的话，我倒想听听。”

他当然想。他是个故事迷，尤其是那些以“从前，当人们都住在森林里的时候”开头的。但是他听故事的方式有点古怪。有点走神。埃蒂曾经跟苏珊娜说过，苏珊娜一针见血地说出了原因，她经常是这样。苏珊娜有诗人那种几乎捉摸不透的能力，可以把感情付诸文字，而又不会放纵它们。

“那是因为他不像临睡前的孩子那样睁大了眼睛听，”她说，“而那恰恰是你*希望*他倾听的方式，宝贝儿。”

“那他到底是怎么听的呢？”

“像一个人类学家那样，”她迅速回答，“像一个人类学家那样试图通过神话和传奇揭开某个奇异文化的奥秘。”

她说对了。如果罗兰的倾听方式让埃蒂感到不自在的话，那也许是因为埃蒂心里觉得，如果有人得像科学家那样听故事的话，也应该是他、苏珊和杰克，因为他们来自更复杂的时间和空间。不是吗？

不管是不是，他们四个人发现了许多两个世界都有的故事。罗兰知道一个叫“戴安娜之梦”的传说，和三个流亡的纽约人在学校读过的“女士或老虎”惊人的相似。珀斯老爷的传奇类似于《圣经》中大卫和歌利亚的故事。罗兰听过许多关于耶稣圣人的故事，说他死在了十字架上来为世人赎罪。罗兰告诉埃蒂、苏珊娜和杰克耶稣在中世界里也有相当多的信徒。两个世界还有相同的歌曲。“无忧之爱”是一首，“嗨，裘德”是另一首，尽管在罗兰的世界里，这首歌的第一句歌词是，“嗨，裘德，我看到你了，伙计。”

埃蒂用了至少一个小时向罗兰讲述韩赛尔与格蕾特的故事，几乎不假思索地把邪恶的吃孩子女巫讲成了库斯的蕹。当他讲到她试图把孩子养肥的情节时，他突然停下来问罗兰：“你知道这些吗？或者相似的内容？”

“不知道，”罗兰说，“不过这是个有趣的故事。请讲完它。”

埃蒂从命，结局是必不可少的“*他们从此过上了幸福生活*”，枪侠点点头。“没人从此真的一直过着幸福生活，不过我们让孩子们自己去弄个明白，对吗？”

“对。”杰克说。

奥伊正跟在这个小男孩后面一路小跑，他抬头看着杰克，金色眼圈的眼睛里依然流露着安然和敬慕的眼神。“对。”貉獭说，模仿这个小男孩阴郁的音调一丝不差。

埃蒂一只胳膊搂住杰克的双肩。“真糟糕你在这里而回不成纽约，”他说。“如果你回到爱坡城，杰克——小伙计，你现在可能已经有自己的儿童心理医生啦。你会咨询和父母有关的一些问题，找到未能解决的矛盾的核心。或许再弄点好药，利他林之类的东西。”

“总的来说，我宁愿在这里。”杰克说，并向下看了看奥伊。

“嗯，”埃蒂说，“我不怪你。”

“这种故事被称作‘神话故事’。”罗兰若有所思地说。

“对。”埃蒂回答。

“可是这个故事里没有仙女啊。”

“是没有，”埃蒂同意，“那主要是个类别名称而非别的。在我们的世界里，有你们所说的推理和悬念故事……有科幻小说……有你们说的西部故事……有神话故事。明白吗？”

“嗯，”罗兰说，“在你们的世界里，人们总是每次只听一种风格的故事吗？他们的嘴里只有一种味觉吗？”

“我猜基本是这样。”苏珊娜说。

“没人吃杂烩菜吗？”罗兰问。

“有时候晚餐时吃，我想，”埃蒂说，“不过说到娱乐，我们确实每次集中于一种口味，而且不会让盘子里的任何一样东西接触另一样。当然，这么形容听上去有点乏味。”

“那你说一共有多少这样的神话故事？”

几乎是脱口而出——当然也是不谋而合——埃蒂、苏珊娜和杰克异口同声地说，“十九个！”过了一小会儿，奥伊用嘶哑的声音重复，“十——九！”

他们相视而笑，因为“十九”已取代被杰克和埃蒂用滥的“酒鬼”，成为他们一种滑稽的切口。不过笑声中有种不安，因为关于数字十九的问题有点邪乎起来。埃蒂发觉自己在最近的木雕动物侧面刻下了烙印一般的字样：*你好，豹子，欢迎加入我们的盛宴！我们叫它酒吧——十九。*苏珊娜和杰克称，他们弄来烧火的木头是每十九根一抱。他们都说不出所以然，只是不知怎么的觉得那么做正好。

接下来有天早晨，他们正要穿过树林时，罗兰在林子边上把他们拦住。他指向天空，一棵醒目的古树的灰白枝干伸到了那里。那些枝干在空中的形状正是数字十九。清清楚楚的十九。他们都看到了，不过罗兰最先看到。

罗兰一直相信征兆和预言，就像埃蒂曾经信任电灯泡和双效电池一样。然而，他想要驱除自己的卡-泰特对这个数字突如其来的怪诞迷恋。他们之间越来越亲密，他说，已经达到任何卡-泰特所能达到的亲密程度，所以他们的思想、习惯以及小小的迷恋都会像感冒一样在他们之间扩散。他相信是杰克在一定程度上促成了这一点。

“你已具备了这种能力，杰克，”他说，“我不确定这种力量在你体内是否和在我的老朋友阿兰体内一样强大，但是以神的名义我相信可能如此。”

“我不知道你在说什么，”杰克回答，困惑地皱着眉头。埃蒂明白——或多或少的——而且猜测杰克到时候会知道的，当然条件是时间再次以正常方式运行。

杰克弄来松饼球那天，时间的确正常运行了。

3

他们停下来吃午饭的时候（鹿肉已经吃完了，奇宝饼干也成为甜蜜的回忆，玉米煎饼则愈发显得寡淡无味），埃蒂才发现杰克不见了，便问枪侠知不知道那孩子去了哪里。

“他掉队了，离我们有半轮距，”罗兰说，然后用右手仅剩下的两根指头朝他们走过的方向指了指。“他没事，不然的话我们能感觉到。”罗兰盯着他的煎饼，不感兴趣地咬了一口。

埃蒂张开嘴想说点儿什么，却被苏珊娜抢了先：“他来了！嗨，宝贝，你找到什么了？”

杰克抱了一堆圆形物体，大小像网球一样。但这些球可弹不起来，因为上面长了一些小刺。那孩子走近时埃蒂闻到一阵香气，味道棒极了——像刚出炉的面包。

“我觉得这些东西也许很好吃，”杰克说，“它们闻起来就像我妈和肖太太——我们的管家——在咂吧坊买的新鲜的酵母面包。”他看着苏珊娜和埃蒂,笑了笑。“你们知道咂吧坊吗?”

“当然了,”苏珊娜答道,“那里卖的什么都是最好吃的,啧啧啧。而且它们闻起来确实不错。你还没吃呢,对不对?”

“没有。”他用疑惑的眼光盯着罗兰。

枪侠用实际行动回答了他的疑问。罗兰拿起一个球,拔掉了上面的刺,然后对着剩下那部分咬了下去。“松饼球,”他说,“天知道我有多久没见过这东西了。它们棒极了。”罗兰的蓝眼睛神采奕奕。“别吃那些刺。那些刺虽然没毒但是很酸。如果还剩下一点儿鹿油,我们就能把这些球炸一下,那样的话它们吃起来就几乎有肉的味道了。”

“听上去是个好主意,”埃蒂说,“但准把你累死。至于我,这些笨蛋蘑菇还是算了吧,谁知道它们是些什么玩意儿。”

“它们根本不是蘑菇,”罗兰说,“更像是一种长在地上的浆果。”

苏珊娜拿了一个,咬了一小口,又咬了一大口。“哦,亲爱的,你不会愿意错过这些的,”她说,“用我爸的朋友摩斯叔叔的话来说就是‘这些是一流的。’”她又从杰克手里拿了一个松饼球,用拇指摩挲着它柔滑的表皮。

“也许吧,”埃蒂说,“但是我在高中时为写报告读过一本书——我记得书名叫《我们一直住在城堡里》——里面有一个疯狂的小丫头,她用某种类似的东西毒死了全家人。”他朝杰克俯下身去,扬起眉毛,抬起嘴角,想要做出一个阴森的笑容。“毒死了全家人,他们死得很—痛—苦!”

埃蒂从他一直坐的木头上掉了下来,开始在铺满松针和落叶的地上打滚,同时还做出可怕的鬼脸,发出窒息般的声音。奥伊在他身边打转,尖声地叫着埃蒂的名字。

“别闹了,”罗兰说,“杰克,你从哪儿找到这些的?”

“在那边,”他回答,“我在路上发现的一片空地里。那里长满了这东西。而且,如果你们想吃肉的话……我知道我想吃……那里有动物出没的各种迹象。有很多粪便是新鲜的。”他的眼睛在罗兰脸上搜索着。“很……新鲜的……粪便。”他讲得很慢,就好像和一个不熟悉这种语言的人讲话一样。

罗兰的嘴角现出一丝微笑。“话不多但说得很清楚,”他说,“你在担心些什么,杰克?”

杰克回答时,几乎无法从嘴唇的动作看出他在说话。“我摘松饼球的时候有人监视我。”他停了停,补充说,“现在那些人正在监视我们。”

苏珊娜拿起一个松饼球，用欣赏的眼光看着它，然后把脸埋在上面，仿佛她在嗅一朵花的香味。“在我们来的路上？在路的右边？”

“是的。”杰克说。

埃蒂蜷起手指放在嘴边，好像要止住咳嗽一样。他说：“多少人？”

“我想有四个人。”

“五个，”罗兰说，“也可能有六个之多。其中有一个是女人，还有一个比杰克大不了多少的男孩。”

杰克吃惊地看着他。埃蒂说：“他们在那儿多久了？”

“从昨天开始就在那儿了，”罗兰答道，“差不多是从正东面过来跟在我们后面的。”

“那你都不告诉我们一声？”苏珊娜问。她语气严厉，甚至都不愿再掩住嘴巴好不让别人看清她在说什么。

罗兰毫不躲闪地注视着她。“我只是很好奇，究竟你们中的哪一个会首先觉察到那些人。说实话，我可把宝押在你身上了，苏珊娜。”

她冷冷地看了他一眼，一言不发。埃蒂觉得那一眼很有点黛塔·沃克的影子在里面，他很高兴那眼神不是冲着他的。

“我们拿他们怎么办？”杰克问。

“现在吗，什么都不做。”枪侠说。

很显然杰克并不喜欢这样。“如果他们是滴答老人的卡-泰特怎么办？如果是像盖舍和胡茨那样的家伙们怎么办？”

“他们不是。”

“你怎么知道？”

“如果是的话，他们早就下手了，而且早已成了飞来食。”

对于这一推论似乎没有什么合适的回答，于是大家又上路了。这条弯弯曲曲的路笼罩在幽深的黑影之下，周围都是些百年古树。他们走了还没有二十分钟，埃蒂就听到追踪者（或者说那些人影）发出的声响了：小树枝被折断，灌木丛刷刷作响，有一次甚至听到了低沉的说话声。用罗兰的话来说就是脚下不利索。埃蒂对于自己这么长时间竟然对此毫无觉察很恼火。同时他也很好奇，那些追踪他们的弱智们到底是以什么为生呢？如果是跟踪和追捕，那么他们很显然并不精于此道。

在很多方面，埃蒂·迪恩已经变成了中世界的一部分，有些改变微妙到埃蒂自己都没有意识到。但是他至今一想到距离，还是用英里这个单位，而不是轮。他觉得他们离开杰克带着松饼球和那个消息与大家汇合的地方后已经走了十五英里了，罗兰认为那时是白天。他们停在了路中间，自打进入森林以后一向如此；因为这样篝火的灰烬不大可能把树木点着引起火灾。

埃蒂和苏珊娜从地上拣了一堆上好的树枝，而罗兰和杰克则弄了一个小营地，并开始切杰克带来的松饼球。古树下的树叶已经半腐，与泥土混在一起，但苏珊娜摇着轮椅在上面走也并不费劲。她把捡到的树枝都放在腿上。埃蒂在她不远处，边走边哼着些什么。

“宝贝儿，朝你左边看。”苏珊娜说。

他照做了，然后看到远处有橘色的东西在闪烁。一堆火。

“他们并不怎么样，不是吗？”他问道。

“确实。不过，说老实话，我有点为他们感到遗憾。”

“你知道他们是来干什么吗？”

“嗯……不知道。但是我想罗兰是对的——等他们准备好了他们自己会告诉我们的。或许他们会发现我们并不是他们想要的，于是就这样消失了也说不定。走吧，我们回去。”

“再等一下。”他又捡了一根树枝，犹豫着，又捡了一根。现在他觉得对了。“好了。”他说。

往回走的时候，埃蒂数了数他捡的树枝，也数了数苏珊娜放在腿上的那一摞。每一份都恰好是十九枝。

“苏希，”他说，苏珊娜看着他，“时间又开始往前走了。”

她并没有问他是什么意思，只是点了点头。

4

埃蒂下定决心不吃松饼球，但他并没有坚持多久；那些玩意儿在从罗兰（那家伙真是个会过日子的杀人狂）的破旧钱包里取出的鹿油里吱吱作响，真他妈的太香了。他们用从沙迪克的森林里找到的那些年代久远的盘子作餐具，埃蒂接过他那一份狼吞虎咽起来。

“像龙虾一样好吃，”他说。但他马上又想起了在海滩上吃掉罗兰手指的那些怪物。“啊，我是想说，像‘纳萨’的热狗一样好吃。不好意思，杰克，我不是要讽刺你。”

“别担心，”杰克笑着说，“就算你是讽刺，你也从不过分。”

“你们要清楚一件事，”罗兰说。他在微笑——这些天他笑得比以前多了，多得多——但他的眼神还是严肃的。“你们每一个都要清楚。有时松饼球会让人做些感觉很真实的梦。”

“你是说他们让人茫[1]？”杰克不安地问道。他想起了他的父亲。艾默·钱伯斯一生中经历了很多更诡异的事情。

“茫？我不确定我——”

“脑袋嗡嗡作响。亢奋。幻觉。就像那次你吃了墨斯卡灵后进入到石圈里，那里面的东西几乎……嗯，几乎使我受了伤。”

罗兰陷入了回忆中。石圈里关了一个女妖。如果放任不管，那女妖将让杰克·钱伯斯初尝男女交媾之欢，然后让他在醉生梦死中送了命。但结果是，罗兰让石圈开口讲了话。作为惩罚，石圈使他看到了苏珊·德尔伽朵的幻影。

“罗兰？”杰克焦虑地望着他。

“别担心，杰克。确实有一些蘑菇能做你正在想的——改变意识，让它亢奋——但松饼球不会。松饼球只是浆果，好吃的浆果。如果你的梦特别生动清晰，那么就提醒你自己你在做梦。”

埃蒂认为这番话说得很古怪。如此温柔体贴地关心他们的精神健康可不是罗兰的作风。而且为一点小事儿大费唇舌也不像罗兰。

时间又开始走动了，他也知道这一点了。埃蒂想，时间确实曾经走丢了，但是现在钟又开始跑了。像他们说的那样，开始往前走了。

“我们要派人守夜吗，罗兰？”埃蒂问。

“我认为不必了。”枪侠懒洋洋地说，然后就开始卷他的烟了。

“你真的认为他们并不危险，对吧？”苏珊娜说。她抬起眼睛看看周围的森林，此时树木的形状都已模糊，与夜色融为一体。之前他们看到的那一点火光已经消失了，但跟踪他们的人仍然在那里。苏珊娜感觉到了他们，所以当她低头看见奥伊也望着同一个方向时并不感到惊讶。

“我想那可能是他们的问题。”罗兰说道。

“‘那’是指什么？”埃蒂问，但是罗兰却不愿多说。他只是躺在路上，把卷起来的鹿皮枕在脖子下面，抽着烟，看着上方漆黑的天空。

---

① 原文为 stoned，指人吸毒后飘飘欲仙，出现幻觉的状态。

过了一会，罗兰的伙伴们也睡了。他们没派人守夜，倒也一夜安眠。

5

当那些梦确实到来的时候，它们却根本不是梦。也许除了苏珊娜之外，他们都知道这一点；哪怕从严格的字面意义来讲，苏珊娜那天晚上也确实不在那儿。

上帝啊，我回到纽约了，埃蒂想，接着他又想：*真的回到纽约了。真的发生了。*

是的。他是在纽约。在第二大道。

此时他看到杰克和奥伊从五十四街的拐角过来。杰克咧开嘴笑了：“嗨，埃蒂，欢迎回家。”

游戏在继续，埃蒂想，*游戏在继续。*

第二章

纽约沟槽

1

杰克望着无边的黑暗睡着了——那晚，乌云笼罩的天空没有星辰，也没有月亮。当意识渐渐模糊的时候，他沮丧地意识到他正经历一种坠落的感觉。当他从前还是个所谓正常孩子的时候，他就老做这种坠落的梦，特别是在考试临近的时候。但是在中世界惨烈的重生之后这种梦就不再来纠缠他了。

然后这种坠落的感觉消失了。他听到了一阵敲钟声，短暂，但有点过于美好了：你听了三个音符就会想让它停下来，听了十几个音符之后就会想如果它不停下来就足以杀了你。每次铃响都让他的骨头颤动。听起来像夏威夷，不是吗？他想，尽管这旋律一点都不像那不怀好意的无阻隔界的啾唧声，但不知为什么它就是。

它确实是。

正当他觉得快要忍受不下去的时候，那恐怖而又美妙的旋律结束了。他紧闭的双眼所感到的无边黑暗突然被强烈的、暗红色的光照亮了。

他小心翼翼地在强烈的阳光下睁开双眼。

打了个哈欠。

在纽约。

出租车从他身边疾驶而过，在阳光下呈明亮的黄色。一个年轻的黑人耳朵里塞着随身听耳塞，从杰克旁边晃过，穿凉鞋的脚随着音乐轻轻打着拍子，嘴里还哼着"喳—哒—吧，喳—哒—嘣"。电钻声刺激着杰克的耳膜。大水泥块儿被扔到货车上，发出巨大的撞击声，在高耸的楼壁之间回响。世界是那么的喧嚣嘈杂。他甚至还没有觉察到，他已经习惯了中世界那种深邃的宁静了。不，不只是习惯。他已经爱上那种宁静了。但是，这里的吵闹和喧嚣仍然对他有着某种吸引力，对于这点，杰克并不能否认。又回到纽约了。他觉得自己笑了。

"啊咔，啊咔！"杰克听到一个低沉而又不安的声音。

他低头一看，奥伊正坐在人行道上，尾巴整洁地卷在身上。那只貉獭没有穿他的小红靴，他自己也没有穿那双红色的牛津布鞋（感谢上帝），但这仍然很像他们那次去罗兰的家乡蓟犁的旅行，那次他们是坐在粉红色的巫师的玻璃球里去的。那个带来那么多麻烦和痛苦的玻璃球。

这次可没有玻璃球了……他不过是睡着了。但这又不是梦。比他曾经做过的任何梦感觉都要强烈，而且更有条理。而且……

而且，人们不停地从他和奥伊身边绕过，因为他们正站在市中心一个叫**堪萨斯城爵士乐**的沙龙旁边。杰克留意到这一点的时候，有一个女人正从奥伊身上跨过去，还为此撩了撩她黑裙子的裙摆。她那专注的表情（杰克觉得那副表情好像在说，我不过是一个正在忙自己事儿的纽约人，所以别烦我）始终没有改变。

他们并没有看到我们，但出于某种原因他们可以感觉到我们。如果他们能感觉到我们，那么我们一定是真的在这儿。

符合逻辑的第一个问题是为什么？杰克考虑了一会儿，然后决定不去管它。他觉得答案迟早会出来。那么在此期间，为什么不趁在纽约的时候好好享受一番呢？

“走吧，奥伊，”他说，然后向街的拐角处走去。那只公貉獭很明显不适应城市，紧紧地跟在杰克后面，杰克甚至都能感觉得到奥伊的呼吸吹在他的脚后跟上。

第二大道，他想。然后：天啊——

他还没来得及想点什么，就看到埃蒂·迪恩站在巴塞罗纳箱包店的外面，一副很迷惑的样子。他那身行头，旧牛仔，鹿皮衫，鹿皮软底鞋，看上去有点跟这个城市格格不入。他的头发倒还整齐，但是一直垂到肩膀，一看就是很久没有去过理发店了。杰克意识到他自己的形象也好不到哪儿去；他也穿着鹿皮衫，下面穿的则是他离开家时穿的那条多克斯牌的裤子，但是已经破破烂烂了。那天他离家后就一去不返，一路去了布鲁克林，荷兰山，一直到另一个世界。

没有人看到我们可太好了，杰克想，但他马上又觉得那不对。如果人们可以看见他们，那么很可能中午之前他们就能靠人们的施舍而大赚一笔了。这个想法让他发笑。“嗨，埃蒂，”他说，“欢迎回家。”

埃蒂点点头，看上去有点神不守舍。“看来你把你的朋友也带来了。”

杰克伸手下去，爱怜地拍拍奥伊。“对我来说，他是美国运通信用卡，我可不能撇下他一个人回家。”

杰克正准备接着说下去——他觉得很有灵感，谈兴正浓，有很多好玩的东西要说——这时从街的拐角走来一个人，那人从他们身边走过，看都不看他们一眼（就像别人一样），但他把一切都改变了。那孩子也穿着多克斯牌的裤子，那裤子看上去跟杰克的一模一样，因为那*就*是杰克的。不是他现在穿的这条，但确实是他的。还有那双运动鞋。是杰克在荷兰山丢失的那双鞋。守卫两个世界之间那扇门的灰泥人把它们从杰克的脚上扒下来的。

刚刚从他们身边走过的男孩就是杰克·钱伯斯，是他，但这个孩子看上去温顺，单纯，而且年轻得令人痛苦。*你是怎么活下来的？他问过去的自己。体会了失去理智、离家出走的精神压力，有了在布鲁克林那栋房子的可怕经历，你是怎么活下来的？最重要的是，你是怎么从守门人手中死里逃生的？你一定比看起来坚强得多。*

埃蒂那副反应迟缓的傻样实在太滑稽了，杰克忍不住笑了，虽然他刚刚还是那么的吃惊。这让他想起那些连环画册来，里面阿尔奇或者大头总是想同时看两个方向。杰克低头看到奥伊也是那副样子。不知怎么这让整件事儿变得更滑稽了。

“有什么屁事儿？”埃蒂问。

“即将重演，”杰克回答，笑得更厉害了。那笑声听上去可真像个白痴，但是他不在乎。他本来就觉得自己像个白痴。“这就像我们在蓟犁大礼堂看罗兰一样，只不过这次是在纽约，而且现在是一九七七年五月三十一日。这是我从派珀不辞而别的日子！即将重演，宝贝！”

“不辞——？”埃蒂开口说，但杰克根本不给他机会说完。他被突然意识到的另外一件事惊呆了。不，惊呆这个词太轻了。他被吞没了，就像一个人站在海边，而这时刚巧有一个大浪打过来似的。他的脸涨得通红，把埃蒂都吓得往后退了一步。

“那朵玫瑰！”他小声说。他觉得他的声带是那么软弱无力，根本没有办法大声说话，而嗓子则干得像沙尘暴一样。“埃蒂，*那朵玫瑰！*”

“怎么了？”

“这是我看到它的日子！”杰克伸出手去，颤抖着碰了碰埃蒂的手臂。“我去了书店……然后去了那片空地。我认为那里过去是有个熟食店的——”

埃蒂点着头，也开始激动起来。“‘汤姆与格里的风味熟食店’，在第二大道和四十六街的交叉口——”

“熟食店不见了，但是玫瑰还在那儿！我们沿着这条街走下去就会看到它的，而且我们能够看见它！”

听到这句话，埃蒂的眼睛一亮。“那么走吧，”他说，“我们不想失去你。失去他。妈的管他是谁呢。”

“不用担心，”杰克说，“我知道他要往哪儿走。”

2

在他们前面的那个杰克——纽约的杰克，来自一九七七年的杰克——走得很慢，边走边左顾右盼，很明显，他十分享受这白日时光。中世界的杰克清楚地记得那个男孩的感觉：如释重负，他脑中不断争吵的声音

（我死了！）

（我没有死！）

终于停了下来。就发生在那个宽篱笆那儿，那里有两个生意人用一支马克笔玩着圈叉游戏。当然了，能够离开派珀学校和他在艾弗莉小姐的英语课上写的那篇疯狂的期末作文，他也感到一阵轻松。那篇作文占他们最终成绩的百分之二十五，关于这一点，艾弗莉小姐已经说得很清楚了，而杰克却在那篇文章里语无伦次。虽然老师给了他 A+，但那并不能改变事实，只不过说明了胡言乱语的不只是他；全世界都发疯了，都变成十九了。

能从那疯狂中摆脱出来——哪怕只是一小会儿——实在棒极了。他当然很享受。

只是那天有些不对劲儿，杰克想——走在过去的自己后面的杰克。*那一天的某些东西……*

他四处张望，却还是不知道是什么地方不对劲儿。五月末，明媚的夏日阳光，第二大道上有很多人在散步，也有很多人在看商店的橱窗，许多的出租车，时不时会有一辆加长黑色轿车；没有什么不对劲儿。

但确实是不对了。

*所有的事情*都不对了。

3

埃蒂感觉那孩子在拽他的袖子。“这一幕有什么问题?”杰克问。

埃蒂向四周望了望。尽管他自己也有些不适应(他回到了在自己的时间几年之后的纽约),他还是明白了杰克的意思。有些东西不对劲。

他低头看着人行道,突然很确定他们不会有影子。他们失去了自己的影子,像那个故事里的孩子们一样……那十九个童话之一……或者是更新的故事,比如狮子,巫师和衣橱,或者彼得·潘?也许其中有一个可以被称作现代的十九?

不管怎么样都无关紧要,因为他们的影子在那儿。

可是不应该啊,埃蒂想,天色这么暗的时候不应该还能看到影子。

愚蠢的想法。天根本不黑。现在是早晨,看在上帝分上,明媚的五月的早晨,阳光从驶过的汽车的铬制表面上反射出来,第二大道东侧的商店橱窗是那么明亮,令人不敢直视。但是不知为什么,埃蒂却仍然觉得天色很暗,就好像这明媚的早晨只不过是脆弱的表面,就像舞台上的帆布背景一样。“拉起来后我们看到阿尔丁的森林。”或者丹麦的某个城堡。或者威利·洛曼[①]家里的厨房。这次我们看到的是纽约市中心的第二大道。

是的,就像那样。只不过是在那帆布背景的后面,你看到的并不是后台的工作室和存放东西的地方,而只是大片的、膨胀的黑暗。罗兰的塔倒塌之后的那种广袤,死寂的黑暗。

但愿我是错的,埃蒂想,但愿这仅仅是文化冲击或普通的神经过敏。

然而他认为那并不是。

“我们是怎么到这儿的?”他问杰克,“没有门……”他的声音越来越小,然后又抱着些许希望问了一句:“也许这只是一场梦?”

“不,”杰克回答,“更像我们在巫师的玻璃球里面移动一样。只不过这一次并没有玻璃球。”一个念头突然从他脑中闪过。“但是,你听到音乐声没有?敲钟声?在你转到这儿之前?”

埃蒂点了点头。“那音乐太感人了。它让我流泪。”

---

① 威利·洛曼(Willy Loman),美国现代著名戏剧家阿瑟·米勒的代表作《推销员之死》中的男主人公。

"对,"杰克说,"就是那样。"

奥伊对着一个消防栓嗅来嗅去。埃蒂和杰克便停下脚,好让这个小家伙抬起腿,在这个已有很多人留言的"公告栏"上留下点自己的记号。走在他们前面的,另一个杰克——一九七七年的孩子——仍然在慢悠悠地走着,还四处张望。在埃蒂眼里,那个杰克活像一个从密歇根来的观光客。他甚至还伸长脖子去看建筑的顶端,埃蒂觉得如果纽约玩世不恭的一帮人撞见你那副样子,他们准会抄走你的布鲁明岱尔①信用卡。不过埃蒂可不是在抱怨;因为这让他们很容易就能跟着那孩子。

正当埃蒂这样想的时候,七七年的孩子不见了。

"你到哪儿去了?天啊,你到哪儿去了?"

"放松,"杰克说。(在他脚边,奥伊又加上了他的半句重复:"松!")杰克咧嘴笑了。"我只是去了书店。那书店……嗯……叫做'曼哈顿心灵餐厅'。"

"你就是在那儿买了《小火车查理》和那本谜语书?"

"是的。"

埃蒂爱死了杰克脸上神秘、困惑的笑容。那笑容让杰克的脸都明亮了起来。"你还记得我把书店老板的名字告诉罗兰时他有多激动吗?"

埃蒂记得。"曼哈顿心灵餐厅"的老板是一个叫凯文·塔的人。

"快走,"杰克说。"我想看看是怎么回事儿。"

埃蒂不需要杰克再催他一次。他也想看看。

4

杰克在书店门口站住了。他的笑容,准确地说,并没有消失,而是改变了。

"怎么了?"埃蒂问,"出什么事儿了?"

"不知道。我感觉有些东西不一样了。只是……自从我离开这里之后发生了太多事情……"

说这话的时候,杰克正看着挂在窗上的黑板,而埃蒂则认为那是个卖书

---

① 布鲁明岱尔(Bloomingdale)是位于纽约曼哈顿的一家高档百货公司。

的好办法。这黑板就像是挂在餐车或是鱼市里的那种玩意儿。

今日推荐

来自密西西比！喷香油炸的威廉·福克纳

精装本市场价

流行馆①平装本 75 美分

来自缅因！冷冰冰的斯蒂芬·金

精装本市场价

会员享受优惠价

平装本 75 美分

来自加利福尼亚！煮老的雷蒙德·钱德勒

精装本市场价

平装本 7 册 5 美元

埃蒂的眼光越过黑板，看到了另一个杰克——那个没有晒黑的杰克，没有坚决而冷静的眼神的杰克——站在一个小展桌旁边。儿童书。也许既有那十九个童话也有现代的十九个童话。

离开那儿，杰克告诉他自己，那些都是些强迫症似的废话，你明明知道的。

也许吧，但是七七年的杰克却打算买展桌上的某本书，那本书将会改变——也许是拯救——他们的生命。他将会为数字十九而伤脑筋。或者压根儿不会，如果他能办到的话。

“走吧，”埃蒂对杰克说，“我们进去吧。”

那男孩却往后缩。

“怎么了？”埃蒂问，“塔不会看到我们的，如果你担心的是这个的话。”

“塔看不见我们，”杰克说，“可他要是看见了怎么办？”他指着另一个自己，那个杰克将会遇上盖舍，滴答老人和河岔口的老人们。还会遇上单轨火车布莱因，还有库斯的蕤。

杰克盯着埃蒂，穷追不舍。“如果我能看见自己怎么办？”

---

① 流行馆(Vintage Library)为美国一家书店的名字，该书店专卖二十世纪以来的各类小说。

埃蒂觉得那是有可能发生的。见鬼，任何事情都可能发生。但是那并不能改变他心里的感觉。"我认为我们应该进去，杰克。"

"嗯……"杰克长叹了一口气，"我也这么认为。"

5

他们进了书店，没有人看见他们。埃蒂松了口气，他数了数，展桌上共有二十一本书吸引了那男孩的注意力。当然了，当杰克最终选定了要买的两本以后——《小火车查理》和一本谜语书——还剩下十九本。

"找到了点儿什么吗，小家伙？"一个温和的声音问。是一个穿着白色开领衬衫的胖子。他身后是一个柜台，看起来就像是从上个世纪末的冷饮柜那儿盗取了灵感。柜台后面坐着三个老人，正在就着咖啡吃点心。大理石柜台上摆着棋盘，胜负未晓。

"坐在角落里的是亚伦·深纽，"杰克小声对埃蒂说，"他一会儿要给我解释关于参孙的那个谜语。"

"嘘！"埃蒂说。他想听清楚凯文·塔和七七年的孩子都说了些什么。突然之间那对话显得很重要了……只是他妈的这里为什么这么暗呢？

但这里压根儿就不暗。在一天中的这个时候，街的东侧有充足的阳光，门开着，屋里也充满了阳光。你怎么能说这儿很暗呢？

不知为什么确实如此。阳光——恰恰是阳光的反衬——让黑暗更加明显。你不能清楚地看到那黑暗让事情变得更加糟糕……埃蒂意识到一件可怕的事情：这些人有危险。塔，深纽，七七年的孩子。也许还包括他自己和中世界的杰克，还有奥伊。

他们所有人。

6

杰克看着另一个自己，看到那个年轻些的自己从书店老板身边猛地往后退了一步，两眼圆睁，满是惊讶。*因为他的名字是塔*，杰克想。*因为这个，我才吃惊。但跟罗兰的塔没关系——那时我还根本不知道那回事儿——而*

是由于我自己在期末作文最后一页上贴的那幅画的缘故。

他把一张比萨斜塔的照片贴在了最后一页，然后用一支黑色的克雷姚拉①蜡笔在那张画上涂抹一番，尽可能地把它弄得漆黑一团。

塔问了他的名字。七七年的杰克告诉了他，然后塔和他打趣了一会儿。很有趣的玩笑，对孩子并不上心的那类成年人开的玩笑。

“很好，伙计，”塔说，“听上去就像一部西部小说里到处行走闯荡的英雄——那家伙袭击了亚利桑那的黑岔山，收拾掉那里的坏蛋，又接着往前走。是韦恩·D·欧沃霍瑟写的，也许……”

杰克朝以前的自己走了一步（有一部分的他还在想，如果星期六的晚间直播播放了这一幕，那该是多好的画面啊），他睁大了眼睛。“埃蒂！”他仍然很小声，虽然他知道书店里的人并不能——

但是在某个层面上书店里的人能看到他们。杰克想起来在五十四街的时候，那位女士撩起裙摆从奥伊身上跨了过去。而现在，凯文·塔的眼睛则在看另一个杰克之前，先朝他的方向转了转。

“也许我们不应该引起不必要的注意。”埃蒂在他耳边说。

“我知道，”杰克说，“可是埃蒂，看那本《小火车查理》！”

埃蒂看了，可什么也没看出来——当然了，除了查理以外——查理的车头灯大眼睛，还有挂在车头排障器上的它那幅不让人放心的微笑。突然埃蒂的眉毛向上挑了挑。

“我一直以为《小火车查理》是一位叫做贝丽尔·埃文斯的女士写的。”他小声说。

杰克点点头。“我也是。”

“那么这位——”埃蒂又看了一眼，“这位克劳迪娅·y.伊纳兹·贝彻曼是谁？”

“我不知道，”杰克说。“我从没听说过她。”

7

一个坐在柜台后面的老人向他们慢悠悠地走过来。埃蒂和杰克闪开

---

① 克雷姚拉（Crayola）是美国一个著名蜡笔品牌，创立于一九〇三年。

了。正当他们往后退的时候，埃蒂的脊椎突然发出一声轻微的脆响。杰克的脸刷一下白了，奥伊也发出了一阵低沉的，令人不安的叫声。好吧，这里确实有什么不对劲儿了。在某种程度上他们已经失去了自己的影子。埃蒂只是不知道那发生在什么时候。

七七年的孩子已经掏出钱包买那两本书了。他和老板又说了几句话，接着是一阵愉快的笑声。然后那孩子就朝门口走去。埃蒂拔脚想跟在后面，中世界的杰克却拽住了他的胳膊。“不，还不用追——我还会再进来的。”

“哪怕你想把这儿整个都按字母顺序排列一遍我也不在乎，”埃蒂说，“我们在人行道上等。”

杰克考虑了一下，咬着嘴唇点了点头。他们向门口走去，然后又停下来，闪到一边，好让那个杰克回书店。谜语书开着。凯文·塔已经将他沉重的身躯挪到棋盘旁边去了。他朝四周看了看，露出和蔼的微笑。

“怎么，改变了主意想喝一杯咖啡吗，北国的流浪者？”

“不是，我只是想问问你——”

“是关于参孙的谜语，”中世界的杰克说，“我认为那是无关紧要的。不过深纽老头唱得一手好歌，如果你想听的话。”

“我还是不听了，”埃蒂说，“走吧。”

他们出去了。虽然第二大道上的东西还是有点不对劲儿——那种隐藏在景物背后和整个天空后面的，无边的黑暗的感觉——这儿仍然比‘曼哈顿心灵餐厅’里要好一些。起码这儿空气新鲜。

“我告诉你，”杰克说，“我们现在就去第二大道和四十六街。”他朝正在听亚伦·深纽唱歌的那个自己一摆头。“我会赶上我们的。”

埃蒂考虑了一下，然后摇了摇头。

杰克的脸色略微暗淡了一点。“难道你不想看那朵玫瑰花吗？”

“我他妈的当然想看，”埃蒂说，“我都等不及要看。”

“那么——”

“我觉得我们在这儿的事儿还没完，不知道为什么，我就是有这种感觉。”

杰克——七七年的杰克——进书店的时候没关门，现在埃蒂走进去了。亚伦·深纽正在给杰克讲一个谜语，那个他们以后告诉单轨火车布莱因的谜语：一个东西会跑却从不走，有嘴却从不开口。而这时，中世界的杰克又开始盯着挂在窗上的告示板(喷香油炸的威廉·福克纳,煮老的雷蒙德·钱德勒)。他皱着眉头,不是心情不好,而是有些疑惑和焦虑。

“那个告示板也和以前不一样了。”他说。

“怎么不一样了?”

“我记不得了。”

“重要吗?”

杰克向他转过身去。紧锁的眉头下面的双眼有些困惑。“我不知道。又是一个谜语。我讨厌谜语!”

埃蒂同情他。贝丽尔什么时候不是贝丽尔呢?“当她是克劳迪娅的时候。”

“嗯?”

“没什么。最好退后一点,杰克,不然你就撞到自己了。”

杰克慌张地看了正走过来的约翰·钱伯斯一眼,照埃蒂说的话做了。当七七年的孩子左手拿着他的新书,开始沿着第二大道走的时候,中世界的杰克疲倦地朝埃蒂笑了笑。“我确实记起来一件事,”他说。“我离开这家书店的时候,我曾确信我不会再到这儿来了。但是我又来了。”

“考虑到我们现在不像人,而更像幽灵,你说的这一点可不一定对。”埃蒂友好地拍了拍杰克的后脖颈,“如果你忘了什么重要的事情,罗兰说不定能帮你。对那个他很在行。”

听到这个杰克笑了,觉得松了一口气。从他的亲身经历来看,他知道枪侠很擅长帮助别人回忆。也许罗兰的朋友阿兰在看透别人心思方面能力是最强的,而另一个朋友库斯伯特在那个特别的卡-泰特中是最有幽默感的,但是,经过了这么多年,罗兰却变得简直像个催眠师一样厉害。他绝对可以凭这一点在拉斯维加斯发笔横财。

“我们现在能跟上我吗?”杰克问,“能查出那玫瑰是怎么回事吗?”他上下打量着第二大道——一条既光明又黑暗的街道——困惑不解,心情糟糕。“也许到了那边就好多了。那玫瑰让所有的事情都好转。”

埃蒂刚要表示赞同,这时一辆深灰色的林肯轿车在凯文·塔的书店门口停下了。车毫不迟疑地停在了消防栓前面的黄线上。前车门打开了,埃蒂看见一个人从车轮后方钻了出来,他猛地抓住了杰克的肩膀。

“噢!”杰克喊道,“拜托,痛死了!”

埃蒂毫不理会。事实上,放在杰克肩上的手捏得更紧了。

“基督啊，”埃蒂低语，“耶稣基督啊，这是什么？这到底是什么？”

8

杰克看着埃蒂的脸从苍白变成死灰。他的眼睛都快从眼眶里掉出来了。杰克费了很大劲儿才把埃蒂捏在自己肩膀上的手掰下来。埃蒂好像要抬起那只手指向某处，但又没有力气。那只手无力地垂在身体一侧，发出了轻轻的一声响。

从林肯车前面的乘客座位上出来的那个人走到人行道上，而司机则打开了另一侧的后门。就连杰克也看出那些人的动作很不自然，就像是舞蹈中的舞步似的。从后座出来的那个人穿着一套价格不菲的西服，但是这身行头还是掩盖不了他的五短身材和圆鼓鼓的肚子，那人长着一头末梢已经花白的黑发。从他西服的肩部来看，还是掉头皮屑的黑发。

杰克觉得天突然变得更暗了。他抬头想看看太阳是不是被云遮住了。没有，但是对于杰克来说，那景象看上去就好像有一片黑雾包围着太阳的光环，就像一只惊恐的眼睛四周涂了一圈睫毛膏。

市中心半条街区开外，一九七七年的杰克正从一家餐馆的窗户往里面看，杰克还记得那家餐馆的名字：嚼嚼老妈。不远处是“力量之塔”唱片店①，杰克能想起的就是“力量之塔”今日低价销售。如果一九七七年的杰克回过头看一看，他肯定能看到那辆灰色林肯……但是他没有。七七年的孩子太专注于考虑未来的事了。

“是巴拉扎。”埃蒂说。

“什么？”

埃蒂指着那个矮胖子，他正停下来调整他的萨尔卡领带。另外两个人站在他的左右两边。他们看起来既放松又警惕。

“恩里柯·巴拉扎。看起来年轻得多。天啊，他几乎还是中年。”

“这是一九七七年，”杰克提醒他。然后他突然醒悟：“这就是你和罗兰杀掉的那个人？”埃蒂曾告诉过杰克一九八七年发生在巴拉扎的俱乐部里的那场枪战，但没说血腥的那部分。比如，关于凯文·布莱克怎样把埃蒂兄弟

---

① “力量之塔”唱片店（Tower of Power Records）是纽约最大的唱片店，也是全球连锁店。

的脑袋扔进巴拉扎的办公室，好激埃蒂和罗兰出来的那部分。亨利·迪恩，了不起的智者，一流的瘾君子。

“是，”埃蒂回答，“我和罗兰杀掉的那个人。开车的人是杰克·安多利尼，过去人们叫他老丑怪，虽然没有人当面这么叫他。枪战开始前就是他和我一起穿过了那几道门中的一个。”

“罗兰把他也杀了，对吗？”

埃蒂点了点头。比起向他解释杰克·安多利尼如何在海滩上大螯虾的狂抓乱咬之后双眼失明、面目全非而死，这要简单得多。

“另一个保镖是乔治·比昂迪。大鼻子。我自己杀了他。将会杀了他。十年后。”埃蒂的样子看上去就像他随时都会昏倒一样。

“埃蒂你还好吧？”

“我猜是的。我猜我不得不挺住。”他们已经从书店门前离开了。奥伊照例趴在杰克的脚边。第二大道的那一边，另一个杰克，那个早先的杰克已经消失了。*我现在要开始跑了。*杰克想。*也许要从那个联合包裹服务公司的家伙的推车上跳过去，然后竭尽全力地跑向熟食店，因为我确信那就是回中世界的路。回到他身边的路。*

巴拉扎在那块写着“今日推荐”的告示牌旁边的窗户上照了照自己，用指尖最后一次挑了挑耳朵上方的头发，然后从开着的门中走了进去。安多利尼和比昂迪紧随其后。

“不好惹的家伙们。”杰克说。

“最不好惹的。”埃蒂表示赞同。

“从布鲁克林来。”

“嗯，是的。”

“为什么从布鲁克林来的厉害家伙们要光顾曼哈顿的一家二手书店呢？”

“我认为那正是我们要搞清楚的地方。杰克，我刚才有没有弄疼你的肩膀？”

“我没事儿。但是我真的不想再进去了。”

“我也不想。走吧。”

他们又一次进入了曼哈顿心灵餐厅。

9

奥伊还是跟在杰克的脚边，仍然哀鸣着。杰克快被那叫声逼疯了，但是他能理解。书店里有一种可以感觉得到的恐怖气息。深纽坐在棋盘旁边，不高兴地看着凯文·塔和刚进来的人，他们看起来可不那么像藏书家，专为寻找罕见的头版书签名本而来。柜台后面的另外两个老人正大口喝着杯中剩下的咖啡，就好像突然想起了别的地方还有什么急事儿似的。

懦夫，杰克轻蔑地想，他并没认识到蔑视在他的生活里还只是相对较新的一种东西。*孬种。年老只能为怯懦找到部分的借口，而不是全部。*

"我们只有一两件事要讨论，托伦[①]先生，"巴拉扎说。他声音低沉，冷静，听上去很讲道理，一点儿口音都不带。"请吧，我们能去后面你的办公室吗？"

"我们没什么好谈的，"塔说。他的眼睛不停地往安多利尼身上瞄。杰克认为他明白为什么。杰克·安多利尼看起来活像恐怖电影里挥舞着斧头的变态狂。"如果你七月十五号来，我们可能会谈谈。可能。所以我们可以四号之后再谈。我猜想。如果你想谈的话。"他微笑着，像是在表明他是个讲道理的人。"但是现在？不，我看不出现在谈有什么意义。现在还不到六月呢。还有你弄错了，我的名字不是——"

"他不知道有什么意义，"巴拉扎说。他看着安多利尼；又看了看长大鼻子的家伙；把他的手抬到肩膀以上，又放下。*我们这世界是怎么了？*这就是那手势的意思。"杰克？乔治？这人从我这儿拿了一张支票——小数点之前可是带着五个零的大数目——他现在竟然说他不知道跟我谈话有什么意义。"

"难以置信，"比昂迪说。安多利尼不吭声。他只是看着凯文·塔，浑浊的褐色眼球从他那丑陋的头颅中向外突出，就像某种可鄙的小动物从洞里探头探脑地打量一样。有那样一张脸的话，杰克认为，你根本不用浪费口水，就能让别人明白你的意思。这意思就是威胁。

"我想跟你谈谈，"巴拉扎说。他的声音听上去仍很有耐心，很通情达理，但是他的眼睛很可怕地盯着塔的脸。"因为我的手下想让我跟你谈谈这

---

① 原文为 Mr Toren，是巴拉扎对凯文·塔的误称。

件事。对我来说这不算坏。你知道吗？我认为为了那十万美金，你应该能抽出五分钟和我聊聊。你说呢？”

“那十万美金没了，”塔的声音听上去很空洞，“而且我确信，你和你的手下们肯定知道这一点。”

“我可不关心那件事儿，”巴拉扎说，“我为什么要操心呢？那是你的钱。我操心的是你到底能不能如数还给我那笔钱。如果不能，那么我们现在就在这儿谈，当着全世界的面。”

现在，全世界包括亚伦·深纽，一只貉獭，还有书店里的人根本看不见的两个流亡的纽约人。先前和深纽一起站在柜台里的两个人早就像懦夫一样跑了，他们本来就是懦夫。

塔作了最后一次努力。“没有任何人可以帮我看店。午餐时间就要到了，这段时间我们总会有不少客人——”

“这家店一天也赚不了五十美元，”安多利尼说，“我们都知道这点，托伦先生。如果你真的那么担心会错过一笔大买卖，你让他帮你看几分钟收银机好了。”

那一秒杰克毛骨悚然，因为他觉得被埃蒂称为“老丑怪”的那个人说的不是别人，正是他约翰·“杰克”·钱伯斯。然后他意识到安多利尼越过了他，指的是深纽。

塔放弃了。或者说托伦放弃了。“亚伦？”他问，“你不介意吧？”

“如果你不介意，我倒是没什么，”深纽答道。他看起来有些担忧。“你确定你想和这几个人谈谈吗？”

比昂迪瞪了他一眼。杰克认为那老人迎着那目光表现得很不错。不知何故，他为那老人觉得骄傲。

“是的，”塔说，“是的，没事儿。”

“别担心，他不会在我们手上破了身的。”比昂迪说，然后笑了。

“管好你的嘴，你可是在一个有学问的地方，”巴拉扎说，但杰克觉得他也笑了一下。“走吧，托伦。只是聊一聊。”

“那不是我的名字！我已经正式地改——”

“爱谁谁吧，”巴拉扎安慰地说。事实上他甚至拍了拍塔的胳膊。杰克还在试图习惯这样一个想法，也就是这一切……所有这一切戏剧性的情节……都发生在他拿着两本新书离开书店（不管怎样，对他来说是新的）并开始他的旅行之后。也就是说他对于发生的事是一无所知的。

“木头脑袋永远都是木头脑袋，对吧，老板？”比昂迪乐滋滋地说，“只不过是个荷兰人，不管他给自己起什么名字。”

巴拉扎说：“如果我想让你说话，乔治，我会告诉你我想让你说什么。明白了吗？”

“明白了，”比昂迪说。随后，可能觉得那个回答听起来不那么积极吧，他又说：“是！一定。”

“好。”巴拉扎说，把他刚才拍的那只胳膊抓在手里，拉着塔向商店后面走去。书乱七八糟地堆在那里；空气中散发着几百万张发黄纸页的陈腐气息。有扇门上写着“员工专用”。塔掏出一串钥匙，他在里面挑选钥匙的时候，那串钥匙发出了叮叮当当的声音。

“他的手在抖。”杰克嘟囔着。

埃蒂点点头。“要是我，也会抖的。”

塔找到了他想要的那把钥匙，把它插进锁里转了两圈，打开了门。他又看了一眼来拜访他的那三个男人——从布鲁克林来的厉害家伙们——然后把他们领入了房间。门在他们身后关上了，杰克听到了门闩插上的声音。他怀疑是塔自己把门锁上了。

杰克抬起头看着店铺的角落里装着的防扒窃凸面镜，从里面看见深纽拿起了收银机旁的电话，想了一下，又把电话放下了。

“我们现在怎么办？”杰克问埃蒂。

“我要试着做点什么，”埃蒂说，“我在一部电影里看过。”他站在紧闭的门前，向杰克挤挤眼。“我去了。如果我什么都不做，只是在这儿撞脑袋，那么你真的可以叫我混蛋了。”

杰克还没有来得及问他到底在说些什么，埃蒂已经走到门里面去了。杰克看见埃蒂紧闭双眼，嘴巴也可笑地紧闭着，仿佛做好准备要迎接一次重重的撞击。

只是撞击并没有发生。埃蒂穿过门到里面去了。有一瞬间他的软底鞋还露在门外，然后那鞋子也进去了。杰克听到一声低沉刺耳的摩擦声，像是手在粗糙的木头上摩挲的声音。

杰克弯下腰把奥伊抱了起来。“闭上眼睛。”他说。

“眼睛。”貉獭附和着，但还是用他那平静的眼神满怀崇敬地看着杰克。杰克闭上自己的眼睛，眼球不安地转来转去。等他睁开眼的时候，奥伊正在模仿他。杰克没有浪费任何时间，直接向那扇写着“员工专用”的门走去。

一时间四周一片黑暗，还散发着木头的气味。在杰克的脑袋深处，他又听到了几声令人不安的铃铛声。然后，他进去了。

10

这是一个比杰克想象中大得多的奇怪地方——差不多像个仓库那么大，四处都是摞得很高的书。有几摞书用成对的直木柱固定着，这些木柱起的是支撑作用，而不是当摆书的架子。杰克猜这几摞书足有十四或十六英尺高。书堆和书堆中间有狭窄而弯曲的过道。在两个过道上，他看见了上面是平台，下面是轮子的梯子，这让他想起了有些小机场上使用的可以搬动的登机梯。和前面一样，这里也散发着旧书的味道，但这股味道比前面还要浓烈，有种让人窒息的感觉。他们头顶上方挂了几盏用灯罩罩着的灯，灯光发黄，屋里明暗不均。塔、巴拉扎和巴拉扎朋友们的影子诡异地投射在他们左边的墙上。塔拐了个弯，把他的客人们领到了角落里一个真正的办公室：那里有一张办公桌，桌上放着打字机和一块劳力士手表。还有三个陈旧的文件柜和一面贴满各种文件的墙。屋里还有一本日历，五月的那张上有一个十九世纪男子的画像，杰克没认出来那是谁……然后他想起来了。罗伯特·布朗宁。杰克在期末论文里引用过他的话。

塔在办公桌后面的椅子上坐下，但是他的脸上马上就露出了后悔的神情。杰克很同情他。有那么三个人在他的身边围着肯定不是什么愉快的事情。他们的影子在书桌后面的墙上跳动，像怪兽的影子。

巴拉扎把手伸到西装口袋里，掏出了一张折叠的纸。他打开那张纸，把它放在塔的桌上。“认得这是什么吗？”

埃蒂想往前凑。但杰克一把抓住他。“别靠得太近！他们会感觉得到你的！”

“我才不在乎呢，”埃蒂说，“我需要看看那张纸。”

杰克也跟了上去，因为他不知道除此之外还能做些什么。奥伊在他的臂弯里挣扎，不停地叫着。“嘘！”奥伊眨了眨眼睛。“不好意思，兄弟，”杰克说，“但你必须保持安静。”

一九七七年的杰克现在还在那块空地上吗？在那块空地上，早先的杰克不知怎么就摔倒了，失去了意识。那已经发生了吗？现在东想西想的没有任何意义。埃蒂是对的。杰克并不喜欢这样，但他知道这是对的：他们应该待在这儿，不是那儿，而且他们应该看看巴拉扎给凯文·塔的那张纸条上写了些什么。

11

杰克·安多利尼说话之前，埃蒂看见了头儿行字。安多利尼说："头儿，我不喜欢这样。有什么东西让我浑身发冷。"

巴拉扎点点头。"我有同感。后面还有什么人吗？托伦先生？"他的声音听上去仍然冷静沉稳，彬彬有礼，但是他的眼睛却四下打探，打量着这间大屋子能藏多少人。

"没有，"塔说，"嗯，塞吉欧在那边；它是店里的猫。我想它可能在这儿——"

"这不是个店，"比昂迪说，"这是个吞你钱的无底洞。就连什么赶时髦的设计师都有可能赚的还不如花的多，何况一个书店？伙计，你和谁开玩笑？"

他自己，就是那个谁，埃蒂想，他在和自己开玩笑。

就好像是这个想法唤来了敲钟声，因为那些可怕的敲钟声现在开始响了。塔办公室里的那些恶棍听不到那声音，但杰克和奥伊听见了；埃蒂可以从他们不安的脸上看出这一点。突然间，这个本来就昏暗的房间变得更加阴沉了。

我们要回去了，埃蒂想，天啊，我们要回去了！但是在这之前——

他在安多利尼和巴拉扎中间探下身去，他知道那两个人正睁圆了眼睛小心翼翼地东张西望，但他不在乎。他真正关心的是那张纸。有什么人雇了巴拉扎，让他令塔在上面签字（很有可能是这样），然后，在时机来临的时候又把这张纸塞到塔/托伦的眼皮底下（这是肯定的）。在大多数情况下，伊尔·罗切很有可能是派出他手下的蛮横家伙们来干这种事儿的人。但是，这件事已经重要到吸引了他本人的注意力。埃蒂想知道为什么。

协议备忘录

本文件为甲乙双方签订的协议。甲方为凯文·塔先生，一个拥有一块

闲置地不动产的纽约州居民，那块地的编号是十九号街区第二百九十八号闲置地，该地位于……

那些敲钟声又开始搅动他的脑子，他有些发抖。这一次敲钟声更响了。在这个仓库的墙上跳跃闪动的阴影也变得更加厚重。埃蒂在街上感到的那种黑暗已经潜入了室内。也许他们会被那黑暗卷走，那可不妙。也许他们会被那黑暗吞没，这样更糟糕，当然啦，被黑暗吞没肯定不是一个愉快的离开方式。

再说，如果那黑暗中还有什么东西呢？比如像那个看门人一样饥饿的东西？

那里的确有东西。传来了亨利的声音。差不多两个月来第一次。埃蒂可以想象得出亨利就站在他背后，露出他那瘾君子的阴森惨淡的笑容：眼睛布满血丝，牙齿发黄。你知道那里有东西。但是当你听到敲钟声时，你必须走，兄弟，我认为你知道。

"埃蒂！"杰克喊。"又来了！你听到了吗？"

"抓住我的腰带，"埃蒂说。他的眼睛飞快地在塔肥胖的手里握着的那张纸上来回扫。巴拉扎、安多利尼和大鼻子还在警惕地四处张望。比昂迪甚至拔出了枪。

"你的——？"

"也许我们不会被分开，"埃蒂说。敲钟声比以往任何时候都响，埃蒂呻吟着。协议上的字开始在他眼前变得模糊起来。埃蒂斜着眼睛，把剩下的字拼凑到一起：

……编号是十九街区第二百九十八号闲置地，该地位于曼哈顿，纽约市，四十六街和第二大道。乙方是桑布拉公司，该公司业务范围为纽约州内。

一九七六年七月十五日这一天，桑布拉公司付给凯文·塔美金100 000.00元，此款项涉及到上述闲置地，而且不必归还。为此，凯文·塔同意……

一九七六年七月十五日，不到一年之前。

埃蒂觉得那黑暗正向他们袭来，他拼命地想把剩下的字尽收眼底，然后记住：也许已经够了，足够明白现在这里发生了什么。如果他能办得到，那么离弄明白这对他们到底意味着什么只有一步之遥。

如果不是那敲钟声把我逼疯。如果在回去的路上，藏在黑暗中的东西不把我们吃掉的话。

"埃蒂！"杰克喊道。他被那声音吓坏了。埃蒂不理他。

……凯文·塔同意一年之内不会出售，租赁，或以其他方式使用这块地，起止时间从签订协议之日到一九七七年七月十五日。协议还规定桑布拉公司有优先购买上述不动产的权利，详情见下文。

在此期间，凯文·塔将完整地维持并保护桑布拉公司已申明的涉及上述不动产的利益，并不得允许抵押或以其他方式利用……

后面还有，但是现在那敲钟声变得恐怖，好像要震碎人的脑袋。一瞬间埃蒂突然明白了——见鬼，或者说几乎看见了——这个世界变得多么的稀薄。也许是所有的世界。像他自己的牛仔裤一样又薄又破。他又看了最后一眼那协议：……如果满足了这些条件，将拥有把此不动产出售或以其他方式处理给桑布拉公司或其他人的权利。然后那些字消失了，所有的东西都消失了，卷入了一个黑色的漩涡。杰克一只手抓住埃蒂的腰带，一只手抓着奥伊。奥伊发狂地叫着，而埃蒂则产生了多萝西被拖入奥兹仙境的幻觉。

黑暗中果然有东西：发出磷光的眼睛后面，隐隐的有巨大的身影，是那种你在探索海底最深处裂隙的电影中看到的东西。只不过在那些电影中探索者是待在不锈钢的潜水艇里面的，而他和杰克——

敲钟声震耳欲聋。埃蒂觉得自己的头被塞进了午夜敲响的大本钟里。他大声地嚎叫着，但根本听不到自己的声音。然后声音消失了，所有的东西都不见了——杰克，奥伊，中世界——而他自己漂浮在星辰和银河之间。

苏珊娜！他喊着。你在哪儿，苏希？

没有回答。只有黑暗。

第三章

米阿

1

从前,早在六十年代(世界开始转换之前),有一个叫奥黛塔·霍姆斯的女人,她性情讨喜,面容姣好,也很愿意给自己找个男人(或同伴)。这个女人根本没有意识到,她是和一个叫做黛塔·沃克的人共用一个身体的,而那个黛塔·沃克可就不那么讨人喜欢了。黛塔压根不在乎什么男人(或同伴)。库斯的蕤应该和她相认并以姐妹相称的。在中世界的另一端,蓟犁的罗兰,最后一个枪侠,把这个人格分裂的女人拉到了自己身边,又创造了第三个女人,比前面任何一个都好得多,也强得多。这就是埃蒂·迪恩爱上的那个人。她把埃蒂称作自己的丈夫,所以就沿用了他父亲的姓。因为没赶上比她的时代晚几十年的女权运动,她很高兴地这样做了。如果她叫自己苏珊娜·迪恩的时候,并不显得很骄傲和快乐,那也只是因为她接受了母亲关于谦虚有益,自满有害的教导罢了。

现在又有了第四个女人。她是在另一个充满压力的变化的时期,从第三个女人体内诞生出来的。她丝毫不在乎奥黛塔,黛塔,还有苏珊娜;她什么都不在乎,除了那个还在路上的小家伙。那个小家伙需要养分。已经靠近能大快朵颐的地方了。这才是她关心的事情,她唯一关心的一件事。

这个新出现的女人,方方面面都像原来的黛塔·沃克一样危险,只不过是方式不同而已。她叫米阿。她不沿用任何父姓,只用那个在高等语中代表妈妈的词。

2

她沿着长长的石头走廊向宴会大厅走去。她走过废弃的房间,空旷的大厅和小间,被遗忘的展厅,里面有不计其数的空房间。这座城堡的某处有被远古时代的鲜血浸透了的宝座。有些地方的楼梯通往不知道有多深的,以骨砌墙的地下室。但是这里仍然有生命;生命和丰富的食物。对于这一点,米阿知道得很清楚,就像她很清楚自己的腿在哪儿,还有她的多层花纹裙窸窣地摩擦着她的腿一样。丰富的食物。就像俗话说的,人和庄稼都有份儿。她现在饿坏了。当然啦!难道她不是在吃两个人的饭吗?

她走到一个宽大的楼梯口。这时传来一个虽不清楚却很有力度的声音:埋在地下室泥土中的慢速发动机的砰砰砰的声音。米阿才不在乎那些机器呢,也不在乎北方中央电子有限责任公司,那个制造了机器人,并在几万年之前让它们运转起来的公司。她完全不把什么双极电脑、那些门、光速的路径,以及处于一切事物中心的黑暗塔放在心里。

她关心的是气味。那些气味向她袭来,浓郁而芳香。鸡、肉汤和脆皮烤猪肉的香气。边上带着血珠的牛肉,圆形湿奶酪,圆鼓鼓的像橙色的逗号一样的卡拉芳蒂大虾。肚子劈开,装满酱汁的鱼瞪着它们黑色的眼睛。大盘大盘的什锦和拼盘,南方来的卡多拉高炖菜。在此之外,还有成百上千种水果和甜点,这还才刚刚开始呢!那些美食家!第一道菜的首先品尝者!

米阿沿着宽大的中央楼梯飞快地跑着,她手上的皮肤在栏杆上轻快地滑过,小巧的脚上穿着的拖鞋敲得台阶嗒嗒作响。她曾做过一个梦,梦见自己被一个可怕的男人推到地铁列车的下面,她的腿从膝盖以下都被轧断了。但是梦总是愚蠢的。她的脚好好的在那儿呢,上面还有腿,难道不是吗?是!她肚子里还有一个孩子。那个等着吃东西的小家伙。他饿了。她也饿了。

3

楼梯的底部是一个长达九十英尺的走廊,铺着打磨过的黑色大理石,它通向一个高大的双扇门。米阿朝那个方向加快了脚步。她看见自己的倒影在身后漂浮,大理石里面的电子烛台就好像水里的火把一样,但她没看到有个男人跟在她身后,那人沿着弯曲的楼梯走下来,脚上并没有穿跳舞鞋,反倒穿了一双因跋山涉水而磨损的靴子。他穿着褪了色的牛仔裤,一件蓝色条纹衬衫,而不是宫廷服饰。一支枪,一支有着用旧了的檀木枪把的手枪,挂在他身体的左侧,枪套用牛皮绳系着。他的脸晒得黝黑,棱角分明,饱经沧桑。他的头发是黑色的，但零星夹杂些白色的发丝。这男人最惹人注意的是他的眼睛。蓝色的，冷酷的，不露声色的眼睛。黛塔·沃克没怕过任何一个男人，甚至也包括这一个，但她害怕这双射手的眼睛。

双扇门的正前方有一个门厅。地上铺着红黑两色的方形大理石。镶着木板的墙上挂着城堡历代主人和女主人的退了色的画像。门厅的中央是用玫瑰色大理石和铬钢雕成的塑像。那塑像看起来是个游侠骑士，他头上高举着原先也不知是六响枪还是短剑的东西。虽然雕像的脸部几乎没有什么清楚的五官轮廓——雕刻者最多也就是对面部特征作出了暗示——米阿却知道那是谁，很有把握。知道那一定是谁。

“向你致敬，亚瑟·艾尔德，”她说，然后向他毕恭毕敬地行了礼。“请保佑那些我将拿来为你所用的东西吧。也为我的小家伙所用。晚安。”她不能祝他健康长寿，因为他的日子——连同他大多数其他的东西——都已经消失了。相反的她用指尖碰了碰嘴唇，向雕像飞了个吻。她已经足够有礼貌了。现在她走进了宴会厅。

大厅足有四十码宽，七十码长。水晶柄的电子火炬在大厅的两侧排成直线。摆满各色冷热佳肴的铁木桌旁整齐地摆放着数百把椅子。每张椅子前面都放着一个镶着精致蓝边的白盘子，这是专为特色菜肴准备的。椅子是空的，装特色菜的盘子是空的，葡萄酒杯也是空的，尽管桌上每隔几个座位就摆放着装酒的金桶，酒已经冰好了。她早知道会这样，她那最热切而又清晰的想象已经预见了这一切。因为她已经一而再再而三地发现是这样，而且还会一直是这样，只要她(和她的小家伙)需要。不管她在哪儿，她都会在附近发现这座城堡。就算那里有湿乎乎的、陈年积土的陈腐气味，那又怎样呢？就算桌下的阴影里有咯吱咯吱的声音——也许是老鼠，甚至是黄鼠狼发出的——她又为什么要在乎呢？不管怎么样，这里灯火通明，食物丰盛美味而且直接可以入口。让桌子下面的阴影们自求多福吧。那根本不关她的事儿，对，不关她的事儿。

“无父母的米阿来了！”她欢快地冲着散发着肉类、酱汁、奶油和水果香气的寂静大厅喊道。“我饿了，我要吃东西！还有，我要喂饱我的孩子！如果任何人有意见，那么就朝前迈一步！让我把他看清楚，他也把我看清楚！”

当然没有人站出来。那些曾在这里设宴言欢的人早已经不在了。现在这里只有那些慢速发动机沉重缓慢的砰砰声(还有桌底王国的那些模糊的、令人不快的奔跑声)。在她身后,枪侠一言不发地站在那里,注视着。这已经不是第一次了。他看不见城堡,他只能看见她;看得很清楚。

"沉默就代表同意!"她喊。她把手放在肚子上,肚子已经向外隆起了。她弯弯腰。然后,她笑着喊:"那么,就这样喽!米阿来赴宴啦!希望她和她肚子里的孩子能得到款待!希望他们得到很好的款待!"

她果然开始大吃了。但不是固定在一个地方,也不固定从一个盘子里拿东西吃。她讨厌那些盘子,那些蓝白相间的、盛特色菜的盘子。她不知道为什么也不愿意费神去想。她关心的是食物。她像一个来赴全世界最大盛宴的女人一样,沿着桌子往前走,一边用手指拿起吃的东西,扔进嘴里。有时她把那些热腾腾的、柔嫩的肉从骨头上咬下来,再把骨头扔回盛肉的大浅盘里。有几次她没扔准,那带肉的骨头块儿就会在白色的亚麻桌布上一路滚过去,肉汁留下像鼻血一样的污渍。有时滚动的骨头会打翻肉汤盆,有时则撞烂盛越橘果冻的水晶盘。还有些时候骨头会滚到桌子的另一边,掉下去,然后米阿会听到有什么东西拖拽骨头的声音。是一种短促、尖利的吵闹声,接着会有一声痛苦的嚎叫,好像某种东西把牙齿咬进了别的什么东西里。然后,是寂静。但寂静也是短促的,它迅速地被米阿的笑声打破了。她把油腻腻的手在胸口缓慢地擦了擦。她很享受肉和酱汁的污渍在珍贵的丝绸上扩散的样子。她很享受她胸部饱满圆润的弧线,也享受在指尖的抚摸下,她的乳头变得突出,坚硬和兴奋的那种感觉。

她沿着桌子慢慢地往前走,用各种嗓音和自己说着话,听上去完全是一种精神错乱的闲聊。

他们咋样了,宝贝儿?

哦,他们挺好的,十分感谢你的关心,米阿。

你真的相信奥斯瓦德是一个人枪击肯尼迪的?

过一百万年我也不相信,亲爱的——整个事件都是中央情报局的人在背后操纵。他们,或者是阿拉巴马靠钢材发家的那群白鬼子富翁们。

伯明翰,阿拉巴马,宝贝,这是真的吗?

你听了琼·贝兹新出的专辑没有?

上帝啊,当然了,她的声音像个天使。我听说她和鲍勃·迪伦要结婚了……

她说个不停,絮絮叨叨,喋喋不休。罗兰听到了奥黛塔教养良好的话语和黛塔粗野而多样的脏话。他听到了苏珊娜的声音,还有好多其他人的。

到底她脑袋里有多少个女人？有多少种已形成和未完全形成的人格？他看着她向根本不存在的空盘子和空杯子们伸出手去，直接从盛菜的大浅盘里拿食物，像饿死鬼一样迫不及待地嚼着每样东西，她的脸慢慢地泛起油光，礼服（他并没有看到，而只是感觉到）的前胸部位也逐渐变黑了，她揉着胸口的布料，在她的乳房上摩挲——这些动作太明显了，他是不会看错的。每次停下来的时候，她都要在再度向前走之前抓住前面空无一物的空气，把一个罗兰根本看不到的盘子扔到脚下的地上，或是扔到桌子那头的墙上，那墙肯定也是在她的梦中存在的。

“听好！”她用黛塔·沃克那种叛逆的声音叫道，“听好了，又老又恶心的蓝太太！我又把它打破了！我把你那该死的盘子打破了，你觉得怎么样？你现在觉得怎么样？”

然后，她走到下一个地方，发出一阵愉快但有些克制的笑声，然后问某某某他们的儿子某某某是不是要来莫豪斯上学，又说有色人种能有一个好学校真是一件绝妙的事，简直是最妙的事！宝贝，你妈妈怎么样了？哦，真遗憾，我们都盼望她能早日康复。

她一边说着，一边又伸手去拿那些根本不存在的盘子。她抓起一个盛满黑色鱼子和柠檬皮的大汤碗，把脸埋进汤碗里，就像狗把脸贴到狗食盆里一样，狼吞虎咽。然后她抬起头，在电子火炬的光亮中故作优雅和端庄地笑着。鱼子像黑色的汗珠一样粘在她棕色的皮肤上，星星点点地挂在脸颊和额头上，鼻孔里也有，看上去像是已经干了的，变黑了的血——哦，我知道我们正取得了不起的进展那群人现在住在日落之处，对他们最狠的报复就是让他们知道这一点——然后她把汤碗从头顶向后扔去，活像一个发狂的排球手，还有些鱼子吊在她的头发上（罗兰几乎可以看见）。汤碗在石头上撞碎了。她那张彬彬有礼，像是在对人说这舞会真妙的脸扭曲成了黛塔·沃克那副食尸鬼一样的可怕模样，她咆哮着：“你，又老又恶心的蓝太太，你觉得怎么样啊？你想把鱼子酱涂在你干巴巴的阴道里吗？你那样做啊！你尽管那样做啊！我同意！呸！”

接着她又走到下一个地方。下一个。再下一个。在这个巨大的宴会厅里喂饱她自己。她自己和她的孩子。根本不转身看一眼罗兰。根本没有意识到这个地方，严格地讲，甚至不存在。

4

他们四个（五个，如果算上奥伊的话）饱餐了一顿松饼球睡下之后，罗兰并不担心埃蒂和杰克。他的注意力都集中在苏珊娜身上。枪侠很确定她今晚又要外出游荡，而他，仍然要跟在她后面。并不是去跟踪她到底在做些什么；他事先就知道那是什么了。

不，他首要的目的是保护她。

早在下午杰克抱着那一捧食物回来的时候，苏珊娜就显露出一些罗兰知道的迹象：说话简短，常用缩略语；动作有些太活泼，没了平时的优雅；总是心不在焉地揉太阳穴或是左边眉毛的上方，好像那里痛似的。难道埃蒂没有看到这些迹象吗？罗兰有些怀疑。自从罗兰第一次碰见埃蒂以来，埃蒂一直是个迟钝的观察者，但他已经改变了很多了，而且……

而且他爱她。爱她。他怎么可能看不见罗兰看到的东西呢？虽然这些迹象并不像从前在西海边上，黛塔想跳出来摆脱奥黛塔控制那一次那么明显，但是毕竟有迹象，而且和以前并无多少不同。

从另一方面来看，罗兰的妈妈说过一句话，爱情使人变成睁眼瞎。也许正因为埃蒂跟她太亲近才会看不出来。*或者根本不想看见*，罗兰想，*不想面对我们有可能又要再经历一次那种事的念头。看她一人同时扮演自己和她那分裂的人格。*

只不过这一次不是关于她。长期以来罗兰一直怀疑这一点——早在和河岔口的人谈判之前就怀疑了——但现在他知道了。不，不是关于她。

所以他躺在那儿，听到其他人一个接一个地坠入梦乡，呼吸声变得舒缓：奥伊，然后是杰克，接下来是苏珊娜，最后是埃蒂。

等等……并不能完全说埃蒂是最后一个。微弱地，非常微弱地，罗兰听到南边小山的另一边传来轻声说话的声音，是那些一直跟踪他们，观察他们的人。也许他们是在为了要不要站出来表明身份而伤神吧，很有可能。罗兰竖起耳朵，但还是听不清他们到底说了些什么。那低语声大概持续了十几句，直到有人大声地嘘了一声。接下来，一片寂静，除了风不时吹动树冠发出低沉的沙沙声。罗兰一动不动地躺着，两眼望着上方没有星辰的黑暗天幕，等待苏珊娜站起来。最终，她站起来了。

但在那之前，杰克，埃蒂，还有奥伊都去了隔界。

5

罗兰和他的伙伴们从范内那里听说了隔界(这也是他们需要了解的)。范内是很久以前的宫廷教师,那时他们都还年轻。刚开始的时候他们是五人组:罗兰、阿兰、库斯伯特、杰米和华莱士,范内的儿子。华莱士,聪明绝顶但体弱多病,死于一场大病,这病有时被称作亡孽。这样他们就只剩下四个人了,是真正的卡-泰特。范内很清楚地知道这一点,但这也是他伤心的原因之一。

柯特教他们根据太阳和星辰来行走;范内则给他们演示指南针,四分仪和六分仪,并教给他们使用这些仪器所必需的数学知识。柯特教他们如何打斗。他讲了打斗的历史,逻辑,并给出了他称为"普遍真理"的指南。范内则教他们在某些时候如何避免打斗。柯特教他们在必要的时候杀人。范内呢,带着他柔和甜美却又心不在焉的微笑,告诉他们暴力往往不能解决问题,反而让事情变得更糟。他把暴力叫做空房子,在那里所有的声音都会被回声所扭曲。

他教他们物理——人们所知道的物理。他教他们化学——人们所不知道的化学。他让他们完成句子,诸如"那棵树像一个……","当我跑步时,我觉得很快乐,像一个……"和"我们禁不住笑了,因为……"等等。罗兰讨厌这些练习,但是范内不允许他逃脱。"你的想象力太贫瘠了,罗兰,"老师曾经这样对他说——那时罗兰大概十一岁。"我不能听任你用简单的理性把它弄得更差。"

他教他们使用魔力七转盘,却拒绝承认他相信其中的任何一个。罗兰认为就是在其中的某堂课上范内略微提了一下隔界。也许应该把它当成专有名词,也许它是**隔界**。对此罗兰并不确定。他知道范内曾提到过曼尼人,那些长途跋涉的旅行者。难道他不是也提到过巫师的彩虹吗?

罗兰想是的,范内提过,但是他自己曾两次拥有粉色的彩虹,一次他还是个孩子,一次他已经长大,尽管他两次都坐在里面旅行过——第二次是和他的朋友们一起——但它从未带他穿越隔界。

哦,但是你又是怎么知道的呢?他问自己,你是怎么知道的呢,罗兰?那时你在彩虹里面。

因为库斯伯特和阿兰会告诉他的,这就是原因。

你确定吗？

枪侠的胸中涌起一阵奇怪的感觉，他也说不清是什么——是愤怒吗？是恐惧吗？也许甚至是觉得被出卖了？——当他说他并未穿过隔界时，他并不确定。他只知道那球把他深深地吸了进去，而他还能出来真是太幸运了。

这里根本没有球，他想。然而他又听到了那个声音——他那年迈衰弱的老师的干涩、捉摸不定的声音，范内的丧子之痛从未消失过——用同样的话回答他：

你确定吗？

枪侠，你确定吗？

6

首先传来的是一阵劈劈啪啪的声音。罗兰第一个念头就是篝火：肯定是他们中的某一个捡了还未干枯的杉树枝，现在火终于烧到那些树枝了，松针闷燃的时候就发出了这种声音。但是——

那声音越来越响了，然后变成了电动机的嗡嗡声。罗兰坐起来，向快要熄灭的篝火的另一边看去。他的眼睛瞪大了，心跳开始加速。

他看到睡梦中的苏珊娜已转身背对着埃蒂，也离他远了一点。埃蒂的手伸着，杰克也是。他们的手碰到了一起。正当罗兰看着他们的时候，他们开始时隐时现，身体也痉挛般地颤动着。奥伊也是同样的状况。他们消失之后，在原先躺的地方取而代之的是和他们身形相同的一团暗灰色的光。每次他们回来的时候，都会有那种电动机的嗡嗡声。罗兰可以看见他们合着的眼皮在跳，这是因为眼睛在下面转动。

做梦。但又不仅仅是做梦。这是隔界，两个世界之间的通道。据推测曼尼人可以做到。还有巫师的彩虹也可以让你做到，不管你愿不愿意。特别是其中的一个彩虹。

他们有可能卡在中间，然后坠落下去，罗兰想，*范内也说过那个。他说穿越隔界充满了危险。*

他还说了些什么呢？罗兰没有时间去回想，因为这时苏珊娜坐起来了，抓起罗兰为她做的遮盖残腿的软皮罩，然后爬上了轮椅。过了一会儿，她便摇着轮椅向道路北面的古森林那边去了。这和那些跟踪者所在的方向正好相反;谢天谢地。

罗兰躺在原地,挣扎着,翻转着。但最后,这一切总算是过去了。他不能在同伴们穿越隔界的时候叫醒他们;这样太冒险了。他能做的只有跟着苏珊娜,就像他在其他夜晚做的一样,而且祈祷苏珊娜别碰上什么麻烦。

*你还可以想想以后将会发生什么。*又是范内那干涩、说教的声音。*既然他的老师回来了,看来他是打定主意多待一会儿了。理性的思考从来不是你的强项,但是你不得不去思考。当然了,你想等到你的客人们自己出现,表明身份——直到你确信他们想要什么——但是最终,罗兰,你必须采取行动。但是在那之前,先思考。未雨绸缪总比亡羊补牢要好。*

是的,未雨绸缪要好些。

又传来一阵嗡嗡的爆裂般的响声。埃蒂和杰克回来了,杰克躺在地上,胳膊搂着奥伊。然后他们又不见了,原地只留下微弱的胶化外质①的闪光。算了,别操心了。他的任务是跟着苏珊娜。至于埃蒂和杰克吗,如果上帝愿意,天自然会下雨的②。

万一你回来时他们消失了怎么办?这种事情发生过,范内这样说过。那么她醒来之后,发现自己的丈夫和养子都不见了,你该对她怎么说?

现在还不是担心这些问题的时候。现在最重要的是苏珊娜,要确保她的安全。

7

在道路的北边,有着巨大树干的古树之间间隔很大。虽然上面的树枝交错在一起,形成了一个密闭的顶棚,但在地上却有足够的空间让苏珊娜摇着轮椅通过。她的速度很快,在巨大的铁木和松树之间穿行,滑下覆盖着芬芳的松针和落叶的斜坡。

不是苏珊娜。也不是黛塔或者奥黛塔。她叫自己米阿。

就算她叫自己"绿色时光的女皇",罗兰也不在乎,只要她能平安地回

---

① 生物学术语,指细胞基质外部的胶化区。
② 意为听天由命。

来，还有，在她回来的时候，另两个人还在。

他开始闻到一阵更清爽，更新鲜的绿色植物的味道：是芦苇和水草。还有泥土的味道和青蛙的跳动声，嘲讽般的呼呼声！呼！一只猫头鹰叫了起来，像是在打招呼。水花四溅的声音，好像有什么跳到了水里。紧跟着是什么东西发出了临死前微弱而尖细的叫声，也不知是跳水者，还是被它跳到身上的那一方。被半腐的落叶覆盖的地上逐渐出现了草，刚开始是星星点点，然后是挤成一团。树冠顶棚变薄了。蚊子和沙蚤嗡嗡乱叫。空气中飞满了比尼甲虫，像一块布上密密麻麻的针眼一样。沼泽地的气味越来越浓。

在此之前轮椅并未在地上留下任何痕迹。但是现在地上杂草纠结，罗兰开始在她经过的路上看到折断的小枝和拽下来的叶片。然后，当她差不多到了地势较低的平地上的时候，轮子不停地陷到越来越软的泥土中。大约走了二十来步，罗兰看到她经过的地方有稀的泥浆。但她那么聪明，不会让自己陷到泥里出不来——那么狡猾。离第一次看见泥浆的地方又二十步开外，他看见了那架轮椅，被遗弃的轮椅。轮椅的座位上放着她的裤子和上衣。她赤裸着进入沼泽了，身上只有遮盖残腿的那个软皮罩子。

地上是一摊摊的积水，水坑上环绕着带状的薄雾。还有一些绿色的小土包从土中鼓出来；其中的一个小土包上有一根直立的木桩，上面绑了个什么东西，刚开始罗兰还以为是个破旧的稻草人。但他走近一看，发现那是一副人的骨架。那骨架的前额被砸碎了，在空空的眼窝之间留下了一个三角形的黑洞。毫无疑问，那是某种原始的，战斗中使用的棍棒弄的。这个尸骨（或是尸骨流连的灵魂）被留下来标记某个部落的疆界。也许部落里的人早都死光了，或是搬走了，但不管怎么样，谨慎总是美德。罗兰拔出枪，继续跟着那女人往前走。他绕过了那些土包，时不时因为右边屁股上的刺痛打个哆嗦。尾随那女人需要罗兰集中全部注意力，并尽可能地行动迅速。有一部分是因为她可不像罗兰那样尽可能避免把身上弄湿。她像一条人鱼一样赤身露体，也像一条人鱼那样行动自由，在粪堆和烂泥中活动就像在干地上一样。她从较大的土包上爬过去，在土包之间的水里滑动，不时停下来把身上的水蛭扯下来。在黑暗中，她的行走和滑动混为一体，像鳗鱼般扭曲摆动地滑行，诡异而又令人不安。

她这样走了大概四分之一英里，到了全是软泥的沼泽地，而枪侠也一直很有耐心地跟着她。他尽可能地不弄出任何声音，虽然他也怀疑这有没有必要：因为她能看、能感觉和能思考的那部分离这里很远。

终于她停了下来，用她的断腿站着，手抓住两边灌木结实的枝干来保持平衡。她的目光越过池塘的黑色的水面，头颅高昂，纹丝不动。枪侠无法分辨这池塘是大还是小，因为池塘的边界全都淹没在雾中。但是并非没有光亮，水面下方仿佛隐藏着一种微弱的、四处发散的光，也许是从沉在水中慢慢腐烂的原木中散发出的吧。

她站在那里，观察着这个满是粪便污泥的林中池塘，就像一个女王在视察一个……一个什么呢？她到底看见了什么？一个宴会厅吗？他慢慢地这么认为。差不多是看见的。是她的头脑在向他的喃喃低语着，这些话的内容是与她的言行相吻合的。宴会厅是她的头脑使苏珊娜远离米阿的巧妙办法，就像它这些年让奥黛塔远离黛塔一样。也许米阿有无数个理由让她自己的存在不为人知，但是最重要的理由一定和她腹中的那个生命有关。

她叫它小家伙。

然后她突然就开始打猎了，罗兰被这突然的动作吓了一跳（尽管他以前也看见过）。她先是在池边，然后又进到池塘里面一点，她滑动着，样子阴森古怪，没有发出一点声响，也没有溅起一丝水花。罗兰带着混合了恐惧和情欲的表情，看着她在芦苇和水草之间穿行，像梭子在线中穿梭编织一般。此时，她不再把水蛭从身上扯下来扔到一边，反而把它们扔进嘴里，像扔糖果一样。她大腿上的肌肉微微颤动着。棕色的皮肤像打湿的绸子一样闪闪发光。她转过身的时候（罗兰这时已经退到了一棵树的后面，融入了阴影中），他清楚地看到她的乳房变得饱满起来。

当然了，问题不只出在“小家伙”身上。还有些事埃蒂需要考虑。*罗兰，你他妈的到底怎么回事？*罗兰似乎听到他在说。*那可能是***我们***的孩子。我是说，你并不能肯定那不是。对了对了，我知道我们把杰克拽过来的时候，有什么东西占有了她，但那不一定就说明……*

继续说继续说，埃蒂就会像这样哇啦哇啦说个没完，为什么呢？因为他爱她，他想要他们结合生下的孩子。还因为争辩对埃蒂来说就像呼吸一样自然。从前库斯伯特也是这样。

那光着身子的女人在芦苇中猛地伸出手去，抓住了一只个头不小的青蛙。她用力一捏，青蛙爆裂了，肠子和发亮的卵喷在她的手指间。那青蛙的脑袋裂开了。她把它拿到嘴边——青蛙绿里泛白的后腿还在抽搐着——贪婪地吃了个干净，然后舔着手指关节上粘着的血和发亮的碎片。然后她仿佛把什么扔到了地上，用低沉的、从喉咙里发出的声音喊道“*你觉得怎么样*

啊，又老又恶心的蓝太太？”这声音让罗兰发抖。这是黛塔·沃克的声音。黛塔最阴险最疯狂时的声音。

几乎停都没停，她又继续往前移动了，一边搜寻着一边移动。接下来是一条小鱼……然后又是一只青蛙……然后是一个大收获：她抓住了一只水老鼠，那老鼠吱吱乱叫，不断地扑腾，还试图咬她。但她一把捏死那只老鼠，把它塞进嘴里，连身体带爪子。过了一会儿，她低下头把剩余物吐了出来——一团缠绕在一起的毛发和碎裂的骨头。

那么就让他看看这个——因为罗兰总认为他和杰克一定能回来，不管他们有什么遭遇。然后说：“我知道人们都说女人怀孕的时候会想吃各种奇怪的东西，但是埃蒂，你不觉得这有点太古怪了吗？看看她吧，她在芦苇和软泥中觅食，活像一只人形鳄鱼。看着她，然后告诉我她这样做是为了喂你的孩子。任何人类的孩子。”

他仍然会争辩的。罗兰知道。但是他不知道苏珊娜自己会怎么做，如果罗兰告诉她，她肚子里怀了一个半夜里渴望吃生肉的东西。似乎这事儿以前没有那么麻烦，而现在还有隔界。还有那些跟在他们后面的陌生人。但其实那些陌生人是他面临的所有问题中最不让他头疼的一个。说老实话，他甚至觉得那些人的存在对他来说有某种安抚作用。他不知道他们想要什么，但他又确实知道。以前他就见过那些人，见过很多次。在内心深处，他们渴望的是同一个东西。

8

现在那个把自己叫作米阿的女人开始边觅食边说话了。罗兰对此也很熟悉，因为这也是她惯例的一部分，但他还是毛骨悚然。尽管他正盯着她看，他仍然觉得同一个喉咙竟然能发出那么多种不同的嗓音实在是令人难以置信。她问她自己她怎么样。她告诉她自己她做得很好，万分感谢。她提到一个叫比尔的人，也可能是布尔。她问候了某人的母亲。她向某人询问了一个叫莫豪斯的地方，然后用浑厚粗重的声音——毫无疑问是个男人的声音——告诉自己她既不去莫豪斯也不去没豪斯。说完，她沙哑地笑了起来，所以这肯定是什么笑话之类的。她做了好几次自我介绍（像其他几晚一样），她称自己为米阿，这是一个罗兰早年还在蓟犁时就很熟悉的名字。

这差不多是个神圣的名字。她行了两次屈膝礼，微微地提着她那并不存在的裙子，她的动作让罗兰的心一阵抽痛——他第一次看到这种行礼方式是在眉脊泗，那时他和他的朋友阿兰和库斯伯特是被父亲们送到那边去的。

她又走回了

(宴会厅)的边缘

池塘的边缘，浑身湿漉漉的，闪闪发光。她待在原地没动足有五分钟，然后是十分钟。那只猫头鹰又发出它的嘲讽般的招呼声——呼！——仿佛是作为回应，月亮从云后探出头来，短暂地露了露脸。这时一个小动物赖以藏身的阴影消失了，它飞快地从那女人身边蹿了出去。但她准确无误地抓住了它，把脸埋进了它还在翻腾的肚子里。然后是一阵咀嚼什么湿答答东西的声音，紧接着是几声嘎吱嘎吱的啃咬声。她把那东西撕成两半，把剩下的一口吞下。她打了个饱嗝，声音在水面引起了几声回响。她又回到了水里。这次她溅起了很大的水花，罗兰知道今晚的宴会就算是结束了。她甚至还毫不费力地抓了些飞动的比尼甲虫，把它们也吃掉了。罗兰现在只能希望她吃的这些东西不要让她生病。目前为止，还没有什么让她生病。

她简单地冲洗了一番，洗去身上的泥和血，趁此机会，罗兰赶忙沿着来路往回走，他动用了他所有的技巧，也顾不得屁股上越来越频繁的疼痛。他之前已经看了她三次了，而一次就足以让他明白此时她的感官敏锐得可怕。

他路过了她的轮椅，停下来，四处看了一下他是否留下了痕迹。他看到了一个靴子印，他把那印子抹平，又往上面扔了点树叶。不能扔太多，太多的话还不如不扔。做完那以后，他朝道路和他们的营地走去，这一次并不着急。她在走之前还要做些打扫的。罗兰有些好奇，米阿打扫苏珊娜的轮椅时看到的是什么呢？一种小型的机动车？这是个无关紧要的问题。要紧的是她竟那么聪明。如果不是早些日子有一晚他内急起夜，看到她正起身前去历险，他很可能仍然不知道她那些觅食旅程。他一向认为自己在这方面很聪明。

*不像她那么聪明，呆子。*现在，就好像范内的鬼魂还不够似的，柯特又来教训他了。*她以前就向你展示过的，不是吗？*

是的。她以前就向他展示过三个女人加在一起的聪明才智。现在，又来了第四个。

9

当罗兰看到前方的森林突然断开时——那是他们一直在沿着走的路，还有他们晚上露营的地方——他深深地长舒了两口气。这本是为了让他的心绪安定下来，但并没有什么效果。

如果上帝高兴，天自然会下雨的，他提醒自己，对于重大的事情，罗兰，你是没有发言权的。

这并不是一个让人舒服的事实，特别是对于一个要进行这种艰难寻求的人来说，但这是一个他不得不接受的事实，他已经明白了这一点。

他又深吸了一口气，然后迈出脚去。当看见埃蒂和杰克躺在已经熄灭的篝火旁熟睡时，他长长地，放松地把那口气释放了出来。杰克的右手，罗兰离开营地跟踪苏珊娜的时候还和埃蒂的左手牵在一起，现在正抱着奥伊的身体。

那貉獭睁开一只眼，认出是罗兰，又把眼睛闭上了。

罗兰听不见，但他感觉得到她回来了。他迅速躺下，侧过身来，把脸埋在弯曲的臂弯里。以这个姿势他看见那架轮椅从森林中滚出来。她清洗得很快但很好。罗兰看不到轮椅上有一点泥土。轮辐在月光下闪闪发亮。

她把轮椅停在原处，以她一贯的优雅动作从上面滑下来，然后移到埃蒂躺着的地方。罗兰看着她靠近她熟睡中的丈夫，有些焦虑不安。不管是谁，他想，只要碰到黛塔·沃克都会有那种焦虑不安的感觉。而给自己起名叫母亲的那个女人离原来的黛塔实在是太近了。

罗兰躺在那里，一动不动，就像睡死了一样。但他随时可以一跃而起。

然后，苏珊娜把埃蒂的头发从脸的一侧拂开，吻了一下他的太阳穴。这姿势所显露的温柔告诉了枪侠他所需要知道的一切。可以安心地睡了。他合上眼，让黑暗淹没了自己。

第四章

谈话

1

清晨罗兰醒来的时候，苏珊娜还在熟睡，但埃蒂和杰克已经起身了。埃蒂在燃尽的灰色木柴上又生了新火。他和男孩挨着火坐着取暖，一边吃着埃蒂称为枪侠煎饼的东西。他们看起来既激动又不安。

“罗兰，”埃蒂说，“我认为我们需要谈谈。昨晚发生了一些事情。”

“我知道，”罗兰说，“我知道。你们穿越了隔界。”

“隔界？”杰克问，“那又是什么？”

罗兰刚要开始讲，又摇了摇头。“如果我们要谈话，埃蒂，你最好还是把苏珊娜叫醒。这样的话我们一会儿就不用把第一部分从头讲一遍了。”他看了看南边。“希望在我们谈完之前，那些新朋友不要过来打扰我们。他们跟这件事无关。”但是他已经开始怀疑这一点了。

他带着不同寻常的兴趣看埃蒂把苏珊娜摇醒，很清楚但又不是百分之百肯定睁开眼的是苏珊娜。是她。她坐起身来，伸了伸懒腰，用手指梳了梳她那浓密的鬈发。“亲爱的，你是怎么了？我至少还要再睡一个小时才够。”

“我们需要谈谈，苏希。”埃蒂说。

“你想怎样都行，但现在可不是好时候，”她说，“天啊，我浑身都麻了。”

“在硬地上睡觉都会这样的。”埃蒂说。

更不用说光着身子在沼泽和湿地里觅食了，罗兰想。

“给我倒点水，宝贝。”她伸出手，埃蒂在她的手掌上倒了点水囊里的水。她把水拍在两颊和眼睛上，打了个激灵，说，“冷。”

“老①！”奥伊说。

“还没有呢，”她告诉貉獭，“但如果像这样的日子再持续几个月，我还真就会老了。罗兰，你们中世界的人也知道咖啡，对吧？”

罗兰点点头。“南方的外弧种植园里生产咖啡。”

---

① 前面苏珊娜说的是 Cold(冷)，奥伊学舌说 old(老)。

“如果我们看到咖啡，就偷些过来，好吗？你答应我，现在。”

“我答应你。”罗兰说。

苏珊娜同时也在打量着埃蒂。“出什么事儿了？你们看起来脸色不好。”

“又做梦了。”埃蒂说。

“我也是。”杰克说。

“并不是梦，”枪侠说，“苏珊娜，你睡得怎么样？”

她坦率地望着他。在她的回答中，罗兰感觉不到一丝谎言。“睡得像石头一样，和平常一样。这旅行就有一点好——你可以把那该死的宁比泰①扔到一边了。”

“隔界到底是什么玩意儿，罗兰？”埃蒂问。

“隔界，”他开始说了，然后尽自己所能向他们作了解释。关于范内的课，他记得最清楚的是曼尼人通过长期斋戒来达到合适的精神状态，然后他们到处行走，寻找适合开启隔界的地方。他们是利用磁石和铅垂来确定地点的。

“听上去这群人在纽约尼德公园会宾至如归。”埃蒂说。

“像格林尼治村的任何地方。”苏珊娜补充。

“听着像夏威夷，对吧？”杰克用一种庄重、低沉的声音说道，他们都笑了。就连罗兰也笑了笑。

“隔界是另一种旅行的方法，”笑声停下来时埃蒂说，“就像门。还有玻璃球。对不对？”

罗兰刚想说是的，但又犹豫了。“我觉得它们是同一件事的不同形态，”他说，“据范内说，那些玻璃球——也就是巫师的彩虹——让穿越隔界变得容易。有时候太容易了。”

杰克说：“我们真的忽明忽暗，就像……灯泡一样？也就是你们叫作闪灯的东西？”

“对——你们出现了又消失了。你们消失的时候，原处会出现一团暗淡的光，几乎就像是什么东西在为你们留着位子一样。”

“如果真是那样，那可真要感谢上帝了，”埃蒂说，“那一切结束的时候……当那些敲钟声又响起来，我们的身体失去控制的时候……讲实话，我认为我们回不来了。”

“我也是这样认为的，”杰克平静地说。乌云又一次笼盖了天空，在昏暗

① 宁比泰（Nemtutal），一种安眠和镇静药。

阴沉的晨光里，那孩子看起来苍白极了。“我失去了你。”

“我这辈子从来没有这么高兴看到某个地方，就像我今天一睁眼看到这条路一样，”埃蒂说，“而且你就在我身边，杰克。甚至我觉得这样的旅行也不算坏。”他看着奥伊，又看着苏珊娜。“昨晚你没遇到类似的事吧，亲爱的？”

“如果有的话，我们早就看到她了。”杰克说。

“但如果她穿过隔界到了另外的地方呢？”埃蒂说。

苏珊娜摇摇头，看起来有些困惑。“我整夜都睡过去了。我已经告诉你了。你呢，罗兰？”

“我没什么好说的，”罗兰说。和往常一样，他不轻易流露自己的想法，直到他觉得是时候把想法和大家分享为止。而且，他说的并不完全是假话。他眼光锐利地看着埃蒂和杰克。“有什么麻烦了，对不对？”

埃蒂和杰克对视了一眼，然后又看着罗兰。埃蒂叹了一口气。“是的，很可能有麻烦了。”

“严重不严重？你们知道吗？”

“我认为我们不知道。对吧，杰克？”

杰克摇摇头。

“但我有了些想法，”埃蒂接着说，“如果我的想法是对的，我们确实有麻烦了。一个大麻烦。”他用力地咽了一口唾液。杰克碰了碰他的手。看到埃蒂飞快地死死抓住了那孩子的手，枪侠有些担心了。

罗兰伸出手去，把苏珊娜的手拉过来放在自己的手心。一瞬间，他想起了这只手曾攥着一只青蛙并把它的肠子挤出来。他把这个想法赶出了自己的脑袋。做了那种事的女人现在并不在这里。

“告诉我们，”他对埃蒂和杰克说，“把一切都告诉我们。我们要听所有的事情。”

“每一个字，”苏珊娜表示赞同，“看在你们父亲的分上。”

2

他们把在一九七七年的纽约发生的事情叙述了一遍。他们讲到跟着杰克去了书店，然后遇到巴拉扎和他的手下，罗兰和苏珊娜听得入了神。

“嚯！”苏珊娜说，“同一群坏孩子！简直就像是狄更斯的小说嘛。”

“谁是狄更斯，小说又是什么？”罗兰问。

“小说就是写在书里的一个长故事，”她说，“狄更斯写了十来本。他很可能是历史上最优秀的小说家之一。在他的故事里，生活在一个叫伦敦的大城市里的人们不断地碰到来自于别的地方或是很久以前的熟人。我大学时有个老师，他很讨厌这种偶然发生的事。他说狄更斯的故事充斥着这些简单的巧合。”

“这个老师要么不知道宿命，要么根本不相信。”罗兰说。

埃蒂点着头。“这就是宿命，就是。毫无疑问。”

“比起这个讲故事的狄更斯，我对写了《小火车查理》的那个女人更感兴趣，”罗兰说，“杰克，我在想你能不能——”

“我总是比你早一步。”杰克说，解开背包的带子。他近乎虔诚地把那本已经破旧的书拿了出来，该书讲述了火车头查理和他的朋友，工程师鲍伯的历险故事。他们都看着书的封面。图画下面的名字仍然是贝里·埃文斯。

“天，”埃蒂说，“这真是太古怪了。我是说，我并不想将火车转入侧线，或是其他什么……”他停顿了一下，意识到他刚刚用了一个铁路运输方面的双关语，然后又接着往下说。不管怎么说，罗兰对双关和玩笑都没什么兴趣。“但这真是很古怪。杰克——七七年的杰克——那本书的作者是个叫克劳迪娅，什么贝彻曼的。”

“伊纳兹，”杰克说，“而且，还有一个 y，小写的 y。你们谁知道那是什么意思吗？”

没有人知道，但是罗兰说眉脊泗有那样的名字。“我相信那是某种表示敬意的附加词。我并不确定它跟这件事有关联。杰克，你说窗子上的标记也和以前不同了。怎么个不同法？”

“我记不得了。但是你知道吗？我觉得如果你再把我催眠一次——你知道，用子弹——我能记起来。”

“时机合适的话我可能会那么做的，”罗兰说，“但今天上午时间太短了。”

又来了，埃蒂想，昨天时间基本上不存在，现在它又太短了。但是这一切都在某种程度上和时间有关，不是吗？罗兰的过去，我们的过去，这些新的日子。这些危险的新的日子。

“为什么？”苏珊娜问。

“我们的朋友，”罗兰说，朝南边点了点头。“我有一种感觉，他们很快就要在我们面前出现了。”

“他们是我们的朋友吗?”杰克问。

“这倒真问到点子上了,”罗兰说,又一次开始怀疑这一点。“现在,就让我们把楷覆的注意力集中到那个心灵书店,管它叫什么呢。你看到斜塔的那些抢劫者青枝①了老板,对不对? 这个叫塔,或是叫托伦的人。”

“你是说压迫他?”埃蒂问,“扭他的胳膊?”

“是。”

“他们当然那样做了。”杰克说。

“做了,”奥伊插嘴道,“当然做了。”

“我愿意跟你赌任何东西,塔和托伦是同一个名字,”苏珊娜说,“‘托伦’在荷兰语中是‘塔’的意思。”她看到罗兰抬起了她的手,好像要开始说话。“这是我们的世界中人们经常做的事儿,罗兰——把一个外国名字改成更……嗯……更美国。”

“是,”埃蒂说,“就像斯坦普维兹改成了斯坦普……雅各布改成了雅各……或者……”

“或者贝里·埃文斯变成了克劳迪娅·y.伊纳兹·贝彻曼。”杰克说。他笑了,但他听上去似乎并不觉得这很有趣。

埃蒂从篝火中抽了根烧了一半的木棍,开始在泥土上涂鸦。他一个接一个地在地上划出了大写的字母:C……L……A……U②。“大鼻子甚至说塔是荷兰人。‘木头脑袋永远都是木头脑袋,对吧,老板?’”他看着杰克以求证他的话。杰克点点头,然后拿过那木棍接着写:D……I……A。

“他是个荷兰人,你知道,这意味着很多事情,”苏珊娜说,“荷兰人曾一度拥有曼哈顿的大部分地区。”

“你想再试试狄更斯式的思路吗?”杰克问。他在写在泥上的克劳迪娅(CLAUDIA)后面又加了一个y,然后抬起头看着苏珊娜。“还有那间闹鬼的房子呢,我就是穿过那个房子来到这个世界的。”

“那豪宅。”埃蒂说。

“荷兰山上的豪宅。”杰克说。

“荷兰山。对了,那就对了。妈的。”

---

① 青枝(Greenstick),高等语,语意见下文。

② 这是克劳迪娅(Claudia)的前四个字母。

“让我们来谈谈核心问题，”罗兰说，“我觉得那就是你们看到的协议书。你觉得你必须看那个，对不对？”

埃蒂点点头。

“你是不是觉得那种需要有点像跟随光束的路径？”

“罗兰，我觉得那就是光束的路径。”

“换句话说，就是通往塔的路。”

“是，”埃蒂回答。他脑子里想的是，云怎样沿着光束的路径涌动，黑影怎样向着光束的路径倾斜，每棵树的每一个枝条是怎样向着那个方向伸展。万物都为光束的路径服务，罗兰曾这样告诉过他们。埃蒂想要看清巴拉扎放在凯文·塔面前的那张纸的愿望就像是一种需要，迫不及待，无法抗拒。

“告诉我那上面都写了什么。”

埃蒂咬着他的嘴唇。他这次并不像上次雕刻救出杰克的钥匙并把他带到这个世界时那么害怕，但也差不多了。因为就像上次的钥匙一样，这也是很重要的。如果他遗忘了什么事，那些世界也许就坍塌了。

“天，我不能想起所有的东西，不能每个字都记得清。”

罗兰做了个不耐烦的手势。“如果我需要那样，我会把你催眠，然后逐字逐句地搞清楚。”

“你认为那重要吗？”苏珊娜问。

“我认为那全部都很重要。”罗兰说。

“如果催眠对我不起作用怎么办？”埃蒂问，“如果我不是，比方说，一个好的催眠对象呢？”

“尽管交给我。”罗兰说。

“十九，”杰克突然说。他们都朝他转过身去。他正看着刚才他和埃蒂在泥地上已熄灭的篝火旁边划的那些字母。“克劳迪娅· y.伊纳兹·贝彻曼①。十九个字母。”

3

罗兰考虑了一会儿，决定暂且不去想它。如果数字十九确实跟整件事

---

① 英文为 Claudia y Inez Bachman，正好是十九个字母。

有什么关系的话，到时候他们自然会知道的。现在还有别的事情要操心。

“那张纸，”他说，“现在还是让我们先来考虑那张纸。告诉我你能想起来的任何事。”

“那是一份法律协议，底部公章什么的一应俱全。”埃蒂停下来，他被一个很基础的问题困住了。罗兰很可能知道这方面的事——毕竟他以前担任过类似于法律合伙人的职务——但是再确定一下也没什么坏处。“你知道律师，对吧？”

罗兰用他最干巴巴的腔调回答。“你忘了我来自蓟犁，埃蒂。内领地的最里面。我想，比起律师，我们拥有更多的商人、农夫和制造工人，但是总体数量应该是差不多的。”

苏珊娜笑了。“你让我想起了莎士比亚戏剧中的一幕，罗兰。两个人物——好像是福斯塔夫和哈尔亲王，我也不确定——正在讨论他们赢得战争掌握政权以后打算做什么。其中一个人说，‘首先我们要把所有的律师都处死。’”

“这倒是个不错的开头，”罗兰说，埃蒂却觉得他这体贴的话让人浑身发冷。然后枪侠又朝他转过身来。“接着说吧。如果你有要补充的，杰克，尽管开口。你们两个都放松一点，看在你们父亲的分上。我现在只是要知道个大概。”

埃蒂觉得他早知道是这样，但是听到罗兰亲口这么说了，他还是感觉好受一点了。“好吧。那是一个协议备忘录。这个标题是用大字写在最开头的。结尾写着同意，有两个签名。一个是凯文·塔。另一个是理查德某某。你记得吗，杰克？”

“赛尔，”杰克说，“理查德·帕特里克·赛尔。”他停顿了一下，嘴唇微微地动着，然后点了点头。“十九个字母①。”

“这个协议说了什么？”罗兰问。

“并没说多少，如果你想知道实情，”埃蒂说，“或者是在我看来，没说多少。简单地说就是，塔在四十六街和第二大道的拐角处拥有一块空地——”

“那块空地，”杰克说，“有玫瑰的空地。”

“对，是那块。先别管这个。塔在一九七六年七月十五日签了这个协议。桑布拉公司给了他十万美金。他给了他们什么呢，我所知道的是，塔答

① 英文为 Richard Patrick Sayre，也是十九个字母。

应他们一年内不将那块地出售给桑布拉公司以外的任何人，还要看管那块地——交税和其他事情——然后，如果到时他还没有把地卖给桑布拉公司，也要给那个公司优先购买权。我们在那儿的时候，他还没有把地卖掉，但是协议还有一个半月才到期呢。”

“塔先生说那十万美金全都花光了。”杰克插嘴说。

“协议里有没有什么地方提到了这个桑布拉公司有最高竞标价购买权？”苏珊娜问。

埃蒂和杰克仔细回想了一下，对视了一眼，然后摇摇头。

“确定没有？”苏珊娜问。

“不是完全肯定，但是比较有把握，”埃蒂说，“你觉得这有关系吗？”

“我也不知道，”苏珊娜说，“你们提到的这个协议书……嗯，没有提到最高竞价购买权的话，似乎就是不成立的。因为那样的话，如果你仔细一想，这协议还剩下些什么呢？‘我，凯文·塔，同意考虑卖给你那块空地。你付给我十万美金，我呢，就用一年时间来考虑这个问题。也就是说当我不在喝咖啡或是和朋友下棋的时候。一年以后，我也许会把地卖给你，也许我自己留着，或者我直接拍卖，把地卖给出价最高的人。如果你不乐意，宝贝，那也没办法。’”

“你忘了一件事。”罗兰温和地说。

“什么事？”苏珊娜问。

“这个桑布拉可不是什么普通的遵纪守法的公司。问问你自己一个普通的遵纪守法的公司有没有可能雇佣像巴拉扎那样的人来传口信呢？”

“你算说对了，”埃蒂说，“塔都吓坏了。”

“不管怎样，”杰克说，“这至少让一些事情变得清楚了。比如我在那块空地上看见的标志牌。这个桑布拉公司因为出了十万元，也有了可以在那块地上为将来项目打广告的权利。你看到那部分了吗，埃蒂？”

“我认为是。紧跟着那部分是说塔不允许抵押或以任何方式利用那块地，以此保护桑布拉的‘已申明的利益’，对吧？”

“是的，”杰克说，“我在空地上看到的标志牌上说……”他停顿了一下，回忆着，然后把手抬起来，往手中间看去，好像在读一个只有他自己才能看到的标志牌：**“米勒建筑公司与桑布拉不动产强强联合为美化曼哈顿不懈努力！即将上市：海龟湾豪华联排别墅。**”

“那就是他们想买那块地的目的，”埃蒂说，“联排。但是——”

“什么是联排别墅?”苏珊娜皱着眉问道,“听上去像是什么新奇的调味品架子一样。”

“这是一种连起来的公寓房,”埃蒂说,“很可能你们那时候就有这种东西了,只不过叫法不同而已。”

“是啊,”苏珊娜有些嘲讽似的说,“我们叫它小房子。还有时候我们按照市中心的叫法,称它为公寓楼。”

“这无关紧要,因为本来就和联排什么的没任何关系,”杰克说,“和标志牌上提到的他们要建的楼房没有任何关系。这些只不过是,你知道……哎呀,那个词是什么?”

“掩护?”罗兰试探着提醒他。

杰克咧开嘴笑了。“掩护,对了。这和玫瑰有关,而不是楼房!直到他们拥有了长着那朵玫瑰的土地,他们是没法得到它的。我对这一点很有把握。”

“你说楼房没有任何意义,这一点可能是对的,”苏珊娜说,“但是那个名字,海龟湾却值得琢磨,你觉得呢?”他看着枪侠。“曼哈顿的那一部分就叫做海龟湾,罗兰。”

他点点头,并不吃惊。海龟是十二守卫之一,差不多可以肯定它就守在他们正在走的光束的路径的尽头。

“米勒建筑公司的人可能并不知道玫瑰的事,”杰克说,“但我敢打赌桑布拉公司的人知道。”他的手插进奥伊的毛里,貉獭脖子上的毛很厚,足以使杰克的手完全埋在里面。“我想在纽约城的某处——在某栋写字楼的里面,很可能就在东海岸的海龟湾上——有一扇门,上面写着桑布拉公司。但是那门后的某个地方有另外一扇门。把你带到这里的那种。”

一时间他们都坐在那儿,思考着这个问题——关于绕着唯一的轴转动的、处于将要消失的和谐状态中的那些世界——所有人都一言不发。

4

“我觉得事情是这样的,”埃蒂说,“苏希,杰克,如果你们认为我说得不对,尽管打断我。这个叫凯文·塔的男人可以说是玫瑰的看管人。也许他自己并不清楚这一点,但他一定是。他,可能他的祖先都是。这就解释了他的名字。”

“而他是最后一个。”杰克说。

“你不能确定那一点，亲爱的。”苏珊娜说。

“他没戴结婚戒指。”杰克回答，苏珊娜点了点头，起码是暂时同意了这一点。

“可能有一段时间，人丁兴旺的托伦一族拥有纽约州的大片地产，”埃蒂说，“但这样的日子一去不返了。现在阻碍桑布拉公司得到玫瑰的唯一的绊脚石就是一个快入土的、改了名的胖老头。他是个……你把爱书的人叫做什么？”

“一个藏书家。”苏珊娜说。

“嗯，藏书家中的一个。虽然乔治·比昂迪不是爱因斯坦，可是我们倒是偷听到他说了一句聪明话。他说塔的书店根本就不是一家真正的店而是一个吞钱的无底洞。他身上发生的就是我们来的地方的一个老故事，罗兰。当我妈看到电视上的有钱人的时候——比方说唐纳德·桑普——”

“谁？”苏珊娜问。

“你不知道他，六四年的时候他不过是个孩子。这无关紧要。‘白手起家，三代人都是埋头苦干，’我妈会这样告诉我们，‘孩子们，这就是美国方式。’

“现在到了塔，他有点像罗兰——自己族系的最后一人。他这儿卖块地，那儿卖块地，用来交税、付房款、还信用卡、付医生的账单，还有他其他的股票。嗯，这些都是我编的……除了不知为什么我并不觉得完全是编的。”

“对，”杰克低声说，好像已经听得入神了。“我也不觉得是编的。”

“也许你分享了他的楷覆，”罗兰说，“更有可能的是，你碰到了它。就像我的老朋友阿兰以前有一次一样。接着讲，埃蒂。”

“每年他都告诉自己，书店的生意会好转的。事情在纽约有时候确实是这样。从红变黑，然后他就没事儿了。最后他只剩下了一样东西可卖：海龟湾十九号街区的第二百九十八号闲置地。”

“二加九加八是十九，”苏珊娜说，“我希望我能确定这意味着什么，或者仅仅是蓝车综合症而已。”

“什么是蓝车综合症？”杰克问。

“你买了一部蓝色的车子，你就看见到处都是蓝色的车子。”

“除了这儿，这儿你可看不到。”杰克说。

“除了这儿。”奥伊插嘴，他们都看着他。几天，有时几个星期过去了，奥伊有可能除了不时地学一下他们的谈话以外什么都不做。但有时他就会说出一些话，听上去完全是自己思考的结果。但是你也不知道。不能确定。连杰克也不能确定。

像我们不能确定十九一样，苏珊娜想，然后拍了拍奥伊的脑袋。奥伊友善地眨眨眼作为回应。

“他一直守着那块地直到悲惨的结局来临，”埃蒂说，“我是说，嘿，甚至连开书店的那块破地都不是他自己的，他只是租了那块地而已。”

杰克接着讲了下去。“汤姆与格里的风味熟食店破产了，塔就把那家店给拆了。因为他有一部分是想卖掉那块地的。他身体的那部分告诉他如果他不卖那才是疯了呢。”有一阵杰克陷入了沉默，想着一些思路是怎样在深夜向他涌来的。疯狂的思路，疯狂的想法，还有无论如何也不愿闭嘴的声音。“但是，他身体还有另一部分，另一个声音——”

“海龟的声音。”苏珊娜平静地说。

“是的，光束的路径的海龟，”杰克表示赞同，“他们很可能是同一个东西。这个声音告诉他要不惜任何代价坚持到底。”他看着埃蒂。“你认为他知道玫瑰的事儿吗？你认为他会不时去那边照看玫瑰吗？”

“兔子是不是在森林里拉屎呢？”埃蒂这样回答，“他当然去了。而且他当然知道。从某个层面说他必须知道。因为曼哈顿一个角落里的空地……那种东西能值多少钱，苏珊娜？”

“在我那时候，很可能要一百万，”她说，“到了一九七七年，天知道。三百万？五百万？”她耸耸肩。“足够让塔先生后半辈子都赔本卖书了，只要他在本金的投资方面当心点就可以。”

埃蒂说：“所有的一切都表明他有多么不情愿卖出那块地。我是说苏希已经指出了，桑布拉付了十万美金但没得到什么东西。”

“但他们确实得到了一些东西，”罗兰说，“很重要的东西。”

“他们成功地插了一脚。”埃蒂说。

“你说得对。现在，协议快到期了，他们就把灵柩猎手在你们世界的代表派过去。那些不好惹的拿枪的家伙。如果贪婪和生活所需还不能让塔卖给他们有玫瑰的那块地，他们就恐吓他，逼他妥协。”

“对，”杰克说。现在谁站在塔这一边呢？可能是亚伦·深纽。可能没有任何人。“那么我们该怎么办呢？”

"我们自己把它买下来,"苏珊娜突然说,"当然啦。"

5

一刹那间大家就像被雷击了一样,什么话都说不出来。然后埃蒂若有所思地点点头。"对啊,为什么不呢? 在那份小协议上,桑布拉公司并没有最高竞价购买权——他们很可能试过要把那些加上去,但是塔不答应。所以,当然啦,我们来买。你们觉得他想要多少鹿皮? 四十张? 五十张? 如果他是个难讨价还价的家伙,我们就扔些从远古人那儿拿来的古董给他。什么杯子啦,盘子啦,还有箭头。它们肯定能成为鸡尾酒会上的话题。"

苏珊娜用责备的眼光看着他。

"好吧好吧,也许不是那么好笑,"埃蒂说,"但我们得面对现实,亲爱的。我们什么都不是,只是一群脏兮兮、在某个别的现实里露宿野外的朝圣者罢了——我是说,这里甚至都不再是中世界了。"

"而且,"杰克抱歉地说,"我们甚至都不在那儿,至少不是你穿过那些门中的一扇时的状态。他们能感觉得到我们,但是从根本上讲,我们是看不见的人。"

"我们一次谈一个问题好了,"苏珊娜说,"至于钱的问题嘛,我倒是有很多。我是说,如果我们能拿到那笔钱的话。"

"你有多少钱?"杰克问,"我知道那样问不太礼貌——如果我妈妈听到我问别人那个问题,她肯定要昏倒的,但是——"

"现在可不是讨论礼貌问题的时候,"苏珊娜说,"说实话,亲爱的,我自己也不清楚。我爸爸发明了一些跟补牙有关的新方法,他从补牙上赚了一大笔。他开了一家霍姆斯牙医技术公司,直到一九五九年,他大多数时间都自己打理公司的财务。"

"就是莫特把你推到地铁列车底下的那一年。"埃蒂说。

她点点头。"那件事是八月份发生的。大概六个星期之后,我爸爸心脏病发作了——那是第一次,以后还有很多次。部分原因是因为我的事情而感到的压力,但是我不愿为这件事负全部责任。他是工作狂,纯粹又简单。"

"你不用负任何责任,"埃蒂说,"我的意思是,又不是你自己跳到地铁列车前面去的,苏希。"

“我知道。但是你的感受和那感受持续多久并不总是和事实有很大关系的。妈妈走了之后,照顾爸爸是我的责任,但我又没办法做到——我没办法完全摆脱这种想法,我总是认为爸爸的病是我的错。”

“都过去了。”罗兰说,听上去并没什么同情心。

“谢谢,”苏珊娜干巴巴地说,“你总结事情的方式总是很特别。不管怎么说,第一次心脏病发作以后,爸爸把公司的财务交给了他的会计,也是一个老朋友莫斯·卡佛。爸爸去世以后,莫斯叔叔替我照看公司的事务。我猜罗兰把我拽出纽约,来到这个神奇的不知何处的地方时,我的身价可能有八百到一千万美元。够买塔先生的地了吗,如果他愿意卖的话?”

“如果埃蒂关于光束的路径的说法是对的,那么他更可能想要鹿皮,”罗兰说,“我相信,塔先生的思想和灵魂深处——让他这么久坚持不卖那块地的卡——一直在等待着我们。”

“等待骑士兵团,”埃蒂咧嘴想笑,“就像约翰·韦恩的电影最后十分钟里出现的奥德要塞一样。”

罗兰看着他,脸上毫无笑意。“他在等待白界。”

苏珊娜把她棕色的手举到棕色的脸旁。“那么我猜他等的不是我。”她说。

“不,”罗兰说,“他在等你。”然后又稍微想了想,另一个是什么肤色呢?米阿。

“我们需要一扇门。”杰克说。

“我们至少需要两扇,”埃蒂说,“一扇当然是处理塔的问题。但在那之前,我们还需要一扇,回到苏珊娜的时间。我是说尽可能地靠近罗兰把她带走的时间。如果我们回到一九七七年,去找那个叫卡佛的男人,然后发现他早在一九七一年就正式宣布奥黛塔·霍姆斯的死亡了,那样的话我们看上去一定活像一群讨饭的流氓。全部的财产肯定都已经转移到格林湾或是圣伯都的亲戚名下了。”

“或者回到一九六八年,然后发现卡佛先生不见了,”杰克说,“把所有的东西都划到自己的账户下,然后跑到哥斯塔德拉索尔养老去了。”

苏珊娜瞪着他,一副我的天啊的惊愕表情,在别的情况下,这表情是很滑稽的。“莫斯叔叔绝对不会干那样的事!天,他是我的教父!”

杰克看起来有些尴尬。“对不起,我读神秘小说读多了——阿加莎·克里斯蒂,雷克斯·斯图特,埃德·麦克贝恩——他们的书里一直都有这样的事发生。”

“而且，”埃蒂说，“巨款能让人反常。”

她冷冷地打量着他，那神情在她脸上看起来很古怪，甚至可以说与她的脸不太协调。罗兰知道一些埃蒂和杰克不知道的事情，所以他想那是一副捏死青蛙的表情。“你怎么知道?”她问。然后，几乎是马上，“哦，亲爱的，对不起。我也不知道自己怎么了。”

“没关系，”埃蒂说。他笑了。但那笑容有些僵硬而且好像不那么确定。“一时激动而已。”他伸出手，拉过了她的，握了握。她也握了握他的手。埃蒂脸上的笑容舒展了一点，开始有点像它本来就属于那张脸似的。

“这是因为我了解莫斯·卡佛，他很诚实，就像漫长的白昼一样。”

埃蒂举起他的手——并不是表明他相信，而是说他不想继续在这个问题上纠缠下去了。

“让我看看我是不是懂你们的意思了，”罗兰说，“首先，这件事取决于我们能否回到你们世界中的纽约，不是在一个时间上，而是两个。”

他们考虑着这句话，讨论出现了短暂的停顿，然后埃蒂点了点头。“对。首先是一九六四年。那时苏珊娜已经消失几个月了，但没有人放弃希望，或其他什么类似的东西。她走进去，每个人都鼓起掌来。浪女回头。我们拿到钱，这可能要花些时间——”

“困难的部分看来是怎么让莫斯叔叔放弃那笔钱，”苏珊娜说，“每当涉及到银行里的钱，那人就会特别不好说话。而且我很确定，在他心里，他仍然把我当成一个八岁的小姑娘。”

“但那钱在法律上属于你，对吧?”埃蒂说。罗兰看出来他问得小心翼翼。还没有完全解开那个心结——你怎么知道? ——就是还没有。那表情也说明了这一点。“我是说，他不能阻止你拿走那笔钱吧?”

“不能，亲爱的，”她说，“我爸爸和莫斯叔叔给我存了个托管基金，但是它一九五九年，当我二十五岁时就失效了。”她把眼睛——美得惊人的、会说话的黑眼睛——转向他。“嗨。你用不着老说我那个时代的坏话来激怒我，对不对? 如果你能回到过去，你尽可以自己看看。”

“那没什么要紧的，”埃蒂说，“时间是水面上的脸庞。”

罗兰感到胳膊上起了一片鸡皮疙瘩。什么地方——也许是遥远的长满了闪亮的、血红色玫瑰的田野里——一只褐鸦刚刚爬过了他的坟墓。

6

“必须是现金。”杰克用冷冰冰的，公事公办的口气说。

“嗯？”埃蒂费了些劲儿才把眼睛从苏珊娜脸上挪开。

“现金，”杰克重复，“没有人会看重支票，哪怕是银行出纳开的支票，因为那可是十三年前的东西。特别是一张百万美金的支票。”

“你怎么知道那类事情的，宝贝？”苏珊娜问。

杰克耸耸肩。不管喜不喜欢（通常他都不喜欢），他终归是艾默·钱伯斯的儿子。艾默·钱伯斯并不能算是世界上的好人之一——罗兰永远都不会把他叫做白界的一部分——但他掌握了业内主管们称为“必杀技”的东西，而且是一把好手。是一个电视行业的灵柩猎手，杰克想。也许这么说有点不公道，但是说艾默·钱伯斯很有手段绝对没有什么不公道。是的，他是杰克，艾默的儿子。他还没有忘记父亲的脸，虽然有时他并不希望如此。

“现金，无论如何都要是现金，”埃蒂说，打破了僵局。“在这种情况下一定要是现金。如果是支票的话，我们就在一九六四年兑现，而不是一九七七年。把钱塞到运动包里——一九六四年有运动包吗，苏希？别在意。没什么关系。我们把钱塞到袋子里然后带到一九七七年。并不一定和杰克带来《小火车查理》和《谜语大全》的方式一样，但也差不多。”

“不能在一九七七年七月十五号之后。”杰克补充道。

“上帝啊，不能，”埃蒂表示同意，“如果在那之后，巴拉扎很可能已经说服了凯文·塔卖地，我们呢，站在那儿，一手拎着钱袋子，另一只手插在屁股兜里，咧着嘴傻笑来打发时光。”

大家都沉默了一会儿——也许是在想着这个可怕的画面吧——然后罗兰说：“你说的倒是很容易，为什么不呢？这个世界和你们那个粗租车和造片①的世界之间有几扇门，这一概念对你们三个来说，就像骑骡子或是扣动六响枪的扳机，对我来说一样，是稀松平常的事情。你们有那样的感觉是有道理的。你们每个人都穿越了其中的某扇门。埃蒂甚至两个方向都经历过——进入这个世界然后又回到自己的世界。”

“我想告诉你回到纽约的旅程可没什么好玩的，”埃蒂说，“枪战太多

---

① 罗兰并不熟悉出租车和照片，故而发音不准。

了。"更别提我哥哥的断头在巴拉扎办公室的地上滚来滚去了。

"穿过荷兰山上那扇门也一样。"杰克补充。

罗兰点点头，没发表自己的意见就让这个话题过去了。"我的一生都相信第一次见到你时你说的话——你临死前说的话。"

杰克低着头，脸色苍白，一言不发。他可不喜欢回忆那件事(上天慈悲，无论他何时想起这件事，总是一片模糊)，他知道罗兰也不喜欢。很好！他想。你当然不想记住啦！你让我就那么掉下去了！你让我就那么死了！

"你说，在这个世界之外还有其他的世界，"罗兰说，"确实有。多重时间中的纽约不过是其中的一个。我们不断地被拽入那个世界是和玫瑰有关的。我对此毫无疑问，我也深信我并不十分理解玫瑰就是黑暗塔。玫瑰要么是这个，要么——"

"要么它是另一扇门，"苏珊娜喃喃自语，"一扇通往黑暗塔本身的门。"

罗兰点点头。"我并不是突发奇想有了这个念头。不管怎么样，曼尼人知道那些其他的世界，并以某种方式把他们的生命都献给了那些世界。他们相信隔界是最神圣的仪式和最崇高的境界。我父亲和他的朋友们很久以前就知道玻璃球的事；这我已经告诉过你们了。我们也猜想，巫师的彩虹，隔界，还有这些有魔力的门很可能就是同一个东西。"

"对此你是怎么看的呢，亲爱的？"苏珊娜说。

"我只是想提醒你我已经徘徊游走了很久，"罗兰说，"因为时间变化的缘故——我想你们都已经感觉到时间变得有弹性了——我寻找黑暗塔已经一千多年了，有时我掠过一代又一代，就像海鸟从一个浪尖滑翔到另一个浪尖似的，只不过在浪花中湿了脚。在这么长的时间里我从来没有看到过这些世界之间的门，直到我在西海边缘的海滩上看见它们。我根本不知道那是什么，尽管我能告诉你们一些关于隔界和彩虹的事情。"

罗兰热切地看着他们。

"你刚才说的就好像我的世界里到处都是那样的门，就好像你的世界里到处都是……"他想了一下，"飞机和公共汽车一样。并不是这样的。"

"我们现在所在的地方和你曾经待过的任何地方都不一样，罗兰，"苏珊娜说。她温柔地摸了摸他被晒得黝黑的手腕。"我们再也不是处于你的世界之中了。上次在托皮卡，布莱因最终脑袋爆掉的时候，你就这样说过。"

"同意，"罗兰说，"我只不过想让你们认识到，这些门比你们想象中要少得多。现在你们却说不是要一扇，而是两扇门。而且是你们可以瞄准某个时间的门，就好像你们用枪瞄准一样。”

我不用手瞄准，埃蒂想着，哆嗦了一下。“你这样一说，罗兰，这想法确实有点问题。”

“那我们下一步干什么？”杰克说。

“我也许可以帮得上忙。”一个声音说。

他们都转过身，只有罗兰并不吃惊。谈话进行到一半，那个陌生人来的时候，罗兰就已经听到了。但罗兰还是好奇地转过身去，来人站在路边，离他们有二十英尺远，只一眼，罗兰就看出这个新来的人要么来自他的新朋友们的世界，要么就来自隔壁的世界。

“你是谁？”埃蒂问。

“你的朋友们在哪里？”苏珊娜问。

“你从哪儿来？”杰克问。他的眼里满是期待。

这个陌生人穿着一件黑色的长外衣，衣服上方敞着，露出一件翻领的深色衬衣。他白色的长发粘在身前和两侧，看上去就跟受了惊吓一样。他前额有一个T字形状的疤痕。“我的朋友还在那边，离这儿还有一小段路，”他说，指头越过肩膀往森林里一指，刻意不露出具体方位。“现在我把卡拉·布林·斯特吉斯当成故乡。在那之前，是底特律，密歇根，我在那儿的一个收容所工作，烧汤和召开匿名酒鬼聚会。我对那些工作很熟悉。再之前——只是短期——托皮卡，堪萨斯。”

那三个年轻人听到这里吃了一惊，陌生人饶有兴致地看着他们。

“那之前呢，纽约城。再之前呢，一个叫耶路撒冷地的小镇，位于缅因州。”

7

“你是从我们那边来的，”埃蒂说。他的话听上去像是一声叹息。“神圣的上帝啊，你真是从我们那边来的！”

“是，我想我是的，”穿着翻领衬衫的男子说，“我叫唐纳德·卡拉汉。”

“你是一个神父，”苏珊娜说。她从他脖子上挂的十字架——小而不起眼，但却是闪闪发亮的黄金——看到他前额上的那个更大，更粗犷的十字疤痕。

卡拉汉摇摇头。“不再是了。曾经是。也许以后还会是，如果上帝保佑的话，但不是现在。现在我只是上帝的子民。我能问问吗……你们都是从什么时间来的？”

“一九六四。”苏珊娜说。

“一九七七。”杰克说。

“一九八七。”埃蒂说。

卡拉汉的眼睛一亮。“一九八七。我是一九八三年来的，当然这是我们的计时方法。所以告诉我，年轻人，非常重要的一件事。你离开时红袜子赢了全球联赛吗？”

埃蒂把头往后一甩，笑了起来。这笑声又惊奇又欢快。“不，对不起。他们去年离冠军仅一步之遥——是在希尔体育场，对抗大都会队——一垒的那个叫比尔·巴克纳的家伙竟然漏了一个很容易的地滚球。他这辈子都不会原谅自己的。过来这边坐下，怎么样？这儿没有咖啡，但是罗兰——我右边这个一脸凶相的家伙——做得一手丛林好茶。”

卡拉汉把注意力转移到罗兰身上，然后做了一件让大家都吃惊的事：他单膝跪下，微低着头，把一只握紧的手放在有疤的眉头。“向您致敬，枪侠，希望我们相逢愉快。”

“向您致敬，”罗兰说，“请上前来，好陌生人，告诉我们你需要什么。”

卡拉汉惊讶地看着他。

罗兰平静地点点头。“相逢愉快或是不愉快，都愿你找到正在寻求的东西。”

“你也是。”卡拉汉说。

“那么请上前来吧，”罗兰说，“来这边，加入我们的谈话。”

8

“谈话开始之前，我能不能问你点事情？”

是埃蒂。在他旁边，罗兰已经生了火，并开始在他们的行李中翻找那个小陶壶——中古先人的手艺——他喜欢在那里面煮茶。

“当然可以，年轻人。”

"你是唐纳德·卡拉汉。"

"是的。"

"你中间的名字是什么?"

卡拉汉略微歪歪头,扬起一边的眉毛,笑了。"弗兰克。这是我祖父的名字。这有什么重要含义吗?"

埃蒂、苏珊娜和杰克交换了一下眼神。那眼神中包含的意思毫不费力地在他们之间得到了交流:唐纳德·弗兰克·卡拉汉①。刚好十九个字母。

"看来确实有重要的含义。"卡拉汉说。

"也许有,"罗兰说。"也许没有。"他开始熟练地摆弄着水囊,准备倒水烧茶。

"看来你遇到了什么事故。"卡拉汉说,他盯着罗兰的右手。

"我自找的。"罗兰说。

"你还可以说,是靠了朋友帮了点小忙才这样的。"杰克插了一句,脸上并没有笑容。

卡拉汉点点头,并不理解,也知道他不需要理解:他们是卡-泰特。他很可能并不知道那个特定的词,但词语是无关紧要的。他们彼此注视和行动的方式显示了这一点。

"你们已经知道了我的名字,"卡拉汉说,"我能否有幸知道你们的呢?"

他们介绍了自己:埃蒂和苏珊娜·迪恩,来自纽约;杰克·钱伯斯,来自纽约;奥伊,来自中世界;罗兰·德鄯,来自蓟犁。每听到一个名字,卡拉汉都会点点头,把握紧的拳头举到前额。

"你们面前的是卡拉汉,来自耶路撒冷镇,"介绍完毕后他说,"或曾经是。现在我猜我只是尊者。在卡拉他们都这样叫我。"

"你的朋友们不加入我们吗?"罗兰说,"虽然我们食物不多,但茶总是有的。"

"也许现在还不是时候。"

"哦。"罗兰说,他理解似的点点头。

"不管怎么说,我们一直吃得很好,"卡拉汉说,"卡拉这一整年收成都不错——直到现在——我们很高兴与人分享。"他停了一下,好像是觉得自己有些扯远了,又补充说:"也许吧。如果万事顺利的话。"

---

① 英文为Donald Frank Callahan,恰好十九个字母。

“如果，”罗兰说，“我过去的老师曾说这是唯一的有一千个字母长的单词。”

卡拉汉笑了。“说得不错！不管怎样，我们的食物总归比你们要丰富。我们还有新鲜的松饼球——扎丽亚找到的——但我怀疑你们已经知道那些东西了。她说那片地虽然很大，却好像已经有人摘过了。”

“杰克找到的。”罗兰说。

“事实上是奥伊，”杰克说，然后摸了摸貉獭的脑袋。“我猜他遇上松饼，鼻子就会比猎犬还灵。”

“从你们知道我们在这儿有多久了？”卡拉汉问。

“两天。”

卡拉汉做出一副又惊奇又恼怒的表情。“换句话说，就是从我们跟踪以来。我们已经尽力想要狡猾一些了。”

“如果你认为你们不需要比自己更狡猾的人手，那么你们就不会有。”罗兰说。

卡拉汉叹了口气。“你说得对，我要谢谢你。”

“你是来寻求帮助和援救的吧？”罗兰问。从他的声音里听不出多少好奇心，但是埃蒂却感到身上一阵发寒。那些词语就好像悬在空气里，不停地回响着。并不是只有他一个人有这种感觉。苏珊娜握住了他的右手。过了一会杰克的手也悄悄爬进了他的左手。

“这并不是我说了算。”卡拉汉突然变得犹豫、没有把握起来。害怕，也许是。

“你知道你碰到的是艾尔德的后裔吗？”罗兰用异乎寻常的温和语气问。他向埃蒂、苏珊娜和杰克，甚至也向奥伊伸出手去。“因为这些人是我的，毫无疑问。正如我是他们的一样。我们是一体的，也要集体行动。现在你知道我们是什么了。”

“你们知道吗？”卡拉汉问，“你们每个人都知道吗？”

苏珊娜说：“罗兰，你到底想让我们明白些什么？”

“没有就是零，没有就是自由，”他说，“我不拥有你们，你们也不拥有我。起码现在还不行。他们还没有决定是否要求援救。”

他们会的，埃蒂想。撇开关于玫瑰和熟食店的梦，还有那些穿越隔界的旅行不谈，他并不认为自己有通灵的能力，但是他不需要有那种能力就可以知道他们——以这个卡拉汉为代表的那些人——*会要求的*。某处的栗子掉

到热火里了，人们认为罗兰就是那个火中取栗的人。

但不仅仅是罗兰。

你犯了一个错误，伙计，埃蒂想，完全可以理解，但仍然是个错误。我们可不是骑士兵团。我们不是你要的那群人。我们不是枪侠。我们只是从纽约来的无家可归的三个孤魂——

但是不对。不对。自从在河岔口，那些中古先人在街上向罗兰跪下以来，他就知道他们是谁了。见鬼，从那次在森林中（他仍然认为那是沙迪克之林），罗兰教他们用眼睛瞄准，用头脑射击，用心灵杀戮的时候，他就应该知道了。不是三个人，不是四个人。一个。罗兰想要把他们打造成一个人，完整的一个人，真可怕。他浑身充满毒液，并用他那带毒的嘴唇亲吻了他们。他把他们变成了枪侠，埃蒂真的相信，在这个最空荡和只剩下外壳的世界里，已经没有什么亚瑟·艾尔德的后裔可以干的事了吗？他们真的只能沿着光束的路径一直走，直至找到罗兰的黑暗塔，然后纠正那里的错误吗？再猜一猜。

是杰克说出了埃蒂心里想的话，但埃蒂并不喜欢那孩子眼里的激动神情。他认为，已经有太多的孩子脸上带着那种一定要让谁吃些苦头的表情参加了太多场战斗了。可怜的孩子还不知道自己被毒害了，这让他显得十分迟钝，因为原本没有人应该比他更清楚。

"但是他们会要求的，"他说，"对不对，卡拉汉先生？他们会要求的。"

"我不知道，"卡拉汉说，"你必须要说服他们……"

他的声音渐渐没了，他看着罗兰。罗兰摇着头。

"事情并不是这样的，"枪侠说，"你不是来自中世界，所以你可能不知道这点，但是事情不是这样的。我们从来不做说服的工作。我们靠枪说话。"

卡拉汉深深地叹了口气，然后点点头。"我有一本书。叫《亚瑟王的故事》。"

罗兰的眼睛亮了。"是吗？真的吗？我想看看那本书。我非常想。"

"也许你应该看看，"卡拉汉说，"那本书里的故事跟我小时候看的圆桌骑士的故事不太一样，但是……"他摇摇头，"我知道你的话是什么意思，这个话题先到这儿吧。你想问三个问题，我说得对吧？你们只问了第一个。"

"三个，是的，"罗兰说，"三是一个有力的数字。"

埃蒂想，如果你想找个有力的数字，罗兰老兄，试试十九吧。

"这三个问题的答案都是肯定的。"

罗兰点点头。"如果是的话,你就不用说什么了。我们可以往前,但没有人能让我们退后。你要确定你的人——"他朝南边的森林点点头——"明白这一点。"

"枪侠——"

"叫我罗兰。我们之间是友好的,你和我。"

"好吧,罗兰。你都听明白我的意思了,对不对,我请求你(我们在卡拉都是这么说的)。我们一共只有半打人来找你们。我们六个做不了决定。只有卡拉才能决定。"

"民主。"罗兰说。他把帽檐往后推推,擦了擦前额,然后叹了口气。

"但是如果我们六个人同意——特别是欧沃霍瑟——"他突然停下来,很警惕地看着杰克。"怎么了?我说什么了?"

杰克摇摇头,做了个手势让卡拉汉接着讲。

"如果我们六个同意,这事儿差不多就敲定了。"

埃蒂闭上眼,很享受的样子。"再说一遍,朋友。"

卡拉汉打量着他,迷惑不解又小心翼翼。"什么?"

"敲定了。或者你的时空里的其他什么东西。"他停了一下,"我们的世界、了不起的卡的那一边。"

卡拉汉想了一下,然后笑了。"我不知道你指的是不是狗屎或瞎了眼那一套,"他说,"我去喝酒狂欢,倾家荡产,一命呜呼,勃然大怒,如履薄冰,在噩梦一般的小巷里骑粉红色的马。就像那些?"

罗兰一副困惑不解的样子(也许甚至觉得有点乏味),但埃蒂·迪恩却是一副心醉神迷的神情。苏珊娜和杰克则是介于兴致勃勃和一种惊奇的、回忆的悲伤之间。

"接着说啊,朋友,"埃蒂声音嘶哑地说,然后用两只手做了一个接着来的手势。他的声音就像是从一个浸满了泪水的喉咙里发出来的。"接着说下去。"

"也许下次吧,"卡拉汉和蔼地说,"下一次我们可以坐下来好好谈谈我们的老地方和我们是怎么说话的。棒球,如果你愿意。但是现在,时间太短了。"

"也许不只是你认为的那样。"罗兰说,"你到底是怎样看待我们的,卡拉汉先生?现在你必须要正面回答这个问题,因为我已经尽我所能地说得很清楚了,我们不是流浪汉,你的朋友们可以随便盘问,然后决定是否雇佣我们干点农活或赶赶牲口什么的。”

“现在我唯一能请求的就是你们不要走开，然后我把他们带到你们面前，”他说，“有逖安·扎佛兹，我们能到这儿找你们他是起了关键作用的，还有他的妻子扎丽亚。还有欧沃霍瑟，我们需要说服他，让他明白我们需要你们。”

“我们不会说服他或任何一个人。”罗兰说。

“我明白，”卡拉汉连忙说，“是的，你已经说得很清楚了。一同来的还有本·斯莱特曼和他的儿子本尼。小本尼的事儿不太好说。四年前他的妹妹死了，那时她和本尼都才十岁。所以我们不知道本尼现在到底算双胞胎还是单生子。”他突然停下来。“我跑题了。对不起。”

罗兰摊开手掌做了个手势，表示那没关系。

“你们让我紧张，请求你们听我说。”

“你不用请求我们，亲爱的。”苏珊娜说。

卡拉汉笑了。“这只是我们说话的方式。在卡拉，你碰上什么人，就说：‘你从头到脚都好吗，我请求？’回答则是：‘我很好，没生锈，我会告诉神明我说谢啦。’你们没有听过吗？”

他们都摇摇头。虽然句子里的某些词他们是熟悉的，但这整个表达却提醒他们，他们来到了异乡，那里的说话方式很奇怪，可能风俗更怪。

“重要的是，”卡拉汉说，“边界地带上有一些可怕的叫做狼的生物，每过一代他们就会从雷劈下来，偷走镇上的孩子。事情不只这么简单，但这是关键。逖安·扎佛兹这次会失去两个孩子而不是一个，他认为说话不解决问题，现在是站起来，奋起反抗的时候了。而其他人——比如欧沃霍瑟——则认为采取行动无异于自取灭亡。我本来认为欧沃霍瑟一派的意见会占上风，但你们的到来改变了这一切。”他恭敬地向前鞠了一躬。“韦恩·欧沃霍瑟不是坏人，他只是吓破了胆。他是卡拉最发达的农户，所以他会比其他人的损失更大。但是如果他能被说服相信我们有可能赶跑狼群……那么我们就真的会赢的……我相信他也会挺身而战的。”

“我告诉过你——”罗兰开口说。

“你们从不劝说。”卡拉汉接过罗兰的话，“是的，我理解。但是如果他们看见你本人，听到你说话，然后说服了他们自己……”

罗兰耸耸肩。“我们的说法是，如果上帝愿意，天自然会下雨的。”

卡拉汉点了点头。“在卡拉人们也这样说。我可以接着谈谈另一个相关的话题吗?"

罗兰微微地抬了一下手——就好像是,埃蒂想,告诉卡拉汉他可以说下去。

一时间,额上有疤的人什么都没说。当他开口说话的时候,他的声音放低了。埃蒂不得不向他探过身去才能听清。"我有一样东西。你想要的东西。你可能需要的东西。我想,它已经向你伸出手去了。"

"你为什么这么说?"罗兰问。

卡拉汉舔了一下嘴唇,只说了一个词:"隔界。"

9

"有什么关系?"罗兰问,"和隔界有什么关系?"

"难道你们没去过吗?"刹那间卡拉汉变得没把握了,"你们中没有任何一个人去过吗?"

"就算我们去过,"罗兰说,"这又和你,和那个叫卡拉的地方的问题有什么关系呢?"

卡拉汉叹了口气。虽然一天才刚刚开始,他却已经一副疲倦的样子了。"这比我想象中要困难,"他说,"困难得多。你们很——那个词儿是什么来着?——一丝不苟,我想是吧。比我想象中要谨慎得多。"

"你想象中我们不过是些四肢发达、脑袋空空、带着马鞍子的流浪汉,我说得对吧?"苏珊娜问。她听上去有些生气。"算了,跟你开个玩笑罢了,亲爱的。不管怎么说,我们可能确实是流浪汉,但是我们连马鞍子都没有。既然我们没有马,那么就不需要鞍子了。"

"我们带了马给你们,"卡拉汉说,这就足够了。罗兰并不理解所有的东西,但是他认为,对于弄清现在的状况,他知道的已经足够了。卡拉汉知道他们要来,知道他们有几个人,知道他们是步行而不是骑马。有些事情是可以通过探子搞清楚的,但不是所有的事。还有隔界……知道他们中的某些人或是所有人已经穿越了隔界……

"至于脑袋空空嘛,我们可能不是地球上最聪明的四个人,但是——"她突然停住了,哆嗦了一下。她的手放在了肚子上。

"苏?"埃蒂马上很担心地问,"苏,怎么了?你还好吧?"

“只是胃胀气，”她说，对他笑了笑。但在罗兰看来，那笑容却不那么真实。他认为他在她的眼角看见了细小的扭曲的纹路。“昨晚松饼球吃得太多了。”埃蒂还没来得及再问她什么，她就又把注意力转到了卡拉汉身上。“你还有话要说，那就尽管说吧，亲爱的。”

“好吧，”卡拉汉说，“我有一个蕴含巨大能量的东西。虽然你们离我在卡拉的教堂还有很多轮，那东西就藏在那儿，但我认为它已经向你们伸出手了。打开隔界只不过是它能做的事情之一。”他深吸了一口气，又吐出来。“如果你们肯帮助我们——卡拉现在就是我的家乡，我想安度余生，并长眠于斯的地方——接受我们的请求，我就把这个……这个东西给你们。”

“最后一次，我最后一次请你不要再说下去了，”罗兰说。他听上去是那么的严厉，杰克有些惊愕地看着他。“这侮辱了我，也侮辱了我的伙伴。我们有义务照你说的做，如果我们认定你的卡拉是属于白界，而你说的狼群是外部黑暗势力的代表：光束的路径的破坏者，如果这样说你能明白的话。我们不会为我们做的事收取任何报酬，而你也不该提出支付报酬。如果你们那群人中的一个这样说话的话——你称为逖安或是欧沃霍瑟的家伙——”

（埃蒂本想纠正枪侠的发音错误，然后又决定还是闭上嘴的好——罗兰生气的时候，不出声才是明智的。）

“——就是另一回事了。也许他们除了传说以外什么都不知道。但是你，先生，起码还有一本书让你变得更明白一点。我告诉过你我们靠枪说话，我们也确实如此。但是那不说明我们就是雇佣枪侠。”

“好的，好的——”

“至于你提到的东西，”罗兰说，他抬高了声音，压过了卡拉汉的。“你巴不得摆脱它，对不对？你害怕那东西，对不对？哪怕我们只是骑马从你的镇子路过，你也会求我们把它带走，对不对？对不对？”

“对，”卡拉汉痛苦地说，“你说的全对，我说谢啦。但是……那只是因为我听到了你们部分的谈话……我知道你们想要回到……想要穿越……用曼尼人的话说……不是一个地方，而是两个……或者更多……还有时间……我听到你们说瞄准时间就像用枪……”

杰克的脸上满是理解和混杂着恐惧的好奇。“它是哪一个？”他问，“不可能是眉脊泗的粉红球，因为罗兰曾经在里面待过，它并没有带着罗兰穿越隔界。那么是哪一个呢?”

一滴眼泪从卡拉汉的右腮上滑下来,又是一滴。他心不在焉地把它们擦掉。“我从来都不敢碰它,但我看到过。感觉过它的力量。基督和耶稣圣人保佑我吧,我教堂的地板下面埋着**黑十三**。它活过来了。你明白吗?”他用满是泪水的眼睛看着他们,“它活过来了。”

卡拉汉把脸藏在手里,不敢面对他们。

10

前额上有疤痕的神父去找他的同伴了,枪侠一动不动地注视着他离去。罗兰把手吊在他那打着补丁的破牛仔裤的腰带上,看起来他能以那个姿势站上一个世纪。但是,卡拉汉一从视野中消失,他就马上朝他的同伴们转过身来,做了一个急促、甚至有些粗暴的手势让他们过来:到我这边来。他们聚过来之后,罗兰蹲了下来。埃蒂和杰克也那样做了(至于苏珊娜,那个姿势差不多就是她的生活状态)。枪侠快速地、近乎有点唐突地开了口。

“时间紧迫,告诉我,你们每个人,不要绕弯子:诚实还是不诚实?”

“诚实。”苏珊娜立刻说,然后又哆嗦了一下,在左胸口下揉了揉。

“诚实。”杰克说。

“实。”奥伊说,虽然并没有人问他的意见。

“诚实。”埃蒂也表示赞同,“但是,看。”他从火边抽了一根没烧着的小树枝,把上面的松叶扯掉,然后在黑色的土地上写下了:

卡拉　卡拉汉

“存在还是记忆?”埃蒂说。然后他看到苏珊娜迷惑的表情:“是巧合,或者说这意味着什么?”

“谁知道呢?”杰克说。他们都放低了声音说话,围着地上的字挤成一圈儿。“就像十九一样。”

“我觉得这只是巧合,”苏珊娜说,“当然并非我们途中遇到的每件事都是卡,对不对?我是说,它们甚至连听上去都不像。”然后她念了一下这两个词,卡拉,舌头抬起,嘴巴张圆,啊;但是卡拉汉,舌头平放,啊的音也要尖一些。“在我们的世界里,卡拉是西班牙语……像你记忆中的眉脊泗的很多词一样,罗兰。是街或者广场的意思，我想……别追问我这一点，高中的西班牙语我都忘光了。但如果我是对的，把这个词当作一个镇名——或是一系列镇名，这地方好像是这样——的前缀不是没有道理。不是无懈可击，但是有道理。卡拉汉，从另一方面说……”她耸耸肩膀。“这又是什么词儿呢？爱尔兰？英语？”

“可以肯定不是西班牙语，”杰克说，“但是十九——”

“去他妈的十九吧，”罗兰粗鲁地说，“现在不是玩数字游戏的时候。很快他就要和他的朋友们回来了，在他回来之前我要跟你们说点别的事情。”

“你认为他说的**黑十三**是真的吗？”杰克问。

“是真的，”罗兰说，“基于昨晚你和埃蒂遇到的事情，我认为答案是肯定的。如果他说的是真的，我们拿着那东西是很危险的，但我们不能不拿。如果我们不拿的话，我担心那些从雷劈下来的狼会把它拿走。没关系，我们现在要担心的不是这个。”

但是罗兰看起来却忧心忡忡。他把话头转向了杰克。

“你听到那大农户的名字时吃了一惊。你也是，埃蒂，虽然你掩饰得好一点。”

“对不起，”杰克说，“我忘记了那张脸——”

“你一点都没忘，”罗兰说，“除非是我也忘了。因为我也听到过那个名字，就是最近。我只是记不得在哪里听过了。”然后，他不情愿地说：“我老了。”

“是在书店的时候，”杰克说。他拿出背包，紧张地摆弄着那些带子，终于解开了。他边说话边打开了包。好像他需要再确认一下《小火车查理》和《谜语大全》还在里面，还是真实的。“在‘曼哈顿心灵餐厅’。太离奇了。一次是发生在我身上，一次是我眼睁睁地看着它发生在那个我身上。这让它自己都变成了一个难猜的谜语。”

罗兰用他残缺的右手作了一个旋转的手势，意思是让他说下去，而且要快。

“塔先生作了自我介绍，”杰克说，“我也作了。杰克·钱伯斯，我说。然后他说——”

“讲得好，搭档，”埃蒂插了进来，“他就是这么说的。然后他说杰克·钱伯斯听上去像一个西部小说里主人公的名字。”

“‘那家伙袭击了亚利桑那的黑岔，将那里洗劫一空，又接着往前走’，”杰克引用了塔的话，“然后他说，‘是韦恩·D·欧沃霍瑟写的，也许。’”他看着苏珊娜，又重复了一遍。“韦恩·D·欧沃霍瑟。如果你告诉我那只是巧合，苏珊娜……”他突然调皮地笑了。“我会对你说那就亲亲我的白屁股吧。”

苏珊娜笑了。“那倒用不着，你这个满嘴脏话的小家伙。我并不相信那是个巧合。等我们见到卡拉汉的农夫朋友时，我要问问他的中间名字是什么。我敢保证它不但是以D开头，而且肯定是迪恩或丹尼①一类的四个字母的名字——”她的手又伸到了胸口下面。“胃胀气！天！我宁愿拿任何东西来换一片药或是一瓶——”她又突然停下来。“杰克，怎么了？出什么事了？”

杰克双手拿着《小火车查理》，脸色煞白。他瞪大了眼睛，满是惊恐的表情。奥伊在他身旁不安地叫着。罗兰侧过身去看那本书，他的眼睛也睁大了。

“天啊。”他说。

埃蒂和苏珊娜对视了一眼。书名没有变，图画没有变：一辆人形的小火车喷着烟爬上山头，排障器上是一张微笑的脸，车头灯则是快乐的大眼睛。但是封面下方写的黄色的字，故事及插图作者：贝丽尔·埃文斯，消失了。那里根本就没有作者名。

杰克把书翻过来看着书脊。上面写着《小火车查理》和麦考利出版社。仅此而已。

这时，他们的南边传来了说话的声音。卡拉汉和他的朋友们靠近了。来自卡拉的卡拉汉。来自耶路撒冷镇的卡拉汉，他是这么称呼自己的。

“看看扉页，亲爱的，”苏珊娜说，“看看那儿，快。”

杰克看了。仍然是只有书名和出版社的名字，这一次还有版本记录。

“看看版权页。”埃蒂说。

杰克翻了一页。这是书名页的反面，正文的旁边，上面是版权信息。只不过根本就没有什么信息，算不上有。

版权　一九三六

这就是全部信息。这些数字加起来是十九。

然后就是一片空白。

① 迪恩(Dean)和戴恩(Dane)都是四个字母。

第五章

欧沃霍瑟

1

在那个漫长而有趣的一天中，苏珊娜看到了很多东西，因为罗兰给了她这个机会，也因为早上的不适过去以后，她又精神焕发了。

就在卡拉汉一行人即将近到可以听见他们谈话之前，罗兰在苏珊娜耳边说，"待在我身边，别说话，除非我让你开口。如果他们把你当成我的女人，就让他们那么认为。"

如果是在别的情况下，她很可能对这个念头，也就是充当罗兰白天分忧夜里共眠的贤内助这一想法，说点刻薄话，但是这个早晨没有时间。而且不管从哪个角度看，这都绝对不是开玩笑；罗兰脸上严肃的表情足以说明这一点。还有，她也喜欢那个忠诚的，安静的附属品的角色。说实话，她喜欢任何角色。甚至当她还是个孩子的时候，就没有什么事情能比扮演别人更让她高兴了。

*也许这就解释了所有那些你需要知道的东西，亲爱的，*她想。

"苏珊娜?"罗兰问，"你听见我说的话了吗?"

"很清楚，"她回答他，"别担心我。"

"如果事情真像我想的一样，他们就不会注意你，而你却能看清他们。"

作为一个在二十世纪中叶的美国长大的黑人姑娘(奥黛塔曾经一边大笑一边拍手看完了拉尔夫·埃利森的《看不见的人》，她看书的时候总是像得到某种启示似的在座位上摇来晃去)，苏珊娜完全知道罗兰要什么。而且她会满足他的。她的一部分——恶毒的黛塔·沃克那部分——一直在心里和头脑中仇视着罗兰的权威，但是她的大部分却恰如其分地承认罗兰的身份：他那一族的最后一人。也许甚至是个英雄。

2

苏珊娜看着罗兰介绍了大家(她自己是最后一个被提到的，在杰克之后被漫不经心地提了一句），她还抽空回味了一下，身体左侧的间歇性疼痛终于过去了，感觉可真不错。连挥之不去的头痛也消失了，那该死的头痛总是折磨她——有时在后脑勺上，有时在某一边的太阳穴上，有时就在左眼上方，就好像是潜伏期的偏头痛——已经一个星期了，或者还要久些。当然了，早晨总是很难熬。每天早上头一个小时或更长时间她都胃里翻腾，两腿乏力。她没吐过，但老感到自己就要吐出来了。

她没有蠢到对这些症状视而不见的分儿上，但她也有足够的理由判断这些症状不能说明任何问题。她只希望不要像她妈妈的朋友杰西卡那样出洋相，那女人不是一次，而是两次肚子鼓起来。两次假怀孕，而且每一次看起来都像是要生双胞胎。三胞胎都有可能。但是当然了，杰西卡·比斯利的月经停了，这就很容易让一个女人认为她自己怀孕了。苏珊娜知道自己没有怀孕，原因很简单：她例假还来。他们在光束的路径醒来的那一天，身后二十五里或三十里外矗立着那座绿色玻璃砌成的宫殿，那一天她例假就来了。在那之后，又来了一次。这两次例假量都很多，她需要垫很多布才能吸收那些暗红色的血。在那之前她的月经量总是很少，有些月份不过是些血痕，妈妈把那称为"淑女的玫瑰"。但是她并没有抱怨，因为在来这个世界之前，来月经那几天总是很痛，有时简直是令人无法忍受的折磨。她回到光束的路径后的两次却一点都不痛。若不是她要小心地把那些布埋在道路的一旁，她根本不会觉得那是她一个月中比较麻烦的几天。也许是因为这边的水比较纯净吧。

当然了，她知道这是怎么回事；这一切并不需要一个宇航科学家才能弄清，就像埃蒂有时说的那样。她记不起来的那些疯狂而混乱的梦，早上的虚弱和恶心，短暂的头痛，剧烈的古怪的胃胀气，还有那些时不时折磨她的绞痛，这些都归结到了一点：她想要他的孩子，胜过世界上任何一样东西，她想让埃蒂·迪恩的孩子在自己肚子里长大。

她不想要的是一次丢人的大着肚子的假怀孕。

*现在不是想这些的时候，她听见卡拉汉一行人走近了。现在你要做的是观察。观察罗兰、埃蒂和杰克没有看到的一切。这样就不会漏下任何东西了。*她觉得自己完全可以胜任这项工作。

说实话，她这辈子从没像现在这样感觉好过。

3

卡拉汉走在最前面。他身后是两个男人，一个大概有三十岁，另一个在苏珊娜看来有两个三十岁那么老。年长的人脸颊饱满，估计五六年之后那脸颊就要变成垂下来的赘肉了。他的脸上从鼻子的一侧到下巴有一些纹路。"这些纹路说'我想要'"，她的爸爸可能会这样告诉他们(丹·霍姆斯自己也有很多这样的纹路)。年轻的男子带着一顶破旧的宽边帽，年老的则是一顶干净的、白色的阔边高顶毡帽，那顶帽子让苏珊娜很想笑——就像是黑白西部老电影里好人戴的那种。但是，她也知道那样一顶帽子可不便宜，所以她推测戴帽子的人一定就是欧沃霍瑟了。"大农户，"罗兰是这样叫他的。据卡拉汉所说，这也就是那个需要说服的。

但不是我们来说服，苏珊娜想，这想法对她来说像是某种解脱。紧闭的嘴巴，精明的眼睛，最要紧的是那些像刻在脸上一样的纹路(还有一条纹笔直地穿过眉毛，到达眼睛上方)，这一切都表明了欧沃霍瑟先生绝对像茅坑里的硬石头一样不好说话。

紧跟着这两个人的——离那个年轻人更近一些的——是一个高大，漂亮的女人，很可能不是黑人，但仍有着像苏珊娜一样的棕色皮肤。走在最后的是一个农夫打扮、戴着眼镜、看上去很诚恳的人，还有一个跟他长得很像，比杰克大概大上两三岁的男孩。谁都能看出最后这两个人的相似之处；他们肯定是老斯莱特曼和小斯莱特曼。

*这孩子看上去比杰克大几岁，*她想，*但是他身上仍然有某种柔软温顺的*气质。确实，但这并不是坏事。作为一个十几岁的孩子来说，杰克也许看到的东西太多了。做的事情也太多了。

欧沃霍瑟看着他们的枪(罗兰和埃蒂每人都佩着一把檀木枪柄的大左轮；而杰克胳膊下面则夹着从纽约带过来的鲁格 44，装在罗兰称之为码头工的绑腰带里)，然后又看着罗兰。他马马虎虎地行了礼，半握的手在前额那儿蹭了一下，也没鞠躬。即使罗兰觉得被冒犯了，在他的脸上也是看不出来的。他脸上除了礼貌的兴趣之外，什么都看不出来。

"向您致敬，枪侠，"走在欧沃霍瑟旁边的男子说。他单膝跪下，低着头，眉头贴在拳上。"我是逖安·扎佛兹，路加的儿子。这是我的妻子，扎丽亚。"

“向您致敬，”罗兰说，“如果愿意的话，请叫我罗兰。祝天长，扎佛兹先生。”

“请叫我逖安。祝你和你的朋友们收成——”

“我是欧沃霍瑟，”戴白毡帽的人粗鲁地插了进来，“我们为见你们而来——你和你的朋友们——是卡拉汉和小扎佛兹让我们来的。我就不说套话了，咱们赶快进入正题吧。希望你不介意，我请求。”

“我很抱歉，但事情并不是这样的，”扎佛兹说，“我们开了个会，卡拉镇的男人们投票——”

欧沃霍瑟又打断了他的话。*他就是那种人*，苏珊娜想。她怀疑那人甚至都意识不到自己的行为。“镇子，对。卡拉镇。我是为了这个镇子和邻居们的福利而来，但我实在很忙，不能比这更忙了——”

“那就收割吧①。”罗兰和气地说，苏珊娜知道这一句话的深层含义，觉得背上一阵发凉，欧沃霍瑟的眼睛却亮了。苏珊娜对于这是怎样的一天开始有了模糊的概念。

“来收割吧，对啊，我说谢啦。”这时，卡拉汉站在旁边，带着探究的神情耐心地注视着森林。欧沃霍瑟的身后，逖安·扎佛兹和他的妻子交换了一个尴尬的眼神。斯莱特曼父子俩只是等待着，观望着。“不管怎么说，你懂得倒不少。”

“蓟犁到处都是田地和农庄，”罗兰说，“我的谷仓里也堆着干草和谷物。哦，还有尖根。”

欧沃霍瑟对罗兰咧嘴笑了笑，苏珊娜认为那笑容颇让人恼怒。那是在说，*我们知道的可不止那些，对不对，先生？毕竟我们都是饱经世故的人*。“你到底是从哪儿来的，罗兰先生？”

“我的朋友，你需要看耳科医生。”埃蒂说。

欧沃霍瑟疑惑地看着他。“你说什么？我没听清。”

埃蒂做了个手势，意思是“你看，我就说吧，”接着他点了点头。“我就是这个意思。”

“安静，埃蒂，”罗兰说。他的声音仍像牛奶一样温润。“欧沃霍瑟先生，我们可以用几分钟时间来介绍自己并向对方表达良好的祝愿，这是当然啦。

---

① 收割，原文为 charyou tree，也指一种公开处决或用人当祭品的祭祀仪式，即《巫师与玻璃球》中的“杀人树”。

因为这才是有教养的，善良的朋友们应该做的，对不对?”罗兰停顿了一下——简短的、意味深长的停顿——然后接着说，“面对敌人的时候当然不是这样，可是这里没有敌人。”

欧沃霍瑟咬着嘴唇，死死地盯着罗兰，随时准备迎接挑战。但他在枪侠的脸上什么都没看出来，便又放松下来。“说谢啦，”他说，“逖安·扎佛兹和扎丽亚·扎佛兹，刚刚说过——”

扎丽亚行了屈膝礼，把假想的裙子在她的破灯芯绒裤子两边展开。

“——这是本·斯莱特曼和他的儿子本尼·斯莱特曼。”

老斯莱特曼把拳头举到前额，点了点头。小斯莱特曼，则一脸敬畏地（主要是由于那些枪，苏珊娜总结道）单膝跪下，右腿僵硬地伸在前方，脚跟就像长在地里一样一动不动。

“尊者，你已经见过了，”欧沃霍瑟介绍完了。他说话时带着那种不屑一顾的轻蔑语气，要是别人对他那么说话，他早就动怒了，因为他一向自视甚高。苏珊娜想，也许一个农夫比别人都发达的时候，他就想怎么说话就怎么说话了。苏珊娜不知道他还要以这种居高临下的态度对待罗兰多久，他才能明白他根本毫无优势可言。有些人是不能被居高临下地对待的。他们也许能忍受你一时，但等到——

“这是我的同伴，”罗兰说，“埃蒂·迪恩和杰克·钱伯斯，来自纽约。这是苏珊娜。”他用手一指她，并没有朝她转过身去。欧沃霍瑟的脸上现出了那种表示理解的，大男子主义的表情，苏珊娜以前见过那种表情。黛塔·沃克有办法把那种表情从男人们的脸上抹去，苏珊娜相信欧沃霍瑟先生不会喜欢那种方法。

不管怎么样，她还是向欧沃霍瑟和其他人温顺地笑了笑，也用她那假想的裙子行了礼。她想，她的屈膝礼应该也像扎丽亚·扎佛兹一样优雅，但是当你下半截的腿和脚都没了的时候，行礼的样子看上去应该是有些不同的。当然了，新来的人已经注意到了她的身体缺陷，但她对他们就此有何感受并无兴趣。她好奇的是他们会怎样看她的轮椅。这轮椅是埃蒂在托皮卡给她找的，也就是单轨火车布莱因完蛋的地方。这些老乡肯定没见过这种东西。

卡拉汉说不定见过，她想，因为卡拉汉是从我们的世界里来的。他——

那男孩开口了：“那是貉獭吗?”

“你闭嘴，”斯莱特曼说，儿子竟然开口说话他着实有些吃惊。

“没关系，”杰克说，“对啊，它是貉獭。奥伊，到他那边去。”他指着小斯莱特曼。奥伊绕过篝火，跑到新来的男孩身边，仰着脑袋，用他带金边的眼睛看着他。

“我从来没见过驯服的貉獭，”逖安说，“当然，我听说过它们，但是世界已经转换了。”

“也许不是所有的部分都转换了，”罗兰说。他看着欧沃霍瑟。“也许还有人抱着老观念不放。”

“我能摸摸他吗？”男孩问杰克，“它会咬人吗？”

“可以啊，它不咬人。”

小斯莱特曼在奥伊前面蹲下身去，苏珊娜十分希望杰克的话是对的。如果公貉獭把那孩子的鼻子咬掉了，这可真不好办了。

但奥伊任凭那孩子抚弄，甚至还伸长了脖子去闻他脸上的味道。男孩笑了。“你说它的名字是什么？”

杰克还没有来得及回答，貉獭就自报家门了。“奥伊！”

大家都笑了。这简单的一笑把他们连在了一起，在光束的路径上愉快地相逢了。这纽带是脆弱的，但连欧沃霍瑟也感觉到了它。他笑的时候，这个大农户看上去也不像个坏人。也可能吓破了胆，傲慢是肯定的，但是他身上还有一些别的东西。

苏珊娜说不清是高兴还是担忧。

4

“我想和你单独说句话，如果你同意，”欧沃霍瑟说。两个男孩已经走开了一段距离，奥伊夹在中间。小斯莱特曼正在问杰克他的貉獭会不会数数，他听说有一些貉獭会。

“我认为不行，韦恩，”扎佛兹立刻说，“我们都商量好了，我们要一起回到营地去，开伙做饭，再把我们的需要告诉这些人。然后，如果他们同意的话——”

“我并不反对和欧沃霍瑟先生谈几句话，”罗兰说，“我认为你也不会的，扎佛兹先生。他不是你们的首领吗？”扎佛兹还没有来得及反对（或是否认），罗兰就说：“给大家倒茶，苏珊娜。埃蒂，到我们这边来，如果你同意的话。”

这个大家并不熟悉的说法，现在却那么自然地从罗兰口里冒出来了。苏珊娜不禁啧啧称奇。如果她那么说话，听上去肯定就像是哪根筋搭错了一样。

“在南边，我们总有食物的，”扎丽亚腼腆地说，“食物，格拉夫和咖啡。安迪——”

“我们会很高兴地享用那些食物和咖啡的，”罗兰说，“但是先喝些茶吧，我请求。我们用不了多久，对吧，先生？”

欧沃霍瑟点点头。他脸上那种不安的严肃表情消失了，连同身体的僵硬。在路的那一边（离昨晚那个叫米阿的女人溜进森林的地方很近），奥伊做了什么聪明事儿，惹得两个男孩哈哈大笑——本尼是带着惊奇，而杰克则是明显的骄傲。

罗兰拉过欧沃霍瑟的胳膊把他带到路上。埃蒂也跟在后面。扎佛兹皱着眉也想不管三七二十一跟上去。苏珊娜碰了碰他的肩膀。“别这样，”她低声说，“他知道自己在干什么。”

扎佛兹怀疑地看着她，然后听从了她的话。“也许我可以帮你把火生得更旺一些，女士，”老斯莱特曼和蔼地看着她的断腿，说，“我看到有些木柴只是冒着火星，所以我这样说。”

“谢谢你，”苏珊娜说，她想，这一切是多美好啊。多么的美好，多么的古怪。当然，也有些暗藏的恐怖。但她已经觉得那种恐怖也自有它的魅力。正是可能出现的黑暗才使白昼看上去那么的明亮。

5

他们三个人站在路上，离其他人有四十英尺远。看上去一直是欧沃霍瑟在说话，有时还大幅度地做着手势来强调他的意思。他讲话的样子让人觉得，他不过是把罗兰当成了某个带着枪的傻小子流浪汉，带着他手下那几个小喽啰碰巧在这条路上游荡。他对罗兰解释说逖安·扎佛兹是个白痴（虽然出发点很好，可仍然是个白痴），根本就不懂得世事艰难。他告诉罗兰必须有人制止扎佛兹一家，必须泼他们的冷水，这不仅是为了他本人的利益，也是为了整个卡拉着想。他说如果真能做什么事的话，他韦恩·欧沃霍瑟，阿兰的儿子，一定是第一个站出来去做的人；他这辈子从来没有逃避过哪怕是最微不足道的义务，但是对抗狼群绝对是疯了。然后，他又低声补充道，说到疯狂，尊者也算一个。他在谈论他的教堂和礼拜的时候还挺正常的。在那些方面，一点点疯狂也许会锦上添花。但这件事可是完全不同的。哦，大家还走了这么远的路。

罗兰一直听着，不时地点一下头。他基本上什么话都没说。欧沃霍瑟终于讲完了，这个卡拉·布林·斯特吉斯的大农户呆呆地，着了迷似的盯着站在他面前的枪侠。他被那双淡蓝色的眼睛吸引住了。

“你有什么要说的吗?”他终于开口道，“尽管说吧，先生。”

“我是蓟犁的罗兰。”枪侠说。

“是亚瑟·艾尔德的后裔? 你是那个意思吗?”

“千真万确。”罗兰说。

“但是蓟犁……”欧沃霍瑟停了一下，“蓟犁早就消失了。”

“我，”罗兰说，“没有。”

“你会把我们都杀掉，还是让我们都送命? 告诉我，我请求。”

“你说的是什么时候，欧沃霍瑟先生? 不是过一会儿；不是一天，一周，或一个月以后，而是现在吗?”

欧沃霍瑟在那儿站了很久，眼睛从罗兰身上转移到埃蒂身上，又转回到罗兰。这个人不习惯改变主意；如果他真的改变了主意，就会像身体撕裂一样让他痛苦。从路的那一边传来孩子们的笑声，因为奥伊截住了本尼丢出去的什么东西——是一根和奥伊自己差不多大的木棍。

“我会听的，”欧沃霍瑟最后说，“我会做的，诸神保佑，我说谢啦。”

“换句话说，他讲了一堆理由来说明为什么那件事是愚蠢的，”埃蒂后来告诉她的时候这样说，“然后他却完全按照罗兰的想法做了。就像魔法一样。”

“有时罗兰就是魔法，”她说。

6

卡拉的一行人在路南边一块漂亮的山顶空地上扎了营，离大路并不很远，但也已经离开了光束的路径。天空中的云纹丝不动，低得仿佛伸手就能够到。穿越森林的路被小心地做了标记；苏珊娜看到有些刻在树上的标记像她的手掌那么大。这些人也许是干农活或喂牲口的好手，但毫无疑问，丛林让他们不安。

“要我帮忙推推轮椅吗，年轻人？”他们离山顶还差最后一截上坡路的时候欧沃霍瑟问埃蒂。苏珊娜在他身上闻到了烤肉的味道，她很好奇如果卡拉汉-欧沃霍瑟一帮人都过来见他们了，那么是谁在做饭呢？那个女人是不是提到一个叫安迪的人？也许是个佣人？她提到过。欧沃霍瑟的人？也许。一个可以戴得起现在扣在他头顶的那顶大帽子的人，当然可以雇得起一个佣人。

“谢谢，”埃蒂说。他还不敢在后面加上“我请求”（他仍然觉得那有点虚假，苏珊娜想），但他转到一边，把轮椅的把手交给了欧沃霍瑟。这个大农夫体格庞大，上坡很陡，而且他还推着一个重约一百三十磅的女人，但是他的呼吸虽粗重，却仍然很规律。

“我能问你一个问题吗，欧沃霍瑟先生？”埃蒂问。

“当然。”欧沃霍瑟回答。

“你中间的名字是什么？”

一时间欧沃霍瑟停止了前进，而苏珊娜则很惊讶埃蒂问了这样一个问题。“这是个古怪的问题，小伙子，为什么问？”

“喔，这只是我的一个习惯，”埃蒂说，“事实上，我用这来算命。”

小心啊，埃蒂，小心，苏珊娜想，但她的好奇心也被勾起来了。

“啊，是吗？”

“是的，”埃蒂说，“现在，你听。我打赌你中间的名字是以”——他好像盘算了一阵——“是以字母D开头的。”他用高等语发了那个字母的音。“我长话短说。五个字母？也许只有四个？”

往前推的动作又停止了。“见鬼了！”欧沃霍瑟叫道，“你是怎么知道的？告诉我！”

埃蒂耸耸肩。“这只不过是计算和推测罢了，真的。事实上，我猜错的次数和我猜对的次数差不多。”

“错的时候比较多。”苏珊娜说。

“告诉你吧，我中间的名字是戴尔①，”欧沃霍瑟说，“虽然好像有什么人向我解释过我为什么叫这个名字，但是我已经记不得了。我年轻的时候就

① 戴尔（Dale），正好四个字母。

失去了家人。”

“我很遗憾，”苏珊娜说，很高兴看到埃蒂走开了。也许是去告诉杰克她说对了：韦恩·戴尔·欧沃霍瑟。正好十九个字母。

“那年轻人是个精明鬼还是个傻瓜？”欧沃霍瑟问苏珊娜，“告诉我，我请求，我自己搞不清。”

“两者都有点儿。”她说。

“但这个推的椅子倒不赖，你说呢？它像指南针一样灵活。”

“我说谢啦。”她说。暗地里叹了口气，放心了。这听上去还行，很可能她并没有刻意计划要这么说。

“它是从哪儿来的？”

“离这儿很远的一个地方，”她说。她并不喜欢这个对话。她认为该讲述（或不讲）他们经历的人是罗兰。他是他们的首领。而且，仅由一个人说出的话是不能被反驳的。但她仍然觉得自己应该再多说点儿。“有一个无阻隔界。我们从无阻隔界的另一边来，那里的东西和这儿不同。”她伸长了脖子去看他。他的脖子和脸涨得通红，但是真的，她想，作为一个快六十岁的人他实在是做得不错了。“你知道我在说些什么吗？”

“嗯，”他说，清了清喉咙，往左边地上吐了口痰。“你知道，并不是我听说过或见过。我没出过远门；田里有太多活儿要干。不管怎么说，卡拉的人不是丛林人，你看出来了吗？”

哦，是的，我认为我看出来了，苏珊娜想，又看到了一个像盛菜的盘子一样大的路标。那棵倒霉的树能活过这个冬天就算是命大了。

“安迪说过很多次无阻隔界的事儿。他说，它会发出声音，但是究竟是什么他就说不出来了。”

“安迪是谁？”

“你很快就会看到他了，女士。你也是从那个卡拉约①来的，像你的朋友们一样？”

“是的，”她回答，又一次提高了警惕。他推着轮椅绕过了一棵长着灰白色绒毛的老铁树。现在树变得稀疏了，饭菜的味道越来越浓。肉……还有咖啡。她的肚子咕咕直叫。

“他们不是枪侠，”欧沃霍瑟说，朝杰克和埃蒂一点头。“你肯定不会这

---

① 此处是卡拉和纽约合成了一个词，Calla York。

样告诉我吧。"

"到时候你必须要自己判断。"苏珊娜说。

有一会儿他一言不发。轮椅在露出地面的岩层上隆隆作响。在他们前面,奥伊在杰克和本尼·斯莱特曼之间小跑着,那两个孩子已经以男孩们才有的闪电速度成了朋友。苏珊娜怀疑这是否是个好主意。因为那两个男孩是不一样的。时间会告诉他们,他们之间到底有多么不同,令人难过的不同。

"他让我害怕,"欧沃霍瑟说。他声音低得几乎听不见。就好像是在自言自语。"是他的眼睛,我认为。主要是他的眼睛。"

"那么你照原来想的那样跟他谈话了吗?"苏珊娜问。她本来想装做漫不经心地问这个问题,但听上去完全不像。不管怎样,她还是被那愤怒的回答吓了一大跳。

"你疯了吗,女人?当然没有——如果我能找到从我们所在的这个盒子出去的办法,你就没疯。听好了!那个小子"——他指着逖安·扎佛兹,他正和他妻子走在前面——"那个小子竟然说我是懦夫,还生怕大家不知道我没有狼群想要的幼小的孩子,嚯。不像他,他有,你知道吗?但是你认为我是个不会计算损失的弱智吗?"

"我没有。"苏珊娜冷静地说。

"但他呢?我觉得他就是这样想的。"欧沃霍瑟说话的样子就好像骄傲和恐惧在他头脑中争夺地盘似的。"难道我想把孩子们交给狼群吗?难道我忘了那些孩子送回来的时候已经变成了白痴,以后就永远只知道在镇上游荡吗?不!但我也不愿让某个头脑发热的家伙把大家带上不归路!"

她扭过头看着他,看到一件很令人惊奇的事。他现在很想说是。想找个说是的理由。罗兰对他的影响已经那么深了,而且甚至连一个字都没说。只不过……对了,只不过是看着他。

她的眼角在动。"耶稣啊!"埃蒂叫道。苏珊娜的手伸出去拿枪,但她身边根本没有枪。她又在轮椅中朝前探出身去。面向他们的坡道上,一个东西小心翼翼地向他们走来,那副战战兢兢的谨慎模样让苏珊娜想笑,虽然她对看到的东西惊奇不已。那是一个金属人,至少有七英尺高。

杰克已经把手伸向自己码头工的绑腰带,枪就挂在那儿。

"别动,杰克!"罗兰说。

那个眼睛闪着蓝光的金属人在他们面前停下了。它一动不动地站了至少十秒钟，这样苏珊娜有足够的时间看清它胸口印着什么。北方中央电子，她想，又来要求谢幕的掌声了。更别提拉莫科工业了！

那机器人举起了一只银胳膊，把它银色的手放在前额。“向您致敬，远道而来的枪侠，”它说。“祝天长，夜爽。”

罗兰也把手举到前额。“祝你收成增倍，安迪先生。”

“谢谢你。”从它的肚肠深处传来一阵嗡隆隆的声音。然后它向罗兰弯下身去，蓝眼睛更亮了。苏珊娜看见埃蒂的手悄悄地向他那把老左轮的檀木手柄伸过去。但是，罗兰却毫不退缩。

“我做了一顿好饭，枪侠。很多今年丰收的好东西。”

“我说谢啦，安迪。”

“希望你会喜欢。”那机器人的肚肠又开始响了，“吃饭的时候，你愿意听听你的星象吗？”

第六章

艾尔德的方式

1

当天下午大约两点钟的时候，他们十个人坐下来吃那顿被罗兰称为牧场主之餐的饭。“早晨的劳作中，你满怀着爱意盼望，”他后来告诉他的朋友们。“晚上的劳作中，你满怀着留恋回忆。”

埃蒂认为罗兰是在讲笑话，但是只要是罗兰的事，你永远都没法确定。他的幽默感像脱了水的蔬菜一样干瘪。

这并不是埃蒂吃过的最好的一顿饭，河岔口的老人们准备的宴会才是。但是他们已经在森林里走了好几个星期了，只靠枪侠的煎饼过活（大概一周两次拉些像兔子粪便一样的干屎），这顿饭已经算是很好了。安迪端出了煎得半熟、浸在蘑菇肉汁里的大块牛排，边上还有豆类，好像墨西哥玉米卷一样卷起来的某种食物，还有烤玉米。埃蒂尝了一根烤玉米，有点硬，但很香。有一道凉拌卷心菜丝，逖安很不好意思地告诉大家，是他妻子扎丽亚做的。还有很美味的叫做草莓盖的布丁。咖啡当然是有的。埃蒂猜他们四个喝掉至少一加仑。连奥伊都喝了一点。杰克在碟子里倒了一点煮得很浓的黑咖啡。奥伊闻了闻，说“啡！”然后很快地把碟子舔了个干净。

吃饭时大家没有谈什么严肃的话题（“食不语”是罗兰众多的睿智谚语之一），但埃蒂仍然从扎佛兹夫妇那儿了解了很多东西，主要是关于在这块被逖安和扎丽亚称为“边界地带”的土地上人们是如何生活的。埃蒂希望苏珊娜（她坐在欧沃霍瑟的旁边）和杰克（他和被埃蒂开始称为本尼小伙的年轻人坐在一起）了解到的东西能有他一半多。他曾经希望罗兰和卡拉汉坐在一起，但卡拉汉不和任何人一起。他拿着自己的食物坐到一边，祈祷，然后独自进餐。而且吃得不多。是在为欧沃霍瑟抢了风头而生气，还是生性孤僻呢？依据这么短时间的了解是无法做出判断的，但是如果有人用枪指着埃蒂的头让他现在做出选择，埃蒂会选第二个。

最让埃蒂吃惊的是这个地方竟然那么文明开化。和这里比起来，那两个古老派别，戈嫘人和陴猷布人纷争云起的刺德城简直就像男孩子看的航海故事里的食人岛。这里有公路，司法系统，还有行政机构，这让埃蒂想起了新英格兰的城镇集会。他们还有集会厅和象征着某种权威的羽毛。若你想召开集会，就要挨家挨户送出那根羽毛。人们收到羽毛后，如果有足够多的人触碰了羽毛，那么集会就会召开。反之，人们不触碰羽毛，集会就不会召开。送羽毛的任务一般都由两个人担当，而人们从来不用怀疑他们的信用。埃蒂很怀疑在纽约能不能这样办事儿，但在一个像这里的地方，这个方法看上去还不坏。

至少还有七十个叫卡拉的地方，它们在卡拉·布林·斯特吉斯的南面和北面呈一个度数较小的弧线分布。南边的卡拉·布林·洛克伍德和北边的卡拉·埃米提也有农庄和大牧场。他们也要忍受狼群定期的掠夺。更南边的卡拉·布林·鲍斯和卡拉·斯特菲尔有大片的牧场，扎佛兹说那里也深受狼害……至少他认为是这样。更北边的卡拉·森·平德和卡拉·森·克里则是农庄和羊群饲养地。

“规模很大的农庄，”逖安说，“但是你越往北走农庄就越小，你知道吗，直到你走到白雪纷飞的地方——别人是这么告诉我的；我自己并没见过——那里盛产美味的奶酪。”

“北边的人穿木头鞋，不过这也是听说的，”扎丽亚告诉埃蒂，脸上透露了些许渴望。她自己穿的是磨损了的粗重工作鞋，这种鞋子叫海滩靴。

卡拉的人们很少旅行，但如果他们想的话，大路就摆在那儿，贸易也很活跃。除此之外还有外伊河，有时也叫做巨河。巨河流过卡拉·布林·斯特吉斯的南边，一直流到南海，不过这也只是听说的。还有从事采矿的卡拉和从事制造的卡拉（那里用蒸汽机甚至电力来制造东西），竟然还有一个卡拉专门提供娱乐：赌博啦，疯狂而有趣的骑马啦，还有……

以上都是逖安说的，他感到扎丽亚在看他，便住了口，从罐子里盛了些豆子。又安慰性地盛了一盘他妻子做的卷心菜丝。

“所以呢，”埃蒂说，他在地上画了一道曲线。“这些是边界地带。这些是卡拉。一道从南到北的弧线，大概有……有多长，扎丽亚？”

“这是男人们的事情，嗯，是的。”她说。然后，看到她自己的男人还坐在已经熄灭的火边，摆弄着那些瓶瓶罐罐，她便稍稍向埃蒂探过身来。“你们用英里还是轮？”

“两个都用，但我更习惯用英里。”

她点了点头。“也许有两千英里吧，往那边——”她指着北方——“那边是两倍那么长。”这是说南边。她这样说着，一边用手指着相反的两个方向，然后她放下手，把两手相握放在腿上，又恢复了她一贯的端庄姿态。

“这些镇子……这些卡拉……这个区域延伸到那么远?”

“人们都是这么说的，如果你愿意，那些商人们也确实来了又走。巨河在西北方分流。我们把东支流叫做德瓦提特外伊河——小外伊，也可以这么叫。当然啦，从北边来的船更多，因为那条河从北方流到南方，你明白了吗?”

“明白。东边呢?”

她低下头。“雷劈，”她声音小得埃蒂几乎听不见，“没有人去那里。”

“为什么?”

“那儿是黑暗的，”她说，眼睛仍然盯着自己的腿。然后她抬起一只胳膊。这一次她指着罗兰和他的朋友们来的方向。中世界的方向。“在那边，”她说，“世界正在灭亡。我们是这么听说的。那边……”她指着东方，现在她抬起了脸看着埃蒂。“那儿，雷劈，世界已经灭亡了。我们夹在中间，只希望能平静地生活下去。”

“你认为那有可能吗?”

“不。”埃蒂这时看到她正在流泪。

2

过了不久，埃蒂离开大家到一个矮树丛里方便。当他起身想伸手摘些树叶当手纸用的时候，突然听到身后有一个声音说：

“别用那个，先生，如果你愿意。这些树叶有毒。如果你用它们擦的话，不知道会有多痒呢。”

埃蒂跳了起来，猛地转过身去，他一手拎着牛仔裤的裤腰，一手去抓罗兰别枪的皮带，刚才他把它挂在身旁一棵树的树枝上了。当他看清刚才是谁——或者说是什么——在说话时，他稍稍放松了一点。

“安迪，像这样在别人拉屎的时候悄悄溜到人家背后可不怎么像话啊。”他指着一片绿色的低矮灌木问，“这些怎么样? 如果我用这些擦，我又会有什么麻烦呢?”

安迪没说话，只有一阵滴滴答答的声音。

"怎么了?"埃蒂问,"我做错什么事了吗?"

"没有,"安迪说,"我只是在处理信息,先生。像话:未知词汇。溜:我没有,我是走来的,如果你愿意。拉屎:好像是排泄的俚语——"

"对,"埃蒂说,"就是那个意思。但是听着——如果你不是溜到我背后的,安迪,我怎么会没听到声音?我是说,这可是个灌木丛。大多数人穿过灌木丛的时候都会发出声音的。"

"我不是人,先生。"安迪说。埃蒂觉得它听上去还挺得意的。

"家伙,那么就叫你家伙吧。你这么一个大块头的家伙是怎么做到没有动静的?"

"程序运行,"安迪说,"那些叶子是安全的。"

埃蒂转了转眼睛,然后抓了一把。"对啊。程序运行。当然了,我早该想到了。谢谢你,先生,祝天长,吻吻我的屁股,然后去西天吧。"

"西天,"安迪说,"人死后去的一个地方;类似天堂。据尊者说,上天堂的人坐在万能的天父的右手边,万古不变。"

"是吗?那么谁会坐在他的左边呢?所有塔珀家用塑料制品销售商?"

"先生,我不懂。塔珀家用塑料制品对我来说是个未知词汇。你想听听你的星象么?"

"为什么不呢?"埃蒂说。他朝营地走去,那里传来男孩们的笑声和貉獭的叫声。安迪在他身边弯着腰,在多云阴暗的天幕下它仍然闪闪发亮,而且几乎没发出任何声响。埃蒂觉得很诡异。

"你的出生日期,先生?"

埃蒂觉得他可以回答这个问题。"我的月亮星落在摩羯座,"他说,然后又想起了什么。"长胡子的山羊。"

"冬季的雪充满哀伤,冬天出生的孩子强壮而又狂野。"安迪说。是的,那声音里确实洋洋自得。

"强壮而狂野,很像我嘛,"埃蒂说,"一个月都没有好好洗个澡了,你的确可以相信我既强壮又狂野。你还需要知道什么,安迪老伙计?看看我的手相什么的?"

"那就不必了,埃蒂先生。"那机器人听上去很高兴,这是不会弄错的。埃蒂想,这就是我,走到哪里就把欢乐带到哪里。每个机器人都爱我。这就是我的宿命。"这是满土,我们说谢啦。月亮是红色的,在中世界被称为狩猎女神的月亮。你要出行,埃蒂!远行!你和你的朋友们!今晚你会回到卡拉纽约。你会碰到一个黑衣女士。你——”

“我想多听你说说去纽约的事，”埃蒂说，停住了脚步。马上就到营地了。他已经看到了人们在走动。“别扯闲话，安迪。”

“你将穿越隔界，埃蒂先生。你和你的朋友们。你们必须要当心。你听到卡曼的时候——也就是那些敲钟声——你们必须在彼此身上集中注意力。以此来避免迷路。”

“你是怎么知道这些事的？”埃蒂问。

“程序运行，”安迪说，“你的星象已经说完了，先生。免费的。”让埃蒂吃惊的是它最后总结性的疯话：“卡拉汉先生——尊者，你知道——说我没有算命的执照，所以我不能收钱。”

“卡拉汉先生说得对，”埃蒂说，然后，他看到安迪又要往前走。“但是再等一分钟，安迪。可以吗，我请求。”真是奇怪，这说法这么快听上去就不别扭了。

安迪并无异议地停下了，转过身看着埃蒂，蓝眼睛闪着光。对于隔界，埃蒂大概有一千个问题要问，但是现在他却更想知道一些别的东西。

“你知道狼群的事情。”

“哦，是的。我告诉了逖安先生。他有这个资格。”埃蒂又一次觉得安迪听上去有些洋洋自得……但那只不过是他的感觉，对吧？一个机器人——就算他是远古时代的幸存者——难道不能以人类的不舒服为乐吗？它能吗？

*忘掉单轨火车并没花你多长时间，对不对，亲爱的？*他头脑中响起了苏珊娜的声音。接着是杰克的声音。*布莱因是灾难。*然后是他自己的声音：*如果你只是把这个家伙当成嘉年华上的算命机器，埃蒂小子，那么你遇到什么倒霉事儿也是活该。*

“告诉我关于狼群的事儿。”埃蒂说。

“你想知道什么呢，埃蒂先生？”

“首先，他们从哪儿来。也就是他们觉得可以抬起腿大声放屁的地方是哪儿。谁是他们的主子。为什么他们要带走那些孩子。为什么他们还回来的孩子都被毁了。”然后他突然想到另一个问题。也许这才是最明显的。“还有，你怎么知道狼群要来？”

安迪身体里又发出嘀嗒嘀嗒的声音。这一次持续的时间不短，差不多有一分钟。当安迪再次开始说话的时候，它的声音变了。这声音让埃蒂想起了老家的警官博斯考尼。那是布鲁克林大街的博斯考·鲍勃。如果你在街上碰到他，看到他边走边挥舞着警棍，他就会把你和他自己都当成人类似的跟你说话——你怎么样啊，埃蒂，最近你母亲好吗，你那游手好闲的哥哥还好吗，你打算加入“中部人士笔友会”吗，好吧，那就体育馆见，离烟远一点，祝你愉快。但是如果他认为你犯了什么事儿的话，博斯考·鲍勃就会变成一个你绝对不想认识的人。警官博斯考尼脸上没有笑容，镜片后面的眼睛就像二月里地上的冰(在这个了不起的鬼东西的这一边，二月恰巧是属于摩羯星的时间)。博斯考·鲍勃从来没有打过埃蒂，但是有几次——有一次是一群孩子在金武超市放火以后——埃蒂觉得如果他蠢到逃走的分儿上，那个穿蓝制服的混蛋很可能就会下手了。那并不是人格分裂——起码不是纯粹的黛塔/奥黛塔类型——但是也差不多了。有两个版本的警官博斯考尼。一位是好脾气的人，另一位是个警察。

安迪再次开口说话的时候，听上去可不像某个会对《内幕》上刊登的鳄鱼男孩的故事信以为真的、好心肠的傻瓜叔叔。这一次安迪听上去毫无感情，甚至有些死气沉沉。

换句话说，像个真正的机器人。

“你的口令是什么，埃蒂先生?”

“嗯?”

“口令。你有十秒钟时间。九……八……七……”

埃蒂想起了他看过的间谍片。“你的意思是，我要说些比如‘玫瑰在开罗盛开’之类的话，然后你说‘只在威尔逊太太的花园开放’，然后我再说——”

“口令错误，埃蒂先生……二……一……零。”安迪的身体内部发出了一阵低沉的轰隆声，埃蒂觉得那声音让人很不舒服。那就像锋利的刀锋切透肉然后一直剁到下面的案板上。他发现自己第一次想起了老人，是那些人造了安迪(或者是比老人们还要久远的真正远古人——谁又能说得清呢?)如果远古人就像剌德城的幸存者们那样，那么埃蒂肯定是不想见到那些人的。

“你可以再试一次，”那冷冰冰的声音说。听上去还有点像那个问埃蒂是否愿意听听他的星象的声音，但只是有些相像而已。“你要再试一次吗，纽约的埃蒂?”

埃蒂的脑子飞快地转动着。“不，”他说，“就这样吧。信息是设限的，嗯？”

一阵嘀嗒声。然后：“设限：受限制的，被置于某特定范围之中，就像给定文件或硬盘里的信息一样；只对有权查阅该信息的人公开；这些有查阅权的人要说出口令。”安迪停下来想了一下，然后说，“是的，埃蒂。信息是设限的。”

“为什么？”埃蒂问。

他并不指望得到回答，但安迪给了他答案。“第十九号指令。”

埃蒂拍了拍它的金属身体。“我的朋友，我听到这可一点不吃惊。第十九号口令。”

“你想听听星象详解吗，埃蒂先生？”

“我想还是算了。”

“那你想听一首歌吗？歌名叫‘昨晚我喝的杰米果汁’。那首歌里有许多有趣的歌词。”它说。然后从安迪的身体某处传来了定音管尖细的声音。

不知怎么的，埃蒂觉得那首歌有很多有趣的歌词这个想法很让他不安，于是便加快了脚步。“我们为什么不等一会儿再说呢？”他说。“现在我想我需要一杯咖啡。”

“希望咖啡能让你愉快，先生。”安迪说。埃蒂觉得它听上去有些落寞。就像你告诉博斯考·鲍勃你因为太忙不能参加笔友会夏令营时他会有的反应。

3

罗兰坐在一块从地面上突出来的石头上喝着咖啡。他一言不发地听着埃蒂说话，只是在听到第十九号指令的时候微微抬了一下眉毛，这是他唯一的一次表情上的变化。

在空地的另一边，小斯莱特曼拿出一根管子，吹出了一些很结实的泡泡。奥伊追着那些泡泡，用牙咬破了几个，然后他开始了解斯莱特曼的意图，就是让他把泡泡摞成一堆。这个易碎的五彩泡泡堆让埃蒂想起了巫师的彩虹，那些危险的玻璃球。卡拉汉真的有一个玻璃球吗？而且是最危险的那个？

孩子们的那边是安迪，它站在空地边上，银胳膊交叉着放在不锈钢的胸前。埃蒂认为它是在等着他们吃完它费心准备的那顿饭，然后收拾残局。完美的仆人。它做饭，它做清洁，它告诉你将会邂逅的黑衣女士。但你不能指望它违反第十九号指令。如果你没有口令的话。

“朋友们，到我这边来，好吗?”罗兰说，微微抬高了音量。“是我们该谈一谈的时候了。不会太长，至少对我们来说这是不错的，因为在卡拉汉先生来之前，我们已经谈过了。你知道，太长的谈话让人生厌。”

他们都过来了，坐在他的身边，就像听话的孩子一样，不管是从卡拉来的人们，还是从远方来还要到更远的地方去的那些人。

“首先我想听听你们了解的狼群的事情。埃蒂告诉我，安迪不肯说它是怎么得到那些消息的。”

“你说得对，”老斯莱特曼咕囔着。“虽然它总是在狼群来之前警告我们，但制造它的人或是后来一些什么人却让它在那个话题上保持沉默。大多数时候，它可是一直滔滔不绝的。”

罗兰把目光投向卡拉的大农户。“你能给我们的谈话开个头吗，欧沃霍瑟先生?”

逖安·扎佛兹因为自己没被叫到而感到失望。他的女人为他感到失望。老斯莱特曼点点头，仿佛他早知道罗兰会先叫欧沃霍瑟一样。欧沃霍瑟自己却没有像埃蒂想象中那样洋洋得意起来。相反的，他低着头，盯着自己盘起来的腿和磨损的海滩靴看了大概三十秒，还用手搓了半天脸，思考着。周围一片寂静，埃蒂甚至能听到那农夫的手在两三天没刮的胡子上摩挲的声音。最后，他叹了口气，点了点头，然后抬起眼来看着罗兰。

“我说谢啦。我不得不说，你跟我想象中的不一样，你的同伴们也是。”欧沃霍瑟转身对着逖安。“你把我们拖到这儿来是对的，逖安·扎佛兹。我们需要这么一次谈话，我说谢啦。”

“并不是我把你拖过来的，”扎佛兹说。“是尊者。”

欧沃霍瑟向卡拉汉点头致意。卡拉汉回了礼，然后用他带着疤痕的手在空中划了一个十字——就好像是说，埃蒂想，也不是他，而是上帝让欧沃霍瑟来到这里。也许吧，但是说到从热火里掏煤块这样的活儿，如果他要在上帝和耶稣圣人这些天堂枪侠身上押一块钱的话，他就应该在蓟犁的罗兰身上押两块钱。

罗兰礼貌地等待着，神色冷静。

终于，欧沃霍瑟开口说话了。他说了差不多有十五分钟，很慢，但很切题。首先，是双胞胎。卡拉的居民意识到，在这个世界的其他地区和过去的其他时代，双生子都是特例。但是在这个新月形的地区，单生子才是稀罕的，是特例，就像扎佛兹家的亚伦一样。令人庆幸的特例。

大约一百二十年前(或者也可能是一百五十年前；时间已经有些乱套，人们不可能对这样的问题有确定把握)，狼群开始了对卡拉的袭击。他们并不是每一代都来；那样的话就是每二十年来一次，但事实上比那时间长。不过仍然接近那个时间。

埃蒂本来想问问欧沃霍瑟和斯莱特曼，如果狼群从雷劈下来袭击还不到两百年的话，远古人是怎么让安迪对狼群的事情保密的，但他想想还是算了。罗兰肯定会说，问那些没有答案的问题纯粹浪费时间。但是，那可是个有趣的问题，对不对？思考一下某人(或某个东西)最后一次设定报信者(还有很多其他功能)安迪的程序是什么时候，这是个有趣的问题。

还有为什么。

那些孩子，欧沃霍瑟说，也就是大约三到十四岁这个年龄段的双胞胎中的一个，被带到东边，带进雷劈。(埃蒂注意到，听到这里的时候，老斯莱特曼用一只手搂住了儿子的肩膀。)他们在那里待的时间不算长，也许只有四个星期，要么是八个星期。然后大多数孩子都会被还回来。人们猜测那些没有回来的孩子准是死在了那黑暗的国度。也许那里某些邪恶的仪式杀死了他们，而不仅仅是毁掉了他们。

回来的孩子情况最好的也只是些听话的白痴。回来的五岁孩子会失去他好不容易掌握的语言能力，变得只会像婴儿一样啊呀呀叫着伸手去够想要的东西。两三年前已经弃置不用的尿布又被翻出来，一直用到那弱智孩子长到十岁甚至十二岁。

“妈的，逖阿现在还差不多一星期尿一次床，一个月就会把屎拉到自己身上一次。”扎佛兹说。

“听听他说的吧，”欧沃霍瑟垂头丧气地表示同意，“我自己的兄弟，韦尔兰德，到死都是这副德性。而且我们差不多要时刻注意看住他们，因为如果他们尝到什么喜欢吃的东西，就会一直吃到肚子爆裂为止。现在谁在看着你家的弱智，逖安?”

“我爷爷，”扎丽亚在逖安之前开口说，“赫顿和赫达现在也能帮点忙了；他们已经到了这样的年龄了——”她猛地住了嘴，像是突然意识到她自己在说什么。她的嘴唇抽动着，陷入了沉默。埃蒂认为自己明白她怎么了。赫顿和赫达现在能帮忙了，是的。明年，其中的一个仍然能帮忙。但是，另一个……

一个十岁被带走的孩子被还回来的时候还能够说些简单的话，但也就是这样了。带走时年龄最大的孩子的情况是最糟的，因为他们似乎还隐约记得自己身上发生过什么。这些孩子经常大叫，或者干脆偷偷溜到一旁，像迷了路似的看着东方。就好像他们看见自己可怜的脑子像鸟一样在昏暗的天空中打着转。这些年来有六个年龄大一些的孩子自杀了。(听到这里，卡拉汉又划了一个十字。)

十六岁之前，这些弱智在体型、言语和行为上都一直像个孩子。然后，十分突然的，他们中的大多数就会膨胀成年轻的巨人。

"如果你们没见过，没经历过，你们是无法想象的，"逖安说。他盯着篝火的灰烬。"你们不会明白这给他们带来的痛苦。你们知道一个婴儿长牙的时候哭成什么样吗？"

"知道。"苏珊娜说。

逖安点点头。"就像他们全身都在长牙一样。"

"听听他说的吧，"欧沃霍瑟说，"十六个月或是十八个月里，我的兄弟只是睡觉、吃饭、哭喊和生长。我还记得他在睡梦中都在哭喊。那时我就从床上爬下来摸到他身边，我听见他的胸腔、双腿和脑袋里面传来细小的声音，像是谁在低声说话一样。听好，这是他的骨骼在夜里生长的声音。"

埃蒂想着这件事的可怕之处。是的，我们都听过巨人的故事——嚯嚯嚯①——还有其他类似的故事——但是在此之前，他从来没想过变成一个巨人是什么滋味。*就像他们全身都在长牙一样*，埃蒂想，他打了个哆嗦。

"一年半，这个过程不超过一年半，但我不知道这对他们来说有多长。他们被还回来以后，不会比一只鸟或一只甲虫更有时间感。"

"永无止境，"苏珊娜说。她脸色苍白，声音也不太对劲。"肯定就像是永无止境似的。"

"夜里骨头生长的时候，就会发出耳语一样索索的声音，"欧沃霍瑟说，"头颅生长的时候就会头疼。"

"有一次，扎勒曼连着叫了九天，一停也没停。"扎丽亚说。她的声音毫无感情，但埃蒂可以看出她眼中的恐惧；他看得很清楚。"他的脸颊骨往前

---

① 童话故事中巨人表示自己要吃人时的喊声。

突出来了。你可以看见它往前突。他的前额往前弯啊弯，如果你把耳朵凑近，你就能听到头骨长大时发出的喀喀的声音。就像树枝在冰的重压下发出的动静一样。”

“他叫了九天。九天。早上，中午，深夜。叫啊叫啊。眼里淌着泪。我们向所有的神明祈祷，我们觉得他的嗓子肯定会嘶哑——或者他以后就变成哑巴了——但是并没有发生这样的事，我说谢啦。如果我们有枪的话，我相信我们会给他一枪来结束他的痛苦。事实上，这一切停止的时候，我爸已经准备好割断他的喉咙了。他的骨头又长了一会——你知道，他的骨架——但是他的头，最痛苦的那部分，终于停止了，感谢诸神，感谢耶稣圣人。”

她朝卡拉汉点点头。卡拉汉也向她致意并朝她举起了一只手，在空中停留了几秒钟。扎丽亚又转身面对罗兰和他的朋友们。

“现在我自己有五个孩子，”她说，“亚伦是安全的，我说谢啦，但是赫顿和赫达十岁了，绝对逃不掉。利曼和利阿只有五岁，但五岁已经够了。五岁……”

她用手捂着脸，说不出话来了。

4

那可怕的生长结束之后，欧沃霍瑟说，他们中的有些人就可以去干活了。其他人——大多数——连掘树桩和在地上挖洞这样简单的活都干不了。你可以看到他们坐在图克百货店门口的台阶上，或者他们聚成一堆，拖着笨重的身体在郊外游荡。都是些有着惊人的身高和体重，而且也蠢笨得惊人的年轻男人和女人。有时他们互相咧嘴傻笑，啊呀呀说些什么，有时只是目不转睛地瞪着天空。

他们不交配，谢天谢地。并不是所有的弱智都会长成巨人，他们的智力和体力也会有所差别，但有一点似乎是一样的：他们是完完全全的性死亡。“我说话粗鲁还请大家原谅，”欧沃霍瑟说，“我不相信狼把他送回来之后，我兄弟那玩意儿除了撒尿以外还有什么用。扎丽亚？你有没有见过你兄弟和一个……你知道……”

扎丽亚摇摇头。

"狼来的时候你多大，欧沃霍瑟先生？"罗兰问。

"狼第一次来，你是说。韦尔兰德和我九岁。"欧沃霍瑟现在语速很快。听上去他就像在背诵讲演稿，但是埃蒂并不认为是这样。欧沃霍瑟在卡拉·布林·斯特吉斯是个人物；他是，上帝拯救我们赶跑乌鸦①，大农户。那时他还是个幼小、无力、吓破了胆的孩子，这种回忆对于现在的欧沃霍瑟来说并不是一件轻松的事。"我爸和我妈想把我们藏在地窖里。这也是我听说的。我自己什么都记不得了，真的记不得了。我想是因为我告诉自己不要记住的。嗯，应该就是那样。有些人的记性比别人好些，罗兰，但所有的故事都是一样的：带走一个，留下一个。带走的那个回来以后就变成了弱智，也许能干点活，但是两腿之间都死了。然后……等他们到了三十岁……"

等他们到了三十岁，那些弱智就会以难以置信的速度飞快地衰老。他们的头发变白，有时会全部掉光。他们的眼睛变得浑浊。巨大的肌肉块(就像现在的逖阿·扎佛兹和扎勒曼·许尼克身上的一样)会变得松弛，然后消失。有时他们会在睡梦中平静地死去。但更多的时候，他们的死亡并不平静。疼痛，有时在皮肤上，更多的是在肚子里或在头上折磨他们。在脑子里。所有的弱智都在他们的正常的年限之前死去，狼群缩短了他们的寿命，还有很多在从正常的小孩体型变成巨人的时候死掉：在痛苦中哀号着死去。埃蒂想，那些白痴中的多少人，在忍受在埃蒂看来就像是癌症晚期的痛苦折磨时，是被家里人扼死的，或是被灌了能让他们远离痛苦、也超越睡眠的强效止痛药。这不是一个你能开口问的问题，但埃蒂猜答案恐怕是有很多。罗兰有时会用德拉这个词，他说这个词的时候总是轻轻地把手朝地平线一挥。

很多。

苦恼将来自卡拉的客人的舌头和记忆解开了，若不是罗兰阻止，他们很可能还要一直讲下去，伤心的轶事一件接着一件。"现在谈谈狼吧，我请求。来了多少只？"罗兰说。

"四十。"逖安·扎佛兹说。

"整个卡拉？"老斯莱特曼问，"不，比四十多。"然后又有些抱歉地对逖安说，"狼群上次来的时候你才不过九岁，逖安。我当时二十多岁。镇上可能有四十只，但还有一些狼去了镇子外面的农庄和牧场。我觉得总共有六十只，罗兰先生，也可能是八十。"

---

① 祈祷语。

罗兰扬起眉毛看着欧沃霍瑟。

“你知道，已经过了二十三年了，”欧沃霍瑟说，“但我认为六十这个数差不多。”

“你们把他们叫做狼，但他们真的是狼吗？他们是人类吗？还是别的什么东西？”

欧沃霍瑟，斯莱特曼，逖安，扎丽亚：有一阵埃蒂觉得他们正在分享他们的楷覆，几乎能听到。这让他感到孤单和被人遗忘，就像你看到一对情侣在街角接吻，忘情相拥或是深情凝望，全世界都消失在对方的凝视里。不过他现在再也不用觉得孤单了，对不对？他有了自己的卡-泰特，自己的楷覆。更不用说他有了自己的女人。

同时，罗兰不停地转着他的手指，埃蒂对这个动作太熟悉了，这是罗兰不耐烦的表现。*快点，老乡们，这个手势说，时间都浪费光了。*

“说不清他们到底是什么，”欧沃霍瑟说，“他们看起来像人，但是他们都带着面具。”

“狼面具。”苏珊娜说。

“对，女士，狼面具，和他们的马一样都是灰色的。”

“你是说他们都是骑着灰色的马来的？”罗兰问。

这次停顿的时间比上次短了一些，但是埃蒂还是可以感觉得到楷覆和卡-泰特，也就是思想通过某种方式进行交流，比起心灵感应，这是更原始更基础的东西。

“臭家伙！”欧沃霍瑟说，这是当地的俚语，大概意思是*去问你的屁股吧，别再来问我，这问题是在羞辱我*。“都骑着灰色的马。他们穿着像皮肤一样的灰裤子。黑色的靴子上有可怕的钢马刺。带着绿色的斗篷和头罩。还有面具。我们知道他们带着面具是因为后来发现了那些面具被扔在路上。他们看上去就像钢铁一样，但在阳光下又像有血有肉，这些该死的家伙！”

“啊。”

欧沃霍瑟轻蔑地歪头看着他，好像在说*你是弱智还是反应迟钝啊？*斯莱特曼接着说：“他们的马跑得像风一样快。抢走的孩子有时被放在鞍前，有时被放在鞍后。”

“是这样的？”罗兰问。

斯莱特曼点点头以示强调。“告诉诸神谢啦。”他看见卡拉汉叹了口气，又在空中划着十字。“对不起，尊者。”

卡拉汉耸耸肩。“我来之前你就在这儿了。尽管向所有的神祈祷吧，只要你知道我认为那些神都是不存在的就行。”

罗兰不理会他俩的交谈，说：“他们是从雷劈来的？”

“对，”欧沃霍瑟说，“在离这儿大约一百轮的地方，你能看见雷劈在哪里。”他指着东南方。“因为我们走出的丛林在到达新月地区之前的最后一个高地上。在那里你可以看见东部平原，再往东是一片黑暗，就像出现在地平线上的雨云一样。我们听说，罗兰，很久很久以前那里可以看见山。”

“就像在内布拉斯加看洛基山一样。”杰克开口说道。

欧沃霍瑟看了他一眼。“你说什么，孩子？”

“没什么，”杰克说，有点尴尬地冲大农夫笑了笑。与此同时，安迪则注意到了欧沃霍瑟对杰克的称呼。不是先生而是孩子。有意思。

“我们听说过雷劈，”罗兰说。他的声音因为缺乏感情而有些吓人，所以当埃蒂发现苏珊娜的手悄悄伸到自己手里的时候，他很高兴。

“那块土地上到处都是吸血鬼，妖魔鬼怪，还有獭辛故事是这样说的，”扎丽亚告诉他们。她的声音很细，几乎在颤抖。“当然了，这些故事已经很老了——”

“那些故事是真的，”卡拉汉严肃地说，但埃蒂可以听出他声音里的恐惧。听得很清楚。“有吸血鬼——很可能还有其他的东西——雷劈就是那些东西的老巢。下次我们再详细地谈谈这件事，枪侠，如果你愿意。现在，听我说，我请求：关于吸血鬼，我知道得很多。我不知道狼群是不是把抢走的孩子送到吸血鬼那里去了——我想都不敢想——但是，那里确实有吸血鬼。”

“为什么你听上去就好像我不相信你似的？”罗兰问。

卡拉汉垂下眼睛。“因为有很多人怀疑。以前我自己都怀疑。我不相信的东西太多了……”他的声音嘶哑了。他清了清嗓子，当他再次开始说话时，几乎像在耳语。“那毁了我。”

罗兰盘腿坐在他那年代久远的靴子的底上，胳膊抱着自己瘦削的膝盖，微微地前后摇晃着，没有说话。过了一会儿，他对欧沃霍瑟说：“狼群是在一天中的什么时候来的？”

“他们带走我兄弟韦尔兰德的时候是上午，”那农夫说，“刚吃过早饭不久。我之所以记得，是因为韦尔兰德问妈妈他能不能把咖啡拿到地窖里去喝。但是上一次……他们带走逖安的妹妹和扎丽亚的兄弟还有其他人的时候……”

“我失去了两个侄女和一个侄子。”老斯莱特曼说。

“那一次是中午，集会厅的晌午钟刚敲过不久。我们知道狼来的日子是因为安迪知道，而且它会告诉我们。接着我们就听到像打雷一样的马蹄声，看到路上扬起的尘土，狼群从东方来了。”

“所以你们知道狼群什么时候来，”罗兰说。“事实上，你们从三个渠道可以知道：安迪，马蹄声和路上的扬尘。”

欧沃霍瑟听出了罗兰话中的含义，他的胖脸和脖子微微涨红。“他们是全副武装地来的，罗兰。带着枪——有来复枪，也有你们用的左轮——还有其他的武器。远古人用的可怕武器。一触即死的光棒，会飞的嗡嗡叫的金属球，那东西叫嗡嗡球或是飞贼。那些棍子把皮肤烧得焦黑，让心脏停止跳动——可能是电，也可能是——”

埃蒂没听准欧沃霍瑟说的最后一个词，刚开始他以为那人说的是“解剖。”过了一会儿才意识到很可能是“核能。”

“一旦那些嗡嗡球闻到你的气味，他们就会跟着你，你跑多快都没用，”斯莱特曼的儿子急切地说，“你再怎么扭动、转弯都没用。我说得对吧，爸？”

“臭家伙，”老斯莱特曼说。“然后球里面突然伸出刀片来，那刀片转得飞快，你都看不见它们。接下来它们就把你切成几片了。”

“所有的狼都骑着灰马，”罗兰沉思着。“所有的马都是同样的颜色。还有什么？”

好像没有别的了。都讲完了。狼群在安迪预测的那一天来袭，在那恐怖的一小时里——或者更长的时间——灰马的马蹄声如打雷一般在卡拉轰鸣，到处都是被掳走孩子的父母的尖叫声。绿色的斗篷在旋转。金属外观的狼面具在阳光下腐坏，就像被烧伤的皮肤。孩子们被抢走了。有时候会有一些双胞胎逃过此劫，这也说明了狼的预知能力并不是没有漏洞的。但是已经很可怕了，埃蒂想，因为如果那些孩子被转移（这是经常的）或是被藏在家里（这更普遍），狼群也能找到他们，而且是在很短的时间内。就算他们被藏在尖根堆或干草堆的最底下，也难逃厄运。那些企图反抗的卡拉人被枪打死，被光棒烧焦——难道是某种激光？——或者被飞行的嗡嗡球切成碎片。后来回想这些的时候，埃蒂总是想起亨利拖他去看的一部血腥的电影。那部片子叫《魅影》。是在老庄严剧院看的。在布鲁克林和马基大街的交汇处。就像他过去的生活一样，庄严剧院里散发着尿液、爆米花和那种装在棕色袋子里的葡萄酒的味道。有时过道里还有针。也许并不是一个好剧院，但是有些时候——常常是深夜难以入睡的时候——埃蒂内心深处的一部分仍然渴望着过去的日子，而庄严剧院就是那生活的一部分。那渴望就像被偷走的孩子哭喊着要妈妈一样。

孩子们被带走了，马蹄声就沿着来路而去，消失了。一次浩劫也就结束了。

“不对，不是结束，”杰克说，“他们还要把孩子们送回来，不是吗？”

“不，”欧沃霍瑟说，“那些弱智孩子是坐着火车回来的，听我说，我可以给你看看那些废铁皮，还有——怎么了？有什么不对吗？”他看到杰克张着嘴，面无血色。

“不久之前我们在一辆火车上有过很糟糕的经历，”苏珊娜说，“那些把孩子带回来的火车是单轨列车吗？”

不是。事实上，欧沃霍瑟，扎佛兹夫妇和斯莱特曼父子根本不知道单轨火车是什么东西。（而卡拉汉，因为十几岁的时候去过迪斯尼乐园，知道单轨火车。）把孩子们带回的火车是被普通的老式机车头拖动的（但愿其中没有一个叫查理的火车头，埃蒂想），没有司机，有一到两个敞篷平板车。孩子们就被塞在上面。到达卡拉时，那些孩子总是害怕地哭着（如果雷劈以西的天气晴朗炎热的话，日晒也是一大折磨），身上到处都是食物和已经干掉的粪便，而且都处于脱水状态。铁路线的尽头并没有车站，尽管欧沃霍瑟认为几百年前应该是有的。孩子们从车上下来之后，镇上的人就用马把那些短火车从生了锈的铁路线上拖下来。埃蒂突然想到，他们查一查废旧火车头的数量，就可以知道狼群已经来了几次了，有点像人们通过查树桩上的年轮来知道树的年龄。

“你推测他们在路上待了多久？”罗兰问，“从到达时他们的情况来看？”

欧沃霍瑟看了看斯莱特曼，又看了看逖安和扎丽亚。“两天？三天？”

他们都耸耸肩，然后点头。

“两三天，”欧沃霍瑟对罗兰说，但根据其他三人的表情来判断，他把不那么确信的事说得过于有把握了。“这个时间里孩子有可能被晒伤，而且吃光大部分的食物——”

“或者全身涂满那些东西。”斯莱特曼咕哝着。

“——但是这段时间还不至于让他们风吹日晒至死，”欧沃霍瑟最后说。“如果你想从这些情况推断出他们被带到离卡拉多远的地方，那么我要说祝你猜谜愉快，因为没有人知道当火车穿越平原的时候速度到底有多快。是的，在河的那一边火车就已经行驶得很慢很平稳了，但那说明不了什么问题。”

“对，”罗兰同意他的看法，“那说明不了什么。”他思考着，“还有二十七天？”

“现在还有二十六天。”卡拉汉平静地说。

“还有一件事，罗兰。”欧沃霍瑟有些抱歉地说，但他的下巴却抬得高高的。在埃蒂看来，他又变回让人一看就不喜欢的那种人了。就是说，如果你不喜欢所谓的权威人士的话，而埃蒂向来是不喜欢的。

罗兰微微扬起眉毛表示疑问。

“我们还没同意。”欧沃霍瑟看了老斯莱特曼一眼以寻求支持，斯莱特曼则点点头表示赞同。

“你们要知道，我们没有办法确认你们是否名副其实，”斯莱特曼非常不好意思地说，“除了养殖种植方面，我们家没有其他的书，整个牧场也没有——我是罗金B的艾森哈特的工头——但我是听着枪侠的故事长大的，像其他男孩一样听过许多关于枪侠，蓟犁和亚瑟·艾尔德的故事……听说过界砾口山和那些血腥暴力的故事……但我从来没有听说过一个掉了两根手指的枪侠，或是棕色皮肤的女枪侠，或是一个嘴上没毛的孩子枪侠。”

听到这里，他的儿子吃了一惊，而且很是难堪。斯莱特曼自己也很尴尬，但他还是接着说了下去。

“如果我冒犯了你，我恳求你的原谅，真的——”

“听听他说的，听清楚了吧。”欧沃霍瑟咕噜着。埃蒂开始怀疑要是那人的下巴继续往前伸是不是就会掉下来了。

“——但是任何决定都会有极大的影响。你一定要理解这一点。如果我们做了错误的决定，我们的镇子就完了，镇上所有的人也完了。”

“我简直不敢相信我的耳朵！”逖安·扎佛兹愤怒地叫了起来，“你认为他们是冒牌货吗？我的上帝啊，你没有好好看过他吗？难道你没有——”

他的妻子死死地拽住了他的胳膊，她用力很大，指尖把逖安晒得黝黑的皮肤摁出了白色的印子。逖安看了看她，不吭声了，但他仍紧闭着嘴唇。

远方不知何处传来了乌鸦的叫声，接着是褐鸦回答般的更让人毛骨悚然的尖叫。大家都陷入了沉默。一个接一个地，他们扭头看着蓟犁的罗兰，想知道他如何作答。

5

总是这样，罗兰已经觉得累了。他们想得到帮助，但他们也想听到说明。如果有可能，怕是他们还想要一群证人来旁听吧。他们想获救却又不想冒风险，只是闭上眼睛等人家来救命而已。

罗兰抱着膝盖，缓慢地前后摇晃着。然后他打定主意，抬起了头。"杰克，"他说，"到我这边来。"

杰克看了他的新朋友本尼一眼，然后站起来向罗兰走去。奥伊像往常一样跟在他的脚边。

"安迪。"罗兰说。

"先生？"

"拿四个我们吃饭的盘子来。"安迪去拿盘子的时候，罗兰对欧沃霍瑟说："你们将要损失一些陶器了。枪侠们到一个镇子上的时候，先生，东西总是被砸得七零八落的。这也是没办法的事。"

"罗兰，我认为我们不需要——"

"现在安静，"罗兰说，虽然他的声音很温和，但欧沃霍瑟马上就住口了。"你们已经讲了你们的故事；现在轮到我们了。"

罗兰觉得安迪的影子落到了自己的身上，他抬起头接过盘子，这些盘子没刷，还泛着油光。然后他朝杰克转过身去。杰克好像一下子发生了改变。和本尼小孩坐在一起的时候，杰克看起来就像其他十二岁的男孩一样——无忧无虑，调皮捣蛋。但现在他脸上的笑容消失了，人们很难看出他的真实年龄。他的蓝眼睛和罗兰的对视着，两人眼睛的颜色几乎完全一样。他肩膀下面是塞在码头工的绑腰带里的里格枪，这把枪是他在另一个世界里从爸爸桌里拿走的。枪的扳机是用生牛皮绳拴住的，杰克看都不看就把扳机松开了。仅仅是轻轻一拉。

"说说你都学到了什么，杰克，艾默的儿子，说实话。"

罗兰本来认为埃蒂或是苏珊娜有可能会干预，但他们没有。罗兰看着那两个人。他们的脸像杰克一样严肃而冷漠。很好。

杰克的声音不带任何感情，但是说出的话却冷酷而坚定。

"我不用手瞄准，用手瞄准的人已经忘记了他父亲的脸。我用眼睛瞄准。我不用手开枪——"

“我不认为这——”欧沃霍瑟开口说道。

“闭嘴。”苏珊娜说，用一根手指指着他。

杰克好像根本没听到。他的眼睛没有离开过罗兰的。那男孩的右手放在胸部上方，手指伸开。“用手开枪的人已经忘记了他父亲的脸。我用脑子开枪。我不用枪杀人。用枪杀人的人已经忘记了他父亲的脸。”

杰克停了下来。吸了一口气。吐出来，接着讲。

“我用心杀人。”

“杀了这些。”罗兰说，然后没有发出别的警告，就把四个盘子高高地扔到空中。盘子旋转着向不同的方向飞去，看上去就像白色天幕上的黑色阴影。

杰克放在胸口的手快得让人看不清。那只手从码头工的绑腰带里拔出枪，举起来，扣动了扳机，这时罗兰扔盘子的手还没放下。那些盘子好像不是一个接一个爆裂的，而是同时粉碎的。碎片像下雨一样落在空地上，有一些砸在火堆里，溅起了火星和烟灰。有一两片砸在安迪的钢铁脑袋上。

罗兰伸手向上一抓，张开的双手也让人看不清。虽然他没有下指令，但埃蒂和苏珊娜却做了同样的动作。而这时卡拉·布林·斯特吉斯的客人们被震耳的枪声吓得还没回过神来。让他们震惊的还有开枪的速度。

“看我们这边，好吗，说谢啦，”罗兰说。他伸开双手。埃蒂和苏珊娜也这样做了。埃蒂抓住了三个碎片。苏珊娜抓住了五个(她的一根指头被划了一个小口子)。罗兰两手抓满了碎片。如果用胶把那些碎片粘起来的话，足够做出一个完整的盘子。

卡拉来的六个人瞠目结舌，不敢相信。本尼小孩的手还捂在耳朵上；现在他正把手慢慢地放下来。他像看着从天上下来的幽灵或幻影一样瞪着杰克。

“我的……上帝，”卡拉汉说，“就像什么西部荒野里的把戏似的。”

“这不是把戏，”罗兰说，“永远都不要那样认为。这是艾尔德的方式。我们是那一族的，楷覆和卡，誓言和使命。换句话说，我们是枪侠。现在我告诉你们我们要做的事。”他的眼睛搜寻着欧沃霍瑟的目光。“我说我们要做的事，因为没有人能对我们发号施令。但是我想我说的话不会让你太不舒服。如果确实让你不舒服了——”他耸耸肩。*如果那样，就太糟糕了*，那个耸肩就是这个意思。

他把碎片扔在两脚之间，掸了掸手上的灰。

“如果那些盘子是狼的话，”他说，“那么就剩下五十六头狼来骚扰你们，而不是六十只。你们吸进一口气之前就会有四头狼躺在地上了。一个孩子杀的。”他看着杰克。“你们也许称他为一个孩子。”罗兰停了停。“我们早已习惯了这种不相称了。”

“这个年轻人是个了不起的射手，我承认这一点，”老斯莱特曼说，“但陶土做的盘子和马背上的狼是有区别的。”

“对你来说也许是，先生。对我们来说没有区别。一旦枪击开始，就没有区别了。一旦开始射击，我们可以杀掉任何活动的东西。难道这不是你找我们的原因？”

“如果狼用枪打不死呢？”欧沃霍瑟问，“如果用最大口径的枪也打不死呢？”

“时间已经不多了，你为什么还要浪费呢？”罗兰平静地问，“你知道他们能被杀死，否则你就不会大老远地来找我们。我没有问这个问题，因为答案是显而易见的。”

欧沃霍瑟又一次涨红了脸。“恳求你的原谅。”他说。

与此同时，本尼一直瞪大了眼看着杰克。罗兰有些为这两个孩子感到遗憾。也许他们还能保有某种友谊，但刚才发生的事已经从根本上改变了这种友谊，把它变得完全不像孩子们之间通常所有的那种欢乐的关系。这是让人羞耻的，因为当杰克不被要求成为枪侠的时候，他仍然是个孩子。当罗兰自己开始像个男人般被考验的时候，也差不多是这个年龄。但他很快就不是孩子了，非常相似。这才更让人羞耻。

“现在听我说，”罗兰说，“听清楚。我们要离开你们一会儿。我们要回到自己的营地商量一下。明天到你们镇子的时候，我们会和你们中的一家住在一起——”

“到七英里来吧，”欧沃霍瑟说，“跟我们住在一起，说谢啦，罗兰。”

“我们的地方要小得多，”逖安说，“但扎丽亚和我——”

“我们很高兴能招待你们，”扎丽亚说，她像欧沃霍瑟一样涨红了脸。“啊，我们很高兴。”

罗兰说：“除了教堂以外，你有自己的房子吗，卡拉汉先生？”

卡拉汉笑了。“有的，告诉上帝谢啦。”

“我们在卡拉·布林·斯特吉斯的第一晚可能要跟你住在一起，”罗兰说，“可以吗？”

“当然，欢迎。”

“你可以带我们看看教堂。给我们介绍它的神秘之处。”

卡拉汉镇定地看着罗兰。“我很高兴那么做。”

“以后的日子里，”罗兰说，“我们就完全依赖这个镇子的好客了。”

“你会发现人们都是热情好客的，”逖安说，“我可以保证这一点。”欧沃霍瑟和斯莱特曼也点着头。

“如果我们刚刚吃过的饭是前兆的话，我确信这是真的。我们说谢啦，扎佛兹先生；谢谢大家。我们会用一星期的时间在镇子里到处看看，打听点事情。也可能一星期多，但差不多就那么长时间。我们要看看地形和房屋建筑。看的时候要把将要袭击卡拉的狼群放在心上。我们要和镇子上的人们谈话，人们也要跟我们谈话——你们能安排这些事情吗？”

卡拉汉点着头。“我不能保证曼尼人，但是我保证其他人肯定都万分愿意和你们谈谈狼的事。上帝和耶稣圣人都知道狼并不是什么秘密。整个新月地区的人都怕狼怕得要死。如果觉得你们能帮助我们，他们会对你们言听计从。”

“那些曼尼人也会跟我谈的，”罗兰说，“我以前和他们谈过。”

“别被尊者的热情冲昏了头，罗兰，”欧沃霍瑟说。他把他的胖手举起来，做了一个提醒的手势。“你们还需要说服镇上的某些人——”

“沃恩·艾森哈特就是其中一个。”斯莱特曼说。

“还有伊本·图克，”欧沃霍瑟说，“虽然只有百货商店挂着他的名字，但是他还拥有店前面的寄宿公寓和餐馆……控制了一半的马匹租赁生意……几乎附近所有的小农都欠他的钱。”

“说到小农，我们还不能忽视巴吉·扎尔夫，”欧沃霍瑟咕哝着，“他不是小农中最富的，但这也只是因为小妹结婚时，他给了她一半家产。”欧沃霍瑟朝罗兰斜过身体，一副要开讲镇子的陈年旧事的样子。“罗伯塔·扎尔夫，巴吉的小妹，是个幸运儿，”他说，“狼群上次来的时候，她和她的双胞胎兄弟只有一岁。所以他们算是逃过一劫。”

“巴吉自己的弟兄是上上次被抓走的，”斯莱特曼说，“巴丽差不多死了快四年了。病死的。从那以后，巴吉把全部心思都扑在两个小弟妹身上。你可以跟他谈谈。巴吉虽然只有八十亩地，但他是个有见识的家伙。”

罗兰想，他们还是不明白。

“说谢啦，”罗兰说，“我们当前要做的主要是观察和倾听。完了之后，我们会让负责羽毛的人召集一次集会。在集会上，我们将告诉大家能否保住村子和我们需要多少人手来帮忙，如果那可能的话。”

罗兰看见欧沃霍瑟鼓起腮帮子想说话，便对他摇了摇头。

“任何情况下我们都不会需要很多人，”他说，“我们是枪侠，不是军队。我们和军队思路不同，行为不同。我们可能需要五个人和我们并肩作战。很可能更少——也许一两个人就够。但是我们需要更多的人来帮我们准备。”

“为什么？”本尼问。

罗兰笑了。“我现在还不能回答这个问题，孩子，因为我还不知道卡拉的情况。但是在这种情况下，出其不意、攻其不备是最有利的武器，而要打奇袭战总是需要很多人来准备的。”

“最让狼群吃惊的，”逖安说，“就是我们竟然敢反抗。”

“假如你们断定卡拉保不住呢？”欧沃霍瑟问，“告诉我，我请求。”

“那样的话，我和我的朋友们就要谢谢你们的款待，继续往前走，”罗兰说，“因为在光束的路径的远处，我们还有自己的事情要做。”他注意到了逖安和扎丽亚沮丧的神情，接着说，“我认为这是不大可能的，你们知道。总会有办法的。”

“希望你们的判断能在集会上被大家接受。”欧沃霍瑟说。

罗兰犹豫着。他可以利用这一点把话说清楚，如果他愿意的话。假如这些人仍然相信枪侠能被公共集会上一群农夫和牧场主的意见左右，那可真是世风不同了。但这真的那么糟吗？最后，事情总会结束，变成他长长历史的一部分。或者不是。如果不是，他将在卡拉·布林·斯特吉斯结束他的历史和他的追求，在一块石碑下长眠。也许连那都不是；也许他会在镇子的东边送命，和他的朋友们一起为乌鸦和褐鸦提供一大堆腐肉。卡会知道。它总是知道。

罗兰思考的时候，大家都注视着他。

罗兰站了起来，右边屁股一阵刺痛，他皱了皱眉。埃蒂，苏珊娜和杰克明白了他的意思，也站起身来。

“我们相逢愉快，”罗兰说，“至于以后的事，如果上帝愿意，天就会下雨的。”

卡拉汉说：“阿门。”

第七章

隔界

1

“灰马。”埃蒂说。

“对。”罗兰表示赞同。

“数量是五十或六十，都骑着灰马。”

“对，他们是这么说的。”

“而且他们一点不觉得有什么奇怪的。”埃蒂觉得纳闷。

“嗯，看上去他们并不觉得奇怪。”

“奇怪吗?”

“五十或六十匹马，都是同一个颜色? 我要说，确实有点奇怪。”

“这些卡拉人自己也骑马。”

“对。”

“还带来几匹给我们骑。”埃蒂这辈子从来没骑过马，他对于骑马一事被推迟感激不尽，但没有说出来。

“是啊，就拴在山那边。”

“你知道这是真的?”

“我闻到了。我猜那个机器人负责照料它们。”

“为什么那些老乡把五六十匹同样颜色的马视为理所当然的事呢?”

“因为他们并没有真正考虑过狼群和其他与狼群有关的事，”罗兰说，“他们只顾害怕了，我想。”

埃蒂哼出了五个不成调的音符。然后说:“灰马。”

罗兰点点头。“灰马。”

他们对视了一会儿，然后笑了。埃蒂喜欢罗兰笑。尽管那笑声干涩，就像被称作褐鸦的黑色巨鸟的叫声一样难听……他还是喜欢。也许只是因为罗兰笑得太少了。

现在黄昏将近。抬眼望去，天空中的云层变得稀薄，现出了苍白的淡蓝色。欧沃霍瑟一行人已经回自己的营地去了。苏珊娜和杰克则沿着森林的路往回走去摘松饼球。刚刚吃过的那顿大餐使他们现在只想吃点清淡的食物。埃蒂坐在一根圆木上刻东西。罗兰坐在他旁边，面前铺了一张鹿皮，他们的枪都拆开来放在鹿皮上。罗兰把零件挨个上了油，对着日光把每一个螺丝、枪管、弹膛都检查了一遍，然后把它们放在一边准备组装。

“你告诉他们，这件事他们无能为力，”埃蒂说，“但他们对此并不比对大灰马的事知道得更多。你没法让他们明白这一点。”

“那只会让他们不安，”罗兰说，“蓟犁有句老话：让邪恶活到它不得不死的那一天。”

“啊啊，”埃蒂说，“布鲁克林也有一句老话：绒面革夹克上的鼻涕擦不掉。”他举起了他正在做的玩意儿。很可能是个陀螺，罗兰想，小孩子的玩具。他又一次好奇埃蒂对于每晚躺在他身边的女人到底了解多少。或者说是女人们。并不是肤浅的了解，而是内心深处他到底知道多少。“如果你断定我们能够帮助他们，我们就必须要帮助他们。这是艾尔德方式的真正含义，对不对？”

“对。”罗兰说。

“如果没有人跟我们站在一起，那么我们就孤军奋战。”

“哦，对于那个我并不担心，”罗兰说。他用一个碟子装着发亮的、甜甜的机油。现在他把一块羚羊皮浸到机油里，拿起杰克的里格枪的弹夹，开始擦拭。“逊安·扎佛兹会跟我们一起。他肯定还有一两个朋友也会那样做，不管集会上作出了什么决定。退一步说，还有他的妻子。”

“如果我们让他们夫妻俩都送了命，他们的孩子怎么办？他们可有五个孩子呢。还有，我记得他们家还有一个老人。是两人中某一人的爷爷。他们很可能还需要照顾那老人。”

罗兰耸耸肩。几个月前，埃蒂很可能会误解那个姿势——还有枪侠那没有表情的脸——把那当作冷漠。而现在他明白了。罗兰是自己的原则和传统的奴隶，正如埃蒂以前是海洛因的奴隶一样。

“如果与狼恶斗的时候，我们自己死在这个小镇呢？”埃蒂问，“难道你最后不是在想，‘我不敢相信我是这样的笨蛋，为一群势利的乡巴佬卖命，放弃了到达黑暗塔的机会！’或者诸如此类的念头。”

“除非我们能伸张正义，否则我们绝对到不了塔的千里之内，”罗兰说。“你要告诉我你不是那么觉得的吗？”

埃蒂不能，因为他也有这样的感觉。他还感觉到另外的东西：一种嗜血的热望。事实上他渴望再次作战。想用罗兰的大左轮对准几头狼,不管他们到底是什么东西。欺骗自己是没有意义的:他想要剥几张头皮。

或是狼面具。

“你真正担心的是什么,埃蒂?现在只有我们两个,我想听你说一说。”罗兰的嘴角歪着,微微笑了一下。“行吗?我请求。”

“给我的表白机会,嗯?”

罗兰耸耸肩,等待着。

埃蒂考虑这个问题。*棘手的问题*。面对这个问题埃蒂感到绝望和无助,这感觉和他当时肩负刻出让杰克·钱伯斯来到这个世界的钥匙时很像。只不过那时他还可以抱怨哥哥的鬼魂,亨利不停地在他脑袋深处念叨,说他一事无成,以前是,将来永远都是。现在只能怪罗兰问的那个该死的问题。因为他担心所有的事情,所有的事情都不对了。*所有的事情*。或许不对并不是一个合适的词,一百八十度的不合适。因为从另一方面来说,事情看起来太对了,太完美了,太……

“啊呀,”埃蒂说。他抓住两边的头发,拽着。“我不知道该怎么说。”

“那就说你脑子想到的第一件事。别犹豫。”

“十九,”埃蒂说,“所有的事都与十九有关。”

他向后仰倒,躺在散发着树叶清香的地上,用手捂着眼睛,不停地踢着脚,就像一个孩子在发脾气。他想:*也许杀几头狼我就会对劲了。也许这样就足够了。*

2

罗兰给了他几分钟,让他就这么躺着,然后说:“感觉好些了吗?”

埃蒂坐了起来。“事实上还真好些了。”

罗兰点点头,微微笑了一下。“那么你可以接着说吗?如果你不能,我们今天就算了,我已经学会了尊重你的感受,埃蒂——比你以为的尊重得多——如果你愿意说,我会听的。”

他说的是真话。刚开始的时候,因为埃蒂性格中的弱点,罗兰对他的感觉总是在警惕和轻视之间摇摆。慢慢的,埃蒂赢得了尊重。第一次是在巴拉扎的办公室里,埃蒂赤身作战。罗兰认识的人中,很少有人能够那样。他对埃蒂的尊重随着他逐渐意识到埃蒂与库斯伯特的相像而不断增长。后来，在单轨火车上，埃蒂表现出一种绝境之中的创造力，罗兰崇拜那种创造力，在这一点上他无法与埃蒂相比。埃蒂·迪恩身上有着库斯伯特·奥古德那种有时让人迷惑有时让人生气的荒诞气质；他也有阿兰·琼斯敏锐的直觉。但总的来说，埃蒂和罗兰的老朋友们都不一样。尽管他有时软弱和自我中心，但他有极大的勇气和勇气的好姐妹——有时候埃蒂自己把那称作“心灵”。

但现在罗兰想要的是埃蒂的直觉。

“好吧，”埃蒂说，“别打断我。别问问题。听着就行。”

罗兰点点头。他希望苏珊娜和杰克不要很快回来，至少现在别回来。

“我看着天空——现在云正四处散开——我看到蓝色的十九。”

罗兰抬头望着天空。是的，它在那儿。他也看见了。但是他还看到了一片海龟形状的云，逐渐散开的云层还露出枪形的空洞。

“我看着树木，看到了十九。我看着篝火，看到了十九。人名也是十九，就像欧沃霍瑟和卡拉汉的名字。但这只是我能说的，我能看到的，我可以掌握的。”埃蒂说得飞快，一种绝望的快。他正视着罗兰的眼睛。“还有另一件事。和隔界有关。我知道你们有时认为什么事都能让我想起吸毒时飘飘欲仙的感觉，也许那是对的，但是罗兰，穿越隔界就像被石化了一样。”

埃蒂总是以这种方式对罗兰说那些事情，就好像罗兰这辈子没喝过比格拉夫更烈的东西似的，这可是大错特错了。下次罗兰可能会告诉埃蒂这一点，但不是现在。

“仅仅是待在你的世界本身就像是穿越隔界。因为……啊，怎么说呢……罗兰，这里的一切都那么真实，但又不真实。”

罗兰想提醒埃蒂这里已经不是他的世界了，不再是了——对于他来说，刺德城是中世界的结束和以后所有神秘事件的开端——但是他一言未发。

埃蒂抓住一把地上的泥土，把里面带香气的松针抠出来，他的手在森林的地上留下了五个黑印。“真实的，”他说，“我可以感觉得到，可以闻得到。”他把手里的松针送到嘴边，伸出舌头去舔那些松针。“我可以尝得到。但是同时，这个世界像在火里看到的十九或是空中那片海龟形状的云一样不真实。你明白我在说什么吗？”

“我很能理解。”罗兰低声说。

"人是真实的。你……苏珊娜……杰克……抓走杰克的家伙盖舍……欧沃霍瑟和斯莱特曼父子。但是我自己世界的东西不停地出现在这儿的方式,是不真实的。那也是没有道理、不合逻辑的,但那不是我要说的。那不真实。为什么这里的人们唱'嗨,裘德'?我不知道。那个电子熊,沙迪克——我是怎么知道那个名字的?为什么它让我想起了兔子?关于奥兹的巫师那些鬼东西,罗兰——我们遇上了那些事,我毫不怀疑这一点,但同时我就是觉得这些都不真实。就感觉像隔界。像十九。在绿色玻璃宫殿之后又发生了什么?噢,我们走进了森林,就像韩赛尔与格蕾特一样。森林有一条路供我们走。有松饼球让我们摘。文明已经完结了。所有的事情都是谜。你是这样告诉我们的。我们在剌德已经看到了这一点。但是你知道吗?这不真实!他妈的,总是这些东西!"

埃蒂笑了几声。这笑声听上去病态而恐怖。他把前额的头发向后捋,额头上留下了一抹泥土。

"可笑的是,我们在离这儿有十亿里远的一个不知是哪里的地方,突然来到了一个故事书里的镇子。文明的。体面的。那些你觉得你认识的人。可能你并不喜欢他们每一个人——欧沃霍瑟就是个不好相处的家伙——但你觉得你认识他们。"

埃蒂在这一点上也是对的,罗兰想。他还没有见到卡拉·布林·斯特吉斯,但它已经让他想起眉脊泗了。从某些方面来看,这也是合理的——全世界以农牧业为主的镇子都是相似的——但从另一些方面来说,这是令人不安的。极度令人不安。比如说斯莱特曼戴的阔边帽。在离眉脊泗千里之遥的这里,男人们仍戴着与那儿相同式样的帽子,这可能吗?他想,也许是可能的吧。但为什么那帽子那么强烈地让他想起了多年前,眉脊泗的老仆人米盖尔戴的那顶呢?或者这只是他的想象?

关于这一点,埃蒂说过我没有任何想象力,他想。

"那个故事书里的镇子有个童话故事般的麻烦,"埃蒂接着说道,"所以故事书里的人们求一群电影里的英雄把他们从童话里的恶棍手里救出来。我知道这是真实的,那些尖叫声是真实的,事后的哭喊声也是真实的——但与此同时,还有一些东西让人觉得这就像舞台背景一样不真实。"

"纽约呢?"罗兰问。"你对那里的感觉是什么?"

"一样的,"埃蒂说,"我是说,你想想啊。杰克拿走《小火车查理》和那本谜语书后,桌子上还剩下十九本书……然后,纽约有那么多暴徒,竟然是巴拉扎又现身了！那个混球！”

“啊，这里，这里！”苏珊娜在他们身后欢快地叫着，“没说什么脏话吧，男孩们。”杰克推着她走过来，她腿上放满了松饼球。两个人看上去都兴高采烈的。罗兰猜想这好心情是和不久前吃的那顿好饭有关系的。

罗兰说：“有时，那种不真实感会消失，对不对？”

“说不真实感并不准确，罗兰，那——”

“别抠字眼。有时确实会消失。对不对？”

“对，”埃蒂说，“当我和她在一起的时候。”

他向苏珊娜走过去。弯下腰。吻了她。罗兰看着他们，心事重重。

3

天色暗下来了。他们围着篝火坐下，不去管天色。苏珊娜和杰克摘来的松饼球很容易就满足了他们盛宴后勉强鼓起的一点食欲。罗兰一直在想着斯莱特曼说的话，也许想得过于深入了。现在他把还没想好的问题扔到一边，说：“今晚我们中的某些人会在纽约城见面。”

“我只希望这次我能去。”苏珊娜说。

“这个卡说了算，”罗兰不动声色地说，“重要的是你们要待在一起。如果只有一个人要去那里，我想那很可能就是你，埃蒂。如果只有一个人，那个人，他或她，一定要待在原地不动直到敲钟声再次响起。”

“卡曼，”埃蒂说，“安迪是那么叫那些敲钟声的。”

“你们都明白了吗？”

他们都点点头。罗兰注视着三个人的脸，意识到他们每个人都打定主意到时候再根据具体的情况决定怎么办。这是正确的。毕竟他们要么都是枪侠，要么都不是。

他突然噗的一声笑了出来，连自己都吓了一跳。

“什么事这么好笑？”杰克问。

“我在想，活得太长让我碰上了奇怪的同伴。”罗兰说。

“如果你指的是我们，”埃蒂说，“那我就告诉你吧，罗兰——你也不是什么正常人。”

“我也这么认为，”罗兰说，“如果到时候有——两个人，或是三个人，也许我们都会去——敲钟声响起的时候我们应该牵着手。”

“安迪说我们必须在彼此身上集中注意力，”埃蒂说，“来避免迷路。”

苏珊娜突然开口唱歌，大家都吃了一惊。在罗兰听来，这歌声就像划艇号子一样——也就是一段段地把歌词喊出来而已——并不能算真正的歌唱。但尽管没有真正的旋律，苏珊娜的嗓音也是很悦耳的：孩子，当你听到黑管的乐声……孩子，当你听到长笛的乐声！孩子，当你听到铃鼓的乐声……你要弯下腰，向神——像致敬！

“这是什么歌？”

“田里唱的歌，”她说，“我的祖父母和曾祖父母在种植园里收割棉花时唱的那种歌。但是时代不同了。”她笑了，“我第一次听到这首歌是在格林尼治村的一间咖啡屋里，那还是一九六二年。唱歌的人是一个叫戴维·范·朗科的白人布鲁斯乐手。”

“我打赌亚伦·深纽也在那儿，”杰克低声说，“见鬼，我打赌他就坐在隔壁的桌子边上。”

苏珊娜惊奇地看着他，若有所思。“为什么这么说，亲爱的？”

埃蒂说：“因为他听到凯文·塔说亚伦·深纽曾经一直在格林尼治村游荡，从……他是怎么说的，杰克？”

“不是格林尼治村，是布里克街，”杰克说，微微笑了一下。“塔先生说，早在鲍勃·迪伦会用他的霍纳吹升调G以外的调子之前，深纽先生就在布里克街游荡了。霍纳肯定是个口琴的名字。”

“是个口琴的名字，”埃蒂说，“虽然我不会像杰克一样用整个家产来下注，不过我也会押上几个小钱。当然了，深纽在那里。就算我发现杰克·安多利尼是那里的侍应生，我也不会吃惊的。因为在十九的世界里，事情总是那样的。”

“不管怎么说，”罗兰说，“穿越隔界的人应该待在一起。我是说不要超过一臂的距离，什么时候都是。”

“我认为我不会去那儿。”杰克说。

“为什么那么说呢，杰克？”枪侠吃惊地问。

“因为我肯定睡不着，”杰克说，“我太兴奋了。”

但是大家最终还是都睡着了。

4

他知道这是一个梦，只不过是被斯莱特曼随意的一句话勾起的梦，但是他仍然无法逃脱。要一直寻找后面的门，柯特过去是这么教他们的，但是即使这梦里有一个后门，罗兰也找不到。我听说过界砾口山和那些血腥暴力的故事，这是艾森哈特的工头说的话，只不过界砾口山对罗兰来说太过真实了。为什么不呢？他到那里去过。那是他们的末日。是整个世界完结的地方。

那天热得让人喘不过气；太阳到达了最高点，然后就停在那儿不动了，仿佛时间都停滞了一样。下面是长长的斜坡，布满了巨大的灰黑色石脸，这是些风化了的雕像，雕刻这些石像的人早已经灭绝了。血王的手下毫不留情地步步逼近，而罗兰和他最后的同伴们则不停地向上撤退。枪声没有停止过，就像永远都不会停止一样。子弹擦着石像呼啸而过，罗兰他们的脑袋里也像是有渴望喝血的蚊子一样，不停地轰鸣着。杰米·德卡力被一个狙击手杀了，那人也许是血王长着鹰眼的儿子或者就是血王本人。阿兰的结局更惨；他死在决战的前夜，死于两个挚友之手，一个愚蠢的错误，一个悲惨的死亡。回天无术。当晚，德姆勒的纵队在悬崖遇到伏击，人员惨遭杀害，阿兰深夜骑马赶回来通知他们，罗兰和库斯伯特……他们的枪声……哦，当阿兰喊出他们俩的名字时——

当时他们已经到了坡顶，无路可退了。他们身后，东边是面向盐海的页岩陡坡——盐海距这里往南五百里被称为清海。西边是堆满石脸的小山，还有血王手下那些不停嚎叫，步步逼近的走狗们。罗兰他们已经杀了几百人，可还有两千人，这还是保守的估计。两千人，脸涂成蓝色，拿着枪，还有一些拿着弩，嗷嗷大叫着——逼近十二个人。这就是他们还剩下的人数，在热得仿佛燃烧起来的天空下，在界砾口山的山顶上。杰米死了，阿兰死了，死在挚友的枪下——冷静而可靠的阿兰，他本可以骑马到安全的地方去，但他没有这样做——库斯伯特也被击中了。几次？五次？六次？他的衬衫被血浸透了。半边脸全被血盖住了；那边的眼睛暴出来，吊在脸上，已经看不到东西了。但他还拿着罗兰的号角，亚瑟·艾尔德曾吹过的号角，传说中是这样说的。他不把号角还给罗兰。“因为我吹得比你好听，”他笑着对罗兰说。“我死了之后你再拿走吧。别忘了把它从我身上摘下来，罗兰，因为那是你的东西。”

库斯伯特·奥古德。罗兰记得去眉脊泗的领地那一次，他把一个秃鼻乌鸦的头骨放在马鞍的前鞍桥上。“哨兵，”他这样称呼它，还对着它说话，就好像那是个活物似的。他总是有这样的古怪念头，有时他的愚蠢快要把罗兰逼疯了。而现在，他站在那烧着了的太阳下面，摇晃着朝罗兰走去，一只手举着还在冒烟的左轮，一只手拿着亚瑟的号角，全身是血，眼睛半瞎，奄奄一息……但他仍然笑着。上帝啊，不停地笑着笑着。

“罗兰！”他喊道。“我们被出卖了！他们人数比我们多！我们背靠着海！我们好好收拾他们！现在开火吗？”

罗兰知道他说的是对的。如果他们对黑暗塔的追寻真的要在界砾口山上完结——被自己人出卖，被约翰·法僧的野蛮部队包围——那么就漂亮地把它结束吧。

“好！”他喊道。“啊，非常好。城堡里的人，跟我来！枪侠们，跟我来！跟我来！”

“枪侠嘛，罗兰，”库斯伯特说，“我在这儿。我们俩是最后的枪侠。”

罗兰看着他，然后在那恐怖的天空下拥抱了他。他可以感觉到库斯伯特的身体也在燃烧，那颤抖的将要死去的瘦削的身体。但他仍在笑着。伯特仍在笑着。

“好吧，”罗兰哑着嗓子说，看着他身边还剩下的几个人。“我们冲到他们中间去。决不饶恕！”

“嗯，决不饶恕，决不！”库斯伯特说。

“即使他们投降我们也不接受。”

“决不接受！”库斯伯特说，笑得更厉害了。“就算两千人都放下武器也不接受。”

“那就他妈的吹响号角吧。”

库斯伯特把号角举到滴血的唇边，大声地吹了起来——最后的号角声，如果一分钟后那号角从他的手中掉下来（也许是五分钟后，或是十分钟后；在最后的那场战役中，时间根本没有意义），罗兰会让它就那么躺在尘土中。在渴望杀戮的悲痛和愤怒中他才不管那是不是艾尔德的号角呢。

“那么现在，我的朋友们——冲啊！”

“冲啊！”最后的十二个人在燃烧的太阳底下呼喊着。这是他们的末日，蓟犁的末日，万物的末日，他再也不在乎了。那古老的血一般的暴怒，无情而疯狂，吞噬了他的大脑，控制了他的思维。最后一次，他想。就这样结束吧。

“跟我来！”蓟犁的罗兰喊。“向前！到塔里去！”

“到塔里去！”库斯伯特在他旁边喊，蹒跚着。他用一只手将罗兰的号角举向天空，另一只手举着他的左轮枪。

“不留活口！”罗兰大喊着，**“不留活口！”**

他们朝血王的蓝脸走狗们冲过去，他和库斯伯特在最前面，当他们冲过草丛中第一个灰黑色石像的时候，敌人枪弹齐发，然后敲钟声响了。这敲钟声远非美字可以形容；好像要用它的美妙将罗兰撕成碎片。

不，不是现在，他想。哦，天神啊，不是现在——让我打完这场仗吧。让我和我的朋友并肩作战打完这场仗，然后给我最终的安宁吧。求求你。

他伸出手去抓库斯伯特的手。有一瞬间他碰到了他朋友那沾满鲜血的手指。在界砾口山，这个勇敢的，大笑着的人死去的地方……然后那些手指消失了。或者说，他自己的手指从伯特的手中穿了过去。他在坠落，他在坠落，世界变得黑暗，他在坠落，敲钟声响起来了，卡曼响起来了（“听上去像夏威夷，对不对？”），他还在坠落，界砾口山消失了，艾尔德的号角消失了，到处都是黑暗，但黑暗中有红色的字，有一些是很大的字，他可以看清楚写了些什么，那些字说——

5

那些字说**请止步**。但是罗兰看到人们对那指示牌毫不在意，仍然在街道上穿行。他们飞快地朝车流前进的方向看一眼，然后过马路。有个人也不管一辆黄色的粗租车[①]正开过来，径直地往前走。那粗租车猛地一拐，揿响了喇叭。走路的人面无惧色地对着车子大喊大叫，车子开走后，那人还竖起右手的中指对着那辆车摇晃了几下。罗兰觉得这个手势很可能并不是祝天长夜爽的意思。

这是夜晚的纽约。虽然到处都人来人往，但没有一个是他的卡-泰特。罗兰承认，来到这里是他没有想到的偶发事件：他没想到在这里出现的人竟

① 此处是罗兰拼错了，因为出租车是他不熟悉的事物。

然是他。不是埃蒂,而是他。看在诸神的分儿上,他要去哪里呢?去了那里他又该做些什么呢?

记住你自己提出的忠告,他想,"如果你们是一个人到那里的,"他告诉他们,"待在原地别动。"

但那是否意味着他今晚就傻站在这里呢……他抬头看了看绿色的街灯……就待在第二大道和五十四街的拐角,什么都不干,就看着红色的**请止步**变成白色的**请通行**吗?

他正想着这些的时候,身后一个狂喜的声音喊道。"罗兰!亲爱的!转过身来看看我!好好地看看我!"

罗兰转过身来,他已经知道了将会看见谁,但他还是笑了。重新经历一遍界砾口山的那一天是件可怕的事,但这是多么好的补偿啊——他看到苏珊娜·迪恩,沿着五十四街向他跑过来,张开双臂,喜极而泣。

"我的腿!"她用最大的声音叫着,"我的腿!我的腿回来了!噢,罗兰,亲爱的,感谢耶稣圣人,**我的腿回来了!**"

6

她扑进他的怀里,吻着他的脸,他的脖子,额头,鼻子,嘴唇,一遍又一遍地说着:"我的腿,罗兰你看到了吗,我可以走了,我可以跑了,我有腿了,感谢上帝和所有的圣徒,我的腿回来了。"

"祝你享受这两条腿,亲爱的,"罗兰说。总是不自觉地使用他最近接触过的方言是他的老毛病——也可能是一个习惯。现在他说的是卡拉的方言。他想,如果他在纽约待一段时间的话,是不是马上就会发现自己对着粗租车摇晃中指呢。

但我永远都是一个局外人,他想,因为我甚至说不出"阿斯匹林"。每次我试图说这个词,总是一出口就错。

她抓起他的右手,用令人吃惊的力气把它拽过来,贴在自己的下巴上。"你能感觉得到吗?"她问。"我是说,我是不是在想象呢,是吗?"

罗兰笑了。"难道你不是像腿上生了翅膀一样向我跑过来吗?是的,苏珊娜。"他把他那只完好的左手放在她的左腿上。"一条腿,两条腿,每一条腿下都有脚。"他皱了皱眉。"但我们应该给你找双鞋子。"

“为什么？这是个梦。梦就是这样的。”

他平静地注视着她，慢慢地，她脸上的笑容消失了。

“不是梦？真的不是？”

“我们穿越了隔界。我们真的在这儿。如果你割破了脚，米阿，那么明天你就会发现脚破了，当你在篝火边醒来的时候。”

这另外的名字几乎是——但并不全是——自己跑出来的。罗兰等待着，他全身的肌肉绷得紧紧的，看她是否注意到了这一点。如果她注意到了，他就向她道歉，告诉她自己穿越隔界之前刚刚做了一个关于很久前认识的某个人的梦（尽管在苏珊·德尔伽朵之后，他只在乎过一个女人，而她的名字并不是米阿）。

但她并没有注意到，罗兰对此也不感意外。

因为她正准备进行今晚的猎食之旅呢——作为米阿——那时卡曼响起了。米阿和苏珊娜不同，她有腿。她在盛大的宴会厅里享受盛宴，她和所有的朋友交谈，她既不去莫豪斯也不去没豪斯，而且她有腿。这个女人有腿。这个女人是两个人，虽然她自己并不知道这一点。

罗兰突然发现自己希望不要遇上埃蒂。他可能察觉到苏珊娜自己都察觉不到的变化。那样的话就糟了。如果罗兰能许三个愿，就像小孩子睡前故事里的弃儿王子一样，那么他要把三次许愿机会都用来求同一件事：在苏珊娜的怀孕——米阿的怀孕——变得明显之前结束卡拉·布林·斯特吉斯的事情。同时应付这两件事太困难了。

也许根本就是不可能的。

苏珊娜瞪大了眼睛，用探询的眼光看着他。并不是因为他用别人的名字称呼她，而是因为她想知道他们下一步该做什么。

“这是你的城市，”罗兰说，“我要看看那家书店。还有那块空地。”他停了一下。“还有玫瑰。你能带我去吗？”

“哦，”她说，往四周看了看，“这是我的城市，没什么可怀疑的，但是第二大道和黛塔在梅西百货偷东西时被逮到大不一样了。”

“所以你找不到那家书店和那块空地？”罗兰有些失望，但听上去一点也不沮丧。总会有办法的。总是有——

“噢，那倒没有什么问题，”她说，“街道还是一样的。纽约就像一个烤肉架，大道都是同一个方向，街道是另一个方向。小菜一碟。走吧。”

指示牌上的字又变成了请止步，但是苏珊娜只朝住宅区方向扫了一眼，便拉着罗兰的手，到了五十四街的另一边。尽管光着脚，苏珊娜还是无所顾忌地大步走着。街区很短，但充满异国情调的商店鳞次栉比。罗兰情不自禁地盯着那些店铺，他这种走路不专心并没有什么危险，因为尽管人行道上都是人，但并没有人撞到他们身上。可是罗兰能听到自己的靴子跟在地上得得作响，也能看到他们二人投射在橱窗灯光下的影子。

差不多在这儿了，他想，如果把我们弄到这儿来的力量再强一些的话，我们就真的能在这儿了。

而且，他意识到，如果卡拉汉说的是真的，那藏在教堂地板下面的东西确实是黑十三的话，那股力量也可能确实变得更强了，因为他们离镇子和能够做出这类事情的力量之源更近了……

苏珊娜扯了扯罗兰的胳膊。罗兰马上站住了脚。“脚不舒服？”他问。

“不是，”她说，罗兰看出她很害怕。“为什么这么黑呢？”

“苏珊娜，现在是晚上。”

她不耐烦地晃了一下他的胳膊。“这我知道，我不是瞎子。难道你……”她踌躇着。“难道你感觉不到吗？”

罗兰意识到他可以。首先，第二大道上的黑暗根本就不暗。枪侠仍然无法理解纽约人的奢侈，他们大把大把浪费着以前在蓟犁极罕见和宝贵的东西。纸张，水，提炼油，非自然光。最后一样东西到处可见。商店的橱窗里放出光来（虽然大部分的店铺都已经关门了，可灯都还亮着），从一个叫布林派的卖玉米饼的地方发出的光甚至更刺眼，除此之外，那些橘黄色的电子灯简直把空气都染了颜色。但苏珊娜是对的。虽然有那些橘黄色的灯光，可这里还隐隐能感觉到黑色。那黑色就好像包围着在街上走的每一个人。这让他想起了埃蒂的话：整个世界都变成十九了。

但是这种黑暗，与其说是看到的，不如说是感觉到的，与十九并无关连。为了理解这里发生了什么，你必须从那个数里减掉六。罗兰第一次相信卡拉汉是正确的。

“黑十三。”他说。

“什么？”

“是它把我们弄到这儿来的，让我们穿越隔界，现在就能在四周感觉到它。这和我在葡萄柚里飞行并不一样，但是很像。”

“这感觉很糟。”她低声说。

“是很糟糕，”他说，“自亚瑟·艾尔德时代残存至今的东西里，黑十三是最可怕的一个。并不是说巫师的彩虹是从那时候才有的;我很肯定在那之前它就存在了。”

“罗兰！嗨,罗兰！苏!”

他们抬起头,虽然他此前有过那样的担心,但当罗兰看到不仅是埃蒂,还有杰克和奥伊也出现在眼前时,还是立刻松了一口气。埃蒂他们在一个半街区开外。埃蒂挥着手。苏珊娜也拼命地向他挥手。她刚要跑过去,罗兰一把拽住了她。

“当心你的脚,”他说,“我可不想让你划破脚染上什么病,把它带到那边去。”

所以他们只好一路快走。埃蒂和杰克都穿着鞋,他们向这两人跑了过来。罗兰看到路上的行人看都不看就绕道而行了,甚至连正在进行的对话都没有中断。但他很快就发现并不完全是这样。有一个小孩,看上去绝不超过三岁,正跟在妈妈旁边卖力地走着。他妈妈好像什么都没察觉到,但当埃蒂和杰克从他们身边跑过的时候,那孩子瞪大了眼睛好奇地盯着他们……他甚至还伸出一只手,想摸一摸正在小跑的奥伊。

埃蒂跑在杰克前面,他是第一个到的。他扶着苏珊娜的肩膀,在一臂开外的距离打量着她。罗兰觉得埃蒂的表情和刚才那个小孩的差不多。

“噢？你认为怎么样,亲爱的?”苏珊娜紧张地问,就好像一个刚做了新发型的女人回到家中面对自己的丈夫一样。

“绝对比以前还漂亮,”埃蒂说,“没有这双腿,我也爱上了你,但是有了这双腿,你就不仅是好看,简直就是绝妙的。上帝啊,现在你比我还高一英寸。”

苏珊娜发现他说的是事实,笑了。奥伊在她的脚踝边嗅着,上次他见到这个女人的时候可没有这对脚踝,然后他也笑了。是一种古怪的咆哮般的声音,但是很明显那是他的笑声。

“我喜欢你的腿,苏,”杰克说,他的恭维听上去很是敷衍了事,苏珊娜不禁又笑了。但男孩并没注意;他已经朝罗兰转过身去。“你想看那家书店对吧?”

“能看到什么东西吗?”

杰克的脸色阴沉了下来。“说实话,没什么可看的。门关着。”

“如果在我们被送回去之前有时间的话,我想去看看那块空地,”罗兰说,“还有玫瑰。”

“腿疼吗?”埃蒂问苏珊娜。他很认真地打量着她。

“感觉好极了,”她笑着说,“好极了。”

“你看上去不一样了。”

“那当然了!”她说,然后光着脚跳了一小段舞。她已经不知上次跳舞是多少个月之前的事了,如果说舞步不够优雅的话,那欢乐的姿态也可以弥补了。一个穿套装,提着公文包的女人朝这群衣衫褴褛的流浪汉走过来,她猛地一侧身,甚至往街上退了几步来绕开他们。“当然不一样了,我有腿了!”

“就像歌里唱的一样。”

“嗯?”

“没什么,”他说,伸出一只胳膊搂着她的腰。但是罗兰又一次看到了埃蒂用探询和质疑的眼神看着她。但谢天谢地他并没有深究,罗兰想。

埃蒂确实没有深究。他吻了吻苏珊娜的唇角,然后向罗兰转过身来。“那么说你想看看那块大名鼎鼎的空地和那朵大名鼎鼎的玫瑰喽。我也是。带路吧,杰克。”

7

杰克领头,一行人沿着第二大道往前走,路上仅在“曼哈顿心灵餐厅”短暂停留。他们从门缝往里看,但店里并没有人浪费灯光,所以他们没看到什么东西。罗兰本想看一眼那个告示牌,但它已经不在那里了。

分享同一楷覆的人可以轻易地读出对方的思想,杰克说:“很可能他每天更换告示牌。”

“也许吧,”罗兰说。他从窗户又往里看了一会儿,只看到了被黑暗笼罩的书架,几张桌子和杰克提到过的柜台——那几个老人就是坐在那个柜台后面喝着咖啡,玩这个世界里的城堡棋。没什么可看的,但是能感觉得到某种东西,哪怕是隔着玻璃窗:绝望和失落。如果用气味来形容这种感觉,罗兰想,那应该是酸味混着一点尿臊气。失败的气味。就像永远无法实现的美梦。最适合刺激像恩里柯·“伊勒霍什”·巴拉扎那样的家伙了。

“看完了吗?”埃蒂问。

“是的。走吧。”

8

对于罗兰来说，从第二大道和五十四街到第二大道和四十六街这八个街区的一段旅程就像是参观一个他在此之前都只是半信半疑的国度。对杰克来说，这段路又变得有多陌生呢？他不知道。找那孩子讨四分之一美元的流浪汉不在了，但当时的那家餐馆还在：嚼嚼老妈。这家餐馆位于第二大道和五十二街。离这儿一个街区是那家唱片行，“力量之塔”。那家店还开着——根据上面巨大的电子钟显示的时间来看，现在还只是晚上八点十四分。很响的声音从开着的门里传出来。吉他和鼓。这个世界的音乐。这让罗兰想起了刺德城里戈孅人的祭祀音乐，为什么不呢？这就是刺德，只不过是在被扭曲了的、不同的时间和空间里罢了。他对此很有把握。

“是滚石乐队，”杰克说，“但不是我看到玫瑰那天播放的音乐。那首是‘把它涂黑’。”

“你听不出这首是什么吗？”埃蒂问。

“我听出来了，但我想不起名字了。”

“啊，但是你应该记得，”埃蒂说，“这首是‘第十九次精神崩溃’。”

苏珊娜停住脚，看看周围。“杰克？”

杰克点点头。“他说的是对的。”

与此同时，埃蒂从“力量之塔”唱片行旁边的安全门里抽出来一张报纸。事实上是一张《纽约时报》。

“亲爱的，难道你妈妈没有交代过你有教养的人不该从别人门缝里偷报纸吗？”苏珊娜问。

埃蒂对此不加理会。“看看这个，”他说，“大家都来看。”

罗兰弯下腰，差不多做好了再看到什么无妄之灾的心理准备，但是那里并没有这么不幸的消息。至少他是没看出来。

“把上面写的读给我听，”他对杰克说，“那些字母在我脑子里钻进钻出。我认为这是因为我们穿越了隔界——夹在了——”

“**罗得西亚加强了对莫桑比克村庄的控制**，”杰克开始读了，“**卡特政府两官员预测福利计划将节省数十亿元**。还有这里，**中国宣称一九七六年地震是四百年以来最严重的一次**。还有——”

“卡特是谁？”苏珊娜问，“是……罗纳德·里根之前的总统吗？”说那个名字时她挤了挤眼。长期以来埃蒂一直试图说服她，他认为里根会做总统，可是没有成功过。杰克曾告诉她，也许这个想法听上去有些疯狂，但不是不可能的，因为里根已经做了加州州长，那时苏珊娜还是不信。她只是笑着，点点头，仿佛是在夸他真有想象力。她知道埃蒂已经说服杰克来支持自己那古怪的想法，但是她可不会受骗。她想，保罗·纽曼倒是可能当总统，甚至亨利·方达都有可能，至少他在《万无一失》里还是挺像个总统样的，但是《死亡谷年代》的男主角？他能当总统才是活见鬼呢。

"别管卡特的事了，"埃蒂说，"看看日期。"

罗兰试图那么做，可是那日期仍然在他眼前晃来晃去。有时它差不多定格成他能看清的大字了，但马上又模糊了。"到底是几号，看在你父亲的分上？"

"六月二号，"杰克说。他看着埃蒂。"但是如果这边和那边的时间一样的话，难道不该是六月一号吗？"

"但是这两边时间并不一样，"埃蒂冷冷地说，"不一样。时间在这边走得快一些。游戏开始了。游戏的钟走得很快。"

罗兰考虑着他说的话。"如果我们再回到这里，时间每次都会往后一些，对不对？"

埃蒂点点头。

罗兰接着往下说，既是说给他自己也是说给大家听。"我们在那边度过的每一分钟——卡拉的那一边——这边都会过去一分半。或者也可能是两分钟。"

"不，不是两分钟，"埃蒂说，"我确定不是双倍的时间。"但是他扫了一眼报纸上的日期，这说明他也没什么把握。

"就算你是对的，"罗兰说，"我们也只能往前走。"

"朝七月十五号走，"苏珊娜说，"那时巴拉扎和他的绅士们就不会这么客气了。"

"也许我们应该让那些卡拉人自求多福，"埃蒂说，"我并不愿意这样，罗兰，但也许这才是我们应该做的。"

"我们不能那样做，埃蒂。"

"为什么？"

"因为卡拉汉手上有黑十三，"苏珊娜说，"我们的帮助是他交出它的代价。我们需要它。"

罗兰摇摇头。“不管怎么样他都会把它交出来的——我认为我对这点很了解。他害怕那东西。”

“对,”埃蒂说,“我也是这么觉得的。”

“我们不得不帮助他们,因为这是艾尔德的方式,”罗兰对苏珊娜说,“因为卡的路一直都是责任之路。”

他觉得看到她的眼里闪了一下,就好像他刚刚说了什么滑稽的话一样。也许吧,但苏珊娜不是那个觉得滑稽的人。只有黛塔或是米阿才会觉得滑稽。问题是到底是哪一个。或者是两个人?

“我不喜欢这里给人的感觉,”苏珊娜说,“这种黑暗的感觉。”

“到了空地会好得多,”杰克说。他开始往前走了,其他人跟在后面。“玫瑰让所有的东西都好起来了。你们会看到的。”

9

当杰克穿过第五十街后,他的动作加快了。在四十九街靠近市中心的那一边,他开始走得很快。在第二大道和四十八街的拐弯处,他跑了起来。他控制不了。四十八街的指示牌上写着**请通行**,但是他刚到路边指示牌就变红了。

“杰克,等一下!”埃蒂在他背后喊道,但是杰克没有停。也许是停不下来。埃蒂当然也感觉到那个东西的引力了;罗兰和苏珊娜也是。空气中有一种嗡嗡声,微弱但很甜蜜。他们周围那丑陋的、黑暗的感觉所没有的东西,在那嗡嗡声中全有。

对罗兰来说,那嗡嗡声唤起了关于眉脊泗和苏珊·德尔伽朵的记忆。还有那些在芬芳草地上的吻。

苏珊娜想起了小时候和父亲一起的生活。她爬到他的腿上,把她那光滑的小脸贴在爸爸粗粗的毛线衣上。她记得她是怎样闭上眼睛,闻着爸爸身上的味道,只有爸爸才有的味道:烟叶和鹿蹄草,还有抹在手腕上的马斯特罗利药水的味道,他从二十五岁起就开始犯关节炎了。这些味道对她来说就意味着所有的事情都让人安心。

埃蒂想起的是小时候去大西洋城的一次旅行,那时他才五六岁。妈妈带着他们兄弟俩。那时她和亨利去买蛋筒冰淇淋了。迪恩太太指着海滨上的木板人行道对他说，老老实实地把屁股放在那儿，小伙子，直到我们回来。他确实那样做了。他可以在那儿坐上一整天，就那么看着灰色海水冲刷下的海滩斜坡。海鸥就在海水泛起的泡沫上呼朋引伴地滑翔。每次海浪退下去的时候，就会露出一片闪闪发光的湿漉漉的褐色沙滩，是那么的明亮，让他不敢直视。海浪涌动的声音很响，但又让人听不清。我可以永远都在这儿待着，他记得自己当时是这么想的。我可以永远都在这儿待着，因为这里漂亮，安宁而且……让人安心。这里所有的东西都让人安心。

这就是他们五个(因为奥伊也感觉到了)感觉最强烈的东西：一种绝妙、美丽、让人安心的东西的存在。

罗兰和埃蒂几乎都没有交换一下眼神就抓住了苏珊娜的胳膊肘。他们把她提了起来，让她的光脚离开了地面。在第二大道和四十七街，穿流的车辆挡住了他们的路，但罗兰向正朝他们涌过来的车流举起了一只手，喊道："喂！以蓟犁的名义，停下来！"

车全都停下了。一阵刹车的尖叫声，前挡板撞上了后挡板，掉落的玻璃发出脆响，但车都停了。罗兰和埃蒂就在汽车头灯的聚光下，合着喇叭的伴奏声穿过了马路，苏珊娜夹在两人之间，她那失而复得的脚(已经变得很脏了)离地面三英寸。当他们靠近第二大道和四十六街的时候，那种欢乐和安心的感觉变得越来越强烈。罗兰感到玫瑰的嗡嗡的声音在他的血液里疯狂地跳动着。

是的，罗兰想，以诸神的名义，是的。就是它。也许不仅仅是通向黑暗塔的一扇门，而是塔本身。天神啊，它的力量！它的引力！库斯伯特，阿兰，杰米——你们在这儿的话该有多好！

杰克站在第二大道和四十六街的拐角处，看着前面大约五英尺高的木围栏。他脸上流着泪。围栏的另一边传来了有力而和谐的嗡嗡声。是多种嗓音混合的声音，所有的声音都在歌唱。唱着同一个高音曲调。这就是正确，那些声音唱着。这就是你的可能，这就是转运点，幸运的相逢，黎明前消退的高烧，让你的血重归平静。这就是成真的美梦和谅解的眼神。这就是别人对你的友善，你已学会把它传递。这就是理智和清醒，你以为失落已久的东西。这里，所有的东西都让你安心。

杰克转身面向他们。"你们感觉到了吗？"他问，"感觉到了吗？"

罗兰点点头。埃蒂也是。

"苏希？"男孩问道。

“这几乎是世界上最可爱的东西了，对不对？”她说。几乎，罗兰想，她说几乎。他还看到她说话时把手放在了肚子上，轻轻地抚摸着。

10

杰克记忆中的海报还在那里——奥莉维亚·牛顿-约翰在城市广播音乐厅演出，G. 戈登·利迪和格罗特会在一个叫**墨丘利酒吧**的地方出现，有一部名为《僵尸大战》的恐怖电影，**禁止入内**。但是——

“不一样了，”他指着一幅暗粉红色的涂鸦说，“还是同样的颜色，看上去也是同一个人画的，但是我上次来的时候，这儿是一首关于海龟的诗。‘看那宽宽乌龟脊！龟壳撑起了大地。’还有一些关于光束的路径的事情。”

埃蒂凑近了一点，开始读起来：“哦，苏珊娜-米欧，我多重人格的女友，车停在南方某州，就在年度一九九九。”他看着苏珊娜，“那该死的东西是什么意思？你知道吗，苏希？”

苏珊娜摇摇头，眼睛瞪得老大，流露出恐惧的神情。但是哪个女人在恐惧呢？罗兰不知道。他只知道奥黛塔·苏珊娜·霍姆斯从一开始就是人格分裂的，而且米欧和米阿很接近。从围栏那边的黑暗中传来的嗡嗡声是那么的强烈，他无法思考。他想现在就到那嗡嗡声的源头去。他需要去，就像一个干渴的人需要找到水一样。

“走吧，”杰克说，“我们可以翻过去。容易得很。”

苏珊娜低下头看着她脏脏的光脚，往后退了一步。“我不去，”她说，“做不到。不能光着脚翻墙。”

这似乎很合理，但罗兰认为除此之外还有别的原因。米阿不想去那里。米阿明白如果她去了，就会有厄运降到她头上。她会倒霉，还有她的孩子。有一瞬间罗兰想逼着她过去，让玫瑰去处理在她腹中生长的东西和她那麻烦的新人格。那新人格如此强烈，强烈到让苏珊娜长着米阿的腿出现在这里。

*不行，罗兰。*是阿兰的声音。阿兰，直觉最强的一个。*错误的时间，错误的地点。*

“我和她待在这儿，”杰克说，他满是遗憾但毫不犹豫，罗兰心中充满了对这个孩子的爱，虽然他曾一度扼杀了这种爱。围栏那边的黑暗中传来的有力声音在歌唱着这种爱;他听到了。那声音也在歌唱着单纯的原谅,而不是充满艰辛的救赎之旅吗? 他认为是的。

“不用了,”她说,“你们去吧,亲爱的,我没事。”她向他们微笑着。“你们知道,这也是我的城市。我能照顾好自己。而且——”她降低了声音,仿佛她在吐露什么重大机密似的。“我认为我们在某种程度上是隐形的。”

埃蒂又一次用探询的目光看着她,就好像在质问她怎么能不和他们一起去,管它光脚不光脚呢,但是这次罗兰并不担心。米阿的秘密是安全的,起码在现在来说是;玫瑰的呼唤是那样的强烈,埃蒂已经考虑不了太多别的问题了。他想去那里,想得发狂。

“我们应该待在一起,”埃蒂不是很情愿地说,“这样我们回去的时候才不会走散。你自己是那么说的,罗兰。”

“从这里到玫瑰那儿有多远,杰克?”罗兰问。嗡嗡声像风一样在他的耳边歌唱,他觉得很难说话。很难思考。

“它在空地的正中间。可能是三十码,但很可能不到。”

“听到敲钟声的那一秒,”罗兰说,“我们就马上朝围栏和苏珊娜这边跑。我们三个人。同意吗?”

“同意。”埃蒂说。

“我们三个,还有奥伊。”杰克说。

“不,奥伊留下来和苏珊娜待在一起。”

杰克皱了皱眉,很明显对此并不满意。罗兰也预料到他不乐意。“杰克,奥伊也是光着脚……你不是说那边有很多碎玻璃吗?”

“嗯……”他不情愿地挤出这个字。然后一条腿蹲下来,看着奥伊带金边的眼睛。“留下来陪着苏珊娜,奥伊。”

“奥伊! 啊!”奥伊留下了。对杰克来说也只能这样了。他站起身来,对着罗兰点了点头。

“苏希?”埃蒂问,“你确定要这样吗?”

“是的。”一个断然的回答。毫不犹豫。罗兰现在几乎可以肯定是米阿在控制着这个身体,控制着她的一言一行。几乎。即使现在他还不敢断言。玫瑰的嗡嗡声肯定让任何事情都变得不可能,除了一件事,那就是所有的东西——所有的东西——最终都会没事的。

埃蒂点点头,吻了吻苏珊娜的唇角,然后走到那写着怪诗的围栏旁边:哦苏珊娜-米欧,我多重人格的女友。他把手指交叉搭在一起。杰克站了上去，跳起来，像一阵风似的不见了。

"啊咔！"奥伊叫着，然后又安静下来了，他现在坐在苏珊娜的光脚旁边。

"你接着来，埃蒂，"罗兰说。他把残存的手指搭在一起，想像刚才埃蒂对杰克那样也给他搭把手，但是埃蒂抓住围栏的上端一跃而过。罗兰刚开始在肯尼迪机场的喷气式飞机上碰到的那个瘾君子可做不到这一点。

罗兰说："待在原地别动。你们两个。"他说的应该是那个女人和那只貉獭，但是他却只看着那女人。

"我们没事，"她说，然后弯下腰来摸摸奥伊光滑的皮毛。"对不对，大块头？"

"奥伊！"

"去看你的玫瑰吧，罗兰。趁你还能看的时候。"

罗兰最后一次意味深长地看了她一眼，也抓住了围栏的顶端。转眼之间他也消失了。在整个宇宙最关键最动荡的街口，只剩下苏珊娜和奥伊。

11

苏珊娜等待的时候，奇怪的事情发生了。

在他们来的路上，"力量之塔"唱片行的附近，一个银行外部挂的钟一直在显示着时间和温度：8:27，64。8:27，64。8:27，64。然后，突然之间，钟闪烁着 8:34，64。8:34，64。她的眼睛并未离开过那钟，她敢发誓。是不是出了什么机械故障呢？

肯定是，她想。要不然还能是什么呢？没别的可能，她认为，但是为什么突然觉得所有的东西都感觉不一样了呢？甚至看上去都不一样了？也许是我身体内部出了机械故障。

奥伊哀鸣着，朝她伸长了脖子。她突然明白了为什么所有的东西看上去都不同了。除了那不知道怎么溜走的七分钟以外，世界又恢复了以前的、她再熟悉不过的视角。低矮的视角。她和奥伊之间比刚才近了，那是因为她离地面更近了。她在纽约睁开眼时长出的那双漂亮的腿的下半截和脚不见了。

是怎么发生的？什么时候发生的？在那溜走的七分钟里吗？

奥伊又哀鸣了起来。这次几乎是在咆哮了。他看着她的身后，另一个方向。她转过身。有六个人正穿过四十六街向他们走来。五个是正常的。第六个是一个女人,脸色惨白,穿着一件沾满苔藓斑点的连衣裙。她黑洞洞的眼窝是空的。嘴几乎要张到胸口。苏珊娜看着她的时候,一条绿色的小虫在那女人的下唇爬过。她身边的行人都离她有一定的距离,就像在第二大道上的行人们对罗兰他们一样。苏珊娜猜想在这两种情况下,作为正常人的行人能够感觉到什么不同寻常的东西而自动避开了。只是这个女人并不是在隔界中。

这女人是个死人。

12

罗兰一行三人在满是垃圾和砖块的空地上摸索前进的时候,玫瑰的嗡嗡声越来越响。像往常一样,杰克从每个角度在每片阴影里都能看到人脸。他看到了盖舍和胡茨;滴答老人和弗莱格;他看见了自己的妈妈和爸爸还有格丽塔·肖,他们的管家,她看上去有点像电视上的伊迪丝·邦克,而且她总是记得把他的三明治上的面包皮剥掉。格丽塔·肖有时会叫他巴玛,但这是个秘密,他们两人之间的秘密。

埃蒂看见了以前的邻居们:一只脚畸形的吉米·波利奥和汤米·弗雷德里克,汤米看街道棍子球的时候总是兴奋得做鬼脸,所以孩子们都叫他万圣节汤米。还有斯基普·布拉尼根,如果阿尔·卡彭①本人不幸来到这个街区的话,他敢跟阿尔干上一架。还有萨巴·德拉布尼克,那个疯狂的葡萄牙人。他在碎砖堆里看见了他妈妈的脸,那些软饮料玻璃瓶的碎片重现了她那闪亮的眼睛。他看到了她的朋友,多拉·博特罗(附近的孩子们都叫她大胸博特罗,因为她的大乳房简直像西瓜一样)。当然了,他还看到了亨利。亨利站在那边的窗旁,注视着他。他伸出一只手,埃蒂看到他竖起了大拇指。接着走,那不断变响的嗡嗡声在他耳旁低语,现在是亨利·迪恩的声音在低语。*接着走,埃蒂,给他们看看你有多了不起。我不是告诉过那些人吗?我们在达利面包店后面和吉米·波利奥抽烟的时候,我不是告诉过他*

---

① 阿尔·卡彭(Al Capone)是一九二五至一九三一年间美国一个臭名昭著的恶棍,芝加哥犯罪集团的首领。

们吗？"我弟弟能说得魔鬼引火自焚。"我说了。难道不是吗？是的，他说过。我一直都是这么觉得的，那嗡嗡声耳语着。我一直都爱着你。有时我嘲笑你，但我一直都爱你。你是我亲爱的小家伙。

埃蒂哭了起来。这是幸福的泪水。

罗兰在这片被阴影笼罩、堆满砖块的废墟上看到了他过去生活中的所有影像，从他的妈妈、保姆、一直到卡拉·布林·斯特吉斯的客人们。他们往前走的时候，这种释然感也更加强烈。他有一种感觉，他所做出的艰难抉择，所有的痛苦，损失和流血都不是一无所值的。是有理由的，是有目的的。有生命也有爱。在玫瑰之歌中，他听到了这些，他也哭了起来。这是如释重负的泪水。到达这儿的旅程太艰难了。有许多人死去了。但是他们活到了现在；他们和玫瑰一起歌唱。他的生命终归不是一个干巴巴的梦。

他们牵着手摸索向前，互相帮助着彼此避开那些带钉子的木板和地上的洞，如果脚踩到那些洞里，就算不把脚踝扭断也会扭伤的。罗兰不知道一个人在隔界状态中是否会骨折，但他无心试验。

"所有的一切都值了。"他哑着嗓子说。

埃蒂点点头。"我现在绝不会停下脚的。哪怕死我可能都不会停下脚的。"

杰克做了个拇指和食指环起来的手势，笑了。在罗兰听来，这笑声是那么的甜蜜。这里比街上更黑，但是第二大道和四十六街的橘色街灯也为这里提供了少许照明。"看到了吗？是熟食店的招牌。我把它从草堆里拽出来的。所以它才待在这儿。"他向四周看了看，然后指着另外一个方向。"看！"

那块牌子还立着。罗兰和埃蒂转过身来看。虽然他们俩以前都没看过这块牌子，但他们仍有一种似曾相识的感觉。

米勒建筑公司与桑布拉不动产

强强联合

即将上市：

海龟湾豪华联排别墅

欲询详情，请致电 661-6712

来电有惊喜！

就像杰克告诉他们的那样，这块牌子看上去很旧了，需要重新粉刷或干脆换掉。杰克还记得在这牌子上的涂鸦，埃蒂则记得杰克曾经这么说过，并不是因为他觉得有什么含意，而是因为那有些古怪。现在那涂鸦还在，像杰克曾提起过的一样：班戈·斯干克。是某人信手写的一张名片。

“我认为牌子上的电话号码变了。”杰克说。

“噢？”埃蒂问，“原来那个是什么？”

“我记不得了。”

“那你怎么确定号码变了呢？”

如果换个时间换个场合，杰克很可能听了这句话就生气了。而现在，玫瑰安抚了他的神经，杰克只是笑了笑。“我也不知道。我猜我也无法知道。但是那肯定是变了。就像挂在书店窗户上的告示牌一样。”

罗兰几乎听不清他们在讲什么。他那双旧牛仔靴踩在砖头堆、破木板和玻璃碴上，他的眼睛在黑暗中也炯炯有神。他已经看见玫瑰了。玫瑰的旁边还有什么东西，就在杰克发现他那把钥匙的地方，但是罗兰顾不上这个了。他的眼里只有玫瑰，从被泼溅出来的涂料染成紫色的草堆里长出来的玫瑰。他在玫瑰面前跪了下来。过了一会，埃蒂也跪在了他的左边，杰克在右边。

夜里的玫瑰紧紧地卷着花瓣。当他们跪下来之后，那些花瓣慢慢打开了，就好像在欢迎他们。嗡嗡声包围着他们，就好像天使的歌唱。

13

刚开始的时候苏珊娜一切都还好。她仍然坚持着，虽然她已经失去了不止一只脚和一半的自己——不管怎么说，那一半已经来过这儿了——现在她又被迫回到了她所熟悉的原来的姿态（也是满怀愤懑屈从了的姿态），半跪半坐地在肮脏的人行道上等待着。她把背靠在围着空地的围栏上。她自嘲地想——*现在我就缺一块纸板和一个罐头盒了。*

甚至在她看到了那个穿过四十六街的死人之后，她也坚持着。那歌声帮了她的忙——她知道那是玫瑰的歌声。奥伊也帮了忙。他把他温暖的身体紧贴着她。苏珊娜抚摸着他光滑的毛皮，用这种现实感来让自己镇定。她一次又一次地告诉自己，她没有疯。好吧，她丢了七分钟。*也许吧。*或者可能就是那新式电子钟的零件出了什么问题呢。好吧，她看见了一个死女人过马路。也许吧。或者可能那不过是一个身体虚弱的吸毒者,天知道纽约到底有多少这样的人——

一个嘴里爬出小绿虫的吸毒者吗?

"那可能只是我的想象,"她对貉獭说,"对不对?"

奥伊很紧张地一会儿看看苏珊娜,一会儿看看川流的车头灯。对他来说,那很可能看上去就像眼睛闪闪发亮的巨大的食肉动物。他紧张地叫着。

"而且,男孩们很快就会回来的。"

"奥伊。"貉獭充满希望地表示同意。

我为什么不和他们一起去呢?埃蒂可以把我背在背上啊,上帝知道他曾经背过,无论有没有背带都背过。

"我不能去,"她低声说,"我就是不能去。"

因为她的一部分害怕着玫瑰。害怕和它太接近。是不是在失去的七分钟里就是那部分在控制?苏珊娜担心是这样。如果是这样,那么现在一切都过去了。那部分已经拿走了它的腿,用那双腿走到一九七七年的纽约去了。不妙。但是它把她对玫瑰的恐惧也一同带走了,这倒不是件坏事。她不想害怕一件如此有力而美妙的东西。

另一个人格吗?你在想有腿的那个女人是另一个人格吗?

换句话说,又一个黛塔·沃克的翻版吗?

这个念头让她想尖叫。她觉得现在自己可以理解,一个女人成功地接受了癌症治疗手术五年后,医生又告诉她X光照出了她肺部有个阴影,她该是怎样的心情。

"别再来一次了,"她用低沉的、狂乱的声音嘀咕着,这时又一群行人从她身边经过。他们都往外退了一步,尽管这让他们之间变得很挤。"不,别再来一次了。不可能的。我是完整的。我……我已经定型了。"

她的朋友们去了多久了?

她又朝来时路上的电子钟看去。8:42,但是她不知道能不能相信那个钟上的时间。她觉得比那要久。久得多。也许她应该叫他们一声。喊一声就行。你们在那边怎么样了?

不。不能这么干。你是一个枪侠,姑娘。起码他是那么说的。他是那么认为的。你不要像个在灌木丛里看到一条小蛇就大喊大叫的小姑娘,不要这样来改变他对你的看法。你好好坐在这儿等着。你能够做得到。你有奥伊做伴,你还有——

这时她看到街对面站着一个男人。站在书报亭的旁边。他赤裸着身体。那人身上有一道Y字形的切口，用粗糙的黑色大针脚缝着。切口从腹股沟开始，向上到胸骨，叉开。他空洞的眼睛盯着她。从她身上穿了过去。从这个世界穿了过去。

奥伊的吼叫声排除了这不过是幻觉的可能性。他直勾勾地望着街对面那个赤裸身体的死人。

苏珊娜再也忍受不了了，她开始大声地呼唤埃蒂。

14

玫瑰开放了，露出了里面猩红色的圆形花心和像太阳一样的金黄色花蕊。这时埃蒂看到了所有重要的东西。

"哦，我的上帝啊。"杰克在他身旁叹了一口气，但好像是在千里之外。

埃蒂看到了那些伟大的事物和几个侥幸脱险的故事。还是孩子的阿尔伯特·爱因斯坦过马路时险些被逃跑的牛奶车撞倒。一个叫阿尔伯特·史怀哲①的十几岁男孩从澡盆出来的时候差点踩到放在拔掉的插头旁的肥皂块。一个纳粹中尉烧掉了写着诺曼底登陆时间和地点的纸条。他看到了准备向丹佛的整个水源投毒的人死于心脏病，倒在了爱荷华州I-80公路上的路边休息站里，腿上还放着一袋麦当劳的炸鸡。他看到浑身缠满炸药的恐怖分子突然转身离开了拥挤的餐馆，那个城市可能是耶路撒冷。那恐怖分子不是被别的，而是被天空震慑住了，他突然想到那天空把所有的正义和非正义都看在眼里。他看到四个人从怪物的魔爪下救出了一个小男孩，那怪物的头看上去就是一只巨大的眼睛。

但比那些更重要的是渺小事物的巨大的、渐增的分量。从没有爆炸的飞机到在恰当时间来到恰当地点的男男女女，他们成了数代人的祖先。他看到了门口的吻，归还的钱包，在岔路口选择了正确路线的行人。他看到一千次看似偶然却意义非凡的相遇，一万个正确的决定，十万个正确的回答，一百万次不留名的善举。他看到了河岔口的远古人，看到了罗兰跪在尘

① 阿尔伯特·史怀哲（Albert Schweitzer），虔诚的基督徒，终身致力于把医药和医学技术带到非洲的事业。一九五三年诺贝尔和平奖获得者。

土中祈求泰力莎姑母的祝福，看到她欣然祝福。听到她告诉罗兰把十字架放在黑暗塔的底下，在地球的另一端念出泰力莎·昂温的名字。他在玫瑰燃烧的花心中看到了塔，一瞬间他明白了塔楼的使命：它把力量投射到所有的世界，让它们在时间的巨大螺旋中保持稳定。它的存在是要让地上铺的都是砖块而不是小孩子的头骨，它为了避开停车场的每次旋风而存在，为了没有飞起来的炮弹和每双远离暴力的手而存在，塔为了这些东西而存在。

还有玫瑰那安宁的歌唱。那歌唱许诺着所有的事情都会变好的，所有的事情都会变好，那些事情存在的方式也会变好的。

但是有什么东西不对了，他想。

玫瑰的歌声中有某种不和谐的音符，像是玻璃破碎的声音。玫瑰炽烈的花心里有闪动着的可怕的紫光，冷冷的不属于那里的紫光。

"有两个万物的中心，"他听到罗兰说，"两个！"像杰克一样，他也像是在千里之外。"塔……和玫瑰。但它们又是一样的。"

"一样的。"杰克表示同意。那美妙的光把他的脸染成了暗红和明黄。但是埃蒂认为他还看到了别的光——闪动着的像瘀青一样的紫色光芒。那紫光一会儿在杰克的额上，一会儿在他的脸颊上跳动，一会儿则闪耀在他的眼睛里；有时消失了，有时又在他的太阳穴重现了，就好像某个坏主意的象征。

"它是怎么了？"埃蒂听到自己这样问，但是没有人回答他。罗兰和杰克没有回答他，玫瑰也没有。

杰克抬起一只手指开始数。埃蒂看到他在数花瓣。但其实根本没有必要去数。他们都知道那里会有多少片花瓣。

"我们必须得到这块空地，"罗兰说，"拥有它，保护它。直到光束的路径被重建，塔再次恢复安全。因为当塔的力量变弱的时候，这朵玫瑰保持着万物的平衡。它也在衰弱。它病了。你们感觉到了吗？"

埃蒂张开嘴想说他也感觉到了，这时他听到了苏珊娜的尖叫声。然后奥伊开始发狂似的叫了起来。

埃蒂、杰克和罗兰互相看了看，就像刚刚从梦里醒来一样。埃蒂第一个站起来。他转过身开始向着围栏和第二大道的方向跌跌撞撞地跑去，口里呼喊着苏珊娜的名字。杰克紧随其后，只在原来钥匙所在的地方停了一下，从纠结的牛蒡草里抓起了什么东西。

罗兰最后一次抱歉地看看玫瑰，那朵勇敢地在这乱石、碎木、杂草和垃圾中开放的花。它已经开始收起花瓣了，把那耀眼的光也收在了里面。

*我会回来的，*他告诉它。*我以所有世界诸神的名义发誓，以我母亲、父亲和所有朋友的名义发誓，我会回来的。*

但他忧虑重重。

罗兰转过身开始向围栏跑去，他麻利地在四散的垃圾里找着路，虽然屁股上还疼得厉害。他跑的时候，脑中又冒出了那个念头，那念头像心脏一样在他的脑袋里跳动：*两个。两个万物的中心。玫瑰和塔。塔和玫瑰。*

世间万物都在这两个中心之间，旋转着，保持着它们脆弱的平衡。

15

埃蒂一跃跳过围栏，摔在地上，又马上跳起来，想都不想就跑到了苏珊娜的跟前。奥伊还在叫着。

"苏！怎么了？出什么事了？"他伸手去拔罗兰的枪，但什么都没摸到。看起来枪是无法穿越隔界的。

"那边！"她叫道，用手指着街的那边。"那边！你看见了吗？求你了，埃蒂，*求你告诉我你看见他了！*"

埃蒂觉得自己的血一下子凝固了。他看到一个赤身裸体的男人，身体被切开，又被草草缝上，这只能是尸检的结果。还有一个男人——一个活人——在旁边的报刊亭买了一份报纸，看了看车辆，然后穿过了第二大道。虽然他过马路时抖开了报纸看大字标题，但埃蒂注意到他仍然绕开了那个死人。*就像人们绕开了我们一样，*他想。

"还有一个，"她小声说，"是个女人。她在走路。还有一条虫。我看到一条虫从——"

"看你的右边，"杰克不带感情地说。他单膝跪下，安抚着奥伊。他的另一只手里拿着个粉色的皱巴巴的东西。他的脸色像乡村奶酪一样白。

他们都朝那个方向看去。一个孩子慢悠悠地向他们走过来。根据孩子穿着的红蓝相间的连衣裙才能看出来那是个女孩。她走近一些的时候，埃蒂看出那蓝色应该是代表海洋的。糖果红的斑点是一些小帆船。她的脑袋在某次可怕的事故中被压扁了，现在她的头横比纵长。她的眼睛像压碎的葡萄一样。一条苍白的胳膊上挂着一只塑料钱包，那种小女孩的钱包，好像在说我要遇到车祸了可我根本不知道。

苏珊娜倒吸一口气又要开始尖叫了。先前她感觉到的黑暗几乎可以看得见了。当然了，这黑暗是可以触摸得到的；就像泥土一样向她压过来。她要尖叫。她必须尖叫。尖叫或是神经崩溃。

“别出声，”蓟犁的罗兰在她耳边说，“别打扰她，这个可怜的迷路的小东西。为了活命别出声，苏珊娜！”苏珊娜的尖叫变成了满是惊恐的一声长叹。

“他们死了，”杰克用控制住的、细细的声音说道，“两个都是。”

“流浪的死人，”罗兰接过话茬，“我听阿兰·琼斯的爸爸提到过他们。那肯定是从眉脊泗回来不久，因为那之后，很快所有的东西都……你那句话是什么，苏珊娜？所有的东西都‘统统装在一个篮子里下地狱了’，不管怎么说，‘燃烧的克里斯’警告我们说，如果我们穿越隔界，就可能看到流浪的死人。”他指着仍然站在街对面的赤身死人。“像那边的那个男人一样的死人，要么是死得太突然，他们根本不明白发生了什么事，要么他们干脆就拒绝接受现实。早晚他们都会结束这种状态的。我认为这样的死人并不多。”

“感谢上帝，”埃蒂说，“这简直就像乔治·罗梅洛的僵尸电影一样。”

“苏珊娜，你的腿怎么了？”杰克问。

“我也不知道，”她说，“这一分钟它们还在，下一分钟我又和以前一样了。”她好像感觉到了罗兰注视的目光，便抬头望着他。“你看到什么可笑的东西了，亲爱的？”

“我们是卡-泰特，苏珊娜。告诉我们到底发生了什么。”

“见鬼，你到底想暗示些什么？”埃蒂问他。他还想再说几句，但苏珊娜抓住了他的胳膊。

“觉得我没说真话，是吗？”她问罗兰，“好吧，我告诉你。根据那边花哨的电子钟，我在等你们的时候丢了七分钟。七分钟和我漂亮的新腿。我不想说这些是因为……”她支吾了一下，然后接着说。“因为我担心我很可能精神失常了。”

这不是你担心的东西，罗兰想，并不完全是。

埃蒂抱了她一下，吻了吻她的脸。他紧张地朝街对面那个赤裸的尸体看了一眼(谢天谢地，那个脑袋压扁的小女孩已经沿着四十六街往联合国大楼方向走去。)然后转过身来对着枪侠。“如果你以前说的话是真的，罗兰，那么这次时间从钟上溜走了绝对是个坏消息。如果不是七分钟，而是三个月溜走了怎么办？如果下次我们来这儿的时候，凯文·塔已经卖掉了那块空地怎么办？我们必须阻止那件事。因为玫瑰，天啊……玫瑰……”泪水从埃蒂的眼中流了下来。

“玫瑰是这世界上最美好的东西。”杰克低声说。

“所有世界上最美好的。”罗兰说。告诉埃蒂和杰克这次时间的丢失只发生在苏珊娜的脑子里会让他们安心吗？那七分钟里，米阿出来了，四处看了看，又回到她的洞里，就像宾州土拨鼠菲尔在土拨鼠节①一样？也许不对。但他在苏珊娜憔悴的脸上看出了一件事：要么她对发生了什么一无所知，要么她对此抱有很深的疑虑。这件事肯定把她折磨坏了，他想。

“如果我们真的要改变些什么，就不能像这次一样，”杰克说，“这次我们比流浪的死人强不到哪儿去。”

“我们还必须回到一九六四年，”苏珊娜说，“也就是说如果要拿到我那笔钱的话。我们能做到吗，罗兰？假如卡拉汉真的有黑十三，那真的能像一扇门吗？”

它只会捣乱，罗兰想。捣乱并让一切变得更糟。但是他还没来得及说这些，隔界的敲钟声又响了。第二大道上的行人听不见这敲钟声，就好像他们看不到围栏旁的那堆朝圣者一样，但是街对面的死人却慢慢抬起了手，捂住了耳朵，他的嘴巴向下抿着，显出了痛苦的神情。然后他们的目光突然穿过了这个死人。

“大家抓住身边的人，”罗兰说，“杰克，把手伸到奥伊的毛里去，抓紧！别管会不会弄疼它！”

杰克照罗兰的话做了，钟声在他的头脑深处敲击着。动听但令人痛苦。

“就像不打麻药的牙根管填充手术。”苏珊娜说。她扭过头，有一瞬间她的目光穿透了围栏。围栏变得透明了。围栏那边是玫瑰，花瓣已经合上了，但仍然慷慨地散发着柔和的光。她感觉到埃蒂的胳膊搂住了她的肩膀。

“抓紧，苏希——不管你怎么做，抓紧。”

她抓住了罗兰的手。过了不久她发现先是第二大道，然后所有的东西都消失了。敲钟声吞噬了世界，她在黑暗中飞行。埃蒂的胳膊搂着她的肩膀，罗兰的手攥着她的手。

---

① 土拨鼠节，一般是二月二日，传说土拨鼠于该日结束冬眠出洞，如天晴见到自己影子，则退入洞中继续冬眠六周；如天阴，则预示着春天即将来临。

16

当黑暗终于放开他们的时候，他们回到了路上，离营地足有四十英尺远。杰克慢慢地坐了起来，然后向奥伊转过身去。“你没事吧，小伙子？”

“奥伊。”

杰克拍拍貉獭的脑袋。他朝四周看去，搜寻着其他人。都在这儿。他叹了口气，放心了。

“这是什么？”埃蒂问。敲钟声响起的时候，他握住了杰克的另一只手。现在他们紧紧勾在一起的手指中有一个粉色的皱巴巴的东西。摸上去既像布又像金属。

“我不知道。”杰克说。

“你在空地捡的这个东西，就在苏珊娜尖叫之后，”罗兰说，“我看见了。”

杰克点点头。“是的，我想是的。因为这东西待在以前钥匙在的地方。”

“这是什么，亲爱的？”

“好像是个包。”他拎着上面的带子，“我想说是我的保龄球包，但那个包在球馆里，里面还装着我的球。是一九七七年。”

“那一边写的是什么？”埃蒂问。

但他们都看不清。天空乌云笼罩，遮住了月光。他们一起慢慢走回了营地，像重病人一样浑身发抖，罗兰生起了火。然后他们都看着粉色保龄球包一侧的字。上面写着：

中世界保龄球馆，一击即中

“这不对啊，”杰克说，“差不多，但不完全一样。我的包上写的是**中城保龄球馆，一击即中**。那一天我丢了二百八十二分，蒂米给了我这个包。他说我年龄不够所以不能给我买一杯啤酒。”

“玩保龄球的枪侠，”埃蒂摇着头说，“世界之大无奇不有，对不对？”

苏珊娜拿过包，用手摸着。“这是什么布料？摸上去像金属一样，而且还很重。”

罗兰已经大概猜出了这包是装什么的了——但不知道是什么人或什么东西把这个包留给了他们——他说：“把它放在装书的包里，杰克。好好保管。”

“接下来我们干吗?”埃蒂问。

“睡觉,”罗兰说,“我想接下来的几周内我们会非常忙。我们必须在能睡觉的任何时间和地点睡觉。”

“但是——”

“睡觉。”罗兰说,说着把他的鹿皮铺开了。

最终他们都睡了,每个人都梦见了玫瑰。除了米阿。她在黎明前的最后一个小时爬起来,溜进了森林,到她的宴会厅去了。她吃得很香。

毕竟她要填饱两个人的肚子。

第二卷

讲故事

第一章

广场

1

如果去卡拉·布林·斯特吉斯的旅程有任何让埃蒂吃惊的事，那就是他骑起马来竟然毫不费力，还觉得那是自然而然的。他可不像苏珊娜和杰克，这两个人都在夏令营中骑过马，而埃蒂连马鬃都没摸过。第二天早上，也就是埃蒂称为隔界二号的夜晚过后的早上，当他听到不断靠近的马蹄声时，禁不住一阵恐慌。他怕的并不是骑马这件事，也不是那些叫做马的动物；他怕的是那种可能性——见鬼，很大的可能性——就是他会看上去像个白痴。谁见过从没骑过马的枪侠呢？

但是卡拉一行人到达之前，埃蒂仍然找了个时间对罗兰说："昨晚不一样了。"

罗兰扬起了眉毛。

"昨晚不是十九。"

"你什么意思？"

"我不知道我什么意思。"

"我也不知道，"杰克插嘴说，"但他是对的。昨晚，纽约感觉是真实的。我是说，我知道我们在隔界里，但是仍然……"

"真实。"罗兰思索着这个词。

杰克笑着说："像玫瑰一样真实。"

2

这一次卡拉一行人是斯莱特曼父子俩在前面领头，他们俩每人手里牵着两匹马。卡拉·布林·斯特吉斯的马没有任何可怕之处；显然它们和埃蒂想象中的在鲛坡上疾驰的骏马完全不一样，那些是从罗兰讲述的很久以前眉脊泗的故事中跑出来的。这些矮小粗壮的马都长着结实的腿，浓密粗糙的毛，还有伶俐的大眼。它们比设得兰群岛的小马要大一些，但离他想象中的眼睛冒火的种马可差了很远。马背上不仅有鞍子，每匹马上甚至都绑上了铺盖卷。

埃蒂走向他的坐骑（不用别人告诉他也知道，这叫杂色马），先前所有的疑虑和担心都烟消云散了。检查了马镫之后，他只问了小斯莱特曼一个问题。“这副马镫对我来说太短了，本——你能告诉我怎么把它们弄长一点吗？”

那孩子下了马，准备亲手来干，但埃蒂摇摇头说：“最好还是我自己学会怎么弄。”他说。根本没有任何尴尬。

男孩做给他看的时候，埃蒂意识到他其实不需要教。本尼刚刚把马镫翻上去，露出后面的皮带，埃蒂就明白该怎么做了。这并不是什么隐藏的、不可捉摸的知识，他也不觉得这有什么神秘的。就那么简单，当那个温暖芬芳的生命站在他面前的时候，他就知道了该怎么办。自从他来到中世界以来，他只有过一次类似的经历，那就是他第一次把罗兰的枪挂在身上的时候。

“需要帮忙吗，宝贝儿？”苏珊娜问。

“如果我从另一边掉下来，记得把我拉起来。”他哼哼着，但是当然不会发生这样的事。马站得很稳，只是在埃蒂踩上马镫，一翻身跨上马鞍的时候才微微晃了一下。

杰克问本尼有没有雨布。工头的儿子疑惑地看看天上的乌云。“我真的认为不会下雨，”他说，“收割节前后都是这样的天气——”

“我是为了奥伊。”很冷静，很确信。*他和我有一模一样的感觉，*埃蒂想，*就好像以前他已经这么做过一千次了。*

那孩子从他马鞍上挂的某个包里掏出了一块卷起来的油布，递给了杰克。杰克道了谢，把油布披在身上，然后把奥伊裹在身前，就好像身前有个袋鼠的育儿袋一样。貉獭也丝毫没有反抗。埃蒂想：*如果我对杰克说我以为奥伊要像牧羊犬一样跟在后面跑呢，他会不会说，“他一直都是这样骑马的”？不会，但他可能就是这么想的。*

他们上路以后，埃蒂意识到这一切让他想起了什么：他听过的那些关于投胎转世的故事。他试图摆脱这个想法，把那个在亨利·迪恩阴影下长大的实际的、不信邪的布鲁克林男孩唤回来，但他的努力只是徒劳。如果那想法是直接钻进他脑子的，也许倒不会让他这么不安。他所想的就是他不可能是罗兰那一族的，就是不可能。除非亚瑟·艾尔德曾在某个时候来过纽约城。比如说来纽约吃个红肠面包或是达利·朗德格伦家的炸面包圈。仅仅因为不费什么力气地骑上一匹温顺的马，就想到投胎转世可真是愚蠢。但是这个念头在白天中各个古怪时刻反复出现在他脑子里，甚至追到了他昨晚的睡眠中：亚瑟·艾尔德。亚瑟·艾尔德的后裔。

3

他们在马背上吃的午饭。大家吃着玉米饼，喝着冷咖啡的时候，杰克策马到了罗兰的旁边。奥伊从他身前的雨布口袋里探出头来，用明亮的眼睛瞅着枪侠。杰克正在拿玉米饼喂貉獭，有些渣掉在了奥伊的胡子上。

“罗兰，我能把你当作首领跟你讲几句话吗？”杰克有些不好意思。

“当然了。”罗兰喝了一口咖啡，很感兴趣地看着杰克。他一直在马鞍上很舒服地前后晃动着。

“本——就是说，斯莱特曼父子俩，但主要是儿子——问我是不是能和他们住在一起。住在罗金B。”

“你想去吗？”罗兰问。

男孩的脸微微变红了。“嗯，我是这么想的，如果你们在镇子上和尊者住在一起，而我住在郊外——镇子的南边，你知道——那么我们就可以从两个角度了解这个地方了。我爸说从一个角度看东西是看不清楚的。”

“说得很对。”罗兰说。他希望自己的声音或是表情都不要暴露他突然感到的愧疚和遗憾。他面前的是一个为自己是个孩子而羞愧的男孩。他交了一个朋友，现在那个朋友邀请他去家里住一阵，就像朋友间有时做的那样。毫无疑问地，本尼答应杰克让他帮忙喂那些动物。可能还答应让他玩自己的弓（或者是弩，如果射出的是弩箭而不是箭矢的话）。也许本尼有一些想和他分享的地方，一些他和他的双胞胎兄弟曾去过的地方。可能是一棵树上的平台，或是只有他才知道的芦苇中的小鱼塘，或者传说中埋有宝藏的河岸。这些男孩子玩耍的地方。但是杰克·钱伯斯的很大一部分为自己想去做这些事情感到羞愧。这一部分是被荷兰山的守门人，被盖舍，被滴答老人掠夺过了的。当然也被罗兰自己掠夺过了。如果他现在对杰克的请求说不，那男孩肯定永远不会再问。而且永远不会因此记恨他，这更糟糕。如果他以错误的方式说可以——比如哪怕语调中有些许的纵容——那男孩就会改变主意。

那男孩。枪侠意识到自己是多么地希望可以一直那么称呼杰克，然而可以那么称呼他的时间又是多么的短暂。他对于卡拉·布林·斯特吉斯有种不祥的预感。

“今晚我们在广场里吃完饭你就跟他们去吧，”罗兰说，“去吧，享受它吧，就像这里人说的。”

“你确定吗？因为如果你认为你们可能需要我——”

“你爸爸的话说得很对。我以前的老师——”

“柯特还是范内？”

“柯特。他曾经告诉我们一只眼睛的人看东西是扁平的。要看清事物的本来面貌需要两只中间有点距离的眼睛。所以，跟他们去吧。如果看上去很自然的话，和那男孩做朋友吧。他看上去挺可靠的。”

“是。”杰克的回答很简单。但是他脸上的红色消失了。罗兰很高兴看到这一点。

“明天和他待在一起。还有他的朋友们，如果他有一堆玩伴的话。”

杰克摇摇头。“是很偏僻的郊外。本说艾森哈特在牧场里有足够的人手，那里也有一些和他年龄相仿的孩子。但是大人们不允许本尼和他们一起玩。我猜那是因为他是工头的儿子。”

罗兰点点头。这并不让他惊讶。“今晚在广场里你会喝到格拉夫。你用我告诉你那是第一道烤肉过后上来的冷冻茶味饮料吗？”

杰克摇摇头。

罗兰点了一下他的太阳穴，嘴唇，眼角，然后又是嘴唇。“头脑清醒。嘴巴紧闭。多观察。少说话。”

杰克笑了一下，向他竖了一下大拇指。“你们呢？”

“我们三个今晚和神父待在一起。我希望明天我们能听听他的故事。”

“还要看看……”他们俩已经落后一段距离了，但杰克还是压低了声音。“看看他跟我们提起的东西？”

“这我就不知道了，”罗兰说，“后天，我们三个会骑马去罗金 B，也许和艾森哈特先生一起吃午饭，谈一谈。然后，在剩下的几天里，我们四个要看一下这个镇子，镇上和郊外都要看。如果你在牧场一切顺利的话，杰克，我答应你想在那里待多久就待多久，只要他们一直欢迎你。”

“真的吗?”虽然他面部表情一直控制得很好(在说话过程中),枪侠还是认为杰克是很高兴的。

“是。从我现在知道的情况来看——从我的观察来看——卡拉·布林·斯特吉斯有三巨头。欧沃霍瑟是一个。图克,百货店的老板,是一个。第三个就是艾森哈特。我很想听听你在他的牧场都看到了什么。”

“你会听到的,”杰克说,“说谢啦,先生。”他轻拍了喉咙三次。然后他脸上的严肃表情变成了灿烂的笑容。一个孩子的笑容。他让马一路小跑去追他的朋友。杰克要告诉他可以,他可以在他家过夜,是的,他可以来玩。

4

“天啊,”埃蒂说。他低沉而缓慢地吐出这两个字,语调颇像什么满怀敬畏的卡通人物。但在森林中待了差不多两个月后,眼前的景象也确实配得起那声赞叹。赞叹之中还有惊奇。前一分钟他们还在森林的小径中穿行,一般是两人一组(欧沃霍瑟自己在前面打头,罗兰自己在后面殿后)。而这一刻所有的树木都不见了,大片的土地向北方,南方和东方延伸着。所以他们突然就看到了那个镇子令人惊叹的全景,而他们,正要去拯救那里的孩子们。

但是埃蒂并没有立刻看他眼皮底下的那片土地,而且他发现苏珊娜和杰克也跟他一样,他们的眼光都跳过卡拉,望着远方。埃蒂不用回头就知道罗兰也是如此。*漂泊者的定义*,埃蒂想,*就是一个永远看着远方的人*。

“啊,这就是卡拉了,我们告诉诸神谢啦,”欧沃霍瑟有点得意地说,然后他看了卡拉汉一眼。“当然了,还有耶稣圣人,当我们感谢的时候所有的神其实是一体的,我是这么听说的,这个说法很对啊。”

也许他还要一直喋喋不休下去。很可能;当你是大农户的时候,你总是有发言权的,还可以一直说到底。埃蒂并不在意他说了些什么。他的注意力又回到了这片土地上。

在他们的前方,村子的那一边,有一条灰色的大河流向南方。埃蒂记得这是巨河的分支,叫做德瓦提特外伊河。从森林流出的时候,德瓦提特河岸陡峭,水流湍急,但一到了下面的平原,水流就变得舒缓,河岸慢慢变低,直到完全融入了耕地之中。他还看到了几小片棕榈树,碧绿浓郁,呈现出不可思议的热带风情。中等大小的村庄那边，河西面是一片略带灰色的绿油油的土地。埃蒂确定，如果是晴天的话，那灰色将会变成灿烂的澄蓝，当太阳在正上方的时候，那光亮会让人不敢直视。他看着那些稻田。或者也可以叫做稻谷田。

河的东面是绵延数英里的沙漠。埃蒂看见沙漠里有平行的金属线，他断定那些是铁路线。

沙漠的东边——其实沙漠的边界也是模糊的——全是黑暗。那黑暗伸向天空，就像一堵蒸汽墙，要把低垂的云层都劈开。

"那边就是雷劈，先生。"逖安·扎佛兹说。

埃蒂点点头，"狼的土地。上帝知道那边还有些什么。"

"臭家伙，"小斯莱特曼说。他试图显得若无其事，但埃蒂听到那孩子的声音中充满恐惧，也许他都快吓哭了。但是狼群肯定不会带走他的——如果你的双胞胎兄弟死了，那么就把你变成了一个后天单生子，不对吗？埃尔维斯·普雷斯利就是这种情况，但是猫王当然不是卡拉·布林·斯特吉斯人。也不是南边的卡拉·洛克伍德人。

"嘿，猫王来自密西西比。"埃蒂低声说。

逖安在马鞍上向他侧过身来。"你说什么，先生？"

埃蒂根本没有意识到自己在自言自语，他说："不好意思。我在跟自己说话呢。"

报信者（同时还有许多其他功能的）安迪从前面过来，刚好听到了这句话。"和自己说话的人没有好旅伴。这是卡拉的一句老话，埃蒂先生，这不是针对你的，我请求。"

"就像我以前说过以后还会再说的一样，绒面革夹克上的鼻涕擦不掉，我的朋友。这是卡拉·布林·布鲁克林的一句老话。"

安迪的肚子里面发出了嘀嗒声。它的蓝眼睛闪着光。"鼻涕：鼻子的分泌物。也指傲慢无礼的人。绒面革：是一种皮革料子——"

"别管那些了，安迪，"苏珊娜说，"我这个朋友只不过在说傻话。他总是这样。"

"是的，"安迪说，"他是冬天的孩子。你想听我说说你的星象吗，苏珊娜小姐？你会遇上一个英俊的男人！你会有两个主意，一个好主意和一个坏主意！你会有一个黑头发的——"

"滚远些，白痴，"欧沃霍瑟说，"到镇上去，快去，别到处跑。去看看广场那边是不是都准备好了。没有人想听你那愚蠢的星象。请您原谅，尊者。”

卡拉汉没有回答。安迪鞠了一躬，轻轻地拍了金属喉咙三次，就顺着小路往前走了。那条路很陡，但还不算窄。苏珊娜看着它走开，心里不知为何松了一口气。

“对它倒是很不客气啊。”埃蒂说。

“它不过是一个机器，”欧沃霍瑟说，他是一个音节一个音节说出机器这个词的，就好像在和小孩子说话。

“而且它有时很讨人嫌，”逊安说，“不过请告诉我，先生，你认为我们的卡拉怎么样？”

罗兰策马走在埃蒂和卡拉汉之间。“这里很美，”他说，“不管是什么样的神，很显然他们偏爱这片土地。我看到了玉米，尖根，豆子，还有……马铃薯？那些是马铃薯吗？”

“对，是土豆。”斯莱特曼说，很明显罗兰的眼力让他很高兴。

“你们的水稻也好得惊人。”罗兰说。

“都是河边的小农种的，”逊安说，“那边的水又清甜又平缓。而且我们知道自己有多么幸运。每逢农忙时节——不管是插秧还是收割——所有的女人都到地里去。她们在田里唱歌，有时甚至还跳舞。”

“来吧—来吧—考玛辣。”罗兰说。至少埃蒂听到的是这些。

逊安和扎丽亚很惊喜地听出了这句话是什么。斯莱特曼父子俩对视了一眼，都笑了。“你是在哪儿听到稻米之歌的？”老斯莱特曼问，“是什么时候听到的？”

“在我的家乡，”罗兰说，“很久以前。来吧来吧考玛辣，水稻已经成熟啦。”他指着西边离河有一段距离的地方说，“那边是最大的农庄，种满了小麦。是你的吧，欧沃霍瑟先生？”

“是的，说谢啦。”

“再往那边，南边有更多的农庄……然后是牧场。那个牧场养牛……那个养羊……那个是牛……又是牛……然后是羊……”

“离牧场那么远，你是怎么分辨出来的？”苏珊娜问。

“羊啃草啃得更接近地面，女士，”欧沃霍瑟说，“所以如果你看到一小块一小块浅棕色的地面，那就是羊啃过的草地。另外一些——我猜你们把那叫做赭石色——是牛啃过的草地。”

埃蒂想起了他在庄严剧院看过的所有西部片：克林特·伊斯特伍德，保罗·纽曼，罗伯特·瑞德福，李·范·克利夫。“在我的土地上，人们总是谈论牧场主和饲养羊群的农夫之间的矛盾，”他说，“因为据说羊把草吃得太干净了。连根都吃了，所以来年草都长不出来了。”

“这完全是瞎扯，不好意思，”欧沃霍瑟说，“羊群是把草啃得很干净，但是我们会把牛群赶到那边去。牛的尿里全是草籽。”

“哦，”埃蒂说。他想不出其他可说的话。这么看来，他刚刚说的矛盾确实蠢得出奇。

“走吧，”欧沃霍瑟说，“白天快过去了，广场那边有一顿盛宴等着我们呢。全镇的人们都在那里迎接你们。”

还要好好看看我们，埃蒂想。

“带路吧，”罗兰说，“我们今天傍晚就能到达。我说得不错吧？”

“嗯，”欧沃霍瑟说，然后腿夹紧马的两侧，把马头拽过来（光是看看这个动作就让埃蒂替马叫疼）。他沿着小路往卡拉前进。其他人跟在后面。

5

埃蒂永远都不会忘记和卡拉的人们首次相遇的情景；他毫不费力地就能想起其中的细节。他认为那是因为那晚经历的一切都让他惊奇，而当一切都让人惊奇的时候，事情本身就会抹上梦幻一般的光彩。他还记得讲完话之后所有火炬的颜色都变了——那些火炬奇怪的、会变化的光芒。他记得奥伊出乎意料地向人群打了招呼。那些扬起的脸、他的恐慌和他对罗兰的愤怒。苏珊娜坐在钢琴凳上，当地人管那叫乐凳。是的，总会想起那一幕。但比关于他心爱的女人的记忆更鲜明的，是关于枪侠的记忆。

关于罗兰跳舞的记忆。

但是在这些事情之前，他忘不了的是骑马走在卡拉的主街道上，和他的不祥预感。他对于以后凶险日子的预感。

6

日落一小时前他们来到了镇上。云层已经散开了，露出了当日最后一缕红光。街道上空无一人。街面上铺着油土。马蹄在布满车辙的路面上发出闷响。埃蒂看到一个车马出租所，那个叫旅人之家的地方看上去是像是寄宿公寓和饭馆的混合体。街那头高大的两层建筑肯定就是卡拉的集会厅了。集会厅的右边被火炬的光芒笼罩着，他猜想人们就是在那里等着他们的，但在他们进来的镇子的北边却什么人都没有。

这种寂静和空荡荡的街道让埃蒂不寒而栗。他记起了罗兰讲过的苏珊站在后车板上驶向眉脊泗的最后那次旅程，她的手被绳子绑在身前，脖子上套着绞索。她经过的那条路也是空荡荡的。起初是空的。然后，离大路和丝绸牧场路的交叉口不远的地方，苏珊和她的押送者遇到了一个农夫，用罗兰的话说，那人长着一双屠夫的眼睛。过一会儿，人们会拿蔬菜和木棒来打苏珊，甚至还用石头，但是这个农夫是第一个出手的人，他攥了满把的玉米皮，在路上就开始把玉米皮往苏珊身上扔了，在苏珊去往…… 去往杀人树的路上，那个远古人的收割节仪式。

他们骑马去卡拉·布林·斯特吉斯的路上，埃蒂一直觉得他们会碰上那个农夫和那双羔羊屠杀者的眼睛，还有他满把的玉米皮。因为这个镇子让他有不好的感觉。并不是邪恶——苏珊·德尔伽朵死去的那个晚上，眉脊泗给人的是邪恶的感觉——而是比邪恶简单得多的东西。像厄运、错误的选择，不祥的预兆一类的东西。也可能是不好的卡。

他侧身转向老斯莱特曼。“见鬼，镇上的人呢，本？”

“那边。”斯莱特曼指着那片被火炬照亮的地方说。

“为什么他们这么安静？”杰克问。

“因为不知道等待着他们的是什么，”卡拉汉说，“我们这里很闭塞。我们时不时见到的外人只不过是些商贩，强盗，赌棍……和盛夏时节有时在这边停留的水上市场。”

“水上市场又是什么？”苏珊娜问。

根据卡拉汉的描述，那是一艘靠桨轮推进的大平底船，涂着花哨的颜色，船上全是小店铺。这些生意人沿着德瓦提特外伊河顺流而下，在新月地带中部的卡拉各镇停留，直到货物都卖完。大多数都是些劣质货，卡拉汉说，但埃蒂并不确信他的话是否全部可信，至少水上市场那部分是否可信不好说；谈话间他对于那些年代久远的传统有一种几乎是无意识的反感。

“其他的外来人到这里偷走他们的孩子，”卡拉汉最后说。他指着左边，那边有一个狭长的几乎占据了半条街的木制建筑。埃蒂看到那栋建筑的台阶扶手不是两条也不是四条，而是八条。长长的扶手。“图克的百货店，希望你享受它，”卡拉汉说，他的语气听上去有些讽刺的意味。

他们终于来到了广场。后来埃蒂才估算出到场的人数大概有七八百，但他第一次见到那群人的时候——在夕阳的红光下那一大片帽子，头巾，靴子和因劳作而变得粗糙的手——看上去人山人海，不知其数。

他们会往我们身上扔狗屎的，他想，往我们身上扔狗屎然后喊着“杀人树”。这个想法荒谬但却很强烈。

卡拉的人们向两边分开，露出了地上的青草，这条过道通向一个木制平台。广场四面全是装在铁笼子里的火炬。就算是那样，火炬也发出正常的黄光。埃蒂闻到了浓烈的油味。

欧沃霍瑟下了马。卡拉的其他人也是。埃蒂，苏珊娜和杰克则看着罗兰。罗兰没有立即下马，他的身体稍稍前倾，一只胳膊放在马鞍的前部，好像沉浸在自己的思绪中。然后他脱下帽子，将拿帽子的手伸向众人。他轻拍了喉咙三次。人群中传来一阵低语。是赞赏还是诧异呢？埃蒂不清楚。但没有怒气，绝对没有怒气，这是一件好事。枪侠将一只穿靴子的腿跨过马鞍，轻轻地下了马。埃蒂则更加小心翼翼地下来了，他清楚现在所有人的眼睛都盯着他。他刚才就把苏珊娜的背带放在了背上，现在他背靠着她的马站着。苏珊娜则从马背上滑到他背上，动作熟练，显然这是她经常做的。当人们看到她的腿在膝盖上方就断掉了的时候又开始窃窃私语。

欧沃霍瑟大步朝平台走去，一路还和几个人握了握手。卡拉汉紧随其后，不时在空中划个十字。人群中伸出几双手来牵马。罗兰，埃蒂和杰克三个人并排往前走。奥伊还待在杰克从本尼那里借来的油布做成的大口袋里，好奇地四处观望着。

埃蒂意识到他可以闻到人群的味道——汗水、头发和晒黑的皮肤，还有有时冒出来的西部片里的角色通常称之为（这称呼带着轻蔑，就好像卡拉汉说起水上市场一样）“嘘嘘水”的味道。他还能闻到食物的味道：猪肉和牛肉，新鲜的面包，煎洋葱，咖啡和格拉夫。他的肚子开始咕咕叫了，但他并不饿。不，不是真觉得饿。他始终摆脱不了这个念头，那就是他们正走的这条路会消失，人们会对他们群起而攻。他们是那么安静！在附近的某处他听见了欧夜鹰和三声夜鹰今晚的第一次叫声。

欧沃霍瑟和卡拉汉登上了平台。埃蒂警觉地看到来接他们的其他人都留在台下。可是罗兰毫不迟疑地走上了那三个宽大的木台阶。埃蒂跟在他后面，他很清楚自己的腿有些发软。

“你还好吧？”苏珊娜在他耳旁说。

“还行。”

平台的左边有一个圆形的舞台，上面站着七个人，都穿着白衬衫，蓝牛仔裤，系着宽腰带。埃蒂认出了他们手上拿的乐器，虽然曼陀林和班卓琴很可能会奏出些让人想撒尿的古怪声音，但看到这些乐器仍然让他稍稍放心了一点。要是活人祭祀的话，他们可用不着雇乐队，是不是？那种情况下只需要一两只鼓来煽动观众就够了。

埃蒂背着苏珊娜转过身来面对人群。他很沮丧地看到从主街的尽头开始的过道真的消失了。人们都仰着脸看着他。男人和女人，老人和青年。他们的脸上没有任何笑容，而且人群中一个孩子都没有。有些脸是长年暴露在阳光下的，脸上的龟裂可以作证。那种不祥的感觉又一次向他袭来。

欧沃霍瑟走到一个木桌旁。桌上放着一根飘动的大羽毛。那农夫拿起羽毛把它高高举起。本来就安静的人群现在是一片死寂，埃蒂可以听见有些老人呼吸时肺部发出的格格声。

“放我下来，埃蒂。”苏珊娜小声说。埃蒂不愿意这样，但还是照做了。

“我是七英里农庄的韦恩·欧沃霍瑟，”欧沃霍瑟说，他已经走到了台子的边上，手里举着那根羽毛。“听我说，我请求。”

“我们说谢啦。”人群低声说。

欧沃霍瑟转过身，一只手伸向罗兰和他的同伴们，后者则穿着一路风餐露宿的脏衣服站在那儿。（准确地说，苏珊娜并没有站着，而是在埃蒂和杰克之间，用臀部和一只手保持着平衡。）埃蒂觉得他这辈子都没被人这么仔细地打量过。

“卡拉的男人们在集会厅已经听过逖安·扎佛兹、乔治·特勒佛德、迪厄·戈亚当斯和其他一些人的发言了，”欧沃霍瑟说，“我也在那里发言了。‘他们会来此然后抓走孩子们，’我说，当然是指狼了，‘然后接下来的一个世代或更长一段时间，他们都不会来打扰我们。就是这样，一向如此，我说就让它保持这样。’我想我的那些话也许说得有点仓促。”

一阵低语声在人群中响起，像微风一样轻柔。

“也是在那次集会上，卡拉汉神父说枪侠来到了我们的北面。”

又是一阵低语。这次更响了一些。*枪侠……中世界……蓟犁。*

“我们决定派一些人去看一下。这些就是我们找到的人。他们称自己是……卡拉汉神父称呼他们的那类人。”现在欧沃霍瑟看起来有些不舒服。就好像他在拼命想憋住一个屁似的。埃蒂以前看过这种表情，通常是在电视上，当政客们碰到解释不了的事情而想要逃避时就是这种表情。“他们说自己来自已经消失了的世界。也就是说……”

接着说，韦恩，埃蒂想，说出来吧。你做得到。

“……也就是说他们是亚瑟·艾尔德的后裔。”

“感谢诸神！”有个女人叫道，“神让他们来救我们的孩子了，他们来了！”

有一阵嘘声让她安静。欧沃霍瑟带着痛苦的表情等大家静下来，然后接着说。“他们可以为自己说话——这也是必须的——但是我已经看到很多事，足够让我相信这些人也许能帮助我们解决难题。他们带着几把好枪——你们已经看见了——他们也会用这些枪。用我的名誉保证。说谢哦。”

这次窃窃私语的声音更大了一些，埃蒂感觉到了里面的善意。他放松了一点。

“那么好吧，让他们挨个站到你们面前，你们仔细听听他们的声音，好好看看他们的脸吧。这位是他们的首领。”他抬起一只手指着罗兰。

枪侠向前跨了一步。红色的夕阳照得他的左脸像着了火一样；火炬的光则把他的右脸染成了黄色。他伸出一条腿。台下一片寂静，磨损的靴跟在地板上发出清亮的一声；埃蒂毫无理由地想起了拳头敲在棺材盖上的声音。罗兰深深鞠躬，向人们伸出双手，手心朝上。“蓟犁的罗兰，斯蒂芬的儿子，”他说，“艾尔德的后裔。”

台下的人长出了一口气。

“希望我们相逢愉快。”他向后退了一步，看着埃蒂。

这件事他倒是会。“纽约的埃蒂·迪恩，”他说，“温德尔之子。”至少妈是这么说的，他想。然后，他都没意识到自己会这样说：“艾尔德的后裔。十九的卡-泰特。”

他退后，苏珊娜向前来到台子的边缘。她挺直脊背，冷静地看着众人，说：“我是苏珊娜·迪恩，埃蒂的妻子，丹之女，艾尔德的后裔，十九的卡-泰特，希望我们相逢愉快，你们能享受这相逢。”她拎起假想的裙子行了屈膝礼。

这时人群中响起了笑声和掌声。

苏珊娜说话的时候，罗兰弯下腰在杰克的耳边说了几句话。杰克点点头，然后充满自信地向前一步。在夕阳的余晖中，他看上去是那么年轻又是那么英俊。

他伸出一只脚，鞠了一躬。因为胸前有了奥伊的重量，那张油布滑稽地晃来晃去。“我是杰克·钱伯斯，艾默之子，艾尔德的后裔，九十九的卡-泰特。”

九十九？埃蒂看着苏珊娜，后者只是轻轻耸了耸肩。九十九又是什么鬼东西？然后他想让它见鬼去吧。他自己也不知道十九的卡-泰特是什么玩意儿，而他还不是说了。

但杰克还没完。他把奥伊从本尼·斯莱特曼的油布里抱出来，举得高高的。人群看到奥伊又开始低声交谈。杰克迅速看了罗兰一眼——你确定吗？那眼神这样问——罗兰点点头。

埃蒂起初并没有想到杰克那毛茸茸的伙伴会做任何事情。卡拉的人们——乡亲们——重又安静下来，那些鸟儿的歌声也就再次传到了人们的耳中。

现在奥伊用两条后腿站了起来，他把一只后腿伸出来，鞠了一躬。他摇摇晃晃的，但仍然保持了平衡。他的小黑爪子向人群摊开，掌心朝上，就像刚才罗兰的动作一样。人群中传来惊叹声，笑声和掌声。杰克看得目瞪口呆。

“奥伊！”貉獭说，“艾尔德！说谢啦！”每个字都说得很清楚。他又保持了一会儿鞠躬的姿势，然后四脚落地，飞快地蹿回到杰克的身边。台下响起了雷鸣般的掌声。仅仅通过聪明而又简单的一着，罗兰(除了他，埃蒂想，谁还能教会貉獭做那样的事呢)就把台下的人变成了他们的朋友和崇拜者。至少今晚是。

所以这就是第一件令人惊奇的事:奥伊向卡拉的乡亲们鞠了一躬，还声明自己是旅伴们的卡-泰特。 第二个惊奇则完全让他措手不及。“我不是一个会讲话的人，”罗兰说，他又一次向前跨了一步。“我的舌头比收割夜上的醉鬼还笨拙。但我肯定埃蒂会代替我给大家讲几句。”

这次轮到埃蒂目瞪口呆了。台下的人们一边鼓掌一边跺脚表示欢迎。还有人大声地喊着说谢啦，先生和好好讲和听他说，听他说。甚至连乐队也加入了，他们用喇叭吹了一小段，乱七八糟但是动静不小。

埃蒂愤怒而恐慌地瞪了罗兰一眼:你他妈的想害我吗？枪侠满不在乎地看着他，然后两手交叉抱在胸前。

掌声渐渐平息了。他的愤怒亦然。取而代之的是恐惧。欧沃霍瑟饶有兴趣地看着他，两手也像罗兰那样抱在胸前，也不知是有意还是无意。埃蒂可以看见台下一些人的脸：斯莱特曼父子俩，扎佛兹夫妇。他向另外一个方向看去，看到了眯着眼睛的卡拉汉。在那双蓝眼睛的上面，那个十字伤疤好像在燃烧一样。

见鬼，我要跟这些人说什么呢？

你最好还是说点什么，埃德，他听到哥哥亨利的声音。他们等着呢。

“如果你们觉得我反应有点慢，那么我恳请大家的原谅，”他说，“我们走过了千山万水，不知有多少英里和多少轮，你们是我们长久以来碰到的第一群人，很多个——”

很多个什么？星期，月，年，十年？

埃蒂笑了。他觉得自己像世界上头号笨蛋，一个撒尿时连小弟弟都把不稳的笨蛋，更别说一支枪了。“很多个蓝月以来。”

人群里爆发出一阵大笑。有些人甚至鼓起掌来。在他还没有意识到的时候他就已经点到了这个镇子的笑穴。他放松了，然后发现自己讲话自然很多。有那么一瞬间，他突然觉得站在这担惊受怕同时又满怀希望的七百人面前的自己这个全副武装的枪侠，不久前还坐在电视机前，身上只穿一条发黄的短裤，吃着奶酪酥，抽着大麻，看*瑜伽熊*①。

“我们远道而来，”他说，“还有很长一段路要走。我们在这里只会短暂停留，但是我们会竭尽全力，听我说，我请求。”

“接着说，陌生人！”有人叫道，“你说得很好！”

是吗？埃蒂想，我可是头一次听人这么说，朋友。

又有人喊着*对啊*和*好样的*。

“我所在的领地的大夫们有句行话，”埃蒂告诉他们，“第一，不害人。”他不确定这到底是律师的行规还是医生的行规，但他在电影和电视上听过很多次，觉得那句话听上去酷毙了。“我们不会在这里为害乡里，请大家放心。因为射出的子弹，甚至哪怕是孩子手指上拔出的小刺，都意味着有人流血。”

人群中传来一阵赞同的声音。但欧沃霍瑟仍然面无表情。埃蒂在听众中还看到一些人一脸狐疑。埃蒂自己也没想到他会突然有些生气。他并没有权力生这些人的气，因为卡拉的这些居民绝对没有伤害过他们，也没有拒

---

① 哥伦比亚电影公司一九六四年出品的电视卡通片。

绝过他们任何的要求(至少到现在为止是这样),但他还是生气。

"在纽约领地我们有另外一句话,"他接着说,"'天下没有免费的午餐。'据我们了解的你们的处境来看,你们面临着严峻的局面。挺身反抗狼群无疑是危险的,但任人宰割更让人觉得难受。"

"听他说,听他说!"又是最后面的那个声音喊道。埃蒂看到安迪站在那里,它身旁是一辆大车,上面挤满了身披黑色或深蓝色斗篷的人。埃蒂猜想那些就是曼尼人。

"我们会四处看看,"埃蒂说,"等我们全面了解情况之后,再来考虑能做些什么。如果我们认为无能为力,那么我们就会向你们挥帽致敬,离开这个地方。"他看到离安迪两三排远的地方站着一个戴白色旧牛仔帽的男人。那人长着又浓又粗的白眉毛,还有白色的小胡子与之相配。埃蒂觉得他很像那个老西部电视剧《大淘金》[①]里面的卡特怀特老爹。这个卡拉的卡特怀特老爹听了埃蒂最后这句话一点也不激动。

"如果我们能帮得上忙,我们将不遗余力,"他说。他的声音现在完全平静了下来。"但是我们不能孤军奋战,乡亲们。听我说,我请求。仔细听我说。你们最好做好准备为了你们的孩子而战斗。"

说完这句话,他伸出一只脚——他的软底鞋并没有在地板上发出敲击棺材盖的声音,但是埃蒂仍然想起了那种声音——然后鞠了一躬。台下一片死寂。逖安·扎佛兹拍起手来。扎丽亚也加入了鼓掌的行列。还有本尼。他爸爸用胳膊肘轻轻推了他一下,但是那孩子没有理会,过了一会儿,老斯莱特曼也开始鼓掌了。

埃蒂不好意思地看了罗兰一眼,后者脸上的表情始终未变。苏珊娜拽了拽他的裤脚,他弯下腰去。

"你做得很好,亲爱的。"

"我并不感激他。"埃蒂朝罗兰点点头。但是演讲已经结束了,埃蒂现在感觉良好,这种感觉是他没有预料到的。而且他知道罗兰的确不善言谈。没有别人可以代劳的时候,他也能说,但是他不喜欢说话。

现在你知道自己是什么啦?他想。蓟犁的罗兰的传话筒。

但是那有那么糟糕吗?难道很久之前不是库斯伯特·奥古德担当这个角色吗?

---

① 又译作《富矿地带》,是一九六四年至一九六七年间美国红极一时的西部题材电视剧。

卡拉汉上前一步。“也许我们对他们应该比刚才更热情一点，我的朋友们——给他们真正的卡拉·布林·斯特吉斯的欢迎。”

他鼓起掌来。这一次卡拉的人们马上也一起鼓起掌来。掌声持久而热烈。中间还夹杂着喝彩声、口哨声和跺脚声（也许有木地板的话，跺脚的效果会更好）。乐队吹了一连串欢天喜地的曲子，而不是一小段。苏珊娜抓住了埃蒂的一只手。杰克抓住了他的另一只。他们四个就像摇滚乐队在一次特别精彩的演出过后谢幕那样，对着人群鞠了一躬，台下的掌声更加沸腾起来。

最后，卡拉汉把双手举起来示意人们安静下来。“等待着我们的是艰巨的工作，乡亲们，”他说，“有一些艰巨的事情要想，一些艰巨的事情要做。但是现在，让我们放开肚皮吃吧。宴会之后，让我们唱歌、跳舞、尽情欢乐吧！”他们又开始鼓掌，卡拉汉又一次示意大家安静。“好了！”他喊道，脸上挂着微笑。“后面的曼尼人，我知道你们总是随身带着食物，但是今晚你们没有理由不和我们一起享受这个宴会。加入我们吧，好吗？希望你们能享受它！”

希望我们大家都能享受它，埃蒂想，那不祥的预感始终纠缠着他。那就像站在集会外围的一个客人，把脸藏在火炬照不到的地方；也像一个声音，靴底磕在木地板上的声音。拳头打在棺材盖上的声音。

7

虽然会场里有长凳和搁板桌，但除了一些老人以外，没有人坐着吃东西。这次共有二百道家常但美味的菜肴的宴会将会成为一次著名的盛宴。宴会是以向卡拉致敬的祝酒开始的。韦恩·艾森哈特是祝酒人。他一手拿着斟满酒的酒杯，一手举着羽毛。埃蒂认为这很可能是新月地带版本的国歌。

“祝她永远安康！”牧场主叫道，然后一口气喝干了杯中的格拉夫。就算埃蒂对这人丝毫不了解，他也佩服他的喉咙。卡拉·布林·斯特吉斯的格拉夫很烈，光是闻到那个味道都让他的眼睛想流泪。

“好样的！”卡拉的人们响应着，然后欢呼着把酒喝干。

这个时候广场周围的火炬变成了刚刚西沉的太阳的暗红色。人们赞叹着，鼓起掌来。由于科技的发展，埃蒂并不认为那是什么了不起的事——这当然无法跟单轨火车布莱因相提并论，也比不上操纵刺德城的双极电脑——但这些火炬让整个广场笼罩在温馨的光芒之中，而且看上去是完全无害的。他和其他人一样拍着手。苏珊娜也是。安迪把她的轮椅搬过来了，而且边夸奖边把轮椅打开（他还想告诉苏珊娜关于她将会碰到的英俊陌生人的事）。现在苏珊娜坐着，盛食物的碟子放在腿上，穿行在人群中，不时停下来跟这一小拨人交谈几句，或是跟那边一小拨人交谈几句。埃蒂想现在的场面可能和她以前去过的鸡尾酒会相差无几，他有点嫉妒她的轻松自如。

埃蒂开始在人群中看到孩子了。很明显，卡拉的人们已经相信那些到访者不会突然拔出那些冒火的玩意，然后开始一场大屠杀了。年龄大一些的孩子得到允许可以自由活动。他们成群结队地活动，好像这样才可以安心，这让埃蒂想起了自己小时候。他们把大堆的各色食物摆在桌上（但是即使胃口最好的孩子也无法让那些如山的食物看上去少一些）。孩子们好奇地看着这几个外地人，但没有人敢靠近他们。

小一些的孩子都留在父母身边。处于尴尬年龄的不大不小的孩子都聚在广场另一头的滑梯、秋千和猴架的旁边。有几个孩子在玩，但是大多数孩子都只是困惑不解地看着人群，好像不明白到底发生了什么。看到那些孩子，埃蒂的心悬了起来。他看得出来那里有多少对双胞胎——真是一个怪异的画面——他想，正是这些困惑的孩子，刚刚长到不太好意思玩那些操场玩具的年龄，是狼群的最大受害者……如果说狼群还能像以前那样为所欲为的话。他没看到一个弱智。也许人们特意把他们关起来以免他们把宴会搞砸吧。埃蒂可以理解，但他仍然希望那些弱智孩子在某处也能有自己的一个聚会。（后来他发现确实是这样——他们都在教堂后面吃着甜点和冰淇淋呢。）

如果杰克是卡拉的孩子，那么他刚好处在中间年龄层上，但他当然不是卡拉的孩子。而且他还找到一个很合适他的朋友：年龄比他大，经历比他少。他们从一个桌子走到另一个桌子，随意地吃着东西。奥伊还是那样心满意足地跟在杰克的脚旁，脑袋晃来晃去。埃蒂毫不怀疑，如果有人对纽约的杰克（或是他的新朋友，卡拉的本尼）意图不轨的话，那人肯定要丢几根手指的。有一次埃蒂看见这两个男孩对视着，什么话都没说就同时开怀大笑。这让埃蒂想起了自己儿时的朋友们，那些回忆让他伤感。

但埃蒂可没有多少时间回忆。他从罗兰的故事里知道（而且也亲眼看到过几次罗兰的举动），蓟犁的枪侠们不但是维和使者。他们还是信使，会计，有时是间谍，偶尔也是刽子手。但是更主要的，他们是外交官。埃蒂，在他哥哥和那些朋友们的调教下长大的埃蒂，只知道那么几句聪明话，比如为什么你不吃了我，就像你妹妹做的那样，还有我干了你妈妈，她确实不错，更不用说那句最流行的我絮絮叨叨才能长大，我看到你就吐得眼发花。他从来没有想到自己会是个外交官，但是整体来看他觉得自己表现还是不错的。只有特勒佛德不好对付，但乐队终于堵住了他的嘴，说谢啦。

上帝知道这是件丢脸的事；卡拉的老乡们自己被狼吓破了胆，但他们问埃蒂和他的伙伴们将怎么对付狼时可一点都没有不好意思。埃蒂意识到罗兰刚刚让他当众讲话是帮了他一个大忙，这等于是为现在的谈话热身了。

他一次又一次地重复已经说过的话。好好了解镇子的情况之前，他们是不可能制订方案的，也不可能确定要在卡拉找多少人手帮忙。这都要过一段时间才能确定。天一亮他们就开始察看周边地形。如果上帝愿意，天就会下雨的。还有其他一些他想得起来的套话。（他还差点脱口说出消灭狼群之后，他保证每一家的饭桌上都会有一只鸡，但在胡说八道之前，他及时地住了嘴。）有一个叫佐治·埃斯特拉达的小农想知道如果狼放火烧村子的话，他们会采取怎样的行动。还有一个叫加勒特·斯特朗的，想知道狼群来的时候，把孩子们藏在哪里才安全。“因为你也知道，我们不能把他们留在这儿，”他说。埃蒂明白自己什么都不知道，所以他抿着格拉夫不发表任何意见。又一个叫尼尔·法拉第的人（埃蒂不知道他到底是个小农还是个帮工）走了过来，对埃蒂说他认为这事被夸大了。“他们从来不把所有的孩子都抓走，你知道，”他说。埃蒂很想问问如果有个人对他说“没事儿，他们中只有两个人糟蹋了我妻子。”他会怎么想，但还是管住了自己的嘴。一个皮肤黝黑，长着小胡子的男人向埃蒂作了自我介绍，他叫路易斯·黑考克斯，然后告诉埃蒂他认为逖安·扎佛兹是对的。集会之后他度过了很多个不眠之夜，反复思量着这件事情，然后决定他也要起来反抗狼群。假如他们需要他的话，他愿意加入。埃蒂看到那人脸上交织着的真诚和恐惧，这使他深受感动。站在他面前的不是一个不知天高地厚的毛头小子，而是一个对于将发生什么了解得太清楚的成年男人。

卡拉的人们带着问题而来，尽管他们并没有得到真正的回答，却还是很满意地离开了。埃蒂说得嘴都干了，于是他把木杯子里的格拉夫换成了凉茶，他可不想喝得醉醺醺的。他也不想吃任何东西；已经撑坏了。但是人们还是不停地过来。卡什和埃斯特拉达。斯特龙和埃克佛瑞亚。温克勒和斯波尔特（他们说自己是欧沃霍瑟的表亲）。弗雷迪·罗萨里奥和法雷·珀萨拉……要么是弗雷迪·珀萨拉和法雷·罗萨里奥？

每十分钟或十五分钟火炬就会改变颜色。从红色变为绿色，由葱绿色变成橙色，再变为蓝色。装格拉夫的大壶在人们中间传递着。谈话声越来越响。笑声也是。埃蒂开始更经常地听到*臭家伙*，还有一句听上去像*跳下去！*然后就是一阵笑声。

他看见罗兰正和一个披蓝斗篷的老头儿交谈。除了电视节目以外，埃蒂从没在生活中见过谁的胡子像那老头儿的那么浓，那么长，那么白。那老头儿看着罗兰饱经风霜的脸，很诚恳地在说着什么。有一次他还碰了碰枪侠的胳膊，拽了拽。罗兰听着，点着头，一言未发——起码在埃蒂看着他的时候是这样。*但是他很感兴趣*，埃蒂想。*哦——又老又丑的大个子听到什么很感兴趣的东西了。*

乐手们又回到了舞台上，这时有什么人走到了埃蒂的身旁。是那个让他想起卡特怀特老爹的人。

“乔治·特勒佛德，”他说，“祝你愉快，纽约的埃蒂。”他草草地用拳头的一边碰了一下前额，然后张开拳头，向埃蒂伸出手来。他戴着牧场主的帽子——不是农夫戴的那种阔边帽，而是牛仔帽——但是他的手摸上去很软，除了指根部位有一道老茧。*这是他握缰绳的地方*，埃蒂想，*而且能代表这个人作风的恐怕就是这条老茧而不是其他柔软的部位。*

埃蒂微微鞠了一躬。“祝天长，夜爽，特勒佛德先生。”他很想问问亚当、赫斯和小乔是不是还在庞德罗莎牧场，但他又一次管住了自己自作聪明的嘴巴。

“祝您收成翻倍，孩子，翻倍。”他看着埃蒂屁股上挂着的枪，然后盯着埃蒂的脸。他的眼睛精明而不友好。“你的首领有一支同样的枪。”

埃蒂笑了笑，没说话。

“韦恩·欧沃霍瑟说你们的小毛头用另外一把枪表演了枪法。我相信今晚是你妻子带着那把枪？”

“我想是的，”埃蒂说，他并不喜欢他称杰克为小毛头。他很清楚今晚是苏珊娜带着那把里格枪。因为罗兰觉得杰克最好不要带着武器去艾森哈特的罗金B。

“四对四十可不是件轻巧事儿，你说呢？”特勒佛德问，“是啊，一件很棘手的事。或者也说不定从东边来的是六十只狼呢；看来没有人能记得很清楚，不是吗？二十三年，很长的安宁时期，向上帝和耶稣圣人说谢啦。”

埃蒂笑了笑，随便敷衍了两句。他希望特勒佛德可以换个话题。其实他是希望特勒佛德赶快滚蛋。

没那么走运。讨厌鬼们总是阴魂不散，这简直就是大自然的一条定律。“当然了，四个武装起来的人对付四十只……或六十只狼……总比三个人战斗，还有一个人在旁边喝彩强。特别是四个拿着好枪的人，希望您听明白了。”

“听得很明白，”埃蒂说。在刚才他们被介绍给众人的平台旁，扎丽亚·扎佛兹正在跟苏珊娜说些什么。埃蒂觉得苏珊娜看上去也是饶有兴致的。*她有农夫的妻子，罗兰有某个该死的指环王，杰克有一个朋友，我呢，我有什么？一个长得像卡特怀特老爹，问起问题来活像派瑞·梅森*①*的家伙。*

“你们还有更多的枪吗？”特勒佛德问，“肯定还有，如果你们想对抗狼的话。至于我自己，我认为这绝对是个疯狂的主意；我从不隐瞒我的看法。沃恩·艾森哈特也是这么认为的——”

“欧沃霍瑟以前也这么认为，可他现在已经改变主意了，”埃蒂轻描淡写地说。他喝了一口茶，从杯子边上抬眼看特勒佛德，他以为会看到那人皱眉头，也许会恼羞成怒。但是他什么都没看到。

“沃恩向来是墙头草，”特勒佛德说，笑了起来。“是的，是的，总是摆来摆去的。你不能对他太有把握，年轻的先生。”

埃蒂想说，*如果你认为这是投票选举的话你最好再好好考虑一下*，但他还是什么都没说。闭上嘴，多看，少说。

“也许你们有冲锋枪？”特勒佛德问，“或者手榴弹？”

“哦，那些啊，”埃蒂说，“这我可说不好。”

“我从来没听说过有女枪侠。”

“没有吗？”

“也没听说过有小孩，甚至连学徒都没有过小孩。我们怎么知道你们就是你们所宣称的人呢？告诉我，我请求。”

“嗯，这是个不好回答的问题，”埃蒂说。他现在烦透这个特勒佛德了，

---

① 美国著名侦探系列小说的主人公，作者为厄尔·斯坦利·加德纳。

这个人已经够老了，看上去没有会被狼群抢走的小孩子。

“但是人们想知道，”特勒佛德说，“在他们掀起轩然大波之前。”

埃蒂想起了罗兰的话，*我们可能会对别人施加压力，但没有人能在我们面前耍威风*。很明显这些人现在还不明白这一点。特勒佛德是绝对的不明白。当然了，还有一些需要回答的问题，而且是需要给予肯定答复的问题；卡拉汉提到了那一点，罗兰也肯定了那一点。三个问题。第一个是关于帮助和援救的。埃蒂认为这些问题还没有提出，也不知道该怎么提出这些问题，但他也觉得不会一直等到召开全镇集会的那一天。那些诸如珀萨拉和罗萨里奥的小人物会回答这些问题，也许他们甚至连自己在说什么都不知道。但他们确实有处于危险中的孩子。

“你到底是谁？”特勒佛德问，“告诉我，我请求。”

“纽约的埃蒂·迪恩。我希望你不是在怀疑我的诚实。我祈求耶稣你不是。”

特勒佛德向后退了一步，突然变得警觉起来。埃蒂心情阴郁但也有些高兴。恐惧比不上尊敬，但是总比什么都没有要好一点。“不，完全没有，我的朋友！请你不要误会！但是告诉我——你用过你带在身上的那把枪吗？告诉我，我请求。”

埃蒂看出来了，特勒佛德虽然有些害怕他，但仍然不相信他。也许他的脸上和言行中还有太多过去的埃蒂·迪恩的影子，那个真正的纽约的埃蒂，所以这个牧场主无法相信他，但埃蒂认为事实并不是这样的。这不是根本原因。他面前的这个人已经打定主意要袖手旁观，看着雷劈来的怪物们抢走邻居的孩子，也许这个人只是无法相信一支枪所能给出的简单的、最终的答案。埃蒂却已经知道了这些答案，甚至爱上了这些答案。他还记得剌德城那可怕的日子。那天他推着苏珊娜的轮椅在灰色的天空下狂奔，祭神的鼓声震耳欲聋。他还记得弗兰克和拉斯特还有水手陶普希；想起了一个叫莫德的女人，她跪下来亲吻被埃蒂打死的疯子中的一个。她说了什么来着？*你不应该杀死文思顿，今天是他的生日*。好像是这样说的。

“我用过这把枪，也用过另一把和里格枪，”他说，“不要再用那种方式跟我说话，我的朋友，就好像我们俩在开什么滑稽的玩笑一样。”

“如果我冒犯了你，枪侠，我恳请你的原谅。”

埃蒂放松了一点。*枪侠*。起码这个白头发的狗杂种还算聪明，说了那个词，至于他到底信不信就暂且不管了。

乐队又吹起了喇叭。乐队的领队把吉他背带挎到身上，喊道："现在开始玩乐吧，所有人！已经吃得够多啦！现在我们来跳舞，出点汗把食物消耗掉吧！"

一阵喝彩声和喊叫声。还有一些劈劈啪啪的爆炸声，埃蒂马上把手放在腰间，今晚他已经看到罗兰多次这样了。

"放松，我的朋友，"特勒佛德说，"只是些小鞭炮。你知道，是孩子们在放收割节鞭炮。"

"是这样啊，"埃蒂说，"恳请你原谅。"

"不客气。"特勒佛德笑了。是个卡特怀特老爹式的英俊笑容，在这个笑容中，埃蒂看清了一件事：这个男人永远都不会站在他们这一边。不会，也就是说，除非雷劈来的每一只狼的尸体都被放在这个广场上供人们观赏。如果真有那么一天，他就会说自己自始至终都站在他们这边。

8

跳舞一直持续到月亮升起，那晚的月亮非常清亮。埃蒂和镇上的几位女士跳了舞。他抱着苏珊娜跳了两曲华尔兹，他们跳方形舞的时候，她坐在轮椅中每一次的转身和交叉——阿勒曼德[①]左，阿勒曼德右——都异常准确。在不停变幻的火炬光芒的映照下，她的脸看上去有些潮湿，而且开心。罗兰也跳了，虽然动作优雅(埃蒂是这么认为的)，但并没有真正享受舞蹈，动作也不是那么潇洒自然。他们谁都没有预料到当晚的压轴戏。杰克和本尼·斯莱特曼两个人已经溜到一边去玩了，埃蒂有一次看见他们跪在一棵树后，看上去好像在玩掷刀游戏。

舞跳完之后接下来是唱歌。乐队打的头——他们唱了一首伤感情歌，然后是一首用卡拉方言唱的快歌，埃蒂根本没听太懂。但不需要听得太懂，他也明白这首歌稍微有点粗俗；男人们叫喊着大笑着，女士们则时不时兴高采烈地叫上两声。有些上了年纪的人捂住了耳朵。

这两首歌唱完之后，卡拉的几个人登台献艺。埃蒂认为他们中没有任

---

① 此处指阿勒曼德式的手臂交叉舞步。阿勒曼德舞原为德国民间舞，十七和十八世纪发展成为法国宫廷舞。

何一人能在明星选秀上取得好成绩，但是每当他们中的任何一个走到乐队前面的时候，台下都热烈欢迎，歌手下台的时候则大声喝彩（一个年轻貌美的女人登台时观众更是热情）。有两个九岁的双胞胎女孩唱了一首名叫“坎帕拉之街”的歌。两个孩子的声音和谐完美得让人心疼，其中一个孩子弹着吉他，再无别的伴奏。埃蒂感到吃惊的是所有人都全神贯注地听着，台下一片寂静。尽管大多数的男人都喝了很多酒，可是没有一个人发出声音破坏这寂静。也没有小孩子放鞭炮。有很多人（叫黑考克斯的人也在其中）听着听着就泪流满面了。如果早些时候有人问埃蒂是否知道这个镇上的人们承受的巨大感情压力，他肯定会回答知道，但事实上他并不了解。现在他懂了。

这首关于被掳走的姑娘和将死的牛仔的歌结束时，台下什么声音都没有——连鸟都没有叫一声。突然雷鸣般的掌声响起来了。埃蒂想，如果他们现在就狼群的问题举手投票的话，就连卡特怀特老爹也不敢站在一旁了。

那两个小姑娘行了屈膝礼，然后很灵活地跳到台下的草地上。埃蒂认为今晚就这么结束了，但令他吃惊的是，卡拉汉登上了平台。

他说：“我妈妈教过我一首更悲伤的歌。”然后就开始唱一首名叫“再给我买一杯酒，你这个坏蛋”的欢快爱尔兰小曲。这首歌跟一开始乐队唱的那首歌差不多粗俗，如果不是更甚的话，但这一次埃蒂听懂了大部分的歌词。他和镇上其他人一起兴高采烈地加入到每段最后一句的演唱中：把我打倒在地之前，再给我买一杯酒，你这个坏蛋！

苏珊娜转着轮椅到了台前，人们帮忙把她抬了上去，这时卡拉汉的歌也唱完了。她简短地对三个吉他手说了几句，然后又给他们指了一下吉他顶部的某个部位。乐手们都点点头。埃蒂猜要么他们都会那首歌，要么他们知道类似的版本。

人们翘首以待，但没有台上那位女士的丈夫那么殷切。她开始唱“忧伤的少女”时，埃蒂很高兴但并不特别吃惊，因为在路上的时候苏珊娜有时会唱这首歌。苏珊娜并不是琼·贝兹，但她的歌声充满了感情，非常动人。为什么不呢？歌里唱的是一个远离家乡独自在异乡飘荡的姑娘。她唱完的时候，台下不像那两个小女孩表演结束时那样鸦雀无声，而是马上爆发出真诚而热烈的掌声。还有人喊着*好！再来一个！再来几首！*苏珊娜没有再唱几首（因为她已经把她会的都唱完了），而是深深鞠躬，行了屈膝礼。埃蒂把手都拍疼了，只好把手指放到嘴边吹起口哨来。

紧接着——就好像今晚的稀奇事永远不会结束似的——苏珊娜被抬到台下的时候，罗兰自己登了台。

这时杰克和他的新朋友站到了埃蒂的身旁。本尼·斯莱特曼抱着奥伊。在今晚之前，埃蒂还认为除了杰克和他的卡-泰特以外，任何人想抱奥伊的话，那貉獭都会不客气地咬过去呢。

“他会唱歌吗?”杰克问。

“如果他会的话，那对我可是新闻，孩子，”埃蒂说，“看着吧。”他不知道会看到什么，自己的心竟然跳得那么厉害，他觉得有点好笑。

9

罗兰摘下了装在皮套里的枪和弹药带。他把它们交给了苏珊娜，苏珊娜接过来，把弹药带高高地扎在腰间。她衬衫的布绷紧了，有那么一瞬间埃蒂觉得她的乳房看起来比以前大。但他马上又觉得那是光线问题。

不带枪的罗兰站在火炬橙色的光芒下，臀部瘦削得像个男孩儿。有一会儿他只是看着台下安静地注视着他的众人。埃蒂察觉到杰克一只冰冷的小手钻进了自己的手中。男孩不用说出自己是怎么想的，因为埃蒂有同样的想法。他从来没有见过一个人看上去是那么的孤单，离人类生活的友谊和温情是那么的遥远。看到他站在这儿，这个庆典的场所(因为不管背后的主题是多么的沉重和绝望，这仍然可以算作一个庆典)，只是凸显了他的真实身份:他是最后一个。再没有别人。就算埃蒂、苏珊娜、杰克和奥伊是他那一族的，也只能是遥远的旁枝，远不是主干。几乎算是后来才加上去的东西。但是罗兰……罗兰……

安静，埃蒂想，现在别想这些事情。今晚别想。

罗兰慢慢地抬起两手，紧紧抱在胸前，然后把右手的手掌贴在左脸颊上，左手的手掌贴在右脸颊上。埃蒂不明白这动作有什么特殊含义，但台下七百人或八百人却马上做出了反应:群情振奋的欢呼声喝彩声，非一般掌声能比。埃蒂想起了曾经去过的滚石乐队的演唱会现场。当鼓手查理·沃茨开始用手铃摇出“夜总会女郎”的分音节奏时，观众也是这种反应。

罗兰保持着这种站立姿势直到台下安静下来。“我们在卡拉与大家愉快地相逢，”他说，“听我说，我请求。”

"我们说谢啦!"台下吼道,"听得很清楚!"

罗兰点点头笑了。"我和我的朋友们远道而来,而且我们还有许多事情需要看需要做。在我们住在这里的期间,如果我们对你们敞开胸怀,你们也能这么做吗?"

埃蒂打了个寒颤。他感觉到杰克的手握紧了他的。这是第一个问题,他想。

他还没想完,台下就把答案吼了出来:"是的,说谢啦!"

"你们眼里看到的是我们的真实身份吗,接受我们要做的事吗?"

现在是第二个问题,埃蒂想,这次轮到他抓紧杰克的手了。他看到特勒佛德和另一个叫迪厄戈·亚当斯的人交换了一个心照不宣的沮丧眼神。是一个人意识到自己不愿看见的事情就发生在眼前,但却无能为力的那种眼神。太迟了,伙计们,埃蒂想。

"枪侠!"有人喊着,"威名远扬的枪侠,说谢啦!以上帝的名义说谢啦!"

雷鸣般的赞同声。风暴般的喊声和鼓掌声。台下人喊着说谢啦和对啊,甚至还有人喊臭家伙。

人们再次安静下来之后,埃蒂等着罗兰问最后一个问题,也是最重要的问题:你们寻求帮助和援救吗?

罗兰没有问。他只是说:"马上我们就要离开会场,找地方睡上一觉,因为我们都累了。但在走之前,我要为大家献上最后一支歌,跳上一小段舞,因为我相信你们知道这是什么歌舞。"

台下传来欢乐的喊声。他们知道,那好吧。

"我自己也知道这段歌舞,而且喜欢它,"蓟犁的罗兰说,"我很久以前就知道它,而且我从不指望任何人会再次唱起"稻米之歌",更没想到今天是我自己来唱。我已不再年轻,这是事实,也不像以前那么灵活了。如果我的舞步错了,恳请大家原谅——"

"枪侠,我们说谢啦!"一个女人喊道,"我们是多么高兴啊!"

"难道我不也是同样的高兴吗?"枪侠温柔地说,"难道我不是从自己的喜悦中给予你们喜悦,把我用臂膀和心灵的力量带来的清水送给你们吗?"

"把新鲜的庄稼献给您!"人们众口一声地说,埃蒂觉得背上一阵刺痛,眼里噙满了泪水。

"噢,我的天啊,"杰克叹了一口气,"他什么都懂……"

"把稻米的喜悦带给你们。"罗兰说。

他在橙色的灯光下又站了一会儿，像是在积聚力量，然后他开始跳了，是一种类似快步舞和踢踏舞之间的舞步。刚开始的时候慢，很慢，脚跟脚尖，脚跟脚尖。他的靴子跟一次又一次地在木地板上敲出拳叩棺材盖的声音，但现在开始有了节奏。起初的时候仅仅是有节奏，接下来，随着枪侠的脚开始加快速度，就不只是有节奏了：那变成了某种摇摆舞。这是埃蒂唯一能想起来的一个词，也是看上去唯一合适的一个词。

苏珊娜摇着轮椅来到他身边。她瞪大了眼睛，脸上挂着惊喜的笑容。她两手紧握，放在胸前。"哦，埃蒂！"她说，"你知道他会这个吗？你有哪怕是一点点的了解吗？"

"不，"埃蒂说，"完全没有。"

10

枪侠穿在磨损的破旧靴子里的脚动得越来越快。不断加快。随着节奏越来越清楚，杰克突然想到他是知道那节奏的。他第一次穿越隔界到纽约的时候就知道这个节奏了。在遇到埃蒂之前，一个戴着耳机的年轻黑人从他身边走过，穿着凉鞋的脚打着拍子，嘴里哼着"喳—哒—吧，喳—哒—嘣！"这就是罗兰用脚在舞台上敲打出的节奏。每个"嘣"的声音响起时都把腿往前踢一下，然后把脚跟在木地板上重重地磕一下。

身边的人们开始拍手了。不是跟着节拍，而是和节拍相补充。他们开始摇摆了。穿裙子的女人们开始旋转裙摆。杰克看到每个人，从最年幼的到最年长的，脸上的表情都是一样的：纯粹的欢乐。还不仅如此，他想，他记起了他的英文老师就某些书说过的一个词组：完美共鸣的狂喜。

汗珠在罗兰的脸上闪着光。他放下交叉的双手，开始拍起手来。这时，卡拉的人们则跟着节拍反复地唱着一个词："来吧！……来吧！……来吧！……来吧！"杰克想到有些孩子用这个词来代表力量，然后他突然怀疑这是否只是巧合。

这当然不是巧合。那个年轻的黑人脚上打着同样的拍子也不是巧合。这全是光束的路径，全是十九。

"来吧！……来吧！……来吧！"

埃蒂和苏珊娜也跟着一起唱了起来。本尼唱了起来。杰克把那些想法抛到一边也加入了。

11

直到最后，埃蒂也没真正弄懂“稻米之歌”的歌词到底是什么。因为是罗兰唱的，所以并不是方言的问题，而是因为那些词飞快地蹦出来，很难跟得上。有一次埃蒂在电视上听过一个烟草拍卖者的歌，跟这个有点像。歌词里有硬韵脚，软韵脚，弱韵脚，甚至无韵脚——有些词根本不押韵却在某一时间硬塞到歌里来。严格来说，那并不能算一首真正的歌；更像是说唱，或是某种癫狂的街舞。这是埃蒂能想到的最接近的东西。罗兰的脚不停地在木地板上敲打着，这声音让人着迷；而台下的人们则一直拍着手，唱着来吧，来吧，来吧，来吧。

埃蒂差不多能听出的歌词是这样的：

来吧来吧考玛辣
来吧来吧稻子熟啦
我唱着歌儿打招呼
那边来了个朋友喔
还有一条大河哪
稻子绿油油——嚯
我们心欢乐——嚯
唱着丰收歌——嚯
来吧来吧考玛辣！

来吧来吧考玛辣
来吧来吧稻子熟啦
稻子长得比人高
草儿青青考玛辣
都在天空下——呦
草儿青又高——呦
姑娘和情人

一起倒在地
翻滚又嬉戏——呦
都在天空下——呦
来吧来吧考玛辣
来吧来吧稻子熟了！

这两段之后起码还有三段。这时埃蒂已经跟不上了，但他可以肯定自己弄明白了大意：一对年轻的男女在一年中的春季，既种植稻米也生养孩子。这首歌起初就是自杀式的飞快，但它还是持续地加快，直到歌词完全变成从嘴里喷出来的一堆音节，而台下的鼓掌也越来越快，到最后都看不清人们的手了。而罗兰的靴子跟则完全消失了。如果不是看到罗兰的舞蹈，埃蒂肯定会说不可能有人能跳得那么快，特别是在刚刚大吃了一顿之后。

慢一点，罗兰，他想。*如果你喘不过气，我们可没办法拨911*。然后，罗兰做了一个埃蒂、苏珊娜和杰克都看不懂的手势，他和所有的卡拉人都突然停住了，把手伸向天空，屁股往前撅，就好像交媾时的动作一样。"考玛辣！"所有的人喊道，这首歌结束了。

罗兰摇摆着，汗水从他的脸颊和额头上流下来……他摇摇晃晃地跌入了台下的人堆里。埃蒂的心猛地一抽。苏珊娜尖叫了一声，开始摇着轮椅想到前面去。杰克赶紧抓住了轮椅的把手拦住了她。

"我觉得那是表演的一部分！"他说。

"嗯，我敢肯定是。"本尼·斯莱特曼说。

人们欢呼着，鼓着掌。他们自发地把罗兰举了起来，而罗兰自己的手则伸向天空。他的胸口像风箱一样起伏着。在这种狂欢般的气氛中，罗兰在人群上方滚动着，就像在浪头上一样，埃蒂简直不敢相信自己的眼睛。

"罗兰唱了歌，罗兰跳了舞，把所有的节目都比下去了，"他说，"罗兰在舞台上活像乔伊·雷蒙①。"

"你在说什么呀，亲爱的？"苏珊娜问。

埃蒂摇摇头。"别管那些了。没有节目能超过它。这就是今晚的压轴戏了。"

---

① 美国朋克先锋乐队雷蒙斯的主唱。该乐队一度以令人发指的飞快速度演唱。乔伊的招牌动作是左手握麦克风，右手伸向天空。

的确如此。

12

半个小时之后，有四个人骑着马慢慢地走在卡拉·布林·斯特吉斯的主街上。其中一个人身上裹着厚厚的毛毯。呼气的时候，人和马的口中都冒出白色的水雾。天空中布满了冰冷的像钻石一样闪亮的星辰，古恒星和古母星是最亮的。杰克已经和斯莱特曼父子俩一起到艾森哈特的罗金B去了。卡拉汉则在另外三个旅行者前面不远处骑着马，充当他们的向导。但是在出发之前，他坚持用厚毛毯把罗兰裹起来。

“你说过这儿离你住的地方还不到一英里——”罗兰开口说。

“别管我说过什么啦，”卡拉汉说，“云已经消散了，现在夜里的气温冷得能下雪，而且你刚刚跳了考玛辣，我在这儿的那么多年里从没见人那样跳过。”

“你在这儿待了多少年了？”罗兰问。

卡拉汉摇了摇头。“我也不知道。真的，枪侠，我不知道。我很清楚我来这儿的时间——一九八三年冬天，我离开耶路撒冷镇的九年后。我得到这个九年后。”他抬了抬满是伤疤的那只手。

“看上去像是烧伤，”埃蒂说。

卡拉汉点点头，但是没说什么。“不管怎么说，这里的时间和那边不大一样，对于这一点想必你们也很清楚。”

“时间在漂移，”苏珊娜说，“就像指南针的那些指针一样。”

刚才杰克走的时候，罗兰已经把毯子裹在了身上，他对杰克说了句话……还给了他什么东西。那时候埃蒂听到了金属的叮当声。也许是一点钱吧。

杰克和本尼·斯莱特曼肩并肩地策马向黑暗中奔去。当杰克回过头来向他们挥手的时候，埃蒂也向他挥了挥手，他没想到自己心口一阵抽痛。*天哪，你又不是他的爸爸*，他想。这是实话，但并没有让那抽痛消失。

“他不会有事的，对吧，罗兰？”埃蒂只是想听到一个简单的是，想为他的抽痛找点药膏。所以枪侠不作声让他担心了起来。

最后罗兰终于开口说：“但愿如此吧。”然后他在这个关于杰克·钱伯斯的话题上就再没发表任何意见。

13

现在他们到了卡拉汉的教堂了。这是个低矮狭长的简单建筑,大门上方竖了一个十字架。

“你管它叫什么,神父?”罗兰问。

“安详女神堂。”

罗兰说:“挺好的。”

“你们能感觉得到吗?”卡拉汉问,“有任何人能感觉得到它吗?”他不用挑明大家也明白他指的是什么。

罗兰、埃蒂和苏珊娜都不出声地坐了足有一分钟。最后罗兰摇了摇头。

卡拉汉满意地点了点头。“它睡着了。”他停了一下,又补充道,“向上帝说谢啦。”

“但是那边有什么东西,”埃蒂说。他朝教堂那边点了点头。“就好像……我也说不清,几乎是某种重量。”

“是的,”卡拉汉说,“就像某种重量。很可怕。但是今晚它睡着了。感谢上帝。”他在夜晚的寒冷空气中划了一个十字。

一条泥土小径的尽头(那条小路很平,两边有修剪得很好的树篱)还有一个狭长的建筑。那是卡拉汉的房子,他管它叫神父住所。

“今晚你要给我们讲你的故事吗?”罗兰问。

卡拉汉看了一眼枪侠瘦削而疲倦的脸,摇摇头。“今晚只字不提,先生。就算你精力充沛也不能说。我的故事不是在星光下讲的故事。明天早饭的时候,你们出发去了解情况之前再讲——那样可以吗?”

“好吧。”罗兰说。

“如果它夜里醒过来怎么办?”苏珊娜问,朝教堂方向一摆头。“醒过来,把我们送过隔界?”

“那我们就去。”罗兰说。

“你已经想好怎么办了,对不对?”埃蒂问。

“也许吧,”罗兰说。他们沿着小径朝房子走去,卡拉汉在他们中间,就像呼吸一样自然。

“与和你交谈的那个曼尼老头有关?”埃蒂问。

“也许吧,”罗兰重复着。他看着卡拉汉,“告诉我,神父,它有没有送你穿过隔界? 你知道那个词,对不对?”

“知道,”卡拉汉说,“有两次。一次去了墨西哥。是一个叫扎帕特斯的小镇。还有一次……我认为是……去了国王的城堡。我相信我那次能回来是很幸运的,我是说第二次。”

“你说的是哪个国王?”苏珊娜问,“亚瑟·艾尔德?”

卡拉汉摇摇头。他前额的疤痕在星光下发亮。“现在最好还是不谈这个了,”他说,“今晚不谈。”他忧伤地看着埃蒂。“狼要来了。已经够糟糕了。现在又来了一个年轻人告诉我红袜队输了全球联赛……输给了大都会队?”

“恐怕是这样,”埃蒂说,他一路描述着那场比赛——罗兰基本上没听明白,虽然他觉得那听上去有点像积分球,也有人管那叫板球——然后他们进了房子里面。卡拉汉有个管家。虽然她并未露面,可她在壁炉上放了一罐热巧克力。

他们享用巧克力的时候,苏珊娜说:“扎丽亚·扎佛兹告诉我一些事情,你可能会感兴趣,罗兰。”

枪侠扬了扬眉毛。

“她丈夫的爷爷和他们住在一起。据说他是卡拉·布林·斯特吉斯最年长的人。有好多年了,逖安和老爷子的关系一直不好——扎丽亚甚至都不知道他们到底在为什么闹别扭,已经有这么多年了——但是扎丽亚和他相处得很不错。她说老爷子这两年老得很快,但是他年轻的时候可不简单。他说他曾经看到过那些狼中的一个。死狼。”她停了一下,“他说是他杀了那匹狼。”

“我的天啊!”卡拉汉叫道,“你不是说真的吧!”

“我很认真。确切地说,扎丽亚不是在开玩笑。”

“那将是,”罗兰说,“一个值得一听的故事。是上一次狼来的时候吗?”

“不是,”苏珊娜说,“也不是上上次,那次欧沃霍瑟都还只是个孩子呢。是再往前的那次。”

“如果狼群每二十三年来一次的话,”埃蒂说,“那就差不多是七十年前了。”

苏珊娜点着头。“就算是那时他也已经成年了。他告诉扎丽亚他们一小撮人埋伏在西路上等着狼群到来。我不知道他说的一小撮是多少人?”

“五六个。”罗兰说。他边喝巧克力边点头。

“不管怎么样，逖安的爷爷是其中一个。他们杀了一匹狼。”

“狼到底是什么东西？”埃蒂问，“摘掉面具之后看上去是什么样子？”

“她没说，”苏珊娜回答说，“我认为他并没告诉她。但是我们应该——”

他们听到一声长长的低沉的鼾声。埃蒂和苏珊娜吃惊地转过身去。枪侠已经睡着了。他的下巴搁在胸骨上，胳膊交叉着，就好像他在想着那段舞蹈的时候睡着了。还有稻米。

14

只有一个多余的房间，所以罗兰和卡拉汉挤一间屋。埃蒂和苏珊娜则因此享受到了一个简陋的蜜月：他们俩还是第一次单独在一起，身下有床，头顶有天花板。他们还没有累到浪费这蜜月的分上。完事之后，苏珊娜马上就睡着了。埃蒂却过了一小会儿才入睡。他犹豫着让自己的思想飘到卡拉汉那个整洁的小教堂里，试着去感觉埋在里面的那个东西。这很可能是个坏主意，但是他抵制不了至少尝试一下的诱惑。什么东西都没有。更准确地说，在某个东西前面什么都没有。

我可以把它叫醒，埃蒂想，我真的认为我做得到。

是的，就像一个长着虫牙的人可以拿锤子去敲那颗坏牙，但是你为什么要那么做？

我们终归是要唤醒它的。我认为我们需要它。

也许吧，但不是现在。现在还是暂且不管它吧。

但是埃蒂一时半会儿还摆脱不了想唤醒它的念头。很多画面在他脑子里一闪而过，就像阳光底下的碎玻璃一样。他们脚下的卡拉笼罩在乌云密布的天幕之下，德瓦提特外伊河就像一条灰色的丝带。河两岸绿色田地里的稻米熟了。杰克和斯莱特曼对视着，一句话没说就没来由地笑了起来。主街和广场之间的绿色夹道。不停变幻着颜色的火炬。奥伊鞠了一躬，他在说话（*艾尔德！谢谢你！*），吐字很清晰。苏珊娜唱着歌：*这些日子我已遍尝辛酸。*

但他印象最深的是不挂枪的瘦削的罗兰站在舞台上，两手在胸前交叉，手掌贴在脸颊上；那双淡蓝色的眼睛看着台下的村民。罗兰提了三个问题中的两个。然后埃蒂听到了他的靴子敲在木板上的声音，起初很慢，后来逐渐加快。越来越快，直到他的脚在火炬的光芒中变得模糊起来。拍手。流汗。微笑。但是他的眼睛没有微笑，枪侠的蓝色眼睛没有微笑；它们和平时一样冷。

但是他跳舞的样子！上帝啊，他在火炬下跳舞的样子！

来吧来吧考玛辣，稻子已经成熟啦，埃蒂想。

他身旁的苏珊娜在梦中呻吟着。

埃蒂朝她翻过身去。他把手伸到她的胳膊底下，这样他可以握着她的乳房。他入睡之前最后想到的是杰克。牧场的人最好把杰克照顾好。不然，那些骑马放牛的人将会变成一帮倒霉蛋。

埃蒂睡着了。他没有做梦。在他们的下面，夜已变长，月已静止，这个边界地带变成了已经报废的钟。

第二章

灼拧痛

1

黎明前的一个小时，罗兰从另一个界砾口山的血腥噩梦中醒来。号角。关于亚瑟·艾尔德的号角的一些事情。在那张大床上，睡梦中的卡拉汉皱着眉头躺在他的身边，就好像他也做了什么噩梦。那个表情让他宽阔的前额起了曲曲折折的几道沟，也隔断了十字伤疤上横着的那道伤口。

让罗兰醒过来的是疼痛，而不是梦见老朋友库斯伯特倒下时，号角从他手中掉到地上。他从臀部到脚踝都在抽痛。他可以想象那疼痛就像一道道亮晃晃、燃烧着的金属丝。这是他为昨晚的激情演出付出的代价。如果仅仅是那样的话，那倒没什么可担心的。可是他知道，这不仅仅是因为过度热情地跳了一次考玛辣。也不像过去的几个星期内他一直告诉自己的那样只是风湿，而是他的身体为适应秋季的潮湿气候而进行的必要调试。他不是瞎子，他已经注意到了他的脚踝，特别是右边的脚踝，已经肿了起来。他在膝盖上也看到了同样的肿胀。尽管他的臀部看上去还正常，但他把手放在上面的时候，能感觉到右半边在皮肤底下已经有变化了。不是，这并不是在柯特最后几年里困扰他的风湿病，那风湿病让柯特一到下雨天就只能待在火边。这比风湿要糟糕。这是关节炎，而且是其中最糟的一种，干燥的那种。过不了多久，这病就会袭击他的双手。如果能让病魔满意的话，罗兰是很愿意把自己的右手献给它的；自从食人大螯虾吃掉他前面两个手指头之后，罗兰已经教会那只手做很多事了，但眼下的情况并非如此。并不完全相同，对不对？你不能靠牺牲某样东西来满足他。关节炎来了就是来了，它会到任何它想去的地方。

我可能只有一年时间了，他想，身边躺着来自埃蒂、苏珊娜和杰克的世界的神职人员，神父还在熟睡。*也可能还有两年*。

不，不是两年。很可能连一年都没有。埃蒂是怎么说的来着？*别拿自己开玩笑了*。埃蒂一肚子那个世界的俗话，但那句特别好。特别*贴切*的一句话。

假如该死的关节炎老兄让他不能射击、骑马、割一条生牛皮绳，甚至连砍木头生火这样的事情都做不了的话，他也不会哭着放弃对塔的追寻。不，他会坚持下去，直到这一切结束。但他也实在不喜欢那样一个画面：他被马驮着跟在众人的后面，依赖着别人，也许要被绳子绑在马鞍上，因为他再也扶不住马鞍头了。活生生一个浮锚，其他什么都不是。一个需要急速航行时来不及拽起的浮锚。

如果到了那一步，我会杀了自己。

但是他不会那么做的。这是事实。别拿自己开玩笑了。

这句话又让他想起了埃蒂。他需要和埃蒂谈谈苏珊娜的事，马上就谈。他一醒来就想到这个问题，也许疼得也值了。肯定不会是什么愉快的谈话，但却无法避免。是该让埃蒂知道米阿的存在了。现在米阿不是那么容易溜到森林里去，因为他们住在镇上——住在房子里——但她不得不去。她无法跟孩子和她自己的需要讨价还价，就像罗兰无法说服那烧着了的像金属丝一样的抽痛，那疼痛围绕着他右半边臀部，一直蔓延到右膝盖和两个脚踝，谢天谢地，暂时放过了他灵活的双手。如果埃蒂没有得到警告，那么可能会有大麻烦。他们现在不能有更多的麻烦；那会让他们万劫不复的。

罗兰躺在床上看着天色转亮，身上一阵阵抽痛。当看到晨光并不是在正东方而是在偏南一点的地方出现时，他的心直往下沉。

现在连日出都在漂移。

2

管家四十岁上下，长得很好看。她叫罗莎丽塔·穆诺兹。看见罗兰走到桌子边的样子后，她说："喝杯咖啡，然后请跟我来。"

她到炉子旁去拿咖啡壶的时候，卡拉汉歪着头看着罗兰。埃蒂和苏珊娜还没起来。现在厨房里只有他们两个。"很严重吗，先生？"

"只不过是风湿，"罗兰说，"这是我爸爸那边的家族遗传病。如果阳光充足，空气干燥的话，到中午就没事了。"

"我知道风湿，"卡拉汉说，"告诉上帝谢啦不是什么更严重的病。"

"我会的。"然后罗兰转身看着罗莎丽塔，后者已经端来了几个装满热咖啡的大杯子。“我也告诉你谢啦。”

她放下杯子，行了礼，然后羞涩而端庄地看着罗兰。“我从没见过比你昨晚跳得更好的稻米舞，先生。”

罗兰苦笑了一下。“今天早上我可付出代价了。”

“我会治好你的，”她说，“我有猫油，自己的独特配方。它会带走疼痛，治好无力。不信你问神父。”

罗兰看了看卡拉汉，后者点了点头。

“那么我就拜托你了。说谢啦女士。”

她又行了一个礼，然后出去了。

“我需要一张卡拉的地图，”管家走出去后罗兰说，“不需要是艺术品，但一定要正确，比例也要符合实地情况。你能给我画一张吗？”

“绝对不行，”卡拉汉冷静地说，“我会画一点漫画，但是我连给你画一张从这儿到河边的地图都办不到，哪怕你拿枪指着我的脑袋我也画不出来。我没那方面的天赋。但是我知道有两个人可以帮忙。”他抬高了嗓门。“罗莎丽塔！罗茜！请到我这里来一下！”

3

二十分钟后，罗莎丽塔拉起了罗兰的手，她的手有力而干燥。她把罗兰带到食品储藏室，关上门。“把裤子脱下来，我请求，”她说，“不要不好意思，我不认为你身上有什么东西是我以前没有见过的，除非蓟犁和内领地的男人们身体构造不一样。”

“我相信没有什么不同的。”罗兰说，然后把裤子脱了下来。

太阳已经升起来了，但埃蒂和苏珊娜还没有起床。罗兰并不着急叫醒他们。以后还有很多早起的日子——当然还有晚睡的日子——今天就让他们享受一下头上有屋顶，身下有羽绒垫的安静而舒适的早晨吧，还有被门隔开暂时远离尘嚣的二人空间。

罗莎丽塔手里拿了一瓶白色的油状液体，看到罗兰的身体时，她倒抽了一口冷气。她看着罗兰的右膝盖，然后用左手碰了碰他臀部的右半边。虽然她的动作很轻，罗兰还是往后退缩了一下。

她抬起眼来看着罗兰。她的眼睛是很深的棕色，几乎是黑色的。“这不是风湿。这是关节炎。扩散得很快的那种。”

“嗯,我家乡有人把这叫做灼拧痛,”他说,“别告诉神父和我的朋友们。”

那双深色的眼睛稳稳地看着他。“你没办法保密很久的。”

“我很明白你的意思。但在我能保守这个秘密的时候,我会保守秘密。你要帮助我。”

“好的,”她说,“别担心。我会听你的。”

“说谢啦。那么,那东西有用吗?”

她笑着看了看瓶子。“有用。里面有长在沼泽里的薄荷和嫩树枝上的树胶。不过秘方在于猫的胆汁——一个瓶子里放了三滴。是那些沙漠里的岩猫的胆汁,你知道,那片黑暗处的沙漠。”她把瓶盖打开,在手心里倒了里面的油状液体。罗兰马上闻到了刺鼻的薄荷味,然后是某种别的味道,不那么浓烈,但要难闻得多。是的,他猜想那就是狮子或豹子的胆汁的味道,天知道这一地区所说的岩猫是指哪种动物。

她弯下腰把油涂抹在他的膝盖上。他立刻就感觉到了强烈的灼烧感,几乎强烈得让他忍受不了。但是当灼烧感稍稍退去之后,原来的疼痛也减轻了很多,效果好得超出他的想象。

在他的患处涂完油膏之后,她说:“你现在觉得怎么样了,枪侠先生?”

罗兰没有用语言来回答,相反地,他把她一把拉过来,贴在自己瘦长的、赤裸的身体上,紧紧地拥抱了她。她也拥抱了他,纯朴自然,没有任何扭捏害羞。她在罗兰耳边说:“如果你是你说的那样的人,你不能让他们抢走孩子们。不,一个都不行。不要管艾森哈特和特勒佛德那些大佬们说什么。”

“我们会尽力而为。”他说。

“好。谢谢你。”她退后一步,看着下面。“你身体的一部分看上去既没有关节炎,也没有风湿。看上去有精神得很。也许今晚一位女士会出来赏月,枪侠,而且她希望有人陪伴。”

“也许她会找到的,”罗兰说,“你能给我一瓶让我在卡拉四处走动的时候用吗,要么它太昂贵了?”

“不,不那么昂贵,”她说。刚刚和枪侠打情骂俏的时候,她是微笑的,而现在她又恢复了端庄严肃的表情。“但是我认为那顶不了多长时间。”

“我知道,”罗兰说,“那没关系。还能做得到的时候,我们挥霍时间,但是最后世界会把那些时间都收回去的。”

“对啊，”她说，“是这样的。”

4

罗兰系好腰带走出储藏室的时候，终于听见另一间屋子里有动静了。埃蒂低声说话的声音和一个女人尚带睡意的笑声。卡拉汉坐在炉子旁边喝着咖啡。罗兰向他走过去，飞快地说：

“我看见教堂和房子之间的那条小路的左边有商陆果。”

“是啊，已经熟了。你的眼睛真尖。”

“别管我的眼睛了，好吗？我要出去采一帽子。我想让埃蒂出来找我，让他的妻子做两三只荷包蛋。你能做到吗？”

“没问题，但是——”

“好。”罗兰说，然后就出去了。

5

埃蒂来的时候，罗兰已经把那些橘黄色的果子装了半帽子，而且还吃了好几把。腿上和屁股上的疼痛以惊人的速度消退着。他摘果子的时候不禁想，柯特估计会不惜一切代价弄到一瓶罗莎丽塔·穆诺兹的猫油。

“天，这看上去就像每个感恩节我妈放在碟子上的蜡水果，”埃蒂说，“这玩意真的能吃吗？”

罗兰摘了一个差不多有他的指尖那么大的果子，塞到埃蒂的嘴里。“吃起来像蜡吗，埃蒂？”

埃蒂刚开始还小心翼翼的，后来突然睁大了眼睛。他大嚼着，咧开嘴笑了，然后伸手再要几个。“吃起来像越橘，但比那个甜。我想知道苏珊娜会不会做松饼？就算她不会，还有卡拉汉的管家——”

“听我说，埃蒂。仔细听，控制好你的情绪。看在你父亲的分上。”

埃蒂正要向一片长满商陆果的灌木伸出手去。听到罗兰的话，他停住了，面无表情地看着罗兰。在早晨的阳光中，罗兰可以看出埃蒂明显的老了。他令人吃惊的成长了。

"什么事?"

这件事罗兰一直憋在心里,直到它感觉比实际上还要复杂。他很吃惊自己竟然毫不费力就说出来了。而且他看到埃蒂并不是那么吃惊。

"你知道多久了?"

罗兰本来以为会在这个问题里听到责备的语气,但他却什么都没听出来。"确切地说吗?在我第一次看到她溜到森林里去。看见她吃……"罗兰迟疑了一下。"……吃她正在吃的东西。听到她和根本不存在的人讲话时。我已经怀疑这点很久了。从还在刺德的时候开始。"

"却一直没有告诉我。"

"是的。"现在埃蒂的指责应该来了,加上他那绝妙的讽刺。但是并没有这些。

"你想知道我是不是气疯了,对不对?我是不是会揪住这点不放。"

"你会吗?"

"不。我不生气,罗兰。恼怒,也许吧,而且我替苏希担心得要死,但是我为什么要生你的气呢?你不是首领吗?"现在轮到埃蒂迟疑了。他再次开口的时候,话说得明确了一些。这对他不是件容易的事,但他还是说出来了。"你不是*我的*首领吗?"

"是的,"罗兰说。他伸出手碰了碰埃蒂的胳膊。他对于自己竟然有强烈的愿望——几乎是一种需要——解释的愿望而感到震惊。但他抑制住了这种愿望。如果埃蒂不止是把他叫做首领,而是叫做*他的*首领,那么他就应该有个首领的样子。他说:"看上去你并不是那么震惊。"

"哦,我惊讶,"埃蒂说,"也许不是震惊,但是……嗯……"他开始摘浆果,把它们扔到罗兰的帽子里。"我也看到了一些东西,行了吧?有时候她太苍白了。有时候她会痛然后抓着自己,但你要是问她,她就说只是胃胀气。而且她的乳房比以前大了。我很确信。但是罗兰,她仍然有月经!大概一个月以前我还看到她埋布条,上面有血。被血浸透了。那怎么可能呢?如果她是在我们把杰克拉过来的时候怀的孕——她在对付圈子里的怪物的时候——那起码是四个月前了,很可能是五个月前。即使算上这儿流走的时间,也差不多是那样。"

罗兰点点头。"我知道她还有月经。这就足以说明那不是你的孩子。她肚里怀着的那个东西看不起她女人的血。"罗兰想起她攥着那只青蛙,把它挤爆,喝着它黑色的胆汁,像喝糖浆一样在手指上舔着。

“它会不会……”埃蒂看上去想吃一颗商陆果，又决定还是算了，把它扔到罗兰的帽子里。罗兰想还要过一阵时间埃蒂才会有真正的食欲。“罗兰，它会不会起码看上去像个人类的婴儿?”

“几乎可以肯定不会。”

“那么是什么东西?”

他还没管住嘴巴，那些字就自己跑出来了。“最好不要说魔鬼的名字。”

埃蒂哆嗦了一下。他脸上本来就没什么血色，现在则是一片惨白。

“埃蒂，你没事吧?”

“不，”埃蒂说，“我完全肯定我有事。但是我不会像在安迪·吉布①音乐会上的女孩那样晕倒的。我们该怎么办?”

“现在我们什么都不要做。还有很多其他的事情。”

“谁说不是呢，”埃蒂说，“在这边，狼群还有二十四天就要来了，如果我算得没错的话。在那边，纽约，谁知道是几号呢? 六月六号? 十号? 可以肯定的是，比昨天更接近七月十五号。但是罗兰——如果她肚子里怀的不是人类，我们并不能确定她会怀胎九个月。也可能六个月就生出来了。妈的，也许是明天呢。”

罗兰点着头，等待着。埃蒂已经说了这么多了，他肯定还会说下去的。

他确实说下去了。“我们现在无计可施，对不对?”

“是。我们可以观察她，但是我们什么都做不了。我们甚至不能让她待着不动，希望这样就能延缓事情的发生，因为她会问我们为什么要那样做。而且我们需要她。需要她射击的时候她要开枪，但在那之前，我们要挑一些镇上的人训练一下，看看他们会用什么武器。很可能是弓。”罗兰一脸苦相。虽然最终他往北地的靶子上射了足够多的箭来让柯特满意，但他从来就不喜欢弓和箭或是弩和弩箭。这些是杰米·德卡力选择的武器，不是他的。

“我们确实要对付狼群，是不是?”

“是的。”

埃蒂笑了，情不自禁地笑了。他毕竟是枪侠。罗兰看到了这一点，他很高兴。

---

① 安迪·吉布(Andy Gibb，1958—1988)，英国著名歌手，他和三个哥哥组建了全球闻名的Bee Gees乐队。

6

他们往回朝神父的房子走的时候，埃蒂问："你向我交了底，罗兰，为什么不向苏珊娜交底？"

"我不太明白你的意思。"

"哦，我想你明白。"埃蒂说。

"好吧，但是你不会想听答案的。"

"我从你那里听到过各种各样的答案，我都不敢说五个里面有一个是我喜欢的。"埃蒂考虑了一下，"不对，那个比例太高了。五十个里面有一个。"

"那个女人叫自己米阿——在高等语里面这是妈妈的意思——因为她怀着小孩，尽管我不确定她是否知道那是个什么样的孩子。"

埃蒂不作声地思考着。

"不管那东西是什么，米阿认为那是她的孩子，她会不遗余力甚至拼上性命来保护这个孩子。如果那样意味着占有苏珊娜的身体的话——就像黛塔·沃克有时占据奥黛塔·霍姆斯的身体那样——她会的，只要她做得到。"

"她很可能会这么做的，"埃蒂心情沉重地说。然后他转身正面看着罗兰。"我想你是这个意思——如果我说得不对的话你可以纠正我——你不愿意告诉苏希她肚子里可能有个怪物的原因就是你怕这会影响她的效率。"

罗兰很想对这个不客气的评价辩解一下，但他没有。从根本上讲，埃蒂是对的。

像往常一样，埃蒂生气的时候，他那些街道口音就会变得明显。听上去就好像他在用鼻子说话而不是嘴。"如果下个月或别的什么时候事情有变化——如果她分娩了，生出一个黑礁湖的怪物那样的东西，只是打个比方——她将完全没有思想准备。完全蒙在鼓里。"

罗兰在房子外大约二十英尺的地方停住了。从窗子望进去，他看见卡拉汉在和两个年轻人说话，一个男孩一个女孩。甚至从这里也能看出来那是一对双胞胎。

"罗兰？"

"你说得对，埃蒂。不过你到底想说什么？我希望你直接说出要害。就像你指出的那样，时间不再是水面上的脸庞了。它已经变成了稀有物品。"

他又一次做好心理准备迎接埃蒂·迪恩特有的、充斥着类似吻我的屁股或是吃屎然后去死这样的话的情绪爆发。但是埃蒂没有发作。埃蒂只是看着他，仅此而已。平静而有些伤感地看着他。当然是为了苏珊娜感到伤感，也为了他们二人。他们中的两个人现在站在这里，刻意地在一个同伴背后隐瞒着什么。

"我会跟你一起去，"埃蒂说，"但不是因为你是首领，也不是因为那两个孩子中的一个会变成弱智从雷劈回来。"他指着在尊者客厅里的两个孩子。"我会拿这个镇上的所有孩子来交换苏希肚子里的那个。如果那是个孩子的话。我的孩子。"

"我知道你会的。"罗兰说。

"我担心的是玫瑰，"埃蒂说。"这是世界上唯一一个值得拿苏希来冒险的东西。但即使这样，你也要答应我如果出现任何意外——如果她要分娩，或是那个叫米阿的婊子要控制她的身体——我们要尽力救她。"

"我永远都会尽力救她，"罗兰说，这时他脑中突然闪现了一个可怕的画面——短暂但是清晰——他看到杰克被吊在群山中的某个悬崖上。

"你发誓吗？"埃蒂问。

"是的，"罗兰说。他与那个年轻人四目相对。但是，在那个人的脑中，他看到杰克跌入了深渊。

7

他们到了门口，卡拉汉正领着那两个年轻人出来。他们是，罗兰想，很可能是他见过的最漂亮的孩子。他们的头发像煤炭一样黑，男孩的头发长及肩膀，女孩的则用一根白色的丝带扎着，一直垂到屁股下面。他们的眼睛是不含一点杂质的深蓝。皮肤像奶油一样白润，嘴唇则是令人赞叹的美丽的鲜红。两个人的脸蛋上都有些淡淡的雀斑。罗兰看出连雀斑的数量和位置都是完全一样的。他们从罗兰看到埃蒂，又看着苏珊娜，后者正靠着门，手里拿着擦碗布和一个咖啡杯。他们的表情是同样的好奇和惊讶。他在孩子们的脸上看到了谨慎，但不是恐惧。

"罗兰，埃蒂，这是塔维利家的双胞胎，弗兰克和弗兰西妮。罗莎丽塔把他们找来的——塔维利一家离这里不到半里。今天下午你就会有你想要的地图了，而且我想你不会见到比这更棒的地图。这只是他们的天赋之一。”

塔维利家的双胞胎对于尊者的赞美表现得很有礼貌。弗兰克鞠了一躬，弗兰西妮行了屈膝礼。

“你们帮了大忙，我们说谢啦。”罗兰对他们说。

同样的红晕出现在这两个孩子令人赞叹的牛奶般的皮肤上；他们喃喃地道了谢，然后准备溜走。但罗兰伸出手来，搂住他们窄窄的但很漂亮的肩膀，和他们一起沿着小径往前走。与其说他是被这两个孩子无可挑剔的美貌所征服，不如说他喜欢他们蓝眼睛里透出的聪明劲儿；他丝毫不怀疑这两个孩子能画出他想要的地图；他同样确信的是卡拉汉叫这两个孩子来还有另外一层含义：如果没有人出手相救的话，一个月后，这两个天使般的孩子中将有一人变成只会龇着牙傻笑的白痴。

“先生？”弗兰克问。他的声音里有些焦虑。

“别害怕我，”罗兰说，“但仔细听我说。”

8

卡拉汉和埃蒂看着罗兰和那两个双胞胎沿着房子外面的碎石小道慢慢向那条泥土小路走去。这两个人的想法是一样的：罗兰看上去就像一个慈祥的祖父。

苏珊娜也加入了他们，和他们一起看着罗兰，然后她扯了扯埃蒂的衬衫。“跟我来一下。”

他跟着她到了厨房。罗莎丽塔已经出去了，现在那里只有他们两个人。苏珊娜棕色的大眼睛闪着光。

“怎么了？”他问她。

“抱我起来。”

他照办了。

“快点亲亲我，趁现在有机会。”

“你想要的就是这个？”

“难道这还不够吗？快点，迪恩先生。”

他吻了她，心甘情愿的，但当她贴近他时，他还是注意到了她的乳房比以前大得多。他把脸从她的脸上挪开，发现自己不停地寻找着另一个女人的痕迹。那个用高等语中的母亲称呼自己的女人。他只看到了苏珊娜，但他想从此以后他看着她时总会感到心虚。而且他的眼睛还止不住地往她肚子上看。他试着把眼睛挪开，但是它们就像注了铅一般沉重。他不知道他们两人之间的关系会有什么样的改变。这不是个轻松的问题。

“现在感觉好些了吗？”他问。

“好多了。”她微微笑了一下。然后她的笑容消失了。“埃蒂？出什么事了吗？”

他咧开嘴笑了，又开始吻她。“你是说除了我们很可能会死在这儿之外？没有。什么事都没有。”

他以前对她撒过谎吗？他记不得了，但他认为没有。就算有，他也不可能撒这么大的谎。这样故意欺骗。

这很糟糕。

9

十分钟过后，他们在几杯咖啡（还有一碗商陆果）的帮助下精神焕发，然后来到了神父房子的后院里。有几分钟枪侠抬起脸看着太阳，享受着它的热度和它带来的踏实的感觉。然后他向卡拉汉转过身来。“现在我们三个想听听你的故事，神父，如果你愿意说的话。然后我们去你的教堂看看那里的东西。”

“我想让你们拿走它，”卡拉汉说。“它并没有亵渎教堂，因为我们的安详女神始终都是神圣不可侵犯的。但它确实把一些东西变糟了。哪怕是在教堂还没完全建好的时候，我都可以感觉到圣灵的存在。而现在却再也感觉不到了。那个东西让圣灵离开了教堂。我希望你们把它拿走。”

罗兰张开嘴想说点什么不表明态度的话，但是苏珊娜抢先说道。“罗兰？你没事吧？”

他转脸看着她。“怎么了，当然了。我为什么会有事？”

“你一直在揉屁股。”

是吗？是的，他现在也发觉了，他是一直在揉。疼痛又回来了，温暖的太阳也不管用了，罗莎丽塔的猫油也不管用了。灼拧痛。

“没什么，”他告诉她，“只是风湿犯了。”

她怀疑地看着他，暂时接受了这个解释。这真是个再糟糕不过的开端，罗兰想，我们中起码有两个人有秘密。我们不能继续这样下去。不能长期这个样子。

他转向卡拉汉。“告诉我们你的故事。你额头的疤是怎么回事，你是怎么来到这里的，你怎么得到黑十三的。每一个字我们都会洗耳恭听。”

“是的。”埃蒂低声说。

“每一个字。”苏珊娜响应着。

他们三个人都看着卡拉汉——尊者，那个只允许别人叫他神父而不愿被称作牧师的神职人员。他抬起右手，放到额头的疤痕上，摩挲着。最后他终于开口了：“是酒。我现在相信那是原因。不是上帝，不是魔鬼，不是命数，不是圣徒。是酒。”他停了一下，思考着，然后微笑地看着那三个人。罗兰想起了诺特，被黑衣人复活的特忝的食草人。诺特也曾那样笑过。“但是如果上帝创造了世界，那么上帝也创造了酒。这也是他的意志。”

卡，罗兰想。

卡拉汉一声不吭地坐在那里，手摸着额上的伤疤，整理着思绪。然后他开始讲自己的故事了。

第三章

牧师的故事（纽约）

1

是酒，酒是最终原因，这是他终于不再酗酒而清醒过来之后逐渐相信的。不是上帝，不是撒旦，不是他那在天的爸妈之间的什么深层次的性心理斗争。只是酒。他被威士忌拎着耳朵走，这稀奇吗？他是爱尔兰人，他是个牧师，再加上点打击，他就会出局。

他从波士顿的神学院毕业到了马萨诸塞的洛维尔任职，是一个在城市里的教区。他的教民们都爱他（他不愿意用一群教徒这样的说法来称呼他们，因为他认为一群是用来形容飞向城市垃圾场的海鸥的），但是在洛维尔待了七年之后，卡拉汉开始心神不宁起来。和主教教区的邓肯主教谈话时，他用了当时流行的所有时髦术语来描述自己的不安：失范①，城市不适症，日益严重的同感匮乏，和圣灵生活的疏离感。谈话之前，他还在卫生间里喝了几小口，所以他那天特别能言善辩。雄辩并不总是由信仰而来，反倒常常由酒瓶中来。但他并没有撒谎。他相信自己在邓肯的书房里说过的话。每一个字都相信。就像他相信弗洛伊德，相信未来的弥撒都会用英语来做，相信林顿·约翰逊②向贫困开战是高贵的，也相信对越南的扩大战争是愚蠢的：人们陷在齐腰深的烂泥里，然后那个大弱智还说继续前进，就像那首老歌里唱的那样。他基本上完全相信这些观念（如果它们是观念而不仅仅是鸡尾酒会上的闲谈的话），因为它们在智力的交易板上成交额很高。社会良心上升了二又三分之一点，家庭和家园下降了四分之一点但仍然是最基本的蓝筹股。后来这些都变得简单了。后来他明白了，不是因为精神不安定他才喝了太多酒，而是因为喝了太多酒他才精神不安定的。你想要抗议，想说不是那样的，或者不完全是那样的，这再容易不过了。但就是那样，完全是那样的。上帝的声音平静而细微，像飓风之中一只麻雀的声音，先知以赛亚是这么说的，我们都说谢啦。如果你大部分时间都烂醉如泥，你是很难听

① 失范，指因价值观念解体及缺乏理想等而造成的社会或个人的动荡不安现象。

② 林顿·约翰逊（Lyndon Johnson，1908—1973），一九六三年至一九六九年的美国总统。

到那么细微的声音的。卡拉汉离开美国到罗兰的世界以后，计算机革命才发明了缩略词GIGO[①]——无用输入，无用输出——但是他已经在匿名酒鬼会[②]上听到有人说过这样的话，如果你在旧金山把一个混球放上开往东海岸的飞机，那么同一个混球会在波士顿下飞机。而且他腰带下面通常还会别着四到五瓶酒。不过那是后来的事了。一九六四年的时候，他相信着他一直相信的东西，还有很多人殷切地想帮助他找到自己的路。他又从洛维尔去了俄亥俄州的斯伯弗德，德顿的某个郊区。他在那里待了五年，然后又开始心神不宁起来。因此他又开始说那些话了。在邓肯主教的书房里说过的那些话。那些让你越来越堕落的话。失范，精神疏离（这次是和他的农村教民之间的疏离）。是的，他们喜欢他（他也喜欢他们），但仍然感觉有什么地方不对劲。确实有什么东西不对劲，特别是教区边上安静的酒吧里（那里的所有人都喜欢他），还有他住所的酒柜里。除非少量饮酒，否则酒精会变成毒药，卡拉汉每晚都在给自己下毒。是他生活方式里的毒药，而不是世界或是他灵魂的状况让他堕落的。难道这不是一直很明显吗？后来（在另一次匿名酒鬼会上）他听到一个人把酒精和酒瘾比作客厅里的大象：你怎么可能绕得过去呢？卡拉汉没有告诉他答案，那时他仍然处在戒酒后的第九十天，所以他必须安静地坐在那里，不能发言（"把塞住耳朵的棉球拿出来堵住嘴，"年长的人提出了这样的建议，我们都说谢啦），但他仍然可以告诉他，确实是这样。你可以绕开大象，如果那是一只有魔力的大象的话，如果它有这个力量——就像魅影奇侠[③]一样——用乌云罩住人们的思想。让你真的相信你的问题是灵魂上和精神上的，而跟酒精一点关系都没有。仁慈的耶稣啊，单是由于酒精引起的快速眨眼和睡眠不足就足够把你弄得一团糟了，但当你喝得起劲的时候是想不到这一点的。饮酒过量会让你的思考过程变得像马戏表演一样：小丑们挤作一团从一辆小车里滚出来。清醒的时候，你回头看看，你说过的话做过的事都让自己皱眉头（"我坐在酒吧里指点江山，把国计民生的大事一肩挑，然后却怎么都找不到自己的车停在哪儿了。"会上一个朋友是这样回忆的，我们都说谢啦。）你想的那些事就更不像样了。你怎么能整个上午都在呕吐而下午的时候相信自己在经历精神危机呢？但他

---

① 这是英文 garbage in, garbage out 的首字母缩略词，为计算机术语。

② 又称 AA 会议。

③ 《魅影奇侠》（*The Shadow*），美国电影，根据同名漫画改编。

就是那样。他的上级们也是这样，可能是因为他们中的很多人也有魔力大象方面的问题。卡拉汉开始想，是不是一个更小的教堂，一个农村的教区，能让他重新恢复与上帝和他自己之间的联系。所以，在一九六九年的春天，他又来到了新英格兰。这一次是新英格兰的北部。他在缅因州的耶路撒冷这个舒适的小镇上开了一家店铺——卖包和行李箱，还有十字架和十字褡。在那里他碰到了真正的魔鬼。跟它直面相对。

他逃跑了。

2

“有一个作家过来找我，”他说，“一个叫本·米尔斯的人。”

“我想我读过他的一本书，”埃蒂说，“那本书叫做《空中之舞》。说的是一个男人因为兄弟犯下的谋杀案而被绞死的故事？”

卡拉汉点点头。“是那本书。同来的还有一个叫做马修·贝克的老师，他们都相信撒冷镇有正活动着的吸血鬼，而且是可以产生别的吸血鬼的那种。”

“还有别的种类的吸血鬼？”埃蒂问，他想起了在庄严剧院看过的上百部电影，还有在达利杂货店买的(有时是偷的)可能有上千本的连环画册。

“有的，我们一会儿再说那个，但是现在还是别管了。最重要的是，有一个男孩也相信这个。他大概和你们的杰克差不多大。他们没有办法说服我——刚开始的时候不能——但他们却已经深信不疑，要反驳他们的信念不是一件容易的事。”而且镇子上确实发生着诡异的事情，这一点是很确定的。不停的有人失踪。镇上弥漫着恐怖的气氛。现在我们坐在阳光下是很难回头描述那种气氛的，但那恐怖的气氛当然确实是可以感觉得到的。我当时不得不主持另一个男孩的葬礼。他的名字叫丹尼尔·克里克。我觉得他很可能不是镇子上被吸血鬼所害的第一个人，而且他绝对不是最后一个，但他是第一个被确认死掉的。在丹尼尔·克里克葬礼的那一天，我的人生在某种程度上改变了。我也不再讨论我一天要喝多少威士忌了。我脑袋里的某种东西改变了。我感觉到了。就像摁下了一个开关一样。尽管我已经多年未喝酒了，但那开关仍然开着。

苏珊娜想：那时你穿越隔界了，卡拉汉神父。

埃蒂想:那时你成为十九了,伙计。或者也可能是九十九。或者两者都是也说不定。

罗兰只是听着。他的脑中没有任何想法,完全是一个语音接收机器。

“那个作家,米尔斯,爱上了镇上一个叫苏珊·诺顿的姑娘。吸血鬼抓走了苏珊。我相信他那样做有一部分是因为他有能力那么做,也有一部分是为了惩罚米尔斯胆敢组织一群人——一组卡-泰特——试图找到他的行踪。我们找到了吸血鬼买下的那个地方,是个叫马斯藤之屋的老房子。住在那里的东西名叫巴洛。”

卡拉汉坐着,沉思着,目光从眼前的几个人飘到过去的日子里。终于他又开始讲了。

“巴洛已经走了,但他把姑娘留在了那里。还有一封信。那封信是给所有人的,但主要是写给我的。我刚刚看到躺在马斯藤之屋地窖里的姑娘,便明白了先前人们说的都是真的。为了确认,随行的医生检查了她的胸口,测了一下她的血压。没有心跳。血压为零。但当本把小木棍扎到她身上的时候,她活过来了。血流了出来。她尖叫着,不停地尖叫着。她的手……我还记得她的手投射在墙上的影子……”

埃蒂伸手抓住了苏珊娜的手。他们听得心惊胆战而又将信将疑。这可不是在说那辆被混乱的电脑系统控制的会说话的火车,也不是在说变成低等人的男男女女。现在讲的这件事关系到看不到的魔鬼,而这个魔鬼已经来到了他们把杰克拉到这个世界来的地方。或者是荷兰山的守门人所在的地方。

“那个巴洛在那封信里对你说了些什么?”罗兰问。

“他说,我的信仰是脆弱的,我会自己毁了自己。当然,他说的不错。在那之前我唯一相信的东西就是布什米尔酒。只不过我自己没意识到这一点罢了。酒也是吸血鬼,但往往你要遇到一个吸血鬼之后才知道另外一个也是。

“和我们在一起的那个男孩相信这个吸血鬼中的王子的下一个目标是杀他的父母,或者把他们也变成吸血鬼。为了复仇。你知道,这个男孩曾被吸血鬼抓走过,但是他逃走了,还干掉了吸血鬼的同党,一个叫斯特瑞克的人形怪物。”

罗兰点点头,他觉得这个孩子听上去越来越像杰克了。“他的名字是什么?”

"马克·派特瑞。我和他一起去了他家,还带着我能想到的教堂里可能有用的所有东西:十字架,圣袍,圣水,当然了,还有《圣经》。但是我已经开始认为那些东西不过是象征而已,那是我的致命伤。巴洛在那儿。他抓住了派特瑞的父母。然后他抓住了那孩子。我举起了十字架。它闪着光。它让巴洛受了伤。他尖叫着。"卡拉汉想起了那痛苦的尖叫声,笑了。那笑容让埃蒂的心里一凛。"我对他说如果他胆敢伤害马克,我就杀了他,在那时我是办得到的。他也知道这一点。他说在我那么做之前他就会拧断那孩子的喉咙。他也是办得到的。"

"僵局,"埃蒂咕哝着,他想起了那次在西海边上,他和罗兰也是这样对峙着,情形惊人的相似。"僵局,宝贝儿。"

"后来怎么样了?"苏珊娜说。

卡拉汉脸上的笑容消失了。他开始搓自己满是疤痕的右手,就像罗兰揉自己的臀部那样,根本没有意识到自己的动作。"吸血鬼提了一个建议。他说如果我放下十字架,他就放了那孩子。我们赤手空拳地来决斗。他的信仰对我的信仰。我同意了。上帝帮帮我,我竟然同意了。那男孩"

3

那男孩突然消失了,像一摊黑水一样突然消失了。

巴洛看上去变得比以前高大了。他的头发,本来是按照欧洲的样式全部梳到后面,现在则都飘了起来。他穿着黑色的西装,很端正地打了一条鲜红的领带,在卡拉汉看来,他与身边的黑暗浑然一体。马克·派特瑞的父母死在他的脚下,头骨都被打碎了。

"现在该你履行协议了,巫师。"

但他为什么要那样做呢?为什么不把他赶走,在这个夜晚做个了断呢?或者为什么不干脆杀了他?这个想法有什么地方不对劲,非常不对劲,但他就是找不出是哪儿不对劲。以前精神危机时曾有点作用的流行词现在帮不上任何忙。这不是失范,或是同感匮乏,也不是二十世纪的存在主义伤感;这是个吸血鬼。而且——

而且他的十字架,刚才还闪闪发光,现在已经黯淡了。

恐惧跳进了他的腹中,像一团搅在一起的滚烫金属丝。巴洛穿过派特瑞家的厨房,一步步向他走过来。清楚到卡拉汉可以看到那东西的尖牙,因为巴洛微笑着。胜利者的微笑。

卡拉汉倒退了一步。两步。突然他的屁股撞到了桌子边缘,桌子向后顶到了墙上。现在他无路可退了。

"看到一个人的信仰失败了,我也很伤心。"巴洛说,他伸出手来。

为什么他不伸出手去呢?卡拉汉手上的十字架已经完全没有光芒了。现在那不过是一块普通的石膏,是他母亲在都柏林纪念品小店里买的便宜货,很可能还把价杀得很低。十字架上的那种力量,在他双臂注入足以撞倒墙壁和击碎岩石的精神电力的那种力量,已经消失了。

巴洛一把夺过十字架。卡拉汉撕心裂肺地叫着,就好像一个孩子突然明白了大人用来吓唬他的鬼怪原来都是真的,而且一直藏在衣柜里伺机而动。他听到了一个声音,这个声音在他以后的生活中一直阴魂不散,从纽约到美国隐秘高速公路,再到让他最终清醒过来的托皮卡的匿名酒鬼会上,从那边世界的最后一站底特律一直到这边的卡拉·布林·斯特吉斯,这声音一路纠缠着他。当他的额头上留下疤痕、以为自己必死无疑的时候他会记起这个声音。他到死也忘不了那个声音。那是巴洛把十字架掰开时发出的刺耳的断裂声,还有他把那丢在地板上时发出的空洞的嘣的一声。他还记得巴洛逼近的时候自己的祈祷词是多么荒谬:上帝啊,我需要喝一杯。

4

神父看着罗兰、埃蒂和苏珊娜,他脸上的表情告诉大家他在回忆一生中最糟糕的经历。"匿名酒鬼会上你会听到各种各样的谚语和口号。每当我回忆那天晚上的事情,回忆巴洛抓住我肩膀时,我总会想起其中的一个谚语。"

"哪一个?"埃蒂问。

"向上帝祈求的时候要当心,"卡拉汉说,"因为你很可能就得到了想要的东西。"

"你得到了要喝的东西。"罗兰说。

"啊,是的,"卡拉汉说,"我喝了。"

5

巴洛的手强劲有力，无法挣脱。卡拉汉被他拽到跟前的时候突然明白了会发生什么。不是死亡。和这比起来，死亡还算仁慈的。

不，求你了不要这样，他想这样说，但是嘴里只发出一声低沉的呻吟。

“是时候了，神父。”吸血鬼在他耳边说。

他把卡拉汉的嘴贴在自己散发着恶臭的冰冷的喉咙上。这不是失范，不是社会职能不健全，也不是民族或种族问题的衍生物。只有死亡的味道，和一根张开的、颤动的、流淌着巴洛有毒的死亡之血的血管。这不是存在主义的失落，不是后现代主义对于解体的美国价值体系的哀悼，甚至也不是西方人宗教-心理方面的罪孽。只有想要维持呼吸的努力，或是把脑袋扭开的企图，或者两者都有。但他都做不到。仿佛已经过了千万年之久，他的脸颊、额头和下巴上涂满了巴洛的血，就像打仗时士兵们脸上的颜料一样。没有用。最后他像一个被酒精揪住了耳朵的酒鬼必然会做的那样：他喝了。

喝三口。没你事了。

6

“那孩子逃脱了。我知道的就只有这么多。巴洛也放我走了。杀了我他也得不到任何乐趣，对不对？是的，让我活着他才觉得有趣。

“我在镇上游游荡荡晃了一个小时，或者更长时间，那个镇子也让我觉得越来越不真实。世界上并没有多少第一类型的吸血鬼，感谢上帝。因为第一类吸血鬼能在极短的时间内把一个地方变成地狱。镇上一半的人已经感染了，但我竟然像个睁眼瞎——或者我太震惊了——根本没有意识到。没有任何一个新吸血鬼靠近我。巴洛已经在我身上打下了他的烙印，就像上帝打发该隐到诺德去之前也在他身上打下自己的印记一样。就像你们说的话，他的誓言和使命，罗兰。

“那条小巷里，斯宾塞药店的旁边有一个喷泉，那里的水可以饮用。一些年之后，公共卫生局将不再认可那样的喷泉，但是在那个时代，每个小镇都有一两个。我在那里洗掉了脸上和脖子上沾的巴洛的血。然后我去了我的教堂，圣安德鲁斯。我打定了主意要向上帝祈求再给我一次机会。神学家们认为所有圣洁和不圣洁的东西都来自我们的内心，我不向他们的上帝祈祷，而是向最初的上帝祈祷。那个向摩西宣布他不能容忍女巫活在世上并将复活的能力赐予自己的儿子的上帝。我想要的只是再给我一次机会。我愿为此付出自己的生命。

"快到圣安德鲁斯的时候，我几乎跑了起来。有三扇通向里面的门。我向中间的一扇走去。某处有一辆车的内燃机起火了，还有什么人笑了。我清楚地记得这些声音。似乎这些声音标志着我作为神圣罗马天主教堂牧师的生命已经结束了。"

"发生了什么事，亲爱的？"苏珊娜问。

"门不让我进去，"卡拉汉说，"门上有一个铁把手，我握住把手的时候，那里面喷出火来，就好像逆行的闪电一样。那火把我逼得滚下了台阶，一直到了下面的水泥路上。它给了我这个。"他举起了满是疤痕的右手。

"还有那个吗？"苏珊娜指着他的额头问。

"不，"卡拉汉说，"那是以后的事了。我爬了起来。走了一会儿。又来到了斯宾塞药店。这次我进去了。我买了绷带来包手。付钱的时候我看到了一个广告牌。骑上大灰狗。"

"他说的是灰狗公司，亲爱的，"苏珊娜告诉罗兰，"是全国性的巴士公司。"

罗兰点点头，做了个手势示意卡拉汉继续讲。

"库冈小姐告诉我下一班车是去纽约的，我就买了那趟车的票。其实哪怕她告诉我那趟车是去杰克逊威尔或是诺母或是南达科他州的热泉，我都会去的。我只是想离开那镇子。我顾不了那里有人死掉，或是遇上比死更糟糕的事，他们有些是我的朋友，有些是我的教民。我只是想离开。你能理解吗？"

"是的，"罗兰毫不犹豫地回答道，"我很理解。"

卡拉汉盯着他的脸，罗兰脸上的表情让他确认了这一点。再次开口讲话时，他的声音冷静了一些。

"罗瑞塔·库冈是镇上的一个老姑娘。我当时的样子肯定把她吓坏了，因为她问我能不能到外面去等车。我出去了。最后车终于来了。我上了车，把票给了司机。他把票一撕两半，自己留下一半，还给我一半。我坐下了。车出发了。我们在镇中央闪烁的黄色灯光下出发了，那是旅程的头一英里，把我带到这里来的旅程的头一英里。后来——可能是凌晨四点半吧，车窗外还是黑的——车停在了”

7

“哈特福德，”司机说，“哈特福德到了，老兄。我们要停下休息二十分钟。你想下车买个三明治什么的吗?”

卡拉汉用缠着绷带的手从口袋里摸出钱包，差点没抓住。他嘴里还有死亡的味道，是一种涩涩的口感，有点像烂苹果的味儿。他需要什么东西把那种味道去掉，如果没有东西能去掉那种味道，那么就要能改变那味道的东西，如果连那也没有，至少要能盖住那种味道，就像你用一块廉价的地毯盖住地板上难看的洞一样。

他拿出二十块钱给司机，说：“能替我买瓶酒吗?”

“先生，我们有规矩——”

“当然了，零钱都归你。一品脱就够。”

“我可不希望有人喝醉了在我的车上发酒疯。两个小时之后我们就到纽约了。到了那儿之后你想要什么都行。”司机试图挤出一个微笑。“那可是个逍遥城，你知道的。”

卡拉汉——他再也不是神父卡拉汉了，至少从教堂门把上喷出的火是这么回答的——又掏出十块钱。现在他把三十块钱摆到司机面前。他又一次对司机说一品脱酒就够了，而且他不要找回的零钱。司机可不是弱智，这次他接过了钱。“但是你可不准在我的车上发酒疯，”他又重申了一遍。“我不希望任何人在我车上捣乱。”

卡拉汉点了点头。不准发酒疯，这是规矩。司机下车走进一个组合式杂货店——在哈特福德边境上的那种卖酒和快餐的小店。还是漆黑的凌晨，附近的一切都笼罩在路灯黄色的灯光下。美国有一些隐秘的高速路，潜藏着的路。这个地方就位于通往一个秘密公路网络的斜坡上，卡拉汉感觉到了这一点。他从凌晨的风中感到了这一点。纸杯子和香烟盒被风吹着在柏油路上翻滚。风在广告牌和煤气罐之间穿行，呼呼的声音像是人在低语，煤气罐上写着**日落之后请先付费再加气**。他从马路对面的十几岁男孩身上感到了这一点。那男孩在四点半的凌晨坐在门廊上，双手抱着头，寂寞的样子就像一篇沉默的描写痛苦的文章。那些隐秘的高速路对外是不通行的，但它们对着他低语。“来吧，伙计，”它们说，“你在这里可以把一切都忘记，甚至自己的名字，要知道当你身上还沾着妈妈的血，还是个只会哇哇哭喊的光屁股婴儿时，那名字就开始跟着你了。人们把名字绑在你的身上，就像把一个罐头盒绑在狗尾巴上一样，难道不是吗？但是在这里，你不用拖着那个东西到处跑。来吧，到这里来吧。”但是他哪里都没去。他在等着汽车司机。很快司机就回来了，手里拿着个棕色纸袋，里面装着一品脱老木屋牌啤酒。卡拉汉很熟悉这个牌子，一品脱这玩意在这穷乡僻壤大概能卖到两美元二十五美分，也就是说司机刚才赚了差不多二十八块钱的小费，不管是他自愿给的还是迫不得已的。不坏嘛。不过这就是美国方式，对不对？付出很多，得到很少。如果老木屋真的能去掉他嘴里那可怕的味道——那味道比他的手痛还难耐——那么它还是很值三十美金的。去他妈的，如果那样，它能值一张百元大票。

“不准发酒疯，”司机说，“如果你撒野，我就把你扔到十字布朗克斯高速路的正中间。向上帝发誓我会的。”

灰狗巴士到达波特主干道之前，卡拉汉先生已经喝醉了。但是他没撒野；他只是安静地坐在位子上等着下车。他下了车，加入了荧光灯下的早晨六点钟的人流之中：吸毒的人，开出租车的人，皮鞋锃亮的小伙子，十块钱就跟你走的姑娘，打扮成女孩、五块钱就跟你走的男孩，挥舞着警棍的警察，拿着晶体管收音机的卖大麻的家伙，还有刚从新泽西来的蓝领工人。卡拉汉加入到他们的队伍中，喝醉了但还是很安静；挥舞着警棍的警察们懒得看他第二眼。波特主干道的空气里弥漫着香烟、驾驶盘和尾气的味道。进站的巴士轰轰地响着。这里每个人看上去都有一种突然如释重负的表情。在白色荧光灯冰冷的光芒下，他们看上去都像死人一样。

不对，他想，然后朝写着此处过街的牌子走去。不是死人，不对。是活死人。

8

“天，”埃蒂说，“你参加过战争吧，对不对？希腊，罗马，还有越南。”

尊者开始讲故事的时候，埃蒂曾盼着他随便讲个大概，快点讲完他们好去教堂里看看到底那里藏了个什么东西。他没想到自己会被触动，更不用说震惊了，但事实上是这样的。卡拉汉知道埃蒂以前认为没有别人能体会的东西：纸杯在人行道上滚动时的伤感，煤气罐上的话让人感到的无望和沮丧，天亮之前人们眼睛的样子。

最重要的是有些时候你不得不去承受这些。

“战争？我不知道，”卡拉汉说。然后他叹了一口气，点了点头。“是的，我想是这样的。纽约的第一天我是在电影院里度过的，第一个晚上则待在华盛顿广场公园。我看到别的无家可归的人用报纸把自己裹起来，我也照样那么做了。这里有个例子让你们看看我的生活——生活的质量和生活的方式——似乎在丹尼尔·克里克的葬礼那天就改变了。你们不能立刻就理解，但请耐心听我说。”他看了看埃蒂，微笑着。“别担心，我的孩子，我不会花一天时间讲故事的。甚至不会花上一个上午。”

“你尽管照你喜欢的方式讲下去吧。”埃蒂说。

卡拉汉笑了。“说谢啦！啊，说多谢啦！我要告诉你的是我用《每日新闻》裹着上半身，那张报纸的头条是**希特勒兄弟在皇后街袭击居民**。”

“哦，我的天啊，希特勒兄弟，”埃蒂说，“我还记得他们。一对弱智。他们痛揍……谁呢？犹太人？黑人？”

“二者都有，”卡拉汉说，“而且还要在他们额头上刻上‘卐’。他们没来得及在我额头上完成。这是件好事，因为刻完之后，他们盘算的事远不是把你打一顿那么简单。这是好几年之后我重回纽约时候的事了。”

“万字符，”罗兰说，“就是我们在河岔口附近发现的那架飞机上的标记？那架里面坐着大卫·奎克的飞机？”

“嗯——啊，”埃蒂说，他用靴子头在草地上划了一个“卐”。草几乎马上就弹起来了，但是罗兰仍然看清楚了，是的，卡拉汉额上的那个疤痕本来会是个“卐”的。如果那两兄弟完成了的话。

“那天是一九七五年十月末，”卡拉汉说，“希特勒兄弟还只是我睡觉时裹在身上的报纸头条。第二天我在纽约的大街小巷里游荡，拼命遏制自己想要喝一杯的冲动。我的身体还有一部分想要反抗而不是喝酒。我想尝试，想赎罪。与此同时，我可以感觉到巴洛的血在我体内活动着，越来越深地潜入了我的身体。整个世界散发出与往常不同的味道，而且不是什么好的转变。世界看上去也不同了，也不是看上去更好。他的味道又爬回了我的嘴里，是一种死鱼或者腐坏的葡萄酒的味道。

“我不指望得到救赎。从来没有那样想过。但不管怎么说，赎罪跟救赎并无关联，也跟天堂没有关系。赎罪是今生在这世上清洁你的良心。而且你不能喝酒。甚至在那时，我也没把自己当成酒鬼，但是我确实怀疑他是不是已经把我变成了吸血鬼。假如太阳升起烧着了我的皮肤，或者我开始盯着女士们的脖子看，那么我就是吸血鬼了。”他耸耸肩，然后笑了。“或许还有绅士们的脖子。你知道人们对于牧师的说法；他们说牧师就是一群东游西荡，把十字架在别人面前瞎晃的同性恋。”

“但你不是吸血鬼。”埃蒂说。

“连第三类都不是。不是吸血鬼，只是个不干净的东西。不属于任何群体。被放逐了。我总是闻到他的恶臭，总是看到吸血鬼才能看到的世界，在灰色和红色阴影下的世界。有好多年，红色是我唯一能看到的亮色。其他所有的东西都是一片模糊。

“我记得我当时是在找人力办公室——你知道吗，就是那种给人介绍短期体力活的公司？那些日子我还是很结实的，当然也年轻得多。

“我没有找到人力。我找到的是一个叫家园的地方。那地方位于第一大道和第四十七街，离联合国总部不远。”

罗兰、埃蒂和苏珊娜交换了一下眼神。不管家园是个什么东西，它离空地只有两街区远。只不过那时候还不是空地，埃蒂想。在一九七五年的时候还不是。在一九七五年，那里还是汤姆与格里的风味熟食店，晚会大盘是我们的特色。他突然希望杰克现在在这儿。埃蒂想如果那孩子在这儿，他很可能激动得又蹦又跳了。

“家园是什么样的商店？”罗兰问。

“家园根本不是商店。是一个收容所。酒鬼收容所。我不能肯定它是曼哈顿唯一一家，但是那样的收容所非常少。我那时对收容所并没有多少了解——只是从我任职的第一个教区稍微知道一点点——但随着时间的流逝，我知道了很多事情。我是从两端来了解这个系统的。有一段时间，我是那个早上六点钟给大家盛汤、晚上九点给大家分发毛毯的人；也有一段时间，我是喝汤、睡在毛毯下的那个人。当然了，先得接受头上有没有虱子的检查。

“如果闻到你嘴里有酒味，有些收容所根本不让你进去。而有些收容所是只要你宣布自己上次喝酒是在两个小时之前就可以了。还有一些地方——很少几家——就算你烂醉如泥也会收容你，只要他们在门口搜你的身，没收你身上藏的所有的酒就行。那之后，他们就会把你和其他醉醺醺的人关在一间房子里。就算你改变了主意，也不可能溜出去买酒；而且就算你出现幻觉，看见墙缝里爬出虫子来，你也不会吓着那些没你醉得厉害的室友。那房子里不关女人；她们被强暴的可能性太高了。这是为什么死在街上的无家可归的女人要比流浪汉多的原因之一。这是鲁普以前说的。”

“鲁普？”埃蒂问。

“我会说到他的，但不是现在，我只告诉你们他是家园戒酒政策的制定者。在家园里，他们把酒锁起来，而不是把酒鬼锁起来。如果你需要酒的话，你可以喝上一杯，但你必须承诺不发酒疯。还要再喝一杯镇静剂。这并不是医学上推荐的治疗方法——我甚至不确定这是否合法，因为鲁普和罗恩·玛格鲁德都不是医生——但这办法似乎有用。我去的那晚是清醒的，而他们刚好很忙，所以鲁普让我一起帮忙工作。头几天我一直免费为他们干活，后来罗恩把我叫到他的办公室，那间房子也就像个放清洁用品的小屋子一样大。他问我是不是个酒鬼。我说不是。他问我是不是通缉犯。我说不是。他问我是不是因为逃避某种东西而流浪。我说是的，逃避我自己。他问我是不是愿意工作，我哭了起来。他认为这就是愿意了。

“接下来的九个月中——直到一九七六年——我一直在家园工作。我铺床，在厨房里做饭，跟着鲁普，有时候也跟着罗恩去募集捐款，我带酒鬼们去家园的货车里开匿名酒鬼会，我喂他们喝酒，因为他们浑身抖得厉害，根本握不住杯子。我接管了图书室，因为我对书比玛格鲁德或鲁普或家园里的任何人都知道得更多一些。那并不是我人生中最快乐的日子，我不会夸张到那种地步，巴洛的血的味道从未在我嘴里消失过，但那是一段有尊严的日子。我并不多想。我只是埋头工作，别人交给我什么活我就干什么。我开始复原了。

“冬天的某个时候，我意识到我开始改变了。就好像我有了第六感一样。有时我听到敲钟声。可怕但又美妙的敲钟声。有时我在街上走的时候，身边的东西都变暗了，但那还是白天。我记得有时低头看看自己的影子还在不在。我本来很确定肯定没有影子，但我错了。”

罗兰的卡-泰特交换了一下眼神。

“有时还会同时闻到一股味道。难闻的味道，像洋葱混合着燃烧的金属。我开始怀疑自己是不是得了癫痫病。”

“你去看医生了吗？”罗兰问。

“没有。我很担心他会发现一些别的东西。我觉得脑瘤是最有可能的。我选择继续埋头干活。后来有一天晚上，我到时代广场去看电影。是两部克林特·伊斯特伍德的老西部片。它们曾被叫做意大利面西部片？”

“是的。”埃蒂说。

“我开始听到铃响。那种敲钟声。闻到了那股味道，比以往任何时候都要浓烈。这些都从我前面传来，向我左边飘去。我看了看左边。看到两个男人，一个年龄很大了，另一个比较年轻。他们是容易看到的，因为电影院里有四分之三的座位都是空的。那年轻人向另一个人探过身去，贴得很近。另一个人目不转睛地盯着银幕，但一只手搂着年轻人的肩膀。如果在其他时候看到这两个人，我会很确定他们在干什么。但是那晚我不敢确定。我看着他们。然后我看到了昏暗的蓝色的光。那蓝光先是围绕着年轻人，接着笼罩了他们两个。我从没有见过这样的光。它有点像敲钟声在我脑中响起时在街道上感觉的黑暗。也像那股味道。你知道那些东西不在那儿，但它们确实存在。突然之间我明白了。我并不接受这个现实——接受是以后的事了——但我明白了。那个年轻人是吸血鬼。”

他停了下来，想着怎样接着把自己的故事讲下去。怎么才能说得有条理。

“我相信这世界上存在三种吸血鬼。我把他们叫做第一类，第二类和第三类。第一类很罕见。巴洛是第一类。他们活得很久，也可能在较长的一段时间内——五十年，一百年，甚至二百年——处于熟睡的冬眠状态。他们活动的时候能够制造新的吸血鬼，就是我们叫做活死人的东西。这些活死人就是第二类。他们也能造出新的吸血鬼，但是他们并不狡猾。”他看了看埃蒂和苏珊娜。“你们看过《活死人之夜》吗？”

苏珊娜摇摇头。埃蒂则点了点头。

“那部电影里的活死人是僵尸，处于完全的脑死状态。第二类吸血鬼比僵尸强点，但也强不了多少。他们白天没法活动。如果暴露在日光下，他们的眼睛会被刺瞎，皮肤会严重烧伤，甚至会送命。尽管我也不是完全肯定，但我相信他们活不了多久。并不是因为从有生命的人类变为半死不活的僵尸使他们的寿命缩短，而是因为第二类吸血鬼的存在是极度危险的。

“在大多数情况下——我是这么认为的，但我不能肯定——第二类吸血鬼会造出另外一些第二类，在小范围内。但是这段疾病蔓延的时间内——

这确实是种疾病——第一类吸血鬼，吸血鬼之王，通常是在活动的。在撒冷镇，人们杀死过一个那样的吸血鬼，也许在整个世界上只有十来个。

“在另外的情况下，第二类吸血鬼创造第三类吸血鬼。第三类就像蚊子一样。他们不能创造新的同类，但他们要进食。进食。再进食。”

“他们会得艾滋病吗？”埃蒂问，“你知道我说的是什么吧？”

“我知道，但直到一九八三年的春天我才听到那个名词，那时我在底特律的灯塔收容所工作，而我离开美国的日子也不远了。当然了，有十年的时间我们一直知道有某种病的存在。有些文献把那叫做格雷德病——与同性恋有关的免疫能力缺陷。一九八二年的时候，有些报纸开始写关于一种叫做‘同性恋癌’的新病，而且人们推测那种病具有传染性。街上还有些人根据那病留下的斑点把那叫做性交过度病。我不认为吸血鬼会因为得那种病而死，他们会不会因此而身体虚弱都不好说。但他们会感染，而且会传染。哦，是的，我有理由相信这一点。”卡拉汉的嘴唇颤抖着，然后咬紧了。

“那个吸血魔鬼让你喝他的血时，也给了你看见这些东西的能力。”罗兰说。

“是的。”

“你能看到所有的吸血鬼，还是只有第三种？小吸血鬼？”

“只有小吸血鬼，”卡拉汉思考着，然后短促而不自然地笑了几声。“是那样的。我喜欢那样。在任何情况下，我只能看到第三类，起码从我离开耶路撒冷镇时开始就是那样。但是当然了，像巴洛那样的第一类是很少的，而第二类又活不长。他们总是饥饿而贪婪，这毁了他们。但是第三类，他们可以在日光下活动。而且他们主要靠吃食物存活，跟我们一样。”

“你那晚做了什么？”苏珊娜问，“我是说在电影院里？”

“什么都没做，”卡拉汉说，“我在纽约的全部时间——我第一次在纽约的时候——四月之前我什么都没做。你知道，我对很多事情不确定。我是说，我的心是确定的，但我的脑子拒绝相信。而且一直以来，一个最简单的事实不断地干扰着我：我是一个渴望喝酒的酒鬼。酒鬼也是吸血鬼，我身体的一部分越来越饥渴，而另一部分却拼命抵制自己的本性。所以我告诉自己，你不过是看到了两个在电影院里亲热的同性恋，仅此而已。至于剩下的事情——敲钟声，味道，年轻人身旁的蓝光——我说服自己那不过是癫痫，或者是巴洛带来的后遗症，或者两者都有。当然了，关于巴洛的想法是正确的。他的血在我体内苏醒了。我看到了。”

"不只是那样。"罗兰说。

卡拉汉转脸看着他。

"你穿越了隔界,神父。这个世界的某个东西在呼唤着你。我怀疑就是你教堂里的那个东西,但是恐怕你第一次知道它的时候它并不在教堂里。"

"是的,"卡拉汉说。他敬畏地看着罗兰。"它当时不在这儿。你是怎么知道的?告诉我,我请求。"

罗兰没有说。"接着讲吧,"他说,"接下来你遇到了什么事?"

"接下来是鲁普的事,"卡拉汉说。

9

鲁普的姓是德尔伽朵。

只有一瞬间罗兰表现出了惊奇——他的眼睛瞪大了——但埃蒂和苏珊娜太了解枪侠了,他们知道哪怕是这一瞬间惊奇的表现也是不同寻常的。与此同时,他们对这种简直不可能是巧合的巧合几乎已经习惯了,他们觉得所有的事情都是某个运转着的大齿轮上的一次转动。

鲁普·德尔伽朵三十二岁,是个自上次喝醉后五年来都只是偶尔喝上一杯的酒鬼。从一九七四年他就在家园工作了。玛格鲁德创建了那个地方,但鲁普·德尔伽朵给它注入了真正的活力,让它的活动变得有意义。白天的时候,他是第五大道广场酒店的维修工。晚上,他是收容所的工作人员。他帮助制定了家园的戒酒政策,是卡拉汉走进家园时第一个欢迎他的人。

"我第一次在纽约的时候待了一年多一点,"卡拉汉说,"但到一九七六年三月,我……"他停住了,很费劲地想往下说,但另外三个人已经从他的表情上看出了他要说什么。除了额头上那块疤以外,他的脸整个涨成了玫瑰红;相比之下,那块疤则泛着不可思议的白光。

"嗯,好吧,我猜你们要说到三月份的时候,我已经爱上了他。那让我成了一个变态吗?一个同性恋?我不知道。他们说我们牧师都是,对不对?不管怎么说,有些人是这么说的。为什么不呢?每一两个月,报纸上就会出现又一个喜欢把手伸进祭台助手袍子里的牧师的故事。至于我自己,我不认为我是个同性恋。上帝知道,对于女人漂亮的大腿我不是毫无知觉的,不管我是不是牧师，我也从来没想过要去调戏祭台助手。我和鲁普之间没有身体接触。但我爱他，不仅仅是他的思想或他对家园的奉献和理想，也不仅仅因为他选择了在穷人当中完成自己真正的使命，就像耶稣一样。他对我有身体上的吸引。”

卡拉汉又停了下来，挣扎着，然后终于说出来了：“上帝啊，他真美。真美！”

“他出什么事了？”罗兰问。

“三月末一个下雪的晚上，他进来了。收容所已经满了，人们都很躁动。刚刚还有人打了一架，我们正在收拾残局。有一个人正处于震颤性谵妄中，罗恩·玛格鲁德把他带到后面自己的办公室里，让他喝搀了威士忌的咖啡。我认为我告诉过你，在家园里没有禁闭室。那时是吃晚饭的时间，确切地说已经吃完饭半个小时了，由于天气原因，有三个志愿者没能来。收音机开着，有两个女人跳着舞。‘动物园的喂食时间，’鲁普曾这样说过。

“那时我脱掉了上衣，正要往厨房走……一个叫弗兰克·斯比奈里的伙计揪住了我的衣领……他想问问我答应给他写推荐信的事……还有一个女人，叫丽莎什么的，想要我帮忙完成匿名酒鬼会的一个程序，‘列一张单子，写出我们伤害过的人’……还有一个年轻人想要我帮忙完成一个求职申请，因为他虽然认识一些字，但没有书写能力……炉子上有什么东西烧煳了……简直是乱成一锅粥。但我喜欢这种混乱。它能把人吞没，然后推着你往前走。但是做到一半的时候，我停住了。并没有敲钟声响起，屋里的味道也只有酒鬼身上的酒气和食物的糊味……但是那蓝光却像领子一样围着鲁普的脖子。我看见他脖子上有印子。只是一些小印子。不比指甲掐的大。

“我停下了手里的活，我当时肯定是晃了几下，因为鲁普很快朝我这边走来了。然后我可以闻到那股味道，虽然很微弱：那种刺鼻的洋葱混合着烧红的金属的气味。我肯定是丢失了几秒钟，因为一下子我们俩就在存放匿名酒鬼会资料的档案室旁边的角落里了，他问我上次吃饭是什么时候。他知道我有时候会忘了吃饭。

“那股味道消失了。绕着他脖子的蓝光也消失了。被某种东西咬过的小印子也消失了。除非咬人的吸血鬼是个贪得无厌的家伙，那些痕迹总是很快就不见了的。但是我知道那是什么。问他在何时何地跟什么人在一起是毫无意义的。吸血鬼，甚至连第三类——或者很可能尤其是第三类——

是有伪装自己的办法的。池塘里的水蛭在唾液中分泌一种酶，这样它们吸血的时候，人的血液也会照样流动。那酶还可以麻醉皮肤，所以除非你亲眼看到那东西趴在你身上，否则你根本不知道有东西吸你的血。第三类吸血鬼似乎能在唾液里分泌某种让人短期选择性失忆的东西。

"我就这样不了了之了。我说我刚才只是突然有点头晕，大概是因为从冷空气里突然走到明亮而吵闹的热屋子里吧。他相信了我的话，然后说我要放轻松点。'我们可不能失去你，你太宝贵了，唐，'他说，接着他吻了我。这里。"卡拉汉用满是伤疤的右手碰了一下右脸颊。"我现在想，我刚刚说我们并没有身体接触是不对的。他吻过我一次。我现在还能清楚地记得当时的感觉。甚至连他上唇细小的胡茬带来的微微刺痛感都记得……在这里。"

"我替你觉得伤感。"苏珊娜说。

"说谢啦，亲爱的，"他说，"你知道那对我来说意味着什么吗？你知道一个人得到来自自己世界的抚慰是一种多么美好的感觉吗？就像一个被抛弃的人得到了家里的问候。或者喝了许多年无味的瓶装水之后又尝到了甘甜的泉水。"他伸出手来，双手握住了苏珊娜的手，微笑着。埃蒂觉得那笑容有些勉强，甚至有些虚伪，他突然有了一个可怕的想法。如果卡拉汉神父现在又闻到了那种洋葱和烫金属的刺鼻味道怎么办？如果他现在就看到一道蓝色的光，不是像领子一样绕着苏珊娜的脖子，而是像腰带一样绕着她的肚子怎么办？

埃蒂看看罗兰，但是并没得到任何安慰。枪侠仍然面无表情。

"他得了艾滋病，对不对？"埃蒂问，"有个同性恋吸血鬼咬了你的朋友，把病传染给他了。"

"同性恋，"卡拉汉说，"你是要告诉我那个愚蠢的词真的……"他摇着头，没往下说。

"是啊，"埃蒂说，"红袜队输了全球联赛，同志就是同性恋。"

"埃蒂！"苏珊娜说。

"嘿，"埃蒂说，"你认为做一个最后离开纽约城而且忘了关灯的人容易吗？那一点都不容易。告诉你们吧，我已经感到自己越来越落伍了。"他又转脸看着卡拉汉。"不管怎么说，事实就是那样，对不对？"

"我认为是的。你要记住，我那时知道的事情并不多，而且还在拼命否定和压制我确实知道的东西。不遗余力地，就像肯尼迪总统说过的那样。我第一次看到吸血鬼——'小吸血鬼'的时候——是在电影院里，一九七五年圣诞节过后到新年的那个星期里。”他不自然地笑了一下。“现在我回想一下，那个电影院就叫同仁影院。这难道不令人吃惊吗？”他停了一下，略带迷惑地看了看另外几个人。“不对。你们根本就不惊讶。”

“已经没有什么偶然的巧合了，宝贝，”苏珊娜说，“我们现在的生活更像查尔斯·狄更斯的小说。”

“我不明白你在说什么。”

“用不着明白，亲爱的。说下去。讲完你的故事。”

尊者花了一会工夫来找刚才断了的话茬，然后接着往下说。

“我第一次看到第三类吸血鬼是在一九七五年的十二月末。那晚距我看到鲁普脖子上有蓝光是三个月，在那期间我遇到了近十个吸血鬼。只有一个正在吸血。那是在东边的村巷里，他和另外一个人在一起。他——吸血鬼——像这样站着。”卡拉汉站起身来给他们演示，他伸出手，手掌撑着一面看不见的墙。“另一个人——受害者——站在吸血鬼撑开的两臂之间，两人面对面。他们像是在交谈。他们也像是在接吻。但是我知道——我知道——那两者都不是。

“另外一些……我在餐馆里看到过两个，他们都单独一个人吃着饭。蓝光笼罩着他们的手和脸——还涂在他们的嘴上……就像会发光的蓝莓汁一样——烤煳的洋葱味像香水一样从他们身上散发出来。”卡拉汉笑了笑。“我突然意识到我对吸血鬼的每段描述都是相似的。因为我并不仅仅是在试着描述他们，你知道，我是在试着了解他们。现在仍然试图了解。我想弄明白怎么会有这样一个另外的世界，一个隐蔽的世界，它一直与我们熟悉的世界同时存在着。”

罗兰是对的，埃蒂想，是隔界，只能是隔界。他并不知道这一点，但这是真的。这使他也成为我们中的一员了吗？也是我们的一个卡-泰特？

“我在和家园有业务关系的米兰银行看到一个吸血鬼在排队。”卡拉汉说，“那时是中午。我在存款处排队，那个女人在取款处。她浑身上下都泛着蓝光。看见我盯着她看，那女人笑了。放肆地用眼睛挑逗地瞄着我。”他停了一下。“很性感。”

“你能认出他们，是因为你身体里有吸血鬼的血，”罗兰说，“他们能认出你吗？”

“不能，”卡拉汉急促地说，“如果他们能认出我——能避开我——那我的生命就真的一文不值了。虽然他们还是逐渐认出了我，但这是后来的事了。

“我想说的是，我看到了他们。我知道他们在那儿。当我看到鲁普的时候，我知道是什么东西做的。他们也能看到那痕迹。闻到的。很可能也听到了敲钟声。被吸血鬼吸过血的人身上有某种标记，那之后更多的吸血鬼会前来，就像飞虫纷纷扑向光亮一样。或者像狗，都愿意在同一根电线杆下撒尿。

“我很确定三月的那个晚上是鲁普第一次被咬，因为我以前从来没在他周围看见蓝光……也没有见过他脖子一侧的印子，看上去就像刮胡刀的划痕一样。但是那之后不断地有吸血鬼来咬他。这和我们的工作性质有关，因为我们是和流动人口打交道的。也许他们喜欢喝带点酒精的血也说不定。谁知道呢？

“不管怎么说，是因为鲁普我才开始杀戮的。很多次中的头一次。那是在四月份……”

10

那是在四月份，空气里终于有春天的气味和感觉了。卡拉汉五点钟就来到了家园。他先是写了几张支票来付这个月的账单，接下来又准备当天的特色菜，他管这道菜叫蛤蟆饺子大杂烩。其实也就是炖牛肉，但他觉得那个不寻常的名字很有趣。

做好之后他开始洗那些大钢锅，其实他不用做那些事的（家园里从来不缺的东西也就属厨房用具了），但他一直遵从母亲的教导：离开厨房前把东西都弄干净。

他拿着一个锅走到后门，锅拿在一只手上，贴着他的臀部，他用另外一只手去拧门把。他出了门，站在院子的小径上，想把锅里的脏水倒到水沟里，但他站住了。他看到以前在东村巷曾看到过的一幕，但那时的两个人——靠墙站着的那个人，另外一个伸出手撑着墙的人——都只是模糊的影子。而现在，他借着厨房的灯光看得一清二楚。靠墙站着的人头歪到一边，脖子露着，好像已经睡着了。卡拉汉认识这个人。

是鲁普。

虽然透过开着的厨房门射过来的灯光照亮了这一片，而且卡拉汉也没有刻意不发出声响——事实上，他还在唱着洛·里德的“荒野漫步”——那两个人都没有注意到他。他们都像着了魔一样。站在鲁普面前的人看上去有五十来岁，西装革履，衣冠楚楚。那人身下的鹅卵石地上放着一只昂贵的马克·克罗斯牌手提箱。他仰着脑袋向鲁普靠过去，张开的嘴唇紧贴着鲁普的脖子右侧。那嘴下面是什么？颈静脉？颈动脉？卡拉汉记不清了，那根本就是无关紧要的。这次敲钟声没有响，但是味道却强烈得无法忍受。那股刺鼻的味道使他的眼睛淌下泪来，鼻子里流出了清鼻涕。暗淡的蓝光罩住了那两个人，卡拉汉还看到那蓝光有规律地颤动着、旋转着。这是他们在呼吸吧，他想。这是他们的呼吸，搅动了身边该死的蓝光。也就是说眼前发生的都是真的。

卡拉汉听到一种微弱的湿吻的声音。是那种你在电影里听过的情侣激情相吻，全情投入的声音。

他都不知道自己接下来想干什么。他扔下了那个钢锅，锅在水泥地上哐啷一声，锅里油乎乎的肥皂水泼了一地，但是墙边的两个人一动不动；他们还沉浸在自己的梦幻里。卡拉汉退了两步进了厨房。案板上放着一把用来剁牛肉块的切肉刀。刀刃闪闪发亮。他在刀刃上看见了自己的脸，他想，好吧，至少我不是独自一人，我的倒影还在那儿呢。然后他握住了包着橡胶的刀柄。他又重新回到了户外。他跨过了装肥皂水的锅。空气潮湿而温和。有什么地方在滴水。还有什么地方的收音机在高声唱着“今夜有人救了我的命”。空气里的水分使那边的蓝光有了光晕。纽约的四月，离卡拉汉站的地方十英尺远——他不久之前还是天主教堂的牧师——一个吸血鬼正从他的猎物身上吸血。而这个猎物则是卡拉汉爱上的人。

“你已经迷上我了，对不对，亲爱的？”埃尔顿·约翰唱着，卡拉汉上前一步，举起了切肉刀。砍下去。刀深深地陷入了吸血鬼的头里。吸血鬼的脸分开了，像张开的翅膀一样。他猛地抬起头，就像一只食肉动物突然觉察到比它更大更危险的杀手到来了。他微微弯了弯膝盖，好像要捡起地上的手提箱。然后又好像打消了这个念头。他转过身，慢慢地朝院子小径的另一端走过去，朝着埃尔顿·约翰的歌声走去，那歌声正唱着“今夜有人拯救了，有人拯救了，有人拯救了我。”切肉刀仍然插在那玩意的头上。每走一步，刀柄就前后晃一下，就像一个硬邦邦的小尾巴。卡拉汉看到一些血流了出来，但并没有像他原来设想的那样血流成河。那时候他情绪过于激动，没有时间去细想这一点，但是后来他逐渐冷静下来，开始相信那些吸血鬼体内很可能只有一点点宝贵的血液；不管是什么让他们能够活动，那肯定是比血液更不可思议的东西。最神奇的是他们的血就像煮老了的蛋黄一样凝结了。

那吸血鬼又走了一步，然后停住了。他突然倒在了地上。卡拉汉看不清那东西的脑袋了。接下来的一瞬间，吸血鬼身上的衣服好像开始解体了，不停地收缩着，贴在了小径潮湿的地面上。

卡拉汉感觉就像在梦里一样，他走向前去看看是怎么回事。鲁普·德尔伽朵仍然靠墙站着，仰着头，双眼紧闭，依旧沉浸在吸血鬼为他制造的梦境之中。他的脖子上淌着血，但只是很小的口子。

卡拉汉看着那些衣服。领带没有松开。衬衫还在西服外套的里面，而且还扎在裤子里。他知道如果他拉开裤子的拉链，肯定能看到里面的内裤。他拎起了外套的一只袖子，主要还是为了确定一下里面是空的，虽然他已经看到了。吸血鬼的手表从袖子里掉出来，带着一声脆响落在了地上，旁边还有一个东西看上去像是一只设计独特的戒指。

头发还在。牙齿还在，有些补过。带马克·克罗斯手提箱的那位先生就只剩下这些东西了。

卡拉汉捡起了地上的衣服。埃尔顿还在唱着“今夜有人救了我的命”，但也许这并不奇怪。这首歌很长，肯定是四分多钟的那种。他把手表和戒指带到了自己的手上，这只是为了暂时保管。他从鲁普身边走过，把衣服拿到里面去。鲁普还在梦中没有醒来。他脖子上的洞，刚刚还像针扎的孔，现在已经开始消失了。

厨房里奇迹般的空无一人。厨房的左边是一扇写着**储物**的门。门里面是一个小厅，两边是隔开的小储物间。为防止有人偷窃，储物间都装上了镀锌的铁丝网门，门上还加了锁。有的门里是罐头食品，有的是干货。有的是衣服。衬衣是一间，裤子是一间。连衣裙和半身裙是一间。外套又是一间。小厅的最里面是一个写着杂货的破旧大衣柜。卡拉汉摸出了吸血鬼的钱包，塞到口袋里，放到自己钱包的上面。两个钱包鼓起了一大块。他打开了衣柜门，把吸血鬼的衣服都扔了进去。这比把那套衣服分开要省事些。虽然他也想到了以后裤子里的内裤被发现时，肯定有人要发牢骚的。在家园里，穿过的内衣是不被接受的。

“我们收留的虽然都是醉鬼，”罗恩·玛格鲁德有一次这样对卡拉汉说，“但我们有自己的标准。”

现在也管不了他们的标准了。现在要考虑的是吸血鬼的头发和牙齿。他的手表,戒指,钱包……上帝啊,还有他的手提包和鞋!那些东西现在还在外面呢!

你还敢抱怨这些吗?他对自己说。那吸血鬼的百分之九十五都已经不见了,就像恐怖片最后一个镜头里的怪物一样方便地消失了,你还有什么可抱怨的呢?到现在为止上帝一直跟你在一起——我认为那是上帝——所以你不要再抱怨了。

他也确实没有抱怨。他把头发、牙齿和手提包聚到一起,踩着泥水拿到了小径的另一端,然后把它们甩过了篱笆。他想了一下,然后把手表、钱包和戒指也扔了过去。那戒指刚开始卡在了他的手指上拿不下来,他急得都要发狂了,但最后还是把它拽了下来——叮的一声掉在了篱笆那边。会有人替他处理这些东西的。这里毕竟是纽约。他又回到了鲁普身边去看那双鞋子。他想,是双好鞋,扔掉可惜了;这双宝贝儿还能穿好几年呢。他捡起鞋,用右手的头两个手指头拎着它们回到厨房。他正拿着鞋站在炉子边上,鲁普从外面走了进来。

"唐?"他说。他的声音有些发闷,就像刚刚睡醒一样。那声音听上去还有些笑意。他指着卡拉汉手指上勾着的那双鞋问。"你要把那双鞋一起炖了吗?"

"那倒有可能提提味儿。不是,我要把它们放到储藏室去,"卡拉汉说。他听上去是如此镇定,连他自己都吓了一跳。还有他的心脏!还是有规律的一分钟跳动六十至七十下。"不知是谁把它们放在后门了。你忙什么呢?"

鲁普对他笑了笑,他微笑的时候比平时还要美。"只是在那边抽了根烟,"他说,"外面太舒服了,就一直没进来。你看见我了吗?"

"事实上我看见了,"卡拉汉说,"你看上去完全沉浸在自己的世界里了,所以我不想打扰你。能帮我打开储藏室的门吗?"

鲁普打开了门。"这双鞋看上去可真不错,"他说,"是巴利牌的。这人是怎么想的,把一双巴利鞋捐给酒鬼?"

"肯定是那个人觉得这鞋不合脚吧。"卡拉汉说。这时他听到了敲钟声,那种可怕而又甜蜜的声音。他咬紧了牙关。有一瞬间周围的世界开始晃动了。现在不要,他想。哦,求你了,现在不要。

这并不是祈祷,他最近很少祈祷,但是也许有什么听到他的话了,因为敲钟声消失了。世界也停止了晃动。另一间屋子传来一个人嚷嚷着要吃晚饭的喊声。还有什么人在骂娘。又来了。他很想喝上一杯。这种渴望也一贯如此,只不过现在尤其难以遏制。他控制不住去想手中握着橡胶刀把的感觉。切肉刀的重量。刀砍下去发出的声音。那股味道又回到了他的嘴里。巴洛的死亡之血的味道。又来了,又来了。那吸血鬼在派特瑞家的厨房说了些什么来着,在他折断卡拉汉从妈妈那里得到的十字架之后?看到一个人的信仰失败了,我也很伤心。

我今晚要去参加匿名酒鬼会,他想。他用一根橡皮筋捆住那双巴利船鞋,然后把它和其他的鞋扔到一起。有时候酒鬼会有点作用。虽然他从来没有说过"我是唐,我是个酒鬼,"但那确实有用。

他转过身来,看到鲁普紧挨着他站着,不禁吓了一跳。

"别紧张,兄弟,"鲁普笑着说。他随手抓了抓脖子。那些印子还在,但明天早上就会消失的。然而,卡拉汉知道那些吸血鬼能看到某些东西。或者闻到。或者他妈的不知能怎么样。

"听我说,"他对鲁普说,"我在想,离开城市一两个星期怎么样?稍微放松一下,恢复元气。为什么不一起去呢?我们可以往北边去。钓钓鱼什么的。"

"不行,"鲁普说,"六月份之前我在酒店里都没有假期,而且这里也缺人手。但是你想去的话,我去跟罗恩说说。没问题的。"鲁普仔细打量着他。"看来你需要休几天假了。你看上去很累。而且有些神经过敏的样子。"

"别放在心上,我只是心血来潮,"卡拉汉说。他哪儿都不去。如果他留下来的话,说不定他可以保护鲁普。现在他知道了一件事。杀死吸血鬼并不比在墙上拍死一只虫子难。而且他们很好收拾。就像电视广告里说的那样,污渍一扫净。鲁普不会有事的。提着马克·克罗斯手提箱的男人模样的第三类吸血鬼好像并不会杀死自己的猎物,也不会改变他们。至少他看到的是这样,短期之内不会的。但他还是要多留心,他能做到这一点。他要像个保镖一样保护他。这也是他在耶路撒冷镇的小小赎罪。鲁普不会有事的。

11

"但他出事了,"罗兰说。他从口袋底翻出些碎烟屑仔细地卷着烟卷。

用的纸都是些发黄的脆纸，而烟叶渣看上去跟尘土差不多。

“是的，”卡拉汉说，“他出事了。罗兰，我没有卷烟的纸，但我能帮上点忙。我屋里有些南方产的上好烟叶。我不抽烟，但罗莎丽塔有时候晚上会抽上几口。”

“我以后会找你要的，说谢啦，”枪侠说，“烟叶对我来说不像咖啡那样有吸引力，但也差不多。说完你的故事吧。什么都别落下，我觉得我们应该听到所有的事情，这很重要，但——”

“我知道。时间不多了。”

“是的，”罗兰说，“时间不多了。”

“那我就长话短说吧，我的朋友感染了这种病——最终人们称这种病为艾滋？”

他看着埃蒂，后者点点头。

“好吧，”卡拉汉说，“这个名字跟其他的也差不多，尽管我第一次听到这个名字时想起了某种减肥糖。你们可能知道，这种病并不总是扩散得很快，但在我的朋友身上却像着了火的稻草一样。到了一九七六年的五月中旬，鲁普·德尔伽朵就已经病得很厉害了。脸上没有血色。大多数时间都在发烧。有时候他整晚待在厕所里呕吐。罗恩本可以不让他进厨房，但没这个必要——鲁普不让自己进去。然后那些斑开始出现了。”

“我记得人们管那叫卡波济氏肉瘤，”埃蒂说，“一种皮肤病。会毁容的。”

卡拉汉点点头。“斑点出现三个星期后，鲁普住进了纽约综合医院。七月下旬的一天晚上，我和罗恩·玛格鲁德去医院看他。在那之前我们一直告诉对方他会好起来的，会比以前看上去还好，该死的，他是那么年轻那么强壮。但是那天晚上，从踏进病房的那一刻起，我们就知道完了，没希望了。他躺在氧气棚里。胳膊上插着静脉注射管。他很痛苦。他不愿意让我们离他太近。他说，很可能会传染的。事实上，大家对那种病还不是很了解。”

“这就让那种病显得更加可怕。”苏珊娜说。

“是的，他说医生们认为这是由同性之间的性行为，或者是跟别人共用一个针头而引起的血液疾病。他反复说的一件事就是他希望我们相信，他是清白的，他没有吸毒，所有的测试都可以证明。‘从一九七〇年以后就没有了，’他不停地说着。‘一次也没有。我向上帝发誓。’我们说我们知道他是清白的。我们坐在他床的两边，他握着我们俩的手。”

卡拉汉哽咽了。他喉咙里发出格的一声响。

“我们的手……临走之前他让我们洗了手。以防万一，他说。然后他感谢我们来看他。他告诉罗恩家园是他生命里最美好的东西。而且在他看来，那确实是他的家。

“离开纽约综合医院以后，我迫切地想喝酒，这辈子没这么想过。但罗恩一直在我身边，我们俩走过了无数的酒吧。那晚我上床睡觉的时候是清醒的，但我知道我再度酗酒不过是时间问题。第一杯酒是使你喝醉的那杯酒，匿名酒鬼会上有人这么说，我的第一杯也在不远的某处了。我知道某个酒吧的侍应生正等着我进去，然后给我倒上一杯呢。

“两天之后，鲁普死了。

“葬礼上大概来了三百人，几乎所有在家园待过的人都来了。人们流了很多泪，说了很多感人的话，有些话是那些大字不识的人说的。葬礼结束之后，罗恩·玛格鲁德挽住我的手说：‘我不知道你是谁，唐，但我知道你是什么——一个绝顶的好人，也是个彻底的酒鬼，一直渴望着……有多久了？’

“我想把这事支吾过去，但又觉得太费事了。‘从去年十月以后，’我说。

“‘你现在就很想喝一杯，’他说。‘都在你脸上写着呢。所以现在我告诉你：如果你认为喝酒能让鲁普活过来，我允许你去喝。事实上，你还应该来找我，咱俩一起到**巧言石酒吧**去，把我钱包里的钱都喝光。行不行？’

“‘行。’我说。

“他说：‘如果你今天喝醉了，这是我能想得出来的对鲁普最糟糕的祭奠。简直就像往他脸上撒尿一样。’

“他是对的，我知道这一点。那天，我就像刚来纽约的第二天那样东游西荡，忍受着嘴里的味道，克制住打开酒瓶子、在公园长凳上一醉方休的诱惑。我还记得我走过了百老汇，然后是第十大道，然后又走到中央公园和第三十大道。那时天已经黑了，来来去去的车都打开了车灯。西边的天空是橘黄色和粉色的，而街上也满是这种奇异的光。

“我感到一种平静。我想：‘我会赢的。起码今晚我会赢的。’但这时敲钟声响了。比以往任何时候都响。我觉得头都要爆炸了。公园大道在我眼前摇晃着，我想，*哦，这根本就不是真实的。公园大道不是真实的，一点都不是。它是一块巨大的帆布。纽约不过是这块大帆布上画着的舞台布景，那帆布后面是什么呢？什么都没有。根本就什么都没有。只有黑暗。*

“然后周围的景物停止了摇晃。敲钟声渐渐变小了……变小了……终于完全消失了。我又开始往前走，走得很慢。就像一个如履薄冰的人。我担心的是如果我落脚重了一点的话，就会从这个世界掉出去，跌入后面的黑暗中。我知道那是胡思乱想——妈的，我那时是知道的——但有时候心里明白也没用。对不对？”

“对。”埃蒂说，他想起了和亨利一起吸海洛因的日子。

“对。”苏珊娜说。

“对。”罗兰也表示赞同，他想起了界砾口山。想起了那个掉到地上的号角。

“我走过一个街区，然后是两个，三个。我开始认为一切都会没事的。我是说，是的，我嘴里有那股可怕的味道，我可以看到第三类吸血鬼，但我可以应付得来。特别是第三类似乎无法认出我。看着他们就像是在警察局里透过单向玻璃观察审讯室里的疑犯一样。但是那晚我看到了别的东西，远比一堆吸血鬼还要糟糕。”

“你看到了真正的死人。”苏珊娜说。

卡拉汉大惊失色，他目瞪口呆地看着苏珊娜。“你……你怎么……”

“我知道，因为我自己也穿越隔界去过纽约，”苏珊娜说，“我们都去过。罗兰说那些死人要么是突然死去，根本不明白发生了什么事，要么就是拒绝接受现实。他们是……你叫他们什么，罗兰？”

“流浪的死人，”枪侠答道，“这样的死人并不多。”

“已经够多了，”卡拉汉说，“而且他们知道我在那里。公园大道上被砍得乱七八糟的人。一个没了眼睛的男人，还有一个右半边胳膊和腿都没了，浑身烧得焦黑的女人。他们俩都看着我，就好像他们认为我能……治好他们。

“我跑了起来。我肯定是跑了很长一段路，因为我差不多恢复理智的时候，我发现自己坐在了第二大道和第十九街交汇处的路沿上，头垂着，像台蒸汽机一样呼呼大喘着，上气不接下气。

“有个古怪的老头儿走过来，问我是否还好。我那时已经喘过气来了，就回答他我还好。他说如果那样的话，我最好还是走吧，因为两个街区开外有一辆纽约警局的无线电通信警车，它正往这个方向过来。那些警察肯定会赶我走，说不定还要暴揍我一顿。我盯着那老头的眼睛，对他说：‘我见过吸血鬼。还杀了一个。我还见过走路的死人。你认为我会害怕无线电警车里的两个警察吗？’

“他往后退缩。说让我别靠近他。说我看上去不像坏人，所以他想帮我个忙。还说这就是他得到的报答。‘在纽约，没有一件好事是不遭恶报的，’他说，然后就像一个撒泼耍赖的孩子一样跺着脚气哼哼地走了。

“我笑了起来。我从路沿上起来，看着我自己。衬衫敞着，裤子上沾了大块的污垢，肯定是跑的时候撞上什么脏东西了，我都记不得了。我向四周打量了一下。天意吗？我身边就是**美国人酒吧**。后来我发现纽约有好几家**美国人酒吧**，但当时我认为那酒吧是为了我而专门从第四十街跑过来的。我进去了，坐在吧台角落的凳子上。招待过来的时候，我说：‘你为我准备好酒了吧。’

“‘是吗，伙计？’他说。

“‘是啊，’我说。

“‘那好吧，’他说，‘你告诉我是什么酒，我给你拿过来。’

“‘是布什米尔酒，既然去年十月你就准备好了，为什么不加上利息给我双份呢？’”

埃蒂皱皱眉头。“这可不是好主意，老兄。”

“那时我可觉得这是有史以来人想出的最好的主意。我会忘了鲁普，也不会再看见走路的死人，也许连吸血鬼也看不见了……那些蚊子，我后来一直这么叫他们。

“八点的时候我已经喝醉了。到九点的时候我已醉得不轻。十点的时候，我又像从前一样烂醉如泥了。我隐隐约约记得好像是那招待把我扔出来的。记得稍微清楚一点的是，我第二天早上在公园里醒来，身上裹满了报纸。”

“又回到起点了。”苏珊娜咕哝着。

“是啊，女士，又回到起点了，你说得对，我说谢啦。我坐了起来，觉得头要裂成两半了。我用两腿夹着脑袋，它并没有爆炸，我又抬起头来。离我大概二十码远的长凳上坐了一个头上裹着方巾的老太太，一个貌不惊人的普通老太太，她正从一个纸袋里掏出果仁来喂松鼠。只不过她脸颊上和额头上爬满了蓝光，她呼吸的时候，那蓝光就在她的嘴里进进出出。她也是他们中间的一个。一只蚊子。走路的死人不见了，但我仍然可以看见第三类。

“对这事的合理反应就是再次喝醉，但我遇到了一个小问题：我没钱。很显然有人趁我躺在报纸毯子下面熟睡的时候掏空了我的口袋，还真是干净利落。”卡拉汉笑着说。但那事并没有什么好笑的。

“那天我还真找到了人力公司。第二天也找到了，第三天也是。然后我又喝醉了。这成了我那个夏天的习惯：清醒地工作三天，一般都是在建筑工地上推手推车，或是帮搬迁的公司抬箱子，然后我喝一夜的酒，用第二天来恢复。然后又开始新的一轮。星期天不算在内。那个夏天我在纽约的生活就是那样的。好像我到任何地方都能听到埃尔顿·约翰的那首歌，‘今夜有人救了我的命’。我不知道是不是因为那个夏天这首歌特别流行。我只知道我到处都能听到它。有一次我替卡威搬家公司工作了五天。他们管自己叫装配兄弟。那是我七月份最清醒的几天。第五天负责的人过来问我愿不愿意全职为这个公司工作。

“‘我不能，’我说，‘短期劳务合同明令禁止务工人员和其他公司建立超过一个月的稳定劳务关系。’

“‘哦，操他妈的，’他说，‘所有人都痛恨那狗屎合同。你怎么想呢，唐尼？你是个好小伙。我觉得你能做的不仅仅是往卡车上搬家具。你愿意今晚再考虑一下吗？’

“我考虑了，顺其自然的，思考又导致了喝酒，那个夏天总是这样。酒鬼们总是这样的。我还记得当时我坐在帝国大厦对面的小酒吧里，听着自动唱机里传来的埃尔顿·约翰的歌声。‘你已经迷住了我，对不对，亲爱的？’又开始工作的时候，我找了一家新的短期劳务公司，一家从来没听过那操他妈的装配兄弟的公司。”

卡拉汉说操他妈的这个词的时候总是带着某种绝望的愤怒，脏话已经变成语言上最后一个避风港的人总是这个样子。

“你喝酒，你游荡，你工作，”罗兰说，“但在那个夏天，你起码还有一样别的事要做，对不对？”

“对。过了一段时间我才开始做那件事。我看见了好几个——公园里喂松鼠的女人只不过是第一个——但他们什么都没做。我是说，我知道他们是什么，但要冷血地杀掉他们也不是件容易事。后来，一天晚上，我在巴特利公园看到一只吸血鬼在吸血。我随身带着一把折叠刀。他正进食的时候，我抄到他身后捅了他四刀：腰上一刀，肋骨中间一刀，背上一刀，脖子上一刀。最后一刀我用了全力。刀从脖子的另一侧穿出，那东西的喉结挂在刀上，就像烤肉串上的一块肉。那一刀发出了筋肉撕裂的声音。”

虽然卡拉汉听上去似乎若无其事，但他的脸已经面无人色了。

“家园后面的院子里发生的事再度重演了——那人立刻就消失了，只剩下衣服。我料到会这样，但总是要再次亲眼看到才敢确定。”

“一个夏天不可能就这一次。”苏珊娜说。

卡拉汉点点头。“受害者是一个大约十五岁的男孩，看上去像是波多黎哥人或是多米尼亚人。他脚边放着一台收音机。我记不得放的是什么歌了，所以那很可能不是‘今夜有人救了我的命’。五分钟过去了。我刚准备在他鼻子下面打个响指或拍拍他的脸蛋，他眨了眨眼，晃了一下，摇了摇头，醒过来了。他见我站在面前，第一个反应就是去抓他的收音机。他把收音机像抱小孩一样抱在胸前，说：‘你想要什么，老兄？’我说我不想要什么，任何东西都不要，我也不会伤害他或是捉弄他，我只是很好奇他脚下为什么摊着一堆衣服。那孩子看了看脚下，便弯下腰开始去翻衣服口袋。我想他可找到事做了——足够他忙活一阵了——所以我就走开了。这是第二个。第三个更容易一些。第四个还要更容易。八月底的时候，我已经杀了六个了。第六个就是我在米兰银行碰到过的那个女人。世界真小，不是吗？

“我经常到第一大道和四十七街那边去，站在路对面看着家园。有时我傍晚去那里，看着醉鬼们和流浪汉去那里吃饭。有时罗恩会出来，跟人们谈谈话。他不抽烟，但口袋里总是装着几包烟，他会把烟全发给来吃饭的人。我并没有刻意在他面前躲闪，但我不觉得他认出了我。”

“很可能你的变化太大了。”埃蒂说。

卡拉汉点点头。“我的头发一直留到肩膀，而且开始变灰了。还留着胡子。当然了，我对服装也不讲究了。我身上一半的衣服都是我杀的吸血鬼穿过的。有一个吸血鬼是个骑自行车的快递员，他有一双上好的机车靴。不是巴利船鞋，但也几乎是新的，而且是我的号码。这双鞋很耐穿。我现在还留着它。”他朝屋子那边点点头。“但是我不认为那是他认不出我的原因。罗恩是专门跟酒鬼、吸毒者和流浪汉打交道的，他已经看惯了那些人身上发生的巨大变化，而且通常都是越变越差的。他已经习惯了辨认那些满脸淤青满身尘土的家伙们是谁。我认为更有可能的是我已经变成了你们所说的流浪的死人，罗兰。全世界都看不到我。但是我认为那些人——以前的那些人——肯定是紧紧固定在纽约的。”

“他们从来都走不远，”罗兰表示赞同。他的烟抽完了；干巴巴的纸和烟末随着两阵青烟在他的手指间消失了。“鬼总出没在同一栋房子里。”

“当然了，那些可怜的家伙。但我想离开。每天太阳升起的时间都提前一点点。每天我都感觉到那些道路的召唤，那些隐藏着的高速公路的召唤也在一点点变得更强烈。这种召唤可能只是一种迷信的地理疗法，我相信我已经提过了。认为换个地方事情就会好起来的，或是自我毁灭的冲动就会消失，这种想法完全是不合逻辑的，但仍然很诱人。这种召唤无疑也是一种希望，也就是说到了另一个地方，一个更广阔的地方，就用不着对付吸血鬼或是走路的死人了。但是更主要的，这种召唤是另外一些东西。嗯……很重要的东西。”卡拉汉笑了笑，但这笑容不过是扯动着嘴唇露了一下牙龈而已。“有什么东西开始追杀我了。”

“吸血鬼。”埃蒂说。

“嗯——是的……”卡拉汉咬着嘴唇，然后更肯定地重复了一遍。“是的。但不仅仅是吸血鬼。即使在听上去最符合逻辑的时候，这答案也不是完全正确的。最起码我知道不是那些死人；虽然他们能看到我，但他们根本不在乎我，除了有些死人可能希望我能修好他们或是结束他们的苦难。可是，就像我告诉你们的那样，第三类吸血鬼看不到我——反正看不到我是那个杀吸血鬼的人。而且他们的注意力也只能维持很短的时间，就好像他们也同样感染了那些受害者的失忆症似的。

“我第一次意识到自己有麻烦了是在杀掉银行里的女人后不久的一天晚上，当时我在华盛顿广场公园里。那个公园是我的常去之地，尽管上帝知道我不是唯一一个。夏天的时候那里几乎是个常规露天宿舍。那里甚至还有我最喜欢的长椅，尽管我不是每晚都能睡到上面去……也不是每晚都到那里去。

“那天晚上——天气闷热，雷声隆隆——我大概八点钟到的那里。我在棕色的袋子里装了一瓶酒和一本埃兹拉·庞德的《诗篇》。我向常去的长椅走去。旁边的椅子背面，我看到用颜料喷出的一幅涂鸦。上面写着**他到这里来了。他有一只烧伤的手。**”

“哦，我的上帝啊。”苏珊娜说，情不自禁地把手放在了喉咙上。

“我马上离开了公园，睡在了二十个街区开外的一条巷子里。我确信不疑自己就是那幅涂鸦说的人。两天之后的晚上，我在法律街上的酒吧外的人行道上看到了另一幅，我常去那家酒吧喝酒，有时钱富余一点的话还会吃个三明治。那一幅是用粉笔写的，已经被行人的脚蹭得一团模糊了，但我还是能认得出来。写的是同样的东西：**他到这里来了。他有一只烧伤的手。**这条消息周围还画着各种星星，好像写这几个字的人确实有心好好修饰一番似的。一个街区以外，在禁止停车的牌子上，用颜料喷着另一条信息：**现**

在他的头发差不多全白了。第二天早上，一辆公共汽车的一侧写着：**他的名字可能是卡林伍德**。那之后大概过了两三天，我在常去的地方发现了很多寻找丢失宠物的海报——尼德公园，中央公园，法律街上的城市之光酒吧，格林尼治村的一些乡村歌曲和诗歌俱乐部。”

“宠物海报，”埃蒂思索着。“要知道这从某个角度来说是很聪明的。”

“海报都是一样的，”卡拉汉说。“**看到我们的爱尔兰塞特猎犬了吗？他是个愚蠢的老家伙，但我们都爱他**。**右前爪被火烧过**。**叫他凯利、卡林斯，或卡林伍德的时候会答应**。**如果发现，必有重谢**。后面还画了一长串的美元符号。”

“这些海报是给谁看的呢？”苏珊娜问。

卡拉汉耸耸肩。“我也没把握。可能是给吸血鬼吧。”

埃蒂疲倦地搓着脸。“好吧，我们来想一想。我们碰上的有第三类吸血鬼……流浪的死人……现在又来了第三批人。这些人到处张贴和宠物没有关系的宠物海报，还在建筑物和人行道上涂鸦。他们是谁？”

“低等人，”卡拉汉说，“有时他们这样称呼自己，而且里面也有女人。有时候他们把自己称为保镖。他们中很多人都穿着长袍……但不是所有人。他们中很多人手上都有蓝色的棺材文身……但也不是所有人。”

“灵柩猎手，罗兰。”埃蒂小声说。

罗兰点点头但一直盯着卡拉汉。“让他说，埃蒂。”

“他们是什么——他们的真实身份是什么——他们是血王的士兵。”卡拉汉说，然后在身上划了个十字。

12

埃蒂吃了一惊。苏珊娜把手放到肚子上，开始轻轻地摩挲。罗兰发现自己想起了他们最终摆脱布莱因之后穿过盖奇公园的那段路程。动物园里的死动物。混乱的玫瑰园。旋转木马和玩具火车。然后是那条金属路，通往被埃蒂、苏珊娜和杰克称为收费公路的更宽的金属路。那里有一块牌子，上面写着**留神不速之客**。另一块潦草地画着一只眼睛的牌子上写着**血王万岁！**

“看来你们也听说过那位先生。”卡拉汉声音干涩地说。

“这样说吧，他也在我们能看到的地方留下了他的标志。”苏珊娜说。

卡拉汉朝雷劈的方向点点头。“如果你们到了那边，”他说，“你们将看到的就远不止几面墙上喷着的几幅涂鸦了。”

“你呢？”埃蒂问，“你当时怎么做的？”

“首先，我坐下来好好考虑了一下当时的状况。我意识到，不管在外人看来这想法有多么疯狂和病态，我确实被跟踪了，而且还不一定是被第三类吸血鬼。虽然我也意识到，到处留字和张贴宠物海报的人是不会不好意思动用吸血鬼来对付我的。

“请记住，当时我完全不知道那群神秘人是谁。还在耶路撒冷镇的时候，巴洛搬进了那栋发生过可怕事件据说一直闹鬼的房子。那个作家，米尔斯，说邪恶的房子会吸引邪恶的人。我在纽约又想起了那句话，那是我脑子最清醒的时候。我开始想我是不是又吸引了一个吸血鬼之王，另一个第一类吸血鬼，就像马斯藤之屋吸引了巴洛一样。不管那想法是正确还是错误（后来证明那是错的），我还是很高兴发现自己灌满酒精的脑子还能做一些逻辑思考。

“我需要决定的第一件事是继续留在纽约还是到别处去。我知道如果我不走的话，他们会抓到我的，而且很可能比我想象中还要快。他们知道我大概什么样子，而这个则是很难弄错的标志。”卡拉汉举起了那只烧伤的手。“他们几乎已经知道了我的名字；过上一两个星期肯定就能拿到完全正确的名字。他们可以去我常去的商店，那里留下了我的味道。他们能找到和我谈过话、喝过酒、一起玩过跳棋和克里比奇牌的人。还有在人力和壮小伙劳务公司里一起工作过的人。

“这让我想到了另一个地方，就算喝了这么几个月的酒，我也应该早些想到的地方。我意识到他们会找到罗恩·玛格鲁德和家园，还有那里认识我的许多人。做兼职的工人，志愿者，一些在那里住过的人。见鬼，我在那里待了九个月，足有几百人在那里住过。

“最主要的是，那些路诱惑着我。”卡拉汉看着埃蒂和苏珊娜。“你们知道吗？哈得逊河上面，通往新泽西的方向有一座人行桥。事实上，那座桥处在乔治·华盛顿桥的阴影下，是一座厚木板桥，桥的一边有一些木质的饮水槽可供牛马喝水。”

埃蒂笑了起来，那笑声就好像有人在挠他脚心的痒痒。“对不起，神父，那怎么可能呢？我这辈子去过乔治·华盛顿桥足有五百次了。亨利和我以前常去岩壁公园。那里根本没有木板桥。”

“但那里确实有，”卡拉汉冷静地说，“我敢说，早在十九世纪早期就有那座桥了，尽管后来也修缮了好几次。事实上，桥中央立了一块牌子，上面写着**二百年修缮，由拉莫科实业一九七五年完成**。我看到机器人安迪的时候才想起了这个名字。根据它前胸的那块牌子来看，那个公司就是它的制造者。”

“我们以前也见过那个名字，”埃蒂说，“在刺德城见过。但那里它被称为拉莫科铸造。”

“很可能是同一公司的不同分支。”苏珊娜说。

罗兰一言不发，只是右手仅剩的两个手指不耐烦地转了一下：抓紧时间，抓紧时间。

“它就在那里，但不容易看到，”卡拉汉说，“它是隐蔽的。这只是那些秘密道路中的第一条。那些路像蛛网一样从纽约向四面八方延伸着。”

“隔界的收费公路，”埃蒂嘀咕着，“想想这个概念吧。”

“我不知道这说法对不对，”卡拉汉说，“我只知道随后的几年漂泊中我看到了很多不寻常的东西，而且我还遇到了很多好人。把他们叫做正常人或普通人好像有点侮辱他们，但他们恰恰就是这两类人。毫无疑问，对我来说，他们赋予了正常和普通这样的词某种高贵的涵义。

“离开纽约之前，我还想再看一眼罗恩·玛格鲁德。我想让他知道，也许我已经在鲁普的脸上撒尿了——我又酗酒了，这没什么好说的——但我并没有脱掉裤子堕落到底。我词拙嘴笨，其实我想说我并没有完全放弃。而且我不想像被手电筒的光照着的兔子那样低着头，把脸藏在腿里。”

卡拉汉又开始哭了起来。他用衬衫的袖子擦了擦眼睛。“而且，我想向某个人道别，也听他向我道别。毕竟，我们说出的再见和听到的再见都告诉我们，我们还活着。我想要拥抱他，把鲁普给我的吻给他。再加上那句话：你太宝贵了，我们不能失去你。我——”

卡拉汉住了嘴，因为他看到罗莎丽塔急匆匆地从草地那边过来，她的裙子在脚踝处抖动着。她交给他一片石板，上面用粉笔写着一些字。埃蒂一时间仿佛看到了上面写着用星星和月亮的图案装饰着的消息：**寻狗！一只前爪断了的流浪狗！叫他罗兰的时候会答应！脾气暴躁，爱咬人，但不管怎么样我们都爱他！**他知道这想法很疯狂。

“是从艾森哈特那儿来的消息，”卡拉汉抬起头说，“如果说欧沃霍瑟是这一地区的大农夫，伊本·图克是这一片的大商人，那么你们就要称沃恩·

艾森哈特为这里的大牧场主了。他说,他,斯莱特曼父子俩,还有你们的杰克今天中午会到安详女神堂跟我们会合,如果你们方便的话。他的字太潦草,很难认,但我认为他想让你们一路上参观农庄、小农户和牧场,然后到罗金B去过夜。你们觉得怎么样?”

“有个问题,”罗兰说,“我希望出发之前能够拿到地图。”

卡拉汉想了一下,然后看着罗莎丽塔。埃蒂认定那个女人不仅仅是个管家。她已经走出一段路,听不到他们的谈话了,但还没回到房子里。就好像一个优秀的执行秘书,他想。尊者甚至都不用向她做手势;只是看了她一眼,她便上前来了。他们交谈了几句,然后罗莎丽塔又走了。

“我认为我们可以在教堂的草地吃午饭,”卡拉汉说,“那边有一棵很大的铁树可以提供树荫。我可以肯定吃完饭之前特弗利家的双胞胎就能把地图画好了。”

罗兰点点头,满意了。

卡拉汉皱着眉站起来,手扶着后腰,活动了一下。“现在我有东西想让你看。”他说。

“你还没讲完你的故事呢。”苏珊娜说。

“是的,”卡拉汉说,“但时间已经不多了。我可以一边走一边讲,如果你们可以一边走一边听的话。”

“我们做得到,”罗兰说着站起身来。还有点疼,但不厉害。罗莎丽塔的猫油还是值得一书的。“走之前请告诉我两件事。”

“只要我知道,枪侠,我将知无不言。”

“写那些信息的人:你在旅途中见过他们吗?”

卡拉汉慢慢地点点头。“是的,枪侠,我见过。”他看着埃蒂和苏珊娜。“你们见过人的彩照没有——曝光太强的时候——里面所有人的眼睛都是红的?”

“见过。”埃蒂说。

“他们的眼睛就是那样。血红的眼睛。第二个问题是什么,罗兰?”

“他们是狼吗,神父?那些低等人?那些血王的士兵?他们是狼吗?”

卡拉汉回答之前犹豫了半天。“我也说不准,”他终于开口说,“不能百分之百肯定。但我认为不是。但是他们肯定也是绑架者,尽管他们抢走的不只是孩子。”他又琢磨了一会儿刚才说过的话。“可能是某种狼。”他又犹豫了,想了一会儿,最后说:“是的,是一种狼。”

第四章

听神父继续讲述（隐藏的时空高速公路）

1

从教区住宅的后院到我们的安详女神堂的前门只有一段很短的距离，步行不过五分钟。这么短的时间显然不够让尊者把他那些经历都讲完，也就是，他在发现萨克拉曼多峰给他的新启示，从而在一九八一年回到纽约之前，在外流浪的那些年的经历。但是，那三位枪侠还是把整个故事都听完了。罗兰怀疑苏珊娜和埃蒂像他一样，明白这意味着什么：当他们从卡拉·布林·斯特吉斯——他们一直认为不会死在那儿——出发前的这一路上，唐纳德·卡拉汉很可能一路跟随着他们。这不仅仅是讲故事，而是楷覆，也就是共享生命。并且，撇开直觉不谈，那是另外一回事，能分享楷覆的，只有那些宿命交织在一起，同甘共苦的人，卡-泰特就是一群这样的人。

卡拉汉说："你们知不知道人们怎么说：'我们不再是在堪萨斯州了，彻底地？'"

"亲爱的，是的，我们对这句话有点说不清道不明的共鸣。"苏珊娜干巴巴地说。

"是吗？嗯，我只要看着你们，就知道的确如此。也许将来某一天，你们会给我讲你们的故事，我有一种预感，你们的故事肯定会让我的这些经历相形见绌。不管怎样，当我来到脚桥末端时，我便明白，我再也不是在堪萨斯州了。并且，我似乎也没有走到新泽西州。最起码，不是我所期望的那个，在哈得逊另一边的新泽西州。有一份皱巴巴的报纸靠在"

2

在桥的末端——这座桥看起来完全被废弃了，只有卡拉汉一个人站在上面，尽管在他左侧的吊桥上，许多车辆来来往往，川流不息。——卡拉汉弯下腰拾起它，他那黑白相间的披肩长发被吹过桥面的风拂动着。

只有一张叠着的报纸，报纸头版上方写着“里布鲁克纪实”，卡拉汉从没听说过里布鲁克，他也没理由知道这个，他对新泽西的情况并不是了如指掌，并且自从去年到了曼哈顿，他就再也没去过那儿。但他一直认为，那个在石膏墙板另一边的镇子是**李堡垒**。

接着他的思维便被那些标题占据了，在最顶上的那条看上去很像那么回事，它写的是：**迈阿密州的种族冲突已经缓和**。纽约的报纸近几天总是充斥着这样的麻烦事。但是，这个标题又该怎么解释呢：**哈肯萨克市的提内克风筝大战战火继燃**。这个标题下还配了一幅图片：一栋大楼着了火，几个消防员开着救火车赶到现场，可他们脸上居然挂着笑容！还有这个标题，又该怎么解释呢：**安德鲁总统支持NASA**[①]**的外星环境地球化梦想**。最底下的那几个用古斯拉夫语写的题目，又该如何解释呢？

我这是怎么了？卡拉汉问自己。在对付那些吸血鬼和行尸走肉的过程中——甚至在那些明摆着是指向他的寻找宠物启事被贴出来的时候——他从未怀疑过自己的心智是否健全。而如今，站在这座跨过哈得逊的破旧（但却至关重要！）脚桥靠近新泽西的那一端上——这座脚桥除他之外无人问津——他终于开始怀疑这一点。光是认为斯拜罗·安德鲁还是美国总统这一条就足以让人怀疑自己的神志是否清楚，因为早在许多年前安德鲁就已经不光彩地下台了，甚至比他老板下台还早。

我这是怎么了？他想着，但是如果他真的是个语无伦次的疯子，胡思乱想着这一切，那他就不会想知道自己到底怎么了。

“扔了吧。”他说着把“里布鲁克纪实”没看完的那四版扔到脚桥的栏杆外。报纸被微风吹着，向乔治·华盛顿桥飘去。那儿才是现实，他想，就在那边，那些小汽车，卡车，还有那些像“彼得·潘”一样的出租公共汽车。然而，他接着看见了一辆红色汽车，那辆飞驶的车的轮胎面似乎是圆形的，在车身上方——它和一辆中型校车差不多大——一个深红色的柱形物转动着，一面写着班迪，另一面写着布鲁克斯，班迪·布鲁克斯，或者，布鲁克斯·班迪。班迪·布鲁克斯是什么鬼东西？他一点儿也不知道。他以前从未见过这样一辆车，以前也不可能相信这样的车——上帝啊，看看那些圆形的轮胎面——会被允许开到一条公用高速公路上来。

① NASA，美国国家航空航天局。

看来乔治·华盛顿桥也不一定属于现实世界，或者，它曾经属于，现在不一定了。

卡拉汉突然感到一阵眩晕，他觉得脚下站不稳，身体难以平衡，于是抓住脚桥的栏杆，把身体紧紧压在上面。栏杆的木头被太阳晒得暖烘烘的，摸上去很真实，上面还刻着数不清的名字缩写和话语，它们交织在一起。卡拉汉看到了DK爱MB，外面还圈着一颗心，还有弗雷迪&海伦娜=真爱，他还看见被纳粹十字号围着的一行字：杀了所有孬种和黑鬼，他寻思被诅咒的人也许根本看不懂上面的称呼说的是自己。无论是表达爱情的话语还是表达仇恨的话语，每一条都像他心脏的每一下跳动，像他牛仔裤右边前袋里的硬币的重量那样真实，他深深吸了一口气，直到把柴油燃烧出的刺鼻气味也吸了进去，这也是真实的。

我知道，这一切都发生在我身上，他想着，我可不是在哪家精神病院的九号病房里，我就是我，我在这儿，我甚至都是清醒的。缅因州的耶路撒冷镇，以及那里那些不安分的死人也都一样。在我面前的是沉甸甸的美国，以及一切可能发生的事情。

这个想法使得他精神振奋起来，接着，他又有了另一个想法，这让他的情绪更为高涨：也许世上本来就不止有一个美国，而是有十几个……或者一千个……或者一百万个美国。如果那边那个镇子叫里布鲁克而不是堡垒李，那说不定还有另一个版本的新泽西州，在那儿，哈得逊另一边的那个镇子的名字还可以是李曼，或者雷曼，或者断崖李，或者栅栏李，或者雷格霍恩村。也许在哈得逊的那边不止有四十二个联合州，而是有四千二百个，或四万两千个州，它们统统堆积在偶然性的轴线上。

他凭直觉认为，这个想法基本上是符合实际的。他曾在许多个，也许是无穷个样子的世界中蹒跚前行，每一个都是美国，而每个之间又互不相同。他可以看到，这些世界之间有高速公路把它们相互连接起来。

他快步走到脚桥靠近里布鲁克的那一端，接着又停了下来。如果我找不到回去的路怎么办？他想，如果我迷路了，再也回不到现在这个美国，而去了一个乔治·华盛顿桥的西面不是堡垒李镇，总统也不是杰拉尔德·福特（人们拥护他！）的美国，那该怎么办？

接着他便想：如果我能回来呢？那他妈的又怎么样呢？

当他走下桥，走向新泽西时，他咧嘴笑着，自打他那天在耶路撒冷空地镇，给丹尼尔·格里克主持完葬礼以后，他就再也没有感到像现在这样轻松。这时，两个男孩拿着鱼竿向他走来。"你们当中有没有谁愿意对我来到新泽西表示一下欢迎？"他问那两个孩子，脸上的笑容更灿烂了。

"欢迎你来新泽西，先生。"其中的一个孩子很乐意地说道。但是，他们俩都睁大眼睛小心翼翼地盯着他看了一会儿，不过这并没有妨碍他那轻松无比的心情。此刻，他觉得自己就像一个在晴朗的日子里刚从昏暗、阴郁的牢房里放出来的犯人。他开始加快脚步，一次也没有回头，甚至没有回头再看一眼曼哈顿的天际线，向它告个别。他为什么要回头看？曼哈顿已经是过去了。而他前面的那无数个美国，才是他的将来。

卡拉汉来到了里布鲁克，他没有听到钟声，但过一会儿，就会有钟声响起，吸血鬼也会出现。过一会儿，会有更多的讯息写在人行道上，喷在砖墙上（同样，也不全是关于他的讯息）。过一会儿，他将看到眼睛像枪火一样红的低等人，他们会开着令人讨厌的红色卡迪拉克、绿色林肯和紫色的奔驰私家车，不过，他今天见不到他们，今天，在重建的脚桥西边的美国，是个阳光普照的好天气。

在主街道上，他在一家里布鲁克家常餐馆前停下了脚步，那家餐馆的窗户上贴着一张告示：**招募快餐厨师**。唐·卡拉汉在神学院的大部分日子吃的都是快餐，在他曼哈顿的家里，做的是同样的东西，只是更多。他想，这个里布鲁克的家常餐馆正是适合他的地方，事实证明，他是对的，虽然他试了三次，才把以前那手绝活——用一只手把两个鸡蛋打到烤盘里——成功地表演出来。之后，餐馆的老板，一个叫迪克·鲁德巴切的大酒鬼，问卡拉汉身体是否有任何疾病——他管它们叫"小毛病"——并且在得到卡拉汉否定的答复后，点了头，同意聘用他。他没有要求卡拉汉做任何读读写写的工作，远不像办理社会保障号码要求的那样。这次，卡拉汉打算不靠文化知识养活自己，如果他能做到的话。

"还有一件事。"迪克·鲁德巴切说道，卡拉汉等着他说出反悔的话，事实上，不管老板要说什么，他都能坦然面对。但是，迪克·鲁德巴切只是说了句："你看起来会喝酒。"

卡拉汉向他坦言，在喝酒方面，自己是多么的出名。

"我也一样，"迪克·鲁德巴切说道，"干我们这一行的，只有喝上两口，才能保持那该死的清醒。你以后进店门的时候，我会避开你那满嘴酒气的……如果你能准时来店里的话。假如你有两次不准时来，那你爱去哪就去哪儿，这话我不会说第二遍的。"

卡拉汉在这家家常餐馆做了三个礼拜快餐，在这期间，他住在离餐馆两个街区远的日落汽车旅馆。只不过，那家餐馆有时不叫里布鲁克家常餐馆，那家旅馆有时也不叫日落旅馆。第四天早晨，卡拉汉醒来以后，发现自己住的地方变成了日出旅馆，里布鲁克家常餐馆的招牌也变成了堡垒李家常餐馆。坐在柜台边的人们已经把里布鲁克地区抛在脑后，这个地方已经变成了美利坚李堡垒地区。即便是发现杰拉尔德·福特已经重新上任，卡拉汉还是没有缓过劲来。

鲁德巴切付给他第一个礼拜工资的时候——那时那地方叫堡垒李——五十美元钞票上印的是格兰特将军的头像，二十元上印的是杰克逊的头像，老板装在信封里递给他的那张十美元上印的是汉密尔顿，而当他领取第二个礼拜的工资时——那是在里布鲁克——五十元钞票上印的则是亚伯拉罕·林肯的头像，十元钞票上的是一个叫恰德伯恩的人，不过二十元上边还是安德鲁·杰克逊的头像，这让卡拉汉心里多少舒服了一点儿。在汽车旅馆里，当镇子叫里布鲁克时，卡拉汉床上的床单是粉红色，而当镇子叫堡垒李时，床单则是橘黄色。这一点提供了不少方便，他早上只要一睁开眼，就能知道自己是在哪个版本的新泽西州。

他喝醉过两次，第二次是在餐馆打烊以后，那天迪克·鲁德巴切和他一起喝了起来，他们俩一杯接一杯地对饮，“这儿曾经是个很棒的地方，”里布鲁克的那个迪克·鲁德巴切伤感地说。让卡拉汉感到十分高兴的是，有些东西始终未随时空的变化发生改变，纵然时光交错，本质的哀怨感伤仍然未泯。

但是，随着日子一天天过去，他投在地上的影子变得越来越长。有一次，他（在第一个版本的新泽西）看见三只吸血鬼正在里布鲁克双子电影院门口排队买票，于是，他在之后的一天向老板递交了辞呈。

“如果我没记错，你告诉过我你什么（病）都没有。”鲁德巴切对卡拉汉说。

“什么？”

“你有很严重的脚痒症，我的朋友。这毛病常常和另一样东西联系在一起。”鲁德巴切举起他那双被洗碗水泡红的手，做了一个开酒瓶的动作，“如果一个男人在年纪大的时候患上脚痒症，那就无法治愈了。告诉你吧，我要不是因为妻子依然年轻漂亮，三个孩子还在上大学，我早就打上一个包袱和你一同上路了。”

“是吗?”卡拉汉饶有兴致地问。

“九月份和十月份是最按捺不住的时候,”鲁德巴切心驰神往地说,“你简直能听到它在召唤你,就像鸟儿听见的那样,然后,你就出发了。”

“它?”

鲁德巴切看了他一眼,那眼神似乎在说别傻了,“对于鸟儿来说,这个它就是天空,对于我们这群人来说,它就是路。我说的是他妈的路的召唤声。像我这样的,孩子还在上学,妻子仍然不只在周六晚上想干那事,就只能把收音机开大点声,把那些召唤声挤出去。而你不会这样。”他停了停,精明地看着卡拉汉,“想在这儿多干一个礼拜吗?我给你涨二十五元钱工资,你做的基督山真他妈的好吃。”

卡拉汉考虑了一下,接着摇摇头。如果真像鲁德巴切说的那样,外面只有一条路,那他也许会愿意再干上一个星期……接着再干一个星期……再一个星期。但是,外面不只有一条路,那些隐藏起来的,连接各个时空的高速公路,它们都在那儿,这时他想起了他三年级时的一篇读物,名字就叫:**四通八达的路**,他不由哈哈大笑起来。

“什么东西这么好笑?”鲁德巴切酸溜溜地问。

“没什么,”卡拉汉说,“也可以说,什么都好笑。”他拍拍他老板的肩膀:“你是个好人,迪克,下次我要是回到这儿,我会进来坐坐的。”

“你不会回到这里了。”迪克·鲁德巴切说。当然,他说得对。

3

“我有五年是在路上度过的,不算零头的话。”他们快要走到他的教堂时,卡拉汉说,从某种意义上说,他对于他那些经历的描述只有这一句话。但是,他们听到的远不止这些。在这之后,他们发现杰克在和艾森哈特以及几个斯莱特曼家的人去镇里的一路上,也听说了一些神父的经历。这并没有让他们感到吃惊,毕竟,杰克的直觉最强烈。

在路上度过了五年,就这些。

其余的,你知道是什么吗:玫瑰已经丧失的成千个世界。

4

若忽略细小的误差，他在路上大概度过了五年，只不过，那些路远不止一条，在合适的条件下，那样的五年可以等同于永远。

在穿过特拉华州的71号路上，有苹果可供采摘，他遇到一个叫拉尔斯的小男孩，他的收音机坏了。卡拉汉帮他修好了收音机，于是小男孩的母亲给卡拉汉装了一顿美味丰盛的午饭，让他带在路上吃，那些食物分量很大，似乎可以吃上好几天。在穿过肯塔基州郊区的317号路上，卡拉汉找了一份掘墓的工作，和他一块儿干活的有一个叫皮特·皮塔奇的人，这家伙整天唠叨个没完。还有个十七岁左右的漂亮姑娘来看他们，她总是坐在一道石墙上，周围纷纷扬扬地洒满黄色的落叶，皮特·皮塔奇曾经想过，用他们身上穿的灯芯绒裤子绑住那两条修长的大腿，再把它们圈在自己的脖子上，会是怎样一种滋味，就像进到未成年少女的身体里。皮特·皮塔奇没看见她身上发出的蓝光，当然，他也没看见不久之后，她的衣服是怎样像羽毛一样飘落在地上。那次，卡拉汉坐在她身旁，当她把手放在他腿上向上摩挲，并把嘴唇贴上他的喉部时，他把她拉了过来，然后准确无误地把刀插入了她那个突出的骨节，那柄刀穿过神经，一直刺进她脖子后的软骨里。这样的刀法，他那时已经掌握得很不错了。

在穿过西弗吉尼亚的19号路上，他遇到一场灰尘弥漫的比赛，目的是为了找出一个可以修好车辆、饲养动物的人。"反过来说也行，"演艺团的老板格雷·查姆说："你知道，饲养车辆，修理动物，怎么说都行。"因为一场病菌感染的缘故，演艺团眼下缺少人手(他们正向南边行进，打算在冬天之前到达那里)，于是，卡拉汉得以发现自己也能耍通灵、超感觉之类的把戏，并且精彩得出人意料。他第一次见到他们时的场面也像通灵一样，这个"他们"指的不是吸血鬼，也不是游魂野鬼，而是那些脸色苍白的高个子，他们总是戴着旧式的带帽檐的帽子，或者新式的，帽檐特长的棒球帽，来遮住他们那双充满戒备的眼睛。那些眼睛在帽檐投下的阴影中发出暗红色的光芒，就像手电筒照射下，潜伏在你家垃圾桶周围的浣熊或臭鼬的眼睛一样。他们看见他了吗？吸血鬼(最起码第三种)是没有看见他的，而那些死魂灵看见他了。这些总爱把手插在黄色长外套的兜里，板着一张脸，不停往帽檐外窥视的高个子呢？他们有没有看见他？卡拉汉对这一点不确定，他也不想碰运气。于是三天之后，在密西西比那个叫雅组城的镇里，他挂起了他那顶黑色的尖顶魔术帽，把他那件油腻腻的工装裤扔在吊车车斗的地板上，在一点也不介意自己的薪水泡汤的情况下，让查姆的那场旅行表演砸了锅。在出镇子的路上，他看到了几张那种寻找宠物的启事，它们都被钉在电话柱上。下面是典型的一张：

寻物！暹罗猫，2 岁

我们叫她鲁塔

她有些爱吵闹，但是个有趣的小家伙

重金酬谢

$ $ $ $ $ $

知情者请拨打 764，在听到“呲”声后，报出您的电话号码

愿上帝保佑帮助我们的人

鲁塔是谁？卡拉汉不知道。他只知道她是个**爱吵闹，但十分有趣**的家伙。低等人抓住她的时候，她还能吵闹得起来吗？还能有趣得起来吗？

卡拉汉很怀疑。

但他还有自己的问题需要解决，所以他现在唯一能做的就是祈求上帝——虽然他已经不完全相信上帝——不要让那些穿着黄外套的人抓住她。

那天晚一些时候，卡拉汉在 3 号路旁拦车，那条路在伊萨奎纳县，炮铜色的天空异常炎热，一点儿也不像十二月接近圣诞节的天气，正在那时，钟声又响了起来，他感觉大脑被钟声充斥着，耳膜几乎要被震破，大脑皮层上似乎出现了无数个小小的血珠。钟声渐渐消退的时候，一种可怕的预感揪住了他的心：他们就要来了。那些长着红眼睛，戴着大帽子，穿着黄色外套的人就要来了。

卡拉汉像个越狱的逃犯一样逃离了路边，然后像超人一样，轻轻一跃，便跨过了浮渣池壕沟。沟那边是一道树桩做的旧篱笆，上面爬满了野葛，还有些看起来像是有毒的漆树的植物，卡拉汉可顾不上那东西有没有毒，他翻过篱笆，滚进了一片长草和牛蒡草中，接着，他透过那片植物中的一个小洞，朝高速公路上窥视着。

有那么一阵路上什么也没有，接着，他看见了一辆红白相间的卡迪拉克由雅组城的方向开出，在 3 号路上笨重地行驶着。在这里可没那么容易，卡拉汉面前那个窥视孔也很小，但他还是把车上的人看得清清楚楚，清楚得不可思议：车上共有三个人，其中两个看上去像是穿着黄色长大衣的低等人，另外一个好像穿着飞行夹克。三个人都抽着烟，把那辆卡迪拉克弄得乌烟瘴气。

他们会看见我会听到我的动静会感觉到我在这儿，卡拉汉在心里暗暗叫苦，同时，他在试图否定这种慌张的可恶念头，想把它从脑子里拽出去。他强迫自己想着埃尔顿·约翰的一首歌——“有人救了我，有人救了我，有人今晚救了我的命……”这个方法似乎挺管用。可是当他觉得那辆卡迪拉克正在减速时，他还是被吓坏了，那一刻他的心跳都似乎停止了——那一瞬间他都想到了他们追着他跑过这片杂草丛生的荒野，直到他跌倒，被他们拖进一个废弃的马棚或牲口棚里的一幕幕场景——接着，他看见那辆车咆哮着翻过下一座山，朝纳什兹开去——也许是往那儿开，也有可能他们是要去科皮阿。卡拉汉在草丛里又多待了十分钟，正如鲁普所说的那样，“必须确认他们不是在耍花样，伙计。”但是，他心里清楚，在这儿多待一会儿只不过是做做样子，他们不是在耍花样，而是实实在在地错过了他，怎么会这样？为什么会这样？

答案慢慢在他心里浮现出来——这最起码可以解释一下上面的问题，而且，他敢肯定这就是正确答案，不然，他甘愿受诅咒：他们之所以会没有发现他，是因为当他滚到那些纠结的野葛和漆树后面，往外张望的同时，也进入了另一个时空的美国，也许那和现在这个时空只有一些细微的差别——打个比方，一个是林肯在五元钱上，华盛顿在一元钱上，另一个正好相反——但这些差别足矣，可以说是刚好让他逃过一劫。这很好，因为这帮人可不像那些死魂灵一样，都是些大脑萎缩的家伙，他们也不像吸血鬼那样看不见他，这种人，无论他们是谁，都是最最危险的。

终于，卡拉汉回到了路上，最后，一个戴着草帽，穿着工作裤的黑人开着一辆破旧的福特车来到他跟前，他看上去特别像三十年代电影里的黑人农夫，卡拉汉甚至觉得他会不时地拍着膝盖大笑着喊上一句“是的！老板！我真是个傻瓜！”不过，那人根本不像他想的那样，相反，他开始和他聊起了他每天听的国家公共电台的一档节目所推行的政策。卡拉汉在阴暗小树林下车时，那人给了他五美元，还送了他一顶棒球帽。

“我有钱。”卡拉汉说着要把那五美元还给他。

“对于一个在外逃亡的人来说，再多的钱也不够。”那黑人说道，“别告诉我你不是在逃亡，别侮辱我的智慧。”

“谢谢你。”卡拉汉说。

“这没什么，”黑人说，“你要去哪儿？大概方位？”

“我一点儿主意也没有，”卡拉汉说着笑了，“关于大概方位。”

5

卡拉汉在佛罗里达摘过橙子，在新奥尔良扫过大街，在得克萨斯的鲁弗金，他在马棚里扫过马粪，在亚利桑那州的凤凰城，他在街角发过房地产宣传册。他做着各种支付现金工资的工作，观察着钞票上不停变化的头像，注意着报纸上的人名，他在报纸上看到过吉米·卡特当选总统的消息，也看到过欧内斯特·“弗利兹”·赫陵兹和罗纳德·里根当选的消息，还有乔治·布什当选的消息，还有杰拉尔德·福特决定二度竞选，并再次当选的消息。其实，报纸上的人名（那些出现在报纸上的人名不停变幻着，其中有许多卡拉汉从未听说过的人）不是什么要紧的事，钞票上的头像也不是重要的事，真正重要的，是他所看到的，天气风向标伫立在粉红色晚霞里的那幅景象，是他独自走在犹他州的一条小道上时留下的脚步声，是新墨西哥州沙漠上的风声，是俄勒冈州弗瑟的那辆抛锚的雪佛兰汽车旁的那条儿童跳绳。真正重要的，是内华达州的俄勒克西边，50号高速公路旁的输电线发出的哀鸣。他有时清醒有时喝醉，有一次他躺在一个废弃的马棚里——那个地方就在加利福尼亚和内华达州的交界处——一直喝了四天的酒。接着他时断时续地吐了七个小时，头一个小时里，他不停地猛烈呕吐着，以至于他开始担心自己是不是要死了，接下来，他又难受得巴不得死掉。等这一切过去之后，他发誓这辈子再也不喝了，他终于吸取教训了。可是，才过一个礼拜，他又开始喝起来，那天，在雇他洗盘子的那家餐馆后面，他一边喝着酒一边盯着天上那些怪异的星星。他就像一只被困在圈套里的动物，不过他不在乎。有时候，会有吸血鬼出现，他有时会把他们杀了，不过大部分时候，他不杀他们，因为他怕引起别人的注意——怕引起那些低等人的注意。有时候他会问自己，他觉得自己在做些什么，他要到什么鬼地方去，而这样的问题常常会逼得他到处找酒喝，因为他的确是无处可去，他只是顺着那些隐藏的高速公路，把某个圈套拉在身后，不停地行走，他只是听从着那些道路的呼唤，从一条路走到另一条上。无论他是不是陷身圈套，他时而还觉得挺快乐，有时他带着自己的镣铐,像大海那样唱歌。他还想看看下一个风向标站在满天晚霞里的模样,还想再看到某位已经不在人世的农夫那块荒废已久的北边田头那个即将坍塌的地窖。他还想看看路上那种轰鸣着的大卡车,侧面写着托诺巴沙砾或阿斯普隆德重大工程。他在流浪者的天堂里,迷失在美国分裂的人格中。他渴望听到峡谷里的风声,同时明白自己是唯一一个听到这声音的人,他想大声叫喊,听听那回声的余波荡漾。当他嘴里巴洛的血腥味太浓时,他就去找酒喝。当然,当他看到那些寻宠物启事,看到人行道上的粉笔字时,他就想继续前行。在西边他很少见到这些东西,即使见到了,上面也没有写他的名字或有关他的描述。他一次次地看到吸血鬼在他周围游荡——每天都要吸我们的血——不过他由他们去,毕竟,他们只不过是一群蚊子似的动物。

一九八一年春季的某一天,他发现自己正躺在一辆卡车后面,向萨克拉曼多行进,这也许是世上最古老的国际收获者卡车,它这会儿还没驶出加利福尼亚。他和大约三十几个非法墨西哥移民挤在一起,旁边还有几瓶(墨西哥)麦斯卡尔酒、龙舌兰酒、几个罐子和几瓶葡萄酒,车上所有人都醉得不省人事,而卡拉汉是所有人当中醉得最厉害的一个。和他一起搭车的这些人的名字,几年以后像发高烧时说的胡话一样在他脑海里浮现:埃斯克巴……埃斯特拉达……扎夫尔……埃斯特班……罗沙里奥……艾彻瓦利阿……卡沃拉。这些是他以后会在卡拉遇到的人吗?抑或只是他幻想出来的在车上和他一起畅饮的人物?说到这个问题,他不免想到,他自己的名字又有什么含义呢?他的名字和那个他终将留守的镇子的名字是如此的接近:卡拉,卡拉汉,卡拉,卡拉汉。有时,当他躺在家里的床上,准备进入梦乡时,这两个名字就会像《**小黑混血儿**》里的老虎一样,在他脑子里互相追逐。

有时他会想起一句诗,(他认为)那是阿奇博尔德·麦克利什[①]的《留传不朽的使徒书》中的一句,大概是这个意思:“**那不是上帝的声音,那只是雷声**。”原文并不是这样写的,但他只能想起这些,**不是上帝的声音,只是雷声**,这会不会只是他一厢情愿的想法呢?有多少次,上帝就这样被否认了?

---

① 阿奇博尔德·麦克利什(Archibald MacLeish,1892—1982),美国诗人,曾任美国国会图书馆馆长(1939—1944年)和助理国务卿(1944—1945年)。以其作品《征服者》(1932年),《1917—1952诗选》(1952年)和诗剧《J. B.》(1958年)而获普利策奖。

不管怎样，这些都是后话了。那天，当卡拉汉坐着卡车进入萨克拉曼多时，他喝得酩酊大醉，并且欢天喜地的，他脑子里再也没有那些扰人的问题。一直到了第二天，他那股高兴劲儿都还没完全退去，他在城里四处晃悠，并且很轻松地找到了一份工作。工作似乎到处都是，就像暴风雨过后果园里掉落了一地的苹果一样，当然，前提是你不怕脏，不怕被开水烫着，不怕手被斧头柄或铲子把儿磨出水泡，毕竟他在路上的这些年里，从来没有谁让他干过股票经纪人之类的工作。

他在萨克拉曼多找到的这份工作，是在一家叫瞌睡约翰的整体床架床垫商店做卸货工，瞌睡约翰正在准备一年一次的床垫大甩卖，整个上午，卡拉汉和另外五个卸货工都在搬着那些男式、女式和双人床垫。不过，和他以前干过的一些日间工作相比，这种活儿只是小菜一碟。

中午，卡拉汉和装卸工们一起坐在卸货码头边吃饭。就他所能记得的，这些装卸工里没有一个是和他一起乘国际收获者来这儿的墨西哥人，不过他也不能肯定，毕竟在车上时他醉得一塌糊涂。他唯一能确定的就是，他又一次成为在场的唯一的白人。他们都吃着从马路那端的疯狂玛丽餐馆买来的辣味墨西哥菜，旁边的一排柳条箱子上，放着一个脏兮兮的老式扬声器，正播放着伦巴舞曲。两个年轻人跳起了探戈，于是其他人——包括卡拉汉在内——把午饭放在一边，给他们鼓起掌来。

一个穿着衬衫和裙子的年轻女人走了出来，她不满地盯了一会儿那两个跳舞的男人，接着，把目光转移到卡拉汉身上："你是英国人，对吗？"她说。

"我一直都是。"卡拉汉说。

"那么你也许会喜欢这个，显然，这个对他们没什么用处。"她递给他一张报纸——萨克拉曼多蜂报——接着她又看着那两个正跳舞的墨西哥人。"这些家伙们！"她说，那语气似乎在说：你能怎么样呢？

卡拉汉想要站起身，往她那不会跳舞的英国小屁股上踹上一脚，但现在已经是中午，要是他丢了现在这工作，那今天剩下的时间肯定不够让他再找一份。并且，如果他那么做，就算他不会被关进卡拉波左，他今天的薪水也肯定会泡汤。于是，他决定就在她转过去的背上打一下。然后在那些工人们的鼓掌声中哈哈大笑。那女人用怀疑的眼神看了看他，转身回去了。卡拉汉咧嘴笑着打开那张报纸，可是，当他翻到**国家简讯**那一页时，脸上的笑容立刻消失了。在一则关于佛蒙特州铁路运输详情的新闻和一则关于密苏里州银行抢劫案的新闻之间，他看到了这个：

屡获殊荣的“马路天使”情况危急

纽约(美联社) 美国最负盛名的流浪儿、酒徒及吸毒者收容所所有者兼主管罗恩·R.玛格鲁德先生被人称“希特勒兄弟”的歹徒袭击以后，现在正处于危急状况之中。希特勒兄弟在纽约的五个区已经有八年的作案史，据警方透露，他们一共实施了三十多起袭击案件，并造成了两人死亡。和其他袭击目标不同的是，玛格鲁德既不是黑人也不是犹太人。事发之后，有人在离他一九六八年创立的那家收容所不远的一个门口发现了他，当时，他额上有希特勒兄弟的标志：纳粹用的卍字记号，身上也有多处刺伤。

玛格鲁德的收容所在一九七七年因为特蕾莎修女的拜访而在全国名声大噪，特蕾莎修女当时和他们一起做饭，还和受保护者们一同祷告。一九八〇年，这位被东部地区人们称为“马路天使”的先生，被纽约市长埃德·科什提名为曼哈顿年度风云人物，并成为该年的某期《新闻周刊》封面故事中的男主角。

一位熟知玛格鲁德病情的医生透露，玛格鲁德脱离危险的可能性“不超过百分之三十”。他说，罪犯不仅仅给玛格鲁德刻上了记号，并且刺瞎了他的双眼。“我自认为是个仁慈的人，”他说，“可我还是认为，做出此等凶残之事的罪犯应当被处死。”

卡拉汉把文章重新读了一遍，他在想报纸上的这个到底是“他的”那个罗恩·玛格鲁德，还是另有其人——一个来自另一个世界的玛格鲁德，比如，他们的钞票上印的是一个叫恰德伯恩的人。他凭某种感觉，几乎可以认定这个人就是他认识的那个玛格鲁德，并且，他认为自己看到这则消息是一件注定的事。他现在当然是在他所认为的“真实世界”里，这一点不仅可以根据他钱包里那一小叠钞票看出来，同时也是一种感觉，一种气氛，还是一种现实。如果真是这样(他知道事情就是这样)，那么他在高速公路上耗费的这些时间里，错过了多少事情啊。特蕾莎修女都来拜访过了！并且帮他们舀了汤！该死，就卡拉汉所知道的来看，她煮的可能是一大锅蛤蟆和饺子！很可能，那个食谱就在那儿，用胶带粘在灶边。他还获了奖！还上了新闻周刊的封面！他很恼怒自己居然没有看到这些，不过，一个要么跟随演艺团到处颠簸，给他们修理疯狂车辆，或者在俄克拉荷马州爱恩德市的竞技场后的牛栏里清理牛粪的人是不大可能定期阅读最新的杂志的。

他应该感到羞愧，可他竟然一直浑然不觉，这更让他感到深深的惭愧。直到裘安·卡斯蒂洛对他说：“你怎么哭了，唐尼?”他还没有意识到自己是多么的羞愧。

“我哭了吗？”他问道，并用手拭了拭眼下，是的，他是真的在哭。但是直到这时，他还不知道自己流下的是羞愧的眼泪，他觉得那是震惊的泪水，可能，震惊是原因之一。“对，我想我是哭了。”

“你要去哪儿？”裘安接着问，“午饭时间差不多要结束了，伙计。”

“我得走了，”卡拉汉说，“我要回东部去。”

“你现在走的话，他们不会付给你工钱的。”

“我知道，”卡拉汉说，“没关系。”

这真是一句谎言，没有什么东西可以是“没关系”的。

没有什么东西是这样。

6

“我把两张百元大钞缝在背包底部的里子里，”卡拉汉说。此时，在明媚的阳光下，他们正坐在教堂门口的台阶上。“我买了一张回纽约的机票，这主要是为了快点到达——当然是这样——不过那真的不是唯一的原因，还有一个原因是：我必须躲开那些隐藏着的高速公路。”他朝埃蒂微微点点头，“那些时空高速公路和酒一样，很容易使人上瘾。”

“比酒还厉害。”罗兰说，他看见三个人影向他们走来：是罗莎丽塔领着塔维利家的双胞胎，弗兰克和弗兰西妮。小女孩手里拿着一张纸，把它毕恭毕敬地举在胸前，那神情几乎有点滑稽。“四处漫游是世界上最容易让人成瘾的毒品，我觉得。每一条隐藏的路都会把你引上更多条这样的路。”

“你说得对，我说谢啦。”卡拉汉答道。他看起来有些阴郁和悲伤，还有一些——罗兰觉得——一些迷惘。

“神父，我们很愿意接着听你的那些经历。但是请你把剩下的部分留到傍晚再讲，或者，如果我们那时还没回来的话，就留到明天傍晚讲吧。我们的小朋友杰克很快就要来了——”

“你能感觉到，对吗？”卡拉汉颇感兴趣地问，不过对于这一点，他并不怀疑。

“是的。”苏珊娜说。

“我想在他来之前，看看那里边是什么，”罗兰说，“关于你是怎么得到它的，这也是你要讲的故事的一部分吧？”

“是的，”卡拉汉说，“我想，那是我所讲的故事的重点所在。”

“——而且你必须等到适当的时候才能讲。现在你所讲的，是所有的事情都堆叠在了一起。”

“那其中是有方法的，”卡拉汉说，“一连好几个月——有时甚至是几年，就像我试图解释给你们听的那样——时间几乎是不存在的，所有事情都同时出现了。”

“你说得千真万确，”罗兰说，“和我一块上前去看看那对双胞胎，埃蒂。我确定，那个小姑娘正盯着你看呢。”

“她可以尽情地看，”苏珊娜好脾气地说，“光看看的话，可以免费。罗兰，如果你不介意的话，我想就坐在这些台阶上晒太阳。我好久没有骑马了，并且，我可以毫不避讳地告诉你们，我被马鞍磨痛了。没有腿就意味着什么事情也不能尝试。”

“怎么样都行。”罗兰说，但他的本意并不是这样，埃蒂也知道这一点。枪侠希望苏珊娜这会儿能够坐在原地不动，埃蒂只能期盼苏珊娜不会有同样的感觉。

他们朝罗莎丽塔和孩子们走去时，罗兰压低声音，快速地对埃蒂说：“我打算独自和他到教堂里去，你要知道，我并不认为你们俩都不能靠近那里面的东西，如果是黑十三在里面——我想很可能就是它——那么她最好不要靠近。”

“你是说，她现在身体状况很脆弱，罗兰，我还以为假如苏希流产的话，那几乎是你所希望的事情呢。”

罗兰说：“我担心的不是流产，而是**黑十三**会让她体内的东西变得更强大，”他又顿了顿，“孩子或者孩子的主人，两者都有可能。”

“你是说米阿。”

“是的，就是她。”接着他给塔维利家的那对孩子送上一个微笑，弗兰西妮也收起聚焦在埃蒂身上的瓦数，勉勉强强地冲罗兰笑了一下，算是回礼。

“如果你们愿意的话，我想看看你们的作品。”罗兰说。

弗兰克·塔维利说：“但愿我们做得还行。可能我们做得不好。我们很害怕，你知道吗？太太给我们的这张纸太好了，我们很害怕。”

“我们先是在地上画了一遍，”弗兰西妮说，“然后用炭笔在上面轻轻地描，最后一个步骤是弗兰克做的，我的手抖得太厉害了。”

“你们不用害怕。”罗兰说。埃蒂走近了几步，站在罗兰身后看着，那张地图奇迹般地详细，中间是镇子的集会厅和公用区域，那条巨河德瓦提特则流淌在地图的左边，埃蒂觉得这张图就像油印的一样，就像在美国任何一家官方供应的地图商店都能成批买的那种地图一样。

“孩子们，这真是太棒了。”埃蒂说，有那么一阵，他觉得弗兰西妮·塔维利听了这话都要晕过去了。

“是的，”罗兰说，“你们帮了个大忙。现在，我要做一件也许在你们看来是亵渎的事情。你们知道亵渎是什么意思吗？”

“知道，”弗兰克说，“我们是基督徒。‘不得将上帝之名或上帝之子耶稣之名用于恐吓，谩骂之言语。’亵渎也是一种对美好的事物加以毁坏的行为。”

他的语气很严肃，但是从他那饶有兴趣的神色上看，他还是很想看看这些从外部世界来的人将做出什么样的亵渎行为。他妹妹也一样。

罗兰折起了那张纸——尽管他们技艺超群，但那张纸他们几乎连碰都不敢碰——他将它对折了起来。孩子们惊讶得屏住了气，罗莎丽塔也不例外，只不过没有发出像孩子们那么大的声音。

“这么做并不是对它的亵渎，因为它现在已经不仅仅是一张纸，”罗兰说，“它已经变成了一样工具，我们必须保管好工具，你们明白吗？”

“是的。”他们答道，可还是将信将疑的。直到看见罗兰小心翼翼地把那张叠好的地图放进钱包里，他们才对他刚才的话多了一些信心。

“谢谢，非常感谢。”罗兰说。他左手牵起弗兰西妮，残缺的右手牵起弗兰克，“你们的手和眼睛也许可以挽救许多人的生命。”

弗兰西妮哭了起来，弗兰克强忍着哭泣，直到脸上挤出笑容，接着，他再也控制不住眼泪，只得任凭它们顺着他那张长着雀斑的脸奔涌而下。

7

走回教堂台阶时，埃蒂说：“真是一对好孩子，有天赋的孩子。”

罗兰点点头。

“你忍心看到他们中的一个从雷劈回来以后，变成整天淌着口水的弱智儿吗？”

罗兰没有回答,他对于一切都预见得太清楚了。

8

苏珊娜服从了罗兰的决定,她和埃蒂顺从地待在教堂外面,枪侠发觉自己想起了苏珊娜进入空地时的不情愿。他在想是不是她体内的一部分和他害怕着同一样东西,如果真是这样,那么战斗——她的战斗——就已经打响了。

“我什么时候才能进去把你拽出来?”埃蒂问。

“我们什么时候才能进去把你拽出来?”苏珊娜更正道。

罗兰想了想。这个问题问得好。罗兰看了看卡拉汉,他站在最高一级的台阶上,身穿蓝色牛仔裤和条纹衬衫,衬衫袖子被捋到了胳膊肘上方,他交叉着双臂,罗兰看到了他前臂上结实的肌肉。

老家伙耸耸肩:“它总是睡觉。应该不会有什么问题的,不过——”他抽出一只粗糙的手,指着罗兰屁股上的枪,“最好把它解了,没准儿他睡觉时还睁着一只眼睛。”

罗兰解开枪带的扣子,把它递给别着另一把枪的埃蒂,接着他又解下钱包递给苏珊娜。“五分钟就出来,”他说,“如果遇到麻烦,我应该能叫的。”他没有再加上那句“也有可能叫不出来。”

“那时候杰克应该到了。”埃蒂说。

“如果他们来了,把他们拦在外面。”罗兰叮嘱他。

“艾森哈特和斯莱特曼不会想要进来的。”卡拉汉说,“他们崇拜的是欧丽莎,稻米女神。”他扮了个鬼脸,以表明他对稻米女神和其余那些卡拉镇的二等神明的态度。

“那我们走吧。”罗兰说。

9

这种带有随着一种宗教信仰而产生的浓厚迷信色彩的恐惧感,罗兰·德鄯已经很久没有过了,也许,自从孩提时代起就没有过。但是,从卡拉汉神父打开他那普通的木头教堂的大门，并且扶着它，示意罗兰先进门的那一刻起，恐惧感就骤然笼罩下来。

一进门便是个大厅，地上铺着已经退色的地毯。在大厅的另一侧，有两扇开着的门，门那边又是一个相当大的厅，厅里两边都摆着长凳，地板上放着跪垫，厅的最前端是一个高出地面一些的台子，也就是罗兰所认为的诵经台，台子被一盆盆白色的花朵包围着，它们散发出的阵阵清香在教堂里凝固的空气中弥漫开来。墙上是一扇扇狭窄的窗户，在诵经台后面那面远远的墙上，挂着一个硬木做的十字架。

他能听见这位老伙计的秘密宝物，不过不是用耳朵听，而是用骨头。他听见一种低沉的、持续不断的嗡嗡声。就像玫瑰一样，那种嗡嗡声传递着一股力量感，但是，在其他方面，这个东西和玫瑰就不一样了。这嗡嗡的声音诉说着一种巨大的空虚感，就像他们在隔界纽约那真实的表象下感觉到的空虚一样，那是一种可以发出声音的空虚感。

是的，就是它把我们带到，他想，把我们带到了纽约——就卡拉汉的讲述来看，那应该是许多个纽约中的一个——但它可以把我们带到任何时候的任何地方。它能把我们带走……或者，带我们远走高飞。

他想起了在那些骨头旁，他和沃特的那次闲聊得出的结论，那时，他已经到了隔界，他现在明白那是怎么一回事了。他还感觉自己正在不断变大，不断膨胀，直到比地球，比星星，比整个宇宙本身还要大。这股力量就在此处，在这个房间里，并且让他感到十分恐惧。

上帝保佑它是睡着的，他想，但是这个想法很快便被另一个更让人沮丧的想法代替了：他们迟早是要把它叫醒的。他们迟早要靠它，在他们需要的时候，把他们带回纽约去。

门边的架子上放了一碗水，卡拉汉伸出手指在里面蘸了蘸，然后在身上划了个十字。

"你现在可以动手了吗？"罗兰问道，他的声音很低，比耳语时的声音大不了多少。

"嗯，"卡拉汉说，"上帝把我收了回去，枪侠。虽然我觉得他只是'试验性'地这么做，你明白吗？"

罗兰点点头。接着他跟在卡拉汉身后走进了教堂，没有用手指蘸圣水。

卡拉汉领着他走过大厅中间的过道，虽然他的步伐快速而坚定，罗兰还是感觉到了他此刻和自己一样害怕，说不定比他还要害怕，当然，神父显然很想摆脱这种恐惧。不管怎样，罗兰仍然认为他是个很有勇气的人。

在供传教用的拱形台的最右面，是一段共有三个台阶的楼梯，卡拉汉走了上去。“罗兰，你不用上来，你站在原地就可以看得很清楚。我想，你现在不想动它，对吗？”

“一点儿也不想。”罗兰说，他们的声音低得像是在耳语一般。

“好的。”卡拉汉单腿跪下，就在他弯腿时，膝关节砰然有声，两人都被这声音吓了一跳。“如果不是万不得已，我平时连碰都不会碰这盒子一下。我挖了这个窟窿，把它藏在里头。希望上帝能原谅我在他的寓所里动锯子，自打我把它放在这儿以后，我就没碰过它。”

“把它拿起来。”罗兰说。他现在正处于高度警备的状态，他绷紧了每一根神经，仔细地感觉着，聆听着那永无休止的嗡嗡作响的虚无中一丝一毫的动静。他多希望自己身后别着枪。来这儿朝拜的人们难道没有感觉到这个老家伙藏在这儿的东西吗？他想他们应该没有感觉到，不然的话，他们会躲得远远的。并且，他认为没有什么地方比这里更适合这个东西，这里的教徒们单纯的信仰可以或多或少地使它平和一些，甚至，可以让它镇定下来，进入更深沉的梦乡。

*但它也可能会醒来，*罗兰想，*然后一眨眼的工夫，就把他们送到不知什么地方的十九点。*这真是一个特别恐怖的想法，他很快把这想法挤出了脑子。显然，那种要利用它来加强对玫瑰的保护的想法越来越像个黑色笑话。他这辈子对付过人，也对付过妖魔鬼怪，可他还从来没接近过这样一个东西。它散发出一种可怕的、几乎让人崩溃的邪气，远远比这更可怕的是，它还带有一种邪恶的空虚感。

卡拉汉伸出大拇指，摁了摁两块木板之间的凹槽。只听见轻微的一声嘀嗒，布道用的凹弧便弹出了一小块，卡拉汉把那两块木板卸了下来，露出大约十五寸见方的一个小洞，接着他胸前抱着木板，向后挪了挪，一屁股坐下。那种嗡嗡声此刻更响了，罗兰眼前仿佛出现了一个巨大的蜂箱，上面懒洋洋地蠕动着马车一般大的蜜蜂。他向前弯下身，向尊者的密洞里张望着。

里面的东西用白布裹着，看上去像是质地不错的亚麻布。

“这是一个圣童的法衣。”卡拉汉说。他见罗兰似乎没有听明白最后那个词，于是耸耸肩，补充道：“那是一种穿在身上的东西。我心里的直觉告诉我应该把它包起来，于是我照办了。”

“毫无疑问，你心里的直觉是对的。”罗兰轻声说道。他想起了杰克从空地带出来的那个包，那个包侧面什么都没有，只有一行字：**中世界保龄球馆，一击即中**。他们会用得着它的，毫无疑问，可是他不愿意换来换去。

然后，他把所有想法统统赶跑——不过恐惧感依然如故——伸手把布揭开，圣衣下面包着的，是一个木头盒子。

虽然心里感到恐惧，罗兰还是伸出手，想要摸摸那个盒子。*摸起来应该会像上了一点儿油的金属一样*，他想。事实也的确如此。他感到身体深处传来一阵充满情欲的颤抖，那颤抖像个老情人一样，亲了亲他心里的恐惧，然后便消失了。

"这是黑硬木，"罗兰低语，"我听说过这种木头，但从未见过。"

"在我的《*亚瑟故事集*》里，它叫鬼木。"卡拉汉低声回应他。

"是吗？是这样？"

显然，这盒子笼罩着一股诡异的气息，就像某种终于被遗弃的东西，在经历漫长的漂泊之后，终于安定下来，不管这安定的时间有多短。枪侠很想再抚摸它一下——那又沉又厚的黑木正乞求着他的抚摸——但他听见这东西发出的巨大的嗡嗡声忽然提高了一级，接着又回到以前的响度。*聪明人不会去用棍子捅醒睡梦中的恶熊*，他告诉自己。虽然这个道理没错，但还是无法改变他心里的渴望。他还是再次摸了一下那盒子，只是轻轻地，用指尖碰了碰它。接着他闻闻指尖，那儿散发出一股樟脑和焦木的香味，还有——他可以对天发誓——还有一股花香味，一种生长在偏远的北方农村，开在雪地里的花的香味。

盒子顶部刻着三样东西：一朵玫瑰，一块石头，还有一扇门。门的下方刻有这样的花纹：

罗兰再次伸出手，卡拉汉向前挪了挪，似乎是要阻止他，可还是放弃了。罗兰抚摸着刻在门的图案下的那些花纹，这时，嗡嗡声又大了起来——这是藏在盒子里的那个黑球发出的嗡嗡声。

"尚未……？"他轻声说道，一边再次用大拇指的指心在那些图案上摩挲着。"尚未……找到？"他不是在念他读到的字，而是在转达他的指尖所听见的话。

"是的，我敢肯定它说的就是这个。"卡拉汉轻声答道。他看上去挺高兴，不过他仍然抓着罗兰的手腕，推它，想让枪侠把手从盒子上移开，汗珠纷纷从他的额头和前臂冒出来。“从某种意义上来说，这个词传达了一些意思。一片叶子，一块石头，还有一扇找不到的门，这些是我们那儿一本书里的象征符号，那本书叫《天使，望家乡》①。”

一片叶子，一块石头，一扇尚未找到的门，罗兰想着，只不过玫瑰代替了叶子，是的，感觉很对路。

“你会把它拿走吗？”卡拉汉问，不过，他的声音稍微大了一些，不像刚才那样低声细气，枪侠明白过来，神父是在请求他。

“你亲眼见过里面的东西，对吗，神父？”

“是的，见过一次，那东西恐怖极了，简直无法用言语形容。就像一只从未得到上帝荫庇的妖魔的眼睛一样。你会拿走它吗，枪侠？”

“是的。”

“什么时候？”

罗兰隐隐约约地听到了钟声——那声音美妙却又丑恶无比，让人想要咬紧牙关和它对抗。有一阵子，卡拉汉神父教堂里的墙纷纷晃动起来，似乎是盒子里的那个东西在对他们说：你们现在明白这一切是多么无关紧要了吗？只要我愿意，便可以轻而易举地飞快带走这一切，明白了吗？当心，枪侠！当心，神父！你们周围到处都是深渊，你们是否掉下去，那完全取决于我的意志。

接着，敲钟声便消失了。

“什么时候？”卡拉汉伸手越过放在洞里的盒子，抓住罗兰的衬衣，“什么时候？”

“很快。”罗兰说。

太快了，他心里有个声音答道。

① 英文书名为 *Look Homeward, Angel*，作者为美国作家托马斯·沃尔夫（Thomas Wolfe，1900—1938）。他的两部自传体小说《天使，望家乡》和《你无法重返故乡》（*You Can't Go Home Again*）最为著名。

第五章

加里·迪克的故事

1

那天晚上，罗兰坐在艾森哈特的罗金B农场后院，听着男孩们的喊叫和奥伊的咆哮声，他心想今天是倒数第二十三天。如果在蓟犁地区，这种对着谷仓和田地的房子后面的门廊应该叫做整休处。*再过二十三天狼就来了。也不知道苏珊娜还要几天才临产？*

一个可怕的想法突然浮现在他的脑海。假如在苏珊娜腹中的新生命米阿出生的那一天，狼碰巧出现怎么办？没有人认为这种事会发生，埃蒂更是以为所有的巧合都是不可能的。但是，罗兰始终觉得他的顾虑是有道理的。当然谁都没有办法来预料冥冥之中的安排。即使这是一个人类的孩子，九个月怀胎也不再像是九个月。那种时候，时间也会慢下来。

“你们这群小兔崽子！”艾森哈特叫喊道，“如果你们在跳出谷仓的时候，断送了你们的小贱命。我怎么跟我妻子交代啊？”

“我们不会有事的，”本尼·斯莱特曼喊道，“安迪不会让我们受伤的。”这个男孩穿着工装裤，赤裸着双脚，站在谷仓的露天隔间里，就在刻着罗金B字样的地方上面。“除非……你真想要我们停下来，先生？”

艾森哈特回头望罗兰。罗兰看到杰克站在本尼身后，焦急地等待着他一展身手的机会。杰克也穿着工装裤——肯定是他新朋友的裤子——看到他们，罗兰笑了。然而，杰克不是那种适合穿工装裤的男孩。

“不管怎么着，这对我来说不算什么，如果你想知道这点。”罗兰说。

“接着说，”农场主说。接着他就注意到了散乱在桌上的金属零部件。“你说这些东西能射击吗？”

艾森哈特装好他的三把枪让罗兰检查。其中最好的是那把来复枪。那天晚上逖安·扎佛兹召集会议，他还带去镇上了。另外两把是手枪。罗兰和他的朋友按照孩子们的说法把这种手枪叫做“筒子枪”。由于这种手枪的子弹轮转盘的体积过大，每次射击后，必须要手动来旋转。罗兰二话没说，就把艾森哈特的枪给拆了。他又一次取出枪油，这次是盛在碗里，而不是碟子里。

“我说——”

“我知道，先生，”罗兰说道，“你的来复枪和我所看到的这个城市的这一面一样美好。而你的筒子枪……”他摇了摇头。“镀了一层镍的那一把也许还能开火，而另外一把我劝你还不如插到地里，说不定还能长出些什么东西来。”

“我最讨厌你这么说，”艾森哈特说，“这两把手枪是从我的老爸，我老爸的老爸一辈传下来的，少说也有那么些年岁了。”他伸出了八个手指示意，“那时候甚至还没有狼。他们经常通过遗嘱把这两把枪传给他们最喜爱的儿子。我老爸把这两把枪传给了我，而不是我老哥，我已经很满足了。”

“你是双胞胎吗?”罗兰问道。

“是，沃纳，”艾森哈特回答道。他经常这样浅浅地笑。现在浅浅的笑又从他灰色的胡须下露了出来。但是，这种微笑很痛苦——男人这么微笑，他通常是不想让你知道他内心的某个地方在滴血。“她像清晨那么美丽，她的确很美。十多年前就去世了。像其他的那些弱智一样，年纪轻轻就过世了。”

“我很难过。”

“说谢啦，先生。”

下沉的夕阳染红了西南方，整个院子也一片血红。门廊里有一排摇椅，艾森哈特坐在其中一把上面。罗兰翘着腿坐在桌子上，守卫着艾森哈特的珍贵遗产。对于一个枪侠的手来说，不能射击的手枪什么都不是。老早前，他的手就是被训练来射击的，这一点至今仍然让他感到欣慰。

罗兰三两下就把枪装好了，他的速度让农场主惊叹。他用方羊皮把枪包起来放好，然后用抹布擦了手指，坐到艾森哈特旁边的摇椅上。他猜想，肯定会有更多安静的傍晚，艾森哈特和他的妻子会并肩坐在这里，默默地看着夕阳西下。

罗兰在自己的口袋里摸索他的烟荷包，找到后，他用卡拉地区的新鲜的烟草给自己卷了根烟。罗莎丽塔送给了他自己做的礼物，一沓干净的玉米皮，她管它们叫“一口吸”。罗兰认为它们和香烟纸一样好使。艾森哈特用粗糙的大拇指为他点燃了一根火柴。在他把烟凑到火柴上之前，他停顿了一会儿来欣赏他自己包好的香烟。然后枪侠深深地吸了一口烟，接着缕缕烟雾在傍晚的空气里弥漫开来。夏末的空气出奇地宁静和闷热。“不错。”

他点头赞道。

“啊？你觉得好吸吧。我自己从来没有吸过。”

谷仓比房子要大很多，至少长五十码，高五十英尺。门前扎着这个季节的收割符咒。几个头顶着大把稻草的稻草人在门前守卫。大门上面是露天的隔间，往里看可以看到楼梯扶手栏杆的一端。一根绳子绑着扶手栏杆这一端。院子里，孩子们堆了一堆样子不错的干草。奥伊站在干草堆的这边，安迪站在另一边。他们俩抬头看着本尼·斯莱特曼。他抓住绳子，使劲拽着，退到阁楼里，不见了。奥伊开始期待地叫起来。一会儿，本尼手里拽着绳子，向前冲来，他的头发在脑后飞扬。

“蓟犁和蓟犁的先人们！”他喊着，便从楼台上跳了下来，荡进血红的夕阳里。

“本——本！”奥伊叫着，“本——本——本！”

男孩松手，飞奔到干草堆里，不见了。然后他突然又咯咯地笑着从干草堆里出来了。安迪伸手去拉他，但是他不予理睬。径自跳到硬土草场上。奥伊叫着，跟着他。

“他们在玩的时候经常这么喊吗？”罗兰问道。

艾森哈特忍不住笑了，“不，一般他们都叫欧丽莎，圣人耶稣或者卡拉万岁。或者三个都叫。你的孩子给斯莱特曼的孩子讲了很多故事，我想。”

罗兰不理会艾森哈特的话。他看到杰克在绳子上打转。本尼躺在地上装死。奥伊舔他的脸，他才咯咯地笑着坐起来。罗兰确信如果孩子万一掉了下来，安迪是绝对能接住他们的。

谷仓的这边大概有二十匹加鞍的备用马。三个脸面粗糙、穿着破旧靴子的牛仔牵着最后六匹马朝这边走来。院子的另一边是圈着食用牛的屠宰栏。接下来的几个礼拜里，这些食用牛将会被屠宰，然后由货船运到下游去卖掉。

杰克退到阁楼里，然后向前冲出来。“纽约！”他叫着，“时代广场！帝国大厦！双子塔！自由女神像！”他随着绳子的弧线形运动飞向空中。他们看着他笑着消失在这堆干草堆里。

“你让其他两个孩子和扎佛兹家的孩子待在一起，有什么特殊理由吗？”艾森哈特问道。他只是随口讲讲，但罗兰却对这个问题很感兴趣。

“我们最好散开，让更多的人看到我们。时间很紧迫，我们必须马上做出决定。”所有这些都是真的，但艾森哈特或许也知道。其实还不止这些，他比欧沃霍瑟要精明。至少到目前为止，他还是竭力反对人们抵抗狼群。但这些都没有让罗兰不喜欢艾森哈特。他很高大，也很诚实，他还有朴实的乡下人的一丝幽默感。罗兰觉得他也可能会加入他们，如果他知道他们有机会赢的话。

在走出罗金 B 的路上，他们参观了六个河边的小农场。这些小农场以大米为主要作物。艾森哈特作了耐心诚恳的介绍。在每个农场的门庭，罗兰都问了前一天晚上他问过的两个问题："如果我们对你们坦诚，你们会对我们坦诚吗？你们能真实地看待我们，为我们要做的一切而接受我们吗？"小农场的人都给予了肯定的回答，艾森哈特也同意了。但是罗兰不会再问有关任何其他事的第三个问题，因为他知道没有必要，至少目前还没有必要。他们还有三个多礼拜的时间。

"我们必须忍耐，枪侠，"艾森哈特说，"即使面对狼群，我们也要忍耐。以前有蓟犁，现在没有了，你比任何人都了解这一点。但我们还是该忍耐。如果我们一起抵抗狼群，一切都会改变。月圆月缺，对你和你的家人来说，可能什么狗屁也不是了。如果你赢了他们，挺过来了，你会离开，去继续你的生活。可如果你输了，你死了，我们也将不再有安生之地了。"

"但是——"

艾森哈特举手示意，"求你先听我说，你能听我说吗？"

罗兰点头让他先说。他觉得他讲这番话也完全是出于好意。那边，男孩们跑回谷仓打算重新跳一次。夜幕正在慢慢降临，孩子们的游戏也将结束。枪侠在想埃蒂和苏珊娜有没有什么进展。他们有没有和逖安的爷爷谈，如果谈过了，他有没有给他们任何有价值的信息呢？

"如果，像往常一样，这次来了五十或是六十头狼呢？假如我们都能把他们打跑，然后，过一个礼拜或是一个月，你走了以后，他们来了五百头，那时我们怎么办啊？"

罗兰正想着怎么回答这个问题，这时候玛格丽特·艾森哈特出来加入了他们的讨论。她看上去四十多岁，身材苗条，胸部不大，穿着牛仔裤和灰色的丝绸衬衣。她的黑色头发中已夹杂着根根银丝，在后颈处盘成发髻。她的一只手放在围裙下。

"这是个好问题，但问得不是时候。你为什么不给他和他的朋友一个礼拜的时间到处走走看看，然后再做决定呢。"

艾森哈特看了妻子一眼，半怒半笑地说："你这个女人，我干涉过你怎么管理厨房,什么时候煮饭,什么时候清洗吗?”

“只不过一礼拜四次,”她说。她看到罗兰从她丈夫旁边的摇椅上站了起来。“不用,你坐着别动,我请求。我刚在这里坐了一个多小时了,和他的阿姨埃德娜一起剥尖根的根茎。”她向本尼的方向点了点头,“现在站会儿也不错,”她笑着,看着孩子们跳进干草堆,笑着闹着,奥伊也叫着,跑着。“罗兰,我和沃恩从来没有真正勇敢地面对过这种恐惧。我们一共有六个孩子,都是双胞胎,不过他们都在狼出现的间隔之间长大。所以你要我们做的决定,我们也许不完全理解。”

“幸运不会让人变得愚蠢,”艾森哈特说,“我认为恰恰相反,头脑冷静才能把问题看得更清楚。”

“也许,”她说,她这时候看到孩子们跑回谷仓,相互挤着笑着,都想第一个爬上楼梯。“也许吧。但自己心里一定要明白,不管男的还是女的,如果不懂得聆听别人就都是弱智。有时候,还不如去荡绳子,即使天太黑,看不到底下是不是有草堆。”

罗兰伸手摸了摸她的手,“你说得很好。”

她漫不经心地淡然一笑。在她把注意力转回到孩子们身上的那一瞬间,罗兰注意到她很害怕,确切地说是恐惧。

“本,杰克!”她叫喊道,“好了,现在进屋来洗手。洗好手的人就能吃我做的饼,上面还放了奶油。”

本尼跑到露天的隔间,“我老爸说今天晚上我可以睡在露天隔间的帐篷里。夫人,你同意吗?”

玛格丽特·艾森哈特回头望了眼她的丈夫。艾森哈特点头表示同意。“好吧,”她说,“就睡在帐篷里,爱怎么玩就怎么玩。如果你还想吃饼的话,现在赶紧进屋。最后一次警告了啊。先洗脸和手。”

“说谢啦。”本尼说,“奥伊能吃饼吗?”

玛格丽特·艾森哈特用左手捶了捶眉心,似乎头痛。罗兰却对她藏在围裙下的右手更感兴趣。她说:“好的,你的貉獭也有份,我就当他是亚瑟·艾尔德变来的,会用金银珠宝和万能贴来报答我。”

“说谢啦!”杰克喊道,“我们能不能再荡一圈,这次会很快的。”

“我会接住他们,如果他们荡得不好的话。玛格丽特夫人。”安迪说。它两眼泛光,但马上就黯淡了。他好像在微笑。对于罗兰,这个机器人似乎有双重性格,无谓的顺从和善意的欺骗。他都不喜欢。他也清楚为什么他不喜欢。他不相信所有的机器，特别是这种能走路能说话的机器。

“好吧，”艾森哈特说，“最后一跳肯定凶多吉少，如果你们坚持，那么就跳吧。”

他们还是跳了，但也没缺胳膊断腿。孩子们都刚好跳在干草堆里。他们互相看着、笑着。然后，竞相跑向厨房。奥伊紧随其后，倒像是“牧羊人”。

“孩子们这么快就成为了朋友，多好啊。”玛格丽特·艾森哈特说。但她言不由衷，她看起来很不高兴。

“是，多好啊！”罗兰说。他把他的包放在膝盖上。其中一个固定带子的结看上去好像要掉了，但还是没掉。“你手下的人擅长什么？”他问艾森哈特，“弓箭？我知道他反正是不善于玩来复枪和左轮手枪。”

“我们喜欢玩弓箭，”艾森哈特说，“把好弓箭，拉紧，瞄准，发射。大功告成。”

罗兰点了点头，像他预料的一样。这不是很有利，因为即使是在无风的日子，弓箭最远只能射到二十五码。而在刮强风……或者，上帝保佑，狂风的时候……

不过艾森哈特正盯着自己的妻子，神情带着含蓄的爱慕。她妻子皱起眉头回望他，表情带着疑问。这到底是怎么回事？我敢肯定，这肯定与围裙下那只手有关。

“说吧，告诉他。”艾森哈特说。然后他愤怒地指着罗兰，他的手指好像是装满了火药的枪筒。“那改变不了什么，什么都不会改变的，先生。”最后他有点疯狂地笑了。罗兰一下摸不着头脑，但他仍然感到了一种朦胧的希望。这种希望也许是错觉，但是总比担心、疑惑和痛苦要好。最近他总是处在担心、疑惑和痛苦之中。

“不，”玛格丽特局促不安地说。“我不应该这么说。可以让你自己去看到，但是不能说。”

艾森哈特叹了口气，神情忧郁，然后转身对罗兰说：“你能跳稻米舞，那么你肯定知道欧丽莎女神。”

罗兰点了点头。水稻女神，在一些人看来是女神，在另一些人看来是一位女英雄，也有人认为她既是女神，更是女英雄。

“那么你知道她怎么对付杀死她父亲的仇人格雷·迪克的吗？”

罗兰再一次点了点头。

2

这是个有趣的故事,他想他一定要告诉埃蒂、苏珊娜和杰克,况且还有足够的时间来讲述。欧丽莎女士邀请了格雷·迪克参加一个在山特河边她的韦登城堡举行的盛大晚宴聚会。格雷·迪克是一个有名的不法王子,他杀害了她的父亲。而她想要原谅他,因为她听从了上帝的教诲。

如果我愚蠢透顶来赴宴,你会当场抓住我并把我杀死,格雷·迪克说。

不,不,欧丽莎女士说,不要那么想。到时候城堡里不会有任何武器,我们会坐在下面的宴会大厅。那里将只有你和我,坐在桌子的两端。

那你也可以在你的袖子里藏匿一把匕首,或是在你裙子里藏一把绳索。格雷·迪克说道,即使你不带,我也会带的。

不,不,欧丽莎女士说,你不会有机会的。因为我们都要赤身裸体才能进来。

说到赤身裸体,格雷·迪克有点被情欲冲昏了头脑。欧丽莎女神很漂亮。他有点想入非非,他想当他看到她的胸部和下身时,他的下身也肯定会起反应,因为赤身裸体,他的兴奋也逃不过女神的眼睛。而且,他以为他理解女神做出这样决定背后的缘由。他傲慢的性情让他有点飘飘然,欧丽莎女士告诉她的侍女。(她侍女的名字叫玛丽安,听到这些她有点沉溺于自己的遐想。)

女神是对的。我杀死了格兰佛伯爵,他曾是这片河域最老谋深算的伯爵。格雷·迪克这样想道。除了他柔弱的女儿,没人能够为他报仇了吧?(但她的确是美人啊。)所以她要求和解。她有可能甚至要求联姻,如果她除了美貌外还够胆大、善于思考的话。

因此,他接受了她的邀请。他的随从搜索了楼下整个宴会大厅,桌上、桌下、挂毯背后,没有发现任何武器。他们肯定不会知道在宴会好几个礼拜前,欧丽莎女士就开始练习抛特殊重量的盘子。她每天练习好几个小时。她体质很好,她的眼睛也很敏锐。而且她撕心裂肺地憎恨格雷·迪克,她下定决心一定要让他偿还他应该偿还的一切。

盘子不仅仅是特殊重量的,盘子的边缘也已经被磨得很锋利了。迪克的随从忽视了这一点,就像欧丽莎小姐和玛丽安所预料的一样。宴会就这样开始了。这是一个多么奇怪的宴会啊，俊朗的不法王子笑着坐在桌子的这端，端庄美丽的小姐坐在离他三十英尺远的桌子的那端，两人都一丝不挂。他们用格兰佛伯爵最好的红酒互相干杯。他像喝水一样灌下她纯美的农家酿酒，深红的酒汁流到他的下巴，流到他毛茸茸的胸膛。看到这些，她几乎要气疯了，但她面不改色，迷人地笑着，喝着她自己杯子里的酒。她能感觉到他的眼睛一直色迷迷地盯着她的胸部。她难受之极，好像有无数只虫子在她的皮肤上爬行。

这个故事到底还要讲多久？有些专门讲故事的人要在第二道菜的时候结束格雷·迪克的性命。(他说但愿小姐能越来越漂亮。她说但愿你在地狱的第一天比一万年还要长，永无天日。)其他人喜欢制造悬念。上了十多道菜之后，欧丽莎女士才抓起这种特制的盘子，微笑地盯着格雷·迪克，翻转盘子，摸到钝的一边。

不管这个故事有多长，都无一例外地有同样的结局，欧丽莎小姐朝他掷出了盘子。盘子的背后，锋利边的底下刻有凹槽，来帮助盘子飞行。盘子飞的时候发出奇怪的呼啸声，并在烤肉、火鸡、大碗的蔬菜和水晶盘子里的新鲜水果上投下飞影。

在她掷出盘子之后的那一会儿，她的手臂仍然向前伸展，她的食指和翘起的大拇指直指她的杀父仇人。格雷·迪克的头颅飞出落到他身后的大厅里。好一会儿，他的身体僵硬在那里，他的阳具愤怒地对着她，然后疲软了，他的身体向前倒在大盘的烤牛肉和米饭里。

欧丽莎女士或者飞盘女士，举起杯子跟尸体干杯。罗兰听得有点走神了。

3

罗兰自言自语道："愿你在地狱的第一天像一万年那么长。"

玛格丽特点了点头。"是，让他永无天日。恐怖的祝酒，不过我愿向每只狼这样祝酒。"她露在围裙外面的手紧握着。在慢慢消退的晚霞下，她看起来有点伤感。"你知道吗？我们一共有六个孩子。我丈夫告诉过你为什么他们都不来这里帮我屠宰牛羊，打建牛羊圈吗，枪侠？"

"玛格丽特，没有必要说这事。"艾森哈特说道，他不安地转过身来。

“也许说过，让我们回到刚才的话题。如果你跳下去，你可能付出代价。但有时候，如果你只是观望，你会付出更大的代价。我们的孩子都是自由自在地长大，不需要担心什么狼。在上次狼来之后的一个月，我生下了汤姆、泰萨。然后又生下了其他的孩子，他们像甘露一样纯洁。你看到没有，最小的那个才十五岁。”

“玛格丽特——”

她没有听他劝阻，“但他们知道当他们有了自己的孩子时，他们就没这么幸运了。所以，他们都迁走了，有几个北上去了北极，有几个南下了，去寻找一个没有狼的地方。”

她转向了艾森哈特，尽管她在和罗兰讲话。当她说最后几句话的时候，她一直盯着丈夫。

“每两个小孩中的一个，这就是狼的恩赐。每二十多年，它们就带走一个。这已经持续很久很久了。除了我们家的孩子。他们把我们家全部的孩子都带走了，每一个孩子。”她说着向前倾，拍了拍罗兰的膝盖，重复道：“你难道没有看出来吗？”

门廊里一片寂静。牛在屠宰圈里哞哞地叫，不知道它们将要被屠宰。从厨房里传来孩子们的笑声和安迪的说话声。

艾森哈特把头埋得很低，除了他浓密的胡须，罗兰没有看到他的任何表情。但他也不需要看他的脸，他知道他在哭泣，或是硬撑着不哭出来。

“我不是故意要说你的伤心事，”她温柔地用手轻拍丈夫的肩膀说，“他们偶尔会回家，这总算比死人强些，只是在梦中没什么分别。他们年龄不大，还想念妈妈，他们会问老爸可好。可是，他们终究离开了，那就是为安全付出的代价。”她低下头看着艾森哈特，并把一只手放在他肩头，另一只手仍然在围裙后。

“现在说说你多么恨我吧，”她说，“我知道你恨我。”

艾森哈特摇了摇头，“我不生气。”他声音哽咽。

“那么你有没有改变主意？”

艾森哈特又摇了摇头。

“顽固不化的家伙，”她含情脉脉地说道，“比石头还要硬，啊，我们都说谢啦。”

“我还在想这件事。”他说道，头还是低着。“我还在考虑，这比料想的要多。最后我会下定决心。总要有个了断。”

“罗兰，我知道小杰克在树林里给欧沃霍瑟和其他孩子表演射击。那么我也让你看件让你大开眼界的东西。麦琪，你进屋，把你的欧丽莎取来。”

“不需要进屋了。”她说，她的手终于从围裙下伸了出来。“我已经拿在手上了。你看这就是。”

4

这个盘子是蓝色的，刻有精致的网状图案。黛塔和米阿都认得这个盘子，这是一个不同寻常的盘子。不一会儿，罗兰认出了这些网状的图案：欧丽莎水稻的幼苗。当艾森哈特夫人的指关节敲打在盘子上的时候，盘子发出清脆的响声。这个盘子看似瓷器，但却不是。那么是玻璃吗？某种特殊的玻璃做的吗？

他伸手去接盘子的时候，脸上是那种既懂武器又爱武器的人特有的庄严和崇敬的神色。她有点犹豫，咬着嘴角。于是，罗兰的手缩回来摸索自己的枪套。他在教堂外的午餐前把枪扣好后，就一直没有动过自己的枪套。他取出手枪，把手枪递给她，手枪的把柄朝着她。

“不用，”她说着，叹了口气，“罗兰，你不用把你的手枪作为抵押，我想如果沃恩信任你，让你进了这个屋，我也能放心地让你看我的欧丽莎。但你拿的时候要小心，不然你会再丢根手指的。我看到你的右手已经丢了两根手指，你不能再丢手指了。”

一看到那只蓝色的盘子——夫人的欧丽莎——罗兰就意识到她的忠告很有道理。就在那一刹那，他也感到一阵莫名的激动，崇敬之情油然而生。他已经很久没有看到过这样一件有价值的武器了。从来没有一种武器是这样的。

盘子是用金属做的，不是玻璃。盘子不是很重，是很坚固的合金；与普通的盘子一般大小，大概一英尺的直径。盘子的四分之三的边缘被磨得非常锋利。足以致人于死地。

“即使是在匆忙之中，要把握它也不是问题。”玛格丽特说，“你看到没有？”

“是的。”罗兰说道，话中暗含崇敬之情。水稻叶茎交错成两个字母，ZN，代表着永恒和现在。在水稻叶茎交错的地方（只有敏锐的眼睛才能从繁杂的图案中认出来)，盘子的边缘不但很钝，而且有点厚，很容易把握。

罗兰把盘子反过来，盘子背面中间有一个小小的金属块。在杰克看来，这个小金属块有一点像他一年级时放在口袋里带到学校去的铅笔刀。对罗兰来说，因为他从来没有看到过铅笔刀，它更像一个被遗弃的某种昆虫的蛋壳。

“当盘子飞起来的时候，它会发出呼啸声。你看到没?”她说。她觉察到罗兰是真心诚意地崇敬，她也很高兴，脸色红润，两眼发光。这种迫不及待地进行解释的腔调是罗兰曾经听到过多次，而现在却久违了的。

“这个盘子就没有其他用途了?”

“没有了。”她说，“除了还能发出呼啸声，但这也是故事的一部分，不是吗?”

罗兰点了点头，的确是这样的。

“欧丽莎姐妹们是一群乐于助人的女人。”玛格丽特·艾森哈特说。

“还喜欢聊天。”艾森哈特开玩笑说。

“没错。”她同意道。

她们为葬礼和节日置办酒席(前些天晚上在亭子里的晚宴就是她们置办的)。有村民在火灾中失去家园——每隔六到八年，当河水泛滥，吞噬离德瓦提特外伊河最近的小农场——的时候，她们会为他们缝缝补补，置衣做被。村子的小亭子是她们护卫的，镇上聚会大厅的里里外外也是她们打扫维护的。她们还为年轻人举办舞会，为他们提供娱乐。富人有时候也雇用她们来举办婚礼，这样的事情总是很美好的。但几个月后，当孩子降生的时候，人们会避免提到狼。她们的确很喜欢在一起闲聊，她们自己也不否认这一点。不过，除了聊天以外，她们也打牌，玩骰子，下国际象棋。

“你还能抛盘子。”罗兰说。

“啊，”她说，“但你必须明白我抛盘子只是为了好玩。射猎是男人的事，男人都善于弓箭。”她说着又拍了拍丈夫的肩膀，罗兰察觉到她这次有点紧张。他想，如果她男人的确善于弓箭，那她就不会把那个漂亮又致命的盘子藏在她的围裙下面了。艾森哈特也用不着怂恿她这么做了。

罗兰打开他的烟荷包，取出一张罗莎丽塔的玉米皮，扔向盘子锋利的一边。玉米皮在门廊飘动了一会之后，刚好被切成两半。*我也只是想玩玩*，罗兰这样想着，几乎想笑。

“这是什么金属做的，”他问，“你们知道吗?”

听到这话,她抬了抬眼没有说话。“安迪把这种金属叫做钛。它取之于很远的北边的卡拉·森·克雷的高大的旧工厂楼房。那里有很多这样的废楼。我没有去过那里,但我听过传闻,有点恐怖。”

罗兰点头表示同意,“那么这些盘子是怎么造出来的,是安迪做的吗?”

她摇摇头说:“它不知道怎么做,即使它知道怎么做,它也不会做。这些盘子是卡拉·森·克雷的姑娘们做的,然后被送到卡拉各个地区。我想堤外恩是卖这种盘子最靠南的地方了。”

“姑娘们做的,”罗兰有点乐了,“姑娘们?”

“在什么地方肯定还有机器做这样的盘子。肯定是这样的。”艾森哈特说。听到他生硬的辩护,罗兰更乐了。“我想大概只要按一下按钮就能做出一个来吧。”

玛格丽特看着他,露出女人特有的微笑。她既不反对,也不赞成。也许,她自己也不知道。但她肯定深谙维护美满婚姻的窍门。

“那么说,只要沿着极圈,不管是北部还是南部,都有她们的姐妹。”罗兰说,“而且她们都能掷盘子。”

“是的,北到卡拉·森·克雷,南到卡拉·堤外恩。再往北,或往南,我就不知道了。我们乐于助人,我们喜欢聊天。为了纪念欧丽莎勇敢地杀死格雷·迪克,我们每个月掷一次盘子。但实际上掷得好的人不多。”

“你扔得好吗,夫人?”

她默不作声,又开始咬嘴角。

“掷给他看看,”艾森哈特低声说道,“掷给他看看,不就完了。”

5

他们一起走下台阶,玛格丽特带路,艾森哈特紧随其后,罗兰最后。他们身后的厨房门突然开了,然后被甩上。

“太好了,艾森哈特夫人要抛盘子了。”本尼·斯莱特曼高兴地叫着。“杰克,你肯定没看到过。”

“让他们进去,沃恩,”她说道,“他们没有必要看。”

“让他们看吧,”艾森哈特说,“看你抛盘子抛得好,对他们没有坏处。”

“让他们进去,罗兰?”她看着他,羞怯得脸都红了,但却很好看。在罗兰看来，她比刚才从屋里出来的时候至少年轻了十岁。但他思量道，她这么激动，怎么能抛得好盘子。突袭是很残忍的事情，要有速度，且不能心软。

“我觉得你丈夫有道理，”他说，“让他们看看也无妨。”

“既然你都这么说了，那么好吧。”她说。罗兰察觉到她很开心。她需要观众，他对她的信心增加了。他越来越觉得这个胸部不大，头发光亮的漂亮中年女人其实有一颗猎人的心。虽然不是一颗枪侠的心，但就现在，能看到猎人他已经很满足了。不管是男猎人还是女猎人，都算杀手。

她带着大家走向谷仓。在离谷仓门还有五十码的时候，罗兰拍了拍她的肩膀，让她停下来。

“不，”她说，“这样太远了。”

“我看过你在比这远一倍的地方都抛过。”她丈夫直截了当地说。她有点恼怒，“是的。”

“但你肯定没有看到过我在一个来自前世的枪侠面前抛过。”她虽然这么说着，但还是在这个地方停了下来。

罗兰走到谷仓门前，他把门左边的稻草人头上的尖根取下来，然后就走进了谷仓。里面有一大堆新割的尖根。边上是土豆。他拿了一个土豆，放在稻草人的双肩上。这个土豆个头挺大，但与稻草人的身体有点比例失调。现在稻草人看起来像在嘉年华或是集市里表演的小头先生。

“哦，罗兰，不！”她叫喊着，好像真的很吃惊。“我永远都做不到。”

“我不信，”他说着站到一边。“快抛吧。”

有一会儿，他以为她真的不会抛了。她环顾四周寻找她的丈夫。如果艾森哈特还站在她身边的话，罗兰想，她会把盘子扔到她丈夫手里，然后径直跑回屋里，不管盘子是否会割伤他。但是，沃恩·艾森哈特已经退回到门廊的台阶，孩子们站在他身后。本尼·斯莱特曼只是有那么点兴趣，杰克聚精会神地盯着看，眉头紧缩，一脸的严肃。

“罗兰，我——”

“不要这样，夫人，我请求。你刚才讲的关于跳与不跳的故事很好，我现在想要看你怎么做，快抛吧。”

她往后退了退，瞪大了眼睛，好像被谁打了耳光。然后，她转身面对谷仓，把右手举到左肩上。盘子在夕阳最后的余晖中闪闪发光，夕阳已经从血红色变成了淡淡的粉红。她的嘴紧闭成一条线，这一刻整个世界都静了下来。

“丽沙!”她愤怒地尖叫道,并把手臂伸向前方。她的手松开了,食指直指盘子的飞行路径。院子里所有的人(牛仔们也停下来观看)中,只有罗兰的眼光敏锐到可以跟随盘子的飞行路径。

打中了! 他兴奋地喊道,太准了。

盘子在飞越这个脏兮兮的院子的时候,发出低沉的啸声。在盘子脱手两秒钟之后,土豆被切成两半,一半落在稻草人缠着布的右手边,一半在左手边。盘子插在谷仓的门上,还在不停地颤动。

男孩们欢呼雀跃。本尼和杰克击掌欢呼。

“抛得好,艾森哈特太太。”杰克叫道。

“太准了,太太!”本尼附和道。

罗兰注意到这个女人再次紧闭了双唇,看来她把这种真心实意的赞誉当成了晦气。“孩子们,”他说道,“如果我是你们的话,我现在就进屋去。”

本尼满脸疑惑。杰克又打量了一下玛格丽特·艾森哈特,心领神会。你做了你该做的……接下来,开始有反应。“走,本。”他说。

“但是——”

“来吧。”杰克拉着他新朋友的衬衣,把他向厨房拖去。

罗兰让她在原地待着,没去打扰她。她垂着头,浑身发抖。她脸颊依然通红,但其他地方的皮肤惨白如牛奶。他以为她在努力不让自己呕吐。

罗兰走到谷仓门口,抓住盘子的把柄,想把它从门上拔下来。令他惊讶的是,他用了很大的劲,盘子才开始摇动,然后才把它拔了下来。他走向玛格丽特,把盘子递给她,“你的工具。”

有一刻,她都没有伸手来取,只是看着他,既爱又恨,“罗兰,你为什么取笑我啊?你怎么知道沃恩是把我从曼尼族娶来的?求你,告诉我,我请求。”

当然是玫瑰——玫瑰的影像带来的直觉——还有她脸庞上的故事。但是他知道,这不是她要的答案。所以他摇了摇头,“不,我没有取笑你啊。”

玛格丽特·艾森哈特突然抓住罗兰的脖子,她抓得很紧,她的皮肤很热,感觉像是在发烧。她把他的耳朵拉到自己抽动着的嘴边。他以为在那一刻,他是那么了解她。他甚至能想象出来,自从她为了卡拉·布林·斯特吉斯的一个大农场主而离开她的乡亲之后,她做过的所有噩梦。

“我听到你昨天和韩契克说话了,”她说,“你还要和他谈,对吗?”

罗兰点头,被她拽得有点出了神。她很有力气。她在他耳边急促地呼吸。难道每个人的内心都有一个难以控制的自我,即使是这样的女人也不例外？他没有答案。

“很好，先生。那么告诉他红途族的玛格丽特和她的凡夫男人过得很好，至少目前很好。”她越抓越紧，“告诉他她不后悔自己的决定，你能为我这么做吗？”

“当然，愿意效劳。”

她从罗兰手里拽过盘子，一点不怕致命的锋利。取过盘子后，她心定了很多。她看着他的眼睛，眼泪在眼眶里打转，但始终没有流出来。“就是你和我父亲说过的山洞，门口洞穴？”

罗兰点头。

“你怎么会来看我们？你这个嗜枪如命的家伙。”

艾森哈特过来加入他们。他疑惑地看着妻子。他妻子为了他离开了自己的乡亲。好一阵儿，她盯着他看，好像不认识他似的。

“我只听命于我们的卡。”罗兰说。

“卡，”她叫着，翘起嘴巴。这种讥讽使她本来美丽的面容变成惨不忍睹的丑陋。这样的神情如果让孩子们看到肯定会吓坏的。“每个惹事生非的人的借口！不要和其他流浪汉一样，在我们面前故弄玄虚。”

“我听命于我们的卡，我想你也是的。”罗兰说。

她看着他，似乎什么也不明白。罗兰抓起她有点发烫的手，轻轻地揉捏着。

“你也是的。”

好一阵子她凝视着他的眼睛，然后突然低下头。“嗯，”她小声说，“是的，我们都听命于我们的卡。”她再次抬头看他，“你会告诉韩契克我的消息吗？”

“好的，夫人，我当然会的。”

除了远方一只鹰的鸣叫，夜幕开始笼罩的院子寂静无声。牛仔们仍然斜靠在马棚边上。罗兰慢悠悠地向他们走去。

“先生们，晚上好啊。”

“但愿你也好。”其中一个答应道，手还碰了碰额头。

“但愿你更好，”罗兰说，“那位女士抛盘子抛得很好对吗？”

“说谢啦，”另外一个附和道，“她永远不会生疏。”

“是不会手生，”罗兰同意。“那么先生们，现在能让我告诉你们一件事吗，我能要你们对今天看到的一切守口如瓶吗？”

他们都机警地看着他。

罗兰抬起头,笑望着天空。然后又回头看着他们,“你们会听从我的警告,保证不说出去。现在你们可能有话要说,说说看你们都看到了什么?”

他们都谨慎地看着他,不愿屈从。

“快说,不然我把你们都杀了。”罗兰说,“明白没有?”艾森哈特把手放在他的肩膀上说,“罗兰,当然——”

枪侠把他的手拿开,看也不看他,“明白吗?”

他们都点了点头。

“那么你们相信我吗?”他们又都点了点头,看起来很害怕。罗兰这下满意了,他们应该感到害怕。“是的,先生。”

“是,先生。”其中一个重复了一遍,都冒了一身冷汗。

“是的。”第二个又说。

艾森哈特又试着说:“罗兰,听我说,我请求——”

但罗兰不听,他主意已定。在那一刻,他看清了他们的做法,至少是这边的做法。“机器人在哪里?”他问农场主。

“安迪? 我想它是和孩子们进厨房了。”

“好的。这么说你们这里有储藏管理室?”艾森哈特朝谷仓点了点头。

“是的。”

“我们走,我、你还有你妻子。”

“我想带她进屋去一下。”艾森哈特说道。罗兰从他的眼睛里看出来,他巴不得他离她越远越好。

“我们不会闲聊很久,”罗兰完全是实话实说。他已经看到他想看的一切。

6

谷仓的管理室只有一把放在办公桌后的椅子。玛格丽特坐了下来。艾森哈特坐在一块脚凳上。罗兰背靠着墙,盘腿坐在地上,把他的包放在地上打开。他给他们看塔维利双胞胎画的地图。艾森哈特没有立即明白罗兰讲的话(也许到现在他还没有听明白),但是他妻子听懂了。罗兰现在明白她为什么不能和曼尼人一起相处了。曼尼人热爱和平,只要相安无事就够了。

但玛格丽特·艾森哈特不是。只要你稍微有点了解她,你就会明白这一点。

“你们要保守秘密。”他说。

“否则,你会杀死我们,就像要杀牛仔们一样?”她问道。

罗兰默默地看着她。她涨红了脸。

“我很抱歉,罗兰。我很沮丧,都是因为我那么轻率地抛了盘子。”

艾森哈特用手臂揽住她,这次她很乐意地接受了,还把头靠在他的肩膀上。

“你们族里还有谁抛得和你一样好?”罗兰问,“有吗?”

“扎丽亚·扎佛兹。”她脱口而出。

“真的?”

她用力点了点头。“再退二十步,扎丽亚都能把那个土豆从中间切成两半。”

“还有吗?”

“萨瑞·亚当斯,迪厄戈的妻子。还有罗莎丽塔·穆诺兹。”

罗兰有点惊讶。

“啊,”她说,“除了扎丽亚,就是罗莎最好了。”她稍微停顿了一下。“我想,再就是我了。”

罗兰如释重负。他之前以为他们必须从纽约运武器过来,或是在河东地区找武器。现在看来完全没有这个必要了。这太好了。他们在纽约有其他的事情要做——关于凯文·塔的。如果不是出于无奈,他不想把这两件事搅在一起。

“我要在尊者教区的房子里看到你们四个,就你们四个。”他快速瞟了艾森哈特一眼,然后继续对艾森哈特的妻子说,“请丈夫们回避。”

“请等一小会儿。”艾森哈特说。

罗兰举起手说道,“还什么也没有决定啊。”

“有没有决定我不关心。”艾森哈特说。

“请安静一分钟,”玛格丽特说道,“你什么时候会再来见我们?”

罗兰算了算。还剩下二十四天,或许只有二十三天了,但还有很多事要了解。隐藏在尊者教堂的东西也要处理。还有那个曼尼人,韩契克……

他知道,那一天终究会来到,事情也肯定会出人意料地结束。总是这样的。在最后的五分钟,最多十分钟,所有的一切都将结束,不管结局是好,是坏。

最后几分钟到来的时候，结局也就定了。

“十天后的晚上，”他说，“我要依次看你们抛盘子。”

“好的。”她说，“我们也只能做那么多了，但是，罗兰……如果我丈夫不同意，我不会抛一个盘子，哪怕是举起一个手指头。”

“我明白。”罗兰说道，知道她会按照他说的去做的，不管她自己是否喜欢。当那一刻到来的时候，他们都像她一样没得选择。

管理室只有一个小窗户，脏兮兮的结满了蜘蛛网。透过窗户，他们仍然能够清楚地看到安迪正穿过院子，它的电子眼睛在越来越浓重的暮色中闪烁。它还边走边哼着歌曲。

“安迪说人们为机器人编好程序，叫它们做特定的事情。”他说，“安迪做的事都是你们吩咐的？”

“大部分是的，”艾森哈特说，“也不全是，它经常不在我们附近。”

“很难想象，它被造出来只是为了吟唱愚蠢的歌曲，还有就是给人们讲星象。”罗兰觉得这很有意思。

“也许，这是先人为它编好的嗜好，”玛格丽特说道，“随着时间的流逝，它的主要任务程序丢失了，现在只能专注于自己的嗜好了。”

“你以为它是先人制造的。”

“还能有谁呢？”沃恩·艾森哈特说道。安迪不见了，院子里又空空荡荡。

“啊，谁造的呢？”罗兰还是觉得很有意思，“谁还有这样的智慧和这样的机械呢？但是在狼群袭击卡拉地区的两千多年前，先人就已经消失了。两千多年啊。因此，我想要知道是谁或是什么东西给安迪编了程序，让他不会谈论他们，而只会告诉你们他们什么时候出现。还有一个问题，不比那个有趣，但我还是很好奇，如果它不能，也不愿对你们说得更清楚，那它为什么要告诉你们那么多事情？”

艾森哈特夫妇面面相觑，惊讶万分。他们还没有领会罗兰说的前面一半话的意思。枪侠并不奇怪，但他对他们有点失望。事实上，很多事情都是显而易见的，如果我们动动脑子的话。他想，他是可以理解卡拉地区的艾森哈特、扎佛兹、欧沃霍瑟这几家的，当他们孩子的性命危在旦夕的时候，要脑子清醒是不太可能的。

有人敲门，艾森哈特叫道：“进来。”

是本尼·斯莱特曼。“所有的牛羊都休息了，老板。”他摘下眼镜，用他的衬衫擦拭。“男孩们拿着本尼的帐篷出去了，安迪跟得很紧，不会有什么事的。”斯莱特曼看着罗兰。“现在离那些岩猫来还早了点啊，但是如果真有一只来了，安迪至少会让我的孩子用他的弓箭射一次——我们是这么告诉他的，回来后会有‘命令记录’。如果本尼没有射中，安迪会挡在孩子们的前面，来面对狼的。它是作为护卫被严格设置的。我们一直没有办法更改，但如果狼继续出现的话——”

“安迪会把他们撕得粉碎。”艾森哈特说道，像是出了恶气般的满足。

“它跑得快吗？”罗兰问。

“贼快。”斯莱特曼说道，“你别看它又高又壮。它跑起来的时候，比闪电还快。比任何岩猫都快。我们想它肯定是有自动装置。”

“很可能。”罗兰心不在焉地应答道。

“不管这个了。”艾森哈特打断道，“听着，本——你认为安迪为什么从来不谈论狼群呢？”

“它被设定——”

“啊，刚刚在你进来之前，这就是罗兰特别指出的——我们老早就应该想到这点了——如果是先人为它们设定的程序，然后先人灭绝消失了，或是迁徙到别的地方去了……这是在狼出现很早以前发生的啊……你发现问题没有？”

斯莱特曼点了点头，然后把眼镜戴上。“在古时候肯定也有与狼群类似的东西，你觉得呢？这些东西和狼是如此的相似，安迪都不能区分他们。我只能想到这些。”

*是这样的吗？*罗兰想道。

他取出塔维利双胞胎的地图，打开，手指着地图上镇东北处山村的一条河沟。这条河沟蜿蜒深入这些小山，直到一个卡拉的旧的石榴石矿井。这条河沟现在成了一条坑道，沿山坡走大概三十英尺，然后就中断了。这个地方与眉脊泗的爱波特大峡谷很不一样，(首先，那里的河沟没有浅的)但有一点是相似的，他们都是死河沟。罗兰知道，人总是希望从受益处再次受益。他想他挑这条河沟，这条死矿坑道，来作为突袭狼的地点是很有根据的。埃蒂、苏珊娜、艾森哈特一家、艾森哈特家的工头都会觉得有道理。萨瑞·亚当斯和罗莎丽塔·穆诺兹也会觉得有道理。尊者也会觉得有道理。他会把他的这个计划透露给他们，他们也会理所当然地觉得是应该的。

如果这些计划到时候被否定呢？如果他说的话有一部分是谎言呢？

如果狼风闻了这些谎言，并且深信不疑呢？

那会大有好处，不是吗？如果他们突袭对了方向，但却攻击错了对象呢？那也会很好。

肯定是这样的。但我首先要找个值得托付整个真相的人？找谁呢？

苏珊娜不行，现在她又是两个人了，但他却不信任另一个。

埃蒂也不行，因为他有可能把一些真相透露给苏珊娜，到时候米阿也会知道。

杰克更不行，因为他和本尼·斯莱特曼很快就成了好朋友。

那么，他只能谁也不告诉，只能自己知道。这种情况使他感到无比的孤单。

“你们看，”他手指着河沟说，“斯莱特曼，也许你们该考虑一下这里。这个地方进去容易，出来难。假设我们把所有到了一定年龄的孩子都带去，然后把他们安全地藏在这个小矿井里。”

他从斯莱特曼的眼睛里看到了理解，也许还有其他什么。可能是希望。

“如果我们把孩子藏起来，他们能知道他们藏在哪里，”艾森哈特说道，“他们好像能闻到他们，就像婴儿故事书里的食人妖一样。”

“我知道，”罗兰说，“所以我建议我们利用这一点。”

“你是说把孩子当诱饵。枪侠，这很难。”

罗兰根本无意将卡拉地区的孩子放入被遗弃的旧赤色矿井——甚至是附近——他点头说道，“这个世道本来就这么难，艾森哈特。”

“先生，”艾森哈特回答道，他一脸严肃地指了指地图。“可行啊，可行……如果你能把所有的狼都引诱到这个矿井里的话。”

不管把孩子放到哪里，我都需要人帮忙把他们放到那里，罗兰这样想着。这些人必须知道该去哪里，该做什么。这也算个计划，不过还不算是。目前，我只是在玩我该玩的游戏，就像城堡游戏。因为有人还没有出现。

他知道这点吗？他不知道。

他察觉到了吗？他察觉到了。

现在还有二十三天，罗兰想到。狼二十三天后就来了。

时间还是很充裕的。

第六章

祖父的故事

1

埃蒂，一个彻头彻尾的城市孩子，发现自己是如此地钟爱扎佛兹家在河畔路边上的房子，他自己都感到极大的震撼。我也可以住在这样的地方，他想。这样也很好啊。我很喜欢。

这是一个长长的小木屋，做工精致，但却在冬天的寒风中哐哐作响。小木屋的这边是大窗户，从这个大窗户望出去可以看到长长的缓坡，水稻田，还有河流。小木屋的另一边是谷仓，前院和久经践踏的土场，在簇簇草丛和野花的装点下变得煞是好看。后门廊的左边，是一个很奇异的小菜园子。院子的一半长满了一种叫做麦橘果的黄色药草。逖安希望下一年能再多种点这种药草。

苏珊娜问扎丽亚她是怎样把鸡赶出菜园子的。这个女人自怜地笑了，把滑落到前额的头发往回挽。“我可是花了大力气啊，”她回答说，“但麦橘果草药的确长得很茂盛。你看，只要是生长的地方永远都有希望。”

这里的一切都融在一起，给人一种家的感觉，埃蒂喜欢这样。你没有办法把这种感觉表达出来。究竟是什么东西让你有了这样的感觉，不是因为某一件具体的事，但是——

啊，的确有这么一件事。这种感觉和乡村小木屋的景观，和小菜园和到处啄食的小鸡，或是花圃都没有关系。

是孩子们。起初当埃蒂看到他们的数目时，有点发愣。他和苏珊娜看到他们的时候，就像是两个来视察的将军检阅一个排的士兵一样。天哪，一眼看去，他们足够组一个排……或至少也够组一个班。

“最后的两个是赫顿和赫达，”扎丽亚指着两个棕色头发的孩子说道，“他们都十岁了。你们俩快打招呼啊。”

赫顿草草鞠了个躬，同时还用他非常脏的手拍了拍他的脏额头。礼节算是都有了。埃蒂这样想着的时候，小女孩还行了屈膝礼。

“祝天长，夜长。”赫顿说。

“应该是，祝天长，夜爽。白痴。”赫达小声说道，然后她就屈膝，然后重复了刚才她觉得对的那句祝辞。赫顿对这个外来人很敬畏，不敢怒视他那声称什么都知道的妹妹，甚至连看都没有看她。

“这两个小的是利曼和利阿。”扎丽亚说。

利曼鞠躬幅度太大，几乎要倒在地上。利阿在行屈膝礼的时候却是被自己绊倒了。当赫达嘴里发出嘶嘶的声音把她妹妹从地上扶起来的时候，埃蒂努力装出一脸正经的表情。

“这个是亚伦，我的小心肝。”她说着亲了亲抱在怀里的大个的婴儿。

“你的单胎儿子?”苏珊娜问道。

“啊，姑娘，是的，就是他。”

亚伦开始挣脱她的怀抱，蹬脚，扭身子。扎丽亚把他放下。亚伦猛地向上拉起他的尿布，飞快地向房子那边跑去，还一边叫着他爸爸。

“赫顿，跟在他后面，看着他。”扎丽亚说道。

“妈妈，我不!”他用紧张不安的眼神看着她，好像要留在这里，听这两个陌生人讲话，然后用眼睛把他们都记下来。

“妈妈要你去，”扎丽亚说道，“去看着你的弟弟，赫顿。”

男孩还想继续争论，但这个时候，逖安·扎佛兹出现在小木屋的角落，把这个小男孩抱入怀中。亚伦咯咯地笑着，拉下了他老爸的稻草帽，然后开始抓他汗湿的头发。

埃蒂和苏珊娜几乎没有注意到这一幕。他们只看到浑身上下穿得严严实实的巨人跟随在扎佛兹的背后。埃蒂和苏珊娜在她们沿着河旁路参观小农场的时候看到了大概十几个身材极其高大的人，但都离得很远，(“这些巨人大都羞于见陌生人，哎。”艾森哈特这样说过。)而这两个离他们还不到十英寸远。

他们是男人和女人，还是男孩与女孩? 两者同时都有可能，埃蒂想，因为他们的年龄已无关紧要。

这个女人，流着汗，笑着，肯定有六英尺高，六英寸宽。她的胸部比埃蒂的脑袋要大两倍，她的脖子上挂着木制的十字架。这个男人比他的姐夫的妹妹至少还要高六英寸。他腼腆地看着陌生人，然后开始吮他一只手的大拇指，另一只手开始摸自己的胯下。对于埃蒂来说，最让人奇怪的不是他们的身材，而是他们与扎丽亚和逖安的长相惊人地相似。他们就像是一件成功的艺术品成品前的粗稿。他们俩很明显都是傻子，而又与两个正常人有着如此紧密的关系。只能用怪诞来形容他们。

不，应该是弱智，埃蒂想着。

“这是我的弟弟，扎勒曼。”扎丽亚说，语气极为镇定。

“这是我的妹妹，逖阿。”逖安补充道。“快行礼，你们两个呆子。”

扎勒曼只是继续吮他的大拇指，摸自己的胯下。然而，逖阿却是行了屈膝礼（有点像鸭子的样子）。“祝天长，夜爽。”她大声说道，“我们这里有土豆肉汤。”

“很好，”埃蒂平静地说，“土豆肉汤很好。”

“土豆肉汤好啊！”逖阿翘起她的鼻子，她的嘴唇也向上翘起，像猪叫一样表示亲近。“土豆肉汤！土豆肉汤！土豆肉汤好啊。”

赫达犹豫不定地碰了一下苏珊娜的手，说道：“她会一整天都这样的，除非你跟她说嘘嘘，姑娘。”

“嘘嘘，逖阿。”苏珊娜说道。

逖阿对着天空发出响亮的笑声，然后双手插在她巨大的胸部前，开始沉默了。

“扎，”逖安问道，“你该去撒尿了啊，对吗？”

扎丽亚的弟弟什么也不说，只是继续摸自己的胯下。

“快去撒尿，”逖安说，“你到谷仓背后，去浇到稻草秆上，快去。”

扎勒曼一时毫无反应。然后他走开了，摇摇晃晃地大步离开。

“在他们还年幼的时候——”苏珊娜开始问道。

“他们俩都非常聪明，”扎丽亚回答道，“现在她变笨了，我弟弟更是什么都不知道了。”

扎丽亚突然用手捂住脸。亚伦看了大笑，模仿着把自己的手也盖到脸上。（他从手指缝里叫道，“藏猫咪！”）但这时，两对双胞胎显得脸色很凝重，甚至有点恐慌。

“怎么了，妈妈？”利曼问，一边拽了拽他爸爸的裤腿。扎勒曼什么都没注意到，继续向谷仓走去，还是一只手放在嘴里，一只手摸胯下。

“没什么，儿子，你妈妈很好。”逖安把他小儿子放到地上，用手擦了擦眼眶。“一切都很好，不是吗，扎？”

“是，”她回答道，放下手。她的眼眶红红的，但她没有哭。“有上帝保佑，我们没什么好担心的。”

“但愿上帝能听到你的话，”埃蒂说道，看着那个巨人摇摇晃晃地走向谷仓。“但愿上帝能听到你的话。”

2

他们一起走到逖安所说的杂种地，扎丽亚、苏珊娜和大大小小的孩子们则都留在家中。“你的爷爷现在正享受着一天中的最好时光吧?”几分钟后埃蒂问逖安。

“你肯定没看出来，”逖安眉头紧锁地说，“最近几年，他越来越糊涂了，不管怎么着都不愿与我有任何瓜葛。而扎丽亚却手把手地喂他吃饭，为他擦口水，还叫他先生。难道两个弱智还不够我养的吗？我还得照顾那个脾气暴躁的老头，他的脑子像门上的铰链一样生了锈，不好使了。有一半的时间，他连自己在哪里都不知道，整天叫着嘘嘘。”

他们继续走着，茂盛的野草磨得他们的裤腿嗖嗖作响。埃蒂两次被埋在草丛下的石头绊倒了，一次逖安拽着他的手臂领着他绕过一个几乎能让他右脚致残的大洞。埃蒂现在明白为什么他把这里叫做杂种了。然而这里却有耕作过的迹象。很难想象有人可以在这样乱糟糟的田里耕地，看来逖安·扎佛兹正在努力做这样的尝试。

“如果你妻子说的都是真的，我想我该和他谈谈，”埃蒂说道，“该听听他的故事。”

“我的爷爷有很多故事，起码有五百个。但问题是，这些故事从一开始就是谎言，现在他老了，都把它们搅在一起了。他的口音很重，而且在过去的三年里，他最后的三颗牙齿都掉光了。我想刚开始你可能连他的话都没法听懂。但还是希望他的故事能让你高兴，纽约客——埃蒂。”

“逖安，他到底对你做了什么啊?”

“不是因为他对我做了什么，而是他对我爸爸做了什么。这些事说来话就长了，跟今天的事无关，不要想了。”

“不，是你不去想。”埃蒂说着，停了下来。

逖安看着他，很震惊。埃蒂点着头，一脸严肃：你明白我的意思了。埃蒂现在二十五岁了，比库斯伯特·奥古德最后在界砾口山的那一天，只是大了一岁，然而在渐暗的天色里，他看起来像五十岁。这是个残酷的事实。

“如果他真的看到过一头死狼，我们该听听他怎么讲。”

"埃蒂,我不想。"

"嗯,但是我想你应该很明白我的态度。不管你怎么憎恨他,先忍忍。如果我们能与狼算清这笔账,你要怎么对付他,我都同意。你可以把他推到壁炉里,烧死他,或是把他推下屋顶,摔死他。但现在,你能不能把你个人的恩怨放一放?"

逖安点了点头。他静静地站着,双手插在口袋里,望着那片被他叫做杂种的土地。当他这样打量这片土地的时候,他脸上的表情却是一种苦恼的贪婪。

"你觉得他的那些关于杀狼的故事都是他自己吹嘘的吗?如果你真的这么认为,我就不浪费我的时间了。"

逖安很不情愿地说:"比起他其他的故事,我更愿意相信那个。"

"为什么?"

"从我能听懂话起,他就开始讲这个故事了,之后每次讲得都跟以前的故事没什么大的变化。而且……"逖安接下来的话变得吞吞吐吐,好像从牙缝里挤出来似的。"我爷爷一直缺少勇猛的特质。要说还有什么人会有足够的勇气跑到东路上去抵挡狼群的话——就别提是否有足够的智谋去怂恿他人与自己一起前往了——我愿意跟你打赌此人会是杰米·扎佛兹。"

"智谋?"

逖安思考了一下后解释道,"敢把自己的头主动送到狼嘴里的人,需要勇气,不是吗?"

埃蒂想只有白痴才这么做,但他还是点了点头。

"那么,如果有人能说服别人把头主动送到狼的嘴里,那这种人就是有智谋的。你不认为这是智谋吗?"

埃蒂想起了一些罗兰让他做的事,点头同意。罗兰很有智谋。埃蒂确信这个枪侠的老伙伴也会这么说的。

逖安把他的目光重新转回他的那片土地,说道:"不管怎么样,如果你想从老家伙那里了解些有用的东西,我们必须等到他吃了晚饭后才行。在他吃了他的定量的饭和半品脱酒后,他会和颜悦色一点。一定让我妻子坐在你旁边,那样他在和你说话的时候就能看到她。你想,如果他还年轻的话,肯定对她会有所企图,而不仅仅是用眼睛看看这么简单了。"他的脸又阴沉了下来。

埃蒂用手拍了拍他的肩膀，“他不再年轻了，而你很年轻。值得高兴，不是吗？”

“啊，”逖安故意岔开话题说道，“枪侠，你觉得我的地如何？明年我要在这里种植麦橘果，就是你在我们院子里看到的黄色草药。”

埃蒂认为这片土地看上去像是在等待心碎。他猜想在逖安的内心深处也是这样的。你把自己唯一的未耕作的土地叫做杂种地，不会是因为他希望这块土地有什么好结果。但是，他明白逖安脸上的表情。过去当他们哥俩出发去走私毒品的时候，亨利脸上的表情也是这样的。每一次他们都以为自己弄到的是最好的货色。不管是中国的白粉，还是墨西哥的大麻，都会让你头晕并饥肠辘辘。整个礼拜他们都很兴奋，从来没有这样兴奋过，整个人都飘飘然的，但事过之后他们就会想戒毒洁身自好。亨利的经典明言就是这样的，如果亨利现在也站在他身边的话，他肯定会告诉逖安麦橘果是多么好的经济作物。那些告诉逖安不可以在这么靠北的地方种植这种作物的人，在下次丰收来到的时候只能笑自己愚蠢了。然后，他就会想要买休·安塞姆的山那边的田地……他还会在丰收时雇用一些额外的人手。你肯定可以想象得到，那时候这块田地就像金子一样值钱。他甚至还有可能会完全放弃种植水稻，开始专门种植麦橘果。

埃蒂冲这片田地点了点头，地才翻了一半。“看来你的地耕得很慢，你在耕地时可要小心你的驴子啊。”

逖安笑了，“我不会冒险让我的驴子在这里耕地，埃蒂。”

“那你怎么耕？”

“我让我的妹妹耕。”

埃蒂感觉有点震惊，“你不是在开玩笑吧！”

“我是认真的，我有时候也让扎勒曼耕地——他个子大，你肯定明白，他也更强壮，但他不聪明。我试了，他给我惹的麻烦比耕的地多。”

埃蒂摇摇头，一脸迷茫。他们的影子在这块高低不平，满是野草和蓟的田地上拉得很长。“但是……她是你妹妹啊！”

“是，但她整天还能做什么呢？整天坐在谷仓大门外面，看小鸡吗？睡得越来越多，起来只是为了吃她的土豆牛肉汤？这样做很好，真的。她自己不会介意。即使在八到十步内连一个石头和土洞都没有，她也很难耕得很直。她耕地的时候像个恶棍，笑起来像疯子。”

这个男人的坦诚征服了埃蒂。根本不需要争辩，他也没有察觉到任何可争辩的东西。

“不管怎么样，再过十来年她就要死掉了。我说，让她在能帮忙的时候多帮点忙。扎丽亚和我意见一致。”

“哦，但你为什么不让安迪耕地呢？我猜想如果你让它耕地的话，它肯定比她要跑得快。你们这么多的小农场都可以共享它，你们没有想过吗？它可以帮你们耕地，给你们挖井，它甚至能自己给谷仓搭个草棚。而你连土豆牛肉汤都可以不用给它喝。”他再次拍了拍逖安的肩膀。“那么做肯定对你有好处。”

逖安的嘴抖动了一下，“这只是个美梦而已。”

“不行吗？它难道不会工作。”

“它会做一些事，但是耕地，挖井肯定不是它想做的。你一叫它做这些事，它会问你要密码。如果你没有密码，它会问你是否要重新输入。然后——”

“然后它会告诉你运气真的不好，命令无法执行。”

“既然你都知道，为什么还要问我？”

“我知道它是用这种方法来对付有关狼的问题的，因为我问过它。我不知道它还这么对付其他事情。”

逖安点了点头，“它对我们用处真的不是很大，有时候它还很烦人——如果你现在还没有意识到这点，等你待久了，就知道了——不过，它的确告诉我们狼什么时候来，由于那件事我们都说谢啦。”

埃蒂话到了嘴边又咽了回去。他们为什么反而要感谢它，既然它说的消息什么用处也没有，只能让他们更痛苦。当然，这次可能会有所不同，安迪的消息可能会改变很多。这难道就是“你会遇见一个有趣的陌生人先生”一直寻找的吗？让这些狼站在他们的后腿上进行战斗？埃蒂突然想到了安迪那笃定而又奸诈的笑脸，觉得他们不应该这么宽容地对待它。根据别人的笑脸和谈话的方式来评判别人是不公平的（甚至是对机器人也是这样），但是，每个人却又都是这么做的。

现在我想起来了，它说话的声音意味着什么？它的那种我知你不知的自鸣得意又是怎么回事？难道那只是我的主观想象？

真他妈见鬼，他不知道。

3

苏珊娜的歌声伴随着孩子们爽朗的笑声——大大小小的孩子——把埃蒂和逖安吸引到了房子的另一边。扎勒曼抓着类似树皮绳子的东西。逖阿抓着另一端。他们俩咧着嘴笑着，慢悠悠地摇着绳子，苏珊娜盘腿坐在地上，哼着埃蒂模糊地记得的跳绳的调子。扎丽亚和她四个较大的孩子整齐地跳着，他们的头发随着跳动也在上下舞动。亚伦站在边上，他的尿布掉到了膝盖那里。他张着大嘴，欣喜地笑着。他胖乎乎的小拳头也跟着绳子摇动。

"'粉衣穷人来电话了！坏孩子要掉入罪恶的深渊！我抓到他想逃跑，一、二、三，他比谁都邪恶。'扎勒曼快摇啊，逖阿快点摇啊。快点摇，让他们都跳起来啊。"

逖阿那一端的绳子马上就加速了，一会儿过后，扎勒曼也赶上了她。这点事他显然能做到。苏珊娜也跟着哼得快起来，一边笑着。

"'粉衣穷人要采取行动了！坏孩子偷走了他财宝！四、五、六，我们到了七，那个坏孩子进不了天堂了！'扎丽亚，我都能看到你的膝盖了，快跳啊，大伙儿，快点跳啊。"

两对双胞胎跳得像羽毛球。赫顿把拳头弯到自己的腋窝里，模仿雄鹿的样子。他们现在已经克服了开头使他们笨拙的恐惧，最小的两个孩子跳得出奇的一致。甚至连他们的头发都一齐飘动。埃蒂突然想起了塔维利的双胞胎，他们俩连脸上的雀斑都一模一样。

"'粉衣……粉衣穷人……'"之后她突然停下，然后说，"飞啊……埃蒂！我记不起来了。"

"你们俩快摇啊，"埃蒂对摇跳绳的两个巨人说道。他们按他说的越摇越快了，逖阿开始对着渐渐昏暗的天空吼叫。埃蒂目测绳子的旋转速度，随着他们的膝盖来回地移动，等待机会。他把手按在罗兰的枪把上，防止枪从口袋里掉出来。

"埃蒂·迪恩，你永远做不到的！"苏珊娜大叫道，笑着。

但是，在接着绳子飞起来的时候，他成功地加入了他们，跳在赫达和她妈妈之间。他与扎丽亚刚好面对面，他跳得和她极其合拍，扎丽亚满脸通红，大汗淋漓。埃蒂还一边哼着残留在他记忆里的那么一段调子。为了赶上绳子，他哼得像镇上集市里的拍卖人一样急促。开始，他没有意识到，后来他连那个坏小孩的名字也换了，成了纯布鲁克林的绕口令。

“‘贪心的啄木鸟叼走了我的袋子，拿走了我家孩子的银盒子，在它打盹的时候，我抓住了它，八、九、十，抢回了我的银盒子。’摇绳子的快摇啊！”

他们摇得越来越快，绳子都看不清了。整个世界似乎都在一个无形的弹簧高跷上忽上忽下。他看到一个老人，随风飘动的头发，灰白的连鬓胡子，从门廊里出来，很像出洞的刺猬。他拄的硬木拐杖随着他的步伐重重地敲在地上。你好，爷爷，他这么想着，然后就不再想了。现在他要做的就是跟上绳子，不想成为第一个绊住绳子的人。当他还是小孩子的时候，就喜爱跳绳。他去了罗斯福小学后，就只能看着女孩子跳绳了，不然，同学就会叫他娘娘腔，对此他至今仍耿耿于怀。后来在高中的体育课上，他又找到了跳绳的快乐，但是都没有办法与这次相比。他发现了（或者说又发现）一种实实在在的跳绳的魔力，这种魔力把他和苏珊娜在纽约的生活和现在的异类生活联系在一起，而且不需要任何的魔法门或是魔法球，也不需要隔界。他甚至在恍惚地笑着，并且开始来回交叉着腿跳。不一会儿，扎丽亚·扎佛兹开始一步步地模仿他，和他一样地跳着。这和水稻舞一样有趣。甚至更有趣，因为他们都在一起整齐地跳着。当然这一切对于苏珊娜来说还是很神奇的，不管是已经发生的还是即将发生的所有奇怪的事情，在扎佛兹家院子里的短暂时光将永远保存在她的记忆里。不只是他们俩，在前前后后地跳着，也不止四个，而是有六个人。而两个大白痴在用他们厚板一样的手臂尽可能快地摇绳子。

逖安笑了，在地上跺着他的短靴子，叫喊着：“这比敲鼓强吧，是不是，大个子。”从门廊传来他爷爷的笑声，他的笑声如此的沙哑，以至于苏珊娜想他把这声音跟樟脑球一起封存多久了。

这种奇妙的感觉又持续了大概五秒钟。绳子摇得太快了，眼睛已经看不清楚了，只听到风一样呼呼的叫声。在里面跳绳的六个人就像是机器里的活塞不停地上上下下运动着，最高的是埃蒂，他在扎勒曼的这头，胖乎乎的利曼在逖阿那头。

接着一个人的膝盖绊住了绳子，苏珊娜以为是赫顿，当然最终大家都觉得是自己的错，这样就不会有人感到难过了。他们都躺在尘土里，大口地喘着气，笑着。埃蒂摸着胸口，突然看到苏珊娜在看他。“亲爱的，我心脏病发作了，你赶紧拨 911。”

她撑起自己的身体来到他跟前，低下头，那样她就可以吻到他。“不，你没有，”她说道，“埃蒂·迪恩，但你却击中了我的心，我爱你。”

他在院子的灰尘中一脸严肃地看着她。他知道不管她爱他多少，他只会爱她更多。当然，每次他想到这些事的时候，都预感到卡并不是他们的朋友，最终会拆散他们俩。

如果真是这样的话，那么你的任务就是让我们尽可能长久地在一起。你能完成任务吗，埃蒂？

“当然，我能。”他说。

她皱了皱眉头说道：“真的？”在卡拉的方言里这表示你能再说一遍吗？

“是的，我会的。”说着，他笑了，“相信我，我真的会。”他把他的一只手臂绕着她的脖子，把她拉到地上，开始亲吻她的眉毛，她的鼻子，最后是她的嘴唇。双胞胎们拍着手，笑着，最小的小宝贝也咯咯地笑了。在门廊里的杰米·老扎佛兹也笑了。

4

跳过绳后，大家都很饿了。苏珊娜坐在椅子上帮忙，扎丽亚·扎佛兹在屋子后面长长的三角桌上摆了满满一桌的晚餐。在埃蒂看来，傍晚的景色很美，山脚下种植的特种耐旱水稻，现在已经长到高个子的肩膀那儿了。再远处，就是夕阳下闪闪发光的河流了。

“扎，如果你愿意，在我们吃饭前，你来说个祷告。”逖安说道。

她似乎很乐意。后来苏珊娜告诉埃蒂，逖安一直都不尊重他妻子的宗教信仰。但是，自从那一次，卡拉汉神父在镇上聚会大厅出人意料地支持了他后，逖安好像就完全变了。

“孩子们，低下头。”

有四个头低下了——一共六个，算上两个傻大个儿。利曼和利阿紧闭双眼，以至于他们看起来像是很头痛的样子。在水泵的冷水里洗过后，他们的手很干净但却泛着红晕，这时候，他们的手握在胸前。

“感谢上帝让我们享用这顿美食。感谢你陪伴我们，但愿我们能像你对待我们一样对待他们。感谢你把我们从正午的蝇虫困扰和午夜的爬虫侵袭中拯救出来。我们说谢啦。”

“谢啦!”孩子们高声喊着,逖阿的叫声几乎震动了窗户玻璃。

“以上帝,上帝之子,圣人耶稣的名义。”她接着说道。

“圣人耶稣!”孩子们叫着。埃蒂看见老爷爷在大伙做祷告的时候,手上玩着跟扎勒曼和逖阿身上带的一样大小的十字架,静静地伸出鼻子来闻饭菜,觉得很有趣。

“阿门。”

“阿门!”

“土豆!”逖阿高兴地叫着。

5

逖安坐在长桌的这端,扎丽亚坐在另外一端。双胞胎们并没有挪到专门供孩子吃饭的小桌子上去。(而在家庭聚餐的时候,苏珊娜和她的那些表亲们却都是挪到专门供孩子吃饭的小桌子去,她非常讨厌被这样对待。)他们几个都坐在桌子的一边,稍大的两个孩子坐在凳子的两侧,小点的两个坐在中间,赫顿帮利阿吃饭,赫达帮利曼。苏珊娜和埃蒂并肩坐在孩子们的对面。两个大个儿,一个坐在苏珊娜的左边,一个坐在埃蒂的右边。最小的那个孩子开始坐在妈妈的腿上好好的,不一会儿,他就厌了,转到爸爸的腿上。老人坐在扎丽亚的旁边,扎丽亚帮他吃饭,帮他切肉,当汤流下来的时候,她还真的给他抹下巴。逖安生着闷气怒视着这一切,这让埃蒂觉得逖安太不为自己争气了,但逖安什么也没有说,只有一次问他爷爷是不是再要点肉。

“我手臂还很好,如果要做事的话,”老人说着,抓起一只装面包的篮子试图证明给大家看。对一个像他这把年纪的人来说,他抓得还是很灵活的。然而接着他就打翻了一个果酱调料瓶,使得先前的灵活大打折扣。“蠢货。”他叫道。

坐在下面的四个孩子,圆睁着眼睛相互望着,然后捂着嘴,笑了。逖阿仰头,对着天空吼叫。她的一个手肘刚好敲在埃蒂的肋骨上,几乎把他从椅子上打落在地。

“请你不要在孩子们面前这么说话。”扎丽亚说着,把调料瓶放好。

“原谅我吧。”爷爷说道。埃蒂想,如果是他的一个孙子这样训斥他,不知道他是否还能这么谦逊温顺。

"爷爷,让我帮你吧,"苏珊娜说着,从扎丽亚手中把调料瓶取过来。老头潮湿的眼睛几乎是以崇敬的神情盯着她看。

"我必须说已经四十年没有看到一个真正的棕色皮肤的美女了。"爷爷这样告诉她说。"她们以前经常出现在湖里的货船上,但是现在没有了。"爷爷说的是"船",但听起来像"粗"。

"但愿你不要太惊讶,其实我们都还在。"苏珊娜说着,对他笑了笑。这个老家伙咧着掉光牙的嘴,对着她好色地笑着。

牛排很硬,但味道不错。玉米和上次安迪在树丛边上做的几乎一样好吃。土豆盆有洗脸盆那么大,但还是重新装了两次,汤加了三次。对埃蒂来说,米饭却是这顿饭的新发现。扎丽亚上了三种不同的饭,埃蒂觉得每次都比前一种好吃。扎佛兹一家就这样漫不经心地吃着,就像人们在茶馆里漫不经心地喝着茶水一样。最后一道菜是苹果馅饼,吃完后,孩子们就离开去玩了。爷爷吃到最后打响嗝,才算是吃完了饭。"谢谢。"他对扎丽亚说,然后三次拍了拍他的喉咙。"我比什么时候都好,扎。"

"爷爷,能看到你这么吃,我很高兴。"她说道。

逖安咕囔了一声,然后说:"爷爷,这两位想和你聊聊关于狼的事。"

"只是埃蒂,如果你愿意的话,"苏珊娜立即坚定地说。"我来帮你擦桌子,洗盘子。"

"不用了。"扎丽亚说道。这时候,埃蒂似乎看到扎丽亚是在用眼睛和苏珊娜说——你留下,他喜欢你——但苏珊娜或是没有看到,或是假装没有看到。

"我用不着留在这里,"她说,然后非常老道地挪到她的轮椅边上,"你会告诉我的男人的,是不是,扎佛兹先生。"

"那都是很久以前的事了啊,"老头说,但看起来他很不情愿地说,"我不知道我还能不能讲了,我的脑子不像以前那么好使了啊。"

"我只想听能记得的,我要听每个字。"埃蒂说。

逖阿大声地吼笑起来,似乎这是她所听过的最最有趣的事。扎勒曼也笑了,用他那切肉板一样大的手把碗里的最后一点土豆挖出来。逖安清脆地拍了拍他的手,"别这么做,弱智,都已经跟你说过多少次了?"

"好吧,"爷爷说,"孩子,如果你要听的话,我就讲点。除了变老我还能做什么呢?那么把我推到门廊上去,在台阶上垫点东西,上台阶比下台阶要难。好姑娘,如果你把我的烟管拿来那就更好了。吸烟能让人思考,的确是这样的。”

“当然，马上给你拿来。”扎丽亚说道，完全不顾及她丈夫酸溜溜的眼神。

6

“你应该知道，这事儿发生在很久之前，”在扎丽亚·扎佛兹把他在他的摇椅上安顿好，背上靠上小枕头，嘴上舒服地叼上烟斗之后，爷爷说道，“我不确定到底狼总共来了两次还是三次，尽管我那时已经十九岁了，我记不得中间隔了多少年了。”

在西北方，夕阳的红晕投下一个灰红色的阴影。逖安在畜棚里喂家畜，赫顿和赫达帮他。稍小的那对双胞胎在厨房。两个傻大个儿，逖阿和扎勒曼站在院子的最边缘，静静地望着远方，不说也不动。他们看起来像《国家地理杂志》里关于复活岛照片上的巨大石头雕塑。看着他们，埃蒂有点起鸡皮疙瘩，但他还是开始为自己感到庆幸。爷爷看起来还相当愉快，头脑也清醒，尽管他的口音很浓重，简直有点可笑。至少，到目前为止埃蒂基本还能听懂他说的。

“我不认为中间间隔的年数很重要，先生。”埃蒂回答道。

爷爷挑起眉头，开始沙哑地大笑。“先生，我很久没有听人这么叫我了！你肯定是北方佬啊！”

“我想我是的。”埃蒂说。

爷爷开始陷入沉默，望着远方渐渐下沉的夕阳。然后，他又突然转头看埃蒂，神情很惊讶。“我们吃了没有啊，酒和饭？”

埃蒂的心开始凉了，“吃了，先生。在房子那边的桌子上。”

“我之所以问，是因为我一般在吃完晚饭后，都立即撒尿。今天好像不是很想，所以我问问。”

“是的，我们吃过了。”

“啊，你叫什么？”

“埃蒂·迪恩。”

“啊，”老头开始自顾自地吸烟管了。两圈烟雾慢悠悠地从他的鼻孔里飘出来。“那个褐色的是你的？”当埃蒂想问，褐色的什么，老头开口了，“女人。”

“苏珊娜是我的妻子。”

“啊。”

“先生……祖父……关于狼?”埃蒂开始相信他从这个老家伙口里什么也问不到了。也许苏希能问到——

“就我记得,我们那时候有四个人。”爷爷回答道。

“不是五个吗?”

“不,不,几乎一样,但不是。”事实上,他的声音开始变得很干。他的口音也不再那么浓重了。“那时我们还年轻,我们都很疯狂。不管我们是死还是活,我们都不会给狼机会的。不管其他人怎么看,我们下定决心那么做了。中间有我,我最好的朋友坡克·斯里德尔、伊曼·杜林和他的红头发妻子莫丽。那个女人抛起盘子来简直是个恶棍。”

“盘子?”

“啊,欧丽莎的女人都会抛盘子的。扎也是其中的一个。我待会儿让她抛给你看。她们把盘边磨得很锋利,除了她们的手抓住的那一部分。这些可恶的女人们,让我们男人看上去似乎很愚蠢。你应该明白。”

埃蒂默默记下,那样下次好告诉罗兰。他不知道这件事和抛盘子有什么关系,但他的确知道他们武器很短缺。

“是莫丽杀死了狼——”

“不是你吗?”埃蒂想着有趣,真相和故事纠缠在一起,直到它们之间没有任何瓜葛。

“不,不是,”——爷爷两眼发光——“可能有那么一次或是两次,我说是我杀死了狼。那也是为了骗年轻女孩上床,你该明白我的啊?”

“我想也是。”

“是那个红头发女人莫丽用她的盘子把狼杀死的。我讲得有点前后颠倒了。我们起初看到他们来了,扬起阵阵灰尘。然后他们的六轮车停在镇外。然后他们就散开行动了。”

“那是什么? 我不是很明白。”

爷爷伸出三根弯曲的手指,表明狼用三种不同的方式入镇。

“从扬起的灰尘来看,最大的那群狼进入镇里,开始向图克家跑去,这么做很有道理,因为有些父母把孩子藏在他屋后的储藏箱里。图克的屋后有个密室,他把他挣来的现金、宝石、几把旧枪和其他值钱的东西都藏在那里。图克家肯定也不是浪得虚名的。你想是吧。”又听到他粗哑的吃吃的笑了。

“那个密室很隐蔽，连给那个老家伙打工的都不知道那里还有个密室。但是，狼来了，他们直奔那个密室，把孩子带走。不管你是挡道，还是求情，他们都把你撩翻。然后，他们出来的时候，就开始用他们带的火棒点燃商店，放火。整个商店都烧平了。还好，没有把整个镇都烧平，狼带的火棒发出的火焰跟平常的火焰不一样，水是灭不了的。这些狗娘养的，水倒上去像油一样，火只会越来越烈，越来越猛。”

他最后骂得很凶，然后狡黠地看着埃蒂。

“我要说的是：不管我的孙子，或是你和你的棕色女人怎么说服大家抵挡狼群，伊本·图克都是不会加入你们的。很久很久以前，图克家就开了那个杂货店，他们是不会希望它再次被烧掉的。一次已经足以把那个老家伙吓得半死了，你明白不？”

“我知道。”

“另外两团狼烟，大的那团进攻了大农场。小的那团从东路来攻击小农场，我们那时就在那里，我们在那里抵挡狼群。”

这个老头满脸放光，若有所忆。埃蒂想象不出那个勇敢的年轻人（爷爷太老了），但从他潮湿的眼睛里，他看到了他往日的兴奋与雄心，当然还有那天残留的恐惧。他们四个肯定都吓坏了。埃蒂盼望着那一天的到来，就像一个饥饿的人想着食物一样。这个老头儿肯定从他的脸上看出来了这点，他想到这天似乎精力充沛，斗志昂扬。当然，老头儿从来都没有在他孙子的脸上看到这些。逖安只有在说谢谢的时候，不缺勇气，基本是个懦夫。而这个男人，这位来自纽约的埃蒂……他可能命不长，最后面土而死，但他不是丽莎说的懦夫。

“继续说啊。”埃蒂说。

“啊，我会的。朝我们跑来的狼在河畔路散开了，各自跑向那里的水稻农场去了——你看得到灰尘——还有一些在果仁路散开了。我还记得坡克·斯里德尔转身对着我，脸上带着那种难看的神情，伸出那只没有拿弓箭的手，然后他说……”

7

那时是秋天，火红的天空下，这个季节最后的几只蟋蟀在他们边上茂盛的枯草丛中跳动，发出唧唧的叫声。坡克·斯里德尔说："杰米·扎佛兹，认识你真的很高兴。"他脸上的笑容是杰米从来没有看到过的。不过，他那时候才十九岁，又在这么个奇怪的地方，一些人称之为尽头，另一些人称之为新月地区，这儿有很多他没见过的东西，或者说，他要像现在一样还会再看到很多新奇的事物。这个笑脸不怎么讨人喜欢，但中间绝对没有丝毫的怯懦。杰米猜想他那时的笑脸也是这样的。现在，他们仍然是在上帝的光照之下，但他们知道不久黑暗即将笼罩。他们的生死关头也就要来临了。

然而，他在和坡克握手的时候很有力量。"坡克，你还不认识我吧？"他问道。

"是的。"

灰尘向着他们滚滚而来。再有一分钟，也许更短的时间，他们就能看到灰尘后面的那些骑者了。而且，更重要的是，那些骑者也能看到他们了。

伊曼·杜林说："你觉得我们是不是该站到那个沟里去啊，"——他手指着路的右边——"我们躲到里面去，当他们经过的时候，我们可以跳出来，突袭他们。"

莫丽·杜林穿着紧身的黑绸裤子，白色的丝绸衬衣，颈部没有扣上，可以看到小小的银子做的丰收符：高举拳头的欧丽莎。莫丽的右手里拿着一个锋利的盘子，冷艳的蓝色钛钢上，涂了精致的绿色旱稻的花边图案。她的肩上挂着一个镶有丝绸边的芦苇秆包。包里有五个盘子，两个是她自己的，还有三个是她妈妈的。她的头发在灿烂的阳光下显得更亮了，似乎她的头在着火。不过，不久她的头的确着火了。

"伊曼·杜林，你爱怎么做就怎么做好了，"她告诉他，"至于我，我就要站在这里，让他们看到我，我还要喊我的同胞妹妹的名字，那样他们也听得清楚点。他们有可能把我踩翻，但在他们跳过我之前，我一定要杀死其中一个，或是割断他们那该死的马匹的腿。"

已经没有时间了。狼群出现在斜坡上，他们进入了阿拉的小农场，四个卡拉人最后看到了他们，没有人再建议躲到沟里去了。伊曼·杜林性情温和，他现在才二十三岁，却已经开始秃顶了。杰米几乎以为伊曼·杜林会扔下他的弓箭，趴倒在茂盛的草地上，举起双手，以示投降。然而，他却走到他妻子的身边，拔了一根箭。在他拉紧弓箭的时候，弓箭发出小小的咯咯声。

他们几个站在路的这边，尘土在靴子上飞扬。他们挡住了狼的去路。荣耀之感让杰米深感欣慰。他们做的是应该的。他们有可能在这里死去，但是这关系不大。斗争而死总比眼睁睁地看着狼带走更多的孩子要好。他们每个人都失去了一个同胞，坡克——他们中间最年长的一个——不但失去了一个兄弟，还失去了一个小儿子。这是他们应该做的。他们明白，可能由于他们站出来进行反抗，狼会对他们整个村子进行报复，但不要紧。这是他们该做的事。

“来吧。”杰米喊着，拉开他的弓箭——一次，再一次，然后就发射了。“来吧，你们这群狗娘养的！你们这群懦夫！来吧，来吃我几箭，卡拉，卡拉·布林·斯特吉斯！”

在正午的骄阳下，狼群一时似乎不再靠近，在原地闪着亮光。然后，只听他们马匹的嘶叫声从先前的沉闷而开始变得尖利。狼群随着前涌的空气向前倾。他们的裤子和马的皮肤一样是灰色的。墨绿色的斗篷在他们身后飞扬。绿色的头巾包着他们的面具(他们肯定戴着面具)，骑者的头在那一瞬间变成了咆哮、愤怒的狼头。

“四对四，”杰米喊着，“四对四很公平啊，伙伴们，守好你们的阵地，不要退让啊。”

四只狼骑着灰马向他们横扫而来。男人们举起了弓箭。莫丽——有时候，人们叫她红莫丽，由于她暴躁的脾气甚至比她的头发还火爆——举起了她握着盘子的左手。现在，她没有发火，而是相当冷静。骑在两边的两只狼手里拿着火棒，现在他们举了起来。中间的两只带着绿色手套的手开始往回缩，好像要投什么东西。飞贼，杰米冷静地想。事实上就是飞贼。

“要坚持住……”坡克喊道，“坚持住啊……坚持住……现在……”

他放了一支箭，杰米看到坡克的箭刚好从右首第二只狼的脑袋上方飞过。伊曼的箭射中了最左边的那匹马的脖子。在狼群离他们最后四十码的地方，这匹马的骑者掷出了手中的东西时，它撞在了旁边的那匹马上。扔出来的是飞贼，但飞得更远，而且它的导航系统可以锁定任何目标。

杰米的箭射中了第三只狼的胸腔。他还没来得及欢呼胜利，就傻眼了。箭从狼的胸腔弹了回来，就像射在安迪的胸膛，或是扔石头到那片杂种地一样。

这群狗娘养的东西竟然穿了盔甲。你们竟然穿了盔甲——另外一个飞贼飞得很准，正好打到伊曼·杜林的脸上，他的头一下子炸开了，只见地上流了一摊血，是他的脑盖骨和灰色的脑浆。飞贼又飞了大概三十码，然后，嗡嗡地开始往回飞。杰米赶紧蹲下，听见飞贼从他头上飞过，发出低沉的嗡嗡声。

莫丽寸步不移，甚至当她看到她丈夫的血和脑浆的时候也是。现在，她开始大喊，**“这是为了密妮，你们这帮婊子养的！”**然后扔出了盘子。现在他们离得很近——基本上没什么距离——但她扔得很用力，盘子在脱手后就飞了起来。

太用力了，亲爱的，在杰米俯身避开狼的火棒时，他这样想道。（火棒这时候也发出沉闷的呼叫声）太用力了，你们这帮混蛋。

莫丽瞄准的这只狼刚好向这个方向骑来。盘子刚好击中狼的面具和头巾的中间部分，接着就听到沉闷的砰的一声，狼带绿色手套的手向上举，身子向后翻下了马。

坡克和杰米大声欢呼，而莫丽冷静地把手伸到包里取另外一只盘子，那些盘子全都整齐地装在包里，钝的那一边朝上。当她取出一个时，一根火棒击中了她的一只手臂。她蹒跚着咆哮了一声，然后单膝跪地，这时她的衬衣起火了。杰米吃惊地看到她躺在尘土里的时候还想用受伤的手去取盘子。

剩下的三只狼从他们身边骑过去。莫丽用盘子砍中的那只狼躺在尘土里，剧烈地痉挛着，带着绿色手套的双手忽上忽下，似乎在说：“你能怎么样？你能对这些该死的懦夫怎么样呢？”

其余的三只狼，整齐地向他们骑回来，像是训练队的骑兵。莫丽用她僵硬的手指取盘子，然后仰天倒在火里，被火吞噬。

“坚持住啊，坡克，”杰米歇斯底里地叫着，眼看着死神在火红的天空中向他们逼近。“坚持住啊，你们这群天杀的。”在他闻到杜林夫人的尸体烧焦的味道时，他还是感到荣耀。这是他们应该做的事。因为狼被打倒了，尽管他们也许不能活着告诉别人了。这一切，会把他死去的伙伴带走，一切将无人知晓。

坡克又射了一支箭，这时，一个飞贼正好击中他，他的全身爆炸了，他的血、肉从他的领子和袖口飞出来，飞得到处都是。他的朋友杰米身上也被弄湿了。他又发了一只箭，看到箭朝一匹灰马飞去。他知道蹲下也没有用，但还是蹲下了。听到有东西嗡嗡地从他头上飞过。一匹马经过的时候，重重踢了几下，把他踢到了伊曼曾建议他们躲入的路边小沟里。他的弓箭也脱了手。他躺在那里，睁着眼睛，一动不动。他知道他们会再转回来的。他现在也没有什么选择了，只能装死，希望他们能径直过去。他们当然不会轻易就放过他。既然没有选择，他现在也只能这么做了，尽量使他的眼睛无光，装出死去的样子。过了几秒钟之后，他知道他不用装了。他再次闻到了尘土味，听到了草丛里的蟋蟀，他沉迷于这些，他知道，这是他能最后闻到和听到的。他知道他最后会看到那些狼，带着恐怖的咆哮，弯下身来把他杀死。

他们的确骑着马回来了。其中一个把手伸到包裹里，从他身边经过的时候又扔了一只飞贼。之后，便骑马跃过了倒下的狼的尸体——他还躺在路上抽搐，尽管他的手已经举不起来了。飞贼紧挨着他的头飞了过去，他甚至感觉它在徘徊着搜寻目标，然后它又上升，飞到田地外的空中。

狼群向东骑去，身后尘土飞扬。飞贼又飞回到他的头顶，这次更高，更慢。东边的五十码外，灰马在路上画出一条弧线。最后，他只看到三个绿色的斗篷，几乎垂直向上飞扬。

杰米从沟里站起来，双脚在下面打颤。飞贼转了个圈又转回来，这次直奔他而来，但速度不快，就好像能量不够。杰米爬回到路上，跪在坡克燃烧的遗体旁，拿起他的弓箭，他拿着弓箭的一端，像是拿着一根棍棒。飞贼向他飞来。杰米把弓箭举到肩上，当飞贼靠近他的时候，他把它打掉了，就像打掉一只大虫子似的。飞贼落在坡克砸烂的靴子旁边的土里，在土里还本性不改地嗡嗡作响，像是要重新飞起来。

“去你的，畜生，”杰米叫着，然后往它的上面堆土。他边堆，边哭。“你去死吧，畜生。”最后，飞贼终于完全埋到了白色的尘土里，嗡嗡声没了，没动静了。

他没有站起来——他太累了，已经感觉不到他的脚了，几乎不能相信自己还活着——杰米·扎佛兹跪着爬向莫丽杀死的那个怪物……他现在死了，至少躺着不动了。他想把他的面具拿下来，看看他的真面目。起先，他用脚踢了踢他，就像一个小孩子生气时做的那样。狼的尸体摇晃了几下，然后又不动了。一股刺鼻的味道从他的尸体里弥漫开来。一股腐烂的味道从面具里钻出来，似乎正在糜烂。

死了，这个男孩想道。他就是现在的祖父，他是所有卡拉人中最老的人。肯定死了，不要怀疑了。快点，你这个胆小鬼！快点揭开面具啊！

他揭开了，在火红的秋天的艳阳下，他揭开了这个腐烂的面具，像是一种铁网，他把它摘了下来，然后他看到……

8

好一会儿,埃蒂都没有察觉到这个老家伙已经不讲了。他还沉迷于故事里,不能自拔。一切都是如此真切,好像就是他自己在东路上,跪在尘土里,在肩上扳着弓弩就像是背棒球棒一样,准备对付前方飞过来的飞贼。

这时候,苏珊娜端着一盘鸡饲料穿过门廊,去谷仓。她经过的时候,好奇地看着他们俩。埃蒂这时才回过神来。他到这里不是来听故事的,但他想他还是很享受地听着这样的一个故事。

"然后呢?"当苏珊娜走进谷仓后,埃蒂问老头儿。"然后,你看到了什么啊?"

"啊?"爷爷神情茫然,埃蒂有点绝望。

"然后,你看到什么了啊? 在摘下面具之后?"

好一会儿,他的神情是茫然的——屋里灯亮着,但却没有人。然后老人回过神来(在埃蒂看来,他完全是在意志力的作用下)。他看他的身后,看屋子。他看了看谷仓黑漆漆的门口,屋里的磷光闪闪的灯很深很深,然后他又环顾了一下四周。

恐惧,埃蒂想,要吓死了。

埃蒂尽力让自己相信这只是一个老头儿的妄想,但他还是感到一阵寒气。

"靠近点,"爷爷咕哝道,埃蒂就靠上去了,"我就告诉过我可爱的儿子,鲁克……逖安的老爸,你知道不。这么多年过去了,我从来没有告诉过任何其他人。他叫我不要跟其他任何人讲。我说,'但是,如果万一这对别人有好处呢? 当下次狼来的时候?'"

爷爷现在连嘴唇都很少移动,但他浓重的口音现在几乎不见了。埃蒂听得很明白。

"然后他告诉我,'老爸如果你真觉得知道这些会有帮助的话,为什么那件事发生之后你都没有再说呢?'年轻人,我不知道怎么回答他。我也不知道我为什么不谈论这件事,直觉让我把嘴闭上。而且,这有什么好处呢? 能改变什么呢?"

"我也不知道,"埃蒂说道。他们的脸现在靠得很近。埃蒂几乎能闻到老杰米口里的牛肉和肉汤的味道。"我怎么知道,你都没有告诉我你之后看到了什么?”

“‘血王肯定会发现他的跟随者的,’我的儿子说,‘最好没有人知道你出去和狼决战过,也不要把你看到的这些讲给别人听,以免他会来报复,即使是在雷劈。’年轻人,我看到的东西让我很难过。”

尽管埃蒂已经很迫不及待了,他还是觉得最好让这个老人按自己的方式把故事讲出来比较好。“什么东西,爷爷?”

“我觉得鲁克并不完全相信我,也许他觉得他的老爸只是在讲一个奇怪的关于一个伟大的杀狼者的故事。但是,你肯定明白,如果我是在讲一个故事,我肯定会说是我把狼杀死了,而不是伊曼·杜林的妻子。”

埃蒂觉得这很有道理,然后他记起罗兰有时候说爷爷曾经不止一次暗示过他自己的英勇行为。想到这里他情不自禁地笑了。

“鲁克很担心其他人会听到我讲的故事,而且对之深信不疑;担心消息会就此传到狼的耳朵里,结果我就可能因为讲了这个几乎真实的故事,而命丧黄泉。这不是我的幻想,你相信我,是吗?”在昏暗中,他潮湿的老眼恳求地盯着埃蒂的脸。

埃蒂点头表示相信。“我知道你说的都是真的,祖父。但是谁会……”埃蒂住口了。*谁会出卖你呢?* 本来应该这么问的,但是,他怕爷爷听不明白。“那么谁会告密呢?你怀疑谁呢?”

爷爷环顾了一下正在变暗的院子,似乎要开口说,但始终没有说。

“告诉我,”埃蒂说道,“告诉我你想的是——”

一只宽大干燥的手——由于年岁而颤抖,但却出奇地有劲——抓住他的脖子,把他拉近。坚硬的胡须触到了埃蒂的耳郭,使他全身发抖,起了一层鸡皮疙瘩。

当夕阳最后几缕光亮消失在天际,夜幕降临卡拉的时候,爷爷在他的耳边低声说了十九个字母。

埃蒂·迪恩两眼睁得很大。他首先想到的是,他现在明白那些马了——所有这些灰色的马。他的第二个感觉是,*这也是理所当然的,一切都在情理之中,我们应该想到。*

说完这十九个字母,爷爷就不说话了。他抓着埃蒂脖子的手缩回到他的腿上。埃蒂面对着他,问道:“当真?”

“啊,枪侠,”老人说,“当然是真的。但不是全部,因为相似面具下面可能是不同的脸,但——”

“不一样，”埃蒂说，心里想着灰色的马。甚至不用提灰色的裤子，所有这些绿色的斗篷，这些都很有道理。他妈妈以前经常唱的老歌里是怎么说的？你去参军了，你就不再耕地了。你不会富裕了，你这婊子养的，你去参军了。

“我必须把这个故事告诉我的伙伴。”埃蒂说道。

爷爷慢悠悠地点了点头，说：“啊，你当然会。”然后他带着极重的口音说了一句话。

埃蒂点了点头，就好像他听明白了似的。后来苏珊娜翻译给他听，那句话说的是：我和那个孩子处不来，你知道的。鲁克想在逖安用探棒测到的地方打井，你知道吗。

“水探棒？”苏珊娜从黑暗中问道。她已经悄悄地走回来了，她的手的姿势，好像是拿了根如愿骨似的。

老头看到她，很吃惊，然后还是点了头。“水探棒，是的。我反对这么做，但在狼又过来带走了她的妹妹逖阿之后，鲁克如逖安所愿地在那里打了井。你能想象让一个还不到十七岁的孩子决定挖井的地方吗？但鲁克就在那里挖了，而且还的确有水。我会带你去看看。我们都看到水光闪动，都尝到了水。可是，粘土下滑，把我的儿子活活地埋在了下面。我们把他挖出来，他已经不省人事了。喉咙和肺里都是粘土和垃圾。”

慢慢地，老人从口袋里取出一块手帕，擦了擦眼睛。

“从那以后，我和我孙子终于相安无事了，不就在什么地方挖井而争论不休了，你没看出来吗。但是，关于再次抵挡狼群的事，他是对的。如果你能替我告诉他的话，告诉他，他的爷爷向他的勇气致敬，向他这个大家伙致敬。他的骨子里有扎佛兹家的勇气。我们在多年前站出来抵挡狼群，现在证明我们的血没有白流。”他说着还点了点头，这次更慢了。“去，告诉你的同伴，把每个字都告诉他们。万一消息走漏……如果这次狼群要早点从雷劈出来对付我这个干瘪的老家伙的话……”

他笑了，露出寥寥无几的牙齿，埃蒂觉得极其厌恶。

“我还可以拉一把弓弩，”他说，“有人说你的棕色女人还要学抛盘子。”

老人开始望着黑暗。

“让他们来吧，”他静静地说，“这次把该算的账都算了，你们这些畜生。这次把该算的账都算了。”

第七章

夜景，饥饿

1

米阿再次来到了城堡，但这次与以前很不同。以前她总是慢悠悠地走动，玩味着饥饿的滋味，但心里明白马上她就能吃上东西，并且她和她肚子里的小家伙能完全吃饱。这次她饿得发慌，心神不定。她现在明白，在先前的旅途中感到的并不是饥饿，而是正常的食欲。这次完全不同。

他吃饭的时间到了，她想道，*他需要多吃点来维持他的体力，我也需要多吃点。*

然而，她感到害怕，甚至恐惧，这已经不仅仅是吃饭的问题了。她需要吃点特殊的东西。小家伙需要它来——

发育成型。

是的！是的，就是发育成型！她当然能在宴会大厅找到这东西，因为所有吃的都在宴会大厅——有一千道菜，每道菜都比她上次吃的要美味。她能吃尽整个桌子的东西，当她找到她要吃的东西时——合适的蔬菜，调料，肉和鱼丸——她的肠胃甚至连她的神经都在盼望着，她要吃……她要*狼吞虎咽*……

她开始越走越快，最后跑了起来。她模糊地意识到她的裤腿在瑟瑟作响。她穿的是牛仔裤，就像是牛仔穿的那种裤子。底下她穿了靴子，而不是拖鞋。

靴子，她自言自语道，*靴子能走得快点。*

但这些都没关系。重要的是她能吃上，塞饱她的肚子，(她太饿了！)然后是给小家伙找点他要吃的。让他吃了能变强壮，帮她干活的东西。

她急匆匆地走下宽敞的楼梯，朝有规律地慢慢转动的引擎声走去。现在，她应该可以闻到好闻的味道了——烤肉，烤鸡，草熏鱼——然而，她却连食物的味道都没有闻到。

可能是因为我感冒了，她想，她的靴子在台阶上嗒嗒作响。*一定是的，我一定是感冒了。我的嗅觉可是一流的，却什么也闻不到。*

但她闻到了。她闻到了水渗漏的潮湿味道，轻微的机油味道，霉菌不断腐蚀挂在废弃的房子里的挂毯和窗帘的味道。

只有这些味道，没有吃的。

她继续在黑色大理石上走着，走向一扇双开门。她没有发现她又被跟踪了——这次不是一个枪侠，而是一个穿着棉衬衣、棉短裤，眼睛大大的，头发乱糟糟的男孩。她穿过地上铺着红黑交错方块大理石的大厅，以及钢铁和大理石平滑缠绕的雕像。她没有停下来致意，甚至连头都没有低。她可以忍受自己的饥饿，但她的孩子不可以。她的孩子绝对不可以挨饿。

她对着铝合金雕像上自己乳白的模糊投影停顿了一会儿（只有几秒钟）。她的上身穿着一件普通的白衬衣（她自言自语道，你把这也叫T恤衫），上面有文字和一个图片。

图片上好像是一头猪。

女人，现在不要管你的衬衣了。你的孩子最重要了，你必须要喂你的孩子了。

她闯进就餐大厅，然后又沮丧地停了下来。房子里满是阴影。有几个聚光灯还发着暗光，但大部分已经熄灭了。她环顾四周时，只有房子最尽头唯一亮着的一盏灯闪了几下，嗤嗤作响，然后还是灭了。白色的盘子换成了蓝色的饰有绿色水稻图案的盘子。水稻图案交互成两个字母ZN。她知道这代表着永远和现在，还有到来，就像在“来吧，来吧，考玛辣！”里一样。但是，盘子无关紧要，饰图也不重要。最重要的是，盘子和美丽的水晶玻璃杯是空的，上面还盖着厚厚的灰尘。

不，也不是所有的都是空的。在一只高脚玻璃杯里，她看到一只死的黑寡妇蜘蛛，它的很多条腿都卷曲着靠着玻璃杯中间的位置。当她看到一只从银酒桶里伸出来的酒瓶的瓶颈时，她的肚子不自觉地咕咕叫了。她抓起瓶子，没有注意到桶里根本就没有水，更不用说冰了，整个都是干的。但至少，这个瓶子还有点分量，有足够的液体让它摇起来咣咣作响。

但在米阿把自己的嘴贴到瓶颈上之前，一股浓重的酸酸的醋味使她眼睛都流出了泪水。

“他妈的！”她叫着，把瓶子扔下，“你这个狗杂种！”

瓶子落在大理石地上，粉碎了。桌子底下有东西吱吱叫着跑开了。

“啊，你们最好走开，”她叫喊着，“不管你是什么东西，最好滚开，我是米阿，无父母之女，我今天心情很不好！但是我要吃东西，我一定会吃到东西的。”

话是说得很豪迈，但她在桌子上没有看到什么可以吃的。桌上有面包，但是，她想捡的那片已经变成了石头。似乎还有吃剩的鱼，但它已经腐烂，在蛆的蚕食下化作了白白绿绿的一摊。

看到这乱糟糟的一片,她的胃又开始叫了。更糟糕的是,胃下面的孩子也不耐烦起来,开始踢动,要吃的。虽然他不说话,却驱动着她神经系统的最原始部分。她的喉咙开始发干。她的嘴巴紧缩,似乎喝了变味的酒。她的眼球突出,眼睛张大,看得更清楚了。每个想法,每分感觉,每种本能都想着同一种东西:食物。

在桌子末端的边上有一个屏风,上面是亚瑟·艾尔德,高举着剑,在三个枪侠骑士的跟随下穿过一片沼泽。他的脖子上是他的猎物,可能是他刚宰杀的大蛇。又一次成功的探险!好样的!男人和他们的探险!弓箭!一条被宰杀的蛇对她有什么用?她肚子里有个孩子,孩子很饿。

饿了,她觉得一个不是她自己的声音在说,*他肯定饿了*。

在屏风后面是一扇双开门。她推开门,仍然没有意识到那个男孩杰克站在就餐大厅的末端,看着她,很害怕。

厨房也一样空荡荡,一样布满灰尘。灶台上有家畜的足迹。壶、锅、烤架胡乱地堆在地上。除了这堆垃圾外,还有其他四个水槽,其中一个水槽里有一摊死水,浮着水藻。这个房间是用荧光灯照明的。只有几个灯管还发光稳定,大部分灯管在闪动,亮了又灭,灭了又亮,似乎这一切都是不真实的,恶梦般的不真实。

她穿过厨房,把挡在她道上的壶、锅都踢到一边。这边有并排的四个巨大的烤箱。第三个烤箱的门微微地开着。从里面传来一点余热,就像是壁炉最后的灰烬消失六到八个小时后能感受到的温度。有一股气味使她的肚子再次咕咕地叫,是刚烤好的肉的气味。

米阿打开门。里面有类似烤的肉。一只如雄猫般大小的老鼠在吃这块肉。开门的声响让它回头来看,它用黑黑的无惧的眼睛看着她。它油光闪闪的胡须抽动了一下,然后转头继续吃。她甚至可以听到它嘴唇咬动肉,撕裂肉的声响。

不,老鼠先生,这不是为你留的,这是为我和我的孩子留的。

“我只警告一次!我的朋友。”她唱着转向灶台下面的储藏柜。“最好在你能走的时候离开!直接警告!”但这根本没用。老鼠先生也很饿。

她拉开一个抽屉,只找到擀面板和擀面杖。她马上考虑用擀面杖,但她不想在晚餐上涂上老鼠血,除非不得已。她打开下面的橱柜,找到了装松饼的罐头和做好吃甜点的模子。她退到左边,打开另外一个抽屉,终于找到了她要找的。

米阿本来打算取小刀，但却取了把肉叉。这个叉有两个六英寸长的马口铁片。她取了它，回到那一排烤箱前，犹豫了一会儿，察看了其他三个烤箱。它们都是空的，就像她预料的一样。什么东西——卡，上天，或是鬼魂——留下了这块新鲜烤肉，但只够一个人吃。老鼠先生以为是留给它的。它错了。她想不会再有另外一块了，至少在这个空房子里不会再有。

她弯下腰去，新鲜烤肉的气味再次充斥着她的鼻孔。她的嘴张开了，口水从微笑的嘴角流下来。这次老鼠先生连头也没有回。它断定她不会对它造成威胁。好吧，那么她就又向前弯了弯腰，深吸了一口气，然后用肉叉刺中了老鼠。老鼠肉串！她把它拿出来，举在面前。老鼠猛烈地尖叫着，四条腿在空中乱蹬，头前后摆动，血从肉叉柄涌到她的拳头上。她举着它，它还在空中翻腾，她把它拿到那池死水边上，从肉叉上把它摔下来。它滑入黑暗中消失了。有一会儿，它的鬈曲的尾巴还竖着，然后也不见了。

她走到水槽边上，试了试每个水龙头，从最后一个水龙头里流出几点可怜巴巴的水滴。她把手放到水滴下冲洗，直到水滴不见为止。然后，她走回烤箱旁，在裤子后面把手擦干。杰克现在站在厨房里，看着她，没有故意躲藏，但她还是没有注意到他。她的注意力全部被肉的气味吸引了。这当然还不够，也并不是她孩子需要的。但就目前来说，也只能将就了。

她伸手进去，抓住烤盘的一角，喘着气把盘子拉出来，抖着手指，咧嘴笑了。这是痛苦的笑，然而这个场景也不乏诙谐。老鼠先生或者是比她抗热，或者是比她更饿。尽管，她很难想象现在有谁或是什么东西比她还要饿。

"我很饿!"她叫着，笑着，走到抽屉边上，快速地合上又打开。"米阿是个饥饿的女人，是的。她既不去莫豪斯也不去没豪斯，但我很饿！我的孩子也很饿!"

在最后的那个抽屉（好像永远都是在最后那个抽屉），她找到了她要找的防热垫。她拿着它们赶紧回到烤箱前，弯下腰，把烤肉拿出来。她的笑声一下子噎住了……然后又放声大笑，比刚才更加响亮。我真是个笨蛋。我多么愚蠢啊。她原本还以为那只被老鼠先生只咬了一点的烤得皮脆脆的乳猪是一个孩子的尸体呢。她猜想一只烤乳猪是有点像小孩子……像婴儿……别人的孩子……但现在她已经把它取出来了，她看到紧闭的眼睛，烤焦的耳朵，嘴里的烤苹果，现在已经没有疑问，它是什么了。

她把它放到柜台上，她又想起了她在大厅雕像上看到的倒影。但现在管不了那么多了。她饿得发疯。她从她拿肉叉的抽屉里取出一把屠刀，切去老鼠先生吃过的那一块，就像是切掉苹果上的一个虫洞一样。她把那块切下来的往身后一扔，然后举起整个烤乳猪，埋脸进去吃了起来。

杰克从门那边看着她。

当最初的饥饿已经不再那么强烈的时候，米阿以一种介于算计与绝望之间的神情环顾四周。如果烤乳猪吃完了，她该怎么办呢？当下一次这种饥饿再来临的时候，她该怎么办呢？她去哪里寻找她孩子真正需要的，真正想要吃的东西？她一定要找到这个东西，保证能够持续得到那种特殊的食物，维他命或是其他什么东西。猪肉还可以凑合（足够让孩子再回到梦乡，感谢上帝，耶稣圣人），但肯定还不够。

现在，她又把烤乳猪放回到盘里。她把她穿的衬衣从头上脱下来，翻过来，那样她才能看到衣服的前面。上面是一个卡通的猪，烤得红通通的，但它似乎并不介意，还在傻乎乎地笑着。在它的上面，粗俗的字体看起来像是一块谷仓板，上面写着：**美国南部**[①]**猪，莱克星顿大道61街**。**下面写着：纽约最好的排骨——美食杂志**。

美国南部猪，她想，美国南部猪。我在什么地方听到过类似的说法？

她不知道，但是她相信她能够找到莱克斯，如果一定要找的话。“肯定在第三区与公园之间，”她说道，“肯定是，难道不是吗？”

男孩缩回了门外，让门微开着，听到这句话，他痛苦地点了点头。就是在那里，的确是的。

那好吧，米阿想，一切都很顺利，就像书里那个女人说的，明天又是新的一天。有什么好担心的，不是吗？

是的。她接着就拿起烤乳猪，开始吃起来。她吃的时候，嘴巴发出的声音和老鼠先生发出的声音真没什么区别。真的没什么大的区别。

2

逖安和扎丽亚想把卧室让给埃蒂和苏珊娜睡。让他们相信他们的客人不想睡他们的卧室真不是件容易的事——睡在卧室反而会让他们不自

---

① 原文为Dixie，意指美国南方，后文中也有音译为“迪克西”。

在——最后苏珊娜要了把戏，她故意犹豫着，可怜兮兮地告诉扎佛兹一家，当他们住在刺德城的时候，发生了可怕的事情。那些事是如此可怕，以至于他们从此以后就不能轻易地在屋里睡觉了。谷仓更适合他们，不管你什么时候想要看外面，你都可以透过开着的门看到。

这个故事编得很好，讲得更是惟妙惟肖。逖安和扎丽亚深信不疑，流露出同情的神情。这使得埃蒂反倒感觉很内疚。在刺德的确发生了很多可怕的事情，这是真的。但是，他们俩并没有从此对睡在屋里感到紧张。至少，他不是这样的。自从离开他们自己的世界以后，他们俩只有一个晚上是待在真实的房屋顶之下的(就是前天晚上)。

现在他叉着腿坐在扎丽亚给他们过夜的一张毯子上面。毯子摊在干草上，其他两个毯子放在边上。他望着院子，看到爷爷讲故事的门廊，看到小河。月亮在云丛中忽闪忽现，院子一会儿被照得明亮亮，一会儿又变得黑漆漆。埃蒂并没有看到他想要看的东西。他的耳朵贴在谷仓的地板上，下面是畜栏。他确定她在下面的某个地方。但是，她真的很安静。

但是，她到底是谁呢？罗兰说是米阿，但这只是个名字。她到底是谁呢？

但是，这不仅仅是一个名字。像枪侠说的那样，在高等语中这是妈妈的意思。

米阿是妈妈的意思。

是的。但她不是我孩子的妈妈。她肚子里的孩子也不是我的儿子。

在楼下传来轻轻的沉闷的声音，接着是木板吱吱作响的声音。埃蒂浑身僵硬。她就在楼下。本来，他还有点怀疑，但现在，她的确就在楼下。

在六个小时无梦的熟睡之后，他醒来了，发现她不见了。他走到谷仓隔间的门边。他们之前就没有关门，他朝外看。她在那里。即使是在月光下，他也知道在轮椅上的不是真正的苏珊娜。不是他的苏希，也不是奥黛塔·霍姆斯，不是黛塔·沃克。但她却不是完全陌生的。她——

你肯定在纽约看到过她，只是那时候，她有腿而且知道怎么使用。她有腿，她不想走得离玫瑰太近。她有自己的理由，很正当的理由，你知道我认为真正的理由是什么吗？我认为她害怕玫瑰会伤害她肚子里怀着的东西。

然而，他为楼下的女人感到难过。不管她是谁，她肚子里怀着什么。她是为了挽救杰克·钱伯斯，才落入这般境地的。她阻挡了那里的恶魔，把她困入自己体内。那样，埃蒂才刚好有足够的时间来配钥匙。

如果你能早点找到解决的办法——如果你不是这么没用的话——她的状况可能不会这么糟糕，但你到底有没有想过这些呢？

埃蒂试着不想这些。当然，很多都是事实。在配钥匙的时候，他对自己失去了信心。那就是为什么在要拖出杰克的时候，他还没有削好钥匙的原因。但现在他已经不想这些了。老是这样想，也没有什么好处，只能给自己造成伤害。

不管楼下的那个女人是谁，他现在把全部的心思都放在她身上了。夜寂静得似乎什么都睡着了，在月光和黑云的交替下，院子里忽明忽暗。她坐着苏珊娜的轮椅先是横穿过院子……然后回转……然后再横穿……然后右拐……然后左拐。她让他想起了沙迪克所在的空地上的那些旧机器人，罗兰叫他把它们都射死。这有什么好奇怪的啊？他这时神思游离，想要入睡，但他又想起了那些机器人。罗兰这样说：我觉得它们本身就是悲伤的产物。不过埃蒂会帮它们脱离苦海。在他的劝说下，他照做了：他射死了一条很多节的蛇。那条蛇很像他的一个生日礼物，是一个卡通拖拉机。他还射死一个脾气暴躁的不锈钢老鼠。最后一个是会飞行的电子的东西，罗兰亲自把它给射死了。

就像那些旧机器人一样，院子里的这个女人也想去某个地方。但她不知道自己要去哪里。她想要得到某种东西，但她不知道她自己要的是什么。问题是，他现在应该怎么做呢？

他只能静静地看着，等着。利用这些时间他要胡编个故事，万一他们醒来，看到她坐在自己的轮椅上在院子里打转，那时候就好讲给他们听，好应付一下。或者，可以告诉他们说这是在刺德患上的恐慌综合症。

“啊，我看这个行得通，”他小声说，但这时候苏珊娜的轮椅的方向变了，朝谷仓这边推来。埃蒂躺下，准备装作睡着了。但他没有听到她上楼来，他听到轻微的转动的声音，转动轮椅时发出的哼哼声，然后他听到地板的吱吱声越来越远，她朝谷仓的后面走去。他可以想象得到，她会走下轮椅，然后以她平时的慢节奏往后爬去……去那里做什么呢？

五分钟的寂静之后，他听到一声尖叫，短促但尖利。他非常紧张，那声音就像是一个婴儿在睾丸被拉紧，浑身起鸡皮疙瘩时发出的叫声。他看着通向谷仓底层的楼梯，继续等待。

那是一只猪。一只小猪。仅仅是只小猪。

也许是只小猪，但他还是不自觉地想象着，也有可能是年纪小点的那对双胞胎，特别是那个小女孩。利阿和米阿谐音。不可能是孩子，如果有人以为苏珊娜咬断了一个孩子的喉咙，那么他肯定是疯了，但是……

但是，现在在下面的那个女人不是苏珊娜，如果你一开始就以为她是苏珊娜，你可能会受伤，就像以前一样受伤。

受伤，你去死吧。他曾经差点被杀死。他的脸曾经几乎被大螯虾啃掉。

是黛塔把我扔向那个大鬼怪的。这里的女人不是她。

是的，他有了想法——真的只是出于直觉的想法——这里的这个女人比黛塔不知要好多少，但他如果真要为此赌上他的性命的话，他就是个大笨蛋。

或是赌上孩子们的性命？逖安和扎丽亚的孩子？

他坐在那里汗流浃背，不知所措。

在漫长的等待之后，他又听到了更多的尖叫和吱吱声。最后的一声尖叫是直接从楼梯下的阁楼里传出来的。埃蒂又开始躺下，闭上眼睛。尽管，不像平常那么自然。从他的睫毛往外看，他先是看到她的头出现在阁楼的地板上。那个时候，月亮从黑云里走了出来，光亮洒满了整个阁楼。他看到她嘴角还留有血迹，像巧克力一样浓黑。他提醒自己早上一定要把血迹从她的嘴角抹掉。他不想让扎佛兹家的人看到。

埃蒂想，*我现在想要看到的是那对双胞胎啊。两对，四个，都好好地活着。特别是利阿。我还能做什么呢？逖安皱着眉头从谷仓走出来，他问我们晚上是不是听到什么了。有可能是一只狐狸，或是一只他们一直都在谈论的狼。因为，你看到有一只小猪不见了。希望你能把剩下的都藏好了，不管你是米阿或者是其他什么人。希望你藏好了。*

她走到他身边，躺下，转身，马上就入睡了。从她的呼吸可以断定，她睡得很香。埃蒂转头看着沉睡中的扎佛兹这片家园。

她并没有去房子附近的任何地方。

除非她摇着她的轮椅穿过整个谷仓，然后走到房子的背后。那么走……从窗户溜到房子里……带一个年幼的双胞胎出来……可能是那个女孩……把她带到谷仓后面……然后……

她不可能这么做的。首先，她没有时间。

也许不，但到了早上他的感觉会好很多，一切如常。他会看到所有的孩子都来吃早餐了。还会看到亚伦，这个腿粗粗、小肚子圆圆的小男孩。他想起他妈妈看到有母亲在街上推着这样的小孩子时，常常会说：太可爱了！都有食欲了。

别想了，快睡觉！

但埃蒂还是花了很长时间才再次睡着。

3

杰克喘着气从恶梦中醒来，不知道自己在什么地方。他浑身哆嗦着站起来，双手紧抱着自己。他身上只穿了一件宽大的和他身体不相称的棉衬衣，和薄薄的棉短裤，运动裤那种类型的。对他来说也太大了。什么……？

突然传来一声咕哝声，然后是一个小小的放屁的声音。杰克朝发出声音的方向看去，他看到了本尼·斯莱特曼睡在两床毯子下面，毯子盖住了他的眼睛，只有头发露在外面。杰克穿的是本尼·斯莱特曼的汗衫和短衬裤。他们都在本尼的帐篷里。他们的帐篷在河岸边的空地上，帐篷俯视着河流。外面的河岸石头很多，就像本尼说的，不适合种植水稻，但适合钓鱼。如果他们运气真好的话，就能够在德瓦提特外伊河的外沿捕到他们的早餐。尽管，本尼知道杰克和奥伊还得回到尊者的家里吃饭，和他们的首领以及其他的卡-泰特待上一两天，或是更长的时间。但杰克也可能之后会再回来。这里可以钓鱼，河的上游很适合游泳，这里还有墙壁能发光的山洞和身体发光的蜥蜴。杰克想着这些好处，心满意足地睡着了。他不会因为出来没有带枪而过于紧张。（尽管，这些天他看到的太多，也做了太多，以至于若是不带枪在身边，他会浑身不自在。）但是他相信，安迪会守护着他们的，他应该让自己放心地睡觉。

然后，他开始做梦了。可怕的梦。苏珊娜在一个废弃城堡中的一个巨大而肮脏的厨房里。苏珊娜举着一只叉在肉叉上的老鼠。她把它举起来，笑着，血从叉子的木头手柄上流下来，流到她的手臂上。

这事实上并不是梦，你知道的。你必须告诉罗兰。

接下来的想法肯定更加令他困扰：*罗兰已经知道了，埃蒂竟然也知道。*

杰克坐在那里，双腿蜷曲着靠在胸前，手臂抱着双膝。自从在艾弗莉小姐的英语作文课上，他最后的作文被大家取笑以后，他再也没有感觉这么难受过。那篇作文题为《我对事实的理解》，尽管他现在对事实的理解比以前更加透彻了——可能是罗兰所谓的触动让他明白了很多——他的第一反应仍然是纯粹的恐惧。不过，现在他不那么恐惧了……

他想他现在感到的是悲伤。

是的，他们应该是卡-泰特，可能还有很多像他们一样的卡-泰特，但是现在他们的团结涣散了。苏珊娜变成了另外一个人，罗兰不想让她知道，不想在这儿和别的世界的狼即将到来的时候告诉她。

卡拉之狼，纽约之狼。

他想生气，但没有人可以让他生气。

苏珊娜是因为帮他而怀孕的，如果罗兰和埃蒂不告诉她这些事情，那是因为他们想保护她。

是啊，一个抱怨的声音在他的耳际响起。他们也确实希望在狼从雷劈出来的时候，她能够帮得上忙。如果那时候，她正忙于流产或是由于紧张而崩溃什么的，到时对付狼的枪就要少一支了。

他知道那样不公平，但是那个梦让他很震惊。他老是想起老鼠，那只老鼠在肉叉上乱颠。她高举着它，笑着。他忘不了。她在大声笑。他能够体会到她那时心里的想法，那个关于老鼠肉串的想法。

“救世主啊。”他小声说道。

他猜想他理解罗兰为什么不把有关米阿的事情告诉苏珊娜——以及有关这个孩子的事情，苏珊娜所说的孩子——枪侠难道不知道，有些更加重要的东西正在失去，而且如果这种状况持续下去，损失会越来越大吗？

他们比你更了解情况，他们都是大人了。

杰克觉得这些都是狗屁。如果大人真比孩子知道得多，为什么他老爸还每天抽三包无滤嘴烟，还吸食可卡因，直到鼻子流血呢？如果大人知道按某些道理做正确的事，那为什么他妈妈会和她的按摩师睡觉呢？那个家伙有强健的二头肌，却没有大脑。为什么他们俩都没有注意到，在一九七七年春末夏初的时候，他们的孩子(他有个小名叫巴玛——也只有他们家的管家知道)失去了他妈的理智？

这是两码事。

但如果这是一码事呢？如果罗兰和埃蒂身在其中，但却看不到事实呢？

什么是事实？你理解的事实又是什么呢？

他们不再是卡-泰特了，那就是他对事实的理解。

在第一次闲聊时，罗兰和卡拉汉都说了什么呢？那时候，我们都在场，我们是在一起的。他想起了一个老笑话，当人们放屁的时候，人们会说只有屁股才会泄密。他们现在就是这样的，他们的身体泄露了秘密。

不再是真正的卡-泰特了——当他们在互相保守自己的秘密时,他们怎么可能还是呢?米阿和苏珊娜肚子里的孩子是秘密吗?杰克不这么认为。还有其他事情。有一些事情罗兰不仅没让苏珊娜知道,连其他人也没有告诉。

如果我们团结在一起,如果我们是卡-泰特,我们就能打退狼群。他想,但不是我们现在这个样子。不是在这里,也不是在纽约。我只是不再相信。

接着,他又有了一个新想法,这个想法如此的可怕,他想尽量地回避。但是他意识到,他没有办法做到。尽管他不想,但他必须要考虑这个想法。

我能够自己控制这件事,我能够自己告诉她。

那么,然后怎么办?他怎么跟罗兰说呢?他怎么解释呢?

我不能这么做。我没有办法解释,他也不会听我的解释。我唯一能做的是——

他还记得罗兰讲的他与柯特对战那天的故事。被揍的老地主带着他的拐杖,单纯的孩子带着他的老鹰。如果他——杰克——反对罗兰的决定,告诉苏珊娜罗兰一直瞒着她的事,这些对他来说将会是一场成人测试。

而且,我还没有准备好。可能,罗兰准备好了——不太可能——但我也不是他,没有人能和他比。他胜于我,我应该单独被送往东边的雷劈。奥伊可能会想和我一起去,但我不会让他和我一起去。因为,那里只有死亡。死亡对于我们的卡-泰特来说只是一种可能,但对于他这样一个小孩子来说那是肯定的。

然而,罗兰保密的做法仍然是错误的。所以呢?他们将再次聚在一起继续听卡拉汉把故事讲完——可能——然后处理卡拉汉教堂里的事。然后他该怎么做?

和他谈谈。告诉他,他在做的事情是不对的。然后,说服他。

好。他能那么做的。这会很难,但他能那么做。他也该和埃蒂说说吗?杰克不这么认为。埃蒂知道后会使事情变得更加复杂。让罗兰自己决定告诉埃蒂什么吧。罗兰毕竟是我们的首领。

帐篷的口盖再次抖动,杰克的手伸到他身体的一侧,如果他带着他的工装包的话,鲁格一般都挂在这里。现在,它当然不在这里,但一切正常,是奥伊,他想把鼻子伸进口盖,所以把口盖往上推,好让他的头钻进帐篷。

杰克伸手去拍他的头。奥伊用牙齿轻轻地咬住他的手,开始舔起来。杰克也很乐意让他舔。他早把睡意抛到九霄云外了。

帐篷外面的世界是一幅浓重的黑白素描。布满岩石的斜坡伸向河流，河流现在看起来又宽又浅。月亮像是空中的一盏灯。杰克看到布满岩石的岸边有两个人，吓得直冒冷汗。这时候，月亮转到云层里，整个世界都黑了。奥伊的下巴又贴到他的手上，把他往前拉。杰克跟着他走，发现了四只脚印，这让他放心了些。奥伊在他的背后站起来，他在他的耳边呼吸，他的呼吸声就像是个小发动机发出的。

月亮从云里钻出来。整个世界又亮了。杰克现在才看到奥伊已经把他带到了一大块花岗岩上，这块花岗岩从土里伸出来，就像是一只被烧毁的船只的舰首。这也是个藏身的好地方。他环顾四周，然后又向河岸看去。

其中一个他肯定不会认错的。月光在金属上的闪光足以让人认出那是报信机器人安迪(当然它还有其他很多功能)。另外一个……另一个是谁呢？杰克斜视了很久，起初还是认不出来。他藏身的地方离下面的河岸起码还有两百码。尽管月光明亮，但还是很难辨认。那个男人的脸抬起来，那样他才能看到安迪，月光刚好照在他的身上，但是他脸部的轮廓还是飘忽不定。只是，那个男人戴的帽子……他认得那顶帽子……

也可能弄错了。

然后，那个男人稍微转了一下他的脸，月光从他的脸上反射回来，杰克现在确信了。在卡拉可能有很多牛仔戴着这种圆圆的墨西哥帽，但是到目前为止他只看到过一个人是戴眼镜的。

是，他是本尼的老爸。那又怎么了？不是所有的父母都像我的父母。有些父母关心他们的孩子，特别是像斯莱特曼先生这样失去了本尼的双胞胎姐姐之后，他肯定会更关心自己的孩子的。本尼说，他姐姐死于热肺，也就是肺炎的意思。六年前。我们出来野营，斯莱特曼先生叫安迪看着我们。然而半夜的时候，他决定过来看看我们，很可能他自己做了什么恶梦。

有可能，但是那也不能解释为什么安迪和斯莱特曼先生要到下面的河岸去交谈啊？

也许，他怕吵醒我们。也许，他现在就可能上来看我们的帐篷，那么我就该回到帐篷里去——也许他会听安迪说我们都很好，然后径直回罗金B。

月亮再一次躲到了云层下，杰克想他最好还是待在老地方不动，直到月亮再次从云里出来。当月亮出来的时候，他看到的一切，使得他就像刚才在梦里跟着米阿穿过整个废弃的城堡时一样难过。好一会儿,他想这有可能还是一个梦,有可能他做完一个梦又开始做另外一个梦。但是鹅卵石硌得他的脚生疼,奥伊在他旁边的呼吸完全不像是在梦里。这是正在发生的事实。斯莱特曼先生既没有上来看孩子们的帐篷,也没有径直回到罗金 B。(尽管安迪的确是跨着大步沿着岸边回去了。)本尼的老爸在涉水过河,他在向东去。

他可能有理由去那里。他可能有充分的理由去那里。

真的吗?那么,那个充分的理由是什么呢?不可能是那边的卡拉,这点杰克很了解。那里什么也没有,只有废弃的土地和沙漠,边界地和死亡之国雷劈的缓冲带。

开始是苏珊娜出了问题——他的朋友苏珊娜。

现在看起来,他的新朋友的老爸也出了问题。杰克注意到他已经开始咬自己的指甲了,这是他在派珀学校的最后一个礼拜染上的毛病,然后他让自己停下来。

"这不公平,你知道吗?"他对奥伊说,"这不公平。"

奥伊开始舔他的耳朵。杰克转身双手抱住这只大貉獭,把他的脸贴到他朋友毛茸茸的皮毛上。貉獭安静地站着,让他抱着。过了一会,杰克回到奥伊站的更加平坦的地上。他感觉好多了,感到了一点安慰。

月亮又钻到云层下面,整个世界都黑了。杰克站在老地方不动。奥伊轻轻地哼哼叫着。"等一下。"他自言自语地说。

月亮再次出来了。杰克仔细审视刚才本·斯莱特曼和安迪交谈的地方,拼命地回想。那里有一块大石头,表面闪闪发光。一个死去的光秃秃的树干靠在边上。杰克确信他能找到这个地点,即使是在本尼的帐篷撤走后。

你会告诉罗兰吗?

"我不知道。"他小声说。

"知道。"站在他脚踝边的奥伊说道,这让杰克吓了一跳。或许他说的是不[①]?或许那才是这只貉獭真正要说的?

你疯了吗?

他没有疯。曾经有一段时间他以为自己疯了——发疯或是马上就要疯

---

① 前面杰克自言自语说:I don't know.(我不知道。)貉獭学舌地跟着说了:Know(知道),发音恰好跟 No(不)一样,所以杰克吓了一跳。

了——但是,他不那么想了。而且有时候他也知道,奥伊能读懂他的心。

杰克静静地回到帐篷。本尼还在熟睡。杰克看着那个男孩——尽管年岁比他大,但在很多重要的方面比他年轻——之后的好几秒钟,他都在咬自己的嘴唇。他不想让本尼的老爸有什么麻烦。除非,他别无选择。

杰克躺下来,把被单拉到他的下巴。在他的一生中,还从没有过那么多让他做不了决定的事情,他想哭。在他能再次睡着之前,天开始泛白了。

第八章

图克家的店铺；找不到的门

1

在离开罗金 B 之后的半小时内，罗兰和杰克默默地向东面的小农场骑着，他们的马肩并肩友好地溜着蹄。罗兰知道杰克的心里在想一些严肃的问题，他困惑的脸说明了一切。终于，杰克握紧拳头，举到左胸前说："罗兰，在埃蒂和苏珊娜加入我们之前，我可以和你这个首领谈谈吗？"此时，罗兰还是大吃了一惊。

*我可以对尊贵的首领敞开心扉吗？*但是这句话潜含的意义比这要复杂，这话比亚瑟·艾尔德那个时代都还要早上好几个世纪，像范内说的那样。这有可能是要求某个首领帮助解决一些很难解决的情感问题，经常是与爱情有关。当他或她真这么问的时候，他或她会立即，毫无疑问地按照首领给予的建议去做。但是，当然杰克·钱伯斯还不会有爱情问题——除非他爱上了那个巨人弗兰西妮·塔维利——那么，他又是怎么知道这种套语的呢？

这时候，杰克两眼突出，脸色苍白，严肃地看着他，罗兰不喜欢他这样。

"首领——这个词你是从哪里听来的，杰克？"

"不是听来的，我自己想到的。"杰克马上补充说明，"我从来不去探听什么，但是有时候，就是突然想到了。这些都不是很重要，我以为，有时候我们毕竟还是要用这些词句的。"

"你学这个就像是一只乌鸦或是锈色黑鹂捡起它看到的发光的东西一样。"

"我想是的。"

"还有什么其他的？再告诉我一些。"

杰克看似很尴尬。"我记不得了。首领，那意味着我向你敞开心扉，然后你说什么我都会同意。"

那意思实际上比他说的要复杂得多，但这个孩子已经抓住了要害。罗兰点头了。他们一起骑着马走着，太阳晒到脸上很舒服。玛格丽特·艾森哈特的表演让他舒心，之后他又和这个太太的父亲好好聊了一番，这么多夜以来，他第一次睡得这么安稳，“是的。”

“让我想想，还有个叫‘告诉我啊’，意思——我想是——议论一些你不该议论的人。它一直在我的脑子里，因为那听起来就像是在说闲话：‘告诉我啊’。”杰克用一只手捂住耳朵。

罗兰笑了。实际上应该是“告诉啊我”，但很明显杰克只是学会了发音。这个真的很有意思啊。他提醒自己，以后一定要把自己的想法深深地埋在心里。还好有一些有效的办法，感谢上帝。

“还有小首领，意思是某个宗教首领。你今天早上在思考那个问题，我以为，因为……那个年长的曼尼人吗？他是个宗教首领吗？”

罗兰点头了。“应该是的，那么，他的名字，杰克？你能从我的脑子里读出他的名字吗？”枪侠全神贯注于这件事。

“当然可以，韩契克，”杰克立即说，几乎是脱口而出。“你和他闲聊过了……什么时候？昨天深夜？”

“是的。”他还没有预料到这件事。如果杰克不知道那件事，他会感觉好一点。但是这个孩子感觉很灵敏，罗兰相信他，他说他没有探听这些。至少没有故意探听。

“艾森哈特太太以为她恨他，但是你以为她只是怕他。”

“是的。”罗兰说，“你的感觉很灵敏。比阿兰更灵敏，比你自己以前也要灵敏。难道是因为玫瑰，是吗？”

杰克点了点头。是因为玫瑰。他们继续默默地向前骑了一会儿，在他们的马后扬起一阵阵薄薄的灰尘。那天尽管有太阳，天还是很冷，看来秋天真的来了。

“好吧，杰克，如果你愿意的话就和你的首领我说说话吧。我也很感激你一直如此信任我的智慧。”

但是，两分钟过去了，杰克什么都没有说。罗兰试探着他，想要弄明白这个孩子的脑子里到底在想什么，但他什么也没有发现，什么也没有——

但还是有些东西的。有一只老鼠……扭动着，被叉在什么东西上面。

“她去的城堡在什么地方？”杰克问道，“你知道吗？”

罗兰没有办法掩饰他的惊讶，他其实很惊愕。他猜想他的神情中还有一丝内疚。突然，他明白了……当然不是全部，但明白了很多。

“根本没有什么城堡，从来没有过，”他告诉杰克，“她去的这个地方只在她的心里，很有可能是根据她读过的故事编造的，那些我在篝火边上讲的故事。她去那里，那样她就不必看到她真正吃的是什么。她孩子需要的是什么。”

“我看到她在吃一只烤乳猪，”杰克说道，“就在她进来之前，有只老鼠在吃这只烤乳猪。她用肉叉刺中了这只老鼠。”

“你在什么地方看到这些的？”

“在城堡里。”他停顿了一下又说，“在她的梦里，我在她的梦里。”

“她看到你了吗？”枪侠的眼睛非常敏锐有神。他的马分明是感到了一些变化，停了下来。杰克的马也停下来了。他们现在到了东路，离瑞德・莫丽・杜林杀死雷劈的狼的地方还有一公里。现在他们面对着对方。

“不，”杰克说，“她没有看到我。”

罗兰想起那个晚上，他跟着苏珊娜进入了沼泽地。他知道她在自己心里的某个地方，但他只能感觉到这点，不知道确切的地方。他在她心里看到的景象都是模糊的。现在他知道了。他还知道其他一些东西：杰克很困惑，他的首领决定让苏珊娜继续走这条路。也许，他的困惑是对的。但是——

“你看到的不是苏珊娜，杰克。”

“我知道。那个她还有自己的脚，而且叫自己米阿。她还怀孕了，而且害怕死亡。”

罗兰说：“如果你告诉我这个首领，告诉我你在梦里看到的一切，还有在你醒来以后困扰你的一切。那么，我会以我的智慧给你建议，我所有的智慧。”

“你不会……罗兰，你不会指责我吧？”

这次罗兰还是没有办法掩盖心里的惊愕。“不会的，杰克。肯定不会的。也许应该是我请求你不要指责我。”

孩子天真地笑了。马又开始向前行进了，这次比刚才要快点了。似乎它们也知道这个地方会有麻烦，它们也想要尽快离开这个地方。

2

杰克连自己也没把握，当他开始讲以后，他心里的事情究竟有多少会出来。他又开始犹豫了，到底怎么告诉罗兰关于安迪和斯莱特曼先生的事情呢。最后,从罗兰刚才说的话里他找到了答案——告诉我你在梦里看到的一切,还有在你醒来以后困扰你的一切——在岸边看到的一切都不说。事实上,今天早上他觉得那一部分对他来说也不是很重要了。

他告诉罗兰关于米阿怎样跑下楼梯,在她看到餐厅和宴会大厅没有吃剩下的东西时,她的恐惧。然后是在厨房里发生的一切。她在厨房发现了一块烤肉,但是有只老鼠在吃。然后,她把她的竞争者给打败,独自开始享用那块烤肉。然后是杰克自己,害怕得发抖,控制着自己不要叫喊。

他犹豫了一会儿,然后扫了一眼罗兰。罗兰做了个不耐烦的手势——继续,快说,把它讲完。

好吧,他想道,他答应不指责我的,他信守了诺言。

那是真的,但是杰克还是不能告诉罗兰他考虑过把一切都告诉苏珊娜。无论如何,他的确说出了他心里最大的恐惧:他们三个都知道了这件事,而只有一个人不知道。他们的卡-泰特在最最需要团结的时候涣散了。他甚至还跟罗兰说了那个老笑话,当一个人放屁的时候,人们会说只有屁股才会泄密。他不期望罗兰大笑,他的这个期望显然是达到了。但是,他感觉到罗兰有些羞愧。杰克觉得很害怕。他一直以为羞愧只会在那些连自己在做什么都不知道的人身上出现。

"而且到昨晚,比三个人知道、只有一个人不知道更加糟糕的事情出现了,"杰克说道,"因为你想把我排除在外,是吗?"

"不是。"

"不是?"

"我只是想顺其自然,我告诉埃蒂是因为我害怕,一旦他们同居一室,他马上就会发现她梦游,会把她叫醒。如果他真那么做了,我害怕不知道什么事情又会发生在他们两个的身上。"

"你为什么不直接告诉她呢?"

罗兰叹气道:"听我说,杰克。当我们还是孩子的时候,柯特负责我们的体育锻炼。范内负责我们的智力训练。他们俩都想把他们自己对道德规范的理解教给我们。但是在蓟犁,我们的父亲负责教我们有关卡的一切。因为每个孩子的父亲都是不一样的,所以我们每个人对卡是什么,卡是做什么的,从孩提时代起就有不同的理解。你明白吗?"

*我知道你在回避一个非常简单的问题,*杰克这样想着,但还是点了点头。

“关于卡，我的父亲告诉了我很多。其中不少我都已经遗忘了，但有一件事情仍然记得很清晰。他说，在你不确定的时候，你必须让你的卡独自解决问题。”

“所以，这就是卡。”杰克听起来有点失望。“罗兰，那没什么用。”

罗兰听懂了孩子话语中的担忧，但是其中的失望更让他心痛。他继续骑马，再要开口时，他意识到他要说的只是些空洞的理由，就又闭上了嘴。他没有再争论，说了实话。

“我也不知道怎么做。你想告诉我什么？”

孩子的脸马上涨红了，罗兰意识到可能杰克以为他在讽刺他，所以他生气了。这种误解让人害怕。*他是对的，*枪侠想。*我们真的散了吗，老天帮帮我们吧。*

“不是这样的，”罗兰说，“听我说，我求你听好了。在卡拉·布林·斯特吉斯，狼正在赶来。在纽约，巴拉扎和他的那些先生们也正在赶来。他们马上就要到了。苏珊娜的孩子能等到这些事情解决后才出生吗，是或者不是？我也不知道。”

“她看起来根本不像是怀孕的样子。”杰克小声说，脸上的绯红退了一些，但是他仍然低着头。

“是的，”罗兰说，“她是不像，她的乳房丰满了一点——可能还有她的嘴唇——但这些就是仅有的迹象了。所以，我还有理由抱有希望。我必须抱有希望，你也必须这么希望。因为，排在狼和你世界里的玫瑰之前的，还有黑十三以及怎么处理它的问题。我想我知道——我希望我能知道——但是我必须和韩契克再谈一次。而且我们必须再听完卡拉汉神父的全部故事。你想过自己和苏珊娜谈谈吗？”

“我……”杰克咬着嘴唇，陷入了沉默。

“我知道你这么想过。忘了它吧。如果在除了死亡之外还有什么其他事情会涣散我们的人心，那么不需要我的应许，你就可以那么做。杰克，我是你的首领。”

“我知道。”杰克几乎叫着回答道，“你以为我不知道吗？”

“你认为我喜欢这样吗？”罗兰问道，有点激动。“难道你没有发现吗，以前这些都要简单得多了……”他声音小了，对自己差不多要说出口的话感到惊讶。

“在我们来这里之前，”杰克说，他的声音很平静，“并不是我们自己要求来这里的，没有人这样要求。”*我也没有要求你把我丢进黑暗里。杀了我。*

“杰克……”枪侠叹着气说，举起手，然后又把手放到他的大腿上。前面是一个岔口，从那个岔口，他们就能到达扎佛兹小农场，埃蒂和苏珊娜在那里等着他们俩。“我所有能做的就是重说一遍我刚才说的话：当一个人对卡不确信的时候，最好让卡自己决定怎么解决。如果你干涉它，你肯定会做错事的。”

“罗兰，这很像是纽约王国的警察说的话。答案不是答案，只是让别人做你想要他们做的事的一种方法。”

罗兰考虑着他的话，嘴唇紧闭。“你叫我支配你的心。”

杰克机警地点了点头。

“作为你的首领，我还有两件事想要跟你说。首先，我说我们三个——你、我和埃蒂——要在狼来之前把实情告诉苏珊娜。告诉她我们知道的一切。告诉她她怀孕了，她的孩子肯定是个恶魔的孩子，而且她自己造了个叫米阿的女人来照顾那个孩子。第二，在我们告诉她这些之前，我们不要再谈论这件事。”

杰克考虑着这些事的时候，脸上慢慢露出了舒心的宽慰。“你这话当真？”

“当真。”罗兰尽量掩饰着这件事对他造成的伤害和他的怒气。但毕竟，他还是很了解孩子为什么这么问。“我承诺，我对此发誓，这样行不？”

“好，这样我就放心了。”

罗兰点了点头，“我这么做不是因为我确信这是对的。而是因为你，杰克。我——”

“等一下，等等。”杰克说道，他脸上的笑容不见了，“你不会是把所有这些都推到我的身上吧。我从不——”

“别这么说胡话，”罗兰说这话的时候，语气严厉，态度冷漠，杰克很少听到他这么说话。“你请求一个男人的决定，我同意了——我也必须同意——因为卡规定你在重大事件中要像男人一样做出决定。在你置疑我的行为时，你已经开启了这扇门。你难道想否认这个？”

杰克的脸红了又白。他看起来很害怕，什么也没有说，只是摇头。罗兰想，*天哪，我讨厌所有这些。这比什么都糟糕。*

他心平气和地说，“不，不是你自己要求来这里的。我也不想掠夺你的童年。然而，我们现在在这里了，狼站在山的那边嘲笑我们。我们必须按他的意愿做，不然我们就得付出代价。”

杰克头垂得很低，颤抖着小声说道：“我知道。”

“你相信苏珊娜应该知道这些事。我却不知道该怎么做——我在这件事上，失去了方向。当有些人知道该怎么做，而其他人不知道怎么做的时候，不知道的人只能听命，而知道怎么做的人必须勇敢地承担这个责任。你明白我的意思吗？杰克。”

“是的。”杰克小声说道，用弯曲的手碰了碰眉头。

“好吧。那么就不要再提这事儿了。你的感应很强。”

“我希望我不是。”杰克脱口而出。

“不管怎样，你能感觉到她吗？”

“是的，我没有有意探测——她或是你们中的任何人——但有时候我的确感觉得到她。我听到她想唱的歌，以及她对她在纽约的公寓的看法。有一次，她是这么想的：‘我希望我能够有机会再次阅读读书俱乐部的爱伦·德鲁里的新小说。’我以为爱伦·德鲁里在她那个世界肯定是个著名的小说家。”

“这些都是些很表面的东西，换句话说。”

“是的。”

“但是，从这些东西，你能触及到更深的东西。”

“我有时候还能看到她脱衣服，”杰克沮丧地说，“但这是不对的。”

“在目前这种情况下，这是对的，杰克。你就把她当作是一口井，你每天必须要去，取一勺，来确保水仍然是甜的。我想要知道她是否变了。特别想要知道她是不是打算逃跑。”

杰克睁大眼睛看着他，“逃跑？逃到哪里去？”

罗兰摇摇头说：“我也不知道。一只猫到哪里产崽，在橱柜里，或是在谷仓里？”

“但是，如果我们告诉了她，她身体里的另一个她占了上风呢？如果米阿逃跑了，罗兰，并且把苏珊娜也带走了呢？”

罗兰没有回答。这就是他所担心的，杰克聪明地想到了这些。

杰克看着他，眼中带着理解的怨恨……但也有接受。“一天一次，不会再多了。”

“如果你感觉到了变化，还会有更多麻烦的。”

“是的。”杰克说道，“我讨厌这些，但是，首领，我问你。我想你会带上我吧。”

“杰克，这不是扳手劲，不是一场游戏。”

“我知道。”杰克摇了摇头，“感觉你好像把问题都转到我这边来了，但是也没什么。”

我的确把问题转到你那边了，罗兰想。他想还好没有人知道他刚才是多么的迷茫，带他渡过这么多难关的直觉似乎也缺失了。我的确这么做了……但我也别无选择。

“我们现在保持沉默，但是在狼来之前，我们一定要告诉她，”杰克说道，“在我们必须战斗之前，就这么说定了？”

罗兰点了点头。

“如果我们必须先对付巴拉扎——另外一个世界里的恶棍——在我们行动前，也必须告诉她。好吗？”

“是的。”罗兰说，“好。”

“我讨厌这些。”杰克犹豫地说。

罗兰回答道：“我也讨厌。”

3

埃蒂坐在扎佛兹家的门廊里切着肉，还一边听着爷爷的令人困惑的故事，在他认为该点头的时候点着头。当罗兰和杰克骑着马出现的时候，埃蒂放下刀，大步跨下阶梯去迎接他们，还一边回头叫苏珊娜。

今天早上，他感觉特别的好。他晚上的恐惧已经一扫而光，就像是我们对夜晚的恐惧一样。就像是尊者说的一类和二类吸血鬼，对这些东西的恐惧在阳光下就全然不见了。首先，扎佛兹家的所有孩子都好好的，吃早饭的时候都出现了。其次，谷仓里的确少了一头小猪。逖安问了埃蒂和苏珊娜他们在晚上是否听到了什么，当他们俩都摇头时，他满足地点了点头，但神情还是有点黯然。

“啊。在这个世界的这个部分，无声的焦虑到处都是，但北方没有。每年秋天都有一群一群的野狗出没。两个礼拜前，他们还在卡拉·埃米提。下个礼拜，他们中的一些就会来到我们这里，他们就会成为卡拉·洛克午德的一大问题了。他们沉默无声，我说的不是安静，我说的是沉寂。这里什么也没有。"逖安用一只手掐在喉咙上示意。"而且,他们对我一点好处都没有。我在这里找到一些硕大无比的谷仓鼠。已经死了。其中一只的头颅都被撕下来了。"

"恶心。"赫达说道,做着好笑的鬼脸把他的碗推开了。

"姑娘,你来吃粥啊,"扎丽亚说,"吃了粥,在你出去晾衣服的时候,你会很暖和的。"

"呵呵,为什么呢?"

埃蒂捕捉到了苏珊娜的眼睛,他对她眨了眨眼。她也向他眨了眨眼,一切都很正常。是的,可能她在晚上会梦游。在午夜吃点夜宵,然后把剩下的埋到土里。这都没什么啊。但是,她怀孕的问题一定得解决。这个问题当然该被解决。埃蒂确信,这件事最终会被妥善地解决。在太阳底下,有关苏珊娜可能会伤害一个孩子的想法真是荒谬。

"嗨,罗兰,杰克。"埃蒂转向正走出门廊的扎丽亚。扎丽亚行了屈膝礼,罗兰摘下帽子,冲着她亮了亮帽底,然后又戴上。

"夫人,"他问她,"在抵挡狼群这件事情上,你是和你丈夫站在一起的,对吗?"

她叹了口气,但眼神却很坚定。"是的,枪侠。"

"你需要援助或是增援人员吗?"

这个问题问得不带丝毫的夸耀——事实上,很随意——但是埃蒂感觉到了窘迫,当苏珊娜的手放在他的手里时,他轻轻地捏着她的手。接下来是第三个问题,也是最关键的一个问题,这个问题还没有向卡拉地区的大农场主、大牧场主或是大商人提出来过,但却先向一个初出茅庐的年轻人的妻子提出来了,一个小农场主的妻子。她稠密的棕色头发在脑后系成一个发髻,她的皮肤尽管是自然的暗色,但却由于过多的光照而显得粗糙开裂。这是对的,本来就应该这样的。卡拉·布林·斯特吉斯的灵魂主干就是在四十多个像这样的小农场里,埃蒂估算着。让扎丽亚·扎佛兹代表他们,又有何不妥呢?

"需要,说谢啦。"她就这样直接地回答道,"上帝和耶稣圣人保佑你们和你们的家人。"

罗兰点了点头,似乎他要做的事情就是数着时间度日。"玛格丽特·艾森哈特给我展示了些东西。"

"是吗?"扎丽亚淡淡地笑着问。逖安拖着重重的脚步走到角落附近,尽管现在才早上九点，他看似很累，而且还大汗淋漓，有只肩膀上放了一个破旧的马鞍。他过来问罗兰和杰克好。然后，他站在他妻子的旁边，一只手绕过她的腰，放在她的臀部上。

“啊，跟我说说欧丽莎女士和格雷·迪克的故事。”

“那是个有趣的故事。”她说。

“的确。”罗兰说道，“夫人，我不会说话，我就直说了吧。当那个时刻到来之时，你会带着你的盘子战斗吗？”

逖安瞪大了眼睛，还张着嘴，然后又闭上。他看着她的妻子，就像是刚刚被告知了什么隐情似的。

“啊。”扎丽亚说道。

逖安扔掉马鞍，拥抱她，她也抱他。拥抱很简短，但是有力。然后，她转向罗兰和他的朋友。

罗兰微笑着。埃蒂有点飘忽，就像他以前看到类似场景的时候一样。

“很好。你能教苏珊娜抛盘子吗？”

扎丽亚若有所思地看着苏珊娜，“她要学吗？”

“我也不知道啊。”苏珊娜回答道，“罗兰，我该学吗？”

“是的。”

“枪侠，那她什么时候学呢？”扎丽亚问道。

罗兰估算着：“再过三天或者四天，如果一切都顺利的话。如果她没有这个潜质，你就把她送回来，我们会试试杰克。”

杰克开始有点蠢蠢欲动。

“我想她会学得很好的。我还没见过掌握不好新武器的枪侠。我们必须至少得有一个人既能扔盘子又能射击。因为我们有四个人，却只有三只可靠的枪。而且我喜欢这些盘子，很喜欢。”

“我肯定会把我所知道的一切都告诉她的。”扎丽亚说着，害羞地看了看苏珊娜。

“那么，九天后，你，玛格丽特，罗莎丽塔和萨瑞·亚当斯要来尊者的房子里，我们到时候就等着看你们露一手了。”

“你有计划？”逖安问。他的眼中闪烁着希望。

“到时候我会有的。”罗兰回答道。

4

他们四个骑在马上以同样不急不慢的步伐朝城里走去。但在东大道和另一条路交汇的地方，那条路变成了南北向的。罗兰勒住马，“就在这里我要和你们分开一阵子，”他告诉他们。他指着北方的小山说，“再有两个小时的路程就到那些赶路人称作曼尼·卡拉的地方了，其他人管那儿叫曼尼·赤径。不管叫什么名字，那都是他们的地盘了。这是一个大镇子里面的小镇。我要到那里去见韩契克。”

“他们的首领。”埃蒂说。

罗兰点头，“出了曼尼村，再走大概一小时的路程，就是废弃的矿井和很多山洞。”

“那个地方就是你在塔维利双胞胎画的地图上指出来的地方？”苏珊娜问道。

“不是，但也很近了。我最感兴趣的是他们叫做门口山洞的那个山洞。在卡拉汉讲完故事前，我们今晚肯定能从他那里听说这个地方。”

“那是事实，还是你自己的直觉？”苏珊娜问道。

“我是从韩契克那里听说的。昨晚他讲到了这个地方。他还讲到了神父。我能告诉你一些，但我们最好还是让他亲口讲出来比较好。不管怎么样，那个山洞对我们很重要。”

“那是回去的路，对吗？”杰克问道，“你认为那是回纽约的路。”

“不仅如此。”枪侠说，“借助黑十三，我认为那里可以通向任何地方和任何时候。”

“包括黑暗塔？”埃蒂问道。他的声音很嘶哑，比耳语大不了多少。

“我不能这么说。”罗兰回答，“但是我相信韩契克会让我看看那个山洞，那时候我就有可能知道得更多了。对了，你们三个在那个商店还有事情要做，去那个图克杂货店。”

“我们需要这么做吗？”杰克问道。

“你们需要。”罗兰在他的大腿上放平他的小包，打开，然后伸手进去。最后他拿出一只小小的有系绳的小皮袋，他们从来都没有看到过这个。

“我爸给我的，”他漫不经心地说，“我现在只剩下这个了，除了我年轻的脸庞的残骸之外，那张很多年前和我的卡-泰特一起骑马进入眉脊泗的那张年轻的脸庞。”

他们都敬畏地看着这个小包，心里的想法也是一样的：如果枪侠说的是真的，那么这个小皮包肯定有好几百年之久了。罗兰打开它，看了看，然后点头。

“苏珊娜，伸出你的手来啊。”

她伸出手来。罗兰倒空了小皮包，大概有十块银子掉到苏珊娜合拢的手掌上。

“埃蒂，伸出手来。”

“罗兰，我想小皮袋已经空了啊。”

“伸出手来。”

埃蒂耸了耸肩膀，伸出手来。罗兰把皮袋子倒在他的手上，倒出十几块金子。

“杰克？”

杰克伸出手来。奥伊在袋子和雨布之间，兴致勃勃地看着。这次在小皮袋变空之前，罗兰倒出了五六颗宝石。苏珊娜倒抽了口气。

“它们只不过是些石榴石，”罗兰说，有点抱歉。“据他们说，外面市场上这种宝石的交易很好。它们换不了很多东西，但我想，要换一个小男孩需要的东西应该够了。”

“酷。”杰克高兴地笑了。“说谢啦，先生！”

他们都好奇地看着这个空袋子，罗兰微笑着。“我以前做过的和会的大部分魔法现在都忘了。你们看到的只是一些残留，就像是茶壶里泡过水的茶叶。”

“里面还有什么其他东西吗？”杰克好奇地问道。

“现在没了。到时候，又会有的。这是个生长袋。”罗兰把这个古老的皮袋子放回他的包里。这次他拿出来的是卡拉汉给他的新鲜的烟草，他卷了根烟。“去店里买些你们喜欢的东西。可以买些衬衣，给我也买一件。然后，你们就到门廊上去休息会儿，就像镇上的人那样。图克先生不会太在意的，他肯定不乐意看到我们装备得如此精良地向东去雷劈。但他也不会把你们哄走。”

“他敢那么做，就让他试试。”埃蒂咕哝道，还伸手摸了摸罗兰的枪把。

“你用不着那个，”罗兰说，“顾客们就足以让他守在柜台后面，看管他的钱柜子。这是镇上的规矩。”

"这对我们有利,是不是?"苏珊娜问道。

"是的,苏珊娜。如果你直接问他们,就像我问扎佛兹太太那样,他们是不会回答你的,所以我们最好不要问,还不是时候。但是,当然他们都是想要战斗的,或者让我们为他们战斗。只要不是与他们作对就行。为那些不能为自己战斗的人战斗是我们的职责。"

埃蒂把祖父告诉他的一切都告诉了罗兰,然后沉默不语。罗兰没有开口问他。尽管,那就是他们为什么去扎佛兹家的原因。他还意识到,连苏珊娜也没有问他。她根本就没有提及任何他与老杰米的对话。

"你会问韩契克你问过扎佛兹太太的问题吗?"杰克问道。

"是的。"罗兰回答道,"我会问他的。"

"因为你知道他会回答什么。"

罗兰微笑着点了点头。他的微笑并没有给人带来任何宽慰,事实上他的微笑冷似雪地上反射的阳光。"一个枪侠从来不问他自己不知道答案的问题。"他说,"我们在神父的房子里再见吧,共进晚餐。如果一切顺利的话,在太阳落下地平线的那一刻,我肯定会在那里了。你们也会在那里的吧,埃蒂? 杰克?"他停顿了一会儿,"还有苏珊娜?"

他们都点头了,奥伊也点了点头。

"那么就晚上见了啊。但愿你们顺利,但愿你们心中的太阳永远不落。"

他一蹬马,调转头,朝那条少有人走的小路北面骑去。他们看着他,直到他从大家的视线里消失。正如每次他走后一样,他们三个备感孤单。他们都体会着同一种复杂的感受,其中有恐惧,有孤独,还有一些带着几分紧张的骄傲。

他们上路了,他们的马互相靠近了些。

5

"不要上来,不要上来,不要把那个脏兮兮的蠢东西带到这里来,绝对不要带到这里来。"伊本·图克站在他柜台后面叫喊着。他的声音很尖利,像女人。这声音像是玻璃的碎片刮擦着这个商店让人昏昏欲睡的安静。他指着奥伊叫喊着,而奥伊正从杰克前面雨布的口袋里往外瞧。十来个漫不经心的顾客转身来看,他们多半穿着手织的棉布。

两个农场工人，穿着普通的棕色衬衣，脏了的白裤子，便鞋，站在柜台前。他们立即后退，好像这两个带着枪的外来人会立即抽出鞭子，把图克先生轰到卡拉·布特山去似的。

“是的，先生。”杰克和善地说，“对不起。”他把奥伊从雨布的口袋里抱出来，然后把他放在门外阳光灿烂的门廊上。“你待在这里，小子。”

“奥伊待在这里。”貉獭说道，然后把尾巴翘到屁股上。

杰克重新跟上他的朋友，他们一起走进店里。对于苏珊娜来说，店里有某种她在密西西比州时感到熟悉的味道：一种混杂的香味，里面有咸肉、牛皮、辣椒粉、咖啡、樟脑和年久的樟木的味道。小木桶盐水里的腌菜发出强烈的、让人泪下的气味。

“我这里是不记账的。”图克用一种尖利、短促、恼人的声音喊道。“我不会给任何从别的地方来的人记账的，从不。我说的都是真话。先生们。”

苏珊娜紧紧地拉着埃蒂的手，暖暖地握着他，可被埃蒂不耐烦地摔开了。但是当他开口说话时，他的声音和杰克一样和善，“说谢啦，图克先生，我们不需要记账。”然后他想起了卡拉汉神父跟他说过的话：“活着就绝不。”

店里有些顾客小声地表示赞同。没有人再假装购物。图克脸涨得绯红。苏珊娜再次去拉埃蒂的手，一边握紧它一边给了他一个微笑。

起初，他们默默挑选着商品。但是在他们结束之前，一些人——两个晚上之前那些在凉亭里的人——向他们打招呼，和善地询问他们好不好。他们三个都说很好。他们买了衬衣，给罗兰也买了两件。他们还买了牛仔裤、汗衫、三双短靴子，靴子尽管看起来很丑，但却很实用。杰克买了一包糖，在图克先生很不情愿地慢吞吞把它放到一个草编袋中时，杰克手指着把它挑了出来。当他想要给罗兰买一些烟草和卷烟纸的时候，图克很直接地拒绝了他，脸上带着明显的快意。“不卖，不卖，我不会把烟草卖给一个孩子，永远不会。”

“好主意，”埃蒂说道，“这是通往魔鬼草的一步，医生们肯定会对此说谢啦。但是，你会卖给我的，先生，对吗？我们的首领喜欢在晚上抽根烟，当他在计划用新的方法帮助那些需要帮助的人时。”

店里有人在偷偷地笑。店里突然满是人。他们事实上是来看戏的，埃蒂却也不介意。图克越来越像混球，这不奇怪。他本来就是个混球。

“从来没有见过有人说话比他更好了！”有个人从过道里喊道，有人小声表示赞同。

“说谢啦，”埃蒂说道，“我会把你的话传开的。”

“你的妻子似乎唱歌唱得很好。”另一个说道。

苏珊娜行了一个没有屈身的屈身礼。她最后把腌菜桶的盖子推开了一点，用钳子夹起一大片腌菜。埃蒂凑近了说：“我本来似乎闻到了有什么东西使我的鼻子焕然一新，只是后来不记得了。”

“亲爱的，别搞怪了。”苏珊娜回答道，一直都甜甜地微笑着。

埃蒂和杰克都很满意让她来承担讨价还价这个任务，苏珊娜也很乐意这么做。因他们带着枪，图克想要尽量抬高价格，埃蒂以为他这么做并不是有意针对他们的，伊本·图克认为这么做是他的工作的一部分(或者是他神圣的天职)。当然，他肯定也有足够的精明来推测他的顾客的财力。等到交易完成时，他的唠叨已经让人受不了了。但是，他还是要在一块正方的铁板上，把硬币弄得叮当作响，这块铁板似乎也就只有这个功能。他拿起杰克的宝石举到灯下仔细看了很久，然后把一块退还给他。(在埃蒂、苏珊娜和杰克看来，这块和其他的几块根本就没有什么区别。)

“你们在这里会待多久?”在讨价还价之后，他几乎友善地问道。然而他的眼睛还是很锐利。埃蒂确信，在最后那一天来临之前，他们现在说的一切都会传到艾森哈特、欧沃霍瑟和其他与这件事有关的人的耳朵里。

“啊，那要看我们会看到些什么。”埃蒂说，“而我们会看到些什么取决于你们向我们展示些什么，你说对吗?”

“是啊。”图克赞同地回答道，但他的脸上满是疑惑。现在，在这个杂货店里大概挤了有五十个人，大部分人进来只是为了观看。空气中弥漫着莫名的兴奋与激动。埃蒂喜欢这样的气氛。他不知道这是对还是错，但是他喜欢。

“也取决于你们这里的人想要什么。”苏珊娜补充说。

“我来告诉你，这里的人想要什么，美人。”图克用他那尖利、仿佛玻璃碎片的声音尖叫着。“他们想要和平，就像人们一直希望的那样。他们希望在你们四个出现之后，这个小镇仍然完好无损。”

苏珊娜抓住这个男人的大拇指，把它弯了回去，动作做得很巧妙。杰克怀疑可能只有离柜台最近的两个或者三个人看到了这个动作。但是，图克的脸色突然白得很难看，眼睛都从眼眶里突出来了。

“我会以为刚才那句话是个丧失理智的老头儿说的，”她说，“但我不以为那个老头儿就是你。再叫我声‘美人’，快点。不然，我就把你的舌头从你嘴巴里扯出来，打你的屁股。”

“请原谅我，”图克气喘吁吁地回答，汗珠子从他的脸颊上冒出来，令人讨厌的汗珠。“求你原谅我吧，我求你原谅。”

“好的，”苏珊娜说罢，就不再追究。“现在我们要出去，去你的门廊上坐一会儿，购物真是件累人的事啊。”

6

图克的商店没有罗兰说的在眉脊泗那种电子护卫系统，但是在门廊上却有一长排摇椅，可能有二十多把。而且为了庆祝收割节，每三个台阶就放置一个稻草人。当罗兰的伙伴们出来的时候，他们挑了中间的三把摇椅坐下。奥伊满足地躺在杰克的双脚之间，把他的鼻子靠在前爪上，似乎睡着了。

埃蒂翘起拇指朝背后图克的商店指去，“黛塔·沃克没在这里顺手牵点东西，实在是便宜了这个狗娘养的。”

“我其实很想代替她一次。”苏珊娜说。

“有人朝我们这边来了，”杰克说道，“他们似乎想和我们谈谈。”

“他们当然想和我们谈谈，”埃蒂说，“我们来这里就是为了和他们谈谈。”他笑了，他俊朗的脸庞显得更为俊朗了。他低下声音说：“朋友们来见见这些枪侠。快点。战斗马上就要开始了。”

“闭上你的臭嘴，小子。”苏珊娜说着，但是脸上却是笑容。

他们都疯了，杰克这样想。但如果他以为自己是个例外，为什么他也在笑呢？

7

曼尼的韩契克和蓟犁的罗兰正午的时候在巨大的突出岩石的阴影下吃了饭，他们吃了冷鸡肉，包在玉米粉圆饼里的米饭，还喝了苹果酒。苹果酒装在一个小壶里，因为只有一个小壶，他们俩轮流着喝。在吃饭之前，韩契克讲了他叫做“力量” 和“结局”的故事，然后就开始沉默了。罗兰也乐得安静。在枪侠问他需要知道的一个问题时，这位老人回答说是。

他们吃完饭的时候，太阳已经照不到高高的悬崖和峭壁了。他们就在阴影里前进，那条路上布满了碎石，对他们的马来说，很窄。因此，他们把马拴在下面落满黄叶的白杨树上。很多条小蜥蜴在他们面前逃窜，有时候这些蜥蜴会钻入岩石的裂缝里去。

不管有没有树阴，这里都比刚才要热得多。在足足爬了一英里的山坡之后，罗兰开始呼吸急促，开始用他的大手帕擦拭脸颊和脖子上的汗水。韩契克看起来八十岁上下，在他前面稳健地走着，就像是在公园里散步那么轻松。他把他的斗篷脱下来，放在一个树杈上，但是罗兰发现他里面的黑色衬衣上压根没有大片汗迹。

他们到了这条小路的转角处，此时他们下方西北边的世界朦胧而壮观。罗兰可以看到大片褐色的矩形牧草地和牧草地上的小牛群。当他们向河岸边的低地骑去时，东南边的草地越来越绿了。他现在可以看到卡拉村了——在梦似的遥远的西方——他们就是穿过那大森林的边界来到这里的。路这边的风刮在身上是如此的冷，冷得罗兰直喘气。但他还是心甘情愿地把脸伸入到空气中，双眼紧闭，闻着属于卡拉的一切：牛，马，农作物，河水，水稻，水稻，还是水稻。

韩契克摘下他的宽沿平顶帽，也抬头站着，双目紧闭，在默默地做着祷告。风把他的头发吹到背后，还顽皮地把他齐腰的胡子吹成叉子形。他们在那里站了差不多三分钟，任凭凉爽的微风吹拂他们。然后，韩契克把帽子又戴到头上，他看着罗兰。“你说这个世界会终结于水中还是冰中呢，枪侠？”

罗兰考虑着这个问题。最后，他说：“都不会，我认为是在黑暗中结束。”

“你真的那么认为？”

“是的。”

韩契克考虑了一会儿，然后继续上路了。罗兰想要快点到达他们要去的地方，他有点不耐烦了。但他还是搭着这个曼尼人的肩膀。是诺言就该兑现，特别是你对一个女士许下的诺言。

“我昨天和一个被遗忘者待在一起。”罗兰说道，“你是不是这么称呼那些离开卡-泰特的人？”

“我们是有‘被遗忘者’这样的说法，”韩契克说，仔细看着他，“但是那和卡-泰特没有关系。我们知道那个词，但是那不是我们的语言，枪侠。”

“不管怎么说，我——”

“无论如何，你昨晚睡在罗金B，和沃恩、艾森哈特还有我的女儿玛格丽特待在一起。她还抛盘子给你看了。昨晚讨论的时候，我没有提这些事，是因为我和你一样清楚这些事情。但是，我们还有其他更重要的事情要谈，不是吗？比如说山洞。”

“是的。”罗兰尽量想要掩饰他的惊讶。他肯定掩饰得不成功，因为韩契克微微点了点头，胡须下面隐约可见的嘴唇浅浅地笑了。

“曼尼人有很多方法知道这些，枪侠，我们总是有办法的。”

“你不能够叫我罗兰吗？”

“不。”

“她叫我转告你红途族的玛格丽特和她的凡夫男人过得很好，至少目前很好。”

韩契克点了点头。不知道他是否感觉痛苦，反正别人看不出来，甚至从眼睛里看不出来。“她真该死，”他说道。他的语气如同人们平常见面时说——看今天下午有可能出太阳——那么寻常。

“你叫我这么跟她说吗？”罗兰问道。他感觉既好笑又害怕。

韩契克的蓝眼睛随着年岁的增长已经退色，而且变得很湿润。但是，当听到这个问题时，还是可以很清楚地看到他惊讶的眼神。他的睫毛竖立。“我为什么要关心？”他说，“她自己知道。她有足够的时间慢慢为自己的凡夫男人在内疚中悔过。她知道这一点。快来，枪侠。再走一刻钟的路，我们就到那里了。但得快点了。”

8

是得快点，的确很快。半小时后，他们来到了一个地方，一块从山上掉下来的大石头挡住了大部分的道路。韩契克绕着石头走过去，黑裤子在风中飘动，胡须被风吹到了一边，留着长指甲的手指紧紧抓住石头。罗兰也照做了。由于一天的光照，石头还是暖暖的。但是风很冷，他的身体几乎在颤抖。他感觉他旧靴子的脚后跟在大约两千英尺高的蓝天中。如果这个老人现在决定推他下去的话，一切都会立即结束。一切都会那么果断而平淡无奇地发生。

他想，他不会这么做的。埃蒂也要走过他在走的这个地方。另外两个

会跟着他，除非他们俩掉下山去。

石头的另一边是一个高九尺、宽五尺的荒蛮的黑洞。一阵风从里面吹出来刮在罗兰的脸上。这阵风与刚才他们上山时的风不一样，风中的空气发臭，令人不悦。随风飘来的还有叫喊声，罗兰不能辨认。但是，这却是人的叫喊声。

“我们听到的是人的叫喊声吗?”他问韩契克。

这次，老人胡须下面隐约的嘴唇没有露出笑容。“不要开玩笑，”他说，“不会在这里，你的面前就是悬崖，什么都有可能发生。”

罗兰相信他的话。他谨慎地向前移动，他的靴子摩擦着碎鹅卵石，他的手放在他的枪把上——现在他只要带枪，都会把枪放在左边，在左手之下。

山洞口恶臭的气味更加浓重了。如果不是有毒，至少也对人有害。罗兰拿出他的大手帕，用他呈锥形的右手捂住嘴巴和鼻子。山洞里的阴影处肯定有东西。有骨头，蜥蜴的骨头和其他动物的骨头。但是还有其他东西，一个他认得出的形状——

“小心点，枪侠。”韩契克说道，但还是站到一边，以便罗兰想进洞时可以进去。

我想不想并不重要，罗兰想，我只是一定得进去。那样也许会让事情简单点。

阴影中的那个形状越来越清晰了。他看到一扇如同他在海滩上看到过的门时并不惊讶。不然这个洞怎么会被叫做门口山洞呢?这扇门是由硬木做的(也许是鬼木)，离洞口大概二十英尺远。门有六英尺半高，就像是海滩上的门。而且，它也是悬空地竖立在阴影中，它的铰链好像没有固定在任何地方。

*然而，这些铰链肯定很容易转动，*他这样想，*当那一刻到来的时候，它会转动的。*

门上没有钥匙孔。门把手似乎是用水晶做的。上面刻着一朵玫瑰。在西海的海滩上，那三个门上分别刻着高等语：一扇门上刻着囚犯，一扇上刻着影子女士，另外一扇上刻着推者。这扇门上刻着的神符，他在卡拉汉教堂的那只藏着的箱子上看到过：

“这个意思是‘虚幻’。”罗兰说。

韩契克点了点头。当罗兰向那扇门走去时，老人向前走了几步，伸出一只手说："小心点。你自己就可以发现这些声音是属于谁的。"

罗兰明白他的意思。离那个门还有八到九英寸的地方，山洞的地面呈五十到六十度的斜角。似乎没有任何东西可以站上去，上面的岩石光滑如玻璃。离门三十英寸的地方，原来的光滑地层裂开了。裂缝里传来呻吟，夹杂着人的声音。然后这个声音慢慢清晰了，是佳碧艾拉·德鄯的声音。

*"罗兰，不要！"他过世的妈妈从黑暗中尖叫道，"不要开枪，是我！你母亲——"*但是，还没等她说完，两下同时响起的手枪开火的声音让她安静下来。罗兰开始头痛。他使劲地用大手帕捂着自己的脸，他捂得太用力了，几乎要把自己的鼻子给拧断。他想要放松自己手臂的肌肉，一开始他根本没有办法做到。

从烟雾缭绕的黑暗中，接下来传来的是他老爸的声音。

"自你学走路开始，我就知道你不会是什么天才。"斯蒂文·德鄯疲倦的声音继续说道，"但是，直到昨天我才相信你是个白痴。任他摆布！天哪！"

不要在意。这些根本不是什么鬼魂。我想他们只是回音，他们是从我的脑子深处发出来的，然后又被反弹回去。

当他走近那扇门的时候(把手在他的右边)，门不见了。只有韩契克的轮廓，一个如同黑色剪纸般的人像站在山洞门口。

门还在，但是你只能从一个方向看到他。从这一点来说，这扇门又像是其他门。

"有点迷糊了，是不?"沃特嗤笑的声音从山洞深处的过道里传出来。"罗兰，放弃吧！你最好放弃并且去死，如果你找到黑暗塔的顶层房间却发现它是空的，那只会更糟。"

然后是艾尔德的紧急号角吹响的声音，罗兰的胳膊上直起鸡皮疙瘩，脖子后汗毛直竖：库斯伯特·奥古德的最后一战——他哭着跑下界砾口山，最后死在那些长着蓝色面孔的野人手里。

罗兰把手帕从脸上拿下来，又开始向前走。一步，两步，三步。他靴子下面的骨头都咔嚓咔嚓碎了。在他走到第三步时，门又出现了。起初，看到的是门的侧面，插销似乎是插在薄薄的空气里，铰链在门的另一边。他停了一会，盯着门的厚度，玩味着门的陌生感，就像是玩味那些他在海滩上碰到的门的陌生感一样。在海滩上，他病入膏肓，几乎丧命。如果他把头往前倾斜，门就会消失。而他把头伸回来，门就仍然还在那里。门从不摇摆，也不闪动。它永远都既在那里,又不在那里。

他退回来,把张开的手放在硬木上面,人也整个靠在上面。他可以感觉到轻微的,但还是可以察觉到的颤抖,就像是动力机械。从山洞过道的黑暗处,库斯的蕤冲他尖叫,叫他乳臭未干的孩子,连自己的父亲的脸都没有看到过,最后在告诉他最后那部分的时候,她的尖叫让她的喉咙爆破了,然后她被烧毁了。罗兰不管不顾地抓住水晶门把。

"不,枪侠,你不敢!"韩契克喊着警告他。

"我敢。"罗兰回应道。他想转动把手,但是把手朝哪个方向都转不动。他退了回来。

"在你发现牧师的时候门是开着的吗?"他问韩契克。他们在前一天的晚上就已经讨论过这个问题了。但是罗兰还想再听一次。

"是。是我和杰米找到他的。你知道我们年纪比较大的曼尼人都在寻找另外一个世界?不是为了寻找财富,而是为寻找开悟。"

罗兰点头。他也知道其中一些人从他们疯狂的旅途中回来了,而还有一些却再也没有回来。

"这些山真是奇妙,里面藏着很多通向其他世界的道路。我们去了在石榴石旧矿井附近的一个山洞,我在那里找到了一条信息。"

"什么信息?"

"在山洞口有一个机器,"韩契克说,"你按一下按钮,就会有声音出来,那个声音告诉我们来这里。"

"你以前就知道这个山洞?"

"是,但是在神父来之前,这个山洞被叫做声音洞。你现在知道为什么这么叫了吧。"

罗兰点头,并示意韩契克继续讲。

"从机器里发出的声音能模仿你至亲的那些人,枪侠。机器说我们该来这里,杰米和我,我们在这里能找到一扇门,一个男人和一个奇迹。我的确找到了。"

"有个人给你指示了啊。"罗兰觉得他的话很有意思。他现在想到的是沃特。黑衣人,给他们留下了被埃蒂称为奇宝的饼干。沃特就是弗莱格。弗莱格就是马滕,马滕是……梅勒林,那个能讲故事的老流氓?就这一点,罗兰还不确信。"他知道你的名字吗?"

"不,他知道的不是很多,他只知道我们是曼尼人。"

“这个人又怎么知道去什么地方留下这些声音机器呢？你怎么想？”

韩契克嘟着嘴说：“为什么你认为这是个人呢？为什么不是讲人话的上帝，或是‘结局’的代理人呢？”

罗兰说：“上帝留下警告，人留下机器。”他停顿了一下。“以我的经验来，当然，先生。”

韩契克做了个小手势，似乎是说罗兰不要奉承他。

“当时有人知道你和你的朋友正在探索那个发现了能说话的机器的山洞吗？”

韩契克不悦地耸耸肩。“我猜，有人看到我们了。有些人可能用他们的小望远镜和双筒望远镜监视我们了。当然还有那个机器人。它看到了很多，跟只要愿意聆听它的人进行闲聊。”

罗兰同意这样的看法。他相信，有人知道卡拉汉神父要来，知道在他到达卡拉边界的时候，会需要别人的帮助。

“门开了多大？”罗兰问道。

“这个问题应该让卡拉汉来回答，”韩契克说，“我答应带你来到这个地方。我做到了。相信你也满足了。”

“当你们找到他的时候，他还有知觉吗？”

一阵迟疑的停顿，然后他回答说：“不，只是在咕哝，就像人在做噩梦时呓语那样。”

“那么，他不可能告诉我，对不？不包括这部分。韩契克，你需要援助。这是代表你的部落的人告诉我的。那么就帮帮我吧，帮我就是帮你自己啊！”

“我觉得这没什么用的。”

有可能这没有什么用，至少对狼的这件事情没什么用，尽管这件事和这个老人以及卡拉·布林·斯特吉斯的人关系都很重大。然而罗兰还有其他的担忧和需求，他还要钓其他的鱼，就像苏珊娜说的那样。他站在那里看着韩契克，那只手还是放在水晶门把上。

“门开了一点。”韩契克最后说道，“盒子也开了一点，但只是一点而已。被他们称为尊者的那个人俯卧在那里。”他指着布满碎石和尸骨的地面说道，罗兰的靴子就踏在这块地面上。“那个盒子在他的左边，开了那么一点。”韩契克伸出他的食指和拇指比划着，大概两英尺。“从里面传来敲钟声。我以前听到过这样的声音，但没有这么响亮。这个声响让我的眼睛疼痛，还流泪。杰米大声呼喊着，朝门这边走过来。尊者的手伸开放在地上，杰米走过的时候，踩到了其中一只，自己都没有注意。

“门只是微开着，就像那个盒子一样，但从门内却射出一道可怕的光。枪侠，我去过很多地方，不同的地点，不同的时间。我看到过其他的门，我看到过现实黑洞，但我从来没有看到过这样的光。光是黑色的，空虚无边，但中间有红的一片。”

“眼睛。”罗兰说。

韩契克看着他，“一只眼睛，你说是一只眼睛？”

“我想是的，”罗兰说，“你看到的黑色是黑十三投下来的光。而红色的一片则是血王的眼睛。”

“血王是谁？”

“我也不知道，”罗兰回答，“他居住在遥远的东方，在雷劈，或是在雷劈外面。我相信他是黑暗塔的守卫者，他甚至可能认为自己拥有黑暗塔。”

听罗兰讲到黑暗塔，老人用双手捂住眼睛，这是一种神秘的宗教敬畏的姿势。

“接下来发生了什么，韩契克？求你，跟我说吧。”

“我开始伸手去够杰米，然后想起了他怎么用靴子后跟踩到那个人的手，我好好地想了一会儿。我这样想着，‘韩契克，如果你那么做的话，他也会把你拉到他那边的。’”老人的眼睛紧紧地盯着罗兰的眼睛。“我们去过很多地方，我知道你也是。我很少会害怕，因为我们相信‘结局’。然而，我害怕那些光和那些钟声。”他停顿了一下，“非常害怕。我从来都没有和别人讲过那一天。”

“甚至对卡拉汉神父都没有讲过？”

韩契克摇了摇头。

“他醒来后，难道都没有和你说话？”

“他问我他是不是已经死了，我告诉他如果他死了，那么我们俩也都死了。”

“那杰米呢？”

“两年后死了。”韩契克在他的黑衬衣上拍了拍前胸的位置，“心脏。”

“你在这里发现卡拉汉有多少年了？”

韩契克的头前后成拱形摇动，也许是基因遗传，每个曼尼人都这么做。“我不知道，枪侠，因为时间——”

“是的，在移动，”罗兰不耐烦地说，“你说有多久呢?”

“五年以上，你看他有了自己的教堂，而且还有了很多迷信的教徒去他的教堂。”

“你做了什么？你是怎么救杰米的?”

“我跪下，然后把盒子合上。”韩契克说，“我只知道这个了。如果那时我犹豫过哪怕一秒钟，我就有可能不在这个世界上了，那时候也有这种黑色光射出来。这种光使我变得很虚弱，而且……沮丧。”

“我想肯定是这样的。”罗兰阴沉地说。

“但是我很快就闪开了，当盒子的盖子合上时，门也旋转关上了。杰米用他的拳头重重敲打着门，叫喊着，恳求让他过去。然后他就昏倒了。我把他拖出山洞，我把他们俩都拖出山洞。在新鲜的空气里待了一阵后，他们俩都恢复了知觉。”韩契克举起手，然后又放下，好像是在说，事情就是这样的。

罗兰最后一次试了试门把。门把怎么都转不动。但是那只球——

“我们回去吧，”罗兰说，“我要在晚餐时间到达神父的家里。那么我就得快点下山去找马，然后快马加鞭地骑回去。”

韩契克点头表示同意。他满脸的胡须容易隐藏他的表情，罗兰却以为这个老人为能够返回而如释重负。罗兰自己也稍微舒了口气。有谁愿意听到自己死去的父母从黑暗中冒出来怒斥自己呢？更不用提自己死去的好友的哭喊声了！

“那个会讲话的机器怎么样了?”在他们退出山洞时，罗兰问道。

韩契克耸了耸肩膀说:“你知道电齿吗?”

是电池。罗兰点头表示知道。

“那个机器还在工作时，它一直都重复地播放同一个消息。那个消息叫我们来到这个声音洞，来找一个人，一扇门和一个奇迹。那个机器还放了一首歌。我们给神父放过一遍，他哭了。你最好问问他，因为那也是故事中的一部分。”

罗兰又点了点头。

“然后，电齿用完了。”韩契克耸耸肩表示对那个机器，或者消失的世界的蔑视，又或者对两者都蔑视。“我们把电齿取出来，它们是耐用电齿，你知道耐用电齿吗？枪侠。”

罗兰摇了摇头。

“我把它们带给安迪，问他是否有可能再给它们充充电。它拿着它们走了进去，但是当它出来的时候，它们还是和之前一样没什么用。安迪说它也没有办法，我还是感谢了它。”韩契克还是像刚才一样蔑视地耸了耸肩膀。“我们打开机器——另外还有个按钮能用——有声音出来。就那么长。”韩契克伸出两只手，中间间隔四到五英寸那么远。“里面有两个洞。洞里有棕色的闪闪发光的东西，像绳子。神父称之为‘磁带’。”

罗兰点头同意。“我很感谢你把我带到这个山洞来，韩契克。而且还告诉我这么多你知道的事情。”

“我只是做了我该做的。”韩契克说道，“你会信守你的承诺，是不？”

蓟犁的罗兰点了点头，“听天由命吧。”

“我们也这么说。从你讲的话看，似乎你是认识我们的。”他停顿了一会儿。机警地看着罗兰，眼中流露着一定的妒忌。“或者说你做的一切不过是为了讨好我？谁只要读了《圣经》都看得出这点。”

“你是说我今天在演戏，在这个除了他们之外谁也听不到我们的交谈的地方？”罗兰朝还在继续胡说的黑洞侧了侧头，“我希望你能了解。如果你不能，那么你就是个笨蛋。”

老人考虑了一下，然后伸出他粗糙的、指甲长长的手，“你说得很好，罗兰，这是个很好的名字，很好听的名字。”

罗兰伸出他的右手。当老人握他的右手，然后捏下去的时候，他感觉到一阵剧烈的疼痛，他最不希望他的手感受这样的疼痛。

不，还不是。我最不希望感觉这样的疼痛的是其他地方。那个地方目前还是完整的。

“也许，这次狼会把我们全部杀了。”韩契克说。

“也许。”

“然而，也许我们是难以对付的。”

“也许，我们是的。”枪侠回答。

第九章

牧师故事的结局(找不到)

1

“床铺好了。”当他们回来时,罗莎丽塔·穆诺兹对他们说道。

埃蒂那时实在太累了,他以为她说的完全是另外一件事——该除花园里的草了,或者也许是还有五十到六十个人在教堂里等着见你。毕竟,谁会经常在下午三点的时候说到床呢?

“啊?”苏珊娜神情疲倦地问,“你刚才说什么?没听明白。”

“床铺好了啊,”神父的女仆重复道,“你们俩还是睡你们昨晚睡的地方。年轻小伙子睡神父的床。如果你愿意的话,这个大家伙可以和你一起,杰克。神父叫我转告你们这些。如果他在这里,他会亲自告诉你们的。但是,今天下午是轮到他去看望病人了,他给他们带去了圣餐。”她说最后这几句话时,神情很是自豪。

“床?”埃蒂问。他还没有明白过来。他朝周围看看,似乎想要确认现在还是晌午,阳光还很灿烂。“床?”

“神父看到你们在商店,”罗莎丽塔继续补充说,“他以为你们和这么一大帮人谈话之后,会想要午休一下。”

埃蒂终于明白了。他猜想在他生命的某个时候,他肯定比此时对别人的和善更加心存感激。但是老实讲,他现在已经记不得,那是怎么样的和善,又是发生在什么时候了。开始时,当他们坐在图克杂货店门廊的摇椅上时,只有少数几个人犹豫着靠近他们。但是,后来他们发现没有人向他们扔石头,也没人向他们开枪——这时,事实上,他们的谈话才算是开始活跃起来,人们开始真的笑了——之后,气氛就更加活跃了。当寥寥无几的话语终于变成了热烈的讨论之时,埃蒂终于尝到了成为公众人物的感觉。他惊讶地发现,做一个公众人物是多么难啊,多么耗时耗力。无论多么难的问题,提问者都只想得到最简单的答案——起初的两个问题是,枪侠来自哪里,又将要去哪里。有些问题可以很诚恳地如实回答,但是很多时候,埃蒂听到自己在含糊其辞地给他们讲一些言不由衷的答案。他听到他的两个朋友也在这样回答问题。确切地说，这些回答也并不算是谎言，倒像是一些类似答案的鼓动性言论。每个人都想要看到真诚的面孔，听到坦诚的回答。甚至连奥伊也帮忙做了自己该做的事情。人们一再抚摸他，当杰克起身去店里向伊本·图克要碗水喝的时候，人们还叫奥伊讲话。那个老先生给了杰克一个锡罐，叫他到门口的水槽里装水。尽管杰克就做了这么件小事，人们却开始围着他不停地问问题。奥伊喝完杯中的水，杰克回水槽去灌水时，人们就好奇地询问奥伊。

总之，他们度过了埃蒂一生经历过的最长的五个小时，他想他再也不会像以前那样看待名人了。最后，他们总算是离开了那个杂货店的门廊，启程赶回尊者的住处。埃蒂猜想，他们待在门廊上的那段时间，肯定与镇上的每个人，还有很多农夫，农场主，牛仔以及那些住在镇外的帮工都讲过话了。消息传得很快：那几个外地人坐在商店的门廊上，如果你要想和他们说话，他们就会跟你说。

而现在，天哪，这个女人——天使般的女人——在和他们讲床铺。

"我们能睡多久?"他问罗莎丽塔。

"神父大概四点回来，"她说，"如果你们的首领也在那时准点回来的话，那么我们要到六点才会吃晚饭。我大概在五点半叫醒你们吧，你们也有时间好洗漱一下。好吗?"

"好啊。"杰克微笑着回答，"我不知道只是和那些人说说话就能让人这么累，这么口渴呢。"

她点头说道："在餐具室有一罐凉水，你可以去喝。"

"我可以帮你准备晚餐。"苏珊娜说，但说这话的时候，她就开始打哈欠。

"萨瑞·亚当斯会过来帮我的，"罗莎丽塔回答，"而且，晚餐也只是一些冷菜而已。你们去休息吧。你们快进去休息吧。"

2

在餐具室，杰克一下就把整罐水给喝完了。然后，他给奥伊也倒了一碗水带到卡拉汉神父的卧室。他感觉在这个卧室里有点心虚，(而且还是带着他的狗一起)，但是卡拉汉窄窄的床上的铺盖已经翻开，枕头已经垫好，床在召唤着他。他把碗放下，奥伊开始舔水喝。杰克脱下他的新内衣，躺下，然后闭上了眼睛。

我可能不会睡着的，他想，我都不怎么喜欢睡午觉，在以前肖太太还叫我巴玛的时候，我就是这样的了。

但还没到一分钟，他就开始轻轻地打呼噜了，他的手盖在自己的眼睛上。奥伊的鼻子枕在自己的爪子上，睡在他旁边的地板上。

3

埃蒂和苏珊娜肩靠着肩坐在客房的床上。埃蒂还是不能相信：这不仅仅是个午觉，还是在一张真正的床上。难得的奢侈啊。他现在什么也不想，只想躺下，抱着苏珊娜就这么睡觉。但有一件事，必须先解决。这件事已经让他心烦意乱一天了。即使是在现场交谈最忙碌的那会儿，他也没有办法暂时忘却这件事情。

“苏希，关于逖安的爷爷——”

“我不想听。”她立即回答道。

他耸了耸眉头，十分惊讶。尽管，他想他应该想到会是这样的。

“我们可以现在谈，”她说，“但是我现在很累，我想睡觉。告诉罗兰那个老家伙告诉你的一切，如果你愿意的话，也可以和杰克说说，但不要告诉我。”她坐在他旁边，她棕色的大腿挨着他白皙的腿，她棕色的眼睛盯着他褐色的眼睛。“你听到我的话了吗？”

“嗯，听到了。”

“那好吧。”

他笑着，把她抱入怀里，吻她。

不一会儿，他们都睡着了，他们的手臂互相拥抱着对方，他们的前额也碰到了一起。太阳西下，从窗户射进来的长方形的光影在他们身上慢慢地移动。最后，太阳落向了天空的西边。罗兰慢慢骑往尊者在教区的房子时，也看到了这西下的太阳。那时，他的腿阵阵作痛，脚在马镫外颠颠着。

4

罗莎丽塔出门来迎接他，“你好，罗兰——祝天长，夜爽。”

他点头说：“愿你收成加倍。”

“我想你可能会叫我们中的几个去朝狼扔盘子，当他们来的时候。”

“谁告诉你的？”

“哦……一些小鸟在我耳边轻轻地告诉我的。”

“如果我叫你去，你会去吗？”

她露出牙齿，咧嘴笑了。“没有什么比这个更让我高兴的了。”她合拢了嘴，非常真诚地微笑着。“尽管，我们两个在一起也是很快乐的事。你要不要到我的小阁楼里来坐坐，罗兰？”

“好啊，你能不能用你的猫油给我涂涂？”

“上次给你抹过的那种猫油吗？”

“是的。”

“那是要用劲抹呢，还是轻轻地抹呢？”

“我听说两种都用能缓解关节的疼痛。”

她想了想，然后笑了，拉着他的手，“到这边来，在太阳还灿烂的时候，世界的这片角落却是沉寂安宁的。”

他心甘情愿地跟着她，不管她带他去哪里。她有个秘密的温暖如春的房间，四周围绕着可爱的苔藓，在那里他感觉浑身精神振奋。

5

大概五点半的时候，卡拉汉终于回来了，这时候埃蒂、苏珊娜和杰克也刚好都出来了。六点的时候，罗莎丽塔和萨瑞·亚当斯端上绿色的蔬菜和冷的鸡肉，他们在教长住宅装有屏风的门廊里吃了饭。罗兰和他的朋友们都很饿，吃得很多。枪侠吃了两碗饭后，又盛了第三碗。而卡拉汉吃得很少，在盘子里拨动他的食物。他脸上的黝黑肤色让他看起来很健康。但是，这并没有掩盖他的黑眼圈。当萨瑞——一个欢快的女人，有点胖，但脚下却很轻快——端出一块香蛋糕时，卡拉汉只是摇了摇头。

当桌子上只剩下杯子和咖啡壶时，罗兰取出他的烟荷包眉毛向上扬了扬。

“你要抽烟吗？”卡拉汉问道，然后抬高了嗓门，“罗莎，给枪侠拿个烟灰缸来。”

“尊者，我整天都在听你这么大声地说话。”埃蒂说道。

“我也听到了。”杰克附和道。

卡拉汉微笑着说：“我感觉你们这些年轻人也是这样的啊，至少和我差不了多少。”他给自己倒了半杯咖啡。罗莎丽塔给罗兰拿来了一个瓷杯子接烟灰。她走了以后，尊者说，“我昨天实际上就应该把故事讲完。昨天晚上，我在床上翻来覆去，一夜未眠，考虑应该怎么把这个故事讲完。”

“如果我告诉你，我已经知道一些了，这会不会对你有帮助？”罗兰问道。

“可能没有什么用，你和韩契克一起去了门口洞穴是吗？”

“是，他说他们给你听了那个能讲话的机器放的一首歌，你听完之后哭了。是你说过的那首歌吗？”

“‘今夜有人救了我的命’，是那个。我不知道如何形容那种怪异的感觉，当你坐在卡布林·斯特吉斯的曼尼人的小屋里，望着门外远处黑暗的雷劈，听着埃尔顿·约翰的歌时的那种感觉。”

“噢，噢，”苏珊娜说道，“神父，你跳到后面了，神父。上次，我们知道你在萨克拉曼多，那是在一九八一年。那时候你刚知道你的朋友死于希特勒兄弟之手。”她一脸严肃地看着卡拉汉，然后转向杰克，最后转向埃蒂。“我不得不说，先生们，从我离开美国的那一天开始一直到现在，你们都还没有学会过安宁的生活啊。”

“不要怨我啊，”杰克说，“我那时候还在学校里。”

“我那时候还在吸毒呢。”埃蒂说。

“好吧，那就怨我吧。”卡拉汉说，他们都笑了。

“快接着讲你的故事吧，”罗兰说道，“也许，今晚你就能够睡安稳了。”

“可能，我会的。”卡拉汉想了一会儿之后说，“我记得那个医院——我猜每个人都记得——医院里有浓浓的消毒水的味道和机器的轰鸣声。机器嘟嘟作响的声音。唯一和这种机器发出一样声音的是安装在飞机驾驶员座舱里的机器。曾经有一次，我问一个飞行员，他告诉我说这是飞机的导航设备发出的声音。我记得我那时候经常会想，在医院的重病护理室里肯定有很多这样的导航机器。

"我在家园工作的时候,罗恩·玛格鲁德那时候还没有结婚,我想现在他肯定结了。因为,我记得那时候有一个女人正坐在他的床边,在读一本书给他听。那个女人穿着很好、很漂亮的绿色套装,长筒袜,低跟的皮鞋。至少,我自己以为我会很从容地面对她。我那时候全身上下收拾得干干净净,头发也梳得一丝不苟,自从萨克拉曼多的那次以后,我再没有喝过酒。但是,当我们真的面对面时,我根本不像我自己想象得那么从容。你知道,她是背对着门坐着。我敲了敲门柱子,她转头看我。就在那一刻,我自己所谓的冷静沉着跑到了九霄云外。我退回一步,赶紧在胸前划十字。自从那个晚上,罗恩和我在同一个地方拜访了鲁普之后,我还是第一次又在自己的胸前画十字。你们知道为什么吗?"

"当然,"苏珊娜回答道,"这就像是拼图,那几块刚好能拼到一起。那几块总是都能拼到一起的。但是,拼好后,我们又仔细看了无数遍。我们就是不知道拼好后整个图是什么东西。"

"或者说,你想不明白。"埃蒂说。

卡拉汉点了点头,"看着她,就像是看着罗恩,除了她有棕色的长发和隆起的胸部以外,他们两个长得一模一样。她是他的双胞胎妹妹。她开始笑了。她问我是不是见鬼了。我感觉……那一切都很不真实。似乎,我又不小心进入了那些其他的世界之中的另外一个,就像真实的世界一样——如果真有那么一回事的话——但却有些不同。我那时真的很想抽出我的钱包,看看纸币上印的是谁?不仅是因为他们两个出奇地相似,还因为她的笑。坐在这个长着跟她一模一样的面孔的男人身边,假定在那些绷带之下还剩下了一张脸,而且那张脸还在笑着。"

"欢迎来到隔界医院的十九号病房。"埃蒂说。

"什么啊?"

"我只是想说我理解这样的感觉,唐。我们都能理解,你继续。"

"我做了自我介绍,我问她我是否可以进来。我在提问时想到了那个吸血鬼,巴洛。我想着,你必须首先要让他们进来。之后,他们要走要留就随便他们自己了。当然她叫我进去了。她说她来自芝加哥,她要在她说的'最后的时光'和他在一起。然后,她用同样悦耳的声音说道,'我一眼就认出你是谁了。是你手上的疤痕告诉我的。在他的信中,罗恩说,他确定你前世肯定是个信徒。他以前总是和我说别人的前世,就是那些人在开始酗酒、吸毒、发疯或是完全沉溺于这三者之前的生命。这个人以前是木匠。那一个是模特。关于你，他说得对吗？'说所有这些话的时候，她的声音都是那么悦耳好听，就像是一个在鸡尾酒会上讲话的女人。罗恩躺在那里，头上缠满了绷带。他要是再带上太阳眼镜的话，看起来就很像电影《隐身人》里面的克劳德·雷恩斯。

“我进来了。我说我以前是个信徒。但那些都已经过去了。她伸出她的手。我伸出我的手。因为，你们知道，我以为……”

6

他伸出手，因为他以为她要和他握手。都是那个悦耳的声音迷惑了他。他没有意识到罗恩·玛格鲁德·罗林斯把手举了起来，而非伸出来。起初，他都没有意识到他被扇了耳光。她扇得太重了，扇得他的左耳嗡嗡直叫，他的左眼流出了泪水。他很迷惑，当他感觉到左脸上突然的暖暖的袭击，他以为那可能是一种假性过敏，或是由于紧张的反应。然后，她向他走来，泪水从那张奇怪的和罗恩长得一模一样的脸上流下来。

“继续，看着他，”她说道，“你猜为什么？这是我哥哥的前世！他唯一的生命！快过来啊，看看他吧。他们挖出了他的眼睛，他们撕裂他的左脸——你甚至可以看到他的牙齿！警察们给我看了照片，他们本来不想给我看的，我叫他们给我看的。他们刺穿了他的心脏，但我想医生已经帮他补上了。是他的肝脏在要他的命。他们也刺穿了他的肝脏，他的肝脏正在死去。

“玛格鲁德小姐，我——”

“是罗林斯夫人，”她纠正他说，“不管怎么样，这都和你有关，只是关系大小的问题。继续走，看看他。看看你都对他做了什么啊？”

“我那时候在加利福尼亚……我是在报纸上得知这个消息的……”

“当然。”她说，“当然，但你是唯一一个可以掌控这件事的人，不是吗？唯一一个和他这么亲密的人。他的一个朋友死于同性恋疾病。还有一些不在这里。他们这个时候，都还可能在他的酒店里吃着免费的食物，谈论他们聚会时发生的事情。他们对这些都是怎么想的呢。尊敬的卡拉汉——或者该叫你神父？我看到你在你胸前划十字——让我告诉你我是怎么想的吧，这……使……我……很生气。”她讲话的声音还是很悦耳，但当他想要开口再说话的时候，她把她的一根手指放在他嘴唇上，那根手指用了那么大的力压着他的嘴和牙齿，他于是只好不说话了。让她继续讲吧，为什么不呢？好几年了，他都没有听人这么倾诉了，而有些事情就像骑自行车一样，一晃就过去了。

“他以优异的成绩毕业于纽约大学，”她说，“你知道吗？他在一九四九年的比洛特诗歌大奖赛中获得了第二名，你知道吗？他大学还没有毕业，就已经写了一本小说……一本出色的小说……而现在这本书却在我阁楼的灰尘堆里。”

卡拉汉感觉到他自己脸上温暖的口水，都是从她的嘴里喷出来的。

“我教——不，我恳求他——继续写作，他嘲笑我，说他写得并不好啊。‘让梅勒、奥哈拉斯和欧文·肖去写吧，’他说，‘那些人才是真正能写作的人啊。我只能是在象牙塔里的办公室工作，吸着海泡石的烟斗，就像契普斯先生一样。’

“也可能真是那样，”她说，“然后他参加了匿名酒鬼会，然后他又开了个小酒店。每天和他的朋友出去，像你这样的朋友。”

卡拉汉有点吃惊。他从来没有想到过“朋友”这个字眼可以与这样的蔑视一起出现。

“现在他倒霉了，要死了，他们这些所谓的朋友又都去哪里了？”罗恩·玛格鲁德·罗林斯问他。“啊？他曾经帮助过的那些人呢？那些把他叫做天才的报纸专栏记者呢？简·波利①在哪里呢？她在《今天》脱口秀中对他进行了采访，你知道的，进行过两次采访。那个该死的泰力莎姑母呢？他在他的信中说，当她回家的时候，他们把她叫做小圣母，现在他需要圣母，我兄弟现在要圣母，她可以为我兄弟行抚头顶祝福礼，该死的，她在哪里啊？”

眼泪顺着她的脸颊滚滚落下。她说得非常激动，胸部上下起伏。她很漂亮也很可怕。卡拉汉想到了他曾经看过的一幅关于湿婆的图片，那是印度的毁灭之神。他想，努力克制着心底荒唐的想笑的冲动。

“他们都不在这里。这里只有你，我，还有他，对不？他可能会获得一个诺贝尔文学奖。或者他可以每年教育四百个学生，这样教三十年。他可以这样熏陶至少一万两千颗心灵。然而，他现在却躺在医院里。他的脸被割掉了，他们还要用他那个该死的小酒店筹资来支付他最后看病的费用——如果你把被砍成这样也叫做是一种疾病的话——还有他的棺材，他的

① 美国著名的脱口秀节目主持人。

葬礼。”

她看着他,面对他笑着,脸颊由于泪水而闪闪发光,鼻子上还挂着鼻涕。

“在他的前世里,卡拉汉牧师,他是马路天使。但是,这是他最后一个后世。死得很光彩,是吗?我现在要穿过大厅到楼下的餐厅去喝咖啡,然后见一个丹麦人。我大概十分钟后回来。足够你做这次小小的拜访。求你帮个忙,在我回来之前消失。你和他其他的那些好哥们都让我恶心。”

她离开了。她的低跟鞋沿着大厅一路嗒嗒作响。直到皮鞋声完全消失了,只剩下他和一成不变的机器轰鸣声时,他才意识到他在颤抖。他不认为这是震颤性精神错乱发作,但天哪,那就是他那时候的感觉。

当罗恩从他僵硬的绷带下面发出说话声时,卡拉汉几乎吓得大叫。他的老朋友说得很含糊,但卡拉汉还是能辨认出来。

“今天,她的那套话已经说了至少八遍了,她不厌其烦地跟别人说起我获得比洛特二等奖的那年,同时获奖的只有其他四个人。我猜想战争让人们忘记了很多好诗。你干得怎么样?唐。”

他说话的语音很不清楚,声音有点刺耳,但他还是罗恩,还好。卡拉汉走过去抓起他放在床单上的手。他的手出奇有力地握着他的手。

“就小说而言……兄弟,我的小说就像是三流的詹姆斯·琼斯,不是很好。”

“你自己呢,罗恩?”卡拉汉问道,现在他自己哭了起来。这个见鬼的房间马上就会在泪水里漂浮起来了。

“很糟糕,”这个男人在绷带下说,然后继续道,“谢谢你能来。”

“应该的。”卡拉汉说,“你需要我做什么,罗恩?我还能为你做什么啊?”

“你一定要远离老家。”罗恩说道,他的声音在变小,但是他的手还是紧紧地抓着卡拉汉的手。“他们要找的不是我,他们要找的是你。你明白吗?唐,他们在到处找你。他们不停地问我你在哪里,如果我知道的话,相信我最后会告诉他们的。但是,当然我不知道。”

其中一个机器转得越来越快了,机器的叫声一致时敲钟声就会响起。卡拉汉不清楚自己是怎么知道的,但他就是知道。

“罗恩——他们的眼睛是红的吗?他们带着……我不知道……长的外套?像战袍?他们是坐着豪华汽车来的吗?”

“完全不是,”罗恩小声回答,“他们大概有三十多岁,但穿着像十多岁的孩子。他们看起来也像是孩子。可能再过二十年这些人看起来还是像十多岁的孩子——如果他们能活那么久的话——然后可能一天之间他们就会迅速老去。”

卡拉汉想，只不过是一群小无赖而已。他是这个意思吗？是的，大概应该是的。但是，那不意味着低等人不会雇用希特勒兄弟做一些特殊的工作。这也很有道理。甚至连报纸上的短文也说，罗恩·玛格鲁德不像是希特勒兄弟常常对付的那些牺牲品。

“一定要远离老家，”罗恩小声说道，但是在卡拉汉能承诺之前，敲钟声响了。好一会儿，握着他的手的那只手握得更紧了，卡拉汉感受到这个男人往日的力道。这股狂野的能量使得老家的门一直都敞开着，尽管银行的账户一直呈绝对水平线状态。这股能量吸引了很多人帮罗恩·玛格鲁德做他自己不能做的事。

然后，房子里开始挤满了护士，一个医生喊着要病人的心电图，神情傲慢。罗恩的双胞胎妹妹马上就会回来，这次可能会嘴里冒火。卡拉汉觉得是时候离开这个乱糟糟的地方了，离开纽约这个乱糟糟的地方。那些低等人还是对他很感兴趣。如果他们有个行动基地，可能就在这个逍遥城，美国。那么，回西海岸可能是个好主意。他没有钱再买一张机票了。但是他还有足够的现金买火车票。当然，这也已经不是第一次了。再去一次西部，为什么不呢？他几乎能想象得到他自己坐在C区的二十九号座位上：在他的衬衫口袋里有新的、还没有启封的香烟一包，手上是装在纸袋子里的一瓶新的、未开瓶的“古时”牌酒，还有约翰·D. 麦克唐纳的新小说，也是新的，没有读过的，放在他的膝盖上。也许他会去印度的最边缘地带，穿过整个堡垒李，仔细地读读书的第一章，小饮两杯酒。那时，他们会关掉五七七房间的所有机器，他的老朋友进入黑暗，奔向在前面等待他的未知的一切。

7

“五七七。”埃蒂说。

“十九。”杰克说。

“你说什么？”卡拉汉又问道。

“五加七再加七，”苏珊娜说，“把它们加起来，就是十九。”

“那意味着什么？”

“把它们放在一起，正好拼成妈妈这个词，这个词对我来说意味着世界的全部。”埃蒂说，面带动情的笑容。

苏珊娜没有理会他。“我们不明白，”她说，“你没离开过纽约，对吗？如果你确实离开过，就绝不会有这个。”她指着他额头上的伤疤说。

“噢，我离开过，”卡拉汉说，“只是不像我打算得那么快。我离开医院时，真正的意图是返回奥索里提港并在四十路公交车上买票。”

“那是什么？”杰克问道。

“流浪汉用语，指你能到的最远的地方。如果你买一张车票到阿拉斯加的费尔班克斯，那么你就乘坐四十路公交车。”

“这里会说十九路公交车。”埃蒂说。

“在行走时，我会想到所有的陈年旧事。有些挺可笑，比如老家的一群家伙表演杂技。有些挺可怕，比如有天晚上，就在晚饭前，一个家伙对另一个说‘别再挖鼻子了，杰夫，那真让我恶心，’杰夫说‘你干吗不挑这玩意儿呢，乖孩子，’还没等我们上前制止，或反应过来发生了什么事，他已抽出一把硕大的弹簧刀，杰夫割了另一个家伙的喉咙。鲁普大叫起来，我喊着‘主啊！神圣的主啊！’血溅得到处都是，因为他割到了那个家伙的颈动脉——或者也可能是颈静脉——接着罗恩从洗手间跑出来，一只手提着裤子，另一只手拿着一卷手纸，你知道他干了什么吗？”

“用掉那些纸。”苏珊娜说。

卡拉汉咧嘴一笑。笑容让他年轻起来。“你这个鬼灵精，的确如此。他把整卷纸紧压在鲜血喷射之处，并冲着鲁普大喊拨打二一一，这是那时候呼叫救护车的电话。我就站在那里，注视着那卷白色的手纸被染成鲜红，一点点地朝纸心渗透。罗恩说‘就把它当成全世界最大的刮口’把我们逗乐了。我们笑得眼泪都流了出来。

“我回忆了很多往事，说真的。美好的，可怕的，还有不堪的。我记得——依稀地——顺便到‘笑脸市场’买了两三罐百威啤酒，装在纸袋里。我喝了一罐，然后继续行走。我没想过要去哪里——至少我的意识里没有——可是我的双脚肯定自有主张，因为当我突然环顾四周时，发现面前就是我们以前常去吃晚饭的地方，在我们——用他们的话说——手头有钱的时候。在第二大道和第五十二街街口交界处。”

“‘嚼嚼老妈店’。”杰克说。

卡拉汉盯着他，着实诧异不已，然后看着罗兰。“枪侠，你们这些小伙子有点把我吓住了。”

罗兰只是用惯有的姿势打了个响指:接着说吧,伙计。

“我决定进去买个汉堡来重温往昔,”卡拉汉说,“在吃汉堡的时候,我意识到自己不想连家都不看一眼就离开纽约,至少要透过前窗打量一下。我可以站在街对面,就像鲁普死后,我曾在那儿短暂停留一样。为什么不呢?我以前在那儿从没受过纠缠,不管是吸血鬼,还是低等人。”他看着他们。“我不知道我到底是真的那么想,还是某种精心设计、自取灭亡的精神游戏。我能回想起当晚的许多感受、言语和想法,可就是想不明白这个。

“不管怎样,我并没有回家园。我结了账,然后沿着第二大道走下去。家园在第一大道和四十七街街口交界处,可我不愿直接从它前面走过。所以我决定走到第一大道和四十六街街口交界处,从那里穿过去。”

“为什么不是四十八街?”埃蒂轻声问道,“你本可以转到四十八街,那会更快些。省得你一个街区要穿两次。”

卡拉汉思索着这个问题,然后摇摇头。“也许有什么理由,我记不得了。”

“有个理由,”苏珊娜说,“你是想从那片空地穿过。”

“为什么我要——”

“和刚出炉的甜甜圈让人想从面包店前走过是一样的道理,”埃蒂说,“有些东西就是令人愉快,仅此而已。”

卡拉汉将信将疑地听着,随后耸耸肩。“如果你这么认为的话。”

“我是的,先生。”

“无论如何,我一路走着,一边小口抿着剩下的啤酒。我快要走到第二大道和四十六街交界处了,这时——”

“怎么着?”杰克迫不及待地问,“一九八一年那个街角有什么?”

“我不……”卡拉汉开始讲述,接着又停下来。“一道围墙,”他说,“相当高。有十英尺,也许是十二英尺。”

“不是我们爬过的那道,”埃蒂对罗兰说,“不是那道,除非它自己长高了五英尺。”

“墙上有一幅画,”卡拉汉说,“我记得一清二楚。某种街头涂鸦,可是我看不出画的内容,因为街角的路灯熄灭了。忽然我意识到不对劲儿。突然我头脑里响起了警报。如果你们想知道真相的话,那听起来非常像把所有人唤到罗恩医院病房的那个声音,一下子我不知道自己身在何处。我的脑子一片空白。可同时我在想……”

8

同时他在想这没什么，无非是几盏灯灭了而已，如果有吸血鬼，你能看到他们；如果有低等人，你能听到敲钟声并闻到腐臭的洋葱和烫金属味儿。同时他决定离开这片区域，马上，不管有没有敲钟声，他身体的每一处神经都突然紧绷起来，闪闪发光、嗞嗞作响。

他转过身，有两个人正站在他身后。有那么一会儿，他们被他的突然变向惊呆了，他也许本可以趁机从他们中间飞奔而逃，就像时间倒流一样，飞速奔回第二大道。可是他也受惊了，那一刻，三个人只是站在那里，面面相觑。

一个是大个儿的希特勒兄弟，一个是小个儿的希特勒兄弟。小个子最多五英尺二英寸。他穿着宽松的格子衬衫和黑色的宽松裤。头戴一顶棒球帽，帽檐朝后。他的双眼如两滴焦油般乌黑，面色很差。卡拉汉立即想到他是列尼。大个子可能有六英尺六英寸，身穿扬基棒球队运动衫、蓝色牛仔裤和球鞋，长着黄棕色的小胡子。他背一个臀包，只是挂在前面，所以实际上成了腹包。卡拉汉把他称为乔治。

卡拉汉转过身，决定如果有灯光，或者看起来他能穿过交通堵塞的话，就沿着第二大道逃跑。如果可能的话，他会顺着第四十六街到“联合国广场宾馆”并钻进他们的大堂——

高个子，乔治，一把抓住他的衬衫，并扯着他的领口把他拽了回来。领口撕裂了，可不幸的是裂口不够大，没能让他逃走。

“不，你不行，先生，”小个子说，“不，你不行。”接着他一个箭步冲上来，像昆虫一样迅速，卡拉汉还没明白怎么回事，列尼已经到他的两腿间，抓住他的睾丸，使劲挤它们。顷刻间，剧痛难忍，一种液体铅一般的胀痛。

“喜欢吗，黑鬼爱好者？”列尼问他的语气似乎带着由衷的关切，好像是说：“我们希望这对你来说和对我们一样重要。”随后，他把卡拉汉的睾丸向前扯，疼痛感顿时备增。仿佛大量的生锈锯齿沉落到卡拉汉的肚子里，他想，他会把它们扯掉的，他已经把它们挤得稀巴烂了，现在他准备把它们完全拽掉，只有一小块松垮的薄皮把它们和身体连在一起，而他准备——

他开始大叫，乔治用一只手捂住他的嘴。“行了！”他冲自己的伙伴吼道，“我们是在他妈的街上，你忘了？”

即使这会儿痛不欲生，卡拉汉仍在思忖自己处境的奇怪转折：做主的是乔治这个希特勒兄弟，不是列尼。乔治是希特勒兄弟中的老大。这当然不是斯坦贝克的描写手法。

接着，从他的右侧传来一阵嗡嗡声。起初他以为是敲钟声，但是嗡嗡声很甜美，也很响亮。乔治和列尼感到了，可他们不喜欢那个声音。

“那是啥？”列尼问，“你听到啥声音了吗？”

“我不知道。我们把他带回那个地方去。先别去弄他的睾丸。过会儿你想怎么拽都行，可是现在先来帮我。”

他们俩站到卡拉汉的两边，立刻，他被推回到第二大道。高高的木板墙从他们的右侧一闪而过。那个甜美、响亮的嗡嗡声正从背后传来。只要我能穿过围墙，我就得救了，卡拉汉心想。那边有什么力量，一种强大而正义的力量。他们不敢靠近它。

也许的确如此，可他怀疑自己是否真能攀过十英尺高的木板墙，即使他的睾丸没有发出一阵阵剧痛难忍的莫尔斯电码，即使他感觉不到内裤中的肿胀怕也不行。突然，他的头向前弯伸，呕吐出一大堆热乎乎尚未消化的食物，淌在衬衫前襟和裤子上。他能感到呕吐物渗入自己的皮肤，像小便一样温热。

两对年轻的情侣，显然是一起的，正朝反方向行走。两个年轻小伙子挺高大，他们或许可以搞定列尼，甚至如果他们联手也许还可以对付乔治，乔治交出钱可以放他一马，不过此刻他们看上去无精打采，显然，他们想尽快把约会女伴带离卡拉汉所在之处。

“他只是有点喝高了，”乔治说，面带同情地微笑着，“所以失态。这种事我们都曾有过。”

他们是希特勒兄弟！卡拉汉试图喊叫。这些家伙是希特勒兄弟！他们杀死了我的朋友，现在他们又要来杀我！叫警察！然而，没能如愿，在这样的噩梦中从来都不会如愿，很快，两对情侣朝对面走去。乔治和列尼继续敏捷地挟着卡拉汉沿着第二大道位于四十六街和四十七街之间的街区行走。他几乎脚不着地。他的“嚼嚼老妈”汉堡的味道这会儿在他的衬衫上蒸发着。哦天哪，他甚至能闻得到他自己放的芥末。

“让我看看他的手，”他们靠近下一个路口时乔治说道，当列尼抓起卡拉汉的左手时，乔治说，“不，傻瓜，另一只。”

列尼把卡拉汉的右手伸开。卡拉汉即使挣扎过，也阻止不了。他的下腹填满了湿乎乎的热水泥。同时，他的胃好像在喉咙后面颤抖着，像一个受惊的小动物。

乔治看看卡拉汉右手的伤疤，然后点点头。"嗯，是他，没错。确定一下总没坏处。来吧，我们走，法老。快步前进，一二一！"

他们到四十七街时，卡拉汉从主干道上被拖了下来。左边的山坡下有一簇白色的亮光：家园。他甚至能看到几个斜着肩膀的侧影，男人们站在角落里，抽着烟谈论电视节目。我也许还认识其中的几个，他糊里糊涂地想。见鬼，或许是吧。

然而他们没走那么远。沿着第二大道和第一大道之间的街区走了不到四分之一的路程，乔治把卡拉汉拖到一处破旧店面的门口，两扇涂花的窗户上挂着**出售或出租**的牌子。列尼只是围着他们打转，像一只在几头移动缓慢的母牛旁汪汪叫的猎犬。

"要把你搞掉，黑鬼爱好者！"他喊叫着，"像你这样的我们已经干掉好几千个了，在收手前我们要干掉上万个，我们可以弄死任何黑鬼，即使他个头儿很大，那是我正在写的一首歌，一首叫'杀死所有爱黑鬼的家伙'的歌，写好后我要把它寄给默尔·哈格德，他是最棒的，是他告诉所有的嬉皮们蹲下来在帽子里拉屎，为了美国操他妈的默尔，我弄到了野马380，还弄到了赫尔曼·戈林①的鲁格手枪，知道吗，黑鬼爱好者？"

"闭嘴，你这个小混蛋，"乔治说，不过他讲话的语气是友好的心不在焉，他真正关心的是找到他想要的套在一个大环上的钥匙，然后打开空荡荡的店面的房门。卡拉汉心想，列尼对他来说就像一台自动修理铺或者快餐店里不停播放着的收音机，他甚至已经对他置若罔闻，他只不过是背景噪音的一部分。

"噢，诺特，"列尼说，接着又开始了，"他妈的戈林的他妈的鲁格手枪，没错，我可以把你他妈的睾丸打掉，因为我们很明白像你这样的黑鬼爱好者对这个国家做了什么，对吗，诺特？"

"跟你说过了，别叫名字，"乔治/诺特说，不过他并不太计较，卡拉汉知

---

① 赫尔曼·戈林(Hermann Goering, 1893—1946)，纳粹德国元帅，希特勒上台后，曾任空军部长、普鲁士总理等职，负责扩充军队，发展秘密警察(盖世太保)等，战后被纽伦堡法庭判处死刑，刑前自杀。

道原因：他永远不能把名字告诉警察，只要事情按这些混蛋所计划的那样发展的话就不能。

"对不起诺特，可就是你们这些黑鬼爱好者你们他妈的犹太知识分子把国家搞糟的，所以我想让你好好反省一下，在我把你的睾丸从阴囊上拽下来的时候——"

"睾丸就是阴囊，傻瓜，"乔治/诺特用一种奇怪的学者口吻说道，随后他说，"成功！"

门开了。乔治/诺特把卡拉汉推了进去。店面不过是一个积满灰尘的洗衣房，充斥着一股漂白粉、肥皂和浆粉的味道。粗电线和管道穿透两面墙壁。他能看到墙壁上干洗设备的架子，那里原先放着自助洗衣机和干衣机。地板上有块标牌，在昏暗中，他隐约能看出：**海龟湾自助洗衣店你洗或者我们洗 不管怎样都会干净！**

都会干净，是啊，卡拉汉心想。他转向他们，看到乔治/诺特用枪指着自己并不感到太吃惊。那不是赫尔曼·戈林的鲁格手枪，卡拉汉觉得看上去更像那种廉价的点三二枪，你在市郊的小酒吧花六美元就能买到，不过他明白结果都一样。乔治/诺特解开他的腹包，眼睛紧盯着卡拉汉——他以前干过这种事，两个人都干过，他们是老手了，是久经沙场的老狐狸了——他拿出一卷布基胶带。卡拉汉记得鲁普曾经说过，美国一周没有布基胶带就会垮掉。"那是秘密武器"，他如此称呼它。乔治/诺特把胶带卷递给列尼，列尼接住然后快步走到卡拉汉跟前，还是那种昆虫般的速度。

"把手放在身后，黑鬼爱好者。"列尼说。

卡拉汉不从。

乔治/诺特冲他晃了晃手枪。"照做，否则我让你吃枪子，伙计。你从没感受过那种痛苦，我向你保证。"

卡拉汉照做了。他别无选择。列尼跳到他身后。

"双手合拢，黑鬼爱好者，"列尼说，"你不知该怎么做吗？你没看过电影吗？"他笑得像个疯子。

卡拉汉把双腕合拢。列尼把布基胶带卷扯开并开始把卡拉汉的双臂缠在身后时，传来一阵低沉的咆哮声。他站在那里，大口地呼吸着灰尘和漂白粉，还有纤维柔软剂那舒服的，甚至有些孩子气的香味。

"谁雇你来的？"他问乔治/诺特。"是低等人吗？"

乔治/诺特没吭声，但是卡拉汉觉得看到他的眼睛闪了闪。外面已经车水马龙。几个行人漫步而过。如果他喊叫会怎么样？嗯，他想他知道答案是什么，对吗？《圣经》说传教士和利未人从受伤者跟前走过，没有听到他的叫喊声，“但是某个撒马利亚人……同情他。”卡拉汉需要一个好心的撒马利亚人，可是在纽约他们非常罕见。

“他们长着红色的眼睛吗，诺特？”

诺特的眼睛又闪了闪，但是枪管仍对着卡拉汉的上腹部，坚如磐石。

“他们开着宽敞豪华的车子吗？是的，对吗？你觉得你的命和这个蠢货的命值多少钱，一旦——”

列尼又抓住他的睾丸，使劲挤压和扭弄，把它们像百叶窗似的拉起来。卡拉汉大叫起来，整个世界一片灰暗。他双腿力气尽失，双膝再也撑不住了。

“他倒下了！”列尼欢快地喊道，“穆罕默德·阿里倒下了！伟大的白色希望冲着可恶的黑鬼扣动了扳机并把他撂倒在地！难以置信！”这是在模仿霍华德·科塞尔①，模仿得非常逼真以至于卡拉汉虽痛苦不堪仍忍不住想笑。他又听到一声刺耳的咕噜声，这下他的脚踝被捆了起来。

乔治/诺特从角落里拿来一个帆布背包。他打开后翻出一个一次成像相机。他冲着卡拉汉弯下腰，突然世界变得光亮刺眼。紧接着，卡拉汉除了眼睛余光中央一个悬浮的蓝色球后的幻影，什么都看不到了。乔治/诺特的声音从蓝色球中传来。

“提醒我再找一个，事后。他们想要两个。”

“嗯，诺特，好！”小个子此刻听上去兴奋得几近疯狂，卡拉汉明白真正的苦痛要开始了。他记得迪伦②有首歌叫“暴雨将至”，心想这歌挺适用。比“今夜有人救了我的命”③合适，绝对是。

一股大蒜和西红柿的雾气让他窒息。可能卡拉汉在医院里被掴耳光时，有人吃意大利风味的晚餐了。一片眩晕中出现了一个身影，是高个子家伙。“谁雇了我们与你无关，”乔治/诺特说，“问题是，我们被雇用了，而且如果有谁与此相关的话，蠢货，你只是另一个玛格鲁德那样的黑鬼爱好者，希特勒兄弟敲响了你的丧钟。多数时候我们乐于奉献，不过有时也会为钱工

---

① 霍华德·科塞尔（Howard Cosell，1918—1995），美国著名体育评论员。

② 鲍勃·迪伦（Bob Dylan，1941— ）美国音乐家，他吸收了蓝调乡村、西部音乐及民间音乐，在二十世纪六十年代谱写了独特的反抗音乐。他的歌曲“在风中飘荡”成为民权运动的主题曲。

③ 系艾尔顿·约翰的一首歌的名字。

作，和任何美国好公民一样。”他停了停，接着说了荒诞不经的一句话：“我们在昆士区享有盛名，你知道。”

“去你妈的吧，”卡拉汉说，然后觉得右面整张脸痛得像要炸开似的。列尼穿着铁头大靴子踹在他脸上，把他的下巴踢成了四瓣。

“讲得好，”他模糊地听到列尼从那个疯狂世界说，那里的上帝显然已经死去，躺在被洗劫一空的天堂地板上臭不可闻。“给蠢货讲得好。”接下来他提高嗓音，发出一种孩子般兴奋的祈求声：“让我来嘛，诺特！求你了，让我来！我想干！”

“不行，”乔治/诺特说，“我来做额头上的十字记号，你总是胡搞。你可以在他的手上做，好吗？”

“他被捆起来了！他的手遮在他妈的——”

“在他死后，”乔治/诺特用一种令人恐怖的耐心解释道。“他死后，我们会解开他的双手，你就能——”

“诺特，求你了！我会按你想要的去做。可听着！”列尼的声音响亮起来，“你知道吗！如果我开始胡搞，你告诉我，我马上停下！求你了，诺特？求求你了？”

“嗯……”卡拉汉之前也曾听到过这种语气。一个纵容的父亲拗不过自己宠爱的孩子，虽然孩子智力有点问题。“嗯，好吧。”

他的视力开始清晰。他向神祈祷别这样。他看到列尼从背包里取出一个闪光灯。乔治已经从自己的臀包里取出一把折叠解剖刀。他们交换工具。乔治用闪光灯瞄准卡拉汉迅速肿大的脸。卡拉汉眨眨眼并眯成缝。他刚好可以看到列尼用他极小却灵活的手指把解剖刀弹开。

“这不是很好嘛！”列尼叫道。他激动得发狂。“这不是好极了嘛！”

“就是别胡搞，”乔治说。

卡拉汉想，如果这是部电影，骑兵此刻就要赶到。或者是警察。或者是他妈的 H. G. 韦尔斯①的《时间机器》中的福尔摩斯。

然而列尼跪在他面前，他裤裆里的勃起再明显不过了，而步兵毫无踪影。列尼拿着打开的解剖刀身体前倾，而警察毫无踪影。卡拉汉在这个家伙身上闻到的不是大蒜和西红柿的味道，而是汗味儿和烟味儿。

---

① H. G. 韦尔斯（H. G. Wells，1866—1946），英国作家，以科幻小说而著名，如《时间机器》和《星际战争》，他还写过历史及科普读物。

“等会儿，比尔，”乔治/诺特说，“我有个主意，让我先给你画出来。我口袋里有铅笔。”

“该死，”列尼/比尔嘟囔道。他把解剖刀伸开，卡拉汉能看到剃刀片似的刀刃在抖动，这是由于小个子的激动传到了刀刃上面，随后刀刃从他的视觉中消失了。一样冷冰冰的东西滑过他的眉头，接着变得热乎乎的，而福尔摩斯毫无踪影。鲜血流入他的双眼，弄湿了他的视线，詹姆斯·邦德、特拉维斯·麦吉、赫尔克里·波洛、他妈的马普尔小姐①也全无踪影。

巴洛那张苍白的长脸出现在他的脑海里。那个吸血鬼的头发在他头前飘动。巴洛伸出手。“来吧，迷失的传教士，”他说，“了解真正的宗教。”当吸血鬼的手指把他母亲给他的十字架的双臂折断时，发出了两声干巴巴的断裂声。

“噢，你这个蠢货，”乔治/诺特埋怨道，“那不是十字记号，那是见鬼的十字架！把它给我！”

“别这样，诺特，给我一个机会，我还没干完呢！”

他们像一对孩子般在他面前斗嘴，而他睾丸疼痛，破碎的下巴有种跳动的剧痛，他的视线也被鲜血淹没。所有那些七十年代的关于上帝还有主耶稣是否已经死亡的争论，看看他吧！只消看看他！怎么还会有疑问呢？

而就在那时，骑兵赶到了。

9

“你究竟是什么意思？”罗兰问，“我本来想仔细聆听这部分内容，尊者。”

他们仍然坐在门廊的桌边，但是食物已吃完，太阳下山了，罗莎丽塔拿来了油灯。卡拉汉停止讲他的故事已经有一段时间了，所以可以让她和他们坐在一起，她就坐下了。屏壁外面，在教区长黑乎乎的宅院里，虫子嗡嗡叫着，渴望着光亮。

杰克猜测着枪侠的想法。然后，他突然对所有这些秘密感到不耐烦了，问道：“我们就是骑兵吗，尊者？”

罗兰一脸震惊，随后确实又被逗乐了。卡拉汉只是显得吃惊。

---

① 以上四人均是文艺作品中著名的侦探英雄式的人物。

"不,"他说,"我不那么认为。"

"你当时没看到他们,对吗?"罗兰问,"你从没真正看到过救你的那些人。"

"我跟你们说了'希特勒兄弟'有个闪光灯,"卡拉汉说,"真的。不过其他那些人,骑兵……"

10

无论他们是谁,他们有一盏探照灯。探照灯使那个废弃的洗衣房光亮刺眼,比那个廉价的一次成像相机的闪光还亮,而且亮光有所不同,它是持续性的。乔治/诺特和列尼/比尔捂住自己的眼睛。要不是双臂被布基胶带缠在身后,卡拉汉也想捂住自己的双眼。

"诺特,放下枪!比尔,放下解剖刀!"从巨大的光圈中传来的声音让人惊恐,因为声音本身就带着恐惧。声音的主人是一个靠近任何东西或许都能产生危害的人。"我喊到五,就会把你们俩都射死,是你们活该。"紧接着从灯光后面传来的声音开始数数,不是慢慢地警告性地数着,而是用一种惊人的速度在数。"一二三四——"好像声音的主人想要射击,想要速战速决,赶快结束该死的过场。乔治/诺特和列尼/比尔没有时间考虑自己的选择。他们扔下手枪和解剖刀,手枪砸在布满灰尘的亚麻地毡上走火了,发出"砰"的一声巨响,像小孩子玩的装了两发子弹的玩具枪。卡拉汉不清楚子弹打在了哪里,也许打在他身体里。如果这样的话,他能感觉到吗?值得怀疑。

"别开枪,别开枪!"列尼/比尔大叫,"我们没有,我们没有,我们没有——"没有什么?列尼/比尔看上去也不知道。

"举起手!"是一个不同的声音,但也来自于炫目的太阳枪般的光亮后面。"举得高高的!现在,你们这些破杂种!"

他们的手高举起来。

"给,把他们捆上,"第一个声音说。他们可能是了不起的家伙,卡拉汉当然愿意把他们写到自己的圣诞卡单子上,可是很明显他们以前从没干过这种事。"把鞋子脱下来!把裤子脱下来!现在!马上!"

"什么他妈的——"乔治/诺特开腔,"你们这些家伙是警察吗?如果你们是警察,你们要保障我们应有的权利,我们该死的米兰达——"

刺眼的亮光后面，一支枪开火了。卡拉汉看到一片橙色的火光。也许是手枪，但是和希特勒兄弟在酒吧间买的蹩脚的点三二枪相比，其差别就如同老鹰之于蜂雀。爆炸声发出巨响，紧接着石灰炸裂，积尘飞扬。乔治/诺特和列尼/比尔都尖叫起来。卡拉汉觉得他的一个救命恩人——也许是那个没有开枪的人——也大叫起来。

“把鞋子脱下来，把裤子脱下来！现在！马上！你们最好在我数到三十之前脱掉，否则你们死定了。一二三四——”

再一次，数数的速度快得没有给他们留下任何考虑的时间，更别说抗辩了。乔治/诺特准备坐下，第二个声音说：“坐下我们就杀死你。”

因此，在声音以毁灭性的快速数数时，希特勒兄弟在背包、一次成像相机、手枪和像痉挛的摄影升降机一样的闪光灯周围踉踉跄跄地脱掉鞋袜。鞋子脱掉，裤子拉下。乔治穿着拳击短裤，而列尼喜欢那种有小便污点的紧身短内裤。看不出列尼勃起；列尼的勃起决定这个晚上休息了。

“现在滚出去。”第一个声音说。

乔治面朝灯光。他的扬基棒球队运动衫垂下罩在内裤外，内裤几乎要滑到膝盖上了。他仍背着臀包。他的小腿肌肉结实，可是肌肉在颤抖。乔治的脸因为突如其来的沮丧而拉得很长。

“听着，伙计们，”他说，“如果我们不干掉这个家伙就离开，他们会杀死我们。这些是非常恶劣——”

“如果我数到十你们这些笨蛋还不滚开，”第一个声音说，“我就自己杀了你们。”

第二个声音带着一种歇斯底里的轻蔑补充道：“胆小鬼，Gai cocknif en yom，留下啊，等死啊，谁稀罕？”

后来，卡拉汉对十来个犹太人重复过这句话，他们只是困惑地摇摇头，卡拉汉碰巧在托皮卡遇到一个老者，他为他翻译了这句话。意思是去大海里拉屎吧。

第一个声音又开始不停地说：“一二三四——”

乔治/诺特和列尼/比尔交换了卡通式的迟疑目光，然后穿着内裤就朝门口奔去。大探照灯旋转起来跟随着他们。他们出去了；他们消失了。

“跟上，”第一个声音粗声粗气地对他的伙伴嚷道，“如果他们想到掉头回来——”

“嗯，嗯。”第二个声音答道，紧接着就消失了。

亮光咔嚓一声灭了。“转身趴着。”第一个声音说。

卡拉汉试图告诉他自己不行，他的睾丸现在感觉几乎和茶壶一样大，可是他嘴里只能吐出粘糊糊的东西，因为他的下巴碎了。他只能尽力转身用左边身体靠着。

“躺稳了，”第一个声音说，“我不想割到你。”这不是以干这一行为生的人的声音。即使在此种状态下，卡拉汉也能听出来。这个家伙呼吸急促困难，时而会发生中断，随后再次恢复。卡拉汉想感谢他。如果你是个警察或者救火队员或者救生员，救一个陌生人是一回事，他心想。如果你只是广大民众中的普通一员，那又是另一回事了。他的救星就是普通一员，他想，他们俩都是，尽管他想不出为何他们准备得如此充分。他们怎么知道希特勒兄弟的名字？他们到底等在什么地方？他们是来自街道，还是一直待在废弃的洗衣房？卡拉汉一无所知。其实他也不在意。因为今晚有人拯救，有人拯救，有人拯救了他，那是最重要的，唯一重要的事。乔治和列尼几乎要把他整死了，不是吗，亲爱的，可是骑兵在紧要关头出现了，就像约翰·韦恩的电影里那样。

卡拉汉想做的是谢谢这个人。卡拉汉想到安全的救护车上去，并在那些坏蛋在外面对第二个声音的主人进行反击之前，或者第一个声音的主人因激动突发心脏病之前赶往医院。他努力想说话，可是他嘴里只能吐出粘糊糊的东西。就像喝高了以后讲出来的话，罗恩把它叫做醉话。听起来就像胡言乱语。

他手上的胶带被割开，然后是他的脚。这个家伙没有突发心脏病。卡拉汉又翻身仰面躺下，并看到一个胖乎乎的白手握着解剖刀。中指上有个图章戒指。图章上面是一本打开的书。书下写着“藏书票”。接着探照灯又闪动起来，卡拉汉用手遮住眼睛。“耶稣啊，天啊，你为什么把灯打开？”可是他说出来的只是耶—天，为—把—开，不过第一个声音的主人好像明白他的意思。

“我认为这很明显，我受伤的朋友，”他说，“我希望我们再碰到时就像初次见面。如果我们从街上走过，我希望不被认出来。那样更安全。”

有踩在沙砾上的脚步声。灯光逐渐后退。

“我们会用街上的投币电话呼叫救护车——”

“不！别那么做！如果他们回来怎么办？”他真是害怕之极，连话都讲得一清二楚。

“我们会留神，”第一个声音说。喘息已经消失了。这个家伙正恢复正常。对他来说太好了。“我想他们有可能会来，那个高个子确实相当不甘心，不过如果中国人说得对的话，我现在对你的生命负责。我要担当起这个责任。如果他们卷土重来，我会让他们吃枪子儿，不只是从他们头上扫过了。”人影停下了。他自己看上去也相当高大。很有胆量，这一点毫无疑问。“那些是希特勒兄弟，我的朋友。你知道我在讲谁吗？”

“嗯，”卡拉汉轻声说，“可你不会告诉我你是谁对吗？”

“你还是不知道为好。”藏书票先生说。

“你知道我是谁吗？”

暂停了片刻。传来踩在沙砾上的脚步声。藏书票先生这会儿站在废弃洗衣房的门口。“不知道，”他说。随后，“一个传教士。无关紧要。”

“你怎么知道我在这里？”

“等着救护车，”第一个声音说，“别试图自己挪动。你已大量失血，而且你可能受了内伤。”

然后他走了。卡拉汉躺在地板上，闻着漂白粉、清洁剂的味道和飘散的纤维柔软剂的甜味。你洗或者我们洗，他想，不管怎样都会干净。他的睾丸肿胀悸痛。他的下巴也是肿胀悸痛。他能感到随着脸上的肉在肿大，整个脸部在发紧。他躺在那里等待救护车和生命，或者等待希特勒兄弟回来和死亡。等待女士或者老虎。等待黛安娜的财宝或者致命的毒蛇。等待了数不清的漫长时间之后，红色的亮光一闪一闪地扫过积满灰尘的地板，他知道这次是女士。这次是财宝。

这次是生命。

11

“那就是，”卡拉汉说，“为何我在同一天晚上两次来到了同一家医院的五七七号病房。”

苏珊娜看着他，瞪大了眼睛。“你是认真的吗？”

“和说心脏病发作一样认真，”他说，“罗恩·玛格鲁德死了，我被打得半死不活，而他们把我摔在同一张床上。他们肯定刚好有时间把床收拾好，在护士推着吗啡车来为我注射，在我失去知觉之前，我躺在那里想玛格鲁德的妹妹会不会回来继续做希特勒兄弟没干完的事。可是那样的事情有什么好让你们奇怪的呢？在我们的两个故事中有数十个这样奇怪的交叉，对吧。你们难道没想过，比如说，卡拉·布尔·斯特吉斯和我自己的姓是个巧合吗？”

“我们当然想过。”埃蒂说。

“接下来发生了什么？”罗兰问。

卡拉汉咧嘴笑笑，他那么做的时候，枪侠注意到这个男人脸的两侧不怎么对称。他的下巴碎过，对了。“这是故事讲述者最喜欢的问题，罗兰，不过我认为我现在需要加快一点讲述速度，否则我们整晚都要在这里了。反正最重要的，你们真正想听的部分是结尾。”

嗯，你也许那么认为，罗兰暗自思忖，而且如果他知道自己的三个朋友也都抱有同样的想法也毫不奇怪。

“我在医院待了一个礼拜。他们让我出院时，把我送到了昆士区一家福利疗养院。他们提供给我的第一处地方在曼哈顿，而且距离近很多，只是它与家园有关联——我们以前时而会送一些人过去。我担心如果我到了那里，希特勒兄弟又能找到我。”

“他们找到了吗？”苏珊娜问。

“没有。我到河滨医院五七七房间探望罗恩，后来自己也进到那里的那天是一九八一年五月十九日，”卡拉汉说，“五月二十五日，我和三四个走路受伤的家伙坐在货车的后面到昆士区。我想说事后大概六天，正好在离开医院上路之前，我看到《邮报》上的报道。报道在页面的头条，不过不是头版。*发现两个男人在科尼岛被射死*，头条说。警察称‘*看起来像是群伙所为*’。那是因为他们面部和手部都被酸液所烧。尽管如此，警察已确认了两者的身份：诺顿·伦道夫和威廉·伽顿，都来自布鲁克林。有照片。嫌疑犯照片；两人都有长期案底。他们是整我的人，没错。乔治和列尼。”

“你认为是低等人把他们干了，对吗？”杰克问。

“对。报偿就是死亡。”

“那些案底文件有没有显示他们是希特勒兄弟？”埃蒂问，“因为，伙计，在我来的路上，我们还用那些家伙吓唬彼此呢。”

“一些小报上有关于那种可能性的猜测，”卡拉汉说，“我打赌那些报道过希特勒兄弟的谋杀和伤害恶行的记者们心里明白，希特勒兄弟就是伦道夫和伽顿——事后除了几份三心二意相互抄袭的剪报什么都没有——可是没有小报记者愿意揭开恶魔之谜,因为恶魔的故事是他们报纸的卖点之一。”

“天啊,”埃蒂说,“你参加了战斗。”

“你还没听到结局,”卡拉汉说,“好极了。”

罗兰弹个响指,示意他继续,不过看上去并不心急。他已给自己点上香烟,他的三个同伴从没见过他那么满足的样子。只有奥伊,睡在杰克脚边,看上去更为怡然自得。

“当我第二次离开纽约,带着我的书和瓶子穿越乔治·华盛顿桥时,我找寻着自己的行人天桥,”卡拉汉说,“可是我的行人天桥不见了。接下来的两三个月,我偶尔看到高速路影影绰绰地闪动——我记得有两三次和查德伯恩在上面弄到过十美元的钞票——但多数时候他们都不见踪影。我看到许多第三类吸血鬼,并记得心中以为它们在蔓延。不过我没去理它们。我好像已经没有了冲动,就像托马斯·哈代[①]失去写小说的冲动,托马斯·哈特·本顿[②]没有了在墙壁上作画的欲求一样。‘就是些蚊虫’,我会那么想,‘让它们去吧。’我的任务是到某个城镇,找到最近的‘大力士’或者‘人力’,或者‘劳力’,同时找到一个让我感到舒服的酒吧。我喜欢看上去像纽约的‘美国梦’或‘巧言石’风格的地方。”

“换句话说,你喜欢有个小小的蒸汽桌供你喝酒。”埃蒂说。

“对,”卡拉汉说,像注视志同道合的人一样看着他。“说得对!而且我会待在那些地方,直到不得不离开为止。我说的意思是在我最喜欢的隔壁酒吧中我会喝到微醉,然后打发晚上的剩余时光——爬啊,喊啊,把衬衫前襟吐得一塌糊涂——在别处。在外,通常是。”

杰克问:“什么——”

“意思是在外面烂醉,小家伙。”苏珊娜告诉他。她弄乱杰克的头发,然后把手缩回来,放在自己的上腹部。

“还好吗,先生?”罗莎丽塔问道。

---

① 托马斯·哈代(Thomas Hardy, 1840—1928)。英国作家,以其韦塞克斯系列小说而著名,包括《远离尘嚣》、《卡斯特桥市长》和《德伯家的苔丝》。

② 托马斯·哈特·本顿(Thomas Hart Benton, 1889—1975)。美国艺术家,其绘画和壁画,如《密苏里历史》以被称为“宗教主义的平板、现实主义的风格”表现美国中西部和南部的生活。

“嗯，不过如果你有什么带泡的东西，我一定能把它喝下。”罗莎丽塔起身，一边轻拍卡拉汉的肩膀。“继续吧，尊者，否则到了凌晨两点你也讲不完，而那时野猫就会在荒地里出没了。”

“好吧，”他说，“我喝酒，那是必然的结果。我每晚都喝，而且发狂地跟每一个愿意听的人谈论鲁普、罗恩、罗威娜以及在伊萨奎纳县把我带走的黑衣人，还有鲁塔，也许真的好玩极了，不过肯定不是一只暹罗猫。最后我就昏倒了。

“这种情形直到我到了托皮卡才结束。一九八二年的深冬，那是我陷入低谷的时候。你们知道陷入低谷是什么意思吗？”

停了很长一会儿，然后他们点点头。杰克想到艾弗莉小姐的英文课和他最后那篇作文。苏珊娜回忆起牛津、密西西比，埃蒂想到西海海滩，俯身靠近后来成为他的首领的人，想要割开他的喉咙，因为罗兰不让他进入那一扇神奇的门而且得分只是小 H。

“对我来说，低谷是在一个监狱的牢房里，”卡拉汉说，“那天一大早，我其实还算相对清醒。而且，那不是醉汉拘留所，而是一间牢房，里面放着一张小床，上面有条毛毯，还有一个马桶，马桶上面真的有把椅子。和我曾到过的其他地方相比，这里相当舒适了。唯一讨厌的是那个念名字的家伙……还有那首歌。”

12

从牢房的铁丝网窗户中射进来的光线很灰暗，让他的皮肤也变得黯然无光。而且，他的手脏乎乎的，布满抓痕。他指甲下面的渣滓很黑（污垢），还有些是栗色的（凝固的血迹）。他隐约记得和某个一直叫他先生的人扭打，所以他猜想自己可能是因为犯了曾经流行的《刑法典四十八条》，袭击警官罪而到了这里。他无非想要——卡拉汉对此印象稍微清楚些——试试那个孩子的帽子，帽子非常别致。他记得试图告诉那个年轻的警察（从这个人的容貌看，他们很快就要雇用那些还没接受过如厕训练的小毛孩做警官了，至少在托皮卡是这样），他总是在留意时髦的新帽子，他总是戴帽子，因为他额头上有一个犯了“杀人罪”的标记。“看起来像个十字架，”他记得自己说过（或者试图说过），“不过，那确是‘萨人追’标记。”那是他喝醉时对“杀人罪”最接近的表达了。

昨晚真的喝醉了，可是他坐在牢房铺位上感觉并不太糟糕，他用手揉弄自己乱蓬蓬的头发。嘴里味道不太好——有点像暹罗猫鲁塔在里面排泄过，如果你想知道真相的话——可是他的脑袋疼得不怎么厉害了。真希望那些声音可以停下！下面的大厅里，有人在按字母顺序单调地叫着听上去无穷无尽的名单。附近，有人在唱他最不喜欢的歌曲："今晚有人拯救，有人拯救，有人拯救了我的生命……"

"内勒！……诺屯……欧科诺！……欧朔格尼西！……欧司阔斯基！……欧斯美！"

他刚刚意识到是他自己在唱歌，他的小腿就开始抖起来，一直抖到膝盖，然后到臀部，并越抖越凶，越抖越剧烈。他能看到腿上的大块肌肉像活塞一样起起落落。他这是怎么了？

"帕尔默！……帕姆格仁！"

颤抖又绵延到他的胯部和下腹。他小便失禁喷出把内裤弄湿了。同时，他的双脚向空中踢腾，好像他试图双脚同时凌空踢起看不见的足球。我犯病了，他想，这次可能完了。我可能要玩儿完了。再见黑鸟。他试着喊救命，可是除了一小声咔嚓声外他什么都说不出来。他的手臂开始上下乱甩。这会儿，他的双脚凌空踢起看不见的足球，而双臂高喊着哈利路亚，下面大厅里的家伙准备一直叫到世纪末，也许直到下一个冰河时代。

"皮斯切尔！……皮特斯！……帕克！……珀罗维克！……让斯！……让柯特！"

卡拉汉的上身开始来回抽搐。每向前抽搐一次，他就更接近失去平衡跌倒在地。他的双手挥起来。双脚甩下去。突然他的屁股上有股薄饼摊开般的暖意，他意识到他刚刚大便失禁。

"里裘佩罗！……罗比刺德！……罗斯！"

他向后抽搐，一直到粉刷过的水泥墙边，有人在那里涂写了"邦戈·斯康克"和"第十九次神经崩溃刚刚发作！"接着他又向前抽搐，这次就好像穆斯林早祷一般用足了全身的力气。有一会儿，他从赤裸的膝盖中间盯着水泥地，然后他失去重心，脸朝下摔在地上。尽管他夜夜豪饮，他的下巴却已基本痊愈，可现在又摔成了三瓣。不过，像是要取得完好的平衡——四是个奇妙的数字——这次他的鼻子也摔碎了。他躺在地板上像一条被钩住的鱼似的来回弹腾，他的身体在鲜血中画出印痕，拉屎，撒尿。嗯，我完了，他心想。

“莱恩！……萨内利！……舍尔！”

可是慢慢的，他身体剧烈的癫痫大发作变得缓和起来，成了癫痫小发作，后来只是有点抽动。他觉得肯定有人来，但又没有人，开始没有。抽动也慢慢停止了，他现在只是唐纳德·弗兰克·卡拉汉，躺在堪萨斯首府托皮卡一间监狱牢房的地板上，在远处下面大厅里的什么地方，一个男人继续按字母顺序念叨着。

“斯韦！……沙柔！……沙策！”

突然，数月来第一次，他想起了在四十七街东部那间废弃的洗衣房里，骑兵是如何在希特勒兄弟准备把他干掉时出现的。他们的确准备要那么做——第二天或再过一天，有人会发现一个叫唐纳德·弗兰克·卡拉汉的人，像寓言中的鲭鱼一样死去了，而且可能把自己的睾丸当耳环戴着。可就在那时，骑兵来了而且——

那不是骑兵，他躺在地板上时心想，他的脸又肿了起来，改头换面，却旧貌依然。那是第一个声音和第二个声音。只是那也不对。那是两个人，至少中年岁数，可能更偏老一点。那是藏书票先生和去大海里拉屎先生，不管那是什么意思。他们俩都吓得要死，而且有理由害怕。希特勒兄弟即使没有像列尼吹嘘的那样干过上千次，他们也干过不少次，而且杀过其中一些，他们是一对杀人毒蛇，是的，藏书票先生和去大海里拉屎先生绝对有理由害怕。还好，事情进展顺利，可是有可能不顺利。如果乔治和列尼把桌子掀翻，那会怎样？哎，无论是谁第一个碰巧到那家“海龟湾自助洗衣店”，很可能发现的不是一具死尸，而是三具。那毫无疑问会成为《邮报》的头条！所以那两个家伙冒着生命危险，可六到八个月后他们为之冒险的人就是这副德性：一个瘦骨嶙峋的肮脏混蛋，一个彻底毁掉的醉鬼，他的内裤一面沾满尿，另一面沾满屎。一个白日饮酒、晚上醉酒之人。

事情就发生在那个时候。下面的大厅里，平稳、缓慢的念叨声叫到了斯布朗、斯图尔德和萨德比；大厅上面的这间牢房里，一个躺在脏地板上的男人绝望到底，底的定义是，从那一点你无法降到更低之处，除非你找到一把铁锹并真的开始挖掘。

他躺在那里，眼睛只盯着地板，那些尘土的形状看起来像诡谲的小树林，那些尘土块儿像贫瘠的矿乡的小山丘。他想：什么时间了，二月？一九八二年二月？好像差不多。嗯，让我告诉你。我会给自己一年时间努力摆脱恶习，一年时间来做一些事——任何事——使那两个家伙的冒险变得值得。如果我能做什么事的话，我会坚持。但是如果我在一九八三年的二月仍然醉酒，我就杀死自己。

下面的走廊里，念叨的声音最终叫到了塔根·费尔德。

13

卡拉汉沉默了一会儿。他吮吸一口咖啡，露出一脸苦相，然后给自己倒了一杯苹果酒。

“我知道我的恢复是如何开始的，”他说，“我在东部曾到过多少个勒戒所，天知道。所以他们把我放出来后，我在托皮卡发现了一个勒戒所，开始每天都去。我从不向前看，也不向后看。‘过去已成历史，未来只是谜团。’他们这么说。只是这次，我没有坐在房间后面一言不发，而是强迫自己坐在最前面，在介绍环节我会说‘我是唐纳·卡，我不想再喝了。’我其实很想喝，每天都想，可是在勒戒所里，他们对每件事情都有说法，其中一个说法是‘装模作样，直到你信以为真。’逐渐地，我真的信以为真了。在一九八二年的秋天，我每天起床时，意识到自己的确不想再喝了。强迫性欲求，按他们的说法，被驱除了。

“我重新开始。在戒酒后的第一年不指望有什么大改变，可是有一天，我在盖奇公园时——其实是莱茵玫瑰花园……”他放低了声音，看着他们。“什么？你们听说过？别告诉我你们知道莱茵！”

“我们到过那里，”苏珊娜平静地说，“见过玩具火车。”

“那，”卡拉汉说，“真是让人吃惊。”

“十九点钟，所有的鸟儿都在唱歌。”埃蒂说。他没有笑。

“不管怎么样，玫瑰花园是我看到第一份招贴的地方。谁见过卡拉汉，我们的爱尔兰塞特猎犬。爪子上有伤疤，额头上有伤疤。重金酬谢。等等。等等。他们终于把我的名字搞对了。我决定趁我还能行快点走。所以我到了底特律，在那里找到一个叫‘灯塔庇护所’的地方。这是个酒精弥漫的庇护所。事实上，它就是一个没有罗恩·玛格鲁德的家园。那里的人们干得很不错，只是他们不怎么活动。我签约受雇了。那就是我在一九八三年十二月所待的地方，在那事发生的时间。”

“什么事情发生的时间？”苏珊娜问。

回答她的是杰克·钱伯斯。他知道，也许是他们之中唯一可能知道答案的人。毕竟，这种事也在他身上发生过。

“那是你死的时间。”杰克说。

“嗯，没错，”卡拉汉说。他毫不惊奇。他们也许一直在讨论这件事，也可能是安迪自动探测到的。“那是我死的时间。罗兰，能给我卷根烟吗？我好像需要点比苹果酒更烈的东西。”

14

“灯塔”有个老传统，可以追溯到……啊呀，所有四个年头里都有（“灯塔庇护所”成立不过五年）。时值感恩节，在西国会大街圣名高中的体育馆里，一群醉汉用黄色和棕色的绉纸、硬纸板火鸡、塑料水果和蔬菜装饰了场地。换句话说，这就是美国丰收的喜悦。你得至少保持两周头脑清醒才能记得这一细节。另外——沃德·哈克曼、阿尔·麦克湾以及唐纳·卡拉汉已相互达成一致——酗酒的家伙不被告知“装饰细节”，不管他们已经清醒了多久。

在“火鸡日”，将近一百个底特律最大的酒鬼、瘾君子和疯疯癫癫的无家可归者聚集在“圣名”共享丰盛的晚宴，有火鸡、马铃薯以及其他所有配料。他们坐在摆放在篮球场中央的十二张长桌前（桌腿上套着保护用的毛毡垫，食客们都穿着长袜子吃饭）。他们开吃之前——这是规矩之一——迅速地围着桌子转动（“要是超过十秒钟，家伙们，可有你们好瞧的。”阿尔已经警告过）而且每个人说一件自己感恩的事情。因为是感恩节，是的，而且也因为勒戒项目的主要原则之一是：一个感恩的喝酒徒不会喝醉，一个感恩的瘾君子不会变得铁石心肠。

一切进行得飞快，因为卡拉汉只是坐在那里，没想任何特别的事情，当轮到他时，他几乎脱口说出可能给他带来麻烦的话。至少，他也许会被认为是个搞笑怪异的家伙。

“我很感激我没有……”他开始说道，紧接着意识到自己要说什么，立刻打住。他们用期待的眼神看着他，那些胡子拉碴、脸色苍白的男人们和头发柔软的肥胖女人们，身上带着地铁里的脏臭味道，那是大街上的味道。有些人已经管他叫神父，他们是怎么知道的呢？他们怎么可能知道？他们会有何感觉呢，如果他们知道他听到这个称呼多么毛骨悚然？为什么这个称呼让他想起了希特勒兄弟和纤维柔软剂那甜甜的、甚至有些孩子气的香味？可是他们正看着他。“犯戒。”沃德和阿尔也看着他。

“我很感激我今天没有喝酒或吸毒，”他说。他还是说了老一套的感恩内容，那总是可以表示感激的。他们嘟嘟囔囔表示赞同，卡拉汉旁边的人说他感激自己的姐姐准备要他回去过圣诞，没有人知道卡拉汉差点说出“我感激我近来没看到任何‘第三类吸血鬼’或者宠物走失招贴。”

他想这是因为上帝已经把他收回，至少在试用期，巴洛叮咬的力量最终消解了。也就是说，他以为自己已经摆脱了该死的特异视觉。然而，他没有试图到教堂去检测一下——圣名高中的体育馆对他来说已经差不多类似于教堂了，多谢。他从没想到过——至少在他的意识里没有——他们想确保这次有天罗地网包围着他。他们也许是迟钝的学习者，卡拉汉最终会意识到的，不过他们不是不学无术之徒。

后来，在十二月初，沃德·哈克曼收到一封不可思议的信。“圣诞结束早点来，唐纳！等到你看到这个为止，阿尔！”他兴奋地挥着信。“我们干得真高明，伙计们，我们不用为明年发愁了！”

阿尔·麦克湾拿过信，他读着读着，脸上紧张、谨慎的神情逐渐消失了。他把信递给唐纳时，脸上笑得灿烂极了。

这封信来自一家公司，在纽约、芝加哥、底特律、丹佛、洛杉矶和旧金山都有办事处。信封的包装袋很豪华，让人想把它裁成衬衫，贴身穿着。信上说公司计划向全美国二十家福利机构捐献两千万美元，每一家一百万。还说公司必须在一九八三年年底前完成。可能的接收者包括食堂、流浪汉庇护所、为穷人开的两家诊所和斯波坎①的一家标准艾滋病检测项目。其中一个庇护所就是“灯塔”。签名是理查德·P. 赛尔，副总裁，底特律。看上去一切都郑重其事，他们三个都被邀请到公司在底特律的办事处讨论赠送事宜也显得郑重其事。会议那天——也就是唐纳多·卡拉汉死去的那天——是一九八三年十二月十九日。星期一。

---

① 斯波坎(Spokane)，美国华盛顿靠近爱德华州的一座城市，位于斯波坎河瀑布的边界。斯波坎是贸易和加工中心，主要集中于发展农产品业、木材、采矿业。

信件上方的名字是桑布拉公司。

15

“你去了。”罗兰说。

“我们都去了，”卡拉汉说，“如果只是邀请我一个人，我决不会去。可是，既然他们邀请我们三个都去……而且想给我们一百万美元……你知道一百万对一个像‘家园’或者‘灯塔’这样债务缠身的机构意味着什么吗？尤其是在里根执政的那些年月？”

苏珊娜听了这话吃了一惊。埃蒂得意地扫了她一眼，毫不掩饰。卡拉汉显然想问这一穿插动作的来由，可是罗兰又打起响指，催促他快讲，而且此刻天色真的在变晚。已经接近子夜时分。倒不是说罗兰的卡-泰特看上去昏昏欲睡；他们聚精会神地听着尊者的叙述，每一字都不错过。

“这就是我的信念，”卡拉汉说，一边身体前倾。“在吸血鬼和低等人之间有个松散的联盟。我想如果你们追溯下去，就会发现他们联盟的根基在黑暗地带。在雷劈。”

“我相信。”罗兰说。他蓝色的眼睛在苍白、疲惫的脸庞上闪着光芒。

“那些吸血鬼——不是‘第一类型’的那些——很傻。低等人聪明些，但也没有高出一大截。否则我也决不会从他们身边逃脱那么久。不过当时——最终——另一个人出面了。那就是血王的一个代理人，我那么觉得，不管他是谁或担当什么职位。低等人从我身边被引开。吸血鬼也是。在最后的那几个月里，没有什么招贴，我从没看到；西塞街或者杰斐逊大道的人行道上也没有粉笔留下的消息。有人下达过命令，我那么想。有什么高人。而且一百万美金！”他摇摇头。脸上流露出浅浅的苦笑。“最终，那个诱惑把我蒙蔽了，无他，就是钱。‘哦，是啊，可这是做好事！’我对自己说……当然，我们彼此也这么说。‘这可以让我们至少自食其力五年时间！再也不用到底特律市议会毕恭毕敬地求助了！’全都没错。直到后来我才明白另一个真相，非常简单：出于好心的贪婪仍然是贪婪。”

“接下来呢？”埃蒂问。

“噢，我们如约赴会，”神父说。他脸上的笑意相当可怕。“帝诗曼大厦，密歇根大道九百八十二号，底特律黄金办公地址之一，那是十二月十九日，下午四点二十。”

“这个时间约会挺怪的。”苏珊娜说。

“我们也那么觉得，可是想着一百万美金得失攸关，谁会在乎那些小节呢？经过讨论，我们赞同阿尔——或者说阿尔的妈妈的意见。她说，要在重要约会前五分钟到场，不早也不晚。所以我们下午四点过十分到了帝诗曼大厦的大厅里，穿上自己最好的行头，从指示牌上找到桑布拉公司的名字，然后上到三十三楼。”

“你们仔细查过公司的情况吗？”埃蒂问。

卡拉汉看看他，好像在说废话。“根据我们从图书馆里查到的，桑布拉是家封闭的公司——也就是说没有公开发行股票——主要收购别的公司。他们的专长是高科技领域、房地产和建筑。那好像是人们知道的全部了。公司资产是严格保守的秘密。”

“是在美国注册的吗？”

“不是。拿骚，巴哈马。”

埃蒂吃了一惊，他记起自己那段对可卡因痴迷的日子，还从那个面带病容的家伙那里买的最后一批毒品。“到过那儿，干过那事，”他说，“不过没见过什么桑布拉公司的人。”

但是他确定是这样吗？假如那个有英国口音、面色土黄的家伙为桑布拉公司工作呢？难道他们涉足毒品交易或不管其他什么交易有什么令人难以置信之处吗？埃蒂觉得没有。如果没有，那他们就可能与恩里柯·巴拉扎有勾结。

“不管怎么样，几乎所有的参考书和年鉴里都收录了他们。”卡拉汉说，“含糊其辞，可是收录了。而且挺富有。我不知道桑布拉到底是什么，而至少我基本上断定我们在三十三楼他们办公室看到的人只是些临时演员……装模作样……不过也许有个真正的桑布拉公司呢。

“我们乘电梯上到那里。接待区很漂亮——墙上挂着法国印象派的画作，还有什么？——还有一个漂亮的前台小姐。她是那种女人——对不起，苏珊娜——如果你是个男人，如果你可以碰她的胸脯的话，你几乎会以为自己可以永生。”

埃蒂大笑起来，侧眼看看苏珊娜，然后立刻停下了。

“当时是四点十七分。我们获邀坐下。我们从命，紧张得要命。人来人往。时不时我们左边的一扇门会打开，我们可以看到放满桌子和箱柜的地板。电话铃此起彼落，秘书们抱着文件跑来跑去，还有一台巨大的复印机的声音。如果是骗局的话——我认为是的——那也像好莱坞电影一样经过精心准备。我对于我们和赛尔先生的约会感到焦虑不安，但别无其他。有点异常，确实。自从八年前离开撒冷镇之后，我几乎一直在逃命，而且我已经培养出了一种相当好的预警系统，不过它从没像那天一样叫得那么厉害过。我想，如果你能通过显灵牌找到约翰·狄林杰尔①，他在描绘跟安娜·塞尔②在戏院里的那个夜晚时也会这么说。

"四点十九分，一个年轻人，身穿条纹衬衫，打着领带，一看就是 Hugo Boss 牌的，出来迎接我们。我们被迅速领过走廊，经过一些非常高档的办公室——每一间都有一个高级经理在卖力工作，至少我看到的是这样——直到走廊尽头的两扇门处。上面写着'会议室'。我们的陪同人士打开房门。他说，'上帝运气，先生们。'我记得非常清楚。不是好运气，而是上帝③运气。就是那个时候，我的周围警报响了起来，然而为时已晚。发生得很快，你们看。他们没有……"

16

发生得很快。此时他们已经追踪卡拉汉很久了，不过他们没有浪费时间来自鸣得意。房门在他们身后砰的一声关上，又响又重，以至于在门框里颤动起来。年底薪有一万八千美元的经理助理关门可是有讲究的——带着对金钱和权力的敬意——这个可不是。这是愤怒的醉鬼和吸海洛因的瘾君子关门的方式。当然，还有神经病。神经病都是摔门的好手。

卡拉汉的警报系统此刻已全面启动，不是轻响，而是嚎叫，而当他环顾经理会议室的时候，看到房间尽头被一扇大窗户所占据，窗中映射出密歇根湖的美景，他感到有理由恐慌，而且他还有时间想到亲爱的耶稣——玛丽，

① 约翰·狄林杰尔（John Dillinger，1902—1934），一九三三年由于在一连串银行抢劫案和至少三起谋杀罪中的行为而被联邦调查局宣布为头号公敌的美国歹徒。他在芝加哥百高福戏院前与美国联邦调查局特工的枪战中死亡。

② 安娜·塞尔（Anna Sage）是美国联邦调查局的线人，她与另一名女子高额出卖线索，协助联邦调查局抓住约翰·狄林杰尔。

③ 上帝为 God，好为 good，相差一个字母。

神的母亲——我怎么会那么傻呢？他能看到房间里有十三个人。三个低等人，这是他第一次仔细打量他们笨重而且看上去不健康的面孔，闪着红光的眼睛，还有丰满的、女人般的嘴唇。他们三个都在抽烟。九个是第三类型吸血鬼。会议室的第十三个人穿一件俗艳的衬衫，戴一条颜色不搭配的领带，毫无疑问是低等人的行头，可是他的脸瘦削而且狡猾，充满睿智和黑色幽默。他眉头上有一个红色的血圈，看上去既不流出来，也不结块。

传来可怕的噼啪一声响。卡拉汉转身看到阿尔和沃德躺倒在地。站在房门两侧的是十四号和十五号，他们刚从那里进来，一个男性低等人和一个女性低等人，两个人都握着电击昏器。

“你的朋友会没事的，卡拉汉神父。”

他又转过身来。是那个眉头有血斑的人。他看上去六十来岁，不过也很难说。他穿一件俗里俗气的黄色衬衫，戴一条红色领带。他微笑时，薄薄的嘴唇张开，露出他的牙尖尖。是赛尔，卡拉汉心想，赛尔，或者是任何在那封信上签名的人。任何设下这个骗局的人。

“可是你呢，就不行了。”他接着说。

低等人用一种呆滞的热望看着他：最终他还是中计了，他们这条爪子被烫伤，额头被刺了疤痕的走丢的狗。吸血鬼兴趣更大。他们在自己蓝色的光晕中几乎要嗡嗡作响。立刻，卡拉汉可以听到敲钟声。声音很微弱，好像被压制住了，可是它们在那里。呼唤他。

赛尔——如果那是他的名字的话——转向吸血鬼。“就是他，”他用一种不带感情的强调语气说，“他用十二种美国的方式杀死了上百个你们的同伴。我的朋友们。”——他冲低等人做手势——“以前我们找不到他，不过当然，他们找到了其他不太起眼的平常货色。无论如何，他此刻就在这里。上吧，折磨他。不过别杀死他！”

他转向卡拉汉。他额头上的洞里满满的，闪闪发亮，不过却没有淌出血来。是只眼睛，卡拉汉心想，一只血淋淋的眼睛。是什么东西在向外张望？是什么在观望，从哪里？

赛尔说：“国王的这些特殊朋友都携带了艾滋病病毒。你当然明白我的意思，对吗？我们会让那个杀死你。它会让你永远从游戏中出局，从这个世界和其他所有的世界中出局。反正这个游戏不是为你这样的家伙设的。像你这样的虚假传教士。”

卡拉汉毫不迟疑。如果他迟疑，他就输定了。他担心的不是艾滋病，而是他们先要用污秽的嘴唇接触他，像那个家伙在小巷里亲吻鲁普·德尔伽朵一样亲吻他。他们不会得逞的。在他经历了这一切之后，在做了那么多工作，蹲了大牢，还最终在堪萨斯戒了酒之后，他们不会得逞的。

他没想跟他们讲道理。没有谈判。他只是飞奔到会议室那张豪华的红木桌子的右边。穿黄色衬衫的人突然警觉起来，叫道"抓住他！抓住他！"谁的手揪住了他的夹克——为了这个幸运的场合特意在"大河男装"买的——不过滑掉了。他正好有时间想窗户打不碎……那是由坚硬的玻璃做成的，防止自杀的玻璃，打不碎……他也正好有时间呼唤上帝，这是自从巴洛强迫他吸入感染的血液以来第一次。

"帮帮我！请帮帮我！"卡拉汉神父呼唤着，他的肩膀已经撞在了窗户上。又一只手揪住了他的头，试图拽住他的头发，却也滑脱了。窗户在他身边七零八碎，突然他站在了户外的冷风中，周围雪花飘飘。他向下看看自己的黑鞋子，也是特意为这个幸运的场合买的，他看到密歇根大道，车辆就像玩具，行人如同蚂蚁。

他能感觉到他们——赛尔和低等人以及吸血鬼本应该把病毒感染给他，然后让他永远出局——在破碎的窗边挤成一团，目瞪口呆。

他想，这确实让我永远出局了……是吗？

他还想，带着孩童般的好奇：这就是我最后的念头。这就是再见。

然后他摔落下去。

17

卡拉汉停下来看着杰克，似乎有点不好意思。"你记得吗？"他说，"真正的……"他清清嗓子。"死亡的滋味？"

杰克面色沉重地点点头，"你不记得了？"

"我记得从我的新鞋中间看密歇根大道。我记得站在那里时的感触——反正好像是在雪花中央。我记得赛尔在我后面，用另外一种语言叫嚷着。诅咒着。从喉咙里发出的尖锐叫声必定是诅咒。而且记得当时我心想，他害怕了。其实那就是我最后的念头，赛尔害怕了。接着出现一阵黑暗的空当。我飘了起来。我能听到钟声，但是很遥远。然后越来越近。好像它们在什么引擎上以惊人的速度向我袭来。

“还有光芒。我在黑暗中看到了光芒。我以为自己在经历库布勒-罗斯①”所讲的死亡，我勇往直前。我不在乎从哪儿落下，只要不是密歇根大道就行，我摔得粉碎，血流不止，周围站满了人群。可是我不明白那怎么会发生。你不可能从三十三层楼摔下来还保持清醒的意识。

“我想摆脱钟声。它们越来越响。我的眼睛开始淌水。我双耳疼痛。我很高兴我还有眼睛和耳朵，可是那些钟声让我的感激变得相当形式化。

“我当时想，我必须进入光芒，于是我向它猛扑过去。我……”

18

他睁开双眼，甚至在这之前，他已经闻到一种味道。是干草味，不过非常淡，差不多散尽了。前世那个我的鬼魂，你们可能会说。是吗？他是鬼魂吗？

他坐起来环顾四周。如果这是来世，那么世界上所有的圣书，包括它自己过去传道用的那本，都错了。因为他既不在天堂也不在地狱；他在一个马厩里。地上有一捆捆白色的陈年稻草。木板墙上有几个洞，从中射进来几束亮光。他就是循着这些亮光逃离黑暗的，他想。而且他觉得，这是沙漠之光。有什么实实在在的理由让他这么认为吗？也许有。他吸进鼻孔的空气很干燥。就好像在呼吸一个不同星球的空气。

也许是的，他想。也许这里是“来世星球”。

钟声仍在那里，既甜美又可怕，不过此刻在退却……退却……接着消失了。他听到热风微弱的呜呜声。有风从木板中间的缝隙吹进来，几根稻草从地上被卷了起来，无力地飞舞几下，然后落在地上。

此时又传来一阵噪音，毫无节奏的震击噪音，是什么出毛病的机器发出来的。他站起身来。这里很热，汗珠立刻从他的脸上、手上滚落下来。他低下头看看自己，发现自己漂亮的“大河男装”新衣服不见了。此刻他身穿牛仔服和一件蓝色的格子花纹衬衫，由于洗过多次已经明显退色了。脚上穿

---

① 库布勒-罗斯（Kubler-Ross，1926—2004），美国精神科女医师，一九六九年时出版了一本脍炙人口的书《死亡与濒死》（*On Death and Dying*），讲述有关临终病人的心理过程。

一双压扁的靴子，鞋跟也破破烂烂。看上去好像已经走了很远的路。他弯腰摸摸自己的腿想找断裂的地方。好像没有。然后他摸摸胳膊。也没有。他试着打响手指，轻而易举，短促干脆的声音就像小树枝的折断声。

他想：难道我整个生命就是一场梦吗？这是真实的吗？如果那样的话，我是谁，我在这里做什么？

接着，从他身后深暗的阴影中传来枯燥的重复声：咚—咚咚—咚—咚咚—咚—咚咚。

他转身朝着那个方向，看到眼前的情景倒吸了口凉气。在他身后废弃的马厩中央有一扇门，没有嵌在任何墙壁中间，只是独自立在那里。门上有铰链，可是就他所能看到的，除了空气，门没和任何东西相连。门的中部以上的地方雕刻着象形文字。他看不懂。他站得更近些，好像这能帮助他理解似的。从某种意义上来说的确如此。因为他看到门把手是水晶做的，而且上面雕了一朵玫瑰。他读出了托马斯・沃尔夫的话：一块石头，一朵玫瑰，一扇未发现的门；一块石头，一朵玫瑰，一扇门。没有石头，不过也许那是象形文字的意思。

不，他心想，不是，文字的意思是"未发现"。也许我是那块石头。

他伸出手去触摸水晶门把手。好像它是一个信号(一个标志，他心想)，震击的机器声停下了。非常微弱，非常遥远——又远又弱——他听到敲钟声。他尝试拧门把手。两边都拧不动，甚至是纹丝不动。也许本来就凝固在水泥里。当他把手拿开时，敲钟声没有了。

他绕着门走动时，门不见了。他把剩下的路绕完时，门又回来了。他慢慢地转了三圈，注意到门是在一边具体的哪个位置消失，在另一边哪个位置再现。他颠倒了路线，现在是逆时针走动。还是同样情形。搞什么鬼？

他盯着这扇门看了一会儿，沉思着，然后走到马厩的深处，对他听到的机器声感到好奇。他走路时没有任何疼痛感，如果他刚刚从高处摔下的话，他的身体还没得到这一信息，可是主啊，这里难道永远这么热吗！

有几个马匹的畜棚，早已废弃不用。有一堆陈年干草，旁边放着一条叠得整整齐齐的毛毯，还有一块看上去像擀面板的东西。板上放着一小块干肉。他把它拿起来，嗅了嗅，闻到盐的味道。牛肉干，他心想，然后把它塞到嘴里。他不怕中毒。你怎么能让一个已经死掉的人中毒呢？

他一边嚼，一边继续探索。在马厩的后面有一个小房间，好像是后来加的。房间的墙壁上也有几个裂缝，足以让他看到放在一个水泥垫上的一台机器。马厩里每一样东西看起来都是陈年旧物，废弃多年，惟独这个玩意，看上去有点像挤奶机，是崭新的。没有铁锈，没有灰尘。他走上前去。有一根铬合金管子从一边突出来。下面是一个排水沟。环绕着机器的铁圈潮乎乎的。机器上方有一小块金属牌。牌子旁边是一个红色按钮。牌子上压印着：

拉莫科工厂
834789—AA—45—776019

别拿开金属块
需要帮助请询问

红色的按钮上压印着"打开"这个词。卡拉汉摁了一下。枯燥的震击声又开始了，过了一会儿，水从铬合金管子里涌出来。他把手放在下面。水冰凉刺骨，他过热的皮肤掠过一阵震颤。他喝了几口。水既不甜也不酸，他想，在纵深处口感的问题显然会被忽略。这——

"你好，神父。"

卡拉汉惊叫起来。他双手扬起，霎时水珠从两块皱缩的木板当中射进来，在灰尘弥漫的太阳光中闪闪发光。他一踩腐烂的鞋跟急忙转过身来。只见站在泵房门外的是一个穿带兜帽长袍的男人。

赛尔，他心想，是赛尔，他一直跟着我，他从那扇该死的门进来——

"冷静，"穿长袍的人说，"'别激动，'枪侠的新朋友也许会这么说。"然后很信任似的说："他叫杰克，不过管家叫他巴玛。"接着，他的语气就像突然来了灵感，他说，"我会把他带来给你看！把他们两个都带来！也许还来得及！跟我来！"他伸出一只手。从长袍袖子中伸出的手指又长又白，有点难看，像白蜡一样。卡拉汉没有走上前去，穿长袍的男人跟他讲道理。"来吧。你不能待在这里，你明白。这里只是个驿站，没人能永远待在这里。来吧。"

"你是谁？"

穿袍子的人不耐烦地啧了一声。"没时间啰嗦了，神父。名字，名字，名字有什么，好像是什么人说过。莎士比亚？弗吉尼亚·伍尔夫？谁能记得？来吧，我会向你展示奇迹的。我不会碰你；我会走在你前面。好吗？"

他转过身。他的袍子像晚礼服的裙子般打了个转。他走回马厩，过了一会儿，卡拉汉跟了上去。待在泵房毕竟对他没什么好处；泵房是个死胡同。到了马厩外面，也许他还可以逃跑。

往哪里跑?

嗯,看情况再说,对吧?

穿袍子的人经过独自站立的门时在上面轻轻敲了敲。“碰木头,让唐尼好运!”他开心地说,当他走进从马厩的门照射进来的长方形亮光时,卡拉汉看到他的左手拿着什么东西。是个盒子,长宽高大概都是一英尺。看起来是用和门一样的木头做成的。或者也可能是同一种木材,只是质地更重一些。当然色泽更暗,甚至还有细细的木纹。

他仔细观察着穿袍子的人,决定如果他停下自己就停下,卡拉汉一直走到阳光下面。他一进入阳光里,就感到热度更强,就是他在“死谷”里感到的那种热度。没错,他们走出马厩时,他发现是在沙漠里面。一边是一幢摇摇欲坠的房子,建基在晃晃悠悠的砂岩石块上。可能以前是个小旅馆,他猜想。或者是废弃的西部片里的布景。另一边是个畜栏,很多柱子、栏杆都倒在那里。在这之外,他看到大片大片岩石很多的坚硬沙地。别无其他,除了——

是的!是的,有一样东西!两样东西!在远处的地平线上有两个微小的黑点在移动!

“你看到他们了!你的视力肯定好极了,神父!”

穿袍子的人——黑色的袍子,他的脸在兜帽里只显出一点苍白的痕迹——站在离他二十步以外的地方。他偷笑起来。卡拉汉不在乎笑声,就像他不在乎他蜡白的手指一样。那就像老鼠在骨头上奔跑的声音。那其实没什么意思,只是——

“他们是谁?”卡拉汉不带感情地问道。“你是谁?这是什么地方?”

黑衣人夸张地叹了口气。“说来话长,时间有限,”他说,“叫我沃特吧,如果你愿意的话。至于这个地方,这是个驿站,我刚刚跟你说过。是你自己的世界和下一个世界之间的小憩之地。哦,你以为自己还是以前那个流浪汉,对吗?跟着你所有那些隐秘的公路?但是现在,神父,你开始真正的旅程了。”

“别那么叫我!”卡拉汉喊道。他的喉咙已经很干。阳光的热量好像在他头上积聚,仿佛真有重量。

“神父,神父,神父!”黑衣人说。他听上去在发脾气,不过卡拉汉知道他心里在笑。他感觉这个人——如果他是人的话——经常窃笑。“噢,好吧,没必要在那上面较劲,我认为。我就叫你唐。你觉得好些吗?”

远处的黑点这会儿开始摇摆了;上升的热气流使他们浮起来,消失,又重现。很快他们就会永远消失。

“他们是谁?”他问黑衣人。

“你几乎永远遇不到的人,”黑衣人有点恍惚地说。兜帽移动了一下;有一会儿,卡拉汉能看到白蜡般的鼻梁骨和眼睛的轮廓线,一个装满黑色液体的小杯子。“他们会在山下死去。如果他们不在山下死去,西海里也会有东西把他们活活吞掉。死定了!”他又笑起来。但是——

但是突然,你听上去不是那么自信满满了,我的朋友,卡拉汉心想。

“如果其他的都失败了,”沃特说,“这个会杀掉他们。”他举起盒子。有一次,似有似无地,卡拉汉听到了可恶的敲钟声的回响。“谁把盒子给他们呢?当然是卡,然而即使是卡也需要一个搭档,一个灵伴。那就是你。”

“我不明白。”

“是的,”黑衣人悲哀地表示同意,“可我没时间解释。就像爱丽丝[①]中的大白兔,我迟到了,我迟到了,是一个非常重要的约会。他们在追我,你看,可是我需要折回来跟你讲话。忙—忙—忙!现在我必须再次赶在他们前面——否则我怎么指引他们呢?你和我,唐,必须结束我们的闲聊,虽然它简短得让人遗憾。和你一起回马厩去,朋友。像兔子一样快!”

“如果我不愿意呢?”只是事实上他没有选择的余地。那是他最不想去的地方。假如他要这个家伙放他走,并努力追上那些移动的黑点会怎样?如果他告诉黑衣人“那是我应该在的地方,你所说的卡相邀我去的地方”会如何?他想他知道会怎样。全是徒劳。

好像要证明这一点似的,沃特说:“你想要什么基本上无关紧要。你得到国王下令要你去的地方,而且你要等在那里。如果那边的两个家伙死在他们的路上——他们差不多肯定会的——你会在我把你送到的地方过着恬静的乡野生活,在那里你也会死去,在老迈之年,甚至或许会有一种虽虚假,却真实的快乐的救赎感。你会在我入土多年之后还活在塔里你自己的层面上。这点我可以向你保证,法老,因为我已经从玻璃球中看到了,真的!如果他们穷追不舍?如果他们在你要去的地方找到你?嗯,在那种不可能的情况下,你要尽可能帮助他们,在那样做的时候把他们杀死。这让人兴奋,不是吗?你不觉得这让人兴奋吗?”

他开始朝卡拉汉走去。卡拉汉朝马厩退过去,未发现的门等在那里。

---

① 指《爱丽丝漫游仙境》。

他不想进去，可是没有别的地方可去。“从我身边走开。”他说。

“不，”沃特，那个黑衣人说，“我不能那样做，不能。”他举起盒子递给卡拉汉。同时他把手伸到盒顶，抓住盖子。

“别！”卡拉汉厉声说道。因为这个穿黑袍的人不能打开盒子。盒子里有可怕的东西，甚至连巴洛都会害怕的东西，巴洛就是强迫卡拉汉喝他的血的那个狡猾的吸血鬼，他后来还像发怒的孩子一样把卡拉汉送到美国的各个角落，他的同伴也够烦人的。

“一直走下去，也许我就不用了。”沃特逗他。

卡拉汉退到马厩稀有的阴影里。很快他又要进去了。无可奈何。他能感到只在一边看得到的那扇怪门重重地等在那里。“你真残忍！”他大叫道。

沃特双眼圆睁，有一会儿他看上去被这话深深地刺伤了。这也许有点荒唐，可是卡拉汉正打量着这个人深邃的眼睛，而且确信他的情感是真实的。这种确定性打碎了他最后的幻想，以为这也许只是一场梦，或者在真死之前最后的辉煌瞬间。在梦里——至少是他的梦——坏蛋，恐怖的家伙，从没有复杂的感情。

“我是卡、国王和塔造就而成的。我们都是。我们在劫难逃。”

卡拉汉记起自己旅途经过的梦幻西部：被忘怀的贮料垛，被忽视的日落和长长的影子，他把自己的家当拖在身后前进时的悲喜交加，一路唱着歌，直到锁住他的链子的叮当声成为甜美的音乐。

“我明白。”他说。

“嗯，我知道你明白。一直走吧。”

卡拉汉此刻回到了马厩。再一次，他闻到淡淡的、几乎散尽的陈年干草味。底特律是那么遥远，像是幻觉。他对美国所有的记忆也一样。

“别打开那个东西，”卡拉汉说，“我就走。”

“你是个多么优秀的神父啊，神父。”

“你承诺过不那么叫我的。”

“承诺就是用来违背的，神父。”

“我认为你无法杀掉他。”卡拉汉说。

沃特扮个鬼脸。“那是卡的事，不是我的。”

“或许也不是卡的。假如他在卡之上呢？”

沃特退缩了，像被打中一样。我亵渎神明了，卡拉汉心想。对付这个家伙，我有个了不起的主意。

“没人在卡之上,错误的传教士,”黑衣人冲他吐了一口。“塔楼最顶上的房间是空的。我知道的。”

尽管卡拉汉不全明白这个人在说什么,他的反应却快速而且肯定。“你错了。有上帝。他等待着并且从他高高在上的位置看着一切。他——”

然后,就在同一时间,好几件事情同时发生了。凹室的水泵还在运转,开始了可恼的震击循环。卡拉汉的屁股撞在大门又重又沉的光滑木头上。黑衣人把盒子向前推了推,同时把盒子打开。他的兜帽掉了下来,露出一张苍白狰狞的狡猾面孔。(不是赛尔,但是沃特的额头上有一个相同的淌血圈,就像印度人的身份标记,一个从不结块或流血的外伤。)卡拉汉看到了盒子里的东西:他看到“黑十三”蜷缩在红丝绒上,像一个在神的荫护外长大的怪物的狡黠的眼睛。卡拉汉一看到它就开始大叫起来,因为他能感到它无穷的力量:它能把他甩到任何地方,或者不知什么地方最偏僻的死胡同里。门咔哒一声开了。即使心惊肉跳——或者可能在惊慌之余——卡拉汉还能想到打开盒子是开门的方法。他向后跌跌撞撞地进入另一个地方。他能听到叫喊声。其中一个声音是鲁普的,问卡拉汉为何让他死掉。另一个是罗恩娜·玛格鲁德,告诉他这是他的来世,这就是,问他是否喜欢?他抬起手捂住耳朵,他的一只破烂靴子绊到了另一只,使得他开始向后倾倒,他想黑衣人把他推进去的地方就是“地狱”,真正的“地狱”。他抬起双手的时候,面目狡黠之人用力打开了盒子,盒子里装着一颗可怕的玻璃球。球动了。它像一只真眼球在无形的眼眶里打转。卡拉汉想,它还活着,这是从世界外偷来的某个恐怖怪物的眼睛,啊,上帝,啊,亲爱的上帝,它正盯着我。

但是他接下了盒子。这是他生命中最不愿做的事情,可他无可奈何。关上它,你必须关上它,他想,但是他在下落,他绊倒了自己(或者是穿长袍的人所说的卡绊倒了他),他在下落,一边下坠一边踢腾。在他下面的某个地方,他的过去的所有声音都在召唤他,责备他(他母亲想知道为什么他让那个卑鄙的巴洛把十字架摔碎,那是她从爱尔兰一路给他带回来的),不可思议的是,黑衣人在他后面开心地喊着“一路顺风,神父!”

卡拉汉砸在一个石地板上。地上到处都是小动物们的尸骨。盒盖已关上,他感到片刻极度的解脱……但是接着它又开了,非常缓慢,露出那只眼来。

“不,”卡拉汉嘟囔道,“拜托,不要。”

可他没办法把盒子关上——他似乎没有半点力气——而且盒子也不会

自动关上。在黑眼球的深处，一个红点在形成，闪光……长大。卡拉汉的恐惧剧增，填满他的喉咙，而且惊悸几乎要使他的心跳停止。这就是国王，他心想。这就是血王从他在黑暗塔的住处向下看时，他的眼睛。他正看着我。

"不！"卡拉汉尖叫起来，他正躺在卡拉·布尔·斯特吉斯北部山谷小镇一个洞穴的地上，一个他最终会热爱的地方。"不！不！不要看着我！噢，看在上帝的分上，不要看着我！"

但是眼睛仍然在看，卡拉汉无法忍受它疯狂的打量。就在那时他不省人事。他再次醒来已是三天以后，那时他会和曼尼人在一起。

19

卡拉汉疲倦地看着他们。子夜来了又去，我们都说谢啦，现在离狼群来接受他们进贡的孩子还有二十二天。他喝下自己杯子里最后两小口苹果酒，作出一脸苦相，仿佛喝下去的是玉米威士忌，然后把空玻璃杯放下。"剩下的故事，如他们所说，你们知道。是韩契克和杰米发现了我。是韩契克关上盒子的，他关盒子时，门也关上了。如今，曾经是'声音之洞'的地方变成了'门洞'。"

"你呢，尊者？"苏珊娜问道，"他们对你做了些什么？"

"把我带到了韩契克的小屋——他的家。那是我睁开眼所在的地方。在我昏迷之中，他妻子和女儿喂我喝水和鸡汤，用一块布一滴滴挤到我嘴里。"

"我只是出于好奇，他有几个妻子？"埃蒂问。

"三个，不过他也许每次只和一个人发生关系，"卡拉汉心不在焉地说，"这取决于星象，或者什么事物。他们对我悉心照顾。我开始在城里走动；那些日子里，他们叫我'徒步老伙计'。我不太能辨得出我的位置，不过我先前的游荡经历或多或少让我对发生的事情有所准备。那是一种精神上的磨砺。有些日子里，上帝知道，我会以为这些都发生在我要从自己打破的窗户跳出去、掉到密歇根大道那一时刻——思想通过提供一些美好的最终幻想，好像完整的生活般的真实来为死亡做准备。有些日子里，我会以为我终于变成了我们在家园和灯塔时最担心的样子：酒鬼。我以为也许自己被关在什么破落不堪的收容所里幻想着这一切。可是多数时候，我只是接受这一切，而且很高兴自己最终的落脚点是个好地方，不管是真实的，还是虚幻的。

“我恢复力气后，又采取了我在路上那些年的谋生方式。卡拉·布尔·斯特吉斯没有‘人力’，或者‘劳力’办公室，不过那些年头光景不错，想工作的人都能找到活儿干——用他们的话说，那是稻谷丰收年，尽管畜牧和其他庄稼收成也不错。最终，我又开始传道。并非有意识的决定——这不是我所祈祷的，上帝知道——我开始后，发现这些人都知道圣人耶稣。”他笑了。“还有有效侦察的最佳飞行器、欧丽莎行星和布法罗星……你知道水牛星吗，罗兰？”

“嗯，知道。”枪侠说，他记得自己曾被迫杀死一个布法罗的传教士。

“但是他们都愿意听，”卡拉汉说，“反正许多人愿意，当他们主动提出给我建教堂时，我说谢啦。那就是老伙计的故事。你们看，你们也在其中……你们中的两个在，无论如何。杰克，那是在你死后吗？”

杰克低下头。奥伊感觉到他的沮丧，不自在地呜呜叫着。但是杰克回答他时，声音已经相当镇静。“在第一次死之后。在第二次死之前。”

卡拉汉显然很吃惊，他画了个十字号。“你是说它可以发生不止一次？圣母马利亚保佑！”

罗莎丽塔已经离开他们。这会儿她回来了，高举着油灯。放在桌上的那些差不多燃尽了，门廊里即将熄灭的昏暗光线既诡异又邪恶。

“床铺好了，”她说，“今晚小男孩和尊者睡。埃蒂跟苏珊娜和前晚的安排一样。”

“那罗兰呢？”卡拉汉问，他浓密的眉毛皱了起来。

“我有个舒适的地方给他，”她平静地说，“我之前已经给他看过了。”

“是吗，”卡拉汉说，“是吗，噢。嗯，好吧，那就这么定了。”他站起来。“我记不得上次感到如此疲惫是什么时候了。”

“我们要再待几分钟，如果你觉得可以的话。”罗兰说，“就我们四个。”

“你们随便吧。”卡拉汉说。

苏珊娜抓住他的手，很动情地吻了一下。“谢谢你的故事，尊者。”

“真高兴最终把它讲出来了，先生。”

罗兰问：“盒子被留在洞穴里直到教堂建好为止吗？你的教堂？”

“对。我说不清有多久。也许是八年，或者短些。很难完全确定。不过曾经有一度，它开始向我发出召唤。虽然我憎恨并害怕那只‘眼睛’，可是我也想再看看它。”

罗兰点点头。“所有巫师的彩虹都非常迷人，不过黑十三据说是最糟的。现在我想我明白原因了。它是血王用来观察的真眼睛。”

“不管它是什么，我感到它在召唤我回洞穴……甚至更远。低声说着我应该重新开始流浪，而且永不终结。我知道我打开盒子就可以打开那扇门。那扇门可以把我带到我想去的任何地方。而且在任何时候！我只要集中精力就可以。”卡拉汉沉思着又坐下来。他身体前倾，从留有疤痕的握紧的手上方挨个打量他们。“听我说，我请求。我们有个总统，名字是肯尼迪。在我到撒冷镇之前大约十三年，他被刺杀了……在西部被刺杀——”

“对，”苏珊娜说，“杰克·肯尼迪。上帝保佑他。”她转向罗兰。“他是个枪侠。”

罗兰皱起眉头。“你这么认为吗？”

“是的。而且是真的。”

“不管怎样，”卡拉汉说，“一直有一个疑问：杀死他到底是那个人自己的主意，还是有更大的阴谋。有时，我会在半夜里醒来然后想，‘你为什么不去看看呢？为什么不拿着那个盒子站在门前，心里想着，‘达拉斯，一九六三年十一月二十二日[①]’？因为如果你那么做，门会打开，你就可以到那里去，就像韦尔斯先生时间机器故事里那个人。而且也许你可以改变那天所发生的一切。如果美国生活曾经有什么转折点的话，那就是。改变了它，就改变了之后发生的一切。越战……种族暴动……每件事。”

“主啊，”埃蒂充满敬意地说。即使只是讲讲，你也要敬佩这个主意的伟大。这就像那个装着木腿的船长在那里追逐大白鲸。“可是尊者……要是你那么做了，而是把事情变得更糟糕怎么办呢？”

“杰克·肯尼迪不是个坏人，”苏珊娜冷冷地说，“杰克·肯尼迪是个好人，一个了不起的人。”

“也许是那样。可是你知道吗？我认为伟大的人才会犯大错。再说，在他之后的人可能真是个坏蛋，某个灵柩猎手，是因为李·哈维·奥斯瓦德[②]或者其他什么人他才没能得逞。”

“可是那个球不允许这样的想法，”卡拉汉说，“我相信它故意悄悄地跟

---

① 肯尼迪被刺杀的日子。

② 李·哈维·奥斯瓦德(Lee Harvey Oswald, 1939—1963)，美国人，杀害总统约翰·F·肯尼迪的嫌疑犯，逮捕后被枪杀。

人们说他们做得好，从而诱惑他们干出可怕的坏事。它会说他们不只让事情好起来，而且是彻底变好。”

“对。”罗兰说。他的声音像树枝在火中燃烧一样干脆。

“你认为那样的旅行真的可能吗？”卡拉汉问他，“或者那只是那个东西想要说服人的谎言？它的魔法？”

“我相信是那样，”罗兰说，“而且我相信我们离开卡拉时，也要通过那扇门。”

“那样的话我就跟你们在一起！”卡拉汉说。他语气激昂，令人惊讶。

“也许你会的，”罗兰说，“无论如何，你最后把盒子——里面装着那个球——放在了你的教堂。让它安生。”

“对。基本上有效。它大部分时间在睡觉。”

“可是你说它把你送到隔界两次。”

卡拉汉点点头。他的激昂就像松枝在炉火中燃烧一般，接着又同样快速地消失了。此刻他看上去只是疲惫不堪。而且说真的，很苍老。“第一次是到墨西哥。你们还记得我一路讲下来的故事的开头吗？信以为真的作家和小男孩？”

他们点头。

“一天晚上，我正睡着，那个球找到我并把我带到墨西哥洛萨帕托斯的隔界。那是个葬礼，作家的葬礼。”

“本·米尔斯，”埃蒂说，“写《空中舞蹈》的家伙。”

“是的。”

“那些人看到你了吗？”杰克问，“因为他们看不到我们。”

卡拉汉摇摇头。“看不到，但是他们能感觉到我。我朝他们走过去时，他们就移开，就好像我变成了一股冷气流。不管怎么样，那个男孩在那里——马克·佩特里，只是他不再是小男孩。他已长成一个年轻小伙子。从这一点，还有他讲起本的样子——‘曾经，我会说五十九岁’是他悼词的开头——我猜想这也许是二十世纪九十年代中期。反正，我待的时间不长……不过也足以让我断定，我很久以前年幼的朋友现在过得不错。也许我在撒冷镇还是做了一些好事的。”他停了一会儿，接着说，“在他的悼词中，马克把本称作他的父亲。他让我非常非常感动。”

“那个球第二次把你送到隔界时呢？”罗兰问，“那次它把你送到国王的城堡对吗？”

"有一些鸟,肥硕的黑鸟。除此以外,我什么都不会说。不能在半夜三更里说。"卡拉汉的声音不带感情,不容半点反驳。他又站起来。"下次吧,也许。"

罗兰鞠躬表示赞同。"说谢啦。"

"你们还不上床睡觉,伙计们?"

"就去。"罗兰说。

他们感谢他的故事(连奥伊也跟着叫了一声,充满了睡意),并祝他晚安。他们看着他走开,接下来几秒钟,全都默默无言。

20

杰克率先打破沉默。"那个叫沃特的家伙在跟着我们,罗兰!我们离开驿站时,他跟着我们!还有卡拉汉神父!"

"是的,"罗兰说,"从那时说起的话,卡拉汉也在我们的故事里。这让我感到轻飘飘的,好像失重一样。"

埃蒂擦了擦眼角。"每次你像这样流露感情,罗兰,"他说,"我心里都感到温暖和湿润。"随后,当罗兰只是盯着他看时,"啊,拜托,别笑了。你知道我喜欢你能听明白我的笑话,可是你这样让我尴尬。"

"真对不起,"罗兰淡淡地笑着说,"我的幽默感一早就上床睡觉了。"

"我的整晚不睡觉,"埃蒂欢快地说,"别让我睡着,给我讲笑话。当当,谁在那里,好冷,好冷谁啊,内衣裤全冻上,哈哈—哈哈—哈哈!"

"你的幽默出毛病了吗?"他说完后,罗兰问。

"暂时是的。不过别担心,罗兰,它总是会回来的。我能问你点事吗?"

"是愚蠢的问题吗?"

"我不觉得。我希望不是。"

"那问吧。"

"在东部洗衣房里救下卡拉汉的命的那两个人——他们是我所认为的人吗?"

"你认为他们是谁?"

埃蒂看看杰克。"你呢,噢,艾默之子?有什么想法吗?"

"当然,"杰克说,"是凯文·塔和书店的另一个家伙,他的朋友。就是告诉我参孙的谜语和河流的谜语的那个人。”他打了一个响指,接着又一个,随后咧嘴笑了。“亚伦·深纽。”

“那卡拉汉提到的那枚戒指呢?”埃蒂问他,“上面刻着藏书票?我没见过他们俩任何一个戴过那种戒指。”

“你仔细看过吗?”杰克问。

“没,还真没。可是——”

“记得我们是在一九七七年见到他的,”杰克说,“他们救神父的命是在一九八一年。也许什么人在这四年当中给了塔先生那枚戒指呢,作为礼物。或者也可能是他自己买的。”

“你只是在猜测。”埃蒂说。

“对,”杰克同意,“可是塔经营一家书店,所以他有一枚刻着藏书票的戒指说得通。你能说这不合常理吗?”

“不能。我得说至少有90%的可能。可是,他们如何知道卡拉汉……”埃蒂停下了,考虑再三,然后坚决地摇摇头。“不,我今晚不去想它了。我们要讨论的下一件事是肯尼迪遇刺,我好累啊。”

“我们都很累,”罗兰说,“而且接下来的几天我们还有很多事要做。可是神父的故事让我感到一种异样的心神不宁。我不知道到底它回答的问题比提出的多,还是相反。”

他们都不回答。

“我们是卡-泰特,此刻我们围坐在一起开会,”罗兰说,“商讨问题。天色已晚,我们彼此告别之前还有什么别的需要讨论吗?如果有的话,你们必须要说。”看到没有反应,罗兰把椅子向后一推。“好吧,那么我祝你们大家——”

“等等。”

是苏珊娜。她好久没说话了,以至于他们几乎把她忘了。她说话的声音很细,不太像她平日的声音。当然,更不像那个对伊本·图克说那些话的女人,她说如果他继续叫她女娃娃的话,她就把他的舌头拔出来擦他的屁股。

“也许有点事情。”

还是同样轻细的声音。

“别的事。”

声音更轻了。

"我——"

她看看他们,轮流看每一个人,然后当她看到枪侠的时候,罗兰看到她的目光中含着哀伤、责备,还有厌烦。他没看到愤怒。要是她真的愤怒的话,他后来想,我也许就不会感到那么羞愧了。

"我想我也许有个小问题,"她说,"我不知道怎么能……怎么可能会……可是伙计们,我想我也许怀孕了。"

说完后,苏珊娜·迪恩/奥黛塔·霍姆斯/黛塔·沃克/米阿——无父母之女双手掩面哭泣起来。

第三卷

狼群

第一章

秘密

1

罗莎丽塔·穆诺兹的小屋后面有一个漆成天蓝色的高高的茅厕。在神父卡拉汉讲完故事的那天上午，枪侠走进厕所，发现从墙壁到左边伸出一根简单的铁箍，下面大概八英寸的地方有一个小钢盘。在这个骨架式的花瓶里有两枝漂亮的孤挺花。它淡淡、涩涩的柠檬味是厕所的唯一味道。茅坑上方的墙壁上，镜子下面的一个木框里有一幅耶稣圣人的照片，他做祈祷姿势的双手就放在下巴下面，他微红的头发垂到肩部，他的眼睛向上看着他的父亲。罗兰曾听说过有些愚蠢的变种人部落把耶稣之父称做“大天爹爹”。

耶稣圣人的形象是个侧面，罗兰对此感到高兴。如果完全正面对着他，枪侠怀疑自己睁着眼还能不能小便，虽然他已经憋不住了。*把圣子的照片挂在这里真怪*，他想，随后意识到毫不奇怪。通常情况下，只有罗莎丽塔用这间茅厕，而耶稣圣人除了她端庄的背部之外什么都看不见。

罗兰·德鄯大笑起来，他一笑，小便也出来了。

2

他醒来时，罗莎丽塔已经不见了，而且有一会儿了：她睡的那边已经没有了热乎气儿。此刻，罗兰正站在她高高的蓝色长方厕所前拉裤子拉链，一边抬头看看太阳，判断出时间已经接近晌午。在这些日子里，没有钟表、沙漏或者钟摆，判断时间相当困难，不过只要你计算仔细，而且愿意接受判断结果中的小失误，作出判断还是可能的。柯特，他心想，会吓呆的，如果看到自己的一个学生——他的一个已毕业的学生，一个枪侠——一直睡到几乎正午才做这事。这是开始。其余部分是例行公事和准备工作，虽必要但不太有帮助。是伴随着稻米之歌的一种舞蹈。这会儿完事了。至于晚睡……

“再没别人更需要晚些分娩了。”他说，并走下斜坡。这里有一个栅栏，表明这儿是卡拉汉土地的后方(或者可能神父认为这是神的土地)。在这之外有一条小溪,潺潺的流水声仿佛小女孩向自己最要好的朋友讲述秘密一样激动。河岸长满了漂亮的孤挺花,因此另一个谜(一个微不足道的)解开了。罗兰深吸几口香气。

他发现自己在思考卡,他很少这样。(埃蒂以为罗兰很少想别的,他如果知道肯定会大吃一惊的。)卡唯一真实的原则就是靠边站,让我来。看在上帝的分上,为什么学会那样简单的一件事那么难?为什么总是愚蠢地想要干涉?他们中的每一个都这么做过;他们中的每一个都知道苏珊娜·迪恩怀孕了。罗兰自己从她激情洋溢的时候几乎就已经知道了,当时杰克已被从荷兰山的房子里拉出来。苏珊娜自己也知道,虽然她在小路边上埋了许多血布。那么为什么过了这么久他们才有昨晚那样的闲谈?为什么他们那么把它当回事儿?它会带来多少痛苦?

没有。罗兰希望。但是也难说,不是吗?

或许最好是让它去。在这个上午这看起来像是个好建议,因为他感觉很好。至少身体上如此。几乎没有一点疼痛或者一点——

"我以为我走开后,你们很快就上床睡觉了呢,枪侠,可是罗莎丽塔说你们差不多到黎明时才入睡。"

罗兰从栅栏和自己的思绪中转过来。卡拉汉今天穿着深色裤子,深色鞋子,还有一件带凹口领的深色衬衫。他的十字架挂在胸前,乱蓬蓬的白发一部分已经捋顺,可能是用了什么油脂。他接受了一会儿枪侠对他的打量,然后说:"昨天我给那些信奉神的小佃农作了圣餐礼,并倾听了他们的忏悔。今天我要去农场做同样的事。有一群牛仔虔诚地坚持他们所称的'十字架方式'。罗莎丽塔用四轮马车送我去,所以到吃午饭和晚饭时,你们得轮流来做。"

"我们能行,"罗兰说,"不过我能跟你谈几分钟吗?"

"当然,"卡拉汉说,"一个待不住的人就不应该开始做事。我认为这是个好建议,而且不只对传道士有用。"

"你愿意听我的忏悔吗?"

卡拉汉皱起眉头。"那你信奉圣人耶稣吗?"

罗兰摇摇头。"丝毫不信。不管怎样,你愿意听吗,我求你了?而且要保密?"

卡拉汉耸耸肩。"至于对你所说的内容保密,那很容易。这是我们的职责。只是别错把谨慎当成绝对。"他冲罗兰冷冷一笑。"我们天主教徒都把这句话记在心上,但愿你也是。"

罗兰从没有过绝对这样的想法,而且发现这种他也许需要它(或者这个人可以提供)的想法几乎有些可笑。他卷了根烟,慢慢地,心里思考着该如何开始以及说多少。卡拉汉等待着,安静得让人佩服。

最后,罗兰说:"有一个预言说,我应该拖来三个人,而且我们应该成为卡-泰特。别介意是谁的预言;别在乎之前发生的事。我不担心古老的纽带,如果我能做到就不会再担心。有三扇门。在第二扇后面有一个女人,她成了埃蒂的妻子,尽管那时候她还没把自己叫做苏珊娜……"

3

就这样,罗兰向卡拉汉讲述了他们的故事中和苏珊娜以及她之前的女人们直接相关的部分。卡拉汉聚精会神地倾听他们如何把杰克从看门人那里救出,并把这个男孩拖到中世界,告诉他苏珊娜(或许那时她已是黛塔)如何拦住那个圈子的恶魔,让他们得以下手。他明白其中的风险,罗兰告诉卡拉汉,而且他确定——即使在他们仍驾驶着单轨火车布莱因的时候——她没法逃离怀孕的风险。他告诉埃蒂,而埃蒂并不那么吃惊。后来杰克告诉他的,事实上,训斥了他。他接受训斥,他说,因为他感到罪有应得。可是,直到昨天晚上在门廊上,他们中还没有人充分意识到苏珊娜自己也知道了,而且可能和罗兰知道的时间一样长。她只是斗争得更为激烈。

"你看,神父——你怎么想呢?"

"你说她的丈夫同意保守秘密,"卡拉汉回答,"甚至杰克——他看得清清楚楚——"

"是的,"罗兰说。"他的确是,他当时的确是。而且当他问我我们该怎么办时,我给他提了个坏建议。我告诉他我们最好让宿命自行决定,可一直以来,我都把它握在手心,就像握住一只被抓住的鸟儿。"

"我们回过头来总会对事情看得更加清楚,不是吗?"

"对。"

"你昨晚告诉她,她肚子里有恶魔的种在生长吗?"

"她知道不是埃蒂的。"

“这么说你没告诉她。米阿呢？你跟她说米阿，还有城堡里的宴会厅了吗？”

“嗯，”罗兰说，“我觉得听到那些她感到沮丧，但并不意外。还有另外一个——黛塔——自从她失去双腿的那次事故以后。”那不是事故，但是罗兰没有跟卡拉汉讲杰克·莫特的事，他觉得没有理由那么做。“黛塔·沃克把自己藏得很严密，没被奥黛塔·霍姆斯发现。埃蒂和杰克说她有精神分裂症。”罗兰小心地读出这个外来词。

“但是你救了她，”卡拉汉说，“在一个门道里让她直面她的另外两个自我。不是吗？”

罗兰耸耸肩。“你可以把毒瘤除去，只要用银制金属涂抹他们就行，神父，可是在一个容易生毒瘤的人身上，它们会不断回来的。”

卡拉汉头部后仰，朝着天空大笑起来，罗兰惊住了。他笑得那么久，那么激烈，以至于最后不得不从后面的口袋里掏出手帕擦拭眼睛。“罗兰，你可能枪法很快，而且像星期六晚上的撒旦一样勇敢，可你不是精神病医师。把精神分裂症比作毒瘤……哦，天啊！”

“可是米阿真有其人，神父。我亲眼见过她。不是在梦中，像杰克那样，而是用我自己的双眼。”

“那正是我的意思，”卡拉汉说，“她不是生就的奥黛塔·苏珊娜·霍姆斯的一个方面。她就是她。”

“有什么区别吗？”

“我想有的。不过有件事我可以确定无疑地告诉你：不管你们同伴之间怎么样——你们这些卡-泰特——对卡拉·布尔·斯特吉斯的人一定要死守秘密。如今，事情仍可按你们的意愿发展。但是如果传出那个棕色皮肤的女枪侠可能怀着一个恶魔的孩子的话，那些家伙们可是会跟你们对着干的，而且立刻就会。伊本·图克会带头游行。我知道你们最后会按照你们自己对卡拉的需要所进行的评估而开展行动，但是你们四个不可能孤军作战打败狼群，不管你们的枪法多么好。要对付的太多了。”

没有回答的必要。卡拉汉是对的。

“你最担心的是什么？”卡拉汉问。

“泰特破裂。”罗兰立刻回答道。

“你是说米阿控制了她们共享的身体，然后自行决定把孩子生下来？”

“如果那种情况发生的时机不恰当，就会很糟糕，不过也许会没事的。

假如苏珊娜回来，但她怀抱的只是一个有心跳的毒物。”罗兰忧郁地看着这个身穿黑衣的传道士。“我绝对有理由相信它会开始做恶，首先就是杀掉自己的母亲。”

“泰特破裂，”卡拉汉冥思着，“不是你朋友的死亡，而是泰特的破裂。我想知道你的朋友们是否知道你是什么样的人，罗兰？”

“他们清楚。”罗兰说，然后就不再继续那个话题。

“你想让我做什么？”

“首先，回答一个问题。我明白罗莎丽塔粗通医术。她会不会知道在婴儿出生前如何把它做掉？她知道从肚子的什么位置动手吗？”

当然他们都得在场——他和埃蒂，还有和罗兰一样憎恶这个想法的杰克。因为她肚子里的东西这会儿肯定已经在飞长，即使日子还没到，它还是很危险。*而且几乎能肯定它的日子很近了*，他想。*我不确信，可我能感到。我——*

思绪被打断了，因为他注意到卡拉汉的神情：惊恐、厌恶和燃烧的愤怒。

“罗莎丽塔决不会做那样的事。我说的话记好了。她宁肯死去。”

罗兰感到费解。“为什么？”

“因为她是个天主教徒。”

“我不明白。”

卡拉汉看到这个枪侠真不明白，他的怒容也就消了。然而罗兰感觉到他的怒气仍盛，就如同箭在弦上。“是你所说的打胎。”

“怎么了？”

“罗兰啊……罗兰。”卡拉汉垂下头，他再次抬起头时，怒火已经全无了。取而代之的是一种枪侠曾经见到过的坚决的执拗。罗兰没法改变它，就像他没法徒手移走一座高山一样。“我的教堂把罪孽分为两种：可以被上帝宽恕的轻罪和不可宽恕的重罪。打胎是一种重罪。那是谋杀。”

“神父，我们讲的是一个恶魔，不是人。”

“这可是你的说法。要由上帝决定，不是我。”

“可是如果它杀了她呢？你会说同样的话，从而逃脱干系吗？”

罗兰从未听说过彼拉多①的故事，但是卡拉汉知道。尽管如此，他没去多想那种情景。他的回答仍然非常坚定。“你自己把卡-泰特的破裂置于她

① 彼拉多(Pontius Pilate)，钉死耶稣的古代罗马的犹太总督。

的生死之上！是你的耻辱。耻辱。”

“我的追寻——我的卡-泰特的追寻——是黑暗塔，神父。这不只是拯救我们所在的世界，或者甚至是整个世界，而是所有的宇宙。所有的存在。”

“我不管，”卡拉汉说，“我没法管。现在听我说，罗兰，斯蒂文之子，我要你仔细听我说。你在听吗？”

罗兰叹口气。“说谢啦。”

“罗莎不会给那个女人打胎。城里有其他人会做，我毫不怀疑——即使这里的孩子每隔二十年就会被黑暗地带来的恶魔抢走，这种卑鄙的手艺毫无疑问还是保存了下来——不过如果你去找他们中任何人，那你就别考虑狼群的事了。我会让卡拉·布尔·斯特吉斯的每一个人在狼群来之前就不把你们当朋友。”

罗兰难以置信地盯着他。“即使你知道，我确定你知道，我们也许可以拯救上百个其他孩子？人类的孩子，他们到世界上的第一个任务不是吃掉自己的母亲？”

卡拉汉也许没听到。他脸色非常苍白。“我需要更多……还是请你……即使不行。我要你发誓，在你父亲面前发誓，你绝不会向那个女人建议打胎。”

罗兰有种不悦的想法：自从这个问题出现之后——扑向他们，就像从盒子里跳出了一个食人女魔——在这个男人眼里，苏珊娜不再是苏珊娜了。她成了那个女人。他还有一个想法：卡拉汉神父自己杀死过多少恶魔，亲手？

在极度紧张的时候经常会发生这种情况，罗兰的父亲会跟他讲话。情况并非无法挽回，只要你继续努力——只要你继续表明想法——就能行。

“我要你发誓，罗兰。”

“否则你就发动整个村子。”

“对。”

“假如苏珊娜决定自己打胎呢？女人们会的，她一点也不傻。她知道其中的利害。”

“米阿——孩子真正的母亲——会阻止的。”

“别那么肯定。苏珊娜·迪恩的自我保护意识非常强烈。我相信她对我们的追寻更加矢志不移。”

卡拉汉犹豫了。他的头转向一边，嘴唇紧咬，几乎成了一条白线。然后他转过头。“你要阻止她，”他说，“作为她的首领。”

罗兰心想，我刚还被责骂过。

“好吧，”他说，“我会告诉她我们的谈话，一定让她明白你所说的我们的处境。我会嘱咐她别告诉埃蒂。”

“为什么？”

“因为他会杀了你，神父。因为你干预而杀了你。”

罗兰看到神父吃惊的样子感到有些快意。他再次提醒自己，他不能对这个人心生恶感，他就是那样的人。他不是已经跟他们讲过，他每到一处都会出现困境吗？

“现在就像我倾听你的话一样听我说，因为你现在对我们所有人都负有责任。尤其是对‘那个女人’。”

卡拉汉有点惊讶，好像被什么东西击中了一样。但是他点点头。“告诉我你要说什么。”

“第一，我要你在可能的时候监视她。像一只鹰那样！我要你尤其注意监视她手指的活动，在这里。”罗兰在左边的眉毛上揉了揉。“或者这里。”此刻他在左边太阳穴上揉了揉。“听她讲话的方式。如果加快速度要小心。注意她开始有微小抽搐的时候。”罗兰猛地伸出一只手，在头上抓了抓，又猛地抽回来。他把头甩向右边，然后又转回来看着卡拉汉。“你明白吗？”

“嗯。那标志着米阿即将出现吗？”

罗兰点点头。“我不想让她变成米阿后独自一人。只要我能防止就不会。”

“我明白，”卡拉汉说，“可是罗兰，我很难相信一个新生儿，不管他的父亲是谁或干什么的，会可能——”

“安静，”罗兰说，“安静，请你。”当卡拉汉老老实实闭嘴后：“你怎么想或怎么以为我不管。你自己留神，我祝你好运。可是如果米阿或者米阿的孩子伤害了罗莎丽塔，神父，你要对她的受伤负责任。我不会放过你。你明白吗？”

“明白，罗兰。”卡拉汉看上去既不安又沉着。真是奇怪的组合。

“那好。现在还有另一件事要你做。狼群来那天，我需要六个我能绝对信任的伙伴。我想要男女各三个。”

“如果有些是孩子面临风险的父母你介意吗？”

“不，一点也不。那些抛盘子的女人不行——萨瑞、扎丽亚、玛格丽特·艾森哈特、罗莎丽塔。她们要到别处去。”

"你要这六个人干什么?"

罗兰不响。

卡拉汉又看了他一会儿,然后叹气。"鲁本·卡沃拉,"他说,"鲁本永远忘不了他的妹妹,还有他对她的爱。黛安娜·卡沃拉,他的妻子……你不需要多对夫妇吗?"

不,一对就可以。罗兰打了个响指,示意神父继续。

"曼尼的居民,我得说;孩子们追随他,好像他是仙笛神童①。"

"我不明白。"

"你不必明白。他们都追随他,那是最重要的。巴吉·扎夫尔和他的妻子……你会怎么跟你的男孩杰克说?城里的孩子们已经注意他,而且我猜很多姑娘都爱上他了。"

"不行,我需要他。"

*还是不能忍受让他离开你的视野?*卡拉汉想知道……但是没说出来。他一直尽可能谨慎地推动罗兰放手,哪怕就一天。事实上有收获。

"那么安迪怎么样?孩子们也爱它。而且它一直尽其所能保护他们。"

"啊?不受狼群伤害?"

卡拉汉看上去心神不宁。其实他正在想的是岩猫,它们,还有四只脚爬行的那种狼群。至于从雷劈出来的那些东西……

"不,"罗兰说,"安迪不行。"

"为什么不行?你不是要这六个人对付狼群,对吗?"

"安迪不行,"罗兰重复道。只是一种直觉,不过他的直觉就是他预知事物的方式。"还有时间考虑,神父……我们也会再想想。"

"你准备到城里去。"

"对。今天和接下来的几天。"

卡拉汉咧嘴笑了。"你的朋友们和我会把这称为'闲聊'。是意第绪语。"

"啊?那是什么部落?"

"一个非常不幸的部落,不管从哪个方面看都是。这里,闲聊被称为套近乎。这个词被他们用来指几乎他妈的每一样事情。"卡拉汉对自己那么急

① 《仙笛神童》(*The Pied Piper*),法国唯美派导演雅克·戴美执导的影片。故事讲述一三四九年,一名吟游诗人吹箫将老鼠引走,解除了一场可怕的瘟疫。

于重新赢得枪侠的尊重感到有点好笑。还有点厌恶自己。"无论如何,祝你顺利。"

罗兰点点头。卡拉汉朝教区走去,罗莎丽塔在那边已经把四轮马车的马具套在马匹身上,此刻正焦急地等待卡拉汉的到来,然后他们可以开始神的工作。走到斜坡的中途时,卡拉汉转过身来。

"我不会为我的信仰道歉,"他说,"不过如果我把你在卡拉这里的事情搅了,我很抱歉。"

"遇到女人的问题时,我觉得你的圣人耶稣有点下贱,"罗兰说,"他结过婚吗?"

卡拉汉的嘴角抽动着。"没有,"他说,"但是他的女朋友是个妓女。"

"嗯,"罗兰说,"事出有因。"

4

罗兰走回去靠在栅栏上。时间已经在召唤他开始行动,但是他想让卡拉汉暂时领先。没什么原因好解释,就像拒绝安迪一样,只是一种直觉。

他仍在那里,又卷了一根烟,这时埃蒂从山上下来,吹开的衬衫在身后飘舞,一只手拎着靴子。

"嗨,埃蒂。"罗兰说。

"嗨,老板。我看到你和卡拉汉谈话了。今天给我们放假吧,我们的威尔玛和佛瑞德。"

罗兰皱起眉头。

"别在意,"埃蒂说,"罗兰,我只顾激动了,始终没有机会告诉你逊安祖父的故事。而这很重要。"

"苏珊娜起来了吗?"

"嗯。正在洗漱。杰克好像吃了足足十二只煎蛋。"

罗兰点点头。"我喂过马了。我可以一边装马鞍,一边听你讲那个老人的故事。"

"别以为它有那么长,"埃蒂说。的确不长。他讲到最后的关键语——是那个老人向他耳语的——他们正好走到畜棚。罗兰转向他,装马鞍已被抛到脑后。他双眼炯炯有神。他抓住埃蒂肩膀的双手——少了两个手指的右手——强劲有力。

“再说一遍。”

埃蒂毫不生气。“他让我靠近点。我从命。他说除了他儿子，他从未对别人说过，这点我相信。逖安和扎丽亚知道他当时在那里——或者他自己说他在——可是他们不知道当他把面具从那个东西脸上拿掉时，他看到了什么。我认为他们甚至不知道是瑞德·莫丽把它扔掉的。后来他又低声说……”又一次，埃蒂告诉罗兰逖安的祖父自称看到了什么。

罗兰脸上胜利的神采如此飞扬，以至于有些吓人。“灰马！”他说，“所有那些马的颜色深浅完全相同！你现在明白了吧，埃蒂？你明白吗？”

“是的，”埃蒂说。他咧开嘴巴露出牙齿笑起来，那种笑可不怎么让人舒服。“正如唱歌舞队的女演员对商人说的，我们以前来过这里。”

5

在标准的美式英语中，拥有最多意思层级的单词可能是跑。兰登书屋完整版词典提供了一百七十八条意项，第一条是“移动双腿快步行进，快于走路”，最后一条是“融化或者液化”。在位于中世界和雷劈之间边界地带的“新月卡拉”，这一荣誉应该归于考玛辣这个词。如果这个词列在兰登书屋完整版上面，第一条意思（假设通常的排列次序是使用的广泛程度）应该是“生长在所有世界最东端的一种稻谷”。不过第二条意思应该是“性交”。第三条是“性高潮”，比如你达到考玛辣了吗？（最理想的回答是啊，说谢啦，考玛辣大大的。）在干旱季节给“考玛辣”浇水是指给稻谷浇水；它也可以指手淫。“考玛辣”是某一盛大宴席的开始，就像一种家庭宴会（不是指食物，明白吗，而是指开吃那一刻）。一个男人掉头发（伽瑞特·斯特龙现在就是），就是在“考玛辣”。给动物配种叫湿考玛辣。阉割的动物叫干考玛辣，尽管没人能说出为什么。处女是绿色考玛辣，来月经的女人是红色考玛辣，丧失性能力的老人是——对不起——考玛辣之子。保持考玛辣是指推心置腹，这是个俚语，意思是“分享秘密”。这个词的性内涵很清楚，可是为什么村子北边多岩石的山谷被叫做考玛辣凹地呢？同样，为何有时一把叉子可以是一个考玛辣，而一把勺子或刀子决不行呢？这个词没有一百七十八个意思，但是肯定也有七十个。如果再加上有细微差别的意思的话，应该有两倍之多。其中一条意思——肯定排前十位——就是卡拉汉神父定义的套近乎。真正的短语好像应该是“来斯特吉斯考玛辣”，或者“来布尔-嗯考玛辣”。字面意思是和整个村子推心置腹。

接下来的五天里，罗兰和他的卡-泰特努力继续四处活动，外世界的人在图克的百货店已经开始活动了。起初进行得很吃力（“就像试图用潮湿的柴火点燃火焰，”苏珊娜第一天晚上气愤地说），但是慢慢地，村民们开始围过来了。或者至少兴趣来了。每天晚上，罗兰和迪恩夫妇返回神父的教区。每天下午或者傍晚，杰克回到罗金B农场。埃蒂喜欢在B的农场道从东大道分岔的地方迎接他，并一路陪他走回去，每次都会鞠着躬说：“晚上好，先生！你想知道自己的星象吗？今年的这个时候有时被称为‘丰收夜’！你会见到一个老朋友！一个惦记着你的年轻女士！”等等。

杰克再次问罗兰为什么要他花那么多时间在本·斯莱特曼身上。

“你有意见吗？”罗兰说，“不喜欢他了？”

“我没什么不喜欢他，罗兰，可是如果除了在干草里跳上跳下，教奥伊翻跟斗，或者看谁能用石块在河面上打水漂打得最多以外，还有什么事是我能做的，我想你应该告诉我。”

“没别的了，”罗兰说。然后，他又补了一句，“多睡觉。成长中的男孩儿需要大量补充睡眠。”

“我为什么要在那里？”

“因为我觉得你应该在，”罗兰说，“我想要你做的就是仔细观察，然后告诉我是否有你不喜欢或者不明白的事情。”

“况且，小伙子，你这些天跟我们待在一起还没厌烦吗？”埃蒂问他。

随后的五天里，他们确实在一起，而且日子很漫长。骑欧沃霍瑟先生的马的新鲜感很快荡然无存。抱怨肌肉酸痛和屁股磨出水泡也是这样。有一次骑马，当他们快到安迪等候的地方时，罗兰直截了当地问苏珊娜是否考虑过采取打胎的方法解决她的问题。

“嗯，”她从自己的马上好奇地看着他说，“我不能说从来没想过。”

“打消这种念头，”他说，“不要打胎。”

“有什么特别的原因吗？”

“卡。”罗兰说。

“卡说了算。”埃蒂马上接着说。老笑话了，不过三个人都笑了起来，罗兰也和他们一起开怀大笑。然后，那个话题就停止了。罗兰简直无法相信，但是他很高兴。事实上，苏珊娜看上去并不热衷于讨论米阿和孩子的出生已经让他相当感激。他猜想有些事情——有好几件——她还是不知道为好。

尽管如此，她从不缺乏勇气。罗兰确信问题早晚会出现，不过他们四搭档（算上奥伊是五搭档，他总是和杰克一起骑马）在村子里四处活动了五天之后，罗兰着手在正午时把苏珊娜送到小佃农扎佛兹家，让她试试抛盘子的能耐。

从他们在教区的门廊上长谈——就是他们一直讲到凌晨四点那次——之后大概过了八天，苏珊娜邀请他们到小佃农扎佛兹家看看她的进展。"这是扎丽亚的主意，"她说，"我猜她想知道我是否过关了。"

罗兰明白，要想知道答案只要问问苏珊娜本人即可，不过他感到好奇。他们到达时，发现全家人都聚集在门廊后面，还有逖安的几个邻居：佐治·埃斯特拉达和他的妻子，迪厄戈·亚当斯（穿着皮套裤）和扎夫尔夫妇。他们看上去就像九柱戏的观众。扎勒曼和逖阿，弱智双胞胎，站在一边，瞪大眼睛看着所有在场的人。安迪也在那里，怀里抱着亚伦（正在酣睡）。

"罗兰，如果你想让这一切保密，你猜怎么样？"埃蒂说。

罗兰不动声色，尽管他此刻意识到，他对这些看到艾森哈特抛盘子的牛仔的威胁毫无用处。村民们会互相闲聊，如此而已。无论在边界地带还是领地里，说长道短都是最主要的活动。*至少，他沉思着，那些肉球们会传开罗兰是个厉害的家伙，强硬考玛辣，不好对付。*

"情况就是这样，"他说，"卡拉的村民们早就知道**欧丽莎女信徒们**会抛盘子。如果他们知道苏珊娜也会抛——而且功夫不错——也许没什么不好。"

杰克说："你们知道，我只是希望她不要搞砸了。"

罗兰、埃蒂和杰克走上门廊时，村民们尊敬地跟他们打招呼。安迪告诉杰克一位年轻的女士在惦念他。杰克红着脸说他不要知道那种事情，如果安迪不介意的话。

"如果你愿意，先生。"杰克发现自己在研究像钢铁文身一样刻在安迪身体正当中的文字和数字，又开始琢磨他到底是真的存在于这个机器人和牛仔组成的世界，还是只不过是某种异常真实的梦。"我希望这个婴儿会很快醒来，我真的希望这样。而且哇哇大哭！因为我知道好几首安神的摇篮曲——"

“闭嘴，你这个叽叽嘎嘎的钢铁土匪！”祖父愤怒地说，求老人原谅后（用他一贯毫无歉意的自负口吻），安迪不响了。报信者，还有许多其他功能，杰克想。其他功能之一是戏弄村民吗，安迪，或者那只是我自己的想象？

苏珊娜已经和扎丽亚进到屋里。她们出来时，苏珊娜挂着芦苇做的小袋子，不是一个而是两个。它们交织成两股绳吊在她的臀部。埃蒂看到，还有一条绳缠在她的腰部，用来把小袋子缠牢，就像吊着的枪套。

“那个连接装置不错，说谢啦。”迪厄戈·亚当斯感叹道。

“是苏珊娜想出来的，”苏珊娜坐到轮椅上时，扎丽亚说，“她把它叫做码头工的绑腰带。”

不是，埃蒂心想，不是很准确，不过也差不多。他感到自己嘴角泛起敬佩的笑容，而且在罗兰脸上看到相似的表情。杰克也同样。我的天，连奥伊看上去也在咧着嘴笑。

“它可以盛水吗，我想知道。”巴吉·扎夫尔说。能问出那样的问题，埃蒂心想，再次凸显了枪侠们和卡拉的村民之间的差别。埃蒂和自己的伙伴们看一眼就明白了那个连接装置和它的原理。可是扎夫尔是个小佃农，他那样的人对这个世界的认识和他们迥然不同。

你们需要我们，埃蒂心想，一边看着站在门廊里的一小群人——穿着肮脏白裤子的农夫们，亚当斯穿着皮套裤和溅满粪肥的短靴。*哎，从没像现在这样迫切。*

苏珊娜移动轮椅到门廊的前面，把假腿放在身下，所以她看上去几乎是站在椅子里。埃蒂知道这个姿势让她有多难受，可是她的表情一点没流露出来。与此同时，罗兰目光向下看着她挂的袋子。每个里面有四只盘子，很普通，上面没有图案。练习用的盘子。

扎丽亚走到谷仓。尽管罗兰和埃蒂一进来就注意到那里挂了一条毛毯，其他人却在扎丽亚把它拉下时才刚刚发现。谷仓的黑板上用粉笔画了一个人的轮廓——或是一个貌似人形的东西——脸上的笑容已经僵住，身后像是飘着一件斗篷。这不是塔维利双胞胎的优秀画作，相差甚远，但是站在门廊里的人们一看到画就认出是狼。大一点的孩子们轻轻地惊叫起来。埃斯特拉达夫妇和扎夫尔夫妇一起鼓掌，但是与此同时，他们看上去又有些惶恐不安，就好像担心这会把恶魔引来一样。安迪称赞这个艺术家（“不管她会是谁，”它顽皮地补充说），而祖父再次让它闭嘴。接着，他大声说他所见到过的狼群比这大多了。他兴奋得声音都变尖了。

“嗯，我把他画成了人的大小，”扎丽亚说（实际上她把他画成了她丈夫的身个儿）。“如果真狼目标更大的话，那更好。听我说，我请求。”最后一句话她说得迟疑不定，就好像是个疑问。

罗兰点点头。“我们说谢啦。”

扎丽亚感激地朝他看了一眼，然后从墙上的画前走开。接着她看看苏珊娜。“你准备好即可，女士。”

此时此刻，苏珊娜只是原地不动，她离开谷仓大约六十码的距离。她双手放在胸口，右手握着左手。她垂着头。她的卡-泰特们完全清楚她脑子里在想什么：我用眼睛瞄准，用手射击，用心杀人。他们与她心心相印，也许是通过杰克的接触或埃蒂的爱意，他们鼓励她，祝福她，与她分享兴奋。罗兰观察得细致入微。多一个抛盘子的熟手能让局面对他们有利吗？也许不会。可是他还是原来的他，她也是，而他衷心地祝福她遂愿。

苏珊娜抬起头。看着谷仓墙上用粉笔画出的形状。她的双手仍然放在胸前。然后她尖叫起来，就像玛格丽特·艾森哈特在罗金B的院子里大叫一样，而罗兰感到沉重的心跳急剧加快。那一刻，他充满对大卫清晰而美好的回忆，大卫是他的一只鹰，在夏日碧蓝的天空中展开翅膀，然后像一只长了眼睛的石头一般冲向自己的猎物。

“丽莎！”

她的手放下来看不清楚了。只有罗兰、埃蒂和杰克辨得出它们在她腰部交叉，右手从左边袋子里抓起一只盘子，左手从右边抓起一只。艾森哈特夫人是从肩膀上抛的，为了获得力量和准确而牺牲了时间。苏珊娜双臂在胸膛下面交叉，就在她的轮椅臂的上方，盘子大概在她肩胛的高度形成了一道拱形。随后，它们飞舞起来，在半空中交叉往来了一会儿，最后砰的一声掉在谷仓的一边。

苏珊娜双臂伸展径直停在身前；有一会儿，她看上去像一个刚刚介绍完一幕重要戏剧的演出主办人。随后手臂放下，交叉，又抓起两只盘子。她把它们抛出去，再次落下，她接着抛第三组。当最后两组落到谷仓一边时，前两组还在颤悠，一高一低。

那一刻，扎佛兹家的庭院里一片安静。甚至鸦雀无声。八只盘子从粉笔画像的喉咙到应该是他上腹部的地方排成笔直的直线。每两个间隔两英寸半至三英寸，像衬衫的纽扣一样往下排列。而且她抛出全部八只盘子用了不到三秒时间。

“你准备用盘子对付狼群吗?”巴吉·扎夫尔奇怪地上气不接下气地问道。“是那样吗?”

“还没最后决定。”罗兰不动声色地说。

迪丽·埃斯特拉达说话的声音又惊又喜,几乎听不见:“如果那是一个人,听我说,他会成为碎片。”

是祖父最后发话,也许那是祖父们要做的:“好家伙!”

6

他们返回大道的途中(安迪走在他们前面,间隔一段距离,抱着折叠起来的轮椅,还通过它的声音系统演奏着风笛一样的东西),苏珊娜若有所思地说:“也许我会彻底放弃拿枪,罗兰,而仅仅使用盘子。吼叫完了抛掷有一种充满自然力的快感。”

“你让我想起我的鹰。”罗兰承认。

苏珊娜咧嘴笑时,牙齿洁白发亮。“我感觉就像一只鹰。丽莎!哦—丽莎!只是说出这个词就让我有抛掷的欲望。”

这勾起了杰克对盖舍模糊的记忆(“你这个老家伙,盖舍。”那个绅士习惯自己这么说),他打了个激灵。

“你真的会放弃拿枪吗?”罗兰问。他不知道自己究竟是高兴还是害怕。

“如果你有特制的烟还会动手自己卷吗?”她问,接着,不等他回答就说:“不,不会。不过盘子是可爱的武器。当他们到来时,我希望抛两打。把袋子全装满。”

“盘子会不会不够啊?”埃蒂问。

“不会,”她说,“好看的盘子不多——就像艾森哈特为你抛的那只,罗兰——不过练习用的有成百上千。罗莎丽塔和萨瑞·亚当斯会进行筛选,把那些抛掷后破损的剔除掉。”她犹豫了一下,压低声音。“她们都抛过,罗兰,尽管萨瑞像雄狮般勇敢,而且会奋勇抵抗恶势力……”

“还差点儿,对吗?”埃蒂同情地说。

“不太行,”苏珊娜赞同,“她不错,不过不像其他人。而且她也缺少那种凶猛。”

“我可能会给她安排别的。”罗兰说。

“那会是什么，亲爱的？”

“护送任务，也许是。我们要看看她们的枪法如何，后天。一点小小的竞赛总能活跃气氛。五点，苏珊娜，他们知道吗？”

“知道。卡拉的多数村民都会参加，如果你允许的话。”

这真让人气馁……不过他应该已经预料到了。我已经远离人世太久了，他想。我的确是。

“除了女士们和我们自己以外都不行。”罗兰严厉地说。

“如果卡拉的村民们看到女人们抛得好，许多持观望态度的人会改变主意。”

罗兰摇摇头。他不想让他们知道女人们抛得好，那几乎是全部意图所在。不过整个村子都知道她们在抛掷……那也许不是什么坏事。“她们有多棒，苏珊娜？跟我讲讲。”

她想了想，然后笑了。“百发百中，”她说，“个个都是。”

“你能教她们交叉抛掷吗？”

苏珊娜思考着这个问题。你能教任何人差不多任何事情，只要有足够的场合和时间，可是他们什么都没有。现在只剩下十三天了，而且到**欧丽莎的女信徒们**（包括她们最新的成员，纽约的苏珊娜）在卡拉汉神父的后院里展示那天，只剩下一周半时间。交叉抛掷是她不学自通的，就像关于打枪的每一招一样。可是其他人……

“罗莎丽塔能学会，”她最后说，“玛格丽特·艾森哈特可以学，但是她可能会掌握不好时机手忙脚乱。扎丽亚？不行。她最多一次抛一只盘子，总是用右手。她动作有点慢，不过我保证她一出手就能击中要害。”

“对，”埃蒂说，“也就是说，除非飞贼射向她，并把她的胸衣打掉。”

苏珊娜没去理会。“我们能打伤他们，罗兰。你知道我们行。”

罗兰点点头。他所目睹的情景让他信心倍增，尤其是想到埃蒂跟他讲的事。苏珊娜和杰克现在也知道祖父的古老秘密。说到杰克……

“你今天很沉默，”罗兰对这个男孩子说，“你还好吗？”

“我挺好，谢啦，”杰克说。他一直在观察安迪。想着安迪如何摇动那个婴儿。想着如果逖安和扎丽亚以及其他孩子们全死掉，剩下安迪抚养亚伦，婴儿亚伦可能不到六个月就会死亡。死亡，或者变成全宇宙最怪异的孩子。安迪会给他换尿布，安迪会喂他所有该吃的东西，安迪会在他需要变化的时候改变他，在他需要打嗝的时候让他打嗝，而且还会有各种各样的摇篮曲。

每一首都会完美地唱出来，但没有一首包含母爱，或者父爱。安迪只是安迪，报信机器人，许多其他功能。婴儿亚伦即使由……嗯，狼群抚养，情况也会更好些。

这一想法把他带回他和本尼在帐篷中宿营那晚（自从那次以后，他们再没有过；天气变得寒冷了）。那晚，他曾看到安迪和本尼的老爸闲聊。后来本尼的老爸趟水过河走了。朝东部去了。

朝着雷劈的方向而去。

“杰克，你肯定没事吗？”苏珊娜问。

“是的，女士。”杰克说，他知道这也许会让她发笑。的确，而且杰克和她一起笑了，只不过他还在想着本尼的老爸。本尼老爸戴的眼镜。杰克相当确信他是村子里唯一有那样眼镜的人。有一天他们三个人在罗金B的两个北部田地里骑马寻找走失的牲畜时，杰克曾经问起他的眼镜。本尼的老爸给他讲了用一匹漂亮的纯种小马换这副眼镜的故事——是在一条湖边市场的船上，当时本尼的姐姐还活着，欧丽莎保佑她。他换来了眼镜，虽然所有牛仔——甚至包括沃恩·艾森哈特，你没看出嘛——都告诉他那种眼镜从来不管用；他们和安迪的算命一样没用。可是本·斯莱特曼尝试着戴戴，而它改变了一切。蓦然间，可能自打他七岁以来，他第一次能真正地看清世界了。

他们骑马时，他用衬衫擦拭眼镜，把它举起来朝着天空，这样就有两块光圈在他脸颊上游动，接着又把它戴上。“如果我哪天丢了它或者把它摔碎，我不知道我该怎么办，”他曾这么说，“我二十多年没有它也过得挺好，可是一个人转瞬间就适应了更好的境况。”

杰克觉得这是个好故事。他相信苏珊娜会信以为真（首先假定斯莱特曼奇特的眼镜的事发生在她身上）。他认为罗兰也会相信。斯莱特曼讲得很有道理：一个仍然珍惜自己所有的人不介意让人们知道，他曾经作出过正确的决定，然而众多其他人，其中包括他的老板，都言之无理。甚至连埃蒂也会接受。斯莱特曼的故事的唯一错误是它不真实。杰克不知道真相如何，他的触觉还探测不了那么深，但是那一点他知道。这让他感到焦虑。

也许全是假的，你知道。也许他只是以某种不可告人的方式弄来的。比如说，是哪个曼尼人从其他某个世界带回来的，而本尼的老爸把它偷走了。

有这种可能；如果继续想下去，杰克可能还会再想出半打可能性。他是个想象力丰富的男孩。

不过，再想到他在河边看到的情景，他又忧虑起来。艾森哈特的工头在外伊河的远侧有什么事要处理？杰克不知道。而且迄今为止，每次他想和罗兰提起这事时，总是无法开口。

保守秘密已经让他难受了！

对，对，对，可是——

可是什么，小跟班？

可是本尼，就是他。本尼就是问题所在。或者也可能杰克本人是真正的问题。他从不太擅长交朋友，可现在他有一个好朋友。一个真正的朋友。一想到会给本尼的老爸招来麻烦就让他感到心里不舒服。

7

两天后，五点钟，罗莎丽塔、扎丽亚、玛格丽特・艾森哈特、萨瑞・亚当斯和苏珊娜・迪恩聚集在田地里，就在罗莎整洁的茅厕西边。好几个人在格格笑，还有几个发出焦急、尖利的笑声。罗兰和她们保持距离，并嘱咐埃蒂和杰克也这样。最好让她们自己进入状态。

靠着栅栏，每隔十英尺放了一个假人。脑袋由粗大的根茎做成，每个脑袋上都套着一个系紧的黄麻袋，假装是斗篷的兜帽。每个家伙脚边放着三个篮子。一个里面盛满了更多根茎，另一个装满了马铃薯，第三个篮子装的东西已招来不满和抗议声。所有的第三个篮子里都放着萝卜。罗兰让她们不要乱叫；他本来考虑的是豌豆，他说。没人（连苏珊娜在内）完全确信他是在开玩笑。

卡拉汉今天穿着牛仔服和畜牧人那种有很多口袋的背心，他蹓跶到门廊上，罗兰正坐在那里抽烟，并等着女士们安静下来。杰克和埃蒂在附近下国际象棋。

“沃恩・艾森哈特在观看，”神父告诉罗兰，“他说会到图克店里弄杯啤酒喝，不过要先和你说句话再走。”

罗兰叹口气，起身，穿过房子来到前面。艾森哈特正坐在单匹马拉的马车座位上，短靴蹬在挡泥板上，闷闷不乐地朝卡拉汉的教堂那边看着。

“你好，罗兰。”他说。

韦恩·欧沃霍瑟几天前给了罗兰一顶牛仔式的宽边帽。他向这个农场主脱帽致意，并等待着。

“我猜你很快就要发送羽毛了，”艾森哈特说，“召集大会，如果那听上去更顺耳的话。”

罗兰承认的确如此。村子里的规矩是不对艾尔德的骑士发号施令，但是罗兰要告诉他们需要做什么。他欠他们那些。

“我想让你知道，到时候我会接下它并把它传下去。还会参加会议，我会说好的。”

“说谢啦，”罗兰回答。事实上，他很感动。自从和杰克、埃蒂以及苏珊娜同行以来，好像他的心在成长。有时他会难过。多数时候不会。

“图克两样都不会干。”

“是的，”罗兰赞同，“只要生意兴隆，世界上的图克人绝不会接下羽毛。也不会说好。”

“欧沃霍瑟和他一伙。”

这可是个打击。也并非完全出乎意料，但是他曾希望欧沃霍瑟会转变态度。不过罗兰需要的支持都有了，而且假定欧沃霍瑟心里有数。如果他明智的话，这个农夫只是会袖手旁观，等待事情结束，不管结果如何。如果他横加干涉，那他就别指望明年还能颗粒归仓。

“我想告诉你一件事，”艾森哈特说，“我支持你是因为我的妻子，而我的妻子支持你是因为她认定她想打猎。这是抛盘子那些事发展到最后的结果，一个女人告诉她丈夫该怎么样和不该怎么样。这很反常。男人注定要统治自己的女人。当然，除了在生孩子这种事上。”

“她嫁给你时放弃了她学过的每一样东西，”罗兰说，“现在轮到你付出一点了。”

“你认为我不知道吗？可是如果你把她害死了，罗兰，你离开卡拉时会带着我的诅咒，如果你离开的话。不管你救了多少孩子。”

罗兰已经被诅咒过，他点点头。“如果命中注定，沃恩，她会回到你身边的。”

“好。但是记得我说过的话。”

“我会的。”

艾森哈特甩动马背上的缰绳，马车开始前进。

8

每个女人都从四十码、五十码和六十码开外削掉了半只根茎脑袋。

“尽你所能击中兜帽里脑袋越高的位置越好，”罗兰说，“击中低处毫无用处。”

“因为防护盔甲，我猜？”罗莎丽塔问。

“对，”罗兰说，尽管那不完全是事实。他不会告诉她们他此刻明白的全部真相，到她们需要知道的时候再说。

接下来是练习马铃薯。萨瑞·亚当斯在四十码的距离击中目标，在五十码时削到了，六十码时没打中；她的盘子飞得很高。她发出毫不淑女的咒骂声，然后低着头走到厕所一边。她坐在这里观看接下来的竞赛。罗兰走过去坐在她旁边。他看到泪花从她左眼角淌出，顺着被风吹得粗糙的脸颊流下。

“我让你失望了，陌生人。说抱歉。”

罗兰抓住她的手紧紧握了握。“不，女士，不。我会给你安排任务。只是和其他这些人不在同一个地方。而且你也许还得抛盘子。”

她朝他淡然一笑，然后点头致谢。

埃蒂又在假人上面放了根茎“头”，然后在每一个上面放了一根萝卜。萝卜正好被遮在黄麻袋兜帽的阴影里。“好运，姑娘们，”他说，“祝你们比我好。”接着他就走开了。

“这次从十码开始！”罗兰叫道。

在十码处，她们都击中了。然后是二十码。三十码。苏珊娜把盘子抛得很高，正如罗兰指导她们的那样。罗兰想让卡拉的一个女人赢得这一轮。在四十码的地方，扎丽亚·扎佛兹犹豫太久，她甩出的盘子把根茎头劈成两半，而没击中放在最上方的萝卜。

“操—考玛辣！”她叫道，然后用双手打自己的嘴巴并看着罗兰，他正坐在后面的台阶上。那个家伙只是笑笑，高兴地挥挥手，假装没听见。

扎丽亚跺着脚走到埃蒂和杰克跟前，脸一直涨红到耳根，而且怒不可遏。“你必须告诉他再给我一次机会，请答应我，”她对埃蒂说，“我能行，我知道我能行——”

埃蒂一只手放在她手臂上安慰她。“他也知道，扎丽亚。少不了你。”

她看着他，两眼发红，嘴唇紧咬在一起几乎看不见了。“你确定吗？”

“嗯，”埃蒂说，“你可以为歌剧院一展歌喉，亲爱的。”

现在只剩下玛格丽特和罗莎丽塔。他们都在五十码的地方击中萝卜。埃蒂对着杰克嘟囔道：“伙计，我要不是亲眼看到，我会跟你说那不可能。”

在六十码的地方，玛格丽特·艾森哈特完全没打中目标。罗莎丽塔把盘子举到右肩上方——她是个左撇子——犹豫了一下，然后大喊一声“丽莎”！并抛了出去。罗兰虽然目光尖锐，可还是没看清楚到底是盘子的边缘削到了萝卜，还是风把它掀翻的。不管怎样，罗莎丽塔把手腕举到头顶，笑着抖了抖。

“猜谜节白鹅属于她！猜谜节白鹅属于她！”玛格丽特叫了起来。其他人也跟着一起叫。很快连卡拉汉也跟着呼喊起来。

罗兰走到罗莎跟前给她一个拥抱，短促而有力。同时他在她耳边轻声说他没有雌鹅，不过到傍晚也许他能给她找一只长颈公鹅。

“嗯，”她笑着说，“随着我们年龄的增长，我们找到什么就要什么，不是吗？”

扎丽亚看了看玛格丽特。“他跟她说什么？你知道吗？”

玛格丽特·艾森哈特面带笑容。“没什么你没听过的，我相信。”她说。

9

后来女士们都走了。神父也离开了，有什么差事或别的事。蓟犁的罗兰坐在门廊台阶的最下边，朝山下刚刚结束的竞赛场地看去。苏珊娜问他是否满意时，他点点头。“嗯，我觉得都挺好。我们不得不希望如此，因为现在没时间了。事情发生得很快。”事实是他从没经历过那么多事同时发生……不过自从苏珊娜承认自己怀孕以后，他倒是平静了很多。

你逃避的大脑现在又回想起卡的真相了，他想。*那是因为这个女人显示了我们其他人无法企及的一种勇毅。*

“罗兰，我还要返回罗金B吗？”杰克问。

罗兰考虑了一下，然后耸耸肩。“你想吗？”

“想，不过这次我想带鲁格枪一起去。”杰克脸颊微红，但是他的声音很坚定。他一醒来就有了这个念头，仿佛被罗兰称为尼斯的梦神托了梦给他。

“我会把它放在铺盖卷的下面，包在我多余的衬衫里面。没人会知道它在那里。”他停下来。“我不是想向本尼炫耀，如果你那么想的话。”

罗兰从没这么想过。可杰克是怎么想的？他问了这个问题，然而杰克的答案是已经仔细考虑过可能的讨论方向而提前设定好的那种。

“你是作为我的首领发问吗？”

罗兰张口就要说是的，看到埃蒂和苏珊娜在盯着自己，又考虑了一下。保守秘密（就像他们每个人都以自己的方式保守了苏珊娜怀孕的秘密那样）和跟随埃蒂所称的“直觉”可不一样。杰克的言外之意是要更多的自由度，如此而已。而且杰克当然有权利享受多一点自由。这已不再是刚到中世界的那个男孩，浑身发抖，惊恐万状，而且几乎赤身裸体。

“不是作为你的首领，”他说，“至于鲁格枪，任何时候都随便你把它带到哪里。不是你先把它带到我们中间来的吗？”

“偷来的。”杰克小声说。他正盯着自己的膝盖。

“你拿了自己生存所需要的东西，”苏珊娜说，“这有很大差别。听着，宝贝——你不准备射杀任何人，对吗？”

“不准备，不。”

“当心点，”她说，“我知道你是怎么想的，但是你要小心。”

“不管你怎么想，最好差不多下个礼拜就把它办妥。”埃蒂对他说。

杰克点点头，然后看着罗兰。“你准备什么时候召开全村大会？”

“要看机器人，在狼群来之前，我们还有十天。所以……”罗兰快速计算着。“六天后开全村大会。对你合适吗？”

杰克点头。

“你肯定不愿意告诉我们你是怎么想的吗？”

“除非你以首领的身份来问，”杰克说，“也许没什么，罗兰。真的。”

罗兰怀疑地点点头，又卷了一根烟。有新鲜的烟草真好。“还有别的事吗？因为如果没有——”

“还真有。”埃蒂说。

“什么？”

“我得去纽约，”埃蒂说。他讲得很随意，好像只不过是说要去趟商店买一袋腌菜或一根甘蔗棒，但是他的眼神充满兴奋。“而且这次我要以肉身形式去。这意味着要更直接地使用那只球，我猜。黑十三。我迫切地希望你们知道怎么弄，罗兰。”

“你为什么要去纽约?”罗兰问,“这个我真得以首领的身份问。”

“你当然可以,”埃蒂说,“我也会告诉你。因为你说时间紧迫没错。而且因为我们担心的不只是卡拉之狼。”

“你想知道离七月十五号还有多久?”杰克问,“是吗?”

“对,”埃蒂说,“在我们全到隔界的那次,我们明白了时间在一九七七年的纽约走得更快。记得我在门口发现的那份《纽约时报》的日期吗?”

“六月二日。”苏珊娜说。

“对。我们也相当清楚在那个世界我们无法让时间成倍减慢;我们每次都晚到那里。不是吗?”

杰克用力点头。“因为那个世界和别的不同……除非可能是因为被黑十三送到了隔界才会那么以为?”

“我不觉得,”埃蒂说,“第二大道上那片空地和大概第六十街之间的地方非常重要。我认为那是一个门道。一个巨大的门道。”

杰克·钱伯斯看上去越发兴奋了。“不会一路到第六十街。没那么远。在第四十六和五十四街之间的第二大道,我是那么想。离开派珀那天,我到第五十四街时感到有些变化。是那八个街区。那段路上有家唱片店,有‘嚼嚼老妈店’和‘曼哈顿心灵餐厅’。当然还有那片空地。那是在另一头。它……我不知道……”

埃蒂说:“到那里会被带入一个不同的世界。某种核心的世界。我想那也是为什么时间总是沿着一个方向行驶——”

罗兰抬起手。“行了。”

埃蒂停下来,充满期待地看着罗兰,微笑着。罗兰毫无笑意。他之前放心的感觉消失了。要做的太多了,该死。可时间却不够。

“你想看看到协议失效那天还有多长时间,”他说,“我理解得对吗?”

“对。”

“你不必亲身到纽约去做,埃蒂。隔界就行。”

“隔界当然可以查看日期和月份,可是还有别的。我们对那块空地一无所知,伙计们。我是说真的一无所知。”

10

埃蒂相信他们可以拥有那片空地而绝不会影响苏珊娜所继承的财产；他认为卡拉汉的故事清楚地表明了该怎么做。不包括玫瑰；玫瑰不能被拥有(不管由他们还是其他任何人)，只能被保护。而且他们能做到。也许。

无论害怕与否，凯文·塔已经等在废弃的洗衣房里准备营救卡拉汉神父。无论害怕与否，凯文·塔拒绝了——在一九七七年五月三十一日，不管怎样——把他最后一块地产卖给桑布拉公司。埃蒂认为凯文·塔是在，像歌里唱的那样，等待英雄出现。

埃蒂也在想卡拉汉第一次向他们提起黑十三时双手掩面的样子。他拼命地想把它弄出教堂……可是直到现在，他还留着它。和那个书店主人一样，神父也在等待。他们曾以为凯文·塔想要成百万的高价才肯卖空地，这想法是多么愚蠢啊！他是想把它让出。但要等到合适的人到来。或者合适的卡-泰特。

"苏希，你没法去，因为你怀孕了，"埃蒂说，"杰克，你没法去因为你是个孩子。其他所有问题不说，我确信你没法签那种合同，那种自从卡拉汉给我们讲了他的故事后我就在考虑的合同。我可以带你一起去，可是好像你在这里还有事情要处理。或者我误解了？"

"你没误解，"杰克说，"可是我想跟你一起去，不管怎样。这听上去真不错。"

埃蒂笑了。"我还以为你只对手榴弹和马蹄铁感兴趣呢，孩子。至于带上罗兰，别生气，老板，不过你在我们的世界里可不怎么老道。你……嗯……你一换地方就少了些什么。"

苏珊娜大笑起来。

"你想给他多少钱？"杰克问，"我是说，总得给点什么，不是吗？"

"一美金，"埃蒂说，"我也许不得不请塔把它贷给我，不过——"

"不，我们能做得更好些，"杰克神情严肃地说，"我的背包里有五六美元，我相信。"他咧嘴笑笑，"而且我们可以给他更多，以后。当这里基本完事以后。"

"如果我们还活着的话，"苏珊娜说，不过她看上去也很兴奋。"你猜怎么样，埃蒂？你也许就是个天才。"

“如果塔先生把空地卖给我们，巴拉扎和他的朋友们会不高兴的。”罗兰说。

“对，但是也许我们可以说服巴拉扎放他一马，”埃蒂说。他的嘴角露出残酷的淡淡微笑。“到了节骨眼上，罗兰，恩里柯·巴拉扎是那种我不介意杀死两次的家伙。”

“你想什么时候走?”苏珊娜问他。

“越快越好，”埃蒂说，“一方面，不知道纽约那边已经晚到什么时候了，这真让我发疯。罗兰？你说呢?”

“我说明天，”罗兰说，“我们把那个球拿到洞穴里，然后我们看你能不能从那扇门进入凯文·塔的时空。你的主意不错，埃蒂，我说谢啦。”

杰克说：“如果那个球把你送错地方怎么办？错误的一九七七年，或者……”他几乎不知道该如何说完。他想起黑十三第一次把他们送到隔界时，所有事物都是多么的不牢靠，还有在他们四周现实的华丽表面背后是无穷无尽的黑暗。“……或者更远的地方?”他说完了。

“那样的话，我就寄回一张明信片。”埃蒂耸耸肩笑着说，不过那一刻，杰克看到了他内心是多么恐惧。苏珊娜一定也看出来了，因为她用双手抓起杰克的手，紧紧握了握。

“嘿，我会没事的。”埃蒂说。

“你最好是，”苏珊娜回答，“你最好没事。”

第二章

《道根》，第一部

1

第二天一早，罗兰和埃蒂进入我们的安详女神堂时，东北方的地平线上才刚刚露出黎明的微光。他们走在教堂中间的过道，埃蒂用一盏油灯照明，他双唇紧咬。他们来找的东西正在嗡嗡叫，是一种昏昏沉沉的嗡嗡声，但他还是一样讨厌那个声音。教堂本身也很阴森恐怖。空荡荡的，看上去有点太大了。埃蒂满心以为会看到幽灵的身影（也可能是孤魂野鬼的伙伴）坐在长椅上，用其他世界的不满神情看着他们。

可是嗡嗡声更糟。

他们走到前面时，罗兰打开他的手提包，拿出保龄球袋，袋子直到昨天为止一直放在杰克的背包里。枪侠把它举起来，过了一会儿，他们俩能看到一边印的字：**中世界保龄球馆，一击即中**。

“从现在开始一个字也别说，直到我告诉你可以的时候为止，”罗兰说，“明白吗？”

“明白。”

罗兰把拇指压在两块地板之间的凹槽里，传道士那凹室的隐秘洞穴弹开了。他把顶盖拿开。埃蒂曾经在电视上看过一部电影，讲的是一些家伙在伦敦闪电战期间清除定时炸弹——它也叫未爆炸的炸弹——此刻罗兰的举动让他想起那部电影的生动场景。为什么不呢？如果他们所说的这个隐秘之处藏的东西没错——而且埃蒂相信没错——那么它就是一颗未爆炸的炸弹。

罗兰把白色的亚麻法衣向后折起，露出盒子。嗡嗡声增大了。埃蒂的心提到了嗓子眼。他感到浑身的皮肤都变得冰凉。近处，一个邪恶到几乎无法想象的怪物半睁着一只朦胧的睡眼。

嗡嗡声降回它先前昏昏沉沉的音调，埃蒂这才松口气。

罗兰把保龄球袋递给埃蒂，示意他让口开着。因为有所顾虑（他有点想在罗兰耳边低语说他们应该放弃），埃蒂按罗兰吩咐的那样闭口不言。罗兰把盒子拿出来，嗡嗡声立刻又增大了。在油灯尽管有限却十分明亮的闪光中，埃蒂能看到枪侠眉头的汗水。他也能感到自己眉头上的。如果黑十三醒来并把他们扔进某个黑暗地域的边缘……

我不要去。我会奋力抵抗，留在苏珊娜身边。

他当然会。不过当罗兰把那个精心雕琢的鬼木盒放进他们在空地上发现的古怪金属袋时，他仍然感到如释重负。嗡嗡声没有完全消失，但是减弱成一种几乎听不见的低沉的声音。当罗兰轻拉袋子上面的拉绳把袋口系紧时，低沉的声音变成一种遥远的沙沙声，就好像海螺里的声音。

埃蒂在身前画了个十字。罗兰淡淡地笑着，也做了同样的动作。

到了教堂外，东北方的地平线已经明显大亮——毕竟看上去还有真正的白昼。

"罗兰。"

枪侠冲他转过身，皱起眉头。他的左手紧抓住袋口；他显然不放心让袋子上的拉绳承受盒子的重量，虽然绳子看上去很结实。

"如果我们发现袋子的时候是在隔界，我们怎么能捡到它呢?"

罗兰思忖着。然后说："也许袋子也在隔界。"

"现在还在?"

罗兰点点头。"嗯，我是那么觉得。现在还在。"

"噢。"埃蒂想了想，"真诡异。"

"重返纽约的主意改了，埃蒂?"

埃蒂摇头。尽管如此，他还是吓坏了。也许自站在贵族车厢的过道上猜布莱因的谜语以来，他还从没像现在这样害怕过。

2

他们沿着通向门道洞穴(*地面的*，韩契克曾说过，它的确一度是，而且仍然是)的小道走到一半时，已经是十点钟了，而且异常温暖。埃蒂停下来，用他的大手帕擦擦后颈，朝外面北边蜿蜒的山谷望去。他能看见到处都有黑色的洞穴，并问罗兰那些是不是石榴石矿。枪侠告诉他是的。

"哪一个是你想给孩子们用的? 我们从这里能看到吗?"

"的确可以。"罗兰拔出他带的唯一手枪指了指。"看那边。"

埃蒂往那边看，发现一个深沟，呈交错的双S形。里面一直到顶部都充满了浅浅的影子；他猜想晌午过后大约只要半小时左右，阳光就能到达底部。再北边，一块巨大的岩石立面看上去就是尽头。他猜矿藏的入口在那里，不过太黑了看不出。在东南方，山谷有条泥土小径弯弯曲曲通向东大道。东大道再往外是些田地，沿着斜坡下去直至消失，但仍是绿油油的稻米地。稻米地再向外是条河流。

“让我想起你给我们讲的故事，”埃蒂说，“爱波特大峡谷。”

“确实像。”

“只是没有无阻隔界进行秘密活动。”

“没有，”罗兰同意，“没有无阻隔界。”

“告诉我真相：你真的准备把村里的孩子们塞在没有出路的山谷尽头的某个矿里吗？”

“不是。”

“村民们以为你……我们想要那么做。连抛盘子的女士们也那么认为。”

“我知道他们那么想，”罗兰说，“我要他们那么想。”

“为什么？”

“因为我认为狼群抓孩子的方法没什么玄乎的。听了祖父扎佛兹的故事以后，我还认为狼群也没什么神奇的。没有，这个特别的玉米囤里有老鼠。有人向雷劈的统治者告密。”

“每次都是不同的人，你的意思是。每隔二十三或二十四年。”

“对。”

“谁会那么做？”埃蒂问，“谁能那么做？”

“我不确定，不过有点想法。”

“图克？比如说代代相传，从父亲到儿子？”

“如果你休息好了，埃蒂，我想我们最好继续前行。”

“欧沃霍瑟？也许是特勒佛德，那个看上去像电视里的牛仔的家伙？”

罗兰一声不响地从他身边走过，他的新短靴踩在碎石子和岩石粒上嘎吱作响。他左手紧紧抓住的粉红色袋子前后摇摆。里面的东西仍在嘀咕着它讨厌的秘密。

“总是那么沉得住气，有你的。”埃蒂说，并跟随着他。

3

从洞穴深处传来的第一个声音是了不起的圣人和伟大的吸毒者。

“噢，看看那个小娘娘腔！”亨利抱怨。在埃蒂听来，他就像《圣诞颂歌》[①]里吝啬鬼埃比尼泽死去的搭档，既可笑又可怕。“那个小娘娘腔以为他要回纽约吗？如果你要试试，你会到远得多的地方去，老弟。最好待在现在的地方……刻刻你的小木雕……做个乖乖的小同性恋……”死去的兄弟笑了，活着的吓得发抖。

“埃蒂？”罗兰问。

“听你兄弟的，埃蒂！”他妈妈的叫声从洞穴黑暗倾斜的入口处传来。岩石地板上散布的小块骨头闪闪发光。“他为你而放弃了生命，他的全部生命，你至少应该听他的！”

“埃蒂，你没事吧？”

此刻传来萨巴·德拉布尼克的声音，他在埃蒂的圈子里被称为“疯狂的匈牙利人”。萨巴让埃蒂给他一根烟，否则他就把埃蒂该死的裤子拉掉。埃蒂努力把自己的注意力从这些吓人但又迷人的含混话语中扯开。

“嗯，”他说，“我想是的。”

“那些声音来自你自己的大脑。洞穴不知怎么发现并扩大了它们，把它们传送出去。有点让人不安，我明白，不过毫无意义。”

“你为什么让他们杀死我，兄弟？”亨利啜泣着，“我一直以为你会来，可你最终也没来！”

“毫无意义，”埃蒂说，“好吧，知道了。我们现在做什么？”

“根据我听过的关于这个地方的两个故事——卡拉汉讲的和韩契克讲的——我打开盒子，门就会打开。”

埃蒂紧张地笑了。“我甚至不想让你把盒子从袋子里拿出来，很没出息对吗？”

“如果你改变主意……”

---

① 《圣诞颂歌》(*A Christmas Carol*)，查尔斯·狄更斯的著名小说，曾多次被改编为电影。描写一位吝啬鬼埃比尼泽先生在圣诞时的一场奇遇，在三位精灵的引领之下，埃比尼泽穿越过去、现在、未来，体会到圣诞精神以及人们彼此之间应有的关怀和温情。

埃蒂摇头。“不，我想干完它。”他突然一咧嘴露出灿烂的笑容。“你担心我出风头，对吗？找到那个人，然后占尽风头？”

从洞穴深处，亨利惊叫着：“是白粉，兄弟！那些黑人们卖的货色最好！”

“一点儿也不，”罗兰说，“我担心的事情确实很多，可是你回自己的老家却不包括在内。”

“那好。”埃蒂朝洞穴深处走了走，看着那扇独自站立的门。除了前面的象形文字和水晶门把手上雕刻的玫瑰，这扇门看上去和海滩上的那些一模一样。“如果你转圈——？”

“如果你转圈的话，门就会消失，”罗兰说，“会有相当长的急下降……一路降到那儿，据我所知。我会小心，如果我是你的话。”

“提醒得好，速降埃蒂说谢啦。”他试了试水晶门把手，发现怎么都拧不动。他也预料到了。他退回来。

罗兰说：“你得想着纽约，尤其是第二大道，我认为。还有时间。一九七七年。”

“你怎么能想一个年份呢？”

罗兰讲话时，语气中流露出一丝不耐烦。“想着你和杰克跟踪他先前的自我那天的情景，我猜想。”

埃蒂开口想说不是那天，那天太早了，不过又闭上嘴巴。如果他们掌握的规则正确，他不用回到那天，不用到隔界，也不用亲身回去。如果他们是对的，那边的时间和这里的时间会有某种联系，只是走得更快些。如果他们掌握的规则正确……如果真的有规则……

嗯，你过去看看不就行了？

“埃蒂？你想让我试试给你催眠吗？”罗兰从他的枪带里拿了一个弹壳。“它能让你把过去看得更清楚。”

“不。我觉得最好还是保持头脑清醒，立即行动。”

埃蒂好几次把手伸开又握住，同时做深呼吸。他的心跳并不是特别剧烈——在减慢，如果说有什么变化的话——但是每一次似乎都让整个身体颤抖。上帝啊，如果你能设置一些控制，就像皮博迪教授①的时光倒流机或者那部关于摩洛克们的电影那样就好了。

---

① 卡通片《皮博迪的荒谬史》中的主人公。片中他和自己的宠物借助时光倒流机回到历史中去。

"嘿，我看上去还行吗?"他问罗兰，"我是说，如果我在正午到达第二大道，我会吸引多少注意力?"

"如果你在人前出现，"罗兰说，"也许会相当多。我建议你别理会任何想跟你谈论这一话题的人而且立刻离开那个区域。"

"这个我知道。我的意思是我的穿着如何?"

罗兰轻轻耸了耸肩。"我不知道，埃蒂。那是你的城市，不是我的。"

埃蒂本可以反驳。布鲁克林是他的城市。不管怎么样，曾经是。通常他一两个月都不会去曼哈顿，几乎把它看作另一个国家。尽管如此，他认为自己明白罗兰的意思。他打量了自己一番，看到朴素的法兰绒衬衫上缀着喇叭纽扣，深蓝色牛仔裤上有镍镀铆钉扣，不是铜扣子，还有扣起来的遮羞盖。(埃蒂在刺德见过拉链，但此后再没见过。)他认为自己的样子在街上算得上正常，至少在纽约算正常。任何再度打量他的人都会以为是哪个咖啡馆的侍者/艺术家在休息日打扮成嬉皮士模样。他觉得多数人看他第一眼甚至都不会留意，这绝对是好事。不过他倒是可以加一样东西——

"你有一条皮筋吗?"他问罗兰。

从洞穴深处传来图布瑟的声音，那是他五年级的老师，他故作哀痛地大声抱怨。"你有潜力。你是个优秀的学生，可是看看你变成什么样了！为什么让你的哥哥把你带坏?"

亨利接腔了，愤怒地啜泣着："他让我死去！他杀了我！"

罗兰把包从肩上拉下，放在洞穴口的地板上的粉红袋子旁边，打开包在里面翻找。埃蒂不知道里面有多少东西；他只知道自己从没见过包的底部。最后，枪侠找到埃蒂要的东西拿了出来。

埃蒂用那团皮筋把自己的头发扎起来时(他觉得这样艺术家—嬉皮士的形象就相当不错了)，罗兰拿出他所称的包袱，打开，并开始把所有的东西倒出来。有卡拉汉给他的已用掉一部分烟草的烟草袋；几种硬币和纸币；一个缝补用的工具包；那只补过的杯子，在离开沙迪克所在之处不远时已经被他将就着当罗盘用了；一片破地图；还有塔维利双胞胎画的一张新的。袋子清空后，他从左胯的枪套里把那只大左轮枪和檀香木枪柄一起拿出来。他转了转弹膛，给枪上好膛，点点头，又把弹膛扔回原处。随后，他把枪装进包袱里，把带子拽紧，系成一个活结，这样一拉就能开。他拎着破旧的带子把包递给埃蒂。

埃蒂开始不想拿。"不，伙计，那是你的。"

“这几个礼拜，你背它的时间和我差不多。可能更长。”

“是的，可是我们现在说的是纽约，罗兰。纽约人人偷窃。”

“他们不会偷你的。拿着枪。”

埃蒂盯着罗兰的目光看了片刻，然后接下包袱，把带子甩到肩膀上。“你有种感觉。”

“一种直觉，嗯。”

“卡在活动了？”

罗兰耸耸肩。“它随时都在活动。”

“好吧，”埃蒂说，“罗兰——如果我回不来，照顾好苏希。”

“你的任务是确保我不必这么做。”

不，埃蒂心想。*我的任务是保护玫瑰。*

他转向那扇门。他还有上千个问题，但是罗兰是对的，没时间发问了。

“埃蒂，如果你真的不想——”

“不，”他说，“我真的想。”他举起左手，翘起拇指。“当你看到我做那个动作时，就打开盒子。”

“好的。”

罗兰在他后面说。因为此刻只有埃蒂和那扇门。门上用某种奇怪又可爱的文字写着“找不到”。他曾看过一本名为《进入夏天之门》的小说，作者是……谁？他总是从图书馆拖回家的一个科幻作家，他小时候钟爱的作家，在暑假悠长的下午阅读再好不过。默里·伦斯特、保罗·安德森、戈登·迪克森、艾萨克·阿西莫夫[①]、哈伦·埃利森……罗伯特·海因莱因[②]。他觉得是海因莱因写了《进入夏天之门》。亨利总是嘲笑他把书带回家，把他叫做小娘娘腔、小书虫，问他能不能一边看书一边手淫，想知道他怎么能他妈的成天坐在那里，把鼻子埋在那些虚构的火箭和时光机器的粪堆里面。亨利比他大。亨利脸上满是粉刺，总是闪着诺克斯泽玛和温莎牌护肤品的亮光。亨利准备去参军。埃蒂比他小。埃蒂从图书馆把书带回家。埃蒂十三岁，几乎是杰克现在的年龄。一九七七年，他十三岁，在第二大道上，出租车在阳光中金光闪闪。一个戴随身听耳机的黑人从“嚼嚼老妈店”

---

① 艾萨克·阿西莫夫(Isaac Asimov, 1920—1992)，俄裔美国科学家和多产作家。其作品包括科学原理的通俗解释和科幻卷，包括《基础三部曲》(1963 年)。

② 罗伯特·海因莱因(Robert Heinlein, 1907—1988)，美国科幻小说家。其作品包括《陌生国土上的陌生人》(1961 年)和《月球是个无情的情人》(1967 年)。

走过，埃蒂可以看到他，埃蒂知道那个黑人在听埃尔顿·约翰唱歌——还有什么？——“今夜有人救了我的命”。人行道上拥挤不堪。那是下午近傍晚时分，人们正往家赶，他们在卡拉纽约的钢筋山谷里忙完一天，在那里种植钞票，你也可以说是利率，而不是稻米。女人们穿着昂贵的职业套装和运动鞋，看上去又随和又怪异；她们的高跟鞋放在了包里，因为工作时间已经结束，她们现在要回家。每个人看上去都笑意盈盈，因为光线很明亮，空气很温暖，那是城市的夏天，什么地方传来手提钻的声音，就像老乐队“满匙爱”①的歌曲。他前面有一扇进入一九七七年夏天之门，出租车起步价是一美元二十五美分，之后每 0.2 英里是三十美分。以前比这便宜，后来比这贵，但现在就这样，现在就这行情。载有那位老师的太空船还没爆炸。约翰·列农还活着，尽管他活不了多长了，如果他还是沾染可恶的海洛因，那种白粉的话。至于埃蒂·迪恩，埃德华·坎托·迪恩，他对海洛因一无所知。他唯一的恶习就是抽几根烟(除了试着手淫以外，那个他再过一年也做不来)。他十三岁。那是一九七七年，他胸口不多不少有四根毛，他每天早晨虔诚地数着，希望看到粗大的第五根。那是高桅横帆船之夏后的夏天。是六月份的一个下午，他能听到欢快的旋律。旋律来自“力量之塔”唱片店门口的喇叭，是蒙戈·杰尔在唱“在夏日，”还有——

霎那间，一切对他都那么真实，或者像他所需要的那样真实。埃蒂抬起左手，翘起拇指：出发。在他身后，罗兰已经坐下并小心地把盒子从粉红袋子里拿出来。看到埃蒂做出翘起拇指的动作时，枪侠打开盒子。

轻快但刺耳的敲钟声瞬时萦绕在埃蒂的耳际。他双眼变得湿润。在他面前，独自站立的门咔哒一声开了，洞穴一下子被强烈的阳光照得通明。传来嘟嘟的喇叭声和嗒嗒的手提钻声。不久前，他多么想有这样的一扇门啊，为此他差点杀了罗兰。如今他得到了，可他吓得要死。

隔界的敲钟声像是要把他的脑袋撕裂。如果他听久了，他会发疯的。*如果你要走就快走*，他想。

他朝前走去，从他泪汪汪的眼睛里，他看到三只手伸出去抓四个门把手。他把门朝自己拉开，午后金灿灿的阳光让他头晕目眩。他能闻到汽油和城市空气的热浪，还有谁剃须后涂的香水味道。

几乎什么都看不到，埃蒂从找不到的门走出去，进入一个世界的夏天，

---

① “满匙爱”(Lovin' Spoonful)，美国六十年代著名摇滚乐队。

他如今已是那个世界的异客，一个被放逐的人。

4

是第二大道，没错；这里是布林派店，从他身后传来蒙戈·杰尔欢快的歌声，伴着加勒比节拍。人群在他身边移动——往市郊、市中心和城市的各个角落。他们并没注意埃蒂，一部分原因是他们只想着又一天结束了，快离开市区，主要还是因为在纽约，不理会别人是一种生活方式。

埃蒂耸耸右肩，把罗兰包袱上的带子挂得更牢些，然后往身后看去。返回卡拉·布林·斯特吉斯的门在那里。他能看到罗兰正坐在洞口，大腿上的盒子还开着。

那些该死的敲钟声肯定让他发疯，埃蒂心想。随后，他看到枪侠从枪带里取出两粒子弹塞在耳朵里。埃蒂咧嘴笑了。干得漂亮，伙计。至少在I-70公路上，它曾帮着遮挡了无阻隔界讨厌的啾唧声。无论它现在还管不管用，罗兰都得自己去对付。埃蒂还有别的事情要做。

他在人行道上自己的一小块地方慢慢往前走，然后又回过头去证实门也跟着他走了。确实如此。如果这扇门和其他那些一样的话，它从现在开始会一直跟着他。即使不会，埃蒂觉得也没什么问题；他不准备走太远。他也注意到另外一点：隐匿在每样事物背后的黑暗感没有了。因为他真的到这里了，他猜想，不只是在隔界。如果附近隐藏着孤魂野鬼，他也看不到他们。

埃蒂又把包袱带向上拉紧，朝“曼哈顿心灵餐厅”走去。

5

他朝前走时，人们给他让路，可是这并不足以证明他真的在这里；你在隔界时，人们也那么做。最后埃蒂真的撞上了一个年轻人，他拎着不止一个手提包，而是两个——一个商界的“大灵柩猎手”，如果埃蒂曾见过这种人的话。

“嘿，走路小心点！”他们的肩膀相撞时，商人先生抗议道。

“对不起，伙计，”埃蒂说。他在这里，没错。“我说，能告诉我几号——”

可是商人先生已经走开了，去追赶大概四十五或者五十岁，从他的模样判断，可能会得上的冠心病了。埃蒂想起一个纽约老笑话的结尾妙句：“对不起，先生，你能告诉我怎么去市政厅吗，还是要我他妈的自己去找？”他情不自禁地大笑起来。

他控制住自己的情绪后，又朝前走去。在第二大道和五十四街街角，他看到一个男人在看橱窗里展示的鞋子和靴子。这个家伙也穿着西服，不过看上去比埃蒂撞上的那个放松多了，而且他只拎着一个手提包。埃蒂觉得这是个好兆头。

“对不起，”埃蒂说，“您能告诉我今天星期几吗？”

“星期四，”橱窗浏览者回答，“六月二十三号。”

“一九七七年？”

那个橱窗浏览者朝埃蒂微微冷笑一下，既嘲讽又鄙视，还皱了皱眉。“一九七七年，正确。离一九七八年还有……嗯，六个月。如果那么想的话。”

埃蒂点点头。“谢谢你——先生①。”

“谢谢你——什么？”

“没什么。”埃蒂说，并继续赶路。

离七月十五号只有三周了，算上一点点误差，他想。那真是该死的不留一点多余时间。

是的，不过如果他能说服凯文·塔今天就把空地卖给他的话，整个时间的问题还有余地。曾经，很久以前，埃蒂的哥哥曾对几个朋友吹牛说，只要他的小弟弟下定决心，可以说服魔鬼引火自焚。埃蒂希望自己仍有那种说服力。和凯文·塔做一笔小生意，在某个房地产上投资，然后也许抽半小时时间真正享受一下纽约的刺激。庆祝一下。可以来个巧克力蛋蜜乳，或者——

他的思绪突然中断，而且冷不丁地停了下来，一个人撞在他身上然后咒骂起来。埃蒂几乎没感到碰撞，也没听到咒骂声。那辆深灰色的林肯城市轿车又停在那里——这次不在消防栓前面，而是往前走两扇门的地方。

巴拉扎的城市轿车。

---

① 此处埃迪用的是高等语中表示先生的词 sai。

埃蒂继续往前走。他突然很高兴罗兰坚持让他带着自己的一把左轮枪，而且枪已经上好膛。

6

黑板又放在了窗边（今天的特色菜是新英格兰炖食，包括纳撒尼尔·霍桑、亨利·大卫·梭罗和罗伯特·弗洛斯特[①]——甜品可以选玛丽·麦卡锡或者格雷斯·莫特里尔斯），不过挂在门上的牌子上写着“**对不起，我们关门了**。”街北“力量之塔音像店”的数字挂钟显示是下午三点十四分。哪个店家会在一个工作日下午的三点一刻就关门呢？

有特殊客人的店家，埃蒂寻思。那会是谁？

他用双手托住下巴，盯着“曼哈顿心灵餐厅”。他看到圆圆的小陈列桌上放着儿童读物。右边是柜台，看上去就好像是从十九与二十世纪交替时期的汽水店里偷来的，只是如今人们不再坐在那里，即使亚伦·深纽也不会。收银机同样无人看管，虽然埃蒂可以看到屏幕上的黄色标签写着：*不销售*。

那地方空着。凯文·塔被叫走了，也许家里有急事——

*他发生了不测，好吧，*枪侠冷冷的声音在埃蒂的头脑中响起。*不测之事是坐着那辆灰色的自动车来的。再看看那个柜台，埃蒂。这次你为什么不用你的眼睛好好看看，而不是像这样视若无睹？*

有时他通过别人的声音思考问题。他猜许多人都是这样——这是一种略微更换视角的方法，从另一个角度看问题。但是这次感觉不像是那种故意的思想活动。这次感觉像是那个又老又长又高又丑的家伙真的在他脑袋里和他讲话。

埃蒂又看看柜台。这次他看到大理石台面上散布的棋子，还有一个倒着的咖啡杯。这次他看到两个凳子之间的地板上有一副眼镜，一个镜片碎了。

他感到自己大脑的中间深层萌生出一阵愤怒。暂时还没什么感觉，可是如果以前的经历可以说明问题的话，这一阵阵的愤怒会发作得越来越快，

---

① 以上三人都是美国十九世纪著名作家和诗人。

越来越凶，同时也越来越强烈。最终它们会爆发出有意识的想法，到那时，上帝保佑任何在罗兰的枪能射中的范围内徘徊的人。他曾经问过罗兰有没有过这种经历，罗兰回答，*我们都有过*。当埃蒂摇摇头说他和罗兰不同时——和他、苏希或者杰克都不同，枪侠一言不发。

塔和他特别的顾客在那后面，他想，那间储藏室兼办公室里。这次也许他们不是要谈话。埃蒂觉得这是一门小小的进修课，巴拉扎手下的绅士们提醒塔先生七月十五号就要到了，提醒塔先生到时候最明智的决定是什么。

当*绅士*这个词出现在埃蒂的脑海时，又引发了一阵愤怒。用那个词形容会打碎一个老实的书店胖老板的眼镜，然后把他带到后面恐吓他的家伙们相当恰当。绅士！去他妈的考玛辣！

他试着推书店的门。门锁着，不过那把锁差不多是个装饰；门在侧柱里像一颗活络的牙齿一样哗啦作响。站在伸进去的门廊那里，看上去（他希望）像是一个对某本他看到内容的书尤其感兴趣的家伙，埃蒂开始摆弄那把锁，最初只是用手弄门把手，然后用肩膀推门，他希望自己的样子看上去不会可疑。

反正没人看你的几率是百分之九十四。这里是纽约，不是吗？你能告诉我怎么去市政厅吗，还是要我他妈的自己去找？

他更用力去推。他还没有使出最大的力气，就听啪的一声，门朝里边开了。埃蒂毫不犹豫地走进去，好像他理应在那里，然后又把门关上。门锁不住了。他从孩子们的桌子上拿起一本《格林奇如何偷走圣诞节》，扯下最后一页（*正好一直不喜欢这个故事的结局*，他心想），把它折叠三次，塞在门和侧柱之间的缝隙里。这样把它关上挺不错。接着他环顾四周。

这个地方空荡荡的，此时，太阳已经落到西边摩天大楼后面，这里有些幽暗。没有声响——

有。噢，有的。从店铺后面传来一声憋闷的叫声。小心，行动中的绅士，埃蒂心想，同时感到又一阵愤怒。这次更强烈了。

他把罗兰包裹上的带子拽紧，然后朝后面的门走去，门上写着只许员工入内。他进去之前，不得不绕过一堆杂乱的平装本书刊和一个倾翻的展示架，这是老式杂货店那种绕来绕去的格局。巴拉扎手下的绅士们把他赶到储藏区时，凯文·塔抗争过。埃蒂没有看到那一场景发生，不需要看。

后面的门没锁。埃蒂从包袱里拿出罗兰的左轮手枪，然后把包放在一边，这样在关键时刻它不会碍事。他轻轻地把储藏室房间的门一点点打开，提醒自己塔的办公桌在哪里。如果他们看到他他就飞奔,同时扯着喉咙大喊。照罗兰的说法,无论何时你被发现的时候,你都要扯着喉咙大叫。你可能会把敌人惊住一两秒钟,可是有时一两秒钟会产生天壤之别。

这次没有必要大叫或者飞奔。他要找的家伙们在办公区,他们的影子在自己身后的墙壁上爬得很高,而且很怪异。塔正坐在自己的办公椅里,可是椅子已不在办公桌后面。它已被推到三个文件柜中的两个之间的地方。他的两个来访者看着他,也就是说他们背朝着埃蒂。塔本可以看到他,但是塔正抬头看着杰克·安多利尼和乔治·比昂迪,目不转睛地只盯着他们。看到那个人心惊胆战的样子,又一阵愤怒从埃蒂头脑中燃起。

空气中有汽油的味道,埃蒂猜这种味道足以让最勇敢的店主害怕,更别说一个经营纸张王国的老板。在那两个家伙中的高个儿旁边——安多利尼——有一个大约五英尺高的玻璃门书柜。柜门被拉开了。里面有四五个书架,所有的书都包在像是干净的塑料皮里。安多利尼正举着其中的一本,他可笑的动作就像电视里的广告员。矮个子男人——比昂迪——举着一个玻璃罐,里面装满淡黄色液体,动作同样可笑。不用说那是什么液体。

“求你了,安多利尼先生,”塔说。他用祈求的口吻和颤抖的声音说。“求你了,那是一本很珍贵的书。”

“当然了,”安多利尼说,“柜子里所有的书都很珍贵。我知道你有一本签名的《尤利西斯》价值二万六千美元。”

“那是什么呀,杰克?”乔治·比昂迪问。他听上去肃然起敬。“什么书值二万六啊?”

“我不知道,”安多利尼说,“你为什么不告诉我们呢,塔先生? 或者我可以叫你凯尔吗?”

“我的《尤利西斯》在保险仓库的盒子里,”塔说,“它不是拿来卖的。”

“但这些是,”安多利尼说,“对吗? 我看到这本的衬页上用铅笔写着七千五。比不上两万六,不过也是一辆新车的价钱了。瞧我怎么对待它们吧,凯尔。你听着吗?”

埃蒂正在慢慢靠近,虽然他尽量不弄出声音,他并没有什么可以隐藏自己。即便如此,还是没人看到他。他以前在这个世界的时候也是这么愚蠢吗? 对于确切地讲连埋伏都称不上的行动都不堪一击吗? 他猜想是的,而且明白了难怪罗兰刚开始总是瞧不起他。

“我……我在听。”

“你手头有巴拉扎先生迫切想要的东西，就像你想要那本《尤利西斯》一样迫切。尽管玻璃柜里的这些书是用来卖的，可我打赌你卖不了他妈的几本，因为你就是……不能……忍受……和它们分开。就像你不能忍受和那片空地分开。所以事情就这么办。乔治会把汽油泼在写着7500的这本书上，然后我把它烧掉。接下来，我会从你的小财宝箱里再拿出一本，并让你口头承诺在七月十五号正午把那片空地卖给桑布拉公司。明白了吗？”

“我——”

“如果你给我口头承诺，这次会议就结束。如果你不给我口头承诺，我就把第二本烧掉。接下来是第三本。然后第四本。四本之后，先生，我相信我这个助手会失去耐性的。”

“你在和安捣蛋，”乔治·比昂迪说。埃蒂此刻已离得很近，几乎可以伸手碰到大鼻子，可他们仍没看到他。

“那时我想我们会直接把汽油倒在你的小玻璃柜里，把你所有珍贵的书烧——”

行动最终引起了杰克·安多利尼的注意。他从同伙的左肩看过去，发现一个长着淡褐色眼睛和深褐色脸孔的年轻男子。他举着一把看上去像是世界上最老式、最大号的左轮枪。应该是道具。

“你他妈的是——”杰克开口说。

他还没说完，埃蒂·迪恩的脸上就露出幸福和欢快的笑容，那个表情让他显得远不止是帅气，而且是漂亮。“乔治！”他大叫。那是迎接好久不见的最要好的老朋友的口气。“乔治·比昂迪！天啊，你还是哈得逊河这边鼻子最大的家伙！见到你真高兴，伙计！”

人类这种动物身上有某种感应体让我们对叫我们名字的陌生人作出反应。当叫唤热情友好时，我们的反应几乎也不得不同样友好。即使在这样的处境中，乔治“大鼻子”比昂迪还是转过身，咧嘴笑着朝向用那么开心的熟悉口气招呼他的那个声音。埃蒂用罗兰的枪柄野蛮地砸他时，那个笑容仍很灿烂。安多利尼目光尖锐，可是他除了模糊地看到枪柄砸下了三次之外没看到什么别的，第一次打在比昂迪的双眼中间，第二次打在右眼上方，第三次打在太阳穴上。前两次打下后听到沉闷的砰砰声。最后一击之后只听到让人恶心的轻轻咂嘴声。比昂迪像一麻袋邮件一样倒下，翻着白眼，嘴唇不停地嗫动，像是需要喂奶的婴儿。罐子从他松开的手中滚翻，撞到水泥地板上摔得粉碎。汽油味顿时变得更浓烈，呛人的味道弥漫开来。

埃蒂不给比昂迪的同伙反应的时间。大鼻子还在满是汽油和玻璃碎片的地板上抽动时，埃蒂已抓住安多利尼，逼他后退。

7

对于凯文·塔（他出生时的名字叫凯文·托仁）而言，并没有立刻感到解脱，没有感谢上帝我得救了的感觉。他第一个念头是他们是坏蛋；这个新来的更坏。

在储藏室昏暗的灯光中，新来者看上去和自己跳跃的影子融为一体，成了一个十英尺高的鬼魂。他的眼球在眼眶中燃烧，嘴巴下垂，露出与看上去几乎像狼牙的白光闪闪的牙齿相连的下巴。一只手握着一把和大口径短枪差不多大小的手枪，那种在十七世纪的冒险故事中作为机器被提到的武器。他抓着安多利尼的衬衫领和运动外套的翻领，把他冲着墙甩过去。这个恶棍的屁股撞在玻璃柜上，柜子翻倒了。塔沮丧地大叫一声，那两个人毫不关心。

巴拉扎的手下试图扭到左边。新来者，黑色的头发扎在脑后的那个咆哮之人，让他去扭，然后把他推倒在地，骑在他身上，一只膝盖压在恶棍的胸口上。他把大口径短枪，那个机器的枪口顶到恶棍下颌下面的软组织处。恶棍扭动脑袋，想甩开它。新来者顶得更深了。

巴拉扎手下的暴徒声音梗塞，听上去像唐老鸭，他说："别逗我了，老兄——那不是真枪。"

新来者——那个看上去和自己的影子融为一体并成为一个高大的巨人的家伙——把他的机器从恶棍下颌下面抽出来，用拇指扣动扳机，对着储藏室深处的地方。塔张嘴想说话，天知道要说什么，他还没能说出一个字就听到震耳欲聋的爆炸声，就像一个迫击炮在距离哪个倒霉的军用散兵坑五英尺外爆破的声音。黄色的亮光从机器的喷嘴射出来。过了一会儿，枪管又顶在恶棍的下颌上。

"你现在觉得怎么样，杰克？"新来者喘着气说，"还觉得它是假的？告诉你我怎么想的：我再次扣动扳机时，你的脑浆会一路流到霍波肯。"

8

埃蒂看到杰克·安多利尼的眼神里有恐惧,但没有恐慌,他并不意外。从拿骚用人力运送可卡因出问题后,是杰克·安多利尼抓获了他。此刻的他更年轻——年轻十岁——但是并不好看些。安多利尼,曾被了不起的圣人和伟大的吸毒者亨利·迪恩戏称为"老丑怪",长着野人一样鼓出来的额头和一个匹配的埃利·乌普式的突出下巴。他的手巨大得像卡通人物,汗毛从指关节萌生出来。他看上去既像"老丑怪"又像"丑老怪",但是他一点也不傻。爬上像恩里柯·巴拉扎这种家伙的第二副手的位置可不是傻瓜能办到的。不过现在杰克也许还没坐到他一九八六年会坐上的位置,那时埃蒂会怀揣着价值二十万美金的玻利维亚毒品飞回肯尼迪机场。在那个世界,那个时空中,安多利尼会成为伊尔·罗切的野战将军。在此时此地,埃蒂心想很有可能他得提前退休。从每样事情中退出。除非他干得漂亮。

埃蒂把枪管更用力地顶在安多利尼的下颌下面。空气中弥漫着浓烈的汽油和火药味,暂时盖住了书的味道。从某个阴暗处传来塞吉欧,书店那只猫愤怒的嘶嘶声。塞吉欧显然不喜欢有人在它的地盘上吵吵闹闹。

安多利尼退缩着把头扭向左边。"别,老兄……那家伙很烫!"

"没有从现在开始五分钟后你要到的地方烫,"埃蒂说,"除非你听我说,杰克。你没什么机会离开这里,不过也不是完全没有。你要听吗?"

"我不认识你。你怎么知道我们?"

埃蒂把枪从"老丑怪"的下颌下面拿开,看到罗兰的左轮枪管压过的地方有一个红圈。*假如我告诉你十年后你的卡会再次遇到我?会被大螯虾吃掉?它们会先钻到你的古奇鞋子里吃你的脚,然后一路吃上去呢?*安多利尼当然不会相信他,就像他不相信罗兰的老式大左轮手枪管用,直到埃蒂展示给他看为止一样。在这种可能的轨道上——在塔的这一层——安多利尼也许没被大螯虾吃掉。因为这个世界和所有其他的不同。这是黑暗塔的第十九层。埃蒂感觉得到。以后他会深思,现在可不行。这会儿思考很困难。他现在想做的是杀掉这两个家伙,然后冲到布鲁克林对付巴拉扎剩下的团伙。埃蒂用左轮手枪的枪管顶着安多利尼一块突出的颧骨。他必须克制自己不要真去设法说服那个丑陋的恶棍,安多利尼看出来了。

他眨眨眼，舔舔嘴唇。埃蒂的膝盖仍压在他胸口。埃蒂能感到它像一只风箱一样一起一落。

“你没有回答我的问题，”埃蒂说，“相反，你却问了一个自己的问题。下次你再那么做，杰克，我就用枪管把你的脸砸烂。然后打掉你的一个膝盖骨，让你从今往后变成瘸子杰克。我可以打碎你身上很多部位还能让你说话。别跟我装傻。你不傻——也许在选老板这方面除外——我知道。让我再问你一次：你听我的话吗？”

“我有哪些出路？”

埃蒂还是用那种模糊、诡异的动作把罗兰的枪从安多利尼的脸上扫过去。颧骨断裂时发出很脆的劈啪声。鲜血从他的右鼻孔流出来，那只鼻孔在埃蒂看来和昆士区的中心地道差不多大小。安多利尼痛苦地大叫起来，塔大惊失色。

埃蒂收回枪口顶着安多利尼下颌下边的软组织，目不转睛地盯着他说：“看着另一个家伙，塔先生。如果他开始动弹，就告诉我。”

“你是谁？”塔几乎是在嘀咕。

“一个朋友。唯一能救你的命的人。现在看着他，让我干活。”

“啊——好吧。”

埃蒂·迪恩把所有的注意力转回安多利尼身上。“我把乔治打晕是因为他很蠢。即使他能把我想要传达的意思带回去，他也不会相信。一个自己都不相信的人怎么能说服别人呢？”

“有点道理，”安多利尼说。他抬头看着埃蒂，眼神里有种惊恐的好奇，可能最终明白了这个拿枪的陌生人到底是怎么回事。就像从一开始，埃蒂·迪恩只不过是一个戒掉海洛因后颤抖不止的小瘾君子，罗兰就把他看明白了。杰克·安多利尼正在会晤一个枪侠。

“当然，”埃蒂说，“我要你带回去的口信是：不许碰塔。”

杰克摇头。“你不明白。塔有样东西有人想要。我的老板答应拿到它。他承诺过。我的老板一向——”

“一向遵守承诺，我知道，”埃蒂说，“只是这次他不行，那不是他的错。因为塔先生决不会把街北的那块空地卖给桑布拉公司。相反，他准备把它卖给……唔……泰特公司。明白吗？”

“先生，我不认识你，但是我了解我的老板。他不会罢手的。”

“他会。因为塔没什么可卖。空地不再是他的了。现在听仔细了，杰克。要听卡的明智之言，别听卡的傻话。”聪明点，别犯傻。

埃蒂蹲下来。杰克盯着他，被他鼓出来的眼睛吸引住了——淡褐色的虹膜，发红的眼白——像野人般咧着的嘴巴此刻和他自己的只有一吻之遥。

“凯文·塔先生已经获得一些人的保护，他们的威力和残酷远远超乎你的想象，杰克。那些人会让伊尔·罗切看上去像伍德斯托克音乐节①上的佩花嬉皮。你得说服他继续骚扰凯文·塔没有任何好处，而且会惹一身麻烦。”

“我没法——”

“至于你，记住这个人身上已有蓟犁的标记。如果你敢再碰他一下——如果你敢再踏进店里一步——我就会到布鲁克林杀掉你的妻小，然后找到你的父母并杀死他们。接下来杀死你母亲的姐妹和你父亲的兄弟。再接下来杀死你的祖父母，如果他们还活着的话。你，我会留到最后。你信吗？”

杰克·安多利尼仍然盯着他上面的那张脸——血红的眼睛，咧开着怒吼的嘴巴——只是此刻恐惧在增加。事实上，他的确相信了。不管他是谁，他对巴拉扎和眼下这桩交易相当了解。

“我们的人马很多，”埃蒂说，“而且我们的使命都差不多：保护……”他几乎脱口说出*保护玫瑰*。“……保护凯文·塔。我们会看守这个地方，我们会看护塔，我们会照看塔的朋友们——比如说深纽这样的朋友。”埃蒂注意到安多利尼听到这句话后眼神里充满惊奇，他感到满足。“有谁到这里哪怕是冲塔大声说话，我们就杀了他们全家，最后再干掉他们。对乔治是这样，对西米·德莱托、特里克斯·波斯蒂诺……还有你的兄弟克劳迪奥都一样。”

这一个个名字让安多利尼目瞪口呆，听到自己兄弟的名字，他一时闭上了双眼。埃蒂认为也许他的意思已经表达清楚了。至于安多利尼能否说服巴拉扎是另一回事。*其实从某种意义上说，那根本无所谓*，他冷酷地想。*一旦塔把地卖给我们，他们怎么对他都无关紧要，不是吗？*

“你怎么知道那么多？”安多利尼问。

“少管。只要把消息带回去。告诉巴拉扎转告他在**桑布拉**的朋友，空地不卖了，不卖给他们，不会。告诉他塔现在受到从蓟犁来的拿重磅家什的人

① 每年八月在纽约州东南部伍德斯托克举行的摇滚音乐节。

的保护。”

“重磅——?”

“我是说比巴拉扎以前对付过的任何人都更加危险,”埃蒂说,“包括**桑布拉公司**的人。告诉他如果他顽固不化,布鲁克林会有足够的死尸填满**大将军广场**。其中很多会是妇女和儿童。说服他。”

“我……老兄,我会试试。”

埃蒂站起来,接着后退。在汽油和碎玻璃片当中蜷缩着的乔治·比昂迪开始动弹起来,喉咙里面发出咕哝声。埃蒂用罗兰的枪管示意杰克叫他起来。

“你最好卖力点。”他说。

9

塔给他们每人倒了一杯黑咖啡,可是自己却喝不下。他的手抖得太厉害了。看他试了两三回(想到“未爆炸的炸弹”中那个不知所措的拆除炸弹的角色),埃蒂同情他,把塔的咖啡倒了一半到自己杯子里。

“再试试,”他说,并把剩下的一半咖啡递给这个书店的主人。塔又戴上眼镜,可是一个眼镜支架已经变形了,眼镜歪戴在他的脸上。另外,左边镜片上的裂缝像一道闪电。两个人坐在大理石柜台边,塔在后面,埃蒂坐在一个凳子上。塔拿起安多利尼威胁要在这里先烧掉的那本书,然后把它放在咖啡机旁边,就好像他无法忍受让它离开自己的视线。

塔用颤抖的手端起杯子(手上没有戒指,埃蒂注意到——两只手都没有戒指),喝干了它。埃蒂不明白他为什么要喝这种不怎么道地的黑咖啡。对埃蒂来说,真正的好味道是**半咖半奶**。在罗兰的世界里待了数个月以后(也可能数年已经一晃而过),它喝起来就像浓奶油一样香甜。

“好些了?”埃蒂问。

“嗯。”塔望向窗外,好像等着十分钟前才疾驰而去的灰色城市轿车再回来。然后他回过头看着埃蒂。他仍然害怕这个小伙子,但是在埃蒂把那只巨型手枪塞回他称之为“我朋友的包袱”里面时,他最后的极度恐惧已经消失了。袋子由粗糙的无色皮革做成,袋口用穿着的几根线而不是拉链系住。在凯文·塔看来,就好像小伙子把自己个性中最可怕的部分和那只超大左轮枪一起塞到了“包袱”里。那就好，因为它让塔相信这个孩子声称要杀了所有恶棍全家和恶棍们只是虚张声势。

“你的伙伴深纽今天到哪儿去了？”埃蒂问。

“去看肿瘤医生。两年前，亚伦大便的时候开始发现马桶里有血迹。当时他还年轻，觉得是‘该死的痔疮’，就买了一支痔疮膏来用。一旦你到了七十岁，你总是作最坏的假设。对他来说，情况不妙，但不可怕。癌症在他的年纪发展得很缓慢；连癌症也会变老。想起来很可笑，不是吗？反正，他们给肿瘤做化疗，然后说它没了，可亚伦说你无法彻底摆脱癌症。他每三个月去查一次，他现在就在那里。我很高兴。他是个老家伙了，不过还是个愣头青。”

我应该把亚伦·深纽介绍给杰米·扎佛兹，埃蒂心想。他们可以一起玩决斗游戏，不光是下棋，还可以在月全食的那些日子讲讲故事消磨时日。

塔此时在苦笑着。他扶了扶脸上的眼镜。有一会儿戴正了，一会儿又歪了。歪得比裂缝还糟糕；它让塔显得既有点疯疯癫癫，又不堪一击。“他是个愣头青，而我是个胆小鬼。也许那就是我们成为朋友的原因——我们相互弥补对方的不足，几乎可以让事情完整。”

“哎，也许你对自己太严厉了。”埃蒂说。

“我不觉得。我的精神分析师说，谁想知道A型血的父亲和B型血的母亲生出来的孩子什么样，只要看看我的病史即可。他还说——”

“抱歉，凯文，可是我不信你的精神分析师的屁话。你坚守街北那块空地，这在我看来相当了不起。”

“我没觉得那有什么好，”凯文·塔愁眉苦脸地说，“它就像这个，”——他拿起刚才放到咖啡机旁边的那本书——“还有他威胁要烧掉的其他那些。我只是不舍得自己的东西。当我的第一任妻子说要离婚，我问为什么时，她说，‘因为我和你结婚时，我不了解。我以为你是个男人。结果我发现你是个守财奴。’”

“空地和书不同。”埃蒂说。

“是吗？你真的那么以为？”塔看着他，感到好奇。他端起咖啡杯时，埃蒂高兴地看到他的颤抖好多了。

“你不是吗？”

“有时我会梦到它，”塔说，“其实自从汤米与格里的风味熟食店破产，我出钱把它拆掉以后，我就再没去过那里。当然还竖起了围墙，那笔开销和拆卸费用几乎一样贵。我梦到那里长满鲜花。满地的玫瑰。不只延伸到第一大道，而是无穷无尽。好笑的梦，对吗？”

埃蒂相信凯文·塔确实做过那种梦，但是他觉得他从躲在有裂缝的歪歪扭扭的眼镜后面的眼神中看到了别的东西。他觉得塔是以这个梦来代表其他所有他不愿说出来的梦。

“好笑，”埃蒂同意，“我觉得你最好再给我倒一杯那个黑乎乎的东西，拜托。我们可以再闲聊一会儿。”

塔笑了，又一次举起安多利尼想要焚烧的那本书。“闲聊。这本书里总是用这种说法。”

“你那么说吗？”

“啊——嗯。”

埃蒂伸出手。“让我看看。”

起初塔很犹豫，埃蒂看到这个书店老板的表情突然变得僵硬，一脸痛苦的表情。

“拿来吧，凯尔，我不会用它擦屁股的。”

“不。当然不会。对不起。”那一刻，塔看上去很难过，就像一个酒徒表现了一番极具破坏性的醉态之后的样子。“我只是……有些书对我非常重要。这本真的是宝贝。”

他把书递给埃蒂，埃蒂看着塑料书皮，感到自己的心跳停止了。

“怎么了？”塔问。他把咖啡杯砰的一声放下。“出什么事了？”

埃蒂没有回答。封面的图画上有一间圆形小房子，就像那种半圆拱形活动房屋，只不过是由木头和松树枝房顶构成。远远地站在一边的是一个穿鹿皮裤的印第安土著。他没穿衬衫，胸前握着一把印第安战斧。背景是一辆老式的蒸汽机车从大草原疾驰穿过，向蓝色的天空中冒出灰烟。

书的名字是《道根》。作者叫小本杰明·斯莱特曼。

在相当远的一段距离之外，塔问他是不是头昏。在距离不太近的这边，埃蒂说没有。小本杰明·斯莱特曼，换个说法就是年轻的本·斯莱特曼。而——

塔试图把书拿回去时，他又短又粗的手被埃蒂推开。接着埃蒂用自己的手指数作者名字的字母数。一共是，毫无疑问，十九个[1]。

---

① 英文名为 Benjamin Slightman Jr.，一共十九个字母。

10

他又大口喝下一杯塔的咖啡，这次不是半咖半奶。随后，他再次把包着塑料皮的书拿在手中。

“它有什么特别的地方？”他问，“我是说，它对我来说很特别，因为我最近碰到过一个和写这本书的家伙名字一模一样的人。但是——”

埃蒂突然有个念头，他翻到书后勒口，希望能看到作者的照片。可是他只发现两行简短的作者介绍：“小本杰明·斯莱特曼是蒙大拿的一个农场主。这是他的第二本小说。”下面有一只鹰的图画，还有一句广告语：**买战争债券！**

“可是它对你有什么特别之处呢？是什么让它价值七千五百美金呢？”

塔神情激昂。就在十五分钟前他还面临着生命危险，可是这一切此刻从他身上已经完全看不出痕迹。他正沉醉于自己的迷恋之中。罗兰有他的**黑暗塔**；这个人有他宝贵的书籍。

他拿着它，以便埃蒂可以看到封面。“《道根》，对吗？”

“对。”

塔把书翻开，指着书的勒口，也在塑料皮下面，那里有故事梗概。“这里？”

“‘《道根》’，”埃蒂念道，“‘古老西部惊心动魄的传奇故事和一个印第安土著求生存的英勇拼搏。’那怎么了？”

“现在看这里！”塔翻到书名页洋洋得意地说。埃蒂在这里看到：

《霍根》

小本杰明·斯莱特曼

“我不明白，”埃蒂说，“有什么大不了的？”

塔转动着眼睛。“再看看。”

“你为什么不干脆告诉我——”

“不，再看看。我坚持。快乐就在于发现，迪恩先生。任何收藏家都会告诉你同样的话。收藏邮票、硬币还有书的人，快乐在于发现。”

他又翻回封皮，这次埃蒂看出来了。“上面的标题印错了，对吗？《道根》，而不是《霍根》。”

塔开心地点头。“霍根①是指封皮上所画的那种印第安人的屋子。道根是……嗯，什么都不是。印错的封皮在一定程度上抬高了书的价值，不过现在……看这个……”

他翻到版权页，并把书交给埃蒂。版权日期是一九四三年，这当然解释了那只鹰和有作者介绍的勒口上的广告语。书的标题写的是《霍根》，所以看上去没问题。埃蒂正要发问，这时他自己明白了。

“他们把作者名字中的‘小’字去掉了，对吗？”

“对！正是！”塔几乎手舞足蹈。“仿佛这本书其实是作者的父亲写的！事实上，在费城召开的一次书籍解题大会上，我曾向一个作了关于出版权的发言的律师解释过这本书的特殊情况，那个家伙说小斯莱特曼的父亲其实可以因为这个简单的印刷错误而把这本书的所有权占为己有！让人惊奇，你不觉得吗？”

“绝对，”埃蒂说，一边想着老斯莱特曼。想着年轻的斯莱特曼。坐在古老的小**卡拉纽约**的此处喝着咖啡，想着杰克如何很快和后者结为朋友，而且琢磨着为什么此刻这让他感到不安。

至少他带着鲁格枪，埃蒂想。

“你要告诉我就是这些东西让一本书价值连城吗？”他问塔。“封面上的一个印刷错误，里面另外两三处，然后立马可以让书价值七千五百美金？”

“根本不是，”塔说，看上去很吃惊。“但是斯莱特曼先生写过三部真的非常棒的西部小说，全是印第安人的视角。《霍根》是中间那部。他战后在蒙大拿成了有名的律师——一件要和水和开矿权利打交道的活儿——然后，具有讽刺意味的是，一群印第安人杀了他。事实上是割了他的头皮。他们正在一家杂货店外面喝酒——”

一家名叫图克的杂货店，埃蒂心想。我赌上我的手表担保。

“——显然斯莱特曼先生说了什么他们不同意的话，然后……嗯，出现了那一局面。”

“你所有真正有价值的书里都有类似的故事吗？”埃蒂问，“我是说，是某种巧合让它们身价倍增，而不只是故事本身？”

塔笑了。“年轻人，多数收集珍贵书籍的人甚至都不会打开他们的藏品。打开再合上一本书会损坏书脊，从而会影响再转手的价格。”

---

① 原文为 hogan，意为泥盖木屋。

“你不觉得这种行为有点变态吗?”

“一点也不,”塔说,不过他脸颊上泛起的红晕却露了馅儿。很明显,他部分地赞同埃蒂的观点。“如果一个顾客付八千美元买哈代第一版有签名的《德伯家的苔丝》,那他完全有理由把书放在一个安全的地方,可供欣赏,却不可触摸。如果谁真想看其中的故事,他可以去买 Vintage 出版社的简装本。”

“你那么认为,”埃蒂好奇地说,“你真那么以为。”

“嗯……对。书籍可以是价值连城的东西。价值有不同的创造方式。有时只要作者的签名即可。有时——就像这本书——是印刷错误。有时是数量极少的第一次印刷——第一版。这和你为什么来这里有关系吗,迪恩先生?这是你想……闲聊的内容吗?”

“不,我想不是。”可他到底是想闲聊些什么呢?他本来知道的——他把安多利尼和比昂迪赶出后面的房间,然后站在门廊看着他们互相搀扶着,摇摇晃晃进入城市轿车时,他一清二楚。即使在玩世不恭,各管各的纽约,他们也吸引了很多注意力。他们俩都在流血,两个人直愣愣的眼神反映出同样的心思:*真见鬼,我这是**怎么**了?*是啊,那时还很清楚。这本书——还有作者的名字——把他的思绪又打乱了。他从塔手里把书拿过来,封面朝下放在柜台上,这样他不必看着它。然后他开始重新整理思绪。

“第一件最重要的事情,塔先生,是你得离开纽约,直到七月十五号。因为他们会回来。也许不是原班人马,而是巴拉扎的其他手下。而且他们会比任何时候都更急于给你我一个教训。巴拉扎是个暴君。”这个词埃蒂是从苏珊娜那里学来的——她曾用它形容过**滴答老人**。“他做事情的方式总是把矛盾升级。你打他一下,他就用同样的力量打回两下。在他鼻子上打一拳,他就打碎你的下巴。你扔手榴弹,他就扔炸弹。”

塔唉声叹气。那是非常戏剧化的一声叹息(尽管也许不是有意那样的),在其他情况下,埃蒂可能会发笑。此时此地不行。再说,他想跟塔说的话现在都想起来了。他可以做成这笔买卖,感谢上帝。他会做成这笔买卖的。

“我他们可能抓不到。我在别的地方还有地盘,在那些山外很远很远的地方,你可以那么说。你的任务是确保他们也抓不到你。”

“可是毫无疑问……你刚才做了那些事之后……即使他们不相信你说的关于女人和孩子们……”塔的眼睛在歪歪扭扭的眼镜后面瞪得大大的,像是在祈求埃蒂，要他答应不会真的弄出足够的死尸填满**大将军广场**。埃蒂没能帮上忙。

“凯尔，听着。像巴拉扎这样的家伙不会相信或者不相信。他们会做的就是尽可能挑衅。我吓住**大鼻子**了吗？没有，只是把他打昏了。我吓住杰克了吗？是的。而且可以维持一段，因为杰克有一些想象力。我吓住**丑陋的杰克**会让巴拉扎感到不同寻常吗？是的……但只是会让他更为谨慎而已。”

埃蒂俯身靠在柜台上，真诚地看着塔。

“我不想杀孩子，知道吗？让我们把这点说明白。在……嗯，在另一个地方，我们就这么说，在另一个地方，我和我的朋友们为了拯救孩子们准备不惜生命。可他们是人的孩子。像杰克和特里克斯·波斯蒂诺以及巴拉扎本人那样的家伙，他们是动物。长着两条腿的狼。狼会养出人吗？不会，他们只会养出更多的狼。公狼会和女人交配吗？不会，它们只和母狼交配。所以如果我被迫走到那一步——如果迫不得已我会的——我会告诉自己我在杀死一群狼，连最小的幼崽也要杀掉。仅此而已。不多不少。”

“我的天他真是那么想的。”塔说。他的声音很轻，而且一口气说完，还冲着空气。

“我绝对是，不过那无关紧要，”埃蒂说，“问题是，他们会来抓你。不是要杀你，而是要再次让你和他们合作。如果你留在这里，凯尔，我觉得你至少也期待着严重伤残吧。你有什么去处可以躲到下个月十五号吗？你有足够的钱吗？我身无分文，不过我猜我可以弄一些来。”

在埃蒂看来，他已经在布鲁克林。“伯尼理发店”后面房间里开设了扑克赌局，巴拉扎是后台老板，人尽皆知。赌局在工作日期间也许不开，不过有人会带着现金回那里。足以——

“亚伦有些钱，”塔不情愿地说。“他很多次都要给我，我一直不要。他还总是对我说我需要去度假。我想他的意思是我应该躲开你刚才赶走的那些家伙。他对他们想要的感到好奇，但他不问。一个急性子，但却是个绅士急性子。”塔勉强一笑，“也许亚伦和我可以一起去度假，年轻的先生。毕竟，我们没什么机会了。”

埃蒂相当确信化疗可以让亚伦至少再活上四年，不过现在说这个也许不太合适。他朝曼哈顿心灵餐厅的大门望去，并看到了另一扇门。门后就是洞穴口。一个盘着腿的侧影，像一本连环画册中练瑜伽的人一样坐在那里，那就是枪侠。埃蒂想知道他在那儿坐了多长时间，听那像是被蒙住但仍让人发疯的隔界钟声已经多久了。

“亚特兰大城足够远了吧，你觉得？”塔腼腆地问。

这个想法几乎让埃蒂·迪恩毛骨悚然。他好像马上看到两只肥羊——有点老了，是的，但仍然相当鲜美——不是朝一群狼，而是朝整个城市的狼群慢悠悠地走过去。

“那里不行，”埃蒂说，“除了那里哪儿都行。”

“那缅因州或者新罕布什尔州呢？也许我们可以在湖边什么地方租个小别墅，一直住到七月十五号。”

埃蒂点点头。他是个在城市里长大的男孩。他很难想象恶棍们会跑到新英格兰北部，戴着方格帽，穿着羽绒服，一边大嚼辣三明治，一边喝葡萄酒。“那不错，”他说，“你们到那里后，可以看看能不能找一个律师。”

塔大笑起来。埃蒂歪着头看着他，自己也笑了笑。让别人发笑总是好事，不过知道他妈的他们在笑什么更好。

“对不起，”塔过了一小会儿说，“只不过亚伦就是个律师。他们喜欢吹嘘自己公司的信笺抬头在纽约独一无二，可能在全美国都是。上面就写着**‘深纽’**。”

“那更好办了，”埃蒂说，“让深纽先生给你起草一份合同，在你们在新英格兰度假期间——”

“躲在新英格兰期间，”塔说。他突然看起来闷闷不乐。“被拦在新英格兰。”

“随你怎么说，”埃蒂说，“不过把文件起草好。你要把空地卖给我和我的朋友们。卖给**泰特公司**。刚开始你只会拿到一美元，但是我差不多可以保证，最后你会得到公平的市场价。”

他还有更多话要说，很多很多，但是他停下了。他伸出手去拿那本书，《道根》或者《霍根》或者管它是什么，看到塔的脸上露出忧郁的不情愿。那副表情让人不悦的地方是它下面隐含的愚蠢……也没在很下面。*哦天哪，他要反抗我。发生了这么多事以后，他仍要反抗我。为什么？因为他真是个守财奴。*

“你要信任我，凯尔，”他说，心里明白其实不是信任的问题。“我押上我的手表担保了。听我说，现在。听我说，我请求。”

“我压根不认识你。你从街上走进来——”

"——还救了你的命，别忘了。"

塔的表情变得坚定又固执。"他们没准备杀我。你自己说的。"

"他们的确要烧掉你最爱的书。你最珍贵的那些。"

"不是我最有价值的那本。再说，也许那只是吓唬人。"

埃蒂深吸一口气又呼出来，他突然有种强烈的欲望，想把身子伸到柜台那边，把手指掐进塔肥大的喉咙，他希望这个欲望会消失，或者至少慢慢消散。他提醒自己如果塔不是那么固执的话，他也许早就把空地卖给**桑布拉**了。地下的玫瑰已经被犁翻过。那么**黑暗塔**呢？埃蒂感觉等玫瑰死的时候，**黑暗塔**只会像巴别城的通天塔一样倒下，那是上帝厌倦了通天塔随后扭动了一下**他的**手指。不用再等成百上千年，等维持**光束的路径**的机器出毛病了。只有灰烬、灰烬，我们全都倒下。然后呢？向**血王**欢呼吧，隔界黑暗之王。

"凯尔，如果你把自己的空地卖给我和我的朋友们，你就解脱了。不只那样，你还能终于有足够的钱来开一家自己的小店安度晚年。"他突然生出一个念头。"嘿，你知道霍姆斯牙医技术公司吗？"

塔笑了。"谁不知道？我用他们的牙线。还有他们的牙膏。我试过漱口水，不过味道太重。你问这个干吗？"

"因为奥黛塔·霍姆斯是我的妻子。我也许看上去像**鬼怪青蛙**，但事实上我是**他妈的迷人王子**。"

塔沉默良久。埃蒂强忍住自己的不耐烦，让这个人思考。最后塔说："你觉得我在犯傻。我就像赛拉斯·玛尼尔①，甚至更糟，像吝啬鬼埃比尼泽。"

埃蒂不知道赛拉斯·玛尼尔是谁，但是他从谈话的上下文可以明白塔的意思。"我们这么说吧，"他说，"经历了刚才那一切，你那么聪明，不会不知道怎么做最好。"

"我觉得必须告诉你这不只是我傻乎乎的吝啬；也有出于谨慎的考虑。我知道纽约那块地很昂贵，曼哈顿任何地皮都是，但还不是那个。那里有我一个保险柜。里面有东西。可能比我那本《尤利西斯》更加珍贵。"

"那它为什么不在你保险仓库的盒子里？"

"因为它应该在这里，"塔说，"它总是在这里。也许在等你，或像你这样的人。曾经，迪恩先生，我们家拥有几乎整个海龟湾，而且……嗯，等等。你

---

① 英国女作家乔治·艾略特小说中的主人公，后来成了守财奴。

能等会儿吗?”

“当然。”埃蒂说。

他有选择吗?

11

塔走开时,埃蒂从凳子上下来,走到只有他能看见的那扇门前。他朝里面看去。隐隐约约地,他能听到敲钟声。清清楚楚地,他能听到她妈妈的声音。“你为什么不离开那里?”她忧伤地说。“你只会把事情弄得更糟,埃蒂——你总那样。”

是我的老妈,他想,并大叫枪侠的名字。

罗兰从一边耳朵里掏出一颗子弹。埃蒂注意到他笨手笨脚得有些奇怪——几乎是在抓它,好像他的手指都僵硬了——但是此刻没时间想太多了。

“你好吗?”埃蒂叫道。

“还行。你呢?”

“嗯,不过……罗兰,你能过来吗?我可能需要一点帮助。”

罗兰考虑了一下,然后摇摇头。“如果我那么做,盒子也许会关上。很可能要关上。那么门就会关闭。我们就会陷在那边。”

“你不能用石头,或者骨头或者什么东西把那个该死的东西撑开吗?”

“不行,”罗兰说,“不管用。那只球威力很大。”

它正在你身上起作用,埃蒂心想。罗兰面色憔悴,就像大螯虾的毒液进到他体内时的样子。

“好吧。”他说。

“尽可能快点。”

“我会的。”

12

他转过身时,塔正纳闷地看着他。“你在跟谁说话?”

埃蒂一闪身指着门廊。“你看到那里有什么东西吗，先生？”

凯文·塔看了看，然后摇摇头，接着又仔细看。“一道微光，”他最后说。“就像焚化炉上面的热空气。谁在那里？那是什么？”

“眼下，我们只能说没人。你手里拿的是什么？”

塔把它举起来。是一个信封，非常破旧。上面有铜板印刷体的字样**斯蒂芬·托仁**和**无法投递**。下面是用古老的墨迹仔仔细细画的符号，和那扇门以及盒子上的完全相同：。这下我们也许有进展了，埃蒂心想。

“这封信曾经装着我曾曾祖父的遗嘱，”凯文·塔说，“日期是一八四六年三月十九日。如今只剩下写有一个名字的一张纸，什么都没有了。如果你能告诉我那个名字是什么，年轻人，我就答应你的要求。”

这么说，埃蒂寻思，又是取决于一个谜语。只是这次答案决定的不再是四个人的生死，而是所有造物的存亡。

谢天谢地这次简单，他想。

“是德鄯，”埃蒂说。“第一个名字要么是罗兰，我的首领的名字，要么是斯蒂文，他父亲的名字。”

凯文·塔的脸看上去全无血色。埃蒂不明白他怎么能站得住。“我天堂里亲爱的神啊。”他说。

他的手指颤抖着从信封里拿出一张快要碎掉的陈旧纸片，一个航行了一百三十一年到达这个时空的时光旅行者。纸片折叠着。塔把它打开放在柜台上，以便他们俩都能看到斯蒂文·托仁用同样有力的铜板印刷体写下的字：

罗兰·德鄯，来自蓟犁

艾尔德的后裔

枪侠

13

他们继续交谈，大概有十五分钟，埃蒂认为至少有些内容是很重要的，但是在他告诉塔那个名字时，就是那个塔的三世曾祖父于内战爆发前十四年写在一片纸上的名字，他们实际上已经成交了。

埃蒂在他们的闲聊中对塔感到失望。他对这个人怀有敬意（对任何反抗巴拉扎手下的暴徒超过二十秒的人都是），但是不太喜欢他。他身上有种固执的愚蠢。埃蒂认为那是他自己造成的，或者可能是他的精神分析师总是告诉他必须如何照顾好自己，如何做最后的决策者，做自己宿命的主人，尊重自己的愿望，等等诸如此类的废话。所有那些术语和行话都是说做个自私的混蛋无妨。甚至还称得上高贵。当塔告诉埃蒂亚伦·深纽是他唯一的朋友时，埃蒂不感到吃惊。他惊讶的是塔竟然有朋友。那样的人永远不会成为卡-泰特，埃蒂知道他们的宿命紧紧联系在一起时感到很不自在。

你只要信任卡。那是卡存在的原因，不是吗？

当然是，不过埃蒂不必喜欢它。

14

埃蒂问塔是否有一只刻着“藏干票”字样的戒指。塔一脸困惑，然后笑了，告诉埃蒂他说的应该是“藏书票”。他在自己的一个书架上到处翻寻，找到一本书，指着前面的图版让埃蒂看。埃蒂点头。

“没有，”塔说，“不过应该是我这样的人有的东西，对吗？”他敏锐地看着埃蒂。“你为什么发问？”

但是塔日后救下一个人，那个人此刻正在探索形形色色美国人的隐秘心思，这个话题埃蒂这会儿不想谈论。他差不多想要打烂这个家伙的脑袋，而且他必须在**黑十三**把罗兰拖垮之前从那扇找不到的门穿回去。

“没事。不过如果你看到了，应该留下来。还有一件事，完了我就走。”

“什么事？”

“我要你承诺，我一离开，你也马上离开。”

塔又开始闪烁其词。埃蒂知道自己会对他性格的这一面恨得要命，如果有时间的话。“噢……说真的，我不知道自己能不能做到。黄昏时我总是非常忙碌……人们结束了一天的工作后，更愿意到处浏览看看……而且布莱斯先生要来看看刚到的《浑浊的空气》，那是欧文·肖关于无线电通信和麦卡锡时代的小说……我至少得看看我的约会日程，再说……”

他唠叨个没完，事实上讲到细节他情绪高涨。

埃蒂说，非常温和地：“你喜欢自己的球吗，凯文？你对它们的感情会和它们在你身上黏得一样牢吗？”

塔正在寻思如果他卷起铺盖就跑，谁来喂塞吉欧，这会儿他不想了，迷惑不解地看着埃蒂，就好像他以前从没听过这个简单的单音节词。

埃蒂理解地点点头。"你那玩意儿。你那话儿。你的硬块儿。你的家伙。老精液公司。你的阴囊。"

"我不明白怎么——"

埃蒂的咖啡喝完了。他又倒了一杯**半咖半奶**喝了起来。味道非常好。"我跟你说过如果你留在这儿，你就等着伤残吧。那就是我的意思。他们也许就从那儿开始下手，你的球。给你一个教训。至于何时发生，那主要取决于交通情况。"

"交通情况。"塔说话的口气几乎不带任何感情。

"没错，"埃蒂说，一边吮吸着自己的**半咖半奶**，好像那是一杯白兰地。"基本上杰克·安多利尼开车回到布鲁克林要多久，巴拉扎重新组织一货车或有篷卡车的打手返回这里就要多久。我希望杰克已经晕头转向，连电话都不知道打了。你认为巴拉扎会等到明天吗？把一些像凯文·布莱克和西米·德莱托一样的家伙召集起来开个智囊会，讨论这件事？"埃蒂先是竖起一只手指，接着又竖起一只。另一个世界的污垢在指甲下面。"首先，他们没有脑子；第二，巴拉扎不信任他们。

他要做的，凯尔，是任何成功的暴君都会做的：立刻行动，以迅雷不及掩耳的速度。高峰时段的交通情况会耽误他们一会儿，但是如果你六点还在这里，最晚六点半，你就跟自己的球说再见吧。他们会用刀把它砍下，然后用小火把灼烧伤口——"

"别说了，"塔说。这会儿他的面色已不是惨白，而是发青。尤其是腮帮那块儿。"我会到**乡下**的酒店去。有两三个便宜的地方适合不走运的作家和艺术家住，房间很丑陋，但还凑合。我会给亚伦打电话，我们明天一早就到北部去。"

"好，但是首先你得选定一个要去的小镇，"埃蒂说，"因为我或者我的一个朋友也许要和你保持联系。"

"我该怎么办呢？在新英格兰，康涅狄格的韦斯特波特①再往北的任何小镇我都不认识！"

---

① 美国康涅狄格州西南部一城镇，位于长岛海峡岸边，始建于一六五四年，是住宅区和避暑胜地。

"你一到乡下的酒店就打电话,"埃蒂说,"你选定小镇,然后明天早晨,在你离开纽约前,让你的伙伴亚伦到你的空地去。叫他把邮政编码写在大栅栏上。"埃蒂突然有一个讨厌的想法。"你们有邮编,对吗?我是说,它们已被发明出来了,对吧?"

塔看着他,仿佛他发疯了。"当然了。"

"好。让他把它写在第四十六街街边,就在一路下去栅栏结束的地方。明白吗?"

"嗯,可是——"

"他们明早也许还不会把你的书店监视起来——他们以为你够聪明跑掉了——但是即便他们那么做,他们也还不会监视空地,再说,即使他们把空地监视起来,那也是第二大道那头。即使他们把第四十六街那头也监视起来,他们也会找你,而不是他。"

塔不由自主地笑了笑。埃蒂也轻松地笑了。"可是……?如果他们也在找亚伦呢?"

"让他穿他平时不常穿的衣服。如果他平日穿牛仔服,就让他穿西服。如果他平日穿西服——"

"就让他穿牛仔服。"

"正确。戴上墨镜也不错,只要天气不是阴云密布,那样他会显得怪异。让他用一只黑色的毡头墨水笔。告诉他不要写得太美观。他只要走到栅栏那里,假装看一张海报。然后写下数字就离开。告诉他看在上帝的分上别搞砸。"

"你得到不管哪儿的邮编怎么找我们呢?"

埃蒂想到图克的店铺,还有他们坐在门廊的摇椅上和村民们的闲聊。谁想随便看看或者问问题都可以。

"到当地的杂货店去。随便攀谈几句,告诉任何感兴趣的人你在城里要写本书或者画一些捕龙虾用的篓子。我会找到你的。"

"好吧,"塔说,"是个好主意。你干得不错,年轻人。"

我就是干这个的料,埃蒂心想,却没说出口。他说出来的是,"我得走了。我已经待得太久了。"

"你走之前还得帮我一件事。"塔说,并作了解释。

埃蒂瞪大了眼睛。塔说完后——没用很久——埃蒂大叫,"哦,狗屁!"

塔朝自己的店门歪歪头,他能看到那里有道微光。它让第二大道上过路的行人看上去像一晃而过的幻觉。"那里有扇门。你自己说的,而且我相信你。我看不到，但是我能看到有东西。”

“你疯了，”埃蒂说。“彻底的妄想狂。”他并不这么想——不完全——可是他烦透了自己和这个做出这种要求的人的命运紧密连接在一起。这样一个要求。

“也许我是，也许我不是，”塔说。他把双臂抱在宽阔但松弛的胸口前。他的声音很轻，可眼神很固执。“不管怎样，这是我答应按你说的一切去做的条件。和你的疯狂保持一致，换句话说。”

“哦，凯尔，看在上帝的分上！上帝和圣人耶稣！我只是让你去做斯蒂芬·托仁的遗嘱里要你去做的事情。”

塔的眼神没有像他要聊天或者准备说瞎话的时候那样变得柔和或者游移。如果说有什么变化的话，它们更加坚定了。“斯蒂芬·托仁死了，而我没有。我已经告诉你按你说的去做的条件。唯一的问题是到底——”

“好，好吧，**好啦！**”埃蒂大叫，并把他杯子里剩下的白乎乎的东西喝掉。接着他拿起那一纸盒奶一气喝干，作为额外的添加。看来他好像需要补充力量。“来吧，”他说，“我们去干。”

15

罗兰可以看到书店里面，但是那就像看湍急的溪流底部的东西。他希望埃蒂能赶紧。即使子弹在耳朵里塞得很深，他还是能听到隔界的钟声，而且没有东西能遮住可怕的味道：一会儿是热金属味；一会儿是腐烂的咸肉味；一会儿是恶臭的融化的奶酪味；一会儿是烧着的洋葱味。他的眼睛在淌泪，这可能至少解释了为什么他从那扇门看到的东西都水汪汪的。

比敲钟声或者那些味道可怕得多的是那只球让他已经不太舒服的关节越发难受，好像把他的关节填满了碎玻璃片。到目前为止，他好使的左手只不过有几阵刺痛，但是他头脑很清楚：只要盒子开着，**黑十三**不受遮拦地露在外面，手部和其他任何地方的疼痛都会不断增加。一旦那只球再次被藏起来，干灼的刺痛感也许会部分消失，但是罗兰明白不会所有的疼痛都消失。而且这也许只是开始。

就好像要恭喜他准确的直觉似的，一阵恶毒的疼痛钻进他的右臀，并在那里悸动起来。罗兰感到它像一个装满温热水银的袋子。他开始用右手揉搓它……好像那样会有什么用。

“罗兰！”声音水汪汪的，而且很遥远——就像他看到的门外的东西，好像是在水下——然而是埃蒂的声音没错。罗兰从他的臀部抬起眼神，看见埃蒂和塔已经拎着某种箱子走到那扇“找不到”的门跟前。箱子看上去装满了书。“罗兰，能帮我们一下吗？”

罗兰臀部和膝盖的疼痛已经非常剧烈，他甚至不知道能否起得来……但是他站起来了，而且相当灵活。他不知道自己的情形被埃蒂锐利的目光看出了多少，可是罗兰不想让他们看出更多。不，至少要等到他们在**卡拉·布林·斯特吉斯**的冒险结束以后。

“我们往里推时，你就拉！”

罗兰点头表示明白，箱子向前滑动。有一个瞬间既奇怪又让人眩晕，当时已经到洞穴里的那一半箱子稳固而且清楚，可是还在曼哈顿心灵餐厅的另一半开始闪烁不定。然后罗兰抓住它往里拖。它晃晃悠悠地穿过洞穴的地板，发出刺耳的声音，还推开了一小堆石头瓦砾。

箱子从门里一出来，鬼木盒的盖子就开始合拢。门也同样。

“不，不可以，”罗兰嘟囔着，“不，不行，你这个混蛋。”他把右手剩下的两个手指塞到盒盖下面的窄缝里。门停下不动，保持半开。实在受不了了。这会儿连他的牙齿都在嗡嗡作响。埃蒂在和塔作最后的闲聊了，但即使那是宇宙的秘密，罗兰也不管了。

“埃蒂！”他咆哮起来，“埃蒂，过来！”

谢天谢地，埃蒂抓住他的包袱过来了。他一穿过那扇门，罗兰就关上盒子。一秒钟后，找不到的门啪的一声就那么关上了。敲钟声停止。罗兰关节里不断蔓延的剧痛也没了。他感到那么轻松，以至于大叫起来。接下来十秒钟左右，他能做的就是把下巴垂到胸前，闭上眼睛，尽力不哭出来。

“说谢啦，”他最后才说出话来，“埃蒂，说谢啦。”

“不用。我们离开洞穴吧，你说呢？”

“我同意，”罗兰说，“上帝，好的。”

16

“不怎么喜欢他，对吗？”罗兰问。

埃蒂回来已经十分钟了。他们沿着洞穴已走了一小段距离，然后在一个多岩石的小出口处的弯曲小路上停下。怒吼的狂风刚才把他们的头发吹到后面，把他们的衣服紧紧贴在身上，而这里只是偶然吹几阵小风。罗兰觉得很感激。他希望这种小风不影响他笨手笨脚地慢慢把烟点着。然而他感到埃蒂正打量着他，这个从布鲁克林来的小伙子——曾经像安多利尼和比昂迪一样呆头呆脑、反应迟钝——如今长见识了。

"塔，你是说。"

罗兰冲他嘲讽地瞥了一眼。"我还能说谁呢？那只猫？"

埃蒂认同地哼了一声，几乎是笑声。他大口呼吸着清洁的空气。回来真好。以肉身回到纽约在某种意义好过去隔界——那种隐藏的黑暗感没有了，取而代之的是那种轻盈感——但是上帝啊，那个地方真是臭气熏天。大部分是汽车和废气（柴油浓重的烟雾最糟糕），但是还有其他上千种味道。其中少不了的是拥挤的人群的体味，他们涂在身上的香水和喷雾的味道掩盖不了他们的汗臭味儿。他们不知道自己有多难闻吗，像那样挤在一起？埃蒂认为他们肯定不知道。他自己也曾那样。他曾经迫不及待地想回纽约，哪怕杀人也要回去。

"埃蒂？醒醒！"罗兰在埃蒂·迪恩脸前打了个响指。

"对不起，"他说，"至于塔……不，我不太喜欢他。天哪，把他的书那么弄过来！用他糟糕的第一版书作为拯救他妈的宇宙的条件！"

"他可不知道那么多……除非他在梦里想过。你知道他们到那里发现他跑掉时，会烧了他的店铺。几乎毫无疑问。把汽油泼到门上烧了它。把窗户打烂扔进一个手榴弹，管它是买来的还是自己做的。你可别告诉我你没那么想过？"

当然想过。"嗯，也许是吧。"

轮到罗兰发出嘲笑的咕哝声了。"你的是里面可没多少也许。那么一来他保护了自己最好的书籍。这会儿，在**门口洞穴**，我们得把神父的宝贝藏起来。虽然我觉得它现在应该算作我们的宝贝。"

"我觉得他的敢为并不是真勇气，"埃蒂说，"那更像是贪婪。"

"不是所有人都要用刀剑、手枪或者轮船英勇斗争的，"罗兰说，"但所有人都为卡效劳。"

"真的吗？**血王**呢？或者卡拉汉讲过的低等人和女人呢？"

罗兰没有回答。

埃蒂说："他也许干得不错。我是说塔，不是那只猫。"

"真逗。"罗兰冷冷地说。他在裤子的臀部擦了根火柴，用手遮住火焰把烟点着。

"谢谢，罗兰。你的幽默感见长。是不是想问我觉得塔和深纽是否会不声不响地离开纽约城？"

"你觉得呢？"

"不，我觉得他们会留下线索。我们可以追踪线索，但是我希望巴拉扎的人不能。我担心的是杰克·安多利尼。他是个可恶的聪明家伙。至于巴拉扎，他和**桑布拉公司**签了合同。"

"已经拿了大王的好处。"

"嗯，我猜在那笔交易中是的。"埃蒂说。他以为说的是**血王**。"巴拉扎明白一旦签下合同，你就要干成，或者有什么他妈的可以不干的可信理由。失败了就会臭名远扬。会有传闻说谁谁谁如何手软，吓得屁滚尿流。他们还剩下三周时间，要找到塔逼他把空地卖给**桑布拉**。他们会行动的。巴拉扎不是联邦调查局成员，但是他的路子很多，而且……罗兰，塔最让人担心的是，他不把这一切当真格的。好像他已经把自己当成自己一本故事书里的人物。他认为事情一定会解决，因为作家签有合同。"

"你觉得他会掉以轻心。"

埃蒂大笑一声。"噢，我*知道*他会掉以轻心。问题是巴拉扎能否因此得手。"

"我们必须得监视塔先生，出于安全原因提醒他。你是那么想的，对吗？"

"鬼灵精！"埃蒂说，沉默片刻后，两个人都大笑起来。一阵大笑过后，埃蒂说："我觉得我们应该让卡拉汉去，如果他愿意的话。你也许觉得我疯了，可是——"

"一点也不，"罗兰说，"他是我们的一员……或者可以是。我从开始就感觉到了。我今天就跟他谈。明天我带他来这里，看他穿过这道门——"

"我来吧，"埃蒂说，"一次已经够你受了。至少歇一阵子。"

罗兰仔细打量他，然后把烟头掐灭。"你为什么那么说，埃蒂？"

"你上面这里的头发都变白了。"埃蒂拍着自己的头顶，"还有，你走起路来有点僵硬。现在好些了，不过我猜你那关节炎的老毛病又发作了。承认吧。"

"好吧,我承认,"罗兰说。如果埃蒂以为只是老关节炎而已,那还不算太糟。

"其实,我可以今晚把他带来,这么长时间足以得到邮编了,"埃蒂说,"那边又是白天了,我打赌。"

"我们都不要在晚上走这条路。只要可以就不要。"

埃蒂看看下面陡峭的斜坡,一直到掉下来的大石头突出的地方,他们要拉着绳索走十五英尺。"明白。"

罗兰要站起来。埃蒂伸出手抓住他的胳膊。"再待两三分钟,罗兰。行吗。"

罗兰又坐了下来,盯着他。

埃蒂深吸了一口气呼出来。"本·斯莱特曼不干净,"他说,"他是告密者。我几乎可以肯定。"

"是,我知道。"

埃蒂看着他,瞪大眼睛。"你知道?你怎么可能——"

"那么就说我怀疑吧。"

"怎么会?"

"他的眼镜,"罗兰说,"老本·斯莱特曼是**卡拉·布林·斯特吉斯**唯一一个戴眼镜的人。走吧,埃蒂,天亮了。我们可以边走边谈。"

17

但是,刚开始的时候,他们没法边走边谈,因为小道极其陡峭和狭窄。不过后来,他们到了一个平顶的山丘底部时,路开始变得宽阔平坦。又可以谈话了,埃蒂告诉罗兰那本书的情况,《道根》或者《霍根》,还有作者奇怪的有争议的名字。他讲述了版权页的古怪之处(不完全肯定罗兰听明白了),并说这让他想知道是否那个儿子也有嫌疑。好像有点疯狂,可是——

"我觉得如果本尼·斯莱特曼在帮自己的父亲打探我们的情况,"罗兰说,"杰克会发现的。"

"你确信他没发现?"埃蒂问。

这让罗兰沉默了一会儿,然后他摇摇头。"杰克怀疑那个父亲。"

"他告诉你了?"

“他根本不用。”

他们差不多到了马匹跟前，马匹警惕地仰起头，好像看到他们很高兴。

“他在罗金B农场那边，”埃蒂说，“也许我们应该骑马去看看。编个理由把他弄回神父这边……”他不说了，仔细打量罗兰。“不要？”

“不。”

“为什么不？”

“因为这是杰克的事。”

“那很残酷，罗兰。他和本尼·斯莱特曼相互喜欢对方，非常。如果最后是杰克向卡拉的村民揭穿他父亲的所作所为——”

“杰克会去做他需要做的，”罗兰说，“我们都是这样。”

“可他还是一个孩子，罗兰。你不明白吗？”

“他很快就不是了，”罗兰边说边上马。他希望埃蒂没看出他摆动右腿时，一阵疼痛在他脸上抽动，可是埃蒂当然看到了。

第三章

《道根》，第二部

1

同一天，杰克和本尼·斯莱特曼上午把大捆大捆的干草从罗金B农场中央的三个谷仓上面的厩楼搬到下面的厩楼里，然后把它们弄散开。下午是在外伊河游泳和打水仗，如果避开那些深水塘还是非常开心的，随着天气的变化那些水塘已经很冷了。

在这两场活动中间，他们和六个帮手在农场工人的简易住屋里吃了一顿丰盛的午餐（老斯莱特曼不在；他到特勒佛德的雄鹿农场去了，谈牲畜买卖）。"我这辈子从没见过本尼那个孩子干得如此卖力，"库奇说，一边把炸薯条放到桌上，孩子们迫不及待地吃起来。"你会把他累得筋疲力尽的，杰克。"

当然，杰克的动机正是如此。上午弄干草，下午游泳，晚上点着灯每个人再去检查一打或更多的谷仓，他觉得本尼会睡得像个死人。问题是他自己可能也一样。他到井边洗漱时——那时夕阳来了又走了，留下玫瑰的痕迹不断加深，变成一片黑暗——他把奥伊带在身边。他把脸洗干净，并轻弹几滴水给那只动物，他非常敏捷地接住了。然后杰克单膝跪下，轻柔地抓住这只貉獭的腮帮。"听我说，奥伊。"

"奥伊！"

"我要睡一会儿，但是等月亮升起来的时候，我要你把我叫醒。轻轻地，你懂吗？"

"懂！"他也许懂了，也许没有。如果有人要下注的话，杰克会赌懂了。他很信任奥伊，也可能是爱，或者也许两者都一样。

"当月亮升起的时候。说月亮，奥伊。"

"月亮！"

听上去不错，不过杰克还是会调好自己的生物钟，在月亮升起时叫醒自己。因为他想去那次看到本尼的老爸和安迪在一起的那个地方。日子越久，那次奇怪的会面越让他放心不下。他不愿意相信本尼的老爸和狼群有什么干系——也不想安迪有——但是他想弄清楚。因为罗兰会那么做。如果不为其他,就因为那个。

2

两个男孩子睡在本尼的房间。有一张床,本尼当然让给自己的客人,但是杰克不肯。结果他们商讨出一套制度,本尼逢他所称的"偶数"的晚上睡床,杰克在"奇数"的晚上睡床。这天是杰克睡地板的夜晚,他很高兴。本尼的羽绒床垫太软了。考虑到他要在月亮升起时起来,地板也许更好,更安全。

本尼双手抱头躺下,看着天花板。他想哄奥伊到床上来和他一起睡,可是那只貉獭已经睡着,蜷缩着像一个逗号,他的鼻子藏在很卡通的波浪形尾巴下面。

"杰克?"一声轻轻的呼唤,"你睡着了?"

"没有。"

"我也没有。"停了一下,"真好,有你在这里。"

"我也很开心,"杰克说,而且真心实意。

"有时做独子会很孤独。"

"我不知道……我总是独自一人。"杰克停了停,"我猜你姐姐死后你很伤心。"

"我时不时还会伤心。"至少他说话的语气很平和,这让人听起来略微轻松了些。"我想你们打完狼群后会留下来?"

"可能不会很久。"

"你们在寻找,对吗?"

"我猜是的。"

"找什么?"

追寻的是拯救这个空间的黑暗塔和纽约的玫瑰,他、埃蒂和苏珊娜都来自纽约,可是杰克不想把这些告诉本尼,尽管他喜欢他。塔和玫瑰是某种秘密。卡-泰特的事。但他也不想撒谎。

"罗兰不怎么讲。"他说。

沉默了许久。传来本尼翻身的声音,他动作很轻,以免打扰奥伊。"他让我有点害怕，你的首领。”

杰克想了想，然后说：“他也让我有点害怕。”

“他让我老爸害怕。”

杰克突然警惕起来。“真的吗？”

“是的。他说如果你们除掉狼群后，把矛头转向我们，他不会感到吃惊。后来他说自己只是在开玩笑，不过那个表情严肃的老牛仔让他害怕。我猜那肯定是你的首领，你说对吗？”

“对。”杰克说。

杰克以为本尼已经睡着的时候，那个男孩问：“在你来的那个地方，你的房间是什么样子？”

杰克想着自己的房间，刚开始吃惊地发现很难回想起来。他已经很久没想过了。这会儿他想起来了，他对自己把房间描述得跟本尼的差不多感到尴尬。以卡拉的标准，他的朋友其实住得挺好——杰克猜想没有几个本尼这种年纪的小户人家的孩子有自己的房间——但是他会期待听杰克描述像某位被施了魔法的王子住的那种房间。电视？立体声，他所有的唱片，还有可以独享的耳机？他的史提夫·汪达和杰克逊五人组合的海报？他的显微镜，可以看到肉眼看不到的微小东西？他要告诉这个男孩那些奇物和奇事吗？

“和这间类似，只是我有一张桌子。”杰克最后说。

“一张写字桌？”本尼用一胳膊肘撑起身子说。

“嗯，对，”杰克说，那语气似乎是在说嘿，还能是什么？

“有纸？笔？羽毛笔？”

“纸有的，”杰克同意。至少还有样奇物本尼能明白。“笔也有。但不是羽毛笔。圆珠笔。”

“圆珠笔？我不明白。”

然后杰克开始解释，但是讲到一半时，他听到一声呼噜。他的目光穿过房间，看到本尼仍然面朝他，只是眼睛闭上了。

奥伊睁开自己的眼睛——它们在黑暗中亮闪闪的——然后冲杰克眨巴一下。随后，他看上去又睡着了。

杰克盯着本尼看了很久，深感不安，他不太明白为什么这样……或者他不愿这样。

最后，他自己也睡着了。

3

经过了一段黑暗、无梦的时间后，他像是回到了清醒状态，因为他感到手腕上有压力。有什么东西在那儿抓他。几乎有点疼。是牙齿，奥伊的。

“奥伊，不要，停下，”他咕哝着，可是奥伊就是不停。他用嘴巴含住杰克的手腕，不停地左右轻轻摇摆，偶尔停下来快速拉动一下。直到杰克最后坐起来，迷迷糊糊地盯着皎洁的月色时，他才停下。

“月亮，”奥伊说。他坐在杰克旁边的地板上，咧着嘴巴，毫无疑问是在笑，眼睛闪闪发亮。它们应该闪闪发亮；每个眼球深处都有一个洁白的小石子在发光。“月亮！”

“好，”杰克轻声说，然后用手指掩住奥伊的嘴巴。“嘘！”他放开手并看看上面的本尼，他这会儿正朝着墙壁鼾声大作呢。杰克怀疑榴弹炮也吵不醒他。

“月亮，”奥伊说，声音更轻了。此刻他望向窗外。“月亮，月亮。月亮。”

4

杰克本可以不用马鞍，但是他得把奥伊带在身边，这样不系马鞍就很困难，也许不可能。幸运的是，欧沃霍瑟先生借给他的这匹小马驹像虎斑猫一样驯服，而且畜棚放马具的房间里有供练习用的磨损的老马鞍，即使儿童也能轻松驾驭。

杰克给马加上鞍座，然后把自己的铺盖系在后面，系在卡拉的牛仔们称为小舟的地方。他能感到铺盖卷里鲁格枪的重量——如果他挤捏的话，还能感到它的形状。放马具的房间里挂着一件长外衣，前边有一个宽敞的口袋。杰克把它取下来，弄成一条宽腰带一样的东西，缠在自己的腰上。在阳光明媚的日子里，孩子们在学校有时会那么穿自己的外套。和他自己的房间一样，这种记忆已经远去，就像马戏团从城里一路游行而过……然后就离开了。

那种生活更为丰富，他脑海深处有个声音轻声说。

这种生活更为真实，另一个更为深远的声音轻声说。

他相信第二个声音，但是他牵着小马驹从畜棚后面出去离开房子时，仍然心情沉重，充满忧伤和担心。奥伊跟在他脚边往前走，偶尔抬头看看天空并嘟哝着“月亮，月亮”，但多数时候在嗅地上乱七八糟的味道。这趟行程很危险。光是穿越德瓦提特外伊河——从卡拉这边到雷劈那一边——已是相当危险，杰克明白这一点。但是他真正担心的是这种挥不去的心痛感。他想到本尼说有杰克在罗金B农场和他做伴真好。他想知道从现在起一周后本尼是否还会那么觉得。

“没关系，”他叹口气，“是卡。”

“卡，”奥伊说，然后抬起头。“月亮。卡，月亮。月亮，卡。”

“闭嘴，”杰克说，并没生气。

“闭嘴卡，”奥伊调皮地说，“闭嘴月亮。闭嘴杰克。闭嘴奥伊。”这是数月来他说话最多的一次，说完后他又沉默了。杰克牵着马又走了十分钟，经过简易住屋，听到鼾声、呼噜声和放屁声组成的音乐，然后穿过又一座山丘。此刻，东大道进入视野，他认为骑马安全了。他把卷起来的外衣解开穿上，然后把奥伊放在袋子里，他骑上了马。

5

他相当肯定自己可以找到安迪和斯莱特曼过河的那个地方，但是对此他没有十足的把握，而罗兰会说在这种情况下相当肯定还不够。所以他返回和本尼一起宿营的地方，从那里到了岩石突出的地方，这个地方让他想到一艘被掩埋了一部分的船只。奥伊站立起来喘气的声音在他耳边回响。杰克站在表面亮闪闪的圆形岩石上视线没受影响。那根被冲到岩石跟前的腐朽木头仍在那里，因为前几周河面只是下沉了一些。一直没有下雨，而这正是杰克寄望于可以帮自己的有利条件。

他攀上和本尼搭帐篷的那块平坦的地方。在这里，他曾经把小马驹拴在一棵矮树上。他把小马驹慢慢地牵到河里，然后举起奥伊骑了上去。马驹不大，但是河水刚刚漫过它马蹄上面的丛毛。不到一分钟，他们已经到了对岸。

这边看上去没什么两样，然而并非如此。杰克马上明白了。不管有没有月光，这里不知怎么的更黑些。不完全是隔界那种——纽约也很黑暗，而且没有敲钟声，但是有相似之处，完全一样。感觉有什么在等待着，有双眼睛，如果他笨手笨脚地让眼睛的主人注意到他的存在，眼睛就会转向他这边。他已经来到末世界的尽头。杰克全身起满鸡皮疙瘩并颤抖起来。奥伊抬头看着他。

“没事的，”杰克轻声说，“只是得克服它。”

他下了马，放下奥伊，把外衣放在圆形岩石的阴影里。他觉得这趟远足到这会儿已经不需要外套了；他紧张得冒汗。河水的潺潺声很响，他不停地朝后面看上几眼，确定没人跟上来。他不想受惊吓。那种还有其他人存在的感觉既强烈又令人难受。住在德瓦提特外伊河这边的没一个好的；那一点杰克清楚。他把肩套从铺盖卷里拿出来放好，然后把鲁格枪装上，这时他感觉好多了。鲁格枪让他换了一个人，一个他不总是喜欢的人。但是此时此刻，远在外伊河的这边，他很高兴地感到枪的重量靠着自己的肋骨，很高兴成为那个人：那个枪侠。

东边的远处传来女人痛不欲生的尖叫。杰克知道那不过是一只岩猫——他以前听到过，是和本尼在河边或者钓鱼，或者游泳的时候——但他仍然手握鲁格枪的枪柄，直到声音停止。奥伊作出蹲伏的姿势，前爪分开，头低着，尾巴撅上去。通常这意味着他想玩耍，但是他龇着的牙齿毫无嬉戏的样子。

“没事，”杰克说。他又在铺盖卷里翻寻起来（他没顾得上带鞍囊），直到翻出一块格子花纹的红布。这是老斯莱特曼的围巾，四天前从简易住屋的桌子下面偷来的，工头在玩“看我的”游戏时掉在那里，后来就忘了。

我差不多是个小贼了，杰克想。*我爸爸的枪，现在是本尼老爸的大手帕。不知道自己是在长进还是堕落。*

是罗兰的声音在回答。*你在做你应该做的事情。为什么不停止犹豫，开始行动呢？*

杰克把围巾抓在手里向下看了看奥伊。“这在电影里总是管用，”他对貉獭说，“我不知道在现实生活中是否能行……尤其是过了好几周以后。”他把围巾拿到奥伊跟前，奥伊伸出长脖子仔细嗅了起来。“找这个味道，奥伊，找到并跟踪它。”

“奥伊！”可是他只是坐在那里，抬头看着杰克。

“这个，笨蛋，”杰克说，同时又让他闻了闻。“去找它！去吧！”

奥伊站起来，转了两圈，然后开始沿着河岸朝北边蹓跶。他偶尔用鼻子在岩石地上闻闻，但看上去他对岩猫那垂死女人般的嚎叫更感兴趣得多。

杰克看着他的朋友,希望一点点地变得渺茫。嗯,他曾看到斯莱特曼往什么方向走。他可以自己往那边去,周围也察看一下,看个究竟。

奥伊转过身,朝杰克这边过来,然后停下来。他又更加仔细地嗅那一小片地。那是斯莱特曼从水里出来的地方?有可能。奥伊从喉咙里面发出若有所思的一声啼叫,然后转向自己的右边——东方。他灵巧地从两块岩石中间穿过。杰克此刻至少感到一丝希望,骑马跟了上去。

6

他们没走多远杰克就意识到,奥伊正沿着河这边一条崎岖、多岩石和贫瘠的土路蜿蜒前进。他开始看到科技的产物:一卷生锈的废弃电线圈,看上去像是从沙地里伸出来的陈旧电路板,微小的玻璃碎片。在月光下一块大石头的黑影里,他发现一个看上去像整只瓶子的东西。他下马把它捡起来,倒出天知道多少年(或者世纪)积起来的沙子,然后看了看。瓶边用凸起的字母写着一个词,他认出来是:**诺茨阿拉**。

"到处都有高级酒鬼的饮料,"杰克嘟囔着又把瓶子放下。旁边是一个皱巴巴的烟盒。他把它弄平整,看到一张涂着红唇的女人戴一顶时髦红帽子的照片。她用两只迷人的修长手指夹着一根香烟。**聚会**看上去是商标名。

与此同时,奥伊正站在十或十二码开外的地方,矮小的他转过头来看着杰克。

"好了,"杰克说,"我就来。"

他们正在走的那条小道上又出现其他小路,杰克意识到这是东大道的延伸。他看到只有几个零星的靴子印和更深更小的脚印。它们都在高大的岩石遮住的地方——路旁的山凹处,大风不容易吹到之处。他猜靴子印是斯莱特曼的,深脚印是安迪的。别无其他。但是还会有的,而且离现在没几天之后。从东部奔腾而出的狼群的灰色大马的蹄印也会是深深的印痕,杰克明白。和安迪的一样深。

前方上面,小道到达一座山顶。两边都有奇形怪状像管风琴一样的仙人掌,粗大茁壮的枝丫伸向四面八方。奥伊站在那里,看着下面的什么东西,看上去又在咧着嘴笑。杰克走近他时,可以闻到仙人掌植物的气味。味道浓烈刺鼻。让他想到父亲的马提尼酒。

他到了奥伊身旁，坐在马上朝下面看。右边山脚下有一条毁坏的水泥车道。一扇半开的拉门老早就被冻住了，或许在狼群开始到接壤的卡拉抢夺孩子之前很久就已经冻住了。在那后面是一座有弯曲的金属屋顶的房子。对着杰克这边有一扇扇的小窗户，一看到里面亮着白光，杰克就激动起来。不是油灯，也不是电灯泡（罗兰把它叫做“火花灯”）。只有荧光灯可以发出那样的白光。在他纽约的生活中，荧光灯多数时候让他想到不悦、烦人的事物：大型百货商店，里面的东西一年四季减价，可是你总是找不到想要的东西；学校里让人发困的下午，老师没完没了地讲着古代中国的丝绸之路或者秘鲁的矿藏，外面大雨滂沱，下个不停，可下课铃似乎永远也不响；还有医生的办公室，到那里你总是穿着短裤坐在衬着薄纸的检查台上，又寒冷又尴尬，而且几乎可以肯定自己要被打一针。

可是今晚，那种灯光让他感到高兴。

“好孩子！”他对貉獭说。

奥伊没有像往常那样学舌，它往杰克后面看去，并开始低声咆哮。与此同时，小马驹也开始躁动，并发出紧张的嘶鸣声。杰克拉住缰绳，感到辛辣的（并不完全是难闻的）杜松子酒和杜松油的味道更加浓烈了。他环顾四周，看到右边两个长满刺的仙人掌球管正摸索着向他这边慢慢移动。只听一声微弱的摩擦声响，一滴滴白色的浆液沿着仙人掌中央的球管流淌下来。朝杰克这边旋转的枝丫上的针刺在月光中显得又长又毒。那个东西闻到了他的味道，而且它饿了。

“过来，”他对奥伊说，然后用靴子轻踹马驹的两边。马驹无需更多鞭策，它朝山下疾驰，不只是小跑，朝着有荧光灯的房子而去。奥伊最后又难以置信地看了看移动的仙人掌，然后跟上他们。

7

杰克到达车道后停下。道路（如今肯定是一条道路，或者曾经是）前方大约五十码的地方，铁轨在那里交叉，然后一直延伸到德瓦提特外伊河，那里有座矮桥承接它们到对岸。村民们把那座桥称为“堤道”。以前的村民，卡拉汉曾跟他们讲过，叫它魔鬼的堤道。

“把那些弱智儿从雷劈送回来的火车就在那些轨道上行驶，”他跟奥伊嘟囔道。他感到光束的路径的拉拽了吗？杰克确信自己感到了。他认为当他们离开卡拉·布林·斯特吉斯的时候——如果他们离开卡拉·布林·斯特吉斯的话——会沿着那些轨道走。

他又在原地站了一会儿，双脚离开马镫，然后抖着马缰绳上了通往房子那边的毁坏的车道。杰克觉得那些房子看起来像军事基地的匡西特活动房屋①。奥伊那双短腿走在破碎的地面上很费力。裂开的石块铺面对他的马也很危险。他们刚过了冻结的门，他就下马并找地方拴他的马驹。附近矮树丛生，但是有某种东西对他说他们太接近了。太暴露。他把马驹牵到外面的硬地上，停下来，然后回过头对奥伊说。“待着！”

“待着！奥伊！杰克！”

在一堆像一摞被腐蚀的巨大积木一样的大石头后面，杰克发现了更多灌木。他觉得把马驹拴在这里相当放心。一拴好，他就抚摸着丝绒一般柔滑的长长的马嘴说。“不会很久，”他说，“你能乖乖听话吗？”

马驹从鼻子中吹出气来，像是在点头。那毫无意义，杰克明白。反正也许这个预防措施本来就多此一举。即便如此，有备无患。他走回车道，弯下腰把貉獭抱起来。他刚刚站直，一排耀眼的亮光就闪动起来，就像一只虫子被钉在了显微镜的镜台上。杰克用一只胳膊肘夹住奥伊，用另一只遮住自己的双眼。奥伊呜呜叫着并眨巴眼睛。

没有警告的叫喊声，没有凶巴巴地要求出示证件，只有微风轻轻吹过的声音。灯光是自动传感器打开的，杰克猜测。下一步如何？由双极电脑控制的机关枪开火？一堆矮小但致命的机器人，就像罗兰、埃蒂和苏珊娜在所追踪的光束的路径开始处那个空地上干掉的那些？也许是头顶掉下一张大网，就像他曾经在电视上的丛林电影中看到的那样？

杰克抬起头。没有网，也没有机关枪。他又开始往前走，专门从最深的坑洼旁走过，并跳过一个决口。在决口外面，车道出现倾斜和断裂，但基本还算完整。“你现在可以下去了，”他对奥伊说，“孩子，你很重。当心点，否则我不得不把你送到‘体重监察者’那儿去。”

他看着正前方，眯着眼以抵挡刺眼的亮光。光线就从匡西特弯曲的房顶下方连续发散出来。光线把杰克的影子甩到身后，长长的黑影。他看到岩猫的尸体，左边两只，右边又是两只。其中三只几乎只剩下骨架。第四只

---

① 一种用预制构件搭成的长拱形活动房屋。

也腐烂得差不多了，但是杰克能看到一个洞，子弹打不了这么大。他认为是被弩箭所伤。这个念头让人宽慰。这里没有超级的科技武器。尽管如此，他没有拼命往河边和再外边的卡拉逃跑真是疯狂。不是吗？

"疯狂。"他说。

"狂。"奥伊跟着说，又在杰克的脚边跟着走起来。一会儿他们到了小屋门口。门的上方有一个生锈的钢牌，写着：

北方中央电子有限责任公司。 **东北通道** **拱形信号区** **16 号前哨** **中等安全** **要求口头输入密码**

门上是另一块牌子，只由两个钉子歪挂在那里。一个玩笑？某种昵称？杰克觉得可能两者都有一点。字母都已经被锈渍塞住，而且上帝知道已经过了多少年的沙砾侵蚀，不过他仍能看出上面的字：

欢迎来到道根

8

杰克料到门锁着，所以不感到失望。门拉手只是上下略微动了动。他猜拉手全新的时候，根本一动也不会动。门的左边有一张生锈的钢面板，上面有一个按钮和带喇叭的铁格子。下面是那个词：**口头**。杰克伸出手去碰按钮，突然房顶上一道道的灯光灭了，他又置身于刚开始看上去无尽的黑暗之中。它们有定时器，他心想，并等着自己的眼睛重新适应。时间相当短。或许它们只是累了，就像先人留下的其他东西一样。

他的眼睛重新适应了月光，然后他又能看到入口的盒子。他差不多猜到进门的口头密码应该是什么。他按下按钮。

"欢迎来到拱形信号区 16 号前哨，"一个声音说。杰克猛地跳回来，忍住没有大叫。他想到会有声音，但没想到是像**单轨火车布莱因**那样恐怖的声音。他几乎预料到它会慢慢变得像约翰·韦恩那样拖着调门说话，然后叫他小伙子。**“这里是中等安全前哨。请给出口头进入密码。你有十秒钟。九……八……”**

“十九。”杰克说。

“密码不正确。你可以再试一次。五……四……三……”

“九十九。”杰克说。

“谢谢。”

门咔哒一声开了。

9

杰克和奥伊进入房间，这让他想起在刺德城地下罗兰带他穿过的广阔的控制区，他们那时是跟随着把他们带到布莱因的摇篮的那只钢球。房间当然小一些，但是许多刻度盘和控制板都一模一样。有一些控制台前有椅子，是可以在地板上滑动的那种，这样人们在这里工作时，不用起身就可以从一处地方到另一处地方。有新鲜气流不断地吹动，不过杰克偶尔可以听到驱动气流的机器发出刺耳的咔哒声。虽然控制板有四分之三亮着，但是他能看到很多是黑着的。老朽而且疲惫：他猜得没错。在一个角落里有一个咧着嘴的骷髅，只剩下一件棕色卡其布的制服。

房间的一边有一排电视监视屏。它们有点让杰克想到他父亲在家里的书房，尽管他父亲只有三个屏幕——每个网络一个——这里有……他数了起来。三十个。其中三个图像很不清晰，显示的图片他分辨不出。两个在快速地向上滚动，好像垂直的控制钮出了故障。四个完全是黑屏。其他二十一个都在放映图像，杰克看着它们越来越吃惊。六个屏幕显示出沙漠的广袤无垠，包括两个模样古怪的仙人掌守护的山顶。还有两个显示出这一前哨——“道根”——从后面和车道那面。这些下面有三个屏幕显示出“道根”的内部。一个上面的房间看上去像厨房间或者厨房。第二个显示出一个小住屋，其装备看起来可以睡八个人（在其中一个铺位，一个上铺，杰克察觉到另一具骷髅）。第三个显示“道根”内部的屏幕呈现出他们在的这个房间，从一个很高的角度。杰克可以看到自己和奥伊。还有一个屏幕上有铁轨延伸开来，另一个从这边显示出**小外伊河**，在月光的照耀下非常美丽。在最右边是堤道，火车轨道从那里交叉穿过。

其他八个正在运转的屏幕上的图像让杰克惊呆了。一个显示出图克的杂货店，此刻黑糊糊的空无一人，到天亮才开门。一个显示出**亭子**。两个显示着卡拉的大街。另一个是**圣母玛丽亚教堂**，还有一个是神父住所的客厅……在神父住所里面！事实上，杰克能看到神父那只猫，斯纳戈巴特，躺在壁炉边睡着了。从其他两个屏幕的视角看，杰克认为那是曼尼人的村子（他没去过那里）。

见鬼，那些摄像头都在什么地方？杰克纳闷。怎么会没人看到它们？

因为它们太小了，他猜测。而且因为它们隐藏着。*笑一笑，偷拍摄像头正对着你。*

可是教堂……神父住所……那些房子是几年前才在卡拉出现的。在神父住所*里面*？谁把摄像头装在那里的，什么时候？

杰克不知道什么时候，但是他有个可怕的念头，他知道是谁。谢天谢地，他们多数时候是在门廊或者在外面的草地上闲聊。可即便如此，狼群——或者他们的主人们——已经知道了多少？这个地方恶魔般的机器，这个地方恶魔般*该死*的机器，已经记录了多少？

传送了多少？

杰克感到双手发疼，意识到他的拳头握得太紧了，指甲已经掐在了手掌里。他费力地把手张开。他一直在等待从带喇叭的铁格子里发出的声音——声音太像布莱因了——质问他，问他在这里干什么。可是这个没怎么被破坏的房间里基本是一片寂静；除了设备低沉的嗡嗡声和气体交换机偶然刺耳的嗖嗖风声之外没别的声响。他转过头看了看身后的门，发现门关着，是由气动铰链关上的。他并不担心；从这边也许很容易把门打开。如果不行，好用又古老的九十九也能帮他再出去。他记得第一天晚上在**亭子**里他把自己介绍给村民，那个晚上好像已经是很久以前了。*我是杰克？钱伯斯，艾默之子，艾尔德的后裔*，他曾对他们讲。*九十九的卡-泰特*。他为什么那么说？他不知道。他只知道不断有事情发生。在学校里，艾弗莉小姐给他们读了一首威廉·巴特勒·叶芝①的诗，《二次圣临》。其中讲到一只

① 威廉·巴特勒·叶芝（William Butler Yeats，1865—1939），爱尔兰作家，被认为是二十世纪最伟大的诗人之一，获一九二三年诺贝尔文学奖。

鹰不停地旋转，漩涡不断扩展，那是——按照艾弗莉小姐的说法——一种圆圈。可是在这里，事情是一个螺旋，不是圆圈。对于十九（或者九十九；杰克觉得他们其实一样）的卡-泰特而言，事物都在变紧，即使他们周围的世界在变老，变松，关闭，散架。就好像处身于把多萝西吹到"奥兹国"[①]的飓风中，那里真有女巫，而且酒鬼说了算。在杰克心中，他们会不断重复看到同样的事情，而且会越来越频繁，这完全有道理，因为——

其中一个屏幕的活动吸引了他的目光。他盯着它，发现本尼的老爸和报信机器人正从仙人掌哨兵看守的山顶走过来。他观察到长满刺的仙人掌枝丫向里边移动，挡住了他们的去路——也可能刺到了猎物。不过安迪没有理由害怕仙人掌的棘刺。它抡起一只胳膊把其中一根枝丫从中间拔断。断枝掉在泥土里，喷出白色的黏液。也许根本不是树液，杰克心想，也许是鲜血。无论如何，另一边的仙人掌立刻转开了。安迪和斯莱特曼停了一小会儿，或许在讨论这件事。屏幕的分辨率还不足以清楚地显示出人的嘴形变化。

杰克感到一阵可怕的恐慌，心都提到嗓子眼了。他的身体突然感到非常沉重，就好像正在被一个像木星或土星似的巨型行星的重力拖住。他无法呼吸；他的胸口停止起伏。*这就是童话中的金发姑娘会有的感觉*，他的思绪飘忽而且遥远，*如果她在小床上醒来，正好听到三只熊回到楼下*。他没有吃掉麦片粥，他没有打破熊宝宝的椅子，但是他现在知道太多秘密。所有秘密可以归结为一个。一个恐怖的秘密。

此刻他们正沿着小路走来。来到**道根**。

奥伊焦急地抬头看着杰克，他的长脖子伸到了最大限度，可是杰克几乎看不到他。黑色的花朵在他眼前盛开。很快他会晕倒。他们会发现他四肢伸开躺在这里的地板上。奥伊也许会尽力保护他，但即使安迪收拾不了貉獭的话，本·斯莱特曼一定可以。外面有四只死岩猫，本尼的老爸用自己可靠的弩箭至少弄死了其中一只。一个咆哮的小貉獭对他来说不成问题。

你会那么懦弱吗？罗兰在他头脑里发问。为什么他们要杀一个像你那样的懦夫？为什么他们不干脆把你送到西边，和那些忘了自己父亲模样的弱智儿一起？

这个想法让杰克冷静了下来。至少，基本上是。他深呼吸，尽可能吸

① 小说《绿野仙踪》里的故事情节。

气，直到肺的底部疼痛起来。他猛地一下把气吐出来，然后打自己几耳光，又重又响。

“杰克！”奥伊用不满——几乎是震惊的声音叫起来。

“没事，”杰克说。他看着显示出厨房和住屋的屏幕，决定到住屋里面去。厨房里没有任何东西可以躲在其背后或下面。也许有壁橱，可如果没有怎么办？他就完蛋了。

“奥伊，过来。”他说，并穿过闪亮的白灯下那间发着嗡嗡声的房间。

10

住屋弥漫着老香料的诡异味道：肉桂和丁香。杰克想知道——只是心不在焉、潜意识里的念头——第一批探险者进入金字塔下面的墓穴时是否闻到过同样的味道。角落里那张铺位的上层，那个斜躺着的骷髅冲他咧着嘴笑，仿佛是表示欢迎。*想打个盹儿吗，小伙子？我在长眠！*他的胸腔在一层层蜘蛛网丝的覆盖下闪着微光，杰克还是那样心不在焉地想知道有多少代蜘蛛曾经在那个空穴里出生。另一个枕头上有块下巴骨，它挑起男孩意识深处一个诡异、恐怖的记忆。曾经，在他死去的那个世界，枪侠发现过一块那样的骨头，并且用过。

他思维的表层跳动着两个冷静的问题和一个更冷静的决定。问题是他们到这里需要多久和他们会不会发现他的马驹。如果斯莱特曼自己也骑马，杰克确定性情温和的小马驹已经发出欢迎的声音了。很幸运，斯莱特曼是走来的，和上次一样。杰克自己也会走着过来，如果他知道自己的目标在河岸东边还不到一英里之处的话。当然，他从罗金B农场溜走的时候，他甚至都不清楚自己有什么目标。

决定是，如果他被发现，他就把锡皮人和血肉人统统杀掉，如果他做得到的话。安迪也许很强悍，不过那双鼓出来的蓝色玻璃眼看上去是个弱点。如果他能弄瞎它——

*如果上帝愿意就会有水，*枪侠说，他现在一直待在杰克的脑海里，每时每刻。*你此刻的任务是尽可能躲起来。躲哪儿呢？*

铺位上不行。从监视这个房间的屏幕上可以把它们看得一清二楚，而且他要扮成一个骷髅也不可能。躲在后面两堆铺位中一个的下面？危险，但能凑合……除非……

杰克发现另一扇门。他跳上前去，拉了拉门拉手，门开了。那是个壁橱，壁橱通常是藏身的好地方，可是这个里面从顶到底塞满了乱七八糟沾满灰尘的电子设备。有一些掉了出来。

“没用!”他用急促的语气低声叫道。他把掉出来的东西捡起来，毫无章法地丢进去，然后又把壁橱门关上。好吧，只能藏到其中一个床铺下面——

“欢迎来到拱形信号区 16 号前哨，”自动录音的回响传过来。杰克打了个激灵，他看到另一扇门，在他左边而且半开着。试试那扇门还是钻到房间后面一个双层床铺的底下？他还有时间试试一个或另一个藏身处，但两个都试已经来不及了。**“这里是中等安全前哨。”**

杰克朝门那里走去，还好他立即就过去了，因为斯莱特曼没等录音把话说完。“九十九。”他的声音从扬声器里传来，然后是自动录音的道谢声。

又是一个壁橱，这次是空的，只是一个角落里有两三件腐烂的衬衫，还有一件上面的灰尘已经结块的雨披挂在钩子上。空气几乎和雨披一样满是尘土，奥伊轻轻走进去时，马上打了三个小喷嚏。

杰克单腿跪地并用一只胳膊搂住奥伊细长的脖子。“可别再那样了，除非你想要我们俩都被杀掉，”他说，“你要安静点，奥伊。”

“静点，奥伊。”貉獭轻声回答，并眨眨眼睛。杰克伸手把门拉回，留了两英寸没关严，就像最初的样子。他希望如此。

11

杰克能非常清楚地听到他们讲话——太清楚了。杰克意识到这个地方到处都有麦克风和扬声器。这个想法丝毫无法让他感到安宁。因为如果他和奥伊能听到他们……

他们在谈论仙人掌，或者说是斯莱特曼在讲。他把它们叫做“一阵隆隆”，而且想知道是什么让它们受到了打扰。

“几乎可以肯定是其他岩猫，先生，”安迪用它自信而略带拘谨的语气说。埃蒂说安迪让他想起《星球大战》里一个叫 C3PO 的机器人，杰克一直期待着看那部电影。他想了快一个月了。“现在是它们的交配时节，要知道。”

“胡扯，”斯莱特曼说，“你想跟我说‘一阵隆隆’分不出岩猫和它们真正能吃的东西？有人来过这里，告诉你。而且刚刚来过不久。”

杰克的脑海突然出现一个冷静的念头：**道根**的地板沾满灰尘吗？他只顾忙着看那些控制板和电视监视屏而没有注意到这个。如果他和奥伊留下了痕迹，那两个家伙也许已经注意到了。他们或许只是在假装谈论仙人掌，实际上已经悄悄地向住屋的房门走过来。

杰克把鲁格枪从码头工的绑腰带里拿出来，然后用右手握住，拇指放在保险栓上。

“愧疚的良心把我们都变成懦夫①，”安迪说，语气仍然自信，并带着你爱怎么想就怎么想的意味。“那是我的自由改写——”

“闭嘴，你这个螺栓和电线袋，”斯莱特曼咆哮道，“我——”随后他大叫。杰克感到靠着自己的奥伊身子僵硬，他的毛竖了起来。貉獭开始低吼。杰克用一只手捂住他的嘴。

“放开！”斯莱特曼大叫，“放开我！”

“当然，斯莱特曼先生，”安迪说，这会儿听上去充满关怀。“我只是压住了你胳膊肘的一根神经，要知道。不会造成持久的伤害，除非我用上至少二十尺磅的压力。”

“你到底为什么要那么做？”斯莱特曼听上去受伤了，几乎是在呜咽。“我不是做了你想要的一切吗，没完没了的？为了我的孩子我没有冒生命危险吗？”

“你怎么不提其他那些，”安迪圆滑地说，“你的眼镜……你放在鞍囊最下面的一个音乐机器……还有，当然——”

“你知道我为什么那么做，还有如果我被发现会有什么下场，”斯莱特曼说。他的声音已不再呜咽。此刻他听上去很有尊严，而且有点厌烦。杰克听着那副腔调，越来越失望。如果他要解决问题必须把本尼的老爸揭穿的话，他希望揭穿的是一个恶棍。“是，我拿过几样小小的好处，你说得没错，我说谢啦。眼镜，这样我能更清楚地看到我要背叛的人们，我从小就认识他们。一个音乐机器，这样我晚上就听不见你说得那么轻巧的良心发出的声音，可以入睡。然后你把什么东西掐在我的胳膊里，让我感觉我的眼睛就要

---

① 此句原文为 A guilty conscience doth make cowards of us all。这是仿莎士比亚《哈姆莱特》中的独白 Thus conscience doth make cowards of us all.

从脑袋里掉出来。”

“我允许这个，而不是其他那些。”安迪说，此刻他的语气变了。杰克又想到布莱因，而他的沮丧愈益增加。如果逖安·扎佛兹听到这副腔调会如何？如果沃恩·艾森哈特听到会作何感想？还有欧沃霍瑟？其他村民？“他们粗鲁地对我，弄得我的头像热碳一样烫，可我从没抗议过，更别提还手了。‘来这里，安迪。到那里，安迪。别再傻乎乎的乱唱了，安迪。别再唠叨了。别跟我们讲未来，因为我们不想听。’所以我就不讲，除了说说狼群，因为他们想听忧伤的东西，那我就讲给他们听，是我会的；对我来说每一滴泪都是一颗金子。‘你不过是亮光和电线组成的蠢货，’他们说，‘给我们报报天气，把婴儿唱睡着，然后从这里滚开。’我忍了。我是傻乎乎的安迪，每个孩子的玩具，而且总是对辱骂忍气吞声。但是我不会忍受你的辱骂，先生。你希望狼群在卡拉完事后，你在那里还能有几年灿烂的前程，对吗？”

“你明白是这样，”斯莱特曼说，声音轻得杰克几乎听不出来。“我应得的。”

“你和你的儿子，都要说谢啦，在卡拉过日子，都要说考玛辣。那可以实现，不过除了外世界人的死亡以外，还取决于别的条件。取决于我的沉默。如果你想要的话，你就得尊重我。”

“真荒唐，”停了一小会儿后斯莱特曼说。杰克从壁橱这里完全同意。一个机器人要求得到尊重确实荒唐。不过在空荡荡的森林里巡逻的巨熊是那样，试图揭开双极电脑秘密的摩洛克坏蛋是那样，只用来听声音和解开新谜语的火车也同样。“此外，听我说我请求，如果我连自己都瞧不起怎么能尊重你呢？”

话音刚落就传来一声机械的咔嚓声，非常响。杰克曾听过布莱因发出同样的声音，当他——或者它——感到混乱在包围自己，并威胁烧毁他的逻辑电路时。然后安迪说：“没有答案，十九。连接并报告，斯莱特曼先生。让我们动手吧。”

“好的。”

听到三四十秒敲打键盘的声音之后，接着传来一声尖厉的鸣笛声，吓得杰克往后缩了缩，奥伊的喉咙里面呜呜叫起来。杰克从没听过类似那样的声音，他来自一九七七年的纽约，对调制解调器一无所知。

尖叫突然中断，出现片刻沉默。随后：“**我是哀古仙都。芬里·奥提戈在此。请给出密码。你有十秒——**”

“星期六，”斯莱特曼回答，杰克皱起眉头。他在这边可曾听到过这个快乐的周末一词？他想没有。

“谢谢你。哀古仙都确认。我们上线了。”又是一声短促尖利的鸣笛声。接着：**“报告，星期六。”**

斯莱特曼汇报了观察到罗兰和“那个年轻人”上到了**声音洞**，那里如今有某种门，很可能是曼尼人的阴谋。他说自己使用了“看远物”从而看得非常清楚——

“望远镜，”安迪说。他又恢复了自己有点拘谨并自信的口吻。“那叫做望远镜。”

“你愿意替我汇报吗，安迪？”斯莱特曼带着冷冷的嘲讽问。

“请原谅，”安迪说话的口气像是被那话深深地伤害了。“请原谅，请原谅，继续，继续，随便你。”

停了一会儿。杰克可以想象斯莱特曼瞪着机器人，眼中的凶光由于工头这一瞪不得不伸长了脖子而荡然无存。最后他接着说。

“他们把马留在下面走上去的。他们拎着一个粉红色麻布袋，不断换手拎，好像很重。不管里面装的是什么东西，肯定都有方方的棱角；我从望远镜看远物里看出来的。我可以作两个猜测吗？”

“可以。”

“第一个，他们可能把神父最珍贵的两三本书藏了起来。如果那样的话，主要任务完成后，应该派一头狼去把它们毁掉。”

“为什么？”声音不带任何感情。不是人的声音，这一点杰克确定。那个声音让他感到软弱和恐惧。

“为什么，杀鸡儆猴，请这么做，”斯莱特曼说，好像这点显而易见。“给传道士点厉害瞧瞧！”

“卡拉汉很快就出局了，”那个声音说。**“你的另一个猜测是什么？”**

斯莱特曼再次开口时，他听上去在发抖。“我已经想了很久很久，一个有书的人很可能会有地图。他也许会给他们通往雷劈**东部地区**的地图——他们毫无保留地说过那是他们准备前往的下一个地方。如果他们带到那里的是地图，那更好，即使他们还活着，下一年北方就会变成东方，而且很可能后年又会和南部交换方向。”

在满是灰尘的壁橱的黑暗中，杰克突然能看到安迪在盯着斯莱特曼作汇报。安迪蓝色的电眼在闪动。斯莱特曼不知道——卡拉没人知道——但是那种快速闪动是 DNF-44821-V-63 表达幽默的方式。事实上，他在笑斯莱特曼。

因为他知道得更清楚，杰克心想。*因为他知道袋子里到底装着什么。我敢用一盒曲奇饼赌：他知道。*

他那么确定吗？他的感知在一个机器人身上也奏效？

如果它能思考，他头脑中的枪侠大声说，*那么你就能感知它。*

嗯……也许。

"不管那是什么，都非常清楚地表明他们真的计划把孩子们藏到山谷里，"斯莱特曼在说，"不是说他们要把孩子藏到*那个*洞穴。"

"不，不，不是*那个*洞穴，"安迪说，尽管他的声音还是一如既往的拘谨和严肃，杰克可以想象他的蓝色眼睛闪得更快了。事实上，几乎有点结结巴巴。"*那个*洞穴里声音太多了，它们会把孩子们吓住的！讨厌鬼！"

DNF-44821-V-63，报信机器人。*报信者*！你可以指责斯莱特曼背叛，可无论是谁怎能那么指责安迪呢？它做什么，它*是*什么，已经贴在它胸前给全世界的人看了。它就在那里，在所有人面前。上帝！

本尼的老爸，与此同时，正在坚持不懈地向有时也被称为哀古仙都的芬里·奥提戈慢慢汇报。

"他在塔维利双胞胎画的地图上指出的矿藏是**格洛里亚矿**，离**声音洞**只有一英里的距离。但是坏蛋很狡猾。我能再做个猜测吗？"

"可以。"

"通往**格洛里亚矿**的山谷那条路四分之一英里处朝南出现了岔路。在支脉尽头还有另一个老矿。它被称为**红鸟第二**。他们的首领一直在对村民们说他想把孩子们藏到**格洛里亚矿**，我认为他准备在本周晚些时候召集的大会上说同样的话，就是他要号召大家奋力抵抗狼群的会议。但是我相信到时候，他会把他们塞到**红鸟矿**。他会让**欧丽莎女信徒们**把守着——在前面还有上面——你们最好不要低估那些女士们。

"多少？"

"我想有五个，如果他把萨瑞·亚当斯也包括在内的话。还有一些胆大的男人。他还会让'女娃娃'和她们在一起，可恶，听说她很棒，也许是最好的。不过不管怎样，我们知道孩子们要去的地方。把他们藏在那个地方是个错误，可是他不知道。他很危险，但是脑子已经不太灵光。也许那个策略以前成功过。"

当然成功过。在爱波特大峡谷，对付拉迪格的手下。

“眼下重要的是弄清楚狼群来时，他、那个男孩和年轻人要去的地方。他在大会上也许会讲。如果不讲的话，他事后可能会告诉艾森哈特。”

“或者欧沃霍瑟？”

“不。艾森哈特会和他站在一起。欧沃霍瑟不会。”

“你必须弄清楚他们会去哪里。”

“我知道，”斯莱特曼说，“我们会弄明白的，安迪和我，然后再来这个鬼地方一趟。之后，我以圣女欧丽莎和圣人耶稣的名义发誓，我该做的都做完了。现在我们可以离开这里了吗？”

“等一下，先生，”安迪说，“我自己还要汇报，要知道。”

又是一阵那种冗长的尖厉鸣笛声。杰克紧咬牙关，等着它结束，最后结束了，芬里·奥提戈登出了。

“我们结束了吗？”斯莱特曼问。

“我认为是的，除非你有什么理由要再待下去。”

“你觉得这里有什么异样吗？”斯莱特曼突然问道，杰克感到自己浑身冰凉。

“没有，”安迪说，“不过我非常尊重人的直觉。你有什么直觉吗，先生？”

停了一阵儿，感觉至少有整整一分钟，尽管杰克明白肯定比那短得多。他搂着奥伊的头贴着大腿并等待着。

“没有，”斯莱特曼最后说，“我猜自己只是有点神经过敏，现在没事了。上帝，我渴望结束，我恨这样！”

“你做得没错，先生。”杰克不了解斯莱特曼，可是安迪充满同情的语气让他咬牙切齿。“事实上。你是**卡拉·布林·斯特吉斯**唯一一个无伴双胞胎的父亲，这不是你的错，对吗？我知道有首歌把这个意思表达得特别感人。也许你想听听——”

“闭嘴！”斯莱特曼用阻塞的声音叫道，“闭嘴，你这个机械恶魔！我已经出卖了该死的灵魂，那对你还不够吗？我还要再被嘲弄吗？”

“如果我冒犯了你，我从自己那当然是假想的心底深处道歉，”安迪说，“换句话说，我请你原谅。”听上去诚心诚意，听上去仿佛情真意切，听上去好像黄油不会融化。然而杰克毫不怀疑安迪的眼睛闪着一阵阵蓝色的亮光，那是他在默默地嘲笑。

12

阴谋者离开了。从头上的扬声器里传来毫无意义的古怪叮当声（至少在杰克听来毫无意义），然后无声无息。他等着他们发现他的马驹，返回来，搜查他，发现他，杀死他。他数到一百二十二时，他们还没返回“道根”，他站起来（他体内过量的肾上腺素让他感觉像老头子一样僵硬），走回控制间。他正好看到这片地方前面的自动感应灯关掉。他看着显示山顶的屏幕，发现“道根”最近的访问者正走在“一阵隆隆”中间。这次仙人掌没有移动。它们显然已经吸取了教训。杰克注视着斯莱特曼和安迪朝前走，对他们的身高差距感到极为好笑。他父亲无论何时看到像矮胖子马特和瘦高挑儿杰夫[①]那样的一对走在街上，总是毫不例外地说*让他们去演杂耍*。那是艾默·钱伯斯能说出的最接近笑话的言语。

这特殊的一对离开视线后，杰克朝地板上看看。当然没有灰尘。没有灰尘也没有痕迹。他进来时就应该看到的。*罗兰*肯定会注意到。什么都逃不过罗兰的眼睛。

杰克想离开，却让自己继续等待。如果看到身后的自动感应灯重新闪烁，他们也许会以为是只岩猫（或者也可能是本尼所说的“军猫”），但也许不太好。为了消磨时间，他打量着各种各样的控制板，许多上面有拉莫科工厂的名字。然而他也看到熟悉的**通用电气**和**国际商用机器公司**的商标，还有一个他不认识——**微软**。所有微软的器件上面都印着**美国制造**。拉莫科的产品没有那一标志。

他相当确信他看到的一些键盘——至少有两打——操控着电脑。其他小配件干吗用？有多少仍然开着并在运转？这里储存有武器吗？他隐约觉得最后一个问题的答案是没有——如果*确曾*有武器，它们毫无疑问已经被拿走或者盗用了，很可能是报信机器人安迪（还有很多其他功能）干的。

最后，他觉得可以安全离开了……前提是，如果他极其当心的话，他可以慢慢地骑回河边，然后尽力设法从后面进到罗金B农场。他几乎已经走到门口，这时又想到一个问题。他和奥伊到道根这里来有没有留下录音？在什么地方有录像？他看着正在运转的电视屏幕，盯着显示这个控制间的

---

① 卡通片《马特和杰夫》中的主人公。

屏幕看得最久。他和奥伊又出现在上面。从摄像头高高的角度，房间里的任何人都会在图像里。

让它去吧，杰克，枪侠在他头脑里建议。你对此无计可施，所以就让它去。如果你试图捣捣戳戳，很可能会留下痕迹。你甚至可能触动警报。

触动警报的念头说服了他。他抱起奥伊——为了方便以及其他原因——不顾一切地冲了出去。他的马驹仍在他拴它的地方，在月光下的矮树丛中迷迷糊糊地吃草。粘土地上没留下痕迹……不过，杰克发现，他自己也没留下任何痕迹。安迪会把粗硬的地皮踩破，留下痕迹，但他不会。他不够重。也许本尼的老爸也不重。

别想了。如果他们觉察到你，他们早就返回来了。

杰克认为是这样，可是他仍然感到自己很像是金发姑娘蹑手蹑脚地离开三只熊的房子。他把马牵回沙漠的小路，然后披上外衣，把奥伊扔到宽大的前兜里。他上马时，一蹬马鞍正好使劲夹住貉獭。

"哎唷，杰克!"奥伊叫道。

"别吭声，宝贝，"杰克说，掉转马头朝着河水那边骑去。"这会儿得安静。"

"别吭声。"奥伊同意，然后冲他眨眨眼。杰克把手指插到貉獭厚厚的皮毛里，在奥伊最喜欢的地方抓了抓。奥伊闭上眼睛，脖子伸到几乎可笑的长度，然后咧着嘴笑起来。

他们返回河边时，杰克跳下马，从一块大石头后面向两边张望。他什么也没看到，但是他一路穿到对岸时始终忐忑不安。他一直在想，如果本尼的老爸跟他打招呼，并问他半夜三更在这里干什么，他该怎么回答。什么都没发生。在英语课上，他的作文几乎总是得A，可现在他发现恐惧和创意没法并行。如果本尼的老爸跟他打招呼，杰克就被抓获。就那么简单。

没有招呼——没有穿过河流，没有返回罗金B农场，没有解下马鞍并为马梳刷。世界一片寂静，这一切恰合杰克的心意。

13

杰克一回到自己的地铺就把被子拉上来盖着，奥伊跳到本尼的床上躺下，鼻子又放到了尾巴下面。本尼发出熟睡的咕哝声，伸出手，在貉獭的腰窝里抓了一下。

杰克躺在那儿看着这个沉睡的男孩，感到非常不安。他喜欢本尼——他坦率，喜欢玩耍，有活儿需要干时他又愿意努力工作。他喜欢本尼听到有趣的事物时放声大笑，还有他们在诸多事情上那么默契，另外——

直到今晚以前，杰克也喜欢本尼的老爸。

他试着想象当本尼发现(1)他的父亲是个叛徒，(2)他的朋友揭穿了他的时候会怎么看自己。杰克觉得自己可以忍受愤怒，但是最难忍受的是感情上的伤害。

你以为只是伤害就完了？就伤害那么简单？你最好再想想。本尼·斯莱特曼的世界里没有多少亲近的人，这会把他们从他那里全部击得粉碎。一个也不留。

他父亲是个间谍和叛徒不是我的错。

可也不是本尼的错。如果你问斯莱特曼，他可能会说也不是他的错，他是被迫那么做的。杰克猜想那基本上是真的。完全是真的，如果你从一个父亲的角度去看待问题的话。卡拉的双胞胎具有的同时又是狼群需要的是什么？他们大脑里的什么东西，很可能。单生儿没有的某种酶或者分泌物；也许是产生所谓的“孪生心电感应”现象的酶或者分泌物。不管是什么，他们可以从本尼·斯莱特曼身上得到，因为本尼·斯莱特曼只是看上去像个单生儿。他的姐姐死了？嗯，难说，不是吗？非常难说，尤其是对于一个那么爱剩下的唯一这个孩子的父亲来说，他无法忍受失去他。

假如罗兰杀了他？那么本尼会怎么看你？

曾经，在另一个世界，罗兰承诺会好好照看杰克·钱伯斯，之后却让他坠入黑暗。杰克认为不会再有比那更糟的背叛。此刻他不那么肯定了。不，毫不肯定。这些不愉快的想法让他迟迟难以入睡。最后，在黎明第一缕微光照到地平线之前半个小时左右，他怀着不安隐隐约约睡着了。

第四章

仙笛神童

1

“我们是卡-泰特，”枪侠说，“我们几个是一条心。”他看到卡拉汉疑惑的目光——不可能看不到——然后点点头。“对，神父，你也属于我们。我不知道有多久，但我知道是这样。我的朋友们也是如此。”

杰克点点头。埃蒂和苏珊娜也点头。他们今天在**亭子**里；听完杰克的故事后，罗兰不想再在教区的房子里聚会了，甚至后院也不行。他觉得很有可能斯莱特曼或者安迪——甚至还可能有其他未被怀疑的狼群的朋友——已经在那里装了窃听装置以及摄像头。头顶上的天空阴云密布，像是要下雨，但是虽已到季末，天气仍然非常暖和。有些有公德意识的女士或先生们把落叶扫在一起，围着舞台成一个大圈，罗兰和自己的朋友们不久前曾在舞台上作自我介绍，下面的草地就好像夏天一样绿。有村民在放风筝，有夫妇们手牵手在散步，两三个在户外营生的手艺人一只眼搜寻潜在的顾客，另一只留神头上的乌云。在演奏台上，曾热情洋溢地演奏乐曲欢迎他们来到**卡拉·布林·斯特吉斯**的那支乐队正在练习几首新曲目。有两三回，村民们已经向罗兰和他的朋友们走来，想要攀谈一会儿，可是每次罗兰都板着脸摇摇头，人家赶快走开。已经过了说“见到你真高兴”之类的客套话的时候了，他们差不多已经到了苏珊娜所说的“真刀实枪”的时刻。

罗兰说：“四天后就要召开大会，这次我想要整个镇子都参加，不只是男人们。”

“就应该是全镇都参加，”苏珊娜说，“如果你指望女士们抛盘子来弥补枪支的不足，我觉得让她们进入见鬼的大厅也不算过分。”

“如果每个人都参加，就不能在**聚会厅**里召开，”卡拉汉说，“地方不够大。我们点上火把就在这里举行。”

“如果下雨呢？”埃蒂问。

“如果下雨，大家就淋湿嘛。”卡拉汉耸耸肩说。

“四天后开大会，九天后狼群到来，”罗兰说，“这很可能是我们最后一次像这样闲聊——坐下来，头脑清楚——直到一切都结束。我们不会在这里久留，所以记住它吧。”他伸出双手。杰克抓住一只，苏珊娜抓住另一只。很快五个人手拉手组成一个小圈。“我们看得清彼此吗？”

“看你很清楚。”杰克说。

“很清楚，罗兰。”埃蒂说。

“像白昼一样清楚，甜心。”苏珊娜笑着同意。

奥伊正在附近的草地上嗅什么东西，一声不响，但是他的确四下看看，眨了眨眼睛。

“神父？”罗兰问。

“我能清楚地看到和听到你。”卡拉汉微笑着赞同，“我很高兴被包括在内，至少到目前为止。”

2

罗兰、埃蒂和苏珊娜已经听了杰克的大致故事；杰克和苏珊娜也已听了罗兰和埃蒂的故事。现在卡拉汉两个都听到了——他后来称之为“双重特写”。他听的过程中时不时目瞪口呆。当杰克讲述躲在壁橱里的经历时，他画了十字。神父对埃蒂说：“你当然不是真心想杀死那些妻子和孩子们对吗？那只是虚张声势？”

埃蒂抬起头看着阴沉沉的天空，淡淡地微笑着考虑这个问题。然后他回过头看着卡拉汉。“罗兰告诉我你自己不愿被称为神父，近来却采取了一些神父般的立场。”

“如果你是在说中止你妻子的怀孕的主意的话——”

埃蒂一扬手。“这么说吧，我不是在说任何特别的事情。只是我们在这里有大事要做，而我们需要你帮助我们完成。我们最不需要的是受你老套的天主教废话牵制。所以我们就说是吧，我那时是虚张声势。说别的吧，行吗？神父？”

埃蒂的笑容变得牵强而且有些恼怒。他颧骨上有两块红光。卡拉汉仔细打量了他的神情，然后点点头。“嗯，”他说，“你那时是虚张声势。无论如何就到此为止，我们来说别的。”

“好的。”埃蒂说，他看看罗兰。

“第一个问题问苏珊娜，”罗兰说，“很简单：你感觉如何？”

“挺好。”她回答。

“真的吗？”

她点头。“真的，说谢啦。”

“这里没头疼？”罗兰在左边太阳穴上面搓了搓。

“没有。而且我以前常有的那种紧张感——太阳刚刚下山后，黎明就要到来前——已经没了。看看我！”她用一只手从隆起的胸脯摸到腰部，再到右臀。“我没那么圆滚滚了。罗兰……我读到过有时一些野生动物——像野猫一样的肉食动物，像鹿和兔子一样的草食动物——在条件不利于分娩时，会把幼畜重新吸收进去。你认为会不会……”她的声音渐渐消失，满怀希望地看着他。

罗兰多么希望自己可以赞同这个可爱的想法，可是他不能。卡-泰特之间隐瞒真相已不再可能。他摇摇头。苏珊娜的脸色沉了下来。

“她睡得很安稳，就我所知，”埃蒂说，“没有米阿的迹象。”

“罗莎丽塔也这么说。”卡拉汉补充道。

“你派女孩来监视我？”苏珊娜说话的腔调让人怀疑是黛塔，但是她面带笑容。

“有时候。”卡拉汉承认。

“苏珊娜的话题就到这里，如果可以的话，”罗兰说，“我们需要谈谈狼群。他们还有些别的事情。”

“可是罗兰——”埃蒂开腔。

罗兰伸手拦住。“我知道有许多问题。我明白它们多么棘手。可我也知道如果我们注意力分散，我们有可能死在**卡拉·布林·斯特吉斯**这里，死掉的枪侠帮不了任何人。当然他们也无法完成自己的使命。你们同意吗？”他的眼睛挨个扫过他们。没人回答。远处什么地方有许多孩子唱歌的声音。声音高亢，充满快乐和童真。关于考玛辣的什么歌谣。

“还有另外一小点事情我们必须解决，”罗兰说，“这涉及到你，神父。还有那个所谓‘门口洞穴’。你愿意穿过那扇门，回到你的故乡吗？”

“你在开玩笑吗？”卡拉汉双眼发亮，“一个回去的机会，即便是一小会儿。你是那么说的吗？”

罗兰点头。“今天晚些时候，也许你和我可以散步到那里，我会看你穿过那扇门。你知道空地在什么地方，对吗？”

“当然。我肯定有上千次走过那里，在我的前世。”

“你懂邮政编码吗？”埃蒂问。

“如果塔先生按你的要求做了，那会写在宽栅栏的末端，第四十六大街那边。很聪明，顺便说一句。”

“拿到邮编……还有日期，”罗兰说，“如果可以，我们得知道那边的时间，埃蒂说得没错。拿到它就回来。接下来，亭子里的会议结束后，我们还得要你再次穿过那扇门。”

“这次是要去塔和深纽所在的新英格兰的某处。”卡拉汉猜。

“对。”罗兰说。

“如果你找到他们，多半会想和深纽先生谈话，”杰克说。他们全都转向杰克时，他的脸涨红了，但是他一直紧紧盯着卡拉汉的目光。“塔先生也许很固执——”

“那可是说得太轻描淡写了，”埃蒂说，“你到那里时，他也许已经发现十二家旧书店，天知道有多少本第一版的《印第安纳·琼斯的十九次精神崩溃》。”

“——但是深纽先生会听。”杰克接着说。

“听，杰克，”奥伊说，随后仰面躺下打滚。“听，停下！”

杰克抓抓奥伊的肚皮说：“如果有谁能说服塔先生做什么事的话，那只有深纽先生。”

“好的，”卡拉汉点头回答，“我明白了。”

唱歌的孩子们这会儿离得很近。苏珊娜转过身，但是没有看到他们；她假定他们正从河街那边来。如果那样的话，他们一离开河边，从图克的杂货店转到大街上就能被看到。一些在那边门廊上的村民已经站起来观看。

与此同时，罗兰正面带微笑打量着埃蒂。“有一次我用*假定*这个词时，你告诉我你们的世界里有个关于它的俗语。我想再听听，如果你还记得的话。”

埃蒂咧嘴笑笑。“*假定会搞掉你和我的屁眼*——你说的是这个吗？”

罗兰点头。“是个不错的俗语。不管怎么样，我现在要做个假定——像钉子一样把它钉牢——然后我们成功的全部希望就靠它了。我不喜欢这样，但是发现别无选择。这个假定是只有斯莱特曼跟安迪和我们对着干。如果到时候我们处理好他们，就能秘密展开行动。”

“别杀他。”杰克说，声音轻到几乎听不见。他已经把奥伊拉到身边，不由自主地快速抚摸他的头顶和长脖子。奥伊耐心地忍着。

“请原谅，杰克，”苏珊娜说，身体前倾并把一只手放在耳后。“我没——”

“别杀他！”这次杰克声音嘶哑而且发颤，几乎要哭出来，“别杀本尼的老爸。拜托了。”

埃蒂伸出手轻轻摸了摸男孩的脖颈。“杰克，本尼·斯莱特曼的老爸要把一百个孩子送给雷劈那里的狼群，就为了救他自己的孩子。而且你明白那些孩子回来是什么模样。”

“嗯，可是在他看来，他没有别的选择，因为——”

“他可以选择和我们并肩作战。”罗兰说。他的声音既单调又可怕。几乎充满杀机。

“可是——”

可是什么？杰克不知道。他已经翻来覆去地想过，可仍然想不出。突然泪水从他的眼里夺眶而出，接着他泪流满面。卡拉汉伸出手去安慰他。杰克把他的手推开。

罗兰叹着气说：“我们会尽量饶恕他。这点我可以向你保证。我不知道这算不算仁慈——斯莱特曼一家要离开镇子，如果下周末之后还有镇子的话——但是也许他们会顺着新月地带向北或向南走，开始某种新生活。杰克，听着：没必要让本·斯莱特曼知道你昨晚偷听了安迪和他父亲的谈话。”

杰克看着他，一副不敢奢望的表情。他丝毫不在乎老斯莱特曼，但是他不想让本尼知道是他干的。他觉得自己像是个懦夫，可他不想让本尼知道。“真的吗？肯定？”

“这个不能肯定，不过——”

他还没说完，唱歌的孩子们从角落里出来了。领头的那个，银色的四肢和金色的躯干在白日柔和的光线中闪着淡淡的亮光，就是报信机器人安迪。它正在倒着走。一只手里拿着一个闪亮的丝绸布卷。苏珊娜觉得它看上去像一个七月四日的游行司仪。它自在地左右挥动指挥棒，领着孩子们唱歌，它胸膛和脑袋里的扬声器发出风笛的伴奏声。

“神圣的狗屎，”埃蒂说，“这是哈姆林镇的仙笛神童①。”

---

① 据说公元一二八四年德国的哈姆林镇（Hamelin）有一百多名儿童神秘失踪，原因不明。后来格林兄弟将这个悬案写成传说，其后被改编成电影《仙笛神童》。

3

考玛辣——来——一遍！
妈妈有儿子！
在爸爸那里过日子
有更多乐子！

安迪独唱自己那部分，然后把指挥棒向孩子群一挥，他们吵吵嚷嚷地跟着唱起来。

考玛辣——来啊——来！
爸爸有儿子！
在妈妈那里过日子
有更多乐子！

欢快的笑声。根据他们发出的噪音量判断，孩子没有苏珊娜原先想的那么多。看到安迪在那里领着他们，又想到杰克的故事，她感到心里发毛。同时，她也感到一阵愤怒开始在她喉咙口和左边太阳穴跳动。它居然可以这样领着他们在街上行走！就像仙笛神童，埃蒂说得对——像哈姆林镇的仙笛神童。

这会儿安迪用假装的指挥棒指着一个看上去十三四岁的漂亮姑娘。苏珊娜认为她是安瑟姆的一个孩子，就是逖安・扎佛兹家南边的一个小农户。她响亮清楚地唱出下一首歌谣，还是伴随着同样的沉重节拍，有点像(但不很像)跳绳时唱的歌谣：

考玛辣——来——两遍！
你知道该做什么事！
种上稻子考玛辣
你可不要……成……傻瓜！

接下来，其他人又一起唱起来，当他们转过街角时，苏珊娜意识到这群孩子比她想象中大，大多了。她的听觉比视觉更准确，这果然很有道理。

考玛辣——来——两遍［他们合唱道］！
爸爸不是傻瓜！
妈妈种下考玛辣
因为她知道要做什么！

人群第一眼看上去人数不多，因为许多张面孔一模一样——比如安瑟姆小姑娘的面孔和旁边一个小男孩的几乎相同。那是她的孪生兄弟。安迪带领的队伍里几乎全是双胞胎。苏珊娜突然意识到这很怪异，就像他们看到过的装在瓶子里的那些奇怪的连体婴儿。她的肠胃开始翻腾。她感到左眼上方一阵疼痛。她抬起手想去抓那个痛处。

不，她告诫自己，我并没感觉到。她强行把手放回去。没必要抓自己的眉头。没必要去揉不痛的地方。

安迪用指挥棒指着一个胖嘟嘟的小男孩，他肯定不超过八岁。他用傻里傻气的高嗓门唱着歌词，把其他孩子都逗乐了。

考玛辣——来——三遍！
你知道该怎么做
种下稻子考玛辣
稻子让你自由自在！

紧接着是合唱的声音：

考玛辣——来——三遍！
稻子让你自由自在！
当你种下稻子考玛辣
你就知道要做什么！

安迪看到了罗兰的卡-泰特，快乐地挥了挥自己的指挥棒。孩子们也跟着那么做……如果这个游行司仪为所欲为的话，孩子们中的一半会变成弱智回来。他们会长成巨人的身形，痛苦地大叫，然后早早死去。

“招招手，”罗兰一边挥手一边说，“招招手，你们大家，为了你们的父亲。”

埃蒂冲安迪高兴地咧嘴一笑。“你好吗，你这个无线电收发傻瓜？”他问道。从他咧着的嘴里发出的声音低沉而又气愤。他朝安迪竖起两个大拇指。“你好吗，你这个精神病机器人？说好啊？说谢啦！说别惹我！”

杰克听完大笑起来。他们全都继续挥手微笑。孩子们也冲他们挥手微笑。安迪也在挥手。他领着自己欢快的乐队沿着大街走下去，不停唱着考玛辣—来—四遍！河流就在门边前！

“他们爱它，”卡拉汉说。他脸上露出古怪、厌烦的表情。“一代又一代的孩子们都爱安迪。”

“这一点，”罗兰说，“就要改变了。”

4

“还有其他问题吗？”安迪和孩子们走远后，罗兰问道。“如果有现在就问吧。这可能是你们最后的机会。”

“逖安·扎佛兹怎么办？”卡拉汉问，“实际上一切都是由逖安开始的。在结尾部分应该有他的一席之地。”

罗兰点头。“我给他安排了任务，一项他要和埃蒂一起完成的任务。神父，在下面罗莎丽塔的小屋底下有一个不错的厕所，高大，牢固。”

卡拉汉皱起眉头。“嗯，说谢啦。那是逖安和他的邻居休·安塞姆盖的。”

“接下来的几天里你能从外面把它锁上吗？”

“我可以但是——”

“如果事情进展顺利就无需上锁，可是没人能完全肯定。”

“是的，”卡拉汉说，“我想没有人能够。我可以按你说的办。”

“你有什么计划，甜心？”苏珊娜问。她讲话的语气很平静，温柔得有些奇怪。

“有个小小的计划。多数时候都奏效。我能告诉你们最重要的一点是，一旦我们从这里起身，拍拍屁股上的尘土，重新和村民们在一起时，就不要相信我说的任何话，尤其是我手里拿着羽毛站在大会上讲的任何话。其中绝大多数都会是谎言。”他冲他们笑了笑。笑容上面，他暗淡的蓝眼睛的神情像岩石一样坚硬。“我老爸和库斯伯特的老爸过去曾有个规矩:先是微笑,接着撒谎,最后开火。”

“我们也差不多,不是吗?”苏珊娜问,“几乎要开枪了。”

罗兰点点头。“开枪会速战速决,你们会感到好奇,所有的计划和闲聊有什么用,问题的解决总是毫不例外地取决于最后五分钟的流血、疼痛和愚蠢。”他停了停,接着说,“我事后总是感到恶心,就像伯特和我去看绞死人的时候那样。”

“我有个问题。”杰克说。

“问吧。”罗兰回答。

“我们会赢吗?”

罗兰沉默不语了很久,以至于苏珊娜开始担心。然后他说:“我们知道的比他们想象的多。他们在自以为是。如果安迪和斯莱特曼是木料堆里唯一的老鼠,如果狼群的数目不是太多——如果我们的盘子和枪弹没有用光——那么是的,杰克,艾默之子。我们会赢。”

“太多是多少?”

罗兰思忖着,他暗淡的蓝眼睛看着东方。“比你以为的多,”他最后说,“而且,我想,比他们以为的多。”

5

那天下午晚些时候,唐纳德·卡拉汉站在找不到的门前面,集中精力回想着一九七七年的第二大道。他全神贯注于“嚼嚼老妈店”,想着他、乔治还有鲁普·德尔伽朵有时会到那里吃午饭。

“只要有得卖,我总是吃牛腩,”卡拉汉说,并尽力不去理会从洞穴的幽深之处传来的他母亲尖厉的声音。刚开始和罗兰一起进来时,他的目光被凯文·塔送过来的书吸引住了。那么多的书!一看到它们,卡拉汉素来宽广大度的心变得贪婪起来(还有点变小)。然而,他的兴趣并没持续很久——只维持到让他随手拉出一本,看到是欧文·威斯特①的《弗吉尼亚人》时。在你死去

① 欧文·威斯特(Owen Wister, 1860—1938),美国作家,其成名作《弗吉尼亚人》通常被视为第一部西部小说。

的朋友和亲爱的人在冲你尖叫并喊你的名字时,你很难尽情浏览。

他母亲此刻在问他为什么让一个吸血鬼,一个肮脏的吸血生物把她给他的十字架摔碎。"你的信仰总是不坚定,"她忧伤地说,"信仰不坚定,对酒精却很执著。我打赌你现在就想来一杯,对吗?"

亲爱的上帝,他想极了。威士忌。陈年的。卡拉汉感到额头汗涔涔的。他心跳在成倍加速。不,三倍。

"牛腩,"他嘟囔着,"上面撒点黑芥。"他甚至能听到装黑芥的塑料挤瓶的声音,而且记得商标名。普罗士曼牌。

"什么?"罗兰在后面问他。

"我说我准备好了,"卡拉汉说,"如果你准备行动,上帝保佑现在就开始吧。"

罗兰把盒子打开。敲钟声立刻在卡拉汉耳边回响,让他想起噪音隆隆的汽车里的低等人。他肚子里的肠胃开始蜷缩,愤怒的泪水夺眶而出。

但是门咔哒一声开了,一道灿烂的阳光斜射进来,驱走洞口的黑暗。

卡拉汉深吸一口气,心里想着,啊玛丽,孕育无罪,保佑信奉你的人吧。然后就踏进了一九七七年的夏天。

6

当然是晌午,午饭时间,而且当然他正站在"嚼嚼老妈店"门口。看上去没人注意到他的到来。餐厅门口的黑板架上用粉笔写着特色菜:

嘿,你好,欢迎到嚼嚼!

六月二十四日特色菜

蘑菇酸奶油炒牛肉

牛腩(配卷心菜)

大农场玉米面卷

鸡汤

试试我们的荷兰苹果派

好，一个问题解决了。这是埃蒂来这里的第二天。至于下一个……

卡拉汉把第四十六街暂时搁在一边，朝第二大道走去。他往身后看时，看到洞穴的入口紧紧地跟随着他，就像貉獭老老实实地跟着男孩杰克一样。他能看到罗兰坐在那里，把什么东西放到耳朵里阻挡让人发疯的丁丁当当的敲钟声。

他走了足足两个街区才停下，此刻他目瞪口呆。他们已经说过会是这幅情景，罗兰还有埃蒂，可是卡拉汉心里并不相信。他以为自己会发现“曼哈顿心灵餐厅”在这个完美的夏日完好无缺，这里的天气和他离开时卡拉灰蒙蒙的秋天非常不同。嗯，也许窗户里会有一块牌子写着：**休假，八月份前停止营业**——类似那样——但是店还会在那里。嗯，是的。

然而它不在。至少没留下多少。店面只留下烧坏的支架，还缠着黄色的带子，上面写着：**警方在调查**。当他走近一点时，他能闻到烧焦的木头、燃烧的纸张、还有……很淡的……汽油的味道。

一个擦皮鞋的老头儿在附近一家“鞋靴站”前摆起了摊儿。这会儿他跟卡拉汉说：“很可惜，对吗？感谢上帝房子里当时一无所有。”

“哎，说谢啦。什么时候发生的？”

“半夜三更嘛，还能有什么时候？你以为那些暴徒们会在光天化日之下杀人放火？他们不是天才，可他们还没傻到那个地步。”

“会不会是电线着火了？或者也许是什么东西自燃了？”

擦鞋老头儿嘲讽地看了卡拉汉一眼。那眼光像是在说，*哦，拜托*。他用沾满上光剂的拇指指着仍在闷烧的废墟。“看到那条黄带子了吗？你认为他们会在一个因自燃引发火灾的地方缠上黄带子，说警方正在调查吗？不可能，我的朋友。不可能约瑟。凯文·塔得罪了什么坏家伙，他深陷其中。街区上每个人都知道。”擦皮鞋的动了动自己的眉毛，两根白眉浓密而且杂乱。“我真为他的损失可惜。他店铺后面有一些非常珍贵的书。非常非常珍贵。”

卡拉汉谢过擦皮鞋老头儿的高见，然后转身往第二大道走去。他一直在偷偷地触摸自己，想证实这一切是真的。他不停地大口呼吸着混合着碳氢化合物的城市空气，并享受着城市的每一个声音，从公共汽车的咣当声（有些车子上面还有《霹雳娇娃》的海报）到手提钻的敲打声和没完没了的喇叭声。他走近“力量之塔”唱片店时，驻足片刻，他被门前扬声器传出的音乐惊住了。那是一曲他好多年没有听过的老歌，他老早还在洛厄尔①的时候这首歌非常流行,是关于追随仙笛神童的内容。

"克里斯皮安,"他嘟囔道,"那是歌手的名字。感谢上帝,圣人耶稣。我真的在这里。我真的在纽约。"

就好像要证实这一点似的,一个听上去没好气的女人说:"也许有些人可以整天站在这里,可我们却要在这里走来走去。你也该移动一下吧,或者至少站到边上?"

卡拉汉说了声抱歉,不过他怀疑她有没有听到(或者听到也不在乎),然后往前走。直到他走近第四十六街之前,那种在梦中的感觉——一个极其生动的梦——始终存在。接着他开始听到玫瑰的声音,他的生活随之彻底改变了。

7

最初只是一个小小的嘀咕声,可是当他走近时,他感觉听到了很多声音,天使般的声音,是在唱歌。向神唱着他们自信、欢快的赞美诗。他从没听到过那么甜美的歌声,就跑上前去。他来到栅栏边,把手放在上面。他开始哭泣,实在情不自禁。他觉得人们在看他,但是他不在乎。他一下子充分理解了罗兰和他的朋友们,而且第一次感到自己是他们中的一分子。难怪他们拼命要活下去,要坚持下去!难怪,因为这个危在旦夕!挂着破烂海报的栅栏另一边有什么东西……简直完全是美轮美奂的东西……

有一个小伙子,长发用橡皮筋扎在脑后,戴着一顶帽檐拉到后面的牛仔帽,停下来在他肩上拍了一下。"这里挺不错,对吗?"嬉皮牛仔说,"我也不知道为什么,可它就是好。我每天来一次。你想知道为什么吗?"

卡拉汉朝小伙子转过身,一边擦拭自己泪汪汪的眼睛。"嗯,我想是的。"

小伙子用一只手碰了碰自己的眉头,然后是脸颊。"我以前长着全世界最难看的粉刺。我是说,比萨饼那样的脸比我强多了,我是轧开花的脸。后来在三月底或四月初的时候,我开始来这里,然后……一切都好了。"小伙子

① 洛厄尔(Lowell),马萨诸塞州东北一城市,位于波士顿西北部,梅里马克河上。建立于一六五三年,曾经是主要的纺织中心,现在有多种不同的工业。

笑起来。“我爸带我去看的皮肤病医生说是氧化锌的作用，可我觉得是这块地方。这里有什么名堂。你听说过吗？”

尽管卡拉汉的耳边全是甜美的歌声——就像置身于圣母大教堂，周围是唱诗班——他还是摇摇头。那几乎是出于本能。

“嗯，”戴着牛仔帽的嬉皮说，“我也没有。不过有时我以为听过。”他冲卡拉汉举起右手，前两个手指伸开做V字状。“和平，兄弟。”

“和平。”卡拉汉说，并做了个同样的手势。

嬉皮牛仔离开后，卡拉汉用手抓住栅栏裂开的木板，还有给“僵尸之战”做广告的破烂海报。他最想做的是爬过去看看玫瑰……可能会跪下去敬拜它。但是人行道上人群拥挤，而且他已经吸引了很多好奇的目光，有一些人无疑和嬉皮牛仔一样，对这块地方的力量略有所知。他能为栅栏后面伟大的歌唱力量（只是一朵玫瑰？别无其他？）效劳的最好方法是保护它。那就是说保护凯文·塔不受烧掉他店铺之人的伤害，不管是谁干的。

他转到第四十六大街上时，他的手还在粗糙的栅栏板上。在大街这头是绿得透亮的“联合国广场宾馆”大厦。*卡拉，卡拉汉*，他心想，接着：*卡拉，卡拉汉，凯文*。随后：*卡拉—来—四遍，一枝玫瑰在门后面，卡拉—来—卡拉汉，凯文再来一遍！*

他走到栅栏尽头。起初他什么也没看见，他的心沉了下去。然后他往下看时，发现在那里，大约膝盖的高度：用黑笔写了五个数字。卡拉汉把手伸到衣兜里摸铅笔头，他总是把它放在那里，然后从一张海报上撕下一个角，那是一场名叫“跳入地牢的人，一个滑稽剧”的外百老汇剧目。他把五个数字匆匆记下。

他不想离开，可是他明白不得不走；离玫瑰如此之近不可能冷静思考。

我会回来的，他告诉它，而且让他惊喜的是，一个想法闪现在他脑海，清楚而且真实：*是的，神父，随时。来—考玛辣。*

在第二大道和四十六街街角，他往身后看去。通往洞穴的门仍在那里，底部浮在人行道上方三英寸的位置。一对中年夫妇，从他们手里拿的旅游手册来看是旅行者，从宾馆那边走了过来。他们聊着天走到门跟前，然后绕了过去。*他们看不见它，但是他们能感觉到*，卡拉汉心想。如果人行道拥挤不堪不可能绕过去呢？他觉得在那种情况下，他们会一直走进那个竖在那里闪着微光的地方，也许只是感到片刻的寒冷和眩晕，也许能隐隐约约听到敲钟的乏味声响，并闻到一股烧洋葱或烤焦的肉的味道。而且当晚，有可能，他们会短暂地梦到比纽约这个逍遥城更奇怪的地方。

他可以穿回去了，也许应该那样；他已经达到此行的目的：不过一阵轻快的漫步就可以把他带到纽约公共图书馆。那里，在石狮子后面，即使一个身无分文的家伙也可以得到一些信息。比如说，某个邮政编码的地点。而且——说句不好意思的真心话——他还不想回去。

他在面前挥挥手，直到枪侠注意到他的动作。卡拉汉不顾路人打量他的目光，把两只手的手指伸向空中一次，两次，三次，不太确定枪侠是否明白。罗兰看上去明白了。他夸张地点点头，然后赞许地竖起拇指。

卡拉汉出发了，走得很快，几乎小跑起来。容不得耽搁，不管纽约有了多么令人愉快的变化。罗兰等候的地方可不舒服。而且，照埃蒂的说法，那还可能很危险。

8

枪侠理解卡拉汉的意思不成问题。伸出三十根手指，就是三十分钟。神父想在那边再停半个小时。罗兰猜他想根据栅栏上写的数字找出实际所在地。如果他能做到，那再好不过。信息就是力量。而且当时间紧迫时，它能加快速度。

他耳朵里的子弹完全阻隔了声音。敲钟声能透进来，但是已变得相当缓和。是件好事，因为它们的声音比无阻隔界讨厌的啾唧声难听得多。那个声音听上两三天，他相信自己可以进精神病院了，不过三十分还能行。如果实在受不了，他或许可以从门里扔出个什么东西，吸引神父的注意力，然后让他早点回来。

有一会儿，罗兰看着卡拉汉前面延伸的街道。他似乎通过三个人的目光看到了海滩上那些门：埃蒂、奥黛塔、杰克·莫特。这个有点不同。他从中总能看到卡拉汉的背部，如果卡拉汉回头看的话，他时不时那么做，罗兰还能看到他的脸部。

为了消磨时间，罗兰站起来看了看几本书，它们对凯文·塔如此重要，以至于他把书的安全作为和他们合作的条件。罗兰拿出的第一本书上面有一个男人头像的侧影。这个人抽着烟斗，戴一种猎场看守人的帽子。柯特有一顶类似的帽子；还是小男孩时，罗兰觉得它比父亲那顶沾满汗渍，系绳已经磨损的骑马帽时髦多了。书上写的是纽约那个世界的文字。罗兰相信如果他生活在那边，一定能轻松看懂，可他不是。不过，他能看懂一些，而结果几乎和那些敲钟声一样让人发疯。

“歇—洛克·福尔摩斯，”他大声读道，“不，霍姆斯。就像奥黛塔的姓。四部……短篇……写说。写说?”不，这个字是小。“福尔摩斯的四部短篇小说。”他把书打开，毕恭毕敬地用手翻到标题页，然后闻了闻：上好的老纸张那种芳香和淡淡的甜味。他能认出四部短篇小说中一本的名字——《四签名》。除了猎犬和研究这几个词，其他几部的书名对他毫无意义。

“签名是一种标志，”他说。他发现自己在数书名中字母的多少时，实在觉得自己好笑。再说，也只有十六个。他把书放回去又拿起一本，这次封面上画了一个士兵。他能认出标题里的一个词：死亡。他看了看另一本。封面上一个男人和一个女人在亲吻。嗯，故事里总有男人和女人亲吻；人们喜欢那样。他把书放回，抬头看看卡拉汉进展如何。他看到神父走进一间塞满书和埃蒂说的“玛格达所见”的屋子……他瞪大了眼睛。尽管罗兰仍然不确定玛格达看到了什么，或者为什么写了那么多关于它的东西。

他抽出另一本书，看着封面笑了起来。有一座教堂，红灿灿的夕阳正在它后面落下。教堂看起来有点像“安详女神堂”。他把书打开，一页页翻看。词语很多，可是他每三个词里最多能认出一个。没有图片。他正准备把书放回去，这时什么东西吸引了他的目光。跃入了他的眼帘。罗兰一时无法呼吸。

他退回来，不再听到隔界的敲钟声，也不在乎卡拉汉走进去的那间大书房了。他开始阅读上面印有教堂的那本书。或者说试着读。词语在他眼前疯狂地掠过，他不敢相信。不太敢。可是，上帝！如果他看到的就是他以为的那样——

直觉告诉他这就是钥匙。然而是哪扇门的呢?

他不知道，不能全部看明白因此不得而知。但是他手中的书几乎要出声了。罗兰心想也许这本书就像玫瑰……

……但也有黑色的玫瑰。

9

“罗兰，我找到了！是缅因州中部一个叫东斯托纳姆的小镇，在波特兰北部大约四十英里而且……”卡拉汉停了下来，仔细打量枪侠。“怎么了？”

“是敲钟声，”罗兰急促地说，“即使我的耳朵已经塞上，它还是能进来。”门关上，敲钟声没有了，可是仍然有声音。卡拉汉的父亲此刻在问儿子唐尼，自己在他床下发现的那些杂志是不是一个基督徒应该看的，如果他母亲发现了怎么办？当罗兰建议他们离开洞穴时，卡拉汉已迫不及待地想离开。卡拉汉和老头子的对话他还记忆犹新。他们后来一起在床脚边祷告，三本《花花公子》杂志被扔到了后面的焚化炉里。

罗兰把带雕刻的盒子放入粉红袋子里，又一次小心翼翼地把它收到塔的宝贝书箱后面。他已经把上面印有教堂的那本书放回原处，把书名朝下放着，这样他可以很快再找到它。

他们走出去肩并肩站着，大口呼吸着新鲜空气。“你肯定只是敲钟声吗？”卡拉汉问，“天啊，你看上去好像见了鬼似的。”

“隔界的敲钟声比鬼魂厉害。”罗兰说。那或许是真的，或许不是，不过这好像让卡拉汉放心了。他们沿着小道往下走时，罗兰想起他对其他人的承诺，更重要的是对自己的承诺：泰特之间不再有秘密。他发现自己怎么这么快就违背了诺言！但是他觉得自己这么做是对的。他至少认得那本书里的几个名字。其他人也会认得。以后他们会知道的，如果那本书果真像他以为的那么重要的话。可是现在它只会把他们的注意力从即将开始的和狼群的搏斗上分散开。如果他们能打赢那场战斗，那么也许……

“罗兰，你肯定自己没事吗？”

“对，”他拍了拍卡拉汉的肩膀。其他人也可以读那本书，在读的时候发现它的意义所在。也许那本书的情节只是一个故事……可是怎么可能……当……

“神父？”

“怎么了，罗兰。”

“小说是个故事，对吗？一个虚构的故事？”

“对，而且很长。”

“不过让人信以为真。”

“对，那就是小说的意义。让人信以为真。”

罗兰思忖着。《小火车查理》也曾让人信以为真，只是在许多方面，许多关键的方面，它不是。而且作家的名字变了。有许多不同的世界，全都由**塔**联系在一起。也许……

不，现在不行。他现在不能想这些事情。

“跟我讲讲塔和他的朋友去的那个镇子。”罗兰说。

“我讲不出，真的。我是在缅因州的一本电话簿上找到的，就这些。而且是本简易邮编地图，可以显示位置。”

“挺好。非常好。”

“罗兰，你肯定没事吗？”

卡拉，罗兰心想。卡拉汉。他强迫自己微笑。强迫自己又拍了拍卡拉汉的肩膀。

“我没事，”他说，“现在我们回镇子里去吧。”

第五章

村民集会

1

逖安·扎佛兹站在亭子里的台阶上，看着台下那些卡拉·布林·斯特吉斯的村民们时，觉得自己这辈子也没像现在这样害怕过。虽然他知道那总共不过五百来人——顶多也不会超过六百——可是在他看来，那些人似乎有成千上万，人们那种充斥着焦虑的沉默让人心里发毛。他看看他的妻子，试图从她那里找到一些安慰，可他失败了，扎丽亚那张干瘦的脸阴沉着，看上去就像老太太的脸一样——尽管她还远未到更年期。

这天下午的天气也让人难以平静：头顶的天空虽然一片云也没有，蓝得澄净，但它却露出一种不合时宜的阴霾——现在是五点钟。西南边有一大团云朵，随着逖安一级级走上台阶，太阳也渐渐从那些云朵里探出头来。逖安觉得这就是他爷爷常说的"怪天气"……从这里看去，雷劈一片漆黑，间或有闪电般的火花闪过。

*早知道会这样，我根本就不会开始。*他胡思乱想着，*那样的话，我这会儿也就不用被卡拉汉强行逼迫上场。*虽然卡拉汉也在场，和罗兰以及他的朋友们站在一块儿，只见他穿着日常的V字领黑色上衣，双手交叉着，胸前挂着有耶稣像的十字架。

逖安试图摆脱这些愚蠢的念头，他告诉自己卡拉汉会来帮助他的，那群来自外部世界的人同样会的。他们来的目的就是要帮助他，他们遵循的信条要求他们伸出援手，哪怕这么做会摧毁他们自己，以及他们所追求的东西。他告诉自己，这时唯一要做的就是把罗兰带到大家面前，并且罗兰也希望这样。这位枪侠曾经在这个台子上用一场考玛辣舞俘获了所有人的心。逖安现在是不是在怀疑罗兰能否再次做到这一点呢？说实话，他一点儿也不怀疑。他心里真正害怕的是，这一次罗兰要跳的恐怕不再是活人的舞蹈，而是一场死亡之舞，因为对于罗兰和他的朋友们来说，死亡就是他们存在的意义，它就像面包和水一样，是他们生活的基本内容，它仿佛是他们饭后用来清理口腔的饴糖。虽然在第一场集会上——那时离现在还不到一个月吧？——由于歇斯底里的愤怒，逖安站出来说了几句，但一个月的时间已经足够让他吸取教训。然而，如果这么做是错误的，那该怎么办？如果狼群来了，用他们的火炬将卡拉镇焚为平地，将他们垂涎已久的孩子掠走，并将那些剩下的人——无论老幼抑或青壮年——统统用他们那飞驰的死亡之球碾碎——如果是这样，那该怎么办？

卡拉的村民们都站立在那里等着他开始，有艾森哈特夫妇，欧沃霍瑟夫妇，扎维尔夫妇和图克家的人（虽然在最后一个家族里没有狼想要的那个岁数的双胞胎，对，没有，图克家可真幸运），特勒佛德站在男人们当中，他那胖乎乎但却整天板着张脸的妻子则和女人们站在一起。除此之外还有斯特龙夫妇，罗斯特夫妇，斯莱特曼，韩德夫妇，罗沙里奥夫妇，坡瑟勒夫妇，曼尼人还是像一滴墨汁一样挤在一起。镇子上最德高望重的韩契克和深受孩子们喜爱的小康塔布站在一起；独自站在一旁的是另一位很受孩子们欢迎的人物——安迪——它把它那骨瘦如柴的铁胳膊撑在屁股上，两只碧蓝的电眼在黑暗中闪闪发亮。欧丽莎姐妹此刻像站在篱笆上的鸟儿一样排在一块儿，她们当中站着逖安的妻子。牛仔们也来了，还有雇工们，以及那些白天上学的孩子们，甚至老伯纳多也在场，他可是镇上出了名的酒鬼。

在逖安右边，手执羽毛的人群中发出一阵不安的骚动。在通常情况下，让一对双胞胎拿着羽毛已经足够了，因为大部分时候，人们都早已知道发生了什么事情，拿着羽毛只不过是一种约定俗成的形式而已。但这次（这是玛格丽特·艾森哈特的主意）却有三对双胞胎拿着羽毛，由康塔布驾车带着，从镇上走到小农田、牧场和农场。康塔布这会儿正坐在最前头，没有大声叫唤一句，安静得反常，他只是不时向那几对骡子哼哼几声，可它们并不需要他帮什么忙。年纪最大的一对双胞胎是哈根古德家的，他们生在第一批狼群来袭的那一年，今年已经二十三岁了（在大多数村民看来，他们丑得出奇，尽管他们干活很卖力）。接着就是塔维利家的双胞胎，他们可是一对漂亮的捣蛋鬼，淘气得都能在镇上画地图了。最后也是最年幼（虽然在逖安家族里已经是最大的双胞胎了）的一对，是赫顿和赫达。看到赫达，逖安不由得迈开了步子，他看到他那好女儿（虽然她相貌平平）由于感觉到了父亲的恐惧，都快要哭出来了。

并不是只有埃蒂和杰克在想着另一个人的话；逖安此时也想起了他爷爷的话。说这话的爷爷当然不是现在这个走路蹒跚，牙齿掉光的老杰米，而是二十年前的那个：那时他虽然年纪大，但如果你胆敢无礼地顶撞长辈或者做事情磨磨蹭蹭，他能一拳把你打飞到河边上去。逖安曾不止一次怀疑杰米是否真的曾和狼群当面对峙过，但既然罗兰相信这一点，他也就不再怀疑了。

就那样吧！他脑子里的声音咆哮道。到底是什么让你犹豫不决、磨磨蹭蹭呢，笨蛋？只要说出他的名字，然后站到一边不就行了吗？不管结果是好是坏，都交给他了！

逖安再注视了一会儿外面静静的人群，火把的光芒也是静静的——这毕竟不是开派对——那橘红色的火光安静地勾勒出黑暗中人们的轮廓。他想要说点什么，或者，需要说点什么，不管这样做的结果是好是坏，他只是想让大家知道，这次行动也有他的份儿。

东边，有闪电静静地在黑暗的天空中炸开。

罗兰像神父那样抱着胳膊，他注意到了逖安的眼神，并冲他点了点头。即使在火把温暖火光的照耀下，这位枪侠的注视也还是像安迪那样，冷冷的。但对于逖安来说，这些已经足够使他鼓起勇气。

他拿起羽毛，举在胸前。这时，人们的呼吸都似乎停止了。远远地从镇子的那边传来苍鹰的悲鸣，仿佛要将黑夜阻止。

“不久前我曾站在聚会厅里，告诉你们我心里的想法。”逖安说道，“我当时说，狼群来袭的时候，他们抢走的不仅是我们的孩子，还有我们的灵魂。他们每来一次，我们每闪躲一次，我们心里的伤口就会加深一次。如果一棵树被人砍得太深，它就会死去，我们的镇子也一样，如果被伤得太深，也会死亡。”

这时罗莎丽塔·穆诺兹，一个一直没有孩子的女人，在苍茫的暮色中激动地大声喊道：“他说得对！听他说，乡亲们！好好听他说！”

村民们也开始纷纷说着“听他说，听他说，好好听着。”

“神父曾告诉我们有一群来自西南边的枪侠穿过中部森林，沿着光束的路径来到了我们这里，虽然有人讥笑过他这话，但他所说的千真万确。”

“对，神父说的是真的。”人群回应着。这时又传出一个女人的声音：“感谢上帝！感谢圣母玛丽亚！”

“这些天以来，他们一直和我们在一起。有人想和他们说几句话，其实，你们已经和他们说过话了。他们对我们唯一的承诺，就是要帮助我们——”

“并且，如果我们愚蠢到允许他们这么做的话，他们还会把我们的镇子夷为平地，把村民赶尽杀绝，然后继续前行。”伊本·图克吼叫着。

人们吃了一惊，开始窃窃私语起来，等大家的议论声渐渐小下去的时候，韦恩·欧沃霍瑟说道："闭嘴吧！你这多嘴多舌的家伙！"

图克听到这话惊讶地转过头看着欧沃霍瑟，他感到难以置信：欧沃霍瑟这个卡拉镇的大农夫可是他的老主顾。

逖安接着说："他们的首领是来自蓟犁的罗兰·德鄯。"虽然大家都知道这一点，但一听到逖安说出的这个传奇般的名字，人们还是嗡嗡地小声议论起来。"也就是说，他来自内世界。你们想听他说点什么吗？想不想？伙计们？"

人们的回应声很快汇成了响亮的一片，"让他来说说！我们要听听他说！我们会一直听他说完的！让我们好好听他说说！说谢了。"正在这时，逖安听到了一阵轻柔的，有节奏的敲打声，他起初没有听出这是什么声音，但很快，他明白过来了，脸上也笼上了一层笑意：这不正是皮靴踏在地上发出的声音么！只不过这些靴子不是踏在聚会厅的地板上，而是踩在这片丽莎女神的草地上。

随着皮靴声越来越响，罗兰走上前来，逖安朝他伸出了手。这时女人们也努力地踏着她们脚上的便鞋，试图加入到这响亮的脚步声中来。看到罗兰的到来，人们的跺脚声变得更大了。逖安把羽毛递给罗兰，示意其他的双胞胎们先走下台阶，自己也牵着赫达的手走了下去。罗兰用只剩八个指头的手紧握着那抹过桐油的古老的梗，将羽毛举在胸前。终于，皮靴声、便鞋声渐渐平息下去，只剩下火把在嗞嗞作响，偶尔还冒出劈啪的火星。火把照亮了人们仰起的脸，也把那些脸上的希望和恐惧照得一清二楚。这时苍鹰又叫了起来，不过很快安静了。东边的天空中，有巨大的闪电将黑暗划破。

枪侠此刻正站在人们面前。

2

似乎有很长时间罗兰只是静静地看着人群，在每双惊恐而呆滞的眼睛里，他发现了同一种东西，他曾不止一次看到这样的眼神，读懂它们并不难。他看出这些人十分饥饿，他们想要有人来给他们点吃的，来填饱他们饥肠辘辘的肚子。他不由想起了蓟犁镇上的那个馅饼小贩，他总在夏天最炎热的那几天走街串巷卖馅饼，馅饼的味道真是令人作呕，因此，他妈妈管这小贩叫塞普先生，塞普先生的意思是死亡售卖人。

哎，他想，但我和我的朋友们不一样，我们是免费提供帮助。

想到这儿，他脸上浮现出一抹笑容。这笑让他那张布满沟壑的脸看上去年轻了些，也让台下人们紧张的心情放松了些许，他像以前一样开了口："请大家听我说，我们早已在卡拉见过面。"

沉默。

"你们对我们敞开过心扉，我们也对你们敞开过，不是吗？"

"对，枪侠！"沃恩·艾森哈特喊道，"是这样。"

"你们能接受我们，以及我们所做的一切吗？"

这次是曼尼的韩契克回的话："是的，罗兰，就像《圣经》上说的那样，你是上天派来对付黑暗势力的光明使者。"

这时，人群发出了一声长叹，靠后面的地方传来一个女人的抽泣声。

"卡拉的人们，你们是不是正需要我们的帮助和救援？"

埃蒂呆住了，虽然他们逗留在卡拉·布林·斯特吉斯的这几个礼拜里问过许多人这个问题，但他觉得拿它来同时问这么多人是一件极度冒险的事儿，如果大家回答说不需要，那他们该怎么办？

很快，埃蒂就发现自己根本不用操这份心。罗兰还是像以前一样善于俘获听众的心。虽然的确有人提出异议——由少数特勒佛德人带头，一小部分黑考克斯人和两三名图克家的成员表示他们不需要帮助——但是，大多数人都立即喊出了他们的心声：是的！其他一小部分人——主要是欧沃霍瑟家的人——没有表态。埃蒂觉得在通常情况下，不表态是最明智的态度，这毕竟是最常见的政治手段。但现在不是通常情况，此刻大多数村民正面临此生遇到过的最非同寻常的抉择，如果卡-泰特最终战胜狼群，那么人们就会记住今天那些投反对票和不表态的人。他开始不着边际地想，一年以后，韦恩·D.欧沃霍瑟是不是还能在这个地方继续做他的大农场主呢？

这时候罗兰开始了他的高谈阔论，于是埃蒂便把全部注意力转移到他身上，他此时对罗兰充满了崇拜之情。埃蒂长这么大听过不少谎话，当然他自己也说过不少谎话，有些谎话说得几乎天衣无缝。但等罗兰的那段夸夸其谈进行到一半时，埃蒂才发现直到此时此刻，在这卡拉·布林·斯特吉斯的傍晚，自己才算见识了什么叫真正的撒谎天才。并且——

埃蒂环顾四周，满意地点了点头。

并且人们正如饥似渴地听他说着。

3

“上次，我也站在这个台上面对着大家，”罗兰发话了，“那天我跳了考玛辣舞。今晚——”

乔治·特勒佛德打断了他，在埃蒂看来，这个人太过圆滑，并且狡猾得令人生厌，但他不得不承认他很有勇气，很明显大家都想听罗兰说，可他硬是和大家对着干。

“哎，我们还记得呢，你那舞跳得不错！罗兰，你当时是怎么跳的？拜托你告诉我吧。”

人们开始不满地小声议论起来。

“我当时是怎么跳的舞并不重要，”罗兰答道，他的语气中没有半点恼怒，“因为我在卡拉跳舞的那些日子已经一去不返了。现在，我和我的朋友们，我们在镇上有别的事情要做。你们热情地招待了我们，我们说谢啦。如今你们既然请我们上来，希望我们可以向你们提供帮助和救援，那么我现在就请你们好好听我说。不到一个礼拜之后，狼群就要来了。”

人们发出赞同的叹息声。时间也许留不住，可是连最底层的村民也可以充分利用这五天的时光。

“在他们到达的前一天晚上，我会把卡拉镇上所有不满十七岁的双胞胎都领到那儿。”罗兰指着左手边，在那儿欧丽莎姐妹支起了一个帐篷。今晚那帐篷里就有许多个孩子，尽管不足以容纳那上百个正面临风险的孩子。在大家集会时，那些大的孩子承担起照顾年幼孩子的任务，欧丽莎姐妹也不时地轮流清点人数，以确保所有孩子都平安无事。”

“那顶帐篷装不下这么多人的，罗兰。”本·斯莱特曼说。

罗兰笑了。“但我们可以换一个大点儿的，本，并且，我认为欧丽莎姐妹能找到比这更大的帐篷。”

“是的，她们还能给孩子们做一顿香喷喷的饭，保证他们这辈子都忘不掉！”玛格丽特·艾森哈特勇敢地喊了一声。人们对她的话报以善意的笑，但这笑声还未涨起便消散了。毫无疑问，许多人开始想如果狼群赢了，那么一两个星期后，这些狼来的前夜等在草地上的孩子们当中，会有一半人连自己的名字都会忘记，更别提他们吃过的一顿饭了。

“我会安排他们在这儿过夜，这样第二天我们就可以早早开始了。”罗兰接着说道。“就我打听到的消息来看，我们无法预知狼群会在早上，晚上，还是中午来。如果他们一早就来了，不费吹灰之力抢走了露天睡着的孩子，那我们简直是世上最愚蠢的蠢货。”

“如果他们提前一天来呢？”伊本·图克挑衅地喊着，“或者，如果他们在你所说的袭击前夜的半夜来呢？”

“那不可能，”罗兰简短地答道。这一点被杰米·扎佛兹证实过，人们基本上是相信的。而这位老人所讲述的经历就是罗兰之所以让安迪和本在接下来的五天五夜里自由走动的原因。“他们是从大老远过来的，而且，他们并不是一路上都骑马，他们的行程提前很久就确定了。”

“你是怎么知道这些的？”路易斯·黑考克斯问道。

“我想我最好保密。”罗兰说，“说不定狼会听见的。”

人们若有所思地沉默着。

“在同一天晚上——也就是袭击前夜——我会找来十几辆巴克马车，用它们把孩子们带到镇子北边去。我会和车夫约定好的。到时候还会有几个看护和孩子们一起去，可以陪伴着孩子们。另外，大家不用问我孩子们会被带到哪里去，这个问题我们最好也不要现在讨论。”

当然，许多人都觉得自己知道孩子们将要被带去的地方：他们会被带到格洛里亚。小道消息总是传得很快，这个道理罗兰十分明白。不过本·斯莱特曼想得要远一些——他觉得孩子们会去雷德伯德二号，也就是格洛里亚的南面——那倒也是个不错的去处。

这时乔治·特勒佛德喊了起来：“千万别听他胡说，乡亲们！为了保全你们的灵魂和镇子的生命，就算你们听见了他所说的话，也千万不要相信他！他简直疯了！我们曾经试过把孩子藏起来，但这样做没有用！就算这样能保全孩子，狼也会为了发泄而放火烧镇子的，他们会把这儿烧成平地——”

“闭嘴，你这胆小鬼！”是韩契克，他的声音干涩得像甩鞭子。

特勒佛德本来可以不理会他，继续说下去，可他的大儿子抓住了他的胳膊，示意他别说了，于是他只好作罢。这时又响起了皮靴跺地的声音。特勒佛德难以置信地看着艾森哈特，他此时的想法就像被写在了脸上一样明显：*你该不会也要加入到这疯狂的队伍中去吧？*

大牧场主摇摇头:“你不用这么看着我,乔治。我跟随的是我夫人,而她跟随的是艾尔德。”

回答这话的是一片掌声。等到掌声平息下来后,罗兰接着说道:

“特勒佛德牧场主说得对。狼群很可能会知道我们把孩子们带到了哪儿。他们去的时候,我的卡-泰特会在那恭候他们的,我们已经不是第一次对付这样的敌人了。”

这时响起了一阵赞同的呼喊声。草地上的跺脚声越来越响了,还有人拍手打起了拍子。特勒佛德和伊本睁大了眼睛看着周围,他们那表情,就像是一觉醒来发现自己身处疯人院一样。

当人们再次安静下来后,罗兰继续说道:“镇上的一些人也答应要帮助我们,他们有很棒的武器。不过,这件事你们现在也不用知道得太多。”然而,显然女人们已经告诉了那些不认识欧丽莎姐妹的人许多关于她们的信息。埃蒂不由得再次惊叹罗兰对人们的驾驭能力,他看了一眼苏珊娜,她转了转眼睛,冲他笑了笑,然而,她那握住他胳膊的手却是冰凉的。埃蒂对她此刻的想法再清楚不过了,她想要这一切快点结束。

特勒佛德企图做最后一次尝试:“大家听我说!这些方法我们都试过!”

这次轮到杰克·钱伯斯来反驳他:“但枪侠们还没有试过!特勒佛德先生。”

人们发出狂热的喊叫声表示赞同,跺脚声,拍手声更大了,罗兰不得不举起手示意人们安静下来。

“狼群的大多数会去他们所认为的孩子们的藏身之地,我们到时候就在那儿对付他们。”他说,“还有一小部分也许真的会来袭击农庄和牧场,有些狼可能会到镇上来,并且他们可能会放火。”

人们点着头,安静地听着,对罗兰充满了崇敬,并且正如他所希望的那样,他话刚说完一半,人们就知道他接下来要说什么。

“房子烧了可以再盖,可是孩子如果没了那就无法挽回了。”

“对,”罗莎丽塔说,“孩子没了就是没了。”

人们,尤其是女人们,纷纷小声赞同着,在卡拉·布林·斯特吉斯,男人们总是很冷静,他们不怎么谈论内心感情方面的事情。

“大家听我说,我最后一次重申:我们大家都十分清楚这些狼是什么东西。我们的那些疑惑已经被杰米·扎佛兹解开了。”

话音刚落,便听到有人发出惊讶的低呼,人们纷纷转过头去,发现老杰米正站在他孙子身边，只见他费劲地拉直了背，几乎把他那含着的胸也挺了出来。埃蒂此刻只希望这个老家伙不要出声，要是他出来捣乱，反驳罗兰接下来要讲的话，那他们的事情就不会那么顺利了。如果老家伙那么做，那他们应该立即把安迪和斯莱特曼抓起来，如果芬里·奥提戈——按斯莱特曼的说法，在道根就是这么叫的——在狼来之前一直没有这两人的消息，那他一定会起疑心的。埃蒂忽然觉得胳膊上有东西在动，低头一看，原来是苏珊娜将手指交叉了起来。

4

“那些面具下面根本不是活物。”罗兰说，“那些狼不过是主宰雷劈的吸血鬼的奴仆而已，他们是一些活死人。”

这番精心修饰的胡说八道竟然让人们啧啧惊叹。

“我的朋友埃蒂、苏珊娜和杰克称他们为行尸，除非你打中他们的头部或心脏，”为了强调，罗兰拍拍自己的左胸，“不然弓箭或子弹都杀不死他们。当然，他们来袭击的时候，衣服下面都是穿有结实的铠甲的。”

韩契克点着头。其他一些年纪大些的男女——他们都记得狼群近两次，而不仅仅是上一次来袭的情况——也点着头。“你说得很明白，”他说，“但我们怎样才能——”

“我们没法打中他们的头部，因为他们的斗篷下面戴有头盔，”罗兰说，“但我们在刺德见过这种东西，他们的命门其实在这儿。”他再次拍拍胸部。“残骸是不用呼吸的，但在他们的心脏上方有一种像腮一样的东西。那里是不能用盔甲护住的，如果护住那儿，他们就会死去。我们要打中的正是这个地方。”

人们开始低声议论起来，这时老祖父激动地颤抖着声音说：“他说得千真万确，因为莫丽·杜林曾经用盘子打中过一头狼的心口，虽然那头狼没有马上死，但他立即倒了下去。”

苏珊娜紧紧抓住埃蒂的胳膊，他都能感觉到她的短指甲陷进了自己的肌肉里。但当他看着苏珊娜时，却发现她居然咧嘴笑着。他看到杰克也是同样的表情。*老家伙在紧要关头还真能见风使舵，*埃蒂想，*我还一直怀疑你会捣乱呢，真是对不住了。那就让安迪和斯莱特曼过河去通报这个狗屎好*

消息吧。他曾经问过罗兰，他们（这个他们指的是那个叫芬里·奥提戈的人）会不会相信他们这些鬼话。一百多年来他们一直袭击外伊河这边，没有一个人伤亡，罗兰当时回答道，我想他们什么都会相信的，从这一点来看，他们最活跃的特点就是安于现状。

“请在狼来的前夜把你们的双胞胎孩子领到这儿来，七点钟，”罗兰说，“到时候我们会把孩子们的名字写在石板上，会有几位小姐——也就是欧丽莎姐妹——把到场的双胞胎的名字划掉，我希望九点之前大家都到齐。”

“你们可不许在我的名字上头画线！”后排有人愤怒地喊道，很快，说这话的人推开人群，大步走到杰克面前，这是个矮胖的男子，他在南边很远的地方有块小稻田。罗兰翻找着脑中杂乱的记忆（虽然杂乱，但却什么也没拉下），总算想起了这人的名字：他叫尼尔·法剌德，当罗兰和他的卡-泰特们来卡拉的时候，他是少数几个不在镇上的人之一，至少罗兰他们觉得他不在。他干活挺卖力，但据逖安说，他喝起酒来更是不要命，他这会儿眼睛周围挂着黑圈，两边脸颊上纵横交错的紫红色血管条条爆出，总之就是一副邋遢相。然而，特勒佛德和图克却向他投去惊喜感激的目光，仿佛在说：谢天谢地，总算有个明白人出来说话了。

“狼会抢走孩子，把镇子烧成平地的。”他的口音很重，让人几乎听不懂他在说什么，“到时候我要自己看着每个孩子，这样起码我那三个孩子不会送命，而且不会受伤，不过我的泥木屋就难保了！”法剌德用厌恶而不屑的眼光环顾着四周，“你们肯定会被烧死的。真是一群笨蛋！”他说完便走回到人群中去了。令人意想不到的是，有许多人似乎都被他的话震住了，他们若有所思地呆立在那里。看来，他这一番愤世嫉俗、让人半懂不懂的话（至少对埃蒂来说是这样）对人们所起的作用比特勒佛德和图克加起来还大。

虽然他现在可能是镇上排得上号的穷光蛋，但是一年之后，也许就能毫不费力地得到图克的赏识。埃蒂想，如果图克家商店还开着的话。

“法剌德先生有权保留他的意见，但我还是希望在接下来的几天里他能改变主意，”罗兰说，“希望大家能帮他改变主意。因为如果他固执己见的话，那他不仅不能保全他的三个孩子，而且很可能一个孩子也保不住。”他抬高了声音，冲着法剌德所在的位置喊道：“那样的话，很可能他就得尝尝犁地时只有妻子和两头骡子帮忙的滋味了！”

特勒佛德涨红着脸，气冲冲地走到台阶边上，冲着罗兰说：“你真够谨慎的，先生，为了骗取大家的信任，你是不是什么话都说得出口，什么谎都撒得出来?"

"我可没有说谎,而且我也没有把话说死。"罗兰答道,"事实上不到三个月以前我甚至都不知道有狼的存在,如果在场的任何一位听了我的话以后觉得我无所不知,那么我向他道歉。但在恭祝各位晚安之前,请允许我讲个故事,在我还是个蓟犁的小男孩时,那时'好人'还没有来,其后的那场大火也还没发生,在领地的东面,有一块种树的田。"

"谁听说过在田里种树啊?"有人嘲笑地说。

罗兰微笑着点点头:"也许那不是普通的树,甚至连铁树都不是,而是开花树,这是一种很轻的小树,但生命力很强。用这种树的木头来做船是再合适不过的了,如果你从这树上切下一小片木头,它几乎能在空气里浮起来。成千上万公顷农田里,几十万棵这样的小树就那样整整齐齐排列着,它们都由护林人来看守,并且,那儿有一条从没被违反过的规定——砍二罚三。"

"是的,"艾森哈特说道,"这和股市的规矩差不多,如果你炒的是赔率高的股票,那你每卖出或取消一股,就得买进四股,但没多少人能拿出这么多钱。"

罗兰漫无目的地扫视着人群:"但那年夏天我砍了十株这样的树。因为当时树林里爆发了虫灾,许多蜘蛛在树顶上结网,那些树于是从顶部开始腐烂,坏死,还没等虫灾蔓延到树根,它们就都因为支撑不住树干的重量而倒下了。护林人发现这一情况以后,下令人们立即把剩下的那些完好的树砍下来,这样至少还能挽救一些可以利用的木材,你们发现了吗?这个时候,所谓的砍二罚三的规定已经不攻自破了,到来年的夏天,蓟犁东面的那片开花树林也不复存在了。"

回答这话的是死一般的沉寂,这时,白天已彻底退去了,镇子陷入了长久的暮色中。火把嗞嗞地燃烧着。人们的视线都定格在枪侠的脸上。

"而在卡拉,狼甚至都不用去播种,便可以来收割我们的孩子,这是因为——听我说——孩子是男女之事的自然产物。这个连小孩子都知道,他们会说:'爸爸很聪明,他会播种,而妈妈很明白她该做什么。'"

人们窃窃私语起来。

"狼来抢走一批孩子,然后等着新的孩子出生,然后再来抢一次……接着再等。他们觉得这个法子很好,因为无论降临什么不幸,总是会有男人女人种出新的孩子。但这次不一样了,这次降临的是一场虫灾。"

图克开口了:"对,你说得对,你不就是这场虫灾吗——"话音未落他的帽子便被人打掉了。伊本·图克转了一圈，试图找到一个人来附和他，却发现回应自己的只是五十张冷冰冰的脸，他只好把帽子捡起捂在胸前，乖乖地闭上了嘴。

“如果他们发现这儿再也不能给他们产出新的孩子，”罗兰接着说道，“那他们这次抢走的就不会仅仅是双胞胎了，他们会抓住这最后的机会，把所有能抓住的孩子都抢走。所以，我强烈建议大家七点之前把你们的孩子都带到这儿来。”

“你们还给了他们什么别的选择吗？”特勒佛德问道。他又气又怕，脸色都发白了。

罗兰忍无可忍地冲他喊道：“你不用操这份心，镇上的人都知道，你的孩子都已经长大成人。有你说话的时候，不过不是现在，现在你给我闭嘴行吗？”他的蓝眼睛里似乎一下子要喷出火来，把特勒佛德吓得直往后退。

人们用热烈的掌声和跺脚声回应着罗兰。特勒佛德埋着头，耸着肩膀，像一头蓄势待发的公牛，忍受着周围的嘲讽和讥笑，终于他再也听不下去了，转身推开人群走了出去，图克跟在他身后，不一会儿，两人就不见了。很快，集会也结束了，没有人投票，罗兰根本没有提出需要由投票决定的事儿。

“不，”埃蒂在推着苏珊娜去吃点心的时候，不禁又开始想：“这种集会真让人不舒服。”

5

青草地上那个为孩子们搭的帐篷被暂时用来当聚餐篷，人们排队领完点心后，依次走出帐篷，在草地上低声交谈着，但几乎没什么人笑。工头本·斯莱特曼站在一根灯柱下，小心翼翼地稳着手里的一杯咖啡和一碟蛋糕。没过多久，罗兰手里拿着咖啡和蛋糕过来和本攀谈起来。本尼和杰克在帐篷旁边掷跳跳球，不时地也让奥伊来一下。这个装模作样的家伙欢快地叫着，可是两个男孩子和那些排队领点心的人一样，个个垂头丧气的。

“你今晚的演讲很精彩。”斯莱特曼用自己的咖啡杯碰碰罗兰的。

“你真这么觉得？”

“对，显然大家都乐意接受你的建议。也许你没想到法刺德会那样，不过你当时处理得很好。”

“我不过是实话实说罢了，”罗兰答道，“狼如果伤亡严重，那他们就会抢走所有能抢走的孩子，来弥补他们的损失。卡拉的人们都认为，在雷劈有成千上万甚至几百万头狼，但我不这样想。传闻是会慢慢走样的，很难说一个流传了二十三年的故事还有多少真实性。”

斯莱特曼看着罗兰，很显然他被这话深深吸引了：“为什么？”

“因为狼的数目正日益减少，”罗兰简短地答道，接着他说，“我需要你答应我一件事。”

斯莱特曼警惕地看着他，眼镜片在火光中闪烁着：“只要是我能做到的，罗兰。”

“接下来的四天晚上你务必要让你的儿子待在这儿。虽然他的姐姐已经不在了，但我觉得这并不能保证狼不会把他当成双胞胎。他还是很有可能会被他们抓走的。”

斯莱特曼毫不掩饰地松了口气：“嗯，他会待在这儿的。我从没想过要让他去别的地方。”

“很好。如果你愿意，我还有一件事想拜托你。”

斯莱特曼又紧张起来，“什么事？”

“刚开始我以为在我们对付狼群的时候，让六个人看着孩子就够了，可是罗莎丽塔后来问我万一孩子们到时候受到惊吓，慌乱起来那该怎么办。”

“啊，但你到时候会让他们待在山洞里，不是吗？”斯莱特曼压低了声音问，“就算真的受到惊吓，孩子们在山洞里也是跑不远的。”

“可他们可能会撞到墙上，把脑袋撞坏，也可能因为看不见而掉进窟窿里。如果有哪个孩子因为听见外面的喊叫声，闻到烟火味，领着其他孩子在黑暗里惊慌失措到处乱跑起来，那他们可能全部都会掉进窟窿里的。所以我决定让十个大人来照看孩子，我希望你能加入。”

“罗兰，你这么说我很荣幸。”

“那你就是答应了？”

斯莱特曼点点头。

罗兰瞟了他一眼：“你知不知道如果我们战败的话，那看孩子的人很可能会被狼杀死？”

“如果我认为你们会战败，那我就绝不会领着孩子们上那儿去，”他顿了顿，“更不可能把我自己的孩子也带去。”

“谢谢你，本，你真好。”

斯莱特曼把声音再压低了一些："孩子们将会被带到哪儿？格洛里亚还是雷德伯德？"见罗兰没有立即作答，他又补充道："当然，如果你不愿意现在说，那我也理解——"

"不是我不愿意告诉你，"罗兰说，"而是我们现在还没决定好。"

"但肯定是这两个地方中的一个。"

"噢，是的，哪儿还有别的地方啊？"罗兰心不在焉地说，手里开始卷烟叶。

"你们会从上面袭击他们吗？"

"那样没用，"罗兰答道，"角度不对。"他拍了拍自己的心脏部位，"记住，我们得打他们这儿。至于打其他地方……那没什么用，就算你的子弹能穿过铠甲，也伤不了那些吸血鬼。"

"这是个难题，不是吗？"

"这是个机会，"罗兰更正了他，"你知不知道在那些老石榴石矿的入口下边有一片形状像婴儿围兜的鹅卵石地？"

"知道啊！"

"我们到时候就埋伏在那儿，在鹅卵石下面。当狼群冲过来的时候，我们就站起来，然后……"罗兰打了个响指，伸出食指顶着斯莱特曼，做了个扣扳机的动作。

斯莱特曼脸上绽开了笑容："罗兰，这主意太妙了！"

"不，"罗兰说，"这不过是个简单的法子，不过最简单的东西往往是最好的。我想到时候他们会吓一跳的，这样我们就能把他们包围起来，然后歼灭掉。这个办法我以前也用过，很好使，这次它也没道理不成功。"

"对，我想一定能成功的。"

罗兰看了一圈四周，说道："我们最好还是不要在这儿谈论这些了，本，我知道你是个靠得住的人，不过——"

本连忙点头："别再说了，罗兰，我懂。"

这时跳跳球滚到了斯莱特曼脚下。他儿子笑着朝他伸出手："爸，把它扔过来！"

本用力把球扔向儿子，球像那位老祖父故事里莫丽扔的盘子一样，在空中穿行，本尼跳起来用一只手接住球，欢快地笑了。本也疼爱地冲儿子笑了笑，然后望着罗兰："你的孩子和我的孩子，他们可真是一对儿，不是吗？"

"对，"罗兰带着似有若无的微笑，"他们简直像一对兄弟，这毫无疑问。"

6

四个卡-泰特骑着马并肩走回神父家，他们觉得镇上的每一双眼睛都在看着他们离去：他们是骑着马的死神。

“你对事情的进展感到满意吗，亲爱的？”苏珊娜问罗兰。

罗兰承认了：“我们会成功的。”接着他又开始卷烟。

“我也想抽一支试试。”杰克忽然说道。

苏珊娜又气又好笑地看了他一眼：“别乱说话，亲爱的——你还没满十三岁呢。”

“可是我爸爸十岁就开始抽烟了。”

“那他很可能不到五十岁就会翘辫子的。”苏珊娜的语气很严肃。

“那也划算。”杰克咕哝着，但他没有再说下去。

“米阿怎么样？”罗兰用拇指指甲划着一根火柴，问道，“她还安静吗？”

“要不是事先见识过你们，我简直无法相信世上能有比这更安静的家伙。”

“那你的肚子也没事吗？”

“是的。”苏珊娜觉得也许每个人都有自己的撒谎方式，她的方式就是，如果你要说谎话，那最好把它说短一点。如果她肚子里的家伙真的很可恶——一个魔鬼之类的家伙——那她早在一个礼拜之前就会让他们替她担心，当然前提是他们还有那份工夫去担忧。而眼下，她没必要让他们知道她那极少数的几次阵痛。

“那么，一切都顺利。”枪侠说。他们默默地骑了一段路，接着他又说道：“你们两个小伙子会挖坑吧，我们到时候要挖几个坑。”

“拿来做坟墓吗？”埃蒂问，他也不知道自己是不是在开玩笑。

“坟墓以后再挖。”罗兰抬头看着天空，这时，从西边飘来的云朵挡住了头顶的星星。“记住，只有胜利者才能够挖掘坟墓。”

第六章

暴风雨来临前

1

黑暗中，传来大圣人、著名的瘾君子——亨利·迪恩那充满悲痛的控诉声：“这儿简直是地狱，兄弟！我在地狱里煎熬着呢！我找不到落脚的地方！这一切都是你造成的！”

“你认为我们还得在这儿待多久？”埃蒂问卡拉汉。这两人刚刚来到了门口洞穴，此刻那大圣人的兄弟右手里已经拿着两颗子弹，像在摇筛子一样把玩着——七那么十一，就算是孩子有时也需要安静。这天是集会后的第二天，当埃蒂和卡拉汉骑马走出镇子时，大街上显得异乎寻常的安静，似乎卡拉镇已经承受不住即将迎击狼群的压力，而悄无声息地从世界上隐退了。

“恐怕我们还得待上一会儿。”卡拉汉坦言。他穿戴得很整齐（并且，他希望自己这身行头看上去不那么刻板）。在他胸前的衬衫口袋里装着他们筹到的全部美金：十一张皱巴巴的美元和两个二角五分硬币。他想如果他就带着这点儿钱出现在美国那段被华盛顿掌管五十个州，而林肯只有一个州的时期，那该是多么可笑的一副惨状啊。“我想，把这种情节放在舞台剧里倒不错。”

“感谢上帝，一路上帮了我们不少小忙。”埃蒂说着从塔的书箱后面拽出那个粉红色的袋子，他双手举着袋子，正要把它翻过来，忽然他皱着眉停了下来。

“怎么了？”卡拉汉问。

“这里面有东西。”

“对，箱子里本来就有东西。”

“我说的是这个袋子。我觉得有东西缝在里子里面，摸上去像是块石头。我说，这儿说不定是个隐藏的口袋。”

“有可能，”卡拉汉说，“不过现在不是研究这个的时候。”

埃蒂又轻轻地挤了挤那块东西，确切地说，它摸上去也不像是石头。不过，也许卡拉汉说得对，他们手头有待揭开的谜团已经够多的了，这块东西到底是什么，还是等以后再研究吧。

埃蒂把鬼木盒子从口袋里抽出来的时候，心里和脑子里泛起一阵恐惧，“我讨厌这东西，我总是觉得它有朝一日会突然袭击我，然后像……像吃玉米片那样把我给吞了。”

“很可能，”卡拉汉答道，“如果你感觉到有什么不祥的事情要发生，那它很可能真的会发生。埃蒂，把那该死的盒子关上。”

“如果我关上它，你的屁股会被卡在门的那一边。”

“我不像是第一次来这儿。”卡拉汉盯着那些紧闭的门说道。埃蒂听到了他兄弟的声音，卡拉汉也听见了他母亲那不停的恐吓声，她在叫他唐尼，他一直讨厌别人叫他唐尼。“我就在这儿等着，等门再次打开。”

埃蒂把那两颗子弹塞进耳朵里。

“你就干看着他那么做吗，唐尼？”黑暗中传来卡拉汉母亲的咆哮，“快把子弹塞在耳朵里！很危险！”

“来吧。”埃蒂说，“把它搞定。”他打开了盒子。轰鸣的钟声敲打着卡拉汉的耳膜，也敲打着他的心。通往另一个世界的门开启了。

2

走进那扇门时，他脑子里想着两件事：一九七七年和纽约公共图书馆主楼层上那个男人的房间。他走进一家墙上布满划痕（那儿还曾写过臭气熏天的蠢货）的收费厕所，听到左边的某个地方传来哗哗的小便声，等里面的人都离开以后，他走出了厕所。

只用了十分钟，他就找到了自己需要的东西。在通过那扇门走回山洞时，他胳膊底下多了一本书。并且，他没费多少口舌便让埃蒂也和他一起走出了洞门。山洞外的空气很清新，是个阳光和煦，微风习习的好天气（昨夜的乌云已经被刮得无影无踪），埃蒂取下塞在耳朵里的子弹，拿过那本书看了看，只见封面上写着《美国佬的高速公路》。

“神父你原来是个图书馆的书贼啊，”埃蒂说，“正是因为你这种人，图书馆对小偷的罚款才不断增加。”

“我以后会把它还回去的，”卡拉汉说，他的确也是这么打算的。“关键是第二次进去时我得走好运。你看看第一百一十九页。”

埃蒂翻到那一页，看到了一张照片：在一条小土道旁边的山坡上，坐落着一座光秃秃的白色教堂。照片下的注解是：斯顿汉东部卫理公会派教徒聚会厅，建于一八一九年。埃蒂思忖着：四个数字加起来显然是十九。

他向卡拉汉指出了这一点，后者笑着点点头，问："你还发现点别的了没有？"

他当然发现了。"这教堂看上去像卡拉镇的聚会厅。"

"对，是像。这个可以说是聚会厅的孪生兄弟。"卡拉汉深深吸了口气。"准备好开始第二轮了吗？"

"我想是的。"

"这次持续的时间可能会长一些，但你应该能找到打发时间的法子，那里有很多书可以看。"

"我想我什么也看不进去的，"埃蒂说，"我他妈的太紧张了，对不起，我说脏话了。也许到时候我可以研究一下那个包的里子里到底是什么东西。"

但后来埃蒂还是忘了去看那个粉红包里子里的东西；最后是苏珊娜发现了那是什么，并且当她发现真相时，她几乎失去了理智。

3

卡拉汉把书翻到印有卫理公会派教徒聚会厅照片的那一页，手里捧着书，脑子里想着一九七七年，又一次走进了那扇开着的山洞门，走进了正值早晨的阳光明媚的新英格兰地区，那座教堂还在，不过在拍过那张《美国佬的高速公路》上的照片以后，被重新粉刷过了，山下的小土路也被重新铺过了。在教堂的附近还有一座照片上没有的建筑：斯顿汉东部杂货店，很好。

他沿着小路走着，身后跟着那扇漂浮的门，一路上他不停提醒自己除非万不得已，否则不要花掉那张在他的小屋子里找到的二角五分硬币。杰克的那个是一九六九年的，拿来用没问题，可他的那个是一九八一年的，现在他所处的世界还没到一九八一年呢。路过加油站的时候（那儿的标准汽油每加仑卖四十九美分），他把那个一九八一年的硬币换到了身后的口袋里。

他跨进商店的时候——这家商店里的气味和图克那家一模一样——听见了一声敲钟声。他看见左边放着一叠波特兰的《先驱报》，上面的日期让他吃了一惊。因为他从图书馆拿书的那个时候，根据他手表上的时间，离现在还不到半小时，在那个世界里那天是二十六号，而现在他眼前这些报纸上写的时间竟然是二十七号。

他拿起一张报纸，读着上面的标题(洪水袭击新奥尔良州，中东出现惯有的恐怖暴乱)，还看了看价钱：十美分一张。好的，这样他还能用那个一九六九年的硬币换回一些零钱。说不定还能买上一点儿美味的老式美国香肠。他在售货员愉快的注视下向柜台走去。

“这报纸您买下吗?”售货员问。

“嗯，听我说，”卡拉汉答道，“如果我买下它，你可以告诉我去邮局怎么走吗?”

售货员挑了挑眉，微笑着说道：“听你的口音，你好像就是这一带的人。”

“你真这么觉得?”卡拉汉也笑了。

“是的。不说那么多了，总之这儿到邮局还是很方便的，沿着这条路走一英里，左手边就是了。”他把路说成“咯”，和杰米·扎佛兹的口音一模一样。

“很好。另外，你们的香肠可以按片卖吗?”

“我们可以按照你喜欢的任何一种老法子卖给你。”售货员热络地说，“您是来这儿消暑的游客吧?”他把游客说成“游个”，消暑说成“消煮”，卡拉汉几乎就等着他再加上一句“拜托你告诉我”。

“可以这么说吧，我想。”卡拉汉答道。

4

在山洞里，埃蒂努力忍受着那虽然微弱但令人发疯的敲钟声，向那扇半开的门内窥视着，他看见卡拉汉正走在一条乡间小道上，他干得不错。这会儿，也许迪恩太太的乖孩子可以试着读点什么。他伸出冰凉的手(并且这手微微颤抖着)从书箱里抽出了一本书，那是一套书的第二卷，它被压在一本倒置的书下面——假如埃蒂碰巧拿的是这本书，那他那天的情况就会不一样了。但他拿到的却是《歇洛克·福尔摩斯探案集》。啊，福尔摩斯，这不也是一个大圣人兼瘾君子嘛。埃蒂翻到《血字的研究》那一篇，开始读起来。但他发现自己时不时地低头看那个盒子，黑十三正在里头折腾着，但埃蒂只能看到里面的一弯玻璃。不一会儿，他干脆放下书，专心致志地观察起那块玻璃来，正当他看得越来越有劲的时候，钟声渐渐地弱了下去，这样很好，不是吗？再过一会儿他就再也听不见这种声音了。但没过多久，一个声音沿着塞在他耳朵里的子弹爬了进来。

埃蒂听它说着。

5

“女士，打扰一下。”

“什么事？”这位邮局的女职员大约五十多或六十出头的年纪。她穿着正式，头发显然在美容院里做过，呈现出漂亮的蓝白色。

“我想给我的几个朋友留封信，”卡拉汉说，“他们是从纽约来的，很可能是通用邮递公司的客户。”他知道凯文·塔这个时候是绝对不会傻到去签收邮件的，他正在逃亡，几乎可以肯定，有一批凶恶的枪侠直到现在还很想让他人头落地。这个事情他曾经和埃蒂讨论过，埃蒂当时告诉过他塔对自己该死的珍贵头版书可谓视之如命，于是卡拉汉最终决定来试试这个办法。

“他们是夏天来旅游的吗？”

“是的，”卡拉汉答道，可是他的这话发音不大地道，于是他连忙改口：“我是说，对，他们的名字是凯文·塔和亚伦·深纽。我想这些信息您也许不能随便提供给一个刚刚从街上进来的人，但是——”

“噢，在我们这一带，这么做不会给我们带来多少麻烦的，”她说一带的时候，听上去像是“一大”，“让我来查查名单……在阵亡纪念日和劳动节之间来我们这儿的客户太多了。”

她从柜台内拿出一块有纸夹的笔记板，上面夹着三四张残缺不全的纸片，记着许多手写的名字。她从第一张纸很快翻到第二张，然后又翻到第三张。

“深纽！”她说，“是的，有这个名字。现在……让我来看看能不能找到另外的那个……”

“没关系，您慢慢找。”卡拉汉说。就在这时，他感到有些不对劲，他身后的另一个世界里好像出了什么事。他回头看了看，什么事也没有，只看见那扇门和那个山洞，埃蒂盘腿坐在那儿，大腿上搁着一本书。

“有人在追击你吗？”那位女士微笑着问道。

卡拉汉大笑起来，在他自己听来，这样造作地笑挺愚蠢，但既然那位女职员似乎已觉察到有些不对，他也只能这样掩饰了。“如果我给亚伦先生留张便条，装在贴好邮票的信封里，能不能麻烦你在他或者塔先生来这儿的时候交给他们？”

“噢，您不用买邮票，”她爽快地答应了，“我很乐意为您效劳。”

对，卡拉人就是这样的。忽然他觉得自己特别喜欢这位女士，非常喜欢。

卡拉汉转身到靠窗的柜台边（当他转身的时候，那扇门也漂亮地随他转了一圈）草草写了一张便条，他首先告诉他们自己是曾帮助塔对付杰克·安多利尼的那个人的一位朋友，接着他让他们把车留在原来的地方，并且把他们所在的地方的灯打开，然后搬到附近的一个地方去——这地方可以是粮仓或者废弃的营地，甚至马棚都行。他告诉他们必须立即这么做。走之前留张便条告诉我们你们的去向，把它放在你们车上靠驾驶员这边的地毯下面，或者放在后门的门廊台阶下。他写道，我们会和你们联系的。他希望自己这么写不会有什么问题，这一步是他们未曾讨论过的，他也没想到自己会像个间谍一样耍起了阴谋。他按照罗兰教的方法落了款：卡拉汉，艾尔德的后裔。虽然他越写越觉得不舒服，但他还是接着加了一行，几乎把字都划进了纸里：以后不要再来这个邮局了，还有比这更傻的行为吗???

他把便条装进信封里，把口封好，在正面写上：亚伦·深纽或凯文·塔亲启。他把信封递给那位女职员：“如果需要，我很愿意买一张邮票。”

“不，您只需付两美分信封钱就算结账了。”

他给了她那张在商店里找回的角子，拿回了三美分找零，然后转身朝门口——邮局门口——走去。

“祝你好运！”女职员喊道。

卡拉汉转过头看着她，说了声谢谢。转头的一霎那他看了一眼身后那扇开着的门，那门依然打开着，只是他没看见埃蒂，埃蒂不见了。

6

卡拉汉一出邮局便转身面朝着那扇奇特的门。通常情况下你是做不到这一点的，一般来说你转它也会跟着你转，就好像在和你跳方块舞一样，但是它似乎能感应到你什么时候想要通过它回到你的世界，那时候你才能面对着它。

在他跨入门往回走的那一刻，山洞里响起了巨大的钟声，卡拉汉觉得那钟声好像在噬咬着他的脑髓一般。这时，从山洞深处传来他母亲的叫声："看吧，唐尼，你就那么走了，就任由那个好孩子去自杀！他要一直待在地狱里了，这都是你的错！"

卡拉汉没怎么听见这些话，他胳膊下夹着那份在斯顿汉东部杂货店买的《先驱报》，冲到山洞口，刚好来得及看见夹在那个盒子里的一本厚厚的书，正是书让盒子一直开着，把他留在一九七七年缅因州的斯顿汉东部，卡拉汉甚至连书名都看清了，是《福尔摩斯探案集》。他把书拿开，阳光立即洒满了他周围。

起初，除了山洞门口那条小道上的大石头，他什么也没看见，他觉得他妈妈说对了，虽然这么想让他觉得恶心。接着，他在离他左边十步远的地方看见了埃蒂，他正在小道的尽头踉踉跄跄地走着，眼看就要倒下去了。他那敞开的衬衫在罗兰那把左轮手枪的手柄上不停拍打，那张平日里机灵狡黠的脸此刻看上去失神而浮肿，那是一个被打出局的战士呆滞的脸。他的头发在耳边翻飞，身体不断向前倾斜……突然他抿紧了嘴，眼睛似乎恢复了神采，他抓住一块岩石的棱角，扶正了身体。

*他正在抗争，*卡拉汉想，*并且我敢肯定他是在积极地抗争，但他看来要扛不住了。*

凭着一个枪侠的直觉，卡拉汉明白如果在这时候喊他，那他肯定会摔下去的，在危急时刻，枪侠的直觉总是最准确，最靠得住的。于是他没有叫喊，而是跑过那段小道，在埃蒂再次向前倒下的时候伸手抓住了他的衬衣下摆，这次埃蒂松开了抓住身边那块岩石的手，用它遮住了自己的眼睛，这是个让人觉得有些可笑的动作，好像在说：永别了，这残酷的世界。

假如这时埃蒂的衬衣下摆被撕破了，那他也就永远地退出了卡-泰特们的伟大事业，但也许连卡拉·布林·斯特吉斯的自制衬衫（埃蒂身上穿的正是这个）下摆也要帮助这群卡-泰特，不管怎样它都没有被扯破，卡拉汉几乎使出了他这些年闯荡江湖练出的全部力气，总算把埃蒂拽到了他怀里，不过他没来得及托住埃蒂的头，结果它磕在他刚刚抓过的那块岩石上。埃蒂扑闪着睫毛，像不认识似的傻乎乎地看着卡拉汉，他说了点什么，听上去像是呓语一般:我嗯说找飞啊塔。

卡拉汉抓住他的肩膀摇晃着:“什么? 我听不懂你在说什么!”他其实并不是真想听明白埃蒂的话,不过他必须说点什么,这样才能把埃蒂从盒子里那被诅咒的东西手里拉回来,“我不……我听不懂你的话!”

这回埃蒂的回答要清楚一些了:“它说我能飞到黑暗塔那儿去。你能让我去的,我想去!”

“你飞不起来,埃蒂。”他不能确定埃蒂是不是听进去了他这话,于是他低下头——一直低到他碰着埃蒂的额头,就像情侣们常做的那种动作。“它是想杀了你。”

“不……”埃蒂开口了,接着,理智又统统回到了他眼睛里,他隔着离卡拉汉一寸的距离,清醒地睁大了眼睛:“是的。”

卡拉汉抬起了头,但他仍然谨慎地抓着埃蒂的肩膀:“你现在没事了吧?”

“嗯,至少我想是这样,神父,我本来还是好好的,我发誓,我是说,除了那钟声让我有些不舒服以外,我还是挺好的,我当时甚至拿出了一本书来看。”他看看四周:“上帝啊,但愿我没把它弄丢,不然塔会剥了我的头皮的。”

“你没弄丢它,你把它塞在盒子里,还把一截儿露在外面,不过幸亏你这么做,不然门就关上了,那样的话,你这会儿也早摔到大概七百英尺的悬崖下,成了肉酱了。”

埃蒂走到悬崖边向下看了看,吓得脸全白了,卡拉汉还没来得及后悔自己对他的直言相告,就看见埃蒂往他那双崭新的皮靴上吐了起来。

7

“是它爬到我身上的,神父,”吐完以后,埃蒂说道,“它在我耳边蛊惑了一番,然后就跳走了。”

“嗯。”

“你刚才在那边有什么收获吗?”

“如果他们能收到我留的信并按上面说的去做,那我的收获就大了。你说得没错,深纽果然在通用邮递公司的名单上签了名,不过,我还是不知道塔的下落。”卡拉汉生气地摇摇头。

“我想我们会发现是塔教唆深纽这么做的，”埃蒂说，“凯文·塔直到现在还不知道自己在做些什么，自打刚才那件事发生——差点发生——在我身上以后，我不由得同情起他这种状态来。”他看着卡拉汉夹在胳膊底下的东西问：“那是什么？”

“是报纸。”卡拉汉说着把它递给埃蒂，“有兴趣看看戈达市长吗？”

8

那个晚上，罗兰仔细听卡拉汉和埃蒂讲述着他们在那个通往另一世界的洞门里外的冒险之旅，不过他对于埃蒂那段差点丧命的经历没表现出多大兴趣，更为吸引他的是卡拉·布林·斯特吉斯和斯顿汉东部的相似之处。他甚至让卡拉汉模仿了那个商店售货员和那位邮局女职员的口音，卡拉汉（毕竟他曾经在缅因州居住过）模仿得很像。

“你们，”罗兰说，接着他又说：“是的，你们，是的。”他坐在那思考着，把一只脚的鞋跟搁在门廊的栏杆上。

“眼下他们会有什么危险吗，你觉得？”埃蒂问。

“希望没有，”罗兰答道，“如果你非要为谁的安全担忧的话，那就担心深纽吧，如果巴拉扎还没有放弃那块空地，那他就得确保塔活着。这会儿深纽只不过是个可有可无的人而已。”

“我们能等到狼来以后再去见他们吗？”

“我想我们别无选择。”

“我们可以放下这一切，去欧沃束东部保护他！”埃蒂激动地说，“这个主意怎么样？听着，罗兰，让我告诉你塔为什么让他的朋友在通用邮递公司的客户单上签名，因为有人拿走了他想要的一本书，这就是原因。他想通过交易要回那本书，谈得差不多的时候我出现了，接着我说服了他去山那边，可是塔的……兄弟，他就像一只手里捧满稻谷的黑猩猩，就是不肯松手。如果巴拉扎知道，很可能他已经知道了，那他根本不用邮政编码，只需一张和塔打过交道的人的名单，就可以找到他想要的人。我向上帝祈祷，如果真有这么一张名单的话，请千万把它给毁了。”

罗兰点着头：“我明白，但我们现在不能离开这儿，我们要履行承诺。”

埃蒂想了想，接着叹了口气，摇摇头说道：“真该死，我们还得在这儿待上三天半，在和塔签订的那份协议书到期之前，还得在那边待上十七天。也许事情就得持续那么久。”他停了一下，咬了咬嘴唇：“也许。”

“我们现在只能寄希望于也许吗？”

“对，”埃蒂说，“目前是这样，我想。”

9

第二天早上，苏珊娜·迪恩独自坐在山脚下，弯着腰，等着腹部的阵痛过去，她吓坏了。最近一个多星期她一直有阵痛，但还没遇到过一阵像现在这样剧烈的，她把手放在下腹部，那儿的肌肉痉挛着，硬得吓人。

哦，上帝，如果我这是要生了那该怎么办？如果这就是要生了那怎么办？

她试图安慰自己不可能这么快生，她的羊水都还没有破，而在破水之前，你根本使不上劲儿。但实际上她对这些事又知道多少呢？非常之少。即便是罗莎丽塔·穆诺兹这样一个经验丰富的接生婆也帮不了她多少忙，因为罗莎只有接生人类孩子的经验，那些被她接生的妈妈都是名副其实的大肚子孕妇。但是苏珊娜这会儿看上去比刚到卡拉时还不像怀孕的样子。如果罗兰关于这个孩子的评论是对的——

它不是个孩子，它是个小家伙，而且它也不是我的。它是米阿的，不管米阿是谁。无父母的米阿。

阵痛停止了，她的下腹部一阵轻松，那种硬邦邦的感觉也没有了。她伸出一个指头摸着阴道口，那儿还和以前一样。毫无疑问，接下来的几天她会平平安安的。她也必须是平平安安的，虽然她曾承诺过罗兰卡-泰特之间不会再有任何秘密，但这一次，她认为自己应该保守这个秘密。因为当战斗最终打响的时候，将会是他们七个人对付四十或五十只狼，甚至可能会有七十只狼。如果狼群集中在一起攻击他们，那他们就得高度专注，发挥出最佳的战斗力，也就是说，不能让他们有一丝一毫的分心，除开这些，那还意味着她必须坚守在自己的位置上。

她拽起牛仔裤，扣好扣子，走进了外面明媚的阳光里，她心不在焉地拨弄着左边的鬓角，然后看见了厕所门上的新锁——那锁正符合罗兰的要求——脸上绽开了微笑。可当她低头看见自己的影子时，脸上的微笑凝固了，她的影子长长的，就像早上九点钟的影子一样，但她觉得现在就算没到中午，也快到了。

这不可能，我只在里面待了几分钟而已，只不过是一次小便的时间。

也许真是这样，也许其余的时间都是米阿在里面待着。

“不，”她说，“这不可能。”

但其实苏珊娜觉得是这样，虽然米阿还没有占据主导地位——但她在不断强大，她正准备夺取支配权，如果她可以的话。

求你了，苏珊娜祈祷着，她把一只手撑在厕所的墙上，支撑着身体。只要再给我三天就行，上帝，让我好好地度过这三天吧，让我们对这儿的孩子们履行完我们的职责，然后，随便你想怎么样都行，随便怎么样都行。但是请你——

“只要三天就行，”她喃喃地说，“就算我们被打败了，那也一点关系都没有。再给我三天时间吧，上帝，求你答应我。”

10

第二天，埃蒂和逊安·扎佛兹出门去找安迪，他们发现它时，安迪正独自站在东大路和河边路那个尘土飞扬的宽敞的交叉口声嘶力竭地大声唱着歌。

“不，”埃蒂一边说着一边和逊安走上前去，“它这不叫唱。它可以说没有肺。”

“什么？你再大声说一遍。”逊安问道。

“没什么，”埃蒂说，“没听见就算了。”但是，通过联想——由肺联想到解剖学——他想到了一个问题：“逊安，卡拉镇有医生吗？”

逊安惊讶又带着几分好笑地看着他：“我们这儿如果没医生，埃蒂。那些个开膛破肚的人只有那些既有闲工夫又有闲钱的富人们才消受得起，我们生病了，就去找那对姐妹。”

“欧丽莎姐妹。”

“对，如果她们开的药有用——通常是这样——那我们就能好起来。如果那药不怎么样，那我们也只能任由病情变得越来越严重，反正大家最终都是要入土为安的，你懂我的意思吗？”

"是的，"埃蒂答道，他想，让那些痴呆的孩子也适应这样的现实该有多难。虽然这些从雷劈回来的痴呆孩子最终都会死去，但在死亡真正来临之前，他们……只能苟延残喘。

"不管怎样，每个人只有三个盒子。"他们走向那个正高声歌唱的机器人时，逖安说道。这时，埃蒂看见在东边很远的地方，在卡拉·布林·斯特吉斯和雷劈之间的地带，仿佛有一团团灰尘腾空而起，虽然实际上那儿什么也没有。

"盒子？"

"对，说得对，"逖安说着很快地碰了碰自己的眉毛、胸膛和臀部，"它们分别是脑袋瓜子，咪咪袋子，还有大粪箱。"他开怀大笑起来。

"你就是这么叫它们的？"

"呃……像这样在外面，并且只有我们俩的时候，这么叫叫挺好的，"逖安说，"虽然不可能有人会在哪位淑女面前这么说。"他再次点了点他的头、胸和屁股："在她们面前应该说思想的盒子、心灵的盒子和灵盒。"

埃蒂把最后那个听成了钥匙[①]："最后那个是什么意思？什么样的钥匙能把你的屁股打开？"

逖安停住了脚步。他们现在已完全进入安迪的视野了，但是安迪却对他们视而不见，仍然用埃蒂听不懂的语言唱着好像是歌剧一类的东西，它的双手时而举起时而放下，好像是在配合它所唱的东西。

"听我说，"逖安和颜悦色地说，"男人是像堆积木那样堆起来的，你知道吗。放在最上面的是他的思想，这是一个男人最好的部分。"

"女人也一样。"埃蒂微笑着说。

逖安认真地点点头："对，女人也一样，但是男人这个词可以用来泛指男人和女人，要知道女人就是男人吹口气变出来的。"

"你们这儿的人是这么说的？"埃蒂问，他不由想起了来中世界之前，在纽约遇到的几个妇女解放主义者。他怀疑这种观点会在女人那儿得到多少赞同，大概不会比《圣经》上关于夏娃是亚当的肋骨做的这一论断得到的赞同多多少吧。

"权且这么说吧。"逖安说道，"但是，镇上的老人们会告诉你，第一个男人的母亲是欧丽莎女神。他们总说卡纳，坎塔，阿纳，欧丽莎，意思是'生命

---

① 英语中，"钥匙"这个词的发音和 ki 一样。

源自这个女人'的意思。"

"再和我谈谈那些盒子吧。"

"最高等,最宝贵的盒子是人的头部,它承载着一个人所有的思想和梦想。其次是人的心,它装着我们所有的爱,悲伤,高兴,和幸福的感觉——"

"那也就是感情。"

逖安迷惑而又崇拜地看着他:"你们是这么说的?"

"啊,在我的家乡就是这么说的,所以我们权且这么说吧。"

"啊,"逖安点点头,他似乎对这个新词儿很有兴趣但却似懂非懂。接着他拍拍胯部,这回没有再拍屁股:"我们管最下面的盒子叫底考玛辣,它只管做爱,排泄,或者毫无来由地害人。"

"那如果是有原因地害人呢?"

"噢,那就不能叫毫无来由了,不是吗?"逖安问道,他被逗乐了,"那样的事情应该归脑袋瓜或心房管。"

"这种说法听上去很奇特。"埃蒂说,但他其实并不这么认为。透过心灵的眼睛他可以看见自己的确是由三部分紧凑地搭起来的:头在心的上方,心则在人所具备的所有动物天性和偶尔出现的一些没来由的冲动情绪上方。他觉得逖安所说的毫无来由真是一个再贴切不过的词,这个词可以用来概括一大类行为,就像一个里程碑一样。这种想法到底有没有意义呢?他得仔细想想这个问题,不过现在还不是时候。

安迪还站在那儿,皮肤在太阳下闪着光,它继续大声地唱着歌。这使得埃蒂依稀地记起了以前住在他家附近的一些孩子,他们总是一边大声地唱着*我是一个塞尔维亚理发师呀,你得试试我他妈的好技术呀*,一边像弱智一样大笑着跑过。

"安迪!"埃蒂叫道,机器人立即停了下来。

"嗨,埃蒂,见到你很高兴!好多天没见你了!"

"我也好久没见到你了,"埃蒂说,"你好吗?"

"很好,埃蒂!"安迪热切地说,"我总喜欢在第一场瑟迷翁来临之前唱上几嗓子。"

"瑟迷翁?"

"我们这儿的人管入冬以后的第一场风暴叫瑟迷翁,"逖安指着外伊河远处那些夹着灰尘的云朵,说道。"第一场就是从那边过来的,我看,在狼来的那天,或者第二天,它就该到我们这儿了。"

“有一种说法是，”安迪说，“瑟迷翁一来，温暖的日子就结束了。”它朝埃蒂俯下身，闪着光的头颅内发出嘀嘀嗒嗒的声音，蓝色的眼睛忽明忽灭：“埃蒂，我做了一回占星术，这次花了很长时间，做得很精确。算出的结果是你们将战胜狼群！绝对是大获全胜！你将把敌人击败，然后，会遇到一个美丽的姑娘！”

“我已经有了一个美丽的姑娘了。”埃蒂说，他努力使自己的声音听上去愉快一些。他十分清楚安迪那对忽闪的蓝眼睛里的真正涵义：这个狗娘养的在嘲笑他。好吧，他想，再过两天，我看你还能不能笑得出来，安迪。

“就算你已经有了一个，可是许多已婚的男人都有情人。前不久我还对逖安·扎佛兹这么说过。”

“可那些爱自己妻子的男人不一样，”逖安说，“那天我也是这么说的，今天我再重复一遍。”

“安迪，老伙计，”埃蒂热情地说，“我们来找你是因为想在狼来的前一天晚上得到你的支持。你知道，也就是希望你能帮点忙。”

从安迪的胸腔深处发出几声嘀嗒声，他的眼睛闪烁着，流露出几近惊慌的神色：“只要是我力所能及的，我会帮的，嗯，”安迪说着，“噢，是的，我最喜欢做的事情就是帮助朋友，但是，有许多事情我也是爱莫能助。”

“这是由你的程序决定的？”

“是的。”安迪回答，它刚才说“很高兴见到你”时那种春风得意的语气已经无影无踪。现在它听上去更像是一台机器。没错，它退缩的时候就是这副模样，埃蒂想，这说明它开始小心应付你。安迪，狼群来了又走的整个过程你都亲眼目睹过，不是吗？他们有时管你叫一堆没用的废铁，但他们大多数时候根本无视你的存在，不管怎样，你最后都得以踏着他们的尸骨放声歌唱，不是吗？但这次恐怕会不一样了，伙计。不，我想这次和以前会不一样。

“安迪，你是什么时候被制造的？这一点我很好奇，你是什么时候从老拉莫科的流水线上下来的？”

“很久以前。”安迪的蓝眼睛这会儿闪得很慢，它也不笑了。

“两千年以前？”

“比那还要早，我想。哎，我会唱一首关于喝酒的歌，你们也许会喜欢的，这歌好笑极了——”

“我们下次再听你唱吧。听着，好伙计，如果你早在几千年前就被做好了，那你的程序里怎么会有关于狼的信息呢？”

安迪身体深处发出一声闷响，就像里面有什么东西断裂了一样。当它再次开口时，埃蒂又听到了它曾经在中部森林边缘听到的那种死气沉沉，毫无感情的声音。那是博斯考·鲍勃的声音，当老博斯考已经乌云密布要下倾盆大雨时。

“请说出密码，埃蒂？”

“我想，你以前也用过这一招，对吧？”

“请说出密码。你还有十秒钟。九……八……七……”

“问密码这种狗屁招数显然很有用，对吧？”

“二……一……零。你还能再试一次。你要再试一次吗，埃蒂？”

埃蒂冲它灿烂一笑，“瑟迷翁会在夏天刮吗，老伙计？”

嘀嗒声再次响起，还伴随着劈啪声，安迪原本偏向一边的头转到了另一边：“我不明白你的话，纽约来的埃蒂。”

“对不起，我不过是个笨头笨脑的人类，不是吗？不，我不想再重试了，至少现在不想。现在让我告诉你我们到底想让你帮什么忙，然后你再告诉我你的程序是否允许你那么做，这样公平吗？”

“公平得像新鲜空气一样，埃蒂。”

“好吧。”埃蒂举起手，握住安迪那细细的铁胳膊，尽管那胳膊摸上去油腻腻的，让人有些不舒服，埃蒂还是握住它没松手，他压低了声音，像在说什么秘密：“我之所以只把这些告诉你，是因为你显然是个能保守秘密的人。”

“噢，是的，埃蒂！在保守秘密方面，没人比得上安迪！”那机器人又恢复了神志，变得像往常一样，洋洋得意，沾沾自喜。

“嗯……”埃蒂踮着脚尖走了过去，“弯下腰。”

安迪胸箱里——如果它不是个瘦瘦的机器人，它那个地方就该叫做心灵的盒子——的引擎在嗡嗡作响，它弯下腰。与此同时，埃蒂伸长了身子，他觉得自己有些滑稽，就像个对别人说悄悄话的小男孩。

“神父从我们那层塔里拿了一些枪，”他低声说道，“一些很棒的枪。”

安迪转过头，眼里放出的光芒只能用惊讶来形容。安迪表面上不动声色，心里却在偷偷笑着。

“你说的是真的，埃蒂？”

“是的。”

“神父说这些枪火力很猛，”逖安说道，“如果它们还能用，那我们能用它们把狼打个稀巴烂，但我们必须提前把它们运到镇子北面去……而这些枪又很重，所以，安迪，你能不能在狼来的前一天晚上帮我们把枪装进巴克马车里？”

沉默，只有嘀嗒声和劈啪声。

“它的程序不会允许的，我敢肯定，”埃蒂伤心地说，“唉，要是我们能多有几个强壮的人手——”

“我可以帮忙。”安迪说，“那些枪在哪儿？”

“现在最好保密，”埃蒂答道，“狼来的前夜，你和我们在神父家里会合，好吗？”

“我几点钟去？”

“六点钟怎么样？”

“那就六点整。那儿有多少杆枪？你们最起码得告诉我这个，这样我才能计算好到时候需要多少能量。”

我的朋友，看来要想对付小人，只能用更小人的办法，埃蒂痛快地想着，但脸上依旧不动声色：“有十几把，大概是十五把，每把重几百磅，安迪，你知道一磅是多少吗？”

“是的，谢谢，一磅大概是四十五克，十六盎司。‘一品脱等于一磅，全世界都一样’。埃蒂，这些枪可真是大家伙！它们能用吗？”

“我们很肯定它们能用，”埃蒂说，“对吧？逖安。”

逖安点点头，“你会来帮助我们吧？”

“是的，我很乐意，六点，在神父家里见面。”

“谢谢你，安迪，”埃蒂说，他转身正要离开，又回头看了一眼：“你绝对不会把这件事说出去吧？对吗？”

“对，如果你们不让我说，我是不会说的。”

“我正是要告诉你不要说。我们可不想让狼知道我们准备了一批大枪来对付他们。”

“当然，”安迪说，“这可真是个振奋人心的消息。祝你们今天愉快。”

“你也一样，安迪，”埃蒂答道，“你也一样。”

11

在走回逖安家的路上——那儿离他们见到安迪的地方只有两英里远——逖安问道："它真的相信我们了？"

"我不知道，"埃蒂说，"但我们的话让它吃了他妈的一大惊——你觉出来了吗？"

"是的，"逖安说，"我发觉了。"

"到时候它只能在那儿和自己会合，我保证。"

逖安笑着点点头："你们的头儿是个聪明人。"

"那是，"埃蒂表示同意，"他是个聪明人。"

12

杰克再一次睁眼躺在床上，盯着本尼房间的天花板。奥伊也再次躺在本尼的床上，他把鼻子伸到他那条花尾巴下面，蜷成一个逗号。杰克迫不及待地盼着明天晚上的到来，到时候他就可以回到神父家里，和他的卡-泰特们会合了。明天晚上才是狼来的前夜，而今天只是前夜的前夜，所以罗兰觉得今晚还是让杰克住在罗金B比较好。"我们可不想在这最后的关键时刻引起别人的怀疑。"他说。杰克明白他这样安排的道理，可是，伙计，待在这儿可真难受。明天他们就要和狼群搏斗，本来这已经够让人郁闷的了，可是一想到两天以后本尼将用什么样的眼神看他，他觉得更受不了。

也许我们都会死在狼手下，杰克想，那样我就不用操心这件事了。

在目前的沮丧状态下，这个想法确实不错。

"杰克？你睡着了吗？"

有那么一会儿的工夫，杰克本打算装睡，可他心里挺瞧不起这种怯懦的行为。于是他答道："没有，但我该睡了，本尼，我觉得我明天晚上睡不了多久。"

"我想是的，"本尼崇拜地小声说道，接着他又问："你害怕吗？"

"当然了，"杰克说，"你以为我是什么？疯子吗？"

本尼用一条胳膊支起身体："你觉得你到时候可以打死几只狼？"

杰克想了想，虽然想这个问题让他觉得恶心，那股恶心一直蔓延到胃里，可他还是想了想，“我不知道，如果到时候有七十头狼，我想我得尽量杀死十只。”

他发觉（带着些许惊奇）自己正在想着艾弗莉小姐的英文课，想着那些悬挂着的、里面躺着死苍蝇的黄球，想着每当他走在走廊上时，都想绊倒他的卢卡斯·汉森，想着黑板上列着的那行字：注意别把修饰语放错位置，想着那个总是穿着 A 字形套头毛衣的佩特拉·杰瑟林，她有一次还压在了他身上（或者，只是迈克·延科这么说过而已），他想着艾弗莉小姐那低沉的声音，想着中午的时候在教室外面吃饭——虽然那不过是一个普通的老式公立学校里一顿普通的午饭，想着在那以后他坐在桌边，努力克制住瞌睡。当初那个小男孩，那个干净的派珀学校的小男孩，真的即将要去一个叫卡拉·布林·斯特吉斯的农镇北面攻打偷走孩子的狼群？三十六个小时以后，他会不会已经死在战场上，肠子也被一种叫飞贼的东西从后背里打了出来，热气腾腾地在身后堆着？这一切当然不可能发生，不是吗？管家肖太太已经把他三明治上的硬面包皮切掉了，有时候还叫他巴马。他父亲教会了他如何算百分之十五的小费。这样的孩子出征，肯定不会落得个战死沙场的结果，不是吗？

“我敢肯定你能干掉二十只！”本尼说，“兄弟，我真希望能和你一起去！那样我们就可以并肩作战！砰！砰！砰！然后再装子弹！”

杰克坐起身来，着实惊讶地看着本尼，“你真的想去？”他问，“如果可以的话？”

本尼想了想，接着他的脸色变了，一下子变得更成熟理智。他摇摇头：“不，我会害怕的。说真的，你不是也正害怕吗？”

“怕得要死。”杰克简单地答道。

“是因为怕死吗？”

“对，但我更怕到时候输得一败涂地。”

“你不会的。”

说得轻巧，杰克想。

“如果我要和孩子们一起被运走，那值得庆幸的是，最起码我爸爸会和我们在一起。”本尼说，“他会把他的弓箭也带着。你见过他打枪吗？”

“没有。”

“噢，他打得挺准。如果有哪只狼从你们手下溜走了，那他就会把他搞定的。他会找到他胸前的那块腮，然后，砰!”

如果本尼知道什么腮之类的鬼话都是假的那该怎么办？杰克想。他的父亲会如他们所愿传递假消息吗？假如他知道——

这时，埃蒂那带着自作聪明的布鲁克林口音的话在他脑海里响起：是的，假如鱼也有自行车，那他妈的每条河都能开环法自行车赛了。

“本尼，我真的要睡一会儿了。”

本尼平躺了下去。杰克也一样，接着他继续盯着天花板。忽然他怨恨起奥伊来，怨恨他怎么理所当然地选择了挨着本尼睡。有那么一阵他怨恨着一切的一切。明天一早，他就可以收拾行李，骑上那匹借来的小马，到镇子里去了，可是明天始终不见到来，时间仿佛被无限伸长着。

“杰克?”

“什么事？本尼，什么事?”

“很抱歉。我只是想说我很高兴你来了这儿，我们度过了不少快乐的日子，不是吗?”

“是的。”杰克说，他想：谁会相信他比我大呀。他说话简直像……我不知道……像五岁小孩之类的。这么想有些无情无义，但杰克觉得如果自己不这样，那他现在很可能会哭出来。他开始讨厌罗兰的安排，让他最后一晚住在罗金 B。“是的，很快乐。”

“我会想你的。但我打赌，他们会在亭子里给你们树一座雕像之类的东西。”这个“你们”是他从杰克那学来的，一有机会就用。

“我也会想你的。”杰克说。

“你真幸运，可以跟着那群人去很多地方。我恐怕就得在这该死的镇里待上一辈子了。”

不，你不会的。你和你父亲将会四处流浪……当然，那还得是在你们够走运，人们肯放你们出镇子的情况下。恐怕你们这辈子将要做的，就是怀念这个该死的小镇，怀念这个曾经是你们的家的地方。这也正是我在做的事情。我看见了……我说了……但除此之外我还能怎么样呢?

“杰克?”

他再也受不了了，简直要被逼疯了。“睡吧，本尼，也让我睡会儿。”

“好的。”

本尼转过身，面朝着墙，不一会儿，他的呼吸声平缓了下来，再没过多久，他那儿就传出了打鼾声。杰克却一直没有睡着，直到午夜，他才进入梦乡。他还做了个梦，梦见罗兰跪在东大道的土地上，迎面而来的是一大群狼，从悬崖旁一直伸延到河边，罗兰正在装子弹，可他的双手僵硬着，有一只手还缺了两个指头，子弹从他无力的手上掉落在他面前。直到狼群扑过来将他踏倒在地的那一刻，他还在试图给他那把大左轮手枪装子弹。

13

狼来的前一天的黎明，埃蒂和苏珊娜站在神父家客房的窗前，看着楼下罗莎小屋外那块斜坡上的草坪。

“他对她开始产生感觉了，”苏珊娜说，“我为他感到高兴。”

埃蒂点点头。“你感觉怎么样？”

她抬起头冲他微笑着，“我挺好的，”她说，她也的确是这么认为的。“你呢，甜心？”

“我将会怀念睡在一张真正的床上，头顶有天花板的那种感觉，另外，我还有些迫不及待要投入战斗，除了这些，我感觉也挺好的。”

“如果事情失败了，你将不用为住处发愁了。”

“说得对，”埃蒂说，“但我想我们不会失败的，你说呢？”

苏珊娜还没来得及回答，就感到一阵风摇晃着屋子，在屋檐下呼啸着。瑟迷翁来向人们打招呼了，埃蒂想。

“我不喜欢这阵风。”苏珊娜说，“它就像歪风。”

埃蒂张了张嘴。

“如果你要再说一句有关卡-泰特的话，我就把你的鼻子揍扁。”

埃蒂只得再次闭上嘴，还做了个用拉链把嘴拉上的动作。不过苏珊娜还是碰了碰他的鼻子，她的指节像羽毛那样刮了刮他的鼻梁。“我们的胜算很大，”她说，“这么长时间以来，他们一直为所欲为，这把他们都喂肥了，就像布莱因。”

“对，就像布莱因。”

苏珊娜把一只手放在埃蒂臀部，使他转身过来面对着自己，“但事情也是有可能会失败的，所以，我想趁只有我们俩的时候，告诉你几句话，埃蒂，我想告诉你，我有多么爱你。”她的话很简单，没有丝毫做作。

“我知道，”他说，“可是我不知道那是为什么。”

“因为你让我觉得自己是完整的，”她说，“在我年轻一些的时候，我常常犹豫，有时觉得爱情是一个神圣、神秘而光彩夺目的东西，有时，比如《餐夜》这类片子热播的时候，又觉得它只是那群好莱坞制片人编出来的玩意，只是为了在经济萧条时期增加票房收入。”

埃蒂笑了起来。

“现在，我的观点是，每个人从一出生，心里就有一个洞，我们四处寻找的，就是那个能将我们心口上的漏洞填满的人。你……埃蒂，你把我的心填满了。”她牵起他的手，领着他走向床边。“并且，现在我想让你用另一种方法来把我填满。”

“苏，这样安全吗？”

“我不知道，”她说，“但我也不想管那么多了。”

他们做爱了，动作很慢，直到在快结束时才加快了些。她顶着他的肩膀，低声叫喊着。在他还没达到高潮，意识还没有混乱之前，埃蒂突然想到：*我会失去她的，如果我不小心看着她的话，我不知道为什么会有这种想法……但我的确感觉到了，她会从我面前消失的。*

“我也爱你。”当一切结束，他们肩并肩躺着的时候，埃蒂说。

“是的，”她握住他的手，“我知道，我觉得很开心。”

“让一个人感到开心也是件很高兴的事，”他说，“我以前都不知道这一点。”

“没关系，”苏珊娜说着吻了吻他的嘴角，“你学得很快。”

14

罗莎那不大的起居室里放着一把摇椅，枪侠此刻正赤身裸体坐在上面，手里拿着一个黏土做的茶碟。他吸着烟，看着窗外的日出。他不知道自己还能不能再次看到太阳从这儿升起。

罗莎从房间里走出来，同样赤裸着身体，她站在门口看着他：“你的骨头怎么样了？告诉我。”

罗兰点点头：“你的那种油简直是灵丹妙药。”

“它的作用不会持续很久的。”

“是的，”罗兰说，“但是还有另一个世界——我的朋友们的世界——也许在那儿他们有一些能持久的东西。我有一种预感，我们很快就会到那儿去的。”

“在那儿还要继续战斗？”

“我想是这样，是的。”

“无论如何你都不会回来了，对吗？”

罗兰看着她：“是的。”

“那就再到床上去躺一小会儿吧，好吗？”

他把烟掐灭，站了起来。他微笑着，这笑使得他年轻了一些：“谢谢。”

“这才是个好男人，蓟犁的罗兰先生。”

罗兰想了想她这句话，接着缓缓地摇了摇头。“我这一辈子一直是个最快的枪侠，但是在做个好人这件事上，我总是慢人一步。”

她朝他伸出手：“过来，罗兰，到这儿来。”他向她走去。

15

当日下午，罗兰、埃蒂、杰克，还有卡拉汉神父早早地骑马驶上了东大道——从弯弯曲曲的德瓦提特外伊河看，这其实是一条向北的道路——他们放在马鞍后的铺盖卷里藏着铁铲。由于苏珊娜怀孕了，他们没有让她参加这次行动，现在她正和欧丽莎姐妹一起在草坪上忙碌着，那儿正在搭建一个更大的帐篷，一顿丰盛的晚餐也在准备之中。他们四人出发时，卡拉·布林·斯特吉斯已经开始热闹起来，就像节日时那样，但和过节不同的是，没有人高声叫喊，没有一阵阵突如其来的劈里啪啦的鞭炮声，草地上也没有设置马道。没有人看见安迪和本·斯莱特曼，这样很好。

“逖安呢？”罗兰打破了那让人颇感压抑的沉默，向埃蒂问道。

“他会在神父家和我碰面，五点钟。”

“很好，”罗兰说，“如果那时候我们还在这儿没干完活，那你可以自己先回去见他。”

“如果你想让我和你一起回去，那我就陪你。”卡拉汉说。中国人讲究的是救人救到底，以前卡拉汉从来都不怎么考虑这一点，可是自打那天他在山洞上的悬崖边把埃蒂拉了回来之后，他就觉得这种观点似乎有些道理。

“你最好还是和我们待在一起。”罗兰说，“埃蒂一个人能搞定的。我在这儿还有另外一件事需要你去做，我是指除了挖坑以外。”

“哦？那会是什么事？”卡拉汉问。

卡拉汉指着前方路上那片像妖魔一样扭曲盘旋着的尘卷风：“请你祈求上帝让这该死的风停下来，越快越好，当然，必须在明天早上之前。”

“你是在担心那条壕沟？”杰克问。

“壕沟倒没什么问题，”罗兰说，“我担心的是欧丽莎姐妹，即使在最有利的环境里，扔盘子也是一项需要手法极其精准的活儿，如果狼来的时候外面正刮着大风，那事情失败的可能性就会是——”他朝灰蒙蒙的前方甩出手，做了个特征鲜明（同时也具有总结性）的卡拉挥手动作。“德拉。”

卡拉汉却笑着：“我很乐意为你们祈祷，”他说，“但是为了不让你们变得过于焦虑，你们还是朝东边看吧。”

于是坐在马鞍上的三人都把头转向了东面，他们看到了玉米——这种稻谷已经过了收割期，被摘过的枝干歪歪斜斜地排成一列列极细的队伍——已经蔓延到了水稻田里。在水稻田的那边是河，河的那边是边界地的尽头。在那儿，尘土被卷在足足有四十英尺高的风旋里，一个个尘卷风猛烈旋转着，不时地相互撞击着，和它们比起来，河对岸舞动的这些小风旋看起来就像顽皮的小孩子。

“瑟迷翁常常刮到外伊河这儿，然后折回。”卡拉汉说，“据老人们说，瑟迷翁风神曾请求欧丽莎女神在他到达这条河的时候让他通行，可是她出于嫉妒，总是堵住他的去路。你知道——”

“瑟迷翁风神娶了她的妹妹，”杰克说，“而欧丽莎女神自己想得到他——也就是想让粮食和风结合在一起——而且她对此仍心有不甘。”

卡拉汉感到既惊讶又好笑，他问：“你是怎么知道这些的？”

“是本尼告诉我的，”杰克说完便沉默了，他想起了他和本尼的那么多次闲聊（有时他们在干草仓里聊，有时则平躺在河岸上聊），想起了他们兴致勃勃地交流各种传闻的情景，这让他有些伤感和痛心。

卡拉汉点着头说：“对，那故事就是这样，我想那实际上只是一种气候现象——冷空气在那儿，暖空气便从河面上上升，诸如此类的一种现象——不管那到底是什么，这阵暴风很显然将要返回到它老家去。”

像是要证明卡拉汉刚才的话是错的，狂风朝他猛扑过来，磨砺着他的脸，卡拉汉大笑着说：“在明天第一缕曙光出现之前，这阵风就会停止的，我基本上可以向你们保证。”

"只是基本上保证是不够的,神父。"

"罗兰,本来我接下去想说的就是,我明白基本上是不够的,所以我很愿意祈求上帝让它停下来。"

"谢谢你了。"罗兰接着转向埃蒂,用左手的头两个手指指着自己的脸:"是眼睛,对吗?"

"对,是眼睛。"埃蒂答道,"还有,密码如果不是十九,就是九十九。"

"这一点你不能肯定吧。"

"我能肯定。"埃蒂说。

"那……还是要小心。"

"我会的。"

几分钟以后,他们到了目的地,在他们右边,一条崎岖的小路向山谷镇延伸,一直通向格洛里亚和雷德伯德一号和二号。镇里的人们以为装着孩子的牛车会在这儿停下,这一点他们想对了,但是他们认为接着孩子们和那些看护们会顺着这条小路走到那两座矿中的一座里去,这一点,他们想错了。

很快,他们中的三个开始在路的西侧挖起来,留下另一个在旁边把风。一直都没有人来这儿——这里离镇子很远,住在这儿的人这时都已经在镇上了——他们的工程进展得很快。四点钟的时候,埃蒂留下其余三人收尾,自己则别上一把罗兰的左轮枪,骑马回镇上和逖安·扎佛兹碰头。

16

逖安把他的弓箭也带来了,可是埃蒂让他把弓箭留在神父家的门廊上,埃蒂这么说时,那位农夫不高兴,不解地瞪了他一眼。

"它如果看见我带着武器,是不会感到惊讶的,但是假如它见你别着那个东西,就会起疑心的,"埃蒂说。这将是他们奋力抵抗的开始,这一刻终于到来了,此时,埃蒂很冷静,他感觉自己的心跳平缓而坚定,视线也似乎变得分外清晰,清晰得能看清神父屋外草坪上每一片草叶投下的影子。"我听说它力气很大,而且,必要的时候动作也很快。让我来对付它吧。"

"那我来这儿做什么呢?"

这个问题真正的答案是:因为只要见我带着你这个乡巴佬,那对方即便是个聪明的机器人，它也想象不到自己会有麻烦的。但是如果埃蒂就这么回答他，那也太没有外交水准了。

“叫你来是为了保险起见。”埃蒂说，“来吧。”

他们走到那个厕所旁，最近几个星期以来，埃蒂用过这个厕所许多次，每次用都觉得颇为惬意——里面有一堆堆软绵绵的草，供你在如厕完毕后可供擦拭用，并且，在这儿上厕所一点儿都不用担心讨厌的小阵雨——但是，直到现在他才仔细地观察了它的外部结构，厕所是用木头搭成的，高且结实，但他可以肯定安迪不用费什么功夫就能把它摧毁，如果它真想这么干，而他们又给了它机会的话。

罗莎走到她小屋的后门口，用一只手在额头上搭个凉棚挡住阳光，她看着他们俩说：“你们怎么样，埃蒂？”

“到目前为止一切顺利，罗莎，但你最好回到屋里去，这儿将会有一场混战。”

“真的吗？我这儿有一大叠盘子——”

“恐怕丽莎女士们这次帮不上什么忙，”埃蒂说，“不过，我想，如果你站远一些，是不会伤到你的。”

她点点头，不再多说什么，转身回屋里了。

埃蒂坐了下来，侧对着那扇换了把新门闩的厕所门。逖安正试图卷支烟，第一支从他那不住颤抖的手中掉了下去，于是他不得不再试一次，“做这类事情我不大在行。”他说，埃蒂明白，他所说的这类事情指的绝对不是卷烟的技巧。

“没关系。”

逖安满怀希望地看着他：“你真这么想？”

“是的，所以，就随它去吧。”

很快便到了六点（这个王八蛋身体里也许装了一个可以精确到百万分之一秒的钟，埃蒂想），安迪出现在神父的住所前，它那被拉得长长的，像只蜘蛛一样的影子，投在它前面的草地上。它看见了埃蒂他们，蓝眼睛闪烁起来，朝他们举起了手，算是打招呼，西沉的夕阳在它的胳膊上反射着红色的光芒，这使得它的手臂看上去像是蘸过血水。埃蒂也举举手回应它，然后微笑着站了起来。他想知道在这个资源耗尽的世界上，是不是所有尚在工作的智能机器都背叛了他们的主人，如果真是这样，那它们为什么会这么做。

“你保持沉默就行，我来和它说。”他从嘴角挤出这句话。

“好吧。”

“埃蒂!”安迪叫道,“逖安·扎佛兹! 真高兴见到你们! 还有那些拿来对付狼群的武器! 天啊! 它们在哪儿?”

“都堆在茅房里呢,”埃蒂说,“只要把它们搬到这儿,我们就可以去叫一辆马车过来了,但那些枪很沉……在那里面也没有多少让人转身的空间……”

他站到一边,安迪走上前来,它的眼睛闪烁着,但不再是带着笑的闪烁,它们此刻亮得惊人,埃蒂不得不移开视线——看着它们就像看着电灯泡一样。

“我敢肯定,我能把它们弄出来,”安迪说,“帮助别人的感觉多么好啊! 我常常因为程序允许我做的事情太少而感到遗憾!”

这会儿它正站在厕所门前,微微弯曲着腿,好让它那铁桶般的头低过门梁。埃蒂开始拔出罗兰的那把枪,像往常一样,他感觉手里那沉香木的枪柄触感光滑,蓄势待发。

“请原谅,纽约的埃蒂,我一把枪也没看见。”

“是的,”埃蒂说,“我也没看见,事实上我只看见了一个叛徒,它教孩子们唱歌,然后把他们送到——”

安迪迅速转过身,动作快得可怕。它体内的伺服器发出嗡嗡的声音,这声音在埃蒂听来似乎很响。他们俩相隔的距离还不到三英尺,正好在射程之内,“但愿这个能惩罚你,你这不锈钢做的王八蛋!”埃蒂说着朝它扣动了扳机,在傍晚这寂静里,这两声枪响震耳欲聋。安迪的眼睛炸裂,接着便熄灭了。逖安大声叫喊起来。

“不!”安迪大声叫道,刚才那两声枪响和它现在的大喊比起来,简直像公鸡打鸣,**“不,我的眼睛! 我看不见了! 哦,不,不,可视度为零,我的眼睛,我的眼睛——”**

安迪飞快地用它那瘦骨嶙峋的胳膊捂住粉碎的眼窝,那儿还不时有蓝色的火花蹦出,它伸直了腿,铁桶般的头撞穿了厕所门口的屋顶,木板的碎片纷纷散落在它左右。

“不,不,不,我看不见,可视度为零,你们对我做了些什么,你们埋伏着要袭击我,我看不见了,七号,七号,七号!”

埃蒂把枪插回皮套里,喊道:“来帮我推它一把,逖安!”但逖安只是站着不动,呆呆地看着机器人(安迪的头已经消失在厕所门内),埃蒂等不及了,他一跃上前，伸出手按住安迪胸前那块写着名字、序列号和功能的牌子，将它向里推，这个机器人重得惊人（以至于埃蒂一开始觉得像在推一个车库），不过此时毫无心理准备，它什么也看不见，身体也失去了平衡。只见它朝后退了几步，接着它那巨大的喊叫声戛然而止，取而代之的是一种奇怪的类似于尖叫的警报声。埃蒂听着这声音，觉得头都要裂开了，他抓住厕所门，一把把它摔上，虽然门梁上被撞出了个粗糙的大洞，但门还是严严地关上了，接着埃蒂飞快地插上那条跟他手腕一般粗的门闩。

从厕所里传出尖锐、颤抖的警报声。

罗莎两手拿着一只盘子跑了过来，她的眼睛睁得大大的："出什么事了？看在上帝耶稣的分上，到底出什么事了？"

埃蒂还没来得及回答，只见那厕所在一股强大撞击力的冲击下，在地基上摇晃着。它已经向右移动了一些，露出了里面便池的边缘。

"安迪在里面，"他说，"我想，它刚刚又占了一次星，不过这次它是不情愿的。"

"你们这些王八蛋！"这声音完全不同于安迪平时说话常用的三种语气：虚情假意，自以为是，或者假意奉迎。**"你们这些王八蛋！骗人的王八蛋！我要杀了你们！我看不见，哦，我看不见，七号！七号！"**说完这些话，安迪又开始发出警报声，听见这声音，罗莎不由得扔了她手中的盘子，用手捂住耳朵。

厕所的侧面又遭到一阵猛烈的撞击，两块结石的墙板被打得弯了出来，接着又是一下猛击，那两块板子被打裂了，安迪的胳膊伸了出来，在日光下闪着红色的光芒，胳膊末端那四个拼接起来的手指痉挛般地一张一合。埃蒂听到远处传来狗的狂吠声。

"它要出来了，埃蒂！"逊安抓住埃蒂的胳膊，大声喊道，"它要出来了！"

埃蒂甩开他的手，走到厕所门边，里面又是一下毁灭性的撞击，侧面的墙上又掉下来几块木板，此时草坪上已经到处都是破碎的墙板。在呼啸的警报声中，埃蒂的声音根本听不见，警报声太响了。他只好等着，终于，在安迪准备再一次撞击侧墙之前，警报声断了。

"王八蛋！"安迪尖叫着：**"我要杀了你们！指令二十！七号！七号！我看不见，可视度为零，你们这些胆小鬼——"**

"安迪，报信机器人！"埃蒂喊道，他事先用卡拉汉的铅笔头和他的一张珍贵的废纸片把安迪的序列号草草记了下来，他照着上面念道："序列号

DNF-44821-V-63！现在输入密码！”

他话音刚落，安迪那疯狂的撞击和巨大的叫喊声便停止了，四周静了下来，但没有彻底安静，埃蒂耳朵里依然回响着那地狱般尖锐的警报声。接着，在几声叮当作响的金属声和继电器的嘀嗒声之后，传来安迪的声音：“我是 DNF-44821-V-63。请说出密码。”它停顿了一下，接着，用呆板的声音说道：“纽约来的埃蒂，你这个偷袭别人的王八蛋，你有十秒钟时间。九……”

“十九。”埃蒂冲着门里说道。

“密码错误。”尽管它只是个锡做的机器人，安迪的声音里明白无误地透露着狂喜，“八……七……”

“九十九。”

“密码错误。”这次埃蒂在机器人的声音里听到的则是胜利。但他还有时间，还有时间后悔自己在路上的自以为是，还有时间看看逖安和罗莎那惊恐的神色，还有时间听到狗依然在叫。

“五……四……”

不是十九，也不是九十九。那还会是什么呢？看在上帝的分上，到底要用什么才能把这个王八蛋关闭呢？

“……三……”

一个念头在埃蒂脑海中闪现，就像安迪的眼睛在被罗兰的大左轮枪打瞎之前那样闪亮，这便是空地四周的篱笆上的一首诗，那首用玫瑰色油漆喷画在篱笆上，字迹上落满灰尘的诗：*哦，苏珊娜——我的爱人，我那人格分裂的女伴，嫁给了南部的猪，那一年是——*

“……二……”

密码既不是十九也不是九十九，而是它们的组合。这也正是那该死的机器人在他输入一次错误密码之后，还能再给他机会重试的原因，因为他之前说的并没有全错，只是不准确而已。

“一九九九！”埃蒂朝门内大声喊道。

门后，是一片死寂。埃蒂等待着，等着警笛声再次响起，等着安迪再次开始猛击厕所，他想要让逖安和罗莎逃跑，想要趴在他们身上盖住他们——

这时，从那摇摇欲坠的厕所里传出一个平直、呆板的声音：这是一部机器的声音，既没有了先前虚伪的阿谀奉承，也没有了刚才那种真实的狂怒。几代卡拉人眼中的那个安迪已经消失了，这样很好。

“谢谢，”那声音说道，“我叫安迪，一个报信机器人，还有许多其他功能。

我的序列号是 DNF-44821-V-63。我能为您做点什么吗?”

“请你自动关闭。”

厕所里只有沉默。

“你听懂我刚才的话了吗?”

一个低低的、恐惧的声音说道:“请别让我这么做,你这个坏蛋,哦,你这个坏蛋。”

“自动关闭吧,现在。”

更长时间的沉默。罗莎站立着,手摸着喉部,这时几个男人来到神父的房子旁边,手里拿着各种自制的武器,罗莎挥挥手,让他们回去了。

“DNF-44821-V-63,请执行!”

“是,纽约来的埃蒂,我即将自动关闭。”安迪的声音里夹杂着一种可怕的、自怜自艾的悲伤,这让埃蒂听了直起鸡皮疙瘩,“安迪看不见了,并且即将自动关闭。你知不知道一旦我的主供能电池的耗竭率达到百分之九十八,我就永远无法再次启动?”

埃蒂想起了在扎佛兹家农田外的那几个重度痴呆的双胞胎——逖阿和扎勒曼——接着他想起了这些年来,这个不幸的镇子里所有那些像他们一样的孩子,尤其是塔维利家的双胞胎,那是一对多么聪明、机灵、惹人喜爱的孩子啊,而且还那么漂亮。“永远还不够久,”他说,“但我想也只能这样了。别废话了,安迪,关闭吧。”

那已经被毁了半边的厕所里依旧是一阵沉默。逖安和罗莎悄悄走到埃蒂的两侧,和他一起并肩站在那扇锁住的门前,罗莎抓住了埃蒂的前臂,他立即把她甩开了,这样他才能在有必要的时候立即拔枪,虽然他不知道对着没了眼睛的安迪,他还能打哪儿。

安迪再次说话的时候,它那呆板而响亮的声音让逖安和罗莎倒吸了一口凉气,他们不由得后退了几步。埃蒂还站在原地,他在杀死巨熊时,曾经听到过这样的声音,也听到过这样的话语,虽然安迪说话的节拍不大一样,但作为政府的产品,这已经算是很相似了。

“DNF-44821-V-63 正在关闭!所有亚核粒子电池以及存储电路均处于关闭阶段!自动关闭已完成百分之十三!我是安迪,报信机器人,还有许多其他功能!请将我所在的位置告诉拉莫科企业或北方中央电子有限责任公司!拨打 1-900-54!您将得到奖品!重复一遍!您将得到奖品!”一声嘀嗒声之后,又是同样的话:**“DNF-44821-V-63 正在关闭!所有亚核粒子电池以**

及存储电路均处于关闭阶段！自动关闭已完成百分之十九！我是安迪——”

“你曾经是安迪，”埃蒂轻柔地说。接着他转身看到逖安和罗莎那惊恐得像孩子一样的脸，不由得微笑起来，“没事了，”他说，“都结束了。它再这样叫上一会儿，就报废了。你们可以用它来做个……我不知道……做个种植器之类的。”

“我想，我们会把厕所地板撬掉，就把它埋在那儿。”罗莎说着朝厕所那边点点头。

埃蒂脸上的微笑扩展开来，变成了咧嘴笑。他喜欢这个把安迪埋在粪里的主意，十分喜欢。

17

黄昏退去，夜色渐深的时候，罗兰坐在露天舞台的边缘，看着卡拉镇的人们尽情享用着他们的丰盛晚宴。他们每个人都知道，这也许是他们聚在一起吃的最后一餐，明天晚上，他们的镇子也许会变成一堆堆冒着青烟的废墟，但他们依然开心地吃着。罗兰想，他们之所以这样并不完全是因为那些孩子们，还有一个原因就是，一旦人们最终决定去做一件正确的事，他们的心情便会轻松许多，即便村民们知道那么做很可能会付出巨大的代价，那种轻松感也不会因此消失。这也许算是一种轻率吧，大部分人这天晚上会和他们的孩子、孙子们一同睡在草地上那个离他们不远的帐篷里，并且将留在这儿，脸朝着镇子的东北方，等着这场战斗的最终结果。他们认为，到时候会听到枪声（他们中的许多人从来没听过这种声音），接着那些标志着狼群的一团团灰尘要么朝他们来时的方向渐渐消散，要么朝着镇子里奔涌，如果出现的是第二种情况，那人们就会逃散，等着镇子被狼群焚烧，烧完之后，他们就成了流浪在自己地盘上的难民。如果事情的结果真是这样，那他们会重建家园吗？罗兰认为这一点值得怀疑，他们一旦没有了孩子——因为这次狼群如果赢了，他们会抢走所有的孩子，罗兰对这一点深信不疑——也就没有了重建家园的理由。也就是说，第二批狼群袭击之后，这个地方将变成一个幽灵之镇。

“很抱歉。”

罗兰环顾四周，看见了韦恩·欧沃霍瑟，他手拿帽子站立着，他这副模样看上去一点也不像个卡拉镇的大农户，反倒像个潦倒落魄的骑马的流浪汉，他的眼睛很大，眼神里有着些许悲伤。

“你没必要那么大声对我说抱歉，我还带着你给我的马具。”罗兰温和地说。

“是的，但……”欧沃霍瑟降低了声音，他想着该怎么接着说下去，然后他似乎下定了决心，决定开门见山地说：“您指定了几个人在战斗时看护孩子们，鲁本·卡沃拉是其中之一，对吗？”

“是啊？”

“他的肠子爆裂了。”欧沃霍瑟把手放在自己圆滚滚的肚子上，摸着阑尾的位置，“他现在正躺在床上，发着烧，嘴里还说着胡话，他很可能会染上败血症然后死去的，虽然有些像他这样的病人能好转，但那只是少数。”

“听你这么说我很难过，”罗兰说，高大魁梧的卡沃拉是个不知惧怕为何物的人，懦弱对他来说更是无异于外星生物，他的这个特点给罗兰留下了很深的印象。这会儿，罗兰想着谁会是代替他的最佳人选。

“让我来代替他吧，好吗？”

罗兰看了他一眼。

“我请求你，枪侠，我不能只是袖手旁观，我原以为我可以——我必须那么做——可是我做不到。那种想法让我很不舒服。”是的，罗兰想，他看起来的确很不舒服。

“你妻子知道吗，韦恩？”

“是的。”

“她同意了？”

“她同意了。”

罗兰点点头：“黎明前半小时来这里吧。”

欧沃霍瑟脸上满是深深的、几乎夹杂着痛楚的感激之情，这神情使得他看上去变得不可思议的年轻，“谢谢，罗兰！谢谢！非常感谢！”

“很高兴你能加入进来。现在听我交待你几句。”

“什么？”

“事情并不会完全像我在集会时说的那样。”

“你是说，因为安迪的缘故？”

“是的，它是一部分原因。”

“还有什么？你该不会是说，还有另一个探子吧？你不是那个意思吧？”

“我的意思只是说，如果你想加入我们，那你就得听从我们的指挥，明白吗？”

“是的，罗兰，我明白得很。”

欧沃霍瑟再一次感谢罗兰给了他这个死在镇子北边的机会，接着趁罗兰也许还没改变主意，他就拿着帽子，急匆匆地回家了。

埃蒂走了过来：“欧沃霍瑟也要参与进来？”

“看来是这样，你对付安迪的时候遇到麻烦了吗？”

“一切都还顺利。”埃蒂说，他不想告诉罗兰，他、逖安还有罗莎也许有那么一刻差点就变成烤面包了。离那厕所很远时，他们还能听到安迪的咆哮声，但那声音很可能没有再持续很久，因为当他们还能听见时，那机器人正大声说着自动关闭已完成百分之七十九。

“你干得很漂亮。”

来自于罗兰的赞美总是让埃蒂有一种成为世界之王的感觉，但他努力不把它表现出来：“只有我们明天打胜仗了，我才能配得上让你这么说。”

“苏珊娜呢？”

“看起来挺好。”

“没有……？”罗兰挑了挑左边的眉毛。

“没有，就我所见。”

“也没有说有短暂剧烈的疼痛？”

“没有，她能处理这些事。你们在挖壕沟的时候，她已经把扔盘子的技术练得很熟练了。”埃蒂冲着杰克抬抬下巴，那孩子正独自坐在一架秋千上，奥伊在他脚边待着，“我担心的是那个人，如果他能摆脱现在的情绪，我会很高兴的。这事一直困扰着他。”

“对于另外那个孩子来说，这事更难以接受。”罗兰说着站起身，“我要回神父家了，我得去他那儿睡一会儿。”

“你能睡着吗？”

“哦，是的，”罗兰说，“有了罗莎的猫油，我能睡死过去。你和苏珊娜也要尽量睡一会儿。”

“好的。”

罗兰严肃地点点头：“明天早上我来叫醒你们，我们一起骑马从这儿出发。”

“然后我们就要开始战斗了。”

“是的，”罗兰说，他看着埃蒂，蓝眼睛在火把的光芒中闪闪发亮。“我们要一直战斗，直到把他们消灭，或者，直到我们战死。”

第七章

狼群

1

现在看，仔细看：

这条马路像美国任何其他的二级公路一样宽，且一样保养良好，但是，这条路是由一种卡拉人称作沃根的黏合细密的泥土砌成。公路的两边都有排水沟；在沃根下，随处都是整洁且保养良好的木头水管。在黎明前微弱诡异的光线下，十二辆由曼尼人驾驶的巴卡马车沿路前行，这些马车都有圆圆的帆布车顶。那些帆布明亮洁白，看上去像奇怪的、飘得低低的云朵。这些帆布能在炎炎夏日里反射强烈的日光以保持车内凉爽，就像那种低低的积云，可能你也看到过的。每辆巴卡都是由六只骡子或四匹马拖着，座位上的两个驾车的人——他们或是战斗者，或者是指定照料孩子的人。欧沃霍瑟驾着领头的马车，玛格丽特·艾森哈特坐在他的旁边。接下来是来自蓟犁的罗兰，旁边坐的是本·斯莱特曼。然后是逖安和扎丽亚·扎佛兹，以及埃蒂和苏珊娜·迪恩。苏珊娜的轮椅折叠好了放在她身后的马车里。在他们之后的是巴吉·扎夫尔和安娜贝尔·扎夫尔。在最后一辆马车的顶座上坐着的是唐纳德·卡拉汉神父和罗莎丽塔·穆诺兹。

在巴卡里面的是九十九个孩子。当然那第九十九个孩子就是本尼·斯莱特曼，他就是为了凑足这个奇数。他在最后一辆马车里。（他和他的父亲在同一辆车里，觉得有些不安。）孩子们都缄口不言。一些较小的孩子已经入睡，当车到达目的地的时候，他们又不得不马上被叫醒。前方不到一英里的地方，车就要左拐进入河谷村。在右方，有一个向河流延展的缓坡。所有的驾车人都看着东方，那被称作雷劈的黑暗之地。他们等待从东面而来的尘云。但是，那里什么也没有来，至少现在还没有来。此时，就连微风也渐止了。卡拉汉的祈祷似乎得到了回应，至少微风听了他的话。

2

本·斯莱特曼坐在罗兰旁边的马车顶座上，用一种细得听不见的声音说："那么，你打算怎么处理我？"

如果在马车从卡拉·布林·斯特吉斯出发的时候，斯莱特曼问关于他能活过今天的几率，罗兰想那个数字应该是百分之五。当然，现在不会有什么上升。现在他们必须要明确两个问题，而且还要合理地解决这两个问题。第一个肯定得斯莱特曼他自己问。罗兰本没想到他会问，可是斯莱特曼还是问了，亲口问了。罗兰转过头来看着他。

沃恩·艾森哈特的工头脸色苍白，他摘掉眼镜，与罗兰目光对峙。枪侠将此归结为缺乏勇气的特殊表现。老斯莱特曼有足够的时间来揣测罗兰心里的杠杆，他自己心里也明白，如果他还想要那么一点希望的话——尽管他也不是很愿意这么做，那么，他必须要对峙着看枪侠的眼睛。

"是的，我知道。"斯莱特曼说。他的声音很坚定，至少目前是这样的。"我知道什么？我知道你知道一切。"

"我猜，是在我们带走了你的伙伴之后吧。"罗兰说，言语间似乎是刻意讽刺(讽刺是罗兰唯一真正懂得的幽默方式)。斯莱特曼听到这话时，退缩了一下：伙伴。你的伙伴。但是他点点头，眼睛仍然定定地看着罗兰。

"我猜想，如果你知道安迪的事情的话，你也就知道我做的事情。虽然，它是绝对不会告密的，它的身体里没有告密这样的程序。"最后，他实在再也不能忍受这样的目光对峙，于是就低下头，咬着嘴唇。"我主要是因为杰克才知道的。"

罗兰脸上的惊讶之情一览无遗。

"他变了。他不是故意的，他只是不像以前那么沾沾自喜，也不那么勇敢了，但是他还是那么做了。不是对我，而是对我的孩子。在最后的一个礼拜，一个半礼拜里。本尼只是……嗯，很彷徨困惑。我猜你会这么说的。他感觉到了一些事情，但是他自己又说不清楚那到底是什么。而我却很明白，就像你的孩子不再想和他待在一起了。我问我自己可以做些什么。答案好像很明了，就像是杯子里的那点啤酒一样清澈见底。"

罗兰他们的马车落在了欧沃霍瑟他们的后面。他轻轻地抽了几鞭他的马队，他们现在跑得稍微快了一些。从他们身后的马车里传来了孩子们的小小动静，有几个在说话，但大部分孩子还在继续伴着马车轻轻的铃铛声打鼾。罗兰让杰克收集一小盒孩子们的物品。现在他看到他已经动手在做这件事情了。杰克是个从来不会拖拉，而又听话的孩子。今天早上他带着他父亲的枪，还戴着顶防晒的帽子，好挡挡刺眼的阳光。他和埃斯特拉达坐在第十一辆马车的座椅上。罗兰猜想斯莱特曼也有一个好孩子，只不过他把事情弄得一团糟。

“杰克有天晚上在道根，那时你和安迪也在那儿，来传递你邻居的消息。”罗兰说。斯莱特曼退缩地坐在他的座位边上，样子像是个刚挨过揍的男人。

“那儿，”他说，“是的，我几乎能感觉到……或者认为我能……”停顿许久后，他说，“操他妈的。”

罗兰看着东方。现在，天已经亮了很多，但尘云还是没有出现。那也不算很坏。一旦尘云出现，那些狼就会蜂拥而至。他们的灰马跑得很快。罗兰还在随意地继续问斯莱特曼一些其他问题。如果斯莱特曼有任何否定的回答，无论这些马跑得多快，他都将无法活到狼群来到的那一刻了。

“如果你找到他，斯莱特曼——如果你们找到我的孩子——你会把他杀了么？”

斯莱特曼在寻思怎么回答这个问题时，重新把眼镜戴上了。罗兰不知道他是否明白这个问题对他的重要性。他等着看这个杰克朋友的父亲是该活还是该死。斯莱特曼必须立即回答这个问题。他们即将到达目的地，到时马车就要停下来，孩子们就会下车。

斯莱特曼终于抬起头来，再一次遇到罗兰的目光，但欲言又止。事实已经很明朗：他没有办法做到同时既正视着枪侠的目光，又如实地回答他的问题。看着枪侠的时候他说不出话，而想要说话的时候又无法正视着他。

他再次低下头，眼睛盯着他的两脚之间马车裂开的木头地板，说：“是的，我估计我们会杀死他。”他停顿了，枪侠点了点头。当斯莱特曼转过头去的时候，有一滴眼泪从他眼睛里流了出来，眼泪滴在了马车顶座地板的木头上。“是的，还有什么？”现在他抬起头来；现在他又能与枪侠的目光对峙了。他看到枪侠的眼睛的时候，他知道他的宿命已尘埃落定。“快点下手吧，”他说，“别让孩子们看到就好，求你了。”

罗兰又在马背上抽了几鞭。然后他说：“我不会结束你苟且偷生的性命的。”

斯莱特曼的呼吸在那一刻的确停下了。他继续对着枪侠说，是的，为保护他自己的秘密，他会杀死一个十二岁男孩的。那个时候，他的脸上竟呈现出一种扭曲的得意。他的脸上现在是希望，而这种希望却使得他的脸很丑陋，近乎怪诞。他接着说道："你在愚弄我吗？你在嘲弄我吗？你还是会杀我的。你为什么会不杀我呢？"

"一个懦夫通常都会根据自己的为人来判断别人的。"罗兰这样评论道。"不到万不得已的时候，我是不会杀你的，斯莱特曼，因为我爱我自己的孩子。你对此一定也有深刻的理解，不是吗？去爱一个孩子？"

"是的。"斯莱特曼又一次低下头，开始揉被日光灼伤的颈背，他本以为今天他的这颗头颅肯定会落地的。

"但为了你自己、本尼和大家，你必须明白，如果狼赢了，你必死无疑。你肯定也明白这一点，就像埃蒂和苏珊娜说的那样，让我们把这件事先搁一会儿。"

斯莱特曼又看了罗兰一眼，眼睛在他的眼镜后面眯了起来。

"你给我好好听着，斯莱特曼，好好想想我说的话。我们并不会去狼认为我们要去的地方，孩子们也不去。不管最后到底谁输谁赢，这次他们肯定得留几具尸体在这里了。他们会知道他们得到的消息有误。谁在卡拉·布林·斯特吉斯误导他们呢？只有两个人：安迪和本·斯莱特曼。现在，安迪已经完蛋了，他们没有办法再去报复它了。"罗兰对斯莱特曼笑了笑，这个笑容比北极冰山还要冷。"但是，你还没有死。你唯一在乎着的那个人，你的孩子，也还在。"

斯莱特曼默默地坐在那里思考着罗兰的这番话。他以前显然没有想到过这些。但是，只要他能理出这里面的头绪，他就没有办法否认了。

"他们可能会认为你故意叛变，"罗兰说，"即便你对他们说这只是个意外，他们也还是会杀了你。为了报复，他们还会杀了你的儿子。"

枪侠说这话的时候，这个男人的脸颊红了一片——罗兰以为，这都是出于羞愧——但，当他想到他的儿子也可能会死于狼手的时候，他的脸马上变得煞白。或许，斯莱特曼是想到他们正在带着本尼往东走才变了脸色——带到狼那里，然后变成白痴。"对不起，"他说，"我为我所做的一切向你道歉。"

"去你的道歉，"罗兰说，"卡照样运转，世界也还是继续转换。"

斯莱特曼没有回答。

“我负责来送你和孩子们，就像我说过的那样，我会做到的，”罗兰告诉他，“如果事情进展顺利，那你什么战斗也不会看到。如果不顺利，那么你要记住萨瑞·亚当斯将是那场射击比赛的头儿，我希望我之后问她的时候，她说你是完全按照她的吩咐办事儿的。”斯莱特曼继续沉默着，于是，枪侠的话就尖刻起来，“告诉我你完全明白我的意思，他妈的。我想听到你说：‘是的，罗兰，我懂了。’”

“是的，罗兰，我完全理解。”停顿了一下，斯莱特曼说，“如果我们真的赢了，你估计当地人会知道我做的这一切吗……会知道关于我的……”

“只要安迪不说，他们就不会知道的，”罗兰说，“那个多嘴的家伙已经完蛋了。只要你照你现在的承诺做事，我也不会说出去。我的卡-泰特也不会说的。但这不是出于对你的尊敬，而是出于对杰克·钱伯斯的尊敬。并且，如果狼落入了我给他们设的圈套，当地人怎么可能会想到还有另外一个叛徒?”他用冷冷的眼神打量着斯莱特曼。“他们是天真的人，值得信赖的人。这些你都知道，只是你利用了他们。”

斯莱特曼的脸又红了。他又一次低头看着顶座的地板。罗兰抬起头，离他们要去的地方只有四分之一英里的路程了。很好。东面的地平线上仍然没有出现尘云，但他能感觉到尘云正在积聚了。狼来了。哦，是的。他们在河对岸的某处下了火车，然后骑上马朝这里飞奔而来。他可以肯定是这样。

“我做这些都是为了我的儿子。”斯莱特曼说道，“安迪跟我说他们要带走他，就在那个地方的某处，罗兰——”他指着东方，指着雷劈。“那边有一种可怜的生物，叫作断破者。他们其实是囚犯。安迪说他们是心灵感应者和心理运动学家。这两个词我都不知道是什么意思，但我知道它们跟心灵相关。断破者也是人类，他们吃和我们一样的东西来补充营养，但是他们还需要其他食物，特别的食物，来补充营养，使他们变得特别，和我们不一样。”

“补脑的食物。”罗兰说。他记得他母亲把鱼叫做补脑的食物。之后，他突然莫名地想起了苏珊娜的夜游。那个午夜，不过拜访宴会大厅的不是苏珊娜本人，而是米阿。无父母的米阿。

“是的，我想是这样，”斯莱特曼赞同道，“这是只有双胞胎之间才有的东西，把他们的心灵连在一起的东西。那些家伙——不是那些狼，而是把狼送来的那些家伙——把它取走了。没有了这个东西，孩子们就会变痴呆，白痴。那就是他们要的食物。罗兰，你能理解么？那就是他们要带走孩子的原因！去喂那些天杀的断破者！不是为了填饱他们的胃，营养他们的身体，而是去喂他们的心灵！我甚至都不知道他们被安排要断破的是什么！”

“双柱仍然支撑着塔楼。”罗兰说。

斯莱特曼很震惊也很害怕。“黑暗塔？”他低语道，“你说的是黑暗塔吗？”

“是的，”罗兰说，“谁是芬里？芬里·奥提戈？”

“我不知道，每次，来取走我的消息的只是一个声音。我认为那是獭辛，你知道那是什么吗？”

“你知道吗？”

斯莱特曼摇了摇头。

“那么我们不管它了。可能我们到时会碰到他，他会顺便帮我们回答这个问题。”

斯莱特曼没有回答，但罗兰感觉到了他的疑虑。疑虑是正常的。他们现在几乎要成功了。枪侠感到把他拦腰勒住的那根无形的绳子现在已经开始慢慢松开了。他第一次这么坦诚地面对着这个工头。“总是有像你这样的人被安迪欺骗的，斯莱特曼。我肯定那就是为什么它留在这里的原因，就像我也知道你的女儿，本尼的姐姐也并非死于事故。他们总是需要留下一个双胞胎，再加上一个软弱的父亲。”

“你不能——”

“闭嘴。对你有利的话，你都已经说了。”

斯莱特曼挨着罗兰坐着，不说话了。

“我理解叛变这回事儿。我自己也做过，一次是对杰克。但是那不会改变你的为人；我们直说吧，你就是只吃腐肉的鸟，乌鸦变的秃鹰。”

斯莱特曼的脸色先是发青，接着又变成了暗红色。“我所做的一切都是为了我的孩子。”他固执地说。

罗兰弓起手掌往里面吐了口唾沫，然后抬起手来擦了擦斯莱特曼的脸颊。顿时他的脸颊又有血色了，热乎乎的样子。然后枪侠抓住斯莱特曼戴的眼镜，在他的鼻子上抖动了几下。“你永远都洗刷不干净了，”他轻声说道，“就是因为这个。这就是他们在你身上打下的标记，斯莱特曼。这是你的招牌。你告诉自己说你是为你的孩子才这么做的，只有这么想你在晚上才能睡得安稳。我也告诉我自己，我那么对待杰克都是因为我不想失去抵达黑暗塔的机会……而那么想就让我晚上睡得安稳些。我们之间的区别，唯一的区别，就是我从来不戴眼镜。”罗兰在裤子上搓了搓手。“你把自己卖了，斯莱特曼。你忘了你父亲的脸。”

“就让我这样吧，”斯莱特曼低语道。他擦去枪侠在他脸颊上留下的唾液，取而代之的是他自己的眼泪。“我真的是为了我的孩子。”

罗兰点点头。“好吧，你做的这些都是为了你的孩子。你把他当做一个十足的胆小鬼拽在你的身后好了。好吧，不说这些了。如果事情进展顺利，你或许能和他在卡拉终老余生，受邻里们尊敬。当枪侠沿着光束的路径来到镇上，你是那些勇敢地站出来抵挡狼群的英雄。当你无法行走的时候，他将陪伴你，扶着你走。我能想象这样的情景，但我不喜欢这情景。因为一个为了一副眼镜而把自己出卖的人，总有一天会为了其他东西，甚至是为了更加便宜的东西再次出卖自己，而迟早你儿子将会发现你是什么样的人。你如果能够像一个英雄一样死去，那就是你能给你儿子的最好交待。”在斯莱特曼能够回答他之前，罗兰提高了嗓门喊道：“嘿，欧沃霍瑟！嘿，看着你的马车！噢！欧沃霍瑟！停在这里啊！我们到啦！谢谢啊！”

“罗兰——”斯莱特曼开口说道。

“不用说了，”罗兰收起缰绳，说道，“今天就谈到这里吧。你只要记住我今天说的话就好，先生：如果你今天死得像个英雄，你就帮了你孩子一个大忙。”

3

最初一切都按照计划进行得很顺利时，他们称之为卡。当事情开始有了变化，有人开始流血死去时，他们还是称之为卡。枪侠会这样对他们说，我们最终都要为了卡而舍弃生命。

4

在一切都还正常的时候，罗兰已经在燃烧的火把下告诉孩子们他想要他们干什么。现在，天色已经渐亮（但是，太阳还没有冒出地平线），他们很快找到了自己的位置，在路上从大到小排成一排，每一对双胞胎都手牵手。巴卡马车停在马路的左面，侧轮恰好在沟渠上方。这列队伍唯一的缺口是在从东边大路拐过来通向河谷村的路上。在孩子们旁边站成一排的是照看孩子们的人，现在再加上逖安、卡拉汉神父、斯莱特曼和韦恩·欧沃霍瑟，他们的数目已经超过了十二个。在他们对面，在右手边的沟渠上方排成一排的是埃蒂、苏珊娜、罗莎、玛格丽特·艾森哈特和逖安的妻子扎丽亚。每个女人都背着装满盘子的丝质内衬编织袋。在他们身后下方的沟渠上堆叠着装有更多欧丽莎的箱子，总共加起来可能有两百多个盘子。

埃蒂朝后面扫了一眼。还是没有看到尘云。苏珊娜对他紧张地笑了笑，埃蒂也暖暖地对她笑了笑。这是最艰难的部分——最让人恐惧的时刻。再过会儿，苏珊娜的离去将会结束这一切，让他不能自已。现在，他还太清醒了。他很清楚现在是他们最最无助脆弱的时候，就像一只没有壳的乌龟一样。

杰克挤出孩子们熙熙攘攘的队伍，他还随身带着一盒子他收集的孩子们的零碎东西：有扎头发的丝带，给长牙的婴儿咬的奶嘴，用紫杉木削成的哨子，一只几乎没底儿了的鞋子，还有一只袜子。盒子里还有二十多样类似的东西。

“还有本尼·斯莱特曼！”罗兰叫道，“弗兰克·塔维利！弗兰西妮·塔维利！到我这边来！”

“嘿，”本尼·斯莱特曼的父亲警觉起来，说道：“你为什么把我儿子叫出队列——”

“去做他该做的，就像你要做你该做的，”罗兰说，“就这样。”

四个孩子被叫出来站在罗兰的面前。塔维利兄妹仍旧手牵手，脸色发红，呼吸急促，目光明亮。

“现在听好了，别让我重复一个字。”罗兰说着。本尼和塔维利兄妹身体前倾紧张地听着他讲。离开队伍让杰克有点不耐烦，但是他却不怎么好奇；他知道这一部分，他也知道接下来会发生的大部分事情。罗兰希望的那些事情都会接着发生。

罗兰开始对这些孩子说，他声音很大，边上排着队的照看孩子的人也肯定听得见：“你们沿着这条路走，”他说，“每走几步就要在路上留下点孩子们的东西，要看起来像是某个孩子在仓促艰难的行进中掉下的东西一样。别跑，但要接近跑的速度。注意脚下的路。走到道路分叉的地方——差不多半英里的路——然后就别再走了。你们明白没有？到了之后，就一步也别再向前走了。”

孩子们急切地点了点头。然后罗兰把目光转向站在他们后面的紧张的大人们。

“这四个孩子开始两分钟后，其余的双胞胎再开始行动，大的在先，小的在后。他们不会走得太远；最小的一对可能都不用出发。”罗兰提高了嗓门，用一种命令式的声调高喊道，“孩子们！当你们听到这个时，立刻回来！立刻回到我身边！”罗兰把左手的拇指和食指放到嘴角吹了一声口哨，口哨如此刺耳，以至于有几个孩子用手捂住了耳朵。

安娜贝尔·扎夫尔说道：“先生，如果你打算让孩子们躲在其中一个山洞里去，为什么还要再把他们召唤回来呢？”

“因为他们不会藏在山洞里，”罗兰说，“他们要回到这里来。”他指着东方。“欧丽莎女士们会照看好我们的孩子的。她们将藏在稻田里，就在河的这边。”他们都看着罗兰指的方向。就在那时，他们看到了尘云。

狼来了。

5

“我们的伙伴在路上了，亲爱的。”苏珊娜说。

罗兰点点头，然后转向杰克：“去吧，杰克，照我说的去做吧。”

杰克从盒子里抓起两把东西，把它们递给塔维利兄妹。然后他像一只鹿一样优雅地跳上左边的沟渠，朝着河谷出发，本尼跟在他旁边。弗兰克和弗兰西妮紧跟着他们，在他们的右边；罗兰看见弗兰西妮从手上扔下一顶小帽子。

“好吧，”欧沃霍瑟说，“我有点明白了，狼看见丢下的东西，会更加确信孩子们就在那儿。但是到底为什么要把余下的那些送到北边去呢，枪侠？为什么不让他们直接躲进稻田里呢？”

“因为我们不得不假设那些狼像真正的狼一样闻得到猎物的气味，”罗兰说。他再一次提高了嗓门，“孩子们，前进啊！大孩子在先！拉住同伴的手千万别松开！我一吹口哨就赶紧回来啊！”

孩子们出发了，卡拉汉、萨瑞·亚当斯、扎夫尔夫妇和本·斯莱特曼帮他们跳上沟渠。所有的大人都显得焦虑不安；而只有本尼的父亲除了不安之外还显得有些犹疑。

“狼就要开始动手了，因为他们有理由相信孩子们就在那儿，”罗兰说，“但他们不是傻瓜，韦恩。他们会寻找孩子的迹象，而我们将给他们制造这些迹象。如果他们闻——我打赌闻到的将是镇上最后一块水稻田——当然他们也会看到掉落在地上的鞋子和丝带。当大部队的孩子的气味消失之后，我先送出的四个孩子的气味会继续走得远些，这可能把他们带得更远，也可能不会。到那时候，这已经不重要了。”

“但——”

罗兰没理会他的话。他转向他的战斗小队。总共七人。好数字，他对自己说，这是个充满力量的数字。他越过他们看他们身后的尘云，这阵尘云比任何尘卷风升得都要高，而且在以可怕的速度向他们飞奔过来。然而，罗兰认为他们暂时还是安全的。

“听着，听好了。”他对着扎丽亚、玛格丽特和罗莎说道。自从老杰米在扎佛兹的门廊里把他保存很久的秘密轻声告诉埃蒂后，他的卡-泰特内部的成员都已经知道接下来的这部分内容。“狼既非人类，也非怪物。他们是机器人。”

“机器人！”欧沃霍瑟尖叫道，他不是怀疑，而是惊恐。

“是的，是我的卡-泰特以前看到过的那一种。”罗兰说。那时候，他想起了某块空地，大熊的最后几个幸存的侍从在那块空地上无止境地追逐着对方。“为了隐藏他们头顶会旋转的小东西，他们会带着兜帽。他们可能有这么长，这么宽。”罗兰比划着大约两英寸高，五英寸长的样子。“这就是很早前莫丽·杜林击中并杀死的那个东西。她是偶然击中的，而我们一定要命中他们。”

“思考帽，”埃蒂说，“他们通过这个和外部世界联系。没有这个，他们就像一堆无用的废物。”

“瞄准这儿。”罗兰把他的右手放在他头顶上一英寸的高度给大家示范。

“但是胸部……胸部的两侧……”玛格丽特开始迷惑不解地问。

“没用的，一直都是没有用的，”罗兰说道，“就瞄准那些兜帽顶就好了。”

“总有一天，”逖安说道，“我要看看，到底为什么那里有那么些该死的恶棍。”

“我也希望有那么一天，”罗兰回答道。最后那对孩子——最年轻的那对——也遵照指示手牵着手开始上路了。最大的那对孩子可能已经走了八分之一英里远了，杰克他们四人则要更远些。罗兰回转身看那些看护孩子的人。

“现在叫他们回来，”他说道，“把他们分成并排两列，带他们越过沟渠，穿过玉米地。”他看都没看，就竖起大拇指伸向背后。“我难道没有告诉你们不要扰乱那片玉米地吗？特别是靠近路的那一段，狼能看到的那一段。”

他们摇了摇头。

“在水稻田边上，”罗兰继续，“把他们带进一条小溪里，领他们到临近河边玉米地的地方，然后躲在高的绿色玉米丛中。”他分开双手，他的蓝眼睛炯炯有神。“将他们分散开来，你们大人在靠河的那边。如果那里也出现问题——出现更多的狼，或是出现我们没有预料到的事情——那么那个方向应该就是他们来的地方。”

罗兰没有给他们提问的机会，他再次把手指放到嘴角并吹响了口哨。沃恩·艾森哈特、克雷拉·安瑟勒姆和韦恩·欧沃霍瑟加入了沟渠中的队伍，并开始大声招呼孩子们转身朝大路返回。同时，埃蒂又回头看了一眼东边，他震惊了，那尘云朝着河这边前进的速度太惊人了。一旦你知道这个秘密，这种感觉其实是很好的；那些灰马其实并不是马，只是伪装成马的机械运输工具而已。*像一支政府车队*，他想。

“罗兰，他们真快啊，像魔鬼一样的速度。”

罗兰看了一眼。“我们不会有事的。”他说。

“你确定吗？”罗莎问。

“当然。”

最小的孩子手拉手穿过路匆忙返回了，他们因为恐惧和兴奋眼睛都瞪得老大。曼尼的康塔布和他的妻子阿拉领着他们在跑。她告诉他们沿着路直走，一点都别去碰那些玉米秆子。

“为什么呢，夫人？”泰克问，他肯定还没有超过四岁。他的连身衣正前面有一个黑色的很显眼的补丁。“玉米都已经摘掉了啊，你看。”

“这是个游戏，”康塔布说，“一个叫做‘别碰玉米’的游戏。”他开始哼起歌来。一些孩子也开始跟着哼了起来。但是，大部分孩子仍然很迷惑，也很害怕，他们没有跟着唱。

罗兰看到小点的孩子都过了马路，现在是最后几个高点、大点的孩子了。他抬头又看了一眼东方。他估摸着狼从外伊河的那一边过来还需要十分钟。十分钟应该够了。但是上帝啊，他们跑得可真快啊！他突然想到，可能最终不得不把小斯莱特曼和塔维利兄妹他们几个留在这里，和他们一起。这不在原来的计划之内，但事已至此，计划也总得变通一下。必须得变了。

现在，最后那些大点的孩子也已经穿过马路了，只有欧沃霍瑟、卡拉汉、老斯莱特曼和萨瑞·亚当斯还留在路上。

“快走。”罗兰对他们说。

“我要在这里等我的孩子！”斯莱特曼反对道。

“快走！”

斯莱特曼似乎还想和罗兰继续争辩这个问题，但萨瑞·亚当斯抓住他一只胳膊肘，欧沃霍瑟抓住了另外一只，把他拖住。

“好了，”欧沃霍瑟说，“他会像照看自己的孩子一样照看你的孩子的。”

斯莱特曼最后怀疑地望了罗兰一眼，跳过沟渠，随欧沃霍瑟和萨瑞跟在下坡的孩子们的队伍末端。

“苏珊娜，带他们看我们的藏身之地。”罗兰说。

为了确保孩子能够穿过路的靠河一边的沟渠，前一日他们在那里挖沟的时候一直都很小心。现在，苏珊娜用一只短了一截的残疾的腿踢开一堆枯枝乱叶和干玉米秆子——这类东西本来应该出现在他们身后的路边沟渠里——一个黑洞露出来了。

“这只是个壕沟。”她歉意地说，“顶部上方有一些板，很轻，很容易推上去。我们就藏在那里。罗兰做了一个……噢，我不知道你们把它叫做什么，在我来的地方，我们管它叫潜望镜，里面有个小镜子，你可以通过它看到上面……当时机到来的时候，我们就站起来，那些板会自动落在我们周围。”

“杰克和其他三个人在哪儿？”埃蒂问道，“他们现在该回来了。”

“还没有那么快，”罗兰说，“镇静，埃蒂。”

“我镇静不了，而且也不早了。他们现在至少应该在我们的视野之内了。我得去那里看看——”

“不，你不能去，”罗兰说，“在他们发现一切之前，我们得尽量集中，也就是说，我们得把火力集中在这儿，在他们的后方。”

“罗兰，事情有些不对啊。”

罗兰没有理他。“女士们，现在你们躲到里面去。剩下的几箱盘子也会在你们的身边；我们就踢了几片叶子盖在上面。”

当扎丽亚、罗莎和玛格丽特开始爬进苏珊娜给她们揭开的洞时，他看到去河谷的路完全空了。但仍然看不到杰克、本尼和塔维利兄妹的影子。他开始想或许埃蒂是对的；可能什么地方真的已经出了差错。

6

杰克和他随行的同伴们很快就到了小路分岔的地方，也并没有什么意外发生。最后，杰克手里还剩下两件东西，当他们到达岔路口时，他朝格洛里亚扔了一只会格格作响的玩具，朝雷德伯德扔了一只小女孩的编织手镯。有什么好选的啊，他心想，这两条路都很该死。

他转过身，看见塔维利兄妹已经开始往回走了。本尼在等他，脸色煞白，眼睛却闪着光。杰克朝他点了点头，还向他回了个微笑。“我们回吧。”他说。

当他们听到罗兰的口哨声时，双胞胎开始拼命跑，尽管路上都是碎石和掉落的岩块。他们仍旧手拉着手，在这条随处都是危险的路上，任着性子跑着。

“嘿，别跑！”杰克大叫，“他说了我们不要跑，你们看着点路——”

正当他这么说的时候，弗兰克·塔维利的脚踩进了一个洞里。他的脚踝断了——杰克听到他的脚踝扭转折断时发出的声响。从本尼脸上惊恐退缩的表情来看，杰克知道他也肯定听到了。弗兰克发出低沉的撕心裂肺的呻吟，身子倒在了路的一边。弗兰西妮把手伸向他，抓住了他的上臂，但这孩子太重了。他像只吊锤一样从她的手中滑了下去。他的头撞在路边上露出地表的岩石上，那声音比脚踝碎裂的声音要大得多。血立即从头皮破裂的地方流了出来，在清晨的光线里显得特别鲜亮。

这下麻烦了，杰克心里想道。而且我们还在路上呢。

本尼吓呆了，脸色像干乳酪一样惨白。弗兰克扭曲地躺在那里，脚还卡在洞里。弗兰西妮跪坐在她哥哥的身边，发出尖利、急促的哀叫。然后，突然，她的哀叫声停止了。她两眼翻白——昏死了过去，倒在她失去知觉的同胞哥哥的身上。

“来吧，”杰克说，当本尼仍旧站在那里，直愣愣地看着这一切时，杰克捶了他的肩头一拳。“看在你父亲的分上，快点啊。”

这句话让本尼回过神来，立即跟上杰克。

7

以枪侠冷静清醒的视野，杰克看到了刚刚发生的一切。溅在岩石上的鲜血，粘在岩石上的发束，卡在洞里的脚，弗兰克·塔维利唇边的白沫，他妹妹笨拙地倒向他时那初长成的隆起的胸部。现在狼要来了。不是罗兰的口哨声告诉他的，而是感应。埃蒂，他感到，埃蒂想要赶过来帮他们。

杰克从来没有尝试使用心灵感应，但他现在这么做了：待在那儿别动！如果我们不能及时赶回来，当他们经过的时候，我们会找地方藏起来的！你们待在那儿千万不要过来！不要毁了整个计划！

他不知道信息是否已经传出去了，他只知道他只有做这一件事情的时间了。同时，本尼……什么？用什么样地道的词才合适呢？派珀的艾弗莉小姐偏爱使用地道的词语。他终于想到了，是叽里咕噜地叫。本尼现在就在叽里咕噜地叫个不停。

"我们该做些什么，杰克？啊，圣人耶稣啊，他们两个怎么办啊！他们本来好好的！只是在跑，然后……狼来了怎么办？如果狼来了我们还在这儿怎么办？最好留下他们，我们自己走啊，好不好啊？"

"我们不会留下他们的，"杰克说。他斜身抓住弗兰西妮·塔维利的肩膀，让她坐起来，主要是不让她靠在她哥哥的身上。那样，她的哥哥才可以呼吸。她的头往后垂着，头发像黑色丝绸一般散了下来。她的眼睑颤动，显出光洁的眼白。想都没想，杰克扇了她一耳光，重重地扇了她一耳光。

"哎哟！"她的眼睛睁开了，美丽的震惊的蓝眼睛。

"起来！"杰克嚷道，"从他身上起来！"

到底多少时间过去了？孩子们现在又都回到了路上，那么事情进展如何了呢？没有听到一声鸟叫，甚至连苍鹰的叫声都没有。他等待罗兰再吹一声口哨，但是罗兰没有。的确，他为什么要再吹呢？他们现在只能靠自己了。

弗兰西妮挪到了一边，然后摇晃着站起来。"帮帮他……求你了，先生……"

"本尼，我们得把他的脚从洞里弄出来。"本尼在这个扭曲地摊在地上的孩子身边单膝跪下。他的脸色依旧苍白，但嘴唇紧闭，杰克还是觉得很受鼓舞。“抬他的肩膀。”

本尼抓住弗兰克·塔维利的右肩。杰克抓住他的左肩。他们站在这个昏迷的男孩子的两边,他们的视线现在相遇了。杰克点点头。

“拉。”

他们一起用力。弗兰克·塔维利终于睁开了眼睛——他的眼睛和他妹妹的眼睛一样碧蓝美丽——他发出一阵无声的痛苦尖叫。但脚还是没有出来。

卡得很深。

8

现在尘云中已经出现了灰绿色影子,他们能够听见砸到硬地上的嗡嗡作响的马蹄声。三个卡拉女人藏在洞里。只有罗兰、埃蒂和苏珊娜仍然留在沟渠里,两个男人站着,而苏珊娜强壮有力的大腿叉开跪在那里。他们盯着对面通向河谷的路。路上仍然空无一人。

“我听见了些什么,”苏珊娜说,“我觉得他们中有一个人受伤了。”

“妈的,罗兰,我得过去。”埃蒂说。

“是杰克要你这么做还是你想这么做?”罗兰问。

埃蒂脸红了。他感应到了杰克的话——并非每个字,而是主要的意思——他猜想罗兰也感应到了。

“这儿有一百个孩子,那里只有四个孩子,”罗兰说,“躲起来,埃蒂。苏珊娜,你也是。”

“你呢?”埃蒂问。

罗兰深吸了一口气然后呼了出来。“如果我能帮上忙,我会帮的。”

“你不会是真的要去找他们吧,”埃蒂难以置信地看着他,“不是真的吧?”

罗兰朝着那尘云和尘云下面灰绿色的怪物看了一眼,再过不到一分钟,那些马和骑者就清晰可见了。那些骑者带着绿色兜帽,露出咆哮的狼脸轮廓。他们不是朝河边骑过来,而差不多是猛扑过来。

“不,”罗兰道,“你们不能这么站着。快躲起来。”

埃蒂站在那里,手握左轮手枪的一端,脸开始变得苍白。然后,他一言不发地转过身,抓住苏珊娜的胳膊,在她身边跪下,钻进洞里。现在只有罗兰看着空无一人的河谷路，那支左轮手枪挂在他的左侧腰间。

9

本尼·斯莱特曼是个体格健壮的少年，但是，他也挪不动卡住塔维利脚的那个大石头。在他第一次拉的时候，杰克已经看出来了。他（以他那冷静清醒的头脑）在判断这个被卡住的男孩的重量和卡住他的那石块的重量，这两个到底哪个更重呢。最后他估计石块肯定会更重一些。

“弗兰西妮。”

她眼中有泪，由于惊吓还有点晕乎，抬头看着他的眼睛。

“你爱他吗？”杰克问。

“当然，我全心全意地爱他！”

他是你的心肝，杰克想道，那很好。“那么，过来帮帮我们。当我喊的时候，你用全力拉他。不管他怎么叫，我们都要把他拉出来。”

她好像听明白了，点了点头。杰克希望她是真听明白了。

“如果这次我们不能把他拉出来，我们只好留下他不管了。”

“我绝对不会丢下他的！”她喊道。

没有时间争辩了。杰克走到本尼和那平坦的白岩石旁边，和他一起拉。岩石凹凸的边缘下面，弗兰克血淋淋的胫骨一直伸向深深的黑洞里。这孩子现在完全清醒了，他开始喘气。他的左眼在惊恐不安地转动着，而右眼上是一摊血泊。一片头皮耷拉在他的耳边。

“我们要抬起这块石头，你一定要把他拖出来，”杰克告诉弗兰西妮，“我数三下。准备好了吗？”

她点头的时候，头发像帘子一样垂在她脸上。但是，她现在根本没有想要撩她的头发，只是紧紧地抓住她哥哥的大臂。

“弗兰妮，别弄疼我。”他呻吟道。

“闭嘴。”她说。

“一，”杰克说，“你要拖出这个该死的家伙，本尼，就算是拼了小命，你也得把他拉出来啊，你听明白了吗？”

“该死，数你的吧。”

“二。三。”

他们使劲拉，大声地喊着。岩石松动了。弗兰西妮用尽全力猛地把她的哥哥往后拉，大声地喊着。

当弗兰克·塔维利的脚得到解放的时候，他是他们三个中喊得最大声的一个。

10

罗兰听到嘶哑的叫喊声，接着是剧痛的尖叫。那儿一定发生了什么，而杰克肯定已经在处理了。问题是，他的努力够不够挽回那些意料之外的差错呢？

当狼群驾着他们的灰马疾驰涌入外伊河的时候，尘土在早晨的阳光里飞扬。现在罗兰可以清清楚楚地看到他们，五只或六只一拨，驱策着他们的坐骑。他估计大概一共有六十只。在河那一边的远处，他们隐没在绿草覆盖的峭壁下。然后他们将在不到一英里的地方重新现身。最后他们会隐没在一个小山丘后面——他们全部，如果像现在一样成群行动的话——那是杰克回来的最后机会，不然的话他们四个都将葬身于他们的马蹄之下。

他盯着那条路，希望孩子们能快点出现——希望杰克出现——但路上仍然空无一人。

现在，已经能够听到狼在河的西岸尖声呼啸，马身上的汗滴洒落在早晨的空气里像金子一样闪烁。尘土飞扬。马蹄声像雷声一样轰隆隆地向他们逼近。

11

杰克拉着弗兰克的一只肩膀，本尼拉着另外一只。他们就这样拉着弗兰克·塔维利横冲直撞地沿路前行，他们几乎都没有低头看路上的岩石。弗兰西妮就跑在他们的身后。

他们来到最后的弯路，杰克看到罗兰站在马路对面的沟渠上，那只完好的左手放在枪柄上，帽子倒戴着观望着，他心里一阵欣喜。

“是我哥哥！”弗兰西妮对他喊道，“他摔倒了！ 他的脚卡在洞里了！”

罗兰突然消失了。

弗兰西妮环顾四周，她没有感觉害怕，但就是不明白。“什么——？”

“等等，”杰克说，因为他知道他现在该这么说。他不知道除了这个还可以说其他什么。如果枪侠真的逃了的话，那么，他们可能就要死在这里了。

“我的脚踝……痛啊……”弗兰克·塔维利喘气道。

“闭嘴！”杰克说。

本尼笑了。这是由于害怕而发出的笑，但他真的笑了。杰克隔着哭泣着的，血淋淋的弗兰克·塔维利看着他……对他眨了眨眼。本尼也朝他眨了眨眼。就这样，他们又是好朋友了。

12

苏珊娜躺在埃蒂的右手边，黑暗的壕沟里充斥着腐烂的树叶刺鼻的味道。她突然感到胃部一阵痉挛。在她还没有反应过来时，一阵冰刺般的疼痛粗暴地渗入了她的左脑，让她整个半边的脸和脖子都麻木了。就在那个时候，她满脑子都是盛大宴会的景象：热气腾腾的烤肉、酿馅鱼、熏牛排、大瓶的香槟、肉汁海鸟肉、成山的红酒。她听到钢琴声，还有歌声。那歌声让人感觉到的是无可救药的悲哀。“今夜，有谁来拯救，拯救，拯救我的生——命。”歌里那样唱道。

不！苏珊娜对那个试图吞噬她的力量大叫着。那个力量有名字么？当然。它的名字叫做母亲。那双手就是摇动摇篮的手，这摇动摇篮的手控制着——

不！你让我做完这件事情！之后，如果你想要我帮你，我一定会帮你的！我会帮你生下他！但是如果你现在要我这么做，我是誓死不从的！如果我死了，我会把你那个心爱的小子一起杀死，我说到做到！你听清楚了么，你这个婊子？

有那么一阵子，她只感觉到了黑暗，埃蒂压在她身上的腿，左脸的麻木，向他们驶来的马群的轰隆声，腐烂的树叶的刺鼻味道，以及姐妹们的呼吸声——她们已经准备好战斗了。然后，有一个声音从苏珊娜左眼的后上方清晰地传来，那是米阿第一次对她说话：

你去冲锋陷阵吧，女人。如果我能帮你，我会帮助你的。但是，你一定要遵守你的诺言。

“苏珊娜？”埃蒂在她旁边嘟囔，“你还好吧？”

“是的。”她回答道。她的确还好。冰刺的疼痛已经过去，那个声音不见了，可怕的麻木也没有了。但是米阿就在近旁等候着。

13

罗兰俯卧在沟渠上，用直觉和想象代替双眼观望着狼。狼正在断崖和小山丘之间以最快的速度朝这边疾驰而来，斗篷在身后飘动。他们将在小山后面消失七秒钟。如果，他们还成群地这样行动，而领头的那只狼也没有加速。如果他准确无误地计算了他们的速度，如果他是对的，他有五秒钟来示意杰克和其他人过来，或者七秒。如果他估算得没错的话，他们也要在这五秒钟内穿过马路。如果他错了（或者其他人慢了一些），狼群将会看见沟渠里的人，路上的孩子，或者他们都会被看见。这样的距离对他们的武器来说太远了，但那也没有大碍，因为之前精心安排的埋伏可以出洞参加战斗。明智的做法是按兵不动，而让孩子们去自生自灭。四个孩子在河谷路被抓的话，狼会更加确信其余的孩子也是躲藏在更远的一个古老的矿井里。

你想得太多了，柯特在他的脑子里对他说道，如果你要叫他们过来，快叫，这是唯一的机会了。

罗兰立即站起来。就在他站着的路的对面，在东路和河谷路岔口的一些散落的巨石的掩护下，站着杰克和本尼·斯莱特曼，他们两个搀着塔维利。这孩子从头到脚都是血淋淋的；只有上帝知道到底发生了什么。他妹妹在朝他身后张望。在那一刻，他们两个看起来不仅仅相貌一模一样，而且还是有心灵感应的双胞胎。

罗兰两只手在头顶上猛挥，好像要在空气中抓点什么东西一样。过来！到这边来！同时，他看了看东边。没有狼的影子。很好。这会儿山把他们全挡住了。

杰克和本尼拖着男孩穿过马路疾跑过来。弗兰克·塔维利的短靴在沃根上划开了新的口子。罗兰只能指望狼不会对这些记号特别注意。

女孩是最后一个过的，她像精灵般轻巧。“快下去！”罗兰吼道，一把抓住她的肩膀把她平平地扔进了壕沟。“快下去，快下去，快下去！”他跳到女孩身边，杰克落在了他的头上。透过他们俩的衬衣，罗兰感觉到他肩胛之间剧烈的心跳，他静静地玩味了一下这种刺激。

马蹄声隆隆而来，每一秒隆隆声都在增强。领头的狼看见他们了吗？这不得而知，但不久他们总会知道的。现在，他们也只能照计划行事。他们的藏身之地如果再加三个人会变得很拥挤。而如果狼看到杰克和其他三个人穿过马路的话，那么，毫无疑问，他们将没有任何机会射一发子弹或是扔一个盘子，他们将通通被杀死。现在没有时间想那么多了。他们最多还有一分钟，罗兰这样估算道，现在可能只有四十秒了，而他们这最后一点时间正在悄然流逝。

“快从我身上下来，躲起来。”他对杰克说，“马上。”

身上的重量消失了，杰克钻进了壕沟。

“该你了，弗兰克·塔维利，”罗兰说，“保持安静。两分钟后你们想怎么叫怎么喊都随你们，但现在，把你们的嘴闭起来。你们几个都一样。”

“我会安静的。”这男孩哑声说道。本尼和弗兰克的妹妹也点了点头。

“我们要在适当的时候站起来，然后开始射击，”罗兰说，“你们三个——弗兰克、弗兰西妮、本尼——留在下面，躺平。”他停顿了一下，“要保住你们自己的命，就不要挡着我们啊。”

14

罗兰躺在充满树叶和泥土味道的黑暗里，听着左边孩子们急促的呼吸声。这声音旋即会被逼近的马蹄声淹没。他的心里又开启了他的想象和直觉之眼，而且，前所未有的敏锐。不会超过三十秒——可能只要十五秒——惨烈的战争将结束所有这一切想象，到时候最真实的眼睛将看到一切。但现在他看到了一切，所有的一切和他预想的一模一样。为什么不会那样呢？又有谁会预见到自己的计划陷入迷途呢？

他看见卡拉的双胞胎们像尸体一样伸直了一动不动地躺在水稻田里最茂密潮湿的地方，粪肥渗进了他们的衣衫。他看见孩子们后面的大人们，等在靠近河岸的地方。他看见萨瑞·亚当斯手里拿着盘子，看见曼尼人阿拉——康塔布的妻子——手里也拿着一些，因为她也要参与战斗（尽管作为一个曼尼人，她无法和其他女人和睦相处）。他看见男人们——埃斯特拉达、安瑟勒姆、欧沃霍瑟——把弓箭紧抱在胸口。沃恩·艾森哈特这次没有带弓箭，他拿着罗兰为他收拾干净的那支来复枪。路上，他看见穿着绿色斗篷的狼群驾着灰马从东边一队接着一队疾驰而来。现在他们的速度减缓了。太阳终于升起来，阳光在他们的金属面具上闪烁着。好笑的是，金属面具下面的还是金属。罗兰睁开想象的眼睛，在脑海里寻思其他的那些狼群——比如，是否会从南边进入那不设防的小镇。他觉得他们不会去那里的。至少，在他看来，所有的狼群应该都在这儿了。如果狼群全盘接受了罗兰和他的九十九卡-泰特精心布置的这个圈套，他们应该全部都在这里了。他看到巴卡马车队伍排列在靠近小镇那边的道路上，希望他们的这队人马没有留下蛛丝马迹。但是，当然，这条路看上去更好走点，也走得快点。他看见这条路通向河谷，那些废弃和没有废弃的矿山都在那里，矿山后面是布满岩洞和洞穴的悬崖。他看见领头的那只狼用带着金属护套的手勒了一下他坐骑的马口，放慢了前进的速度。罗兰在他们的眼睛里，没有看到人类的温情，而是无尽的冰冷，就像是玛格达看到的眼睛一样。他还看到了弗兰西妮·塔维利扔在马路边上为了误导狼群的孩子的帽子。罗兰的心里除了视觉，还有嗅觉，他闻到了柔和而浓郁的孩子们的芳香。他闻到了那些丰饶浓厚的东西——那些狼要从抓去的孩子们身上夺走的东西。除了嗅觉，他的心还有听觉，他能听见——微弱的——像是安迪身上机器发出的嘀嗒声和咯咯声，还有那些继电器、马达变速装置、液压泵低沉的哀鸣，鬼知道他们身上还有什么其他的机器。他想象到狼可能会先观察到路面混乱的车马痕迹（他希望对他们来说是混乱的），然后朝河谷路寻去。因为如果他想象他们并没有那么看，而是已经做好准备要把在壕沟里的他们十个像平底锅里的炸鸡一样给炸了，那对他来说没有任何益处。所以，他们看的就是河谷路，肯定是河谷路。他们在嗅孩子们的味道——可能他们的脑子里除了强大的东西之外也还深埋着恐惧——他们会看见他们的猎物留给他们的那些孩子留下的垃圾和他们的宝贝东西。他们坐在他们的机器马上，还在观望。

走吧，罗兰在心里催促地想道。他感到身边的杰克动了一下，感应到了他心里的想法。他在祈祷：*走吧，跟着它们去，走你们该走的路。*

一声劈啪巨响从狼群里边传来。是狼群中一匹狼发出的警报。紧接着是杰克曾经在道根听到过的可恶的颤悠悠的口哨声。之后，狼群又开始继续前进了。起先，听到的是它们的马蹄子踏在沃根上发出的钝响，然后是踏在远处河谷路多石的路面上的隆隆声。接着，就没什么其他事情发生了。这些马没有紧张地嘶鸣，像是被套在巴卡马车上的那些马一样。对罗兰来说，这已经足够。他们已经上钩了。他从套子里拿出手枪。在他后面，杰克也转身了，罗兰知道他也在做相同的事情。

罗兰告诉过他们当他们从藏身处跃起的时候大概应该站成什么样子：大约四分之一的狼在路的这一边朝河那边看，四分之一转向朝着卡拉·布林·斯特吉斯。或者从那个方向来的狼会多一些，因为如果真的有麻烦，那个镇就是那些狼——或者说狼的设计者——理所当然该来的地方。其余的那些呢？其余的三十只或更多的狼？他们也应该都上路了。该是最后决战的时候了，不是吗。

罗兰开始想数到二十，但当他数到十九的时候，觉得应该是时候了。他收起腿来——他没有感觉到抽筋，甚至连疼痛都没有——然后，他高举着他父亲的枪站了起来。

“为了蓟犁也为了卡拉！”他咆哮道，“枪侠！欧丽莎姐妹！现在，我们杀死他们！一个不留！把他们通通杀光！”

15

他们像伸出地表的龙牙一样从地下跃出。盖板飞开在壕沟的两边落下，旁边的杂草和树叶也随之飞舞。罗兰和埃蒂每人都握着一把檀香把大左轮手枪。杰克拿着他父亲的鲁格枪。玛格丽特、罗莎和扎丽亚每人拿着一个丽莎盘子。苏珊娜拿着两个，双臂交叉在胸前，显得很冷酷。

狼群确确实实是按那样的队伍排列，与罗兰这个冷静清醒的枪侠想象的一模一样。在其他的思绪和情感在红幕下一扫而空之前，他还是立即尝到了一丝胜利的味道。一直以来，在他面对死亡的时候，他总是很庆幸自己还能活到现在。这只需要五分钟的血战和勇猛，他已经告诉他的同伴们，现在这是他们盼望已久的五分钟。他也跟他们说过，过了这五分钟之后，他总是感觉难受。尽管，他说的都是事实，但是在开战的那一会儿，他觉得他从来都没有过这么好的状态，他从来都没有这么真实地投入过。这是黎明之前的黑暗。他们是不是机器人这个并不重要。上帝啊，那都不重要！重要的是他们曾经一代又一代地掠杀无辜的人们。这一次，他们都被毁灭，将完全出乎意料地被毁灭。

"兜帽顶上！"埃蒂尖声叫喊着，而这个时候，罗兰已经在他的右边轰轰地开火了。那些拴在马车上的马和骡子在他们不远的路上开始骚动，暴跳；有几只在惊恐地嘶鸣着。"兜帽顶上，一定要打到他们的思考帽！"

似乎是为了验证他话的真实性，路右边的三只狼的绿色兜帽突然向后倾翻，像是一只无形的手拨翻了他们的帽子。那三只狼立即软绵绵地掉下了马鞍，砸在了地上。在祖父的故事里，莫丽·杜林砍中的那只狼，倒地之后还要抽搐好一阵呢，但这三只狼却倒在他们腾跃的马蹄旁边，如地上的石头般木然不动。莫丽可能没有完全砍中他们藏着的"思考帽"，但埃蒂知道他应该射在哪里，并且已经让他们命归黄泉。

罗兰也开始加足火力射击，样子很是勇猛，看似随意地开枪，但却枪枪中的。他在对着路上的那些狼群开火，如果可能的话，他希望射死的狼多得足以堆成路障。

"丽莎一定命中，"罗莎丽塔·穆诺兹尖声喊道。她扔出的盘子，尖厉地呼啸着闪过东路。盘子削掉了一个正在河谷路口拼命勒马的狼的兜帽。那东西朝后翻倒，双脚朝天，倒立着栽倒在地上，穿着的靴子也散落在地上。

"丽莎！"那是玛格丽特·艾森哈特的叫喊声。

"这是为我的兄弟！"扎丽亚喊道。

"欧丽莎姐妹们来取你们的狗命来了，你们这些混蛋！"苏珊娜展开双臂，将两只盘子都扔了出去。盘子在半空中交叉而过，啸叫着命中了各自的目标。绿色兜帽的碎片飘忽而下；接下来的那会儿，那些带着兜帽的狼死得更快，更惨了。

明亮的光刀在清晨的阳光中闪耀，路两边横冲直撞的狼群挣扎着拔出他们的能量武器。杰克射中了第一个想拔出武器的狼的思考帽，狼倒在他自己的烫得嗞嗞作响的剑上，剑使得他的斗篷起了火。他的马受到了惊吓，直往后跳，跳到了那只狼左方正在下落的电棍上。狼的头散了开来，露出电线和一窝火星。那个时候，警报突然开始叫了，简直像是地狱的防盗警铃。

罗兰本来以为离镇最近的那些狼会停下来，然后，朝卡拉方向逃窜。但是，那个方向的九只狼还是留在那里——埃蒂已经用他的前六发子弹杀死了他们中的六只——他们要冲过马车，直直地朝他们冲来。两只或者三只狼向他们掷来嗡嗡作响的银球。

“埃蒂！杰克！飞贼！当心你们的右边！”

他们立刻向左转，从那些女人身边走开，那些勇猛的女人还在以她们最快的速度从丝衬口袋里拔出盘子，然后扔出去。杰克两脚张开站着，右手拿着鲁格枪，左手扶着右腕。他的头发被风吹到额头后面。他睁大着眼睛，俊朗的脸庞上还带着微笑。他接连射了三枪，每一枪都在早晨的空气中回响。他隐约记起了那天在小树林射击飞在空中的瓷碟的情景。现在，他在参加真正的战争，射击威胁他们的东西，他为自己感到高兴。他很高兴。前三个银球在耀眼的蓝光中爆炸了。第四个急转过来，径直向他飞来。杰克连忙蹲下，听见它从他头顶飞过，嗡嗡作响，像是从那种该死的烤箱里发出的声音一样。它会再飞回来，杰克知道，它会转回来。

在它飞转回来之前，苏珊娜朝它旋转着掷出一只盘子。盘子呼啸着朝目标飞去。盘子和飞贼相遇的时候，它们一起粉碎了。引火棒落在了玉米地里，引燃了一些玉米秆。

罗兰又开始给枪上子弹，冒着烟的枪管直指着他两脚间的空地。在杰克身后，埃蒂也在给枪装子弹。

一只狼跳过河谷路口杂乱的狼尸堆，绿色的斗篷在他身后飘动，罗莎的一只盘子削翻了他的兜帽，露出藏在下面的雷达抛物面天线反射镜。其他狼的思考帽都是在慢速地停停动动；这只狼的帽子却转得飞快，你只看得到一阵模糊的金属发出的光。然后它就不动了，而那只狼也倒向一边，倒在了拉着欧沃霍瑟的领头的巴卡马车的马队上。马队受到了惊吓，拼命往后退，这辆巴卡马车受到推挤，撞到了后面的那辆马车，于是，又激起一阵嘶叫声，后面的马车的四匹马也开始乱蹿。它们试图逃开，但却无处可逃。欧沃霍瑟的巴卡开始摇晃，最终翻倒在地。被击毙的那只狼的马开始夺路而逃，但却被绊倒在另外一头狼的尸体上，四脚朝天落在尘土之中，其中一只脚弯曲地凸向一边。

罗兰已经不再想象了；他的眼睛真真切切地看到了一切。他已经重新装好了子弹。正如他所料，原来跑在前面的那些狼群现在被牵制在一堆杂乱的尸体后面。小镇这个方向的十五只狼已经杀得差不多了，只剩下最后的两只。在右边的那些狼试图从侧翼包围沟渠的末端，三个欧丽莎姐妹和苏珊娜早就在那里攻守了防线。罗兰把他那边剩下的两只狼留给埃蒂和杰克，疾跑下沟渠去支援苏珊娜，向冲向她们的剩余十只狼开火。一只狼正要拿起飞贼向他们扔过来，就被罗兰的子弹击中了思考帽。罗莎击中了另外一只，玛格丽特·艾森哈特击中了第三只。

玛格丽特低身去拿另外一只盘子。在她站起来的时候，一道火光扫下了她的头，她的头发起了火，落到他们的沟渠里。本尼的剧烈反应是完全可以理解的；她如同是他的亲生妈妈一般。当燃烧的头颅落在他边上的时候，他猛地把它推到一边，慌乱跳出沟渠，恐惧地嚎叫着。

"本尼，不，回来！"杰克喊道。

剩下的那两只狼向这个在地上爬动着，还不停尖叫的孩子掷来银弹。杰克在空中击碎一个。他根本没有时间来对付第二个球。本尼·斯莱特曼被击中前胸，炸了开来，一只手臂炸飞了，手掌朝上落在马路上。

苏珊娜用一只盘子削翻了杀死玛格丽特的那只狼的思考帽，然后用另外一只结束了让杰克的朋友丧命的那头狼的性命。她从袋子里拿出两只新盘子，朝狼来的方向转身时，最前面的那只狼跃下沟渠，他的马的前胸把罗兰给撞翻在地。他朝枪侠挥舞着剑。在苏珊娜看来，那把剑看上去像一支耀眼的橘红色霓虹灯管。

"不，你不会得逞的，你这个杂种！"她尖叫着掷出了她右手的盘子，盘子击中了发光的刀，那把刀的刀柄开始爆炸，炸烂了那只狼的一个胳膊。接下去，罗莎扔的另外一只盘子削翻了他的思考帽，他从一侧跌落下来，砸在地上，在阳光下闪烁的金属面具对着塔维利双胞胎笑着，而他们俩已经吓得瘫倒在地，紧紧地互相依偎着。不一会儿，狼开始冒着烟熔化。

杰克大叫着本尼的名字穿过东路，边走边给他的鲁格枪重新上子弹，无意识地追逐着他死去朋友的血迹。他的左边，罗兰、苏珊娜和罗莎正着手对付从北翼攻过来的剩余五只狼。那些袭击者停停转转，在做最后无用的挣扎，看到眼前的景况，他们已经不知所措。

"要我陪你吗，孩子？"埃蒂问他。在他们的右边，守着河谷路朝着小镇那个方向的狼全部倒地死了。只有躺在沟渠里那只还没有死；那只狼戴着兜帽的头扎在了他们挖沟渠时新翻过的泥土里，而脚还在路上。他身体的其余部分都包在绿色斗篷里，像一只未出生就死在茧里的虫子。

"当然。"杰克道。他到底是在说话，还是在思考呢？他自己也不知道。刺耳的警报声充斥着这一片。"无论你怎么做，他们都已经把本尼杀死了。"

"我知道。他妈的。"

"死的应该是他的混蛋父亲！"杰克说。他在哭吗？他自己也不知道。

"你说得很对。送你个礼物。"埃蒂把一些直径大约三英寸的小球放到杰克手中。小球表面看上去像钢，但当杰克挤捏它的时候，他感觉到一些弹性——就像是在挤捏用很硬很硬的橡胶做的孩子的玩具似的。球侧边的小牌子上写着：

“飞贼”

哈利·波特型

序列号：465-11-AA HPJKR

当心爆炸

牌子的左边是一个按钮。杰克默默地想着哈利·波特到底是谁。肯定就是飞贼的发明者。

他们到了堆满死狼的河谷路口上。可能机器并不会真的死掉，但他们乱七八糟地堆在那里，杰克只能当他们都死了。是的，死了。他歇斯底里地高兴着。他们身后传来一阵爆炸，紧接传来的是由于过度痛苦或是过度高兴而发出的尖叫。杰克现在不想管这些。他所有的注意力都集中在陷在河谷镇路上的那些剩下的狼身上。总共大概还有十八到二十四只。

前面有一只狼，他举着嗞嗞作响的电棍，半朝着他的伙伴，半朝着路的这边挥着。*那不是真正的电棍*，埃蒂想道。*那应该是光剑，就像电影《星球大战》里的光剑。只不过这些光剑不是用作电影里的特效道具——它们能真真正正地杀人。这里到底发生了什么事？*哦，很明显，前方的那只狼试图重整他的队伍。埃蒂不再继续猜测。他按动了自己留着的三个飞贼中的一个边上的按钮。那东西在他手里震动着，发出嗡嗡声，就像握着一个蜂鸣器玩具。

“嘿，阳光！”他叫道。

领头的狼没有转头朝这边看，所以埃蒂就把飞贼扔向他。他随便扔了一下，他以为球会落在离剩余的那群狼大概二十到三十码的地上，然后下来。但是，球加速飞了起来，击中了那只领头狼的要害部位，落在了他扭曲的嘴里。那个东西的脖子上面全部炸开，思考帽，还有其他的全部。

“你来试试，”埃蒂说，“试一下。以其人之道还治其人之身——”

杰克没有理会他，扔下埃蒂给他的飞贼，踉踉跄跄地走在狼的尸堆上，朝前走去。

“杰克？杰克，你不要到前面去啊——”

一只手抓住了埃蒂的上臂。他猛转过身来，抬起枪，看到是罗兰，又把枪放下了。“他不会听你的，”枪侠说，“来，我们和他一起去。”

“等等，罗兰，等等。”那是罗莎。她的身上有血的污迹，埃蒂想那可能是可怜的艾森哈特太太的血。他没有在罗莎身上看到任何伤口。“我想要一些这个。”她说。

16

他们赶上杰克的时候，狼群正准备与他们进行生死决战。一些狼向他们扔飞贼，罗兰和埃蒂轻易地把它们从空中击落。杰克右手托着左手，用鲁格枪间隔着稳稳地开了九枪，每开一枪，总有一头狼倒向马鞍的后背，或者倒向一边，被从后面上来的马踩在脚下。鲁格枪没子弹了，罗莎大喊着欧丽莎女士的名字，扔出盘子取了第十头狼的性命。扎丽亚·扎佛兹也加入了他们，第十一头狼向着她倒了下来。

当杰克为鲁格枪填装弹药时，罗兰和埃蒂也肩并着肩开始战斗。他们当然能够杀死余下的八只狼（在最后狼的队伍中还有十九只，这并未让埃蒂太惊讶），但是他们仍然想把最后的两头只留给杰克。他们在头顶上挥舞光剑向他逼近，他们的这种架势毫无疑问能吓倒一堆农夫。男孩射中了左边那只的思考帽。然后，他躲到一边，最后幸存的那只狼正有气无力地向他挥舞着光剑。

他的马跳过小路末端的狼尸堆。苏珊娜远在路的另一边，坐在落下来的覆着绿色斗篷的机械和熔化腐烂的面具的垃圾堆里，身上满是玛格丽特·艾森哈特的血。

罗兰明白杰克把最后的那只狼留给了苏珊娜。她因为失去了她的小腿，几乎没能参加他们在河谷路上的最后战斗。枪侠点了点头。今天早上，这孩子看到了可怕的景象，遭遇了可怕的打击，但罗兰认为他会没事的。在神父的屋舍里等他们回去的奥伊，肯定会帮他度过这段最为悲恸的时光。

“欧丽莎女神！”苏珊娜大喊一声，这时候狼正想调转马头，转向东边，朝着所谓的家的方向逃跑。苏珊娜飞出了最后一只盘子。盘子升起来，呼啸着，削下了绿色兜帽的顶部。这个偷孩子的贼在马鞍上战栗着，发出刺耳的警报，开始求助，但救助永远都不可能出现了。然后他猛地向后栽去，在半空中翻了个筋斗，砸在地上。警报也戛然而止。

好了，我们的五分钟结束了，罗兰想。他面无表情地看了看冒烟的枪管，然后把枪放回了枪套。倒下的那些机器发出的警报一个接一个停了下来。

扎丽亚用一种不理解的眼神，茫然地看着他。“罗兰！”她说。

“怎么了，扎丽亚。”

“他们死了么？他们真的死了么？真的么？”

“都死了，”罗兰说，“我数过了，一共六十一只，他们都在这里了。躺在路上或者是在我们的沟渠里了。”

有那么一会儿，逖安的妻子只是站在那里，默默地回味着这些话语。然后她做了一件让这个不太会吃惊的男人吃惊的事情。她扑倒在他的怀里，毫无掩饰地贴着他的身体热烈地吻他。罗兰让她吻了那么一会儿，然后推开她。现在病痛来了。那种无用的感觉。他感觉他将永无止境地这样战斗下去，在大螯虾那里失去一只手指，也许在狡猾的老女巫那里失去一只眼睛，在每一次战斗后，他都感觉黑暗塔离他更远了，而不是更近了。每当他想到这些时，都心如刀割。

打住吧，他对自己说，这些都是很愚蠢的想法，你自己明白的。

“会有更多的狼来吗，罗兰？”罗莎问道。

“恐怕他们派不出更多的了，”罗兰说，“如果有更多的狼可以派，那么在这儿的狼就不会有那么多。而且你现在也已经知道了杀死他们的秘诀了，是不是？”

“是的，”她说着给了他一个灿烂的笑容。她的眼睛似乎是在向他许诺他会得到比吻更多的东西，只要他愿意。

“到玉米地里去，”罗兰对她说，“你和扎丽亚两个人一起去吧。告诉他们现在安全了，可以出来了。欧丽莎姐妹今天帮了卡拉人大忙啊，当然还得感谢艾尔德的后裔。”

“你自己不去吗？”扎丽亚问他。她已经走到离他几步远，双颊通红。“你不去让大家为你欢呼吗？”

“可能要等一下，他们会为我们大家一起欢呼的。”罗兰说，“现在我们需要跟我们的卡-泰特之一交谈，你知道，那孩子刚刚受了很大的打击。”

“是啊，”罗莎说，“是啊，好的，我们走，扎丽。”她拉住扎丽亚的手。“让我们一起去宣布好消息吧。”

17

两个女人穿过马路，在倒在地上血渍斑斑的小斯莱特曼身边驻留了好一会儿。他的身子都炸烂了，只有他的衣服上还留有他残留的身体，扎丽亚很难想象他父亲看到这个场景时会悲痛成什么样。

年轻小伙和断腿女士正远在沟渠的北端，检查散落在各处的狼的尸体碎片。苏珊娜发现有一只旋转物没有被完全打落，还在试图旋转。那只狼带着绿色手套的手在尘土中不停地颤抖着，像中风了似的。罗莎和扎丽亚看见苏珊娜捡起一块很大的石块，像翻土节那晚一样酷地砸向思考帽的残留物。狼立刻安静了。他身上发出的低沉的嗡嗡声也随之停止了。

“我们去告诉其他人吧，苏珊娜，”罗莎说，“但首先，我们想对你们三个说，我们是那么爱你们，真的！”

扎丽亚点点头。“我们想说谢谢，纽约来的苏珊娜。我们心里比嘴上更加感谢你。”

“是啊，是真的。”罗莎同意道。

苏珊娜女士抬头看着她们，甜蜜地笑了。有那么一瞬间，罗莎丽塔有一丝怀疑，仿佛她从那茶褐色的脸上看到了她不该看到的东西。她似乎觉得苏珊娜·迪恩已经不在这里了。然后怀疑的表情消失了。“我们一起去告诉他们好消息吧，苏珊娜。”她说道。

“但愿大家都高兴，”无父母的米阿说，“去把他们带回来，告诉他们危险已经结束。让那些不相信的人数一下尸体吧。”

“你的裤腿湿了，是不是？”扎丽亚说。

米阿严肃地点了点头。又一阵挛缩使得她的腹部像石头一样沉重，但是她没有表现出来。“我想那是血。”她朝那没有头的大农场主的妻子的尸体转了转头。“都是她的血。”

女人们手拉手开始穿过玉米地。米阿望着罗兰、埃蒂和杰克穿过马路走向她。这会很危险的，在这里。可能也不会太危险；苏珊娜的朋友看上去在战斗后还没有转过神来呢。如果她表现出有那么一点的厌食，他们可能也还是不会怀疑她的。

她觉得现在主要的问题是等待时机。等待时机……然后溜走。她的腹部又一阵挛缩，就像在浪尖颠簸的小船一样。

他们会知道你去了哪里，一个人低声对她说道。这话不是她脑子里想的，而是从她的肚子里发出来的，是她肚子里孩子的声音，那个声音说的也是事实。

你把那个球带上，那声音告诉她。当你走的时候带上它。让他们别想穿过门跟上你。

是的。

18

鲁格枪清脆地发射出一颗子弹，有一匹马丧命了。

马路下面，从水稻田里传来一阵喜悦的欢呼声，那也是预料之中。扎丽亚和罗莎已经宣布了她们的好消息。接着，一阵尖利的痛哭声划破众人喜悦的笑声，她们肯定也把坏消息告诉了他们。

杰克·钱伯斯坐在翻倒的马车车轮上。他放了那三匹没有受伤的马。另外一匹断了两条腿躺在那里，嘴里吐着白沫，求救般地注视着这个男孩。男孩让它早点解脱了这种痛苦。

现在他坐在那里，眼睛盯着他死去的朋友。本尼的血渗入马路里。本尼的手掌向上伸开在那里，似乎想要和上帝握手。哪有什么上帝？有谣言传，黑暗塔的楼顶是空的。

从欧丽莎女神的水稻田里传来了第二声悲痛的叫喊声。现在已经分不清哪个声音是斯莱特曼，哪个声音是沃恩·艾森哈特了。杰克坐在远处想，现在你根本没有办法分清楚哪个是农场主，哪个是他的工头或者哪个是老板，哪个是雇工了。那是个该让人吸取的教训，或者那就是原来有着优良传统的派珀的艾弗莉小姐称作的恐惧，假做真时真亦假？

但那指着明亮的天空的手掌，那肯定是真的。

现在人们开始唱歌，杰克知道他们在唱哪首歌。这是他们在卡拉·布林·斯特吉斯的第一晚罗兰唱的一首歌的改版。

来吧—来吧—考玛辣
水稻就要熟啦
我—有—个兄弟

来到了我们身边

丽莎帮了我们大忙……

庄稼也随着人们的歌声开始摇摆，似乎在为他们的欢乐而随风起舞，就像罗兰在那个点着火把的晚上为他们跳舞一样。有些人怀抱婴儿，动作很笨拙，即便如此，他们也在左右摇摆。今天早上，我们都在跳舞，杰克这样想着。他连自己也不知道他自己是什么意思，他只知道这是他的真实感受。我们在跳舞。跳着我们唯一会的舞蹈。本尼·斯莱特曼？虽然死了，也在跳舞，还有艾森哈特夫人也是。

罗兰和埃蒂走到他的身边。苏珊娜也过来了，只是稍稍犹疑了一下，她似乎觉得至少现在，男孩应该和男孩们待在一起。罗兰在抽烟，杰克向他点点头。

"你也给我卷一支吧。好吗？"

罗兰转向苏珊娜，竖起眉毛。她耸了耸肩，然后点头同意。罗兰给他卷了一支烟，交到他手里，然后，在他身后的地上划了火柴给他点火。杰克坐在马车轮上，手上拿着烟，偶尔放在嘴里吸几口，含在嘴里，然后又吐出来。他的嘴里满是唾沫，但是他也不介意。唾沫和某些东西不一样，唾沫很容易处理。他不想把烟吸进去。

罗兰往小山丘的下面看，跑在最前面的两个刚刚跑进玉米地里。"那是斯莱特曼，"他说，"很好。"

"为什么很好，罗兰？"埃蒂问。

"因为斯莱特曼先生过来就可以先指责我了，"罗兰说，"他这么伤心，他并不在乎谁会听他的指责，或者他会用他的特殊经历评判一下他在今天早上的战斗中扮演的角色。"

"舞蹈。"杰克说。

他们转向杰克。他坐在马车车轮上拿着烟卷，面色苍白，若有所思。"今天早上的舞蹈。"他说。

罗兰看似考虑了一下，然后，点头说道，"他在今天早上的舞蹈中扮演的角色。如果他到得够早，我们就能让他平静下来；如果他来晚的话，那么他儿子的死只会成为本·斯莱特曼的考玛辣的开始。"

19

斯莱特曼比农场主差不多要小十五岁，他先于其他人到达了这边的战场。好一会儿，他只是在他们的藏身处的边缘处站着，看着路上支离破碎的尸体。现在已经没有多少血在流淌了——沃根已经贪婪地把它们吸干了——但是那炸落的手臂还在原地躺着，诉说着一切问题。罗兰宁可拉开裤门对着男孩的尸体撒尿，也不想在斯莱特曼到达这里之前搬动它。小斯莱特曼已经到达了他人生之路末端的那片空地。他的父亲，他的至亲，有权利知道这事情是怎么发生，在哪里发生的。

这个男人站在那里安静了五秒钟，深深吸了一口气，然后尖利地叫喊了一声。这叫声让埃蒂浑身冰凉。他环顾四周寻找苏珊娜，发现她已经不在身边了。他没有为她的避开而埋怨她。这么糟糕的场景。糟透了的场景。

斯莱特曼看了看左右，然后直视前方，他看到罗兰双臂交叉在胸前站在翻倒的马车旁边。杰克仍旧坐在他旁边的车轮上，抽着他生平的第一根烟。

“你！”斯莱特曼尖叫着。那时，他手里拿着弓箭，他就拉紧弓箭对着罗兰。**“是你干的！你！”**

埃蒂娴熟地夺去斯莱特曼手里的武器。“不，你不要这样，伙计，”他低语道，“你现在不需要这个，为什么不让我替你保管呢。”

斯莱特曼都没有注意他的弓箭已经不在手上了。他还是伸出右手在空气中做出弧线形的动作，似乎要拉紧他的弓箭，然后射击。

“你杀死了我的儿子！偿命来！你这混蛋！谋杀犯——”

埃蒂几乎不相信他自己的眼睛，罗兰用诡异的速度跑到斯莱特曼跟前，用一只臂肘勾住他的脖子，然后把他拖向前来。这么一来，他也就不再叫骂了，罗兰把他拉到小斯莱特曼的跟前。

“听我说，”罗兰说，“好好听着。我不在乎你的性命或者名誉，你的性命毫无意义，你的名誉早就没了，但是你的儿子死了，而我非常在乎他的名誉。如果你现在不给我闭嘴，你这个可怜虫，我就亲自来让你闭嘴。不管你现在打算怎么做，对我来说都无所谓。我会对他们说你看到他就疯了，从我的枪套里抢过枪去给了自己一枪，随他去了。你想怎么办？你自己决定吧。”

艾森哈特受了刺激，但仍然跌跌撞撞地穿过玉米地，用沙哑的声音喊着他妻子的名字：“玛格丽特！玛格丽特！亲爱的，回答我！快回句话呀，我求你了！”

罗兰放开了斯莱特曼，坚定地看着他。斯莱特曼用可怕的眼神盯着杰克说道：“你的首领有没有为了报复我而杀死我的孩子？告诉我真相，孩子。”

杰克吸了最后一口烟，然后扔掉了烟头。烟头在那匹死马旁边的尘土里冒着烟。“你难道没看到吗？”他问本尼的父亲。“子弹能让他变成这样吗？艾森哈特夫人的头几乎掉在了他的头上，本尼爬出了沟渠，因为……惊吓。”杰克意识到，他以前从来没有说过这个词。他从来不需要说这个词。“他们向他扔了两个飞贼，我打飞了一个，但……”他开始哽咽，喉咙里发出咯咯的哭声。“另外一个……我本来可以，你知道……我努力了，但是……”他的脸变了颜色，声音也开始嘶哑。但是，他的眼中没有泪，有点像斯莱特曼的眼睛那么吓人。“我根本来不及打掉另外一个了。”他说完，低下了头，开始抽泣。

罗兰竖着眉毛看着斯莱特曼。

“好吧，”斯莱特曼说，“我现在知道怎么回事了。告诉我，他死得勇敢吗？告诉我，求你告诉我。”

“他和杰克带回双胞胎中受伤的那个，”埃蒂边说边指着塔维利兄妹。“那个男孩。他的脚卡进了一个洞里。杰克和本尼帮他拉了出来，一左一右把他拖带回来了。你的孩子非常勇敢。”

斯莱特曼点了点头。他把眼镜摘下来看着它，神情貌似从未见过这副眼镜一般。他把它举到眼睛跟前，看了有一两秒钟，然后扔到地上，用鞋跟把它踩烂了。他几乎充满歉意地看着罗兰和杰克。“我相信我知道了我需要知道的一切。”他说，然后，他走向他的儿子。

韦恩·艾森哈特现在也从玉米地里钻了出来。他看到他的妻子，开始大声吼叫。然后他撕开他的衬衣，开始用右拳击打着软绵绵的左胸，每打一拳就叫一遍他妻子的名字。

“哦，伙计，”埃蒂说，“罗兰，你必须得制止他。”

“别让我去。”枪侠说。

斯莱特曼拿起儿子的断臂，对着他的掌心来了一个父亲的温柔的吻。埃蒂几乎无法承受这一幕。他把断臂放在儿子的胸口，然后向他们走来。因为没有戴眼镜，他的脸看上去空空的，有点变形。“杰克，你能帮我弄一床毯子吗？”

杰克跳下马车车轮，帮他找到了他要的毯子。在已经没有了遮拦的藏身沟渠里，艾森哈特环抱着妻子烧焦的头颅，轻摇着它。孩子们和他们的看护者唱着“稻米之歌”从玉米地里走来。一开始埃蒂以为他听到从镇上传来的歌声只不过是孩子们的歌声的回音，然后他意识到是剩余的卡拉人在唱歌。他们知道了消息。他们已经听到了歌声，他们知道了。他们也正在赶来。

卡拉汉神父怀里抱着利阿·扎佛兹走出玉米地。尽管歌声很响亮，小女孩仍然在睡梦中。卡拉汉看着成堆的狼尸，从小女孩身下抽回一只手，在空中颤颤巍巍，慢吞吞地划了一个十字。

“感谢上帝。”他说。

罗兰走向他，握起他正在祈祷的手。“给我也划一个吧。”

卡拉汉看着他，摸不着头脑。

罗兰向沃恩·艾森哈特点头致意。“那个人发誓说如果他的妻子有什么三长两短，我将带着他的诅咒离开小镇。”

他本可以多说些，但没有必要了。卡拉汉听明白了他的话，就在罗兰的眉骨间划了个十字。很长一段时间里，罗兰都能感觉到卡拉汉手指留下的余温。尽管，艾森哈特并没有打算履行他的诺言，但枪侠也没有因为他请神父给他加了一重保护而感到遗憾。

20

人们在东路上热烈地欢庆着，这种喜悦中也夹杂对在战争中倒下的两个人的悲痛之情。但这时候的悲痛也是沐浴在喜悦中的悲痛。似乎没人认为他们的死可以与他们的胜利相提并论。埃蒂也是这么想的。如果死的不是你的妻子，不是你的孩子，人都会这么想的。

从小镇传来的歌唱现在离得更近了。现在，他们几乎能够看见因人们赶来而扬起的路上的尘土。在路上，男男女女相互拥抱。有人试图把玛格丽特·艾森哈特的头颅从艾森哈特身上拿走，可是此刻，他还不想放手。

埃蒂转向杰克。

“没有看过《星球大战》吧，是吗?”他问。

“没有，告诉你，我正准备看，但——”

“你离开得太早了。我知道。那些会旋转的东西——杰克，他们是从电影里学来的。”

“你确定?”

“是的，那些狼……杰克，那些狼本身……”

杰克缓慢地点了点头。现在，他们能够看见镇上赶来的人。那些新赶来的人看到孩子们——所有的孩子，仍然安全地在这里——欢呼起来。那些走在最前面的开始跑了起来。“我就知道会这样的。”

“你知道?”埃蒂问，他的眼神似乎是在恳求。“你真的知道? 因为……这很疯狂——”

杰克看着狼的尸堆。那些绿色兜帽，灰色四肢，黑色靴子，狰狞的正在融蚀的脸。埃蒂早已经翻掉其中一个腐化的金属脸，看了看底下到底是什么。除了光滑的金属之外，还有作为眼睛的透镜，用作鼻子的网格状东西，太阳穴处两个突出的用作耳朵的麦克风，除此之外就没有别的了。他们穿戴的面具和衣服就是他们令人畏惧的全部。

“这听起来似乎很疯狂，但我知道他们是什么，埃蒂。或者至少知道他们从哪儿来。奇迹漫画。”

埃蒂的脸上露出明显释然的神情。他弯下身，在杰克脸上亲了一下。男孩的嘴角露出隐约的微笑。那没什么，但至少那是个开始。

“《蜘蛛人》的漫画书，”埃蒂说，“当我还是孩子的时候总是看个没够。”

“我自己不买，”杰克说，“市中心路上的提米·穆奇店收集了众多的惊奇漫画杂志。《蜘蛛人》、《神奇四侠》、《绿巨人》、《美国上校》，所有这些。这些家伙……”

“他们看上去像‘末日博士’。”埃蒂说道。

“是的，”杰克说，“但也不完全像，为了让他们看起来更像狼，我相信他们改良了这些面具，但其他的……同样的绿色兜帽，同样的绿色斗篷。是的，末日博士。”

“我觉得不是的，你觉得呢?”

“我也觉得不是，我可以告诉你为什么。因为飞贼是一种未来的武器。可能是出自惊奇漫画一九九〇年或一九九五年出的漫画书吧。你明白我说的话吗?”

杰克点点头。

“这些都是十九，是吗?”

“是啊，”杰克说，“十九，九十九，还有一九九九。”

埃蒂环视了一下四周。“苏珊娜在哪儿？”

“可能去找她的轮椅了。”杰克说。但是在他们还没开始进一步追究苏珊娜·迪恩的去向前（到那时可能也太晚了），镇上赶来的第一批人已经到了。埃蒂和杰克他们顿时被卷入了疯狂的欢庆之中——彼此拥抱，亲吻，握手，大笑，哭泣，一遍又一遍地不停致谢。

21

镇民的大部队赶来十分钟之后，罗莎丽塔迟疑不定地靠近罗兰。枪侠看到她非常高兴。伊本·图克拉着罗兰的胳膊对他说——似乎是在没完没了地，一遍接一遍地跟他述说——他和特勒佛德之前完全错了，他们是多么愚蠢，在罗兰和他的卡-泰特准备出发的时候，他会帮他们从头到脚地进行装备，而且不会要他们一个子儿。

“罗兰！”罗莎喊道。

罗兰从伊本·图克身边走开，拉着她的手臂，带她向前走了一段。狼的尸体四处散落，疯狂欢乐的人们毫不留情地掠夺着他们的战利品。剩余的人也在不断地赶来。

“罗莎，什么事情？”

“你们的那个女伴，”罗莎说，“苏珊娜。”

“她怎么了？”罗兰问。他环视四周，皱起眉来。他没有看到苏珊娜，记不起他最后一次看到她是什么时候。是他给了杰克一支烟的时候么？那么久之前了？他想着，问道：“她在哪儿？”

“说的就是这个，”罗莎说，“我不知道。所以我匆忙看了看她坐的那个马车，想着可能她到那里休息去了，可能她感到头昏或者恶心，是不？但她也不在那儿。并且，罗兰……她的轮椅也不见了。”

“上帝啊！”罗兰拳头捶了一下他的腿，咆哮道，“我的上帝啊！”

罗莎丽塔警觉地向后退了一步。

“那么，埃蒂在哪儿？”罗兰问。

罗莎丽塔指了指埃蒂。他正被一群仰慕的男女紧紧地包围着，罗兰肯定埃蒂没有看见他，他的肩膀上托着的那孩子肯定可以看见他；那是赫顿·

扎佛兹，脸上的笑容很灿烂。

“你真的要这么告诉他吗？”罗莎胆怯地问罗兰，“也许，她只是稍微走开一会儿而已，为能让自己好好静静。”

稍微走开一会儿，罗兰想。他感到他的心在下沉，凶多吉少。她只是稍微走开一会儿，那没事。他知道现在是谁取代了她的位置。他们的注意力都集中在了战后的收场上……杰克的悲痛……人们的祝贺声……混乱、欢乐和歌声……但是这些都不是借口。

“枪侠！”他怒吼道，欢呼的人群立刻就安静了下来。如果他仔细看，他会看到那些释然和奉承的表情下的恐惧。这对他来说，已经不新鲜了，他见多了这样的场面；他们总是害怕那些荷枪实弹的人。现在战争结束了，他们可能只想让他们饱餐一顿，或许再加上些感激涕零的奉承，然后，直接把他们送回去。那样他们就可以继续捡起他们的农具，过平静安宁的生活。

好吧，罗兰想，我们会尽快出发的。事实上，我们其中一个已经离开了。上帝啊！

“枪侠，快过来！快到我这边来啊！”

埃蒂先走到罗兰身边。他环视了一圈后，问道：“苏珊娜在哪儿？”

罗兰指着断崖和河谷那片多石的荒地，然后抬高他的手指，指向天际边上的那个黑洞。“我想她在那里。”他说。

埃蒂·迪恩的脸立刻失去了血色。“你指的是那个门口洞穴，”他说，“是不是？”

罗兰点点头。

“但是，那个球……黑十三……在卡拉汉教堂里时，她甚至都不敢靠近它——”

“是，”罗兰说，“苏珊娜不会靠近它。但是她现在已经不是自己了。”

“米阿？”杰克问道。

“是的。”罗兰的眼睛无神地看着那个高高的山洞。“米阿去那里生孩子了，她要生下那个小子。”

“不。”埃蒂说。他的手伸出来一把抓住罗兰的衬衣。周围的人都安静地站在那里，观望着。“罗兰，告诉我那不是真的。”

“我们现在去追她，希望不会为时太晚。”罗兰说。

但他心里知道，他们已经晚了。

尾声

门口洞穴

1

他们走得很快,但米阿走得更快。在离河谷路岔口一英里的地方,他们找到了她的轮椅。她推得很用力,用她强壮的胳膊在这颠簸的无情的地面上凶猛地推着她的轮椅,最后它狠狠地撞到一块凸出的岩石上,撞得很厉害,连她轮椅左边的轮子都给撞歪了,把轮椅撞废了。这真是个奇迹,真的,她坐在轮椅里都走了那么远。

"操—考玛辣。"埃蒂看着轮椅上那些凹痕和刮擦,嘟囔着。然后,他抬起头,把双手掬成杯形放到嘴边,喊道。"挺住!苏珊娜!挺住!我们来了!"他推开轮椅,直直地向前冲去,根本不看其他人是否跟上了。

"她不可能爬过进山洞的那条路,对吗?"杰克问,"我的意思是,她没有腿了啊。"

"你是这样认为的,是吗?"罗兰问,但脸色阴沉。他的脚也开始跛了。杰克本想说点什么,想想觉得最好还是不要说了。

"她想去那儿干什么啊?"卡拉汉问道。

罗兰用异乎寻常的眼神冷冷地看着他。"去别的地方,"他说,"你肯定会看到的。快来吧。"

2

在山路开始陡峭的地方,罗兰赶上了埃蒂。他第一次把手搭在这个年轻人的肩膀上时,埃蒂甩开了他的手。第二次,他转过身来——不情愿地——看着他的首领。罗兰看见埃蒂的衬衣前面溅着点点血渍。他在想这血到底是本尼的,还是玛格丽特的,或者都有。

"如果那是米阿的话,最好还是先让她独处一会儿好。"罗兰说。

"你疯了吗?和狼打了仗,你的大脑就短路了?"

"如果我们让她独处,她或许完事就走了。"罗兰说这话的时候,是心虚的。

"是啊,"埃蒂说,用愤怒的眼神打量他,"等她完事后,是啊。首先,她先生孩子。然后,把我妻子给杀了。"

"那是自杀。"

"但是她有可能会那么做的。我们必须得跟着她。"

妥协是罗兰很少会用到的一门艺术，但在必要时，在某些场合下，罗兰也是会使用得很有技巧的。他又看了一眼埃蒂·迪恩那苍白而坚定的脸，他妥协了。"好吧，"他说，"但我们必须要小心。为了不被我们带走，她会反抗，或许还会开杀戒。如果那样的话，可能你是第一个她要杀的人。"

"我知道，"埃蒂说，脸色阴沉。他抬头望着路，上去还有大概四分之一英里那么长，然后路蜿蜒至断崖的南边，从他们的视野中消失了。之后路又曲曲折折地蜿蜒置山洞口下。那段向上延伸的路上不见她的踪影，那又能证明什么呢？她可能在任何地方。埃蒂的脑海中闪过一个念头，她可能并没有往这边来，那撞坏的轮椅很可能是个假象，就像是罗兰在河谷路上故意扔下的小孩玩具一样，那只不过是为了用来分散他们的注意力的。

我不相信那些。卡拉的这个地区有成千上万个鼠穴，如果我相信那是真的，她就有可能在任何一个洞里面……

卡拉汉和杰克跟了上来，站在那里看着埃蒂。

"来吧，"他说，"我不在乎她是谁，罗兰。如果四个健全的大男人抓不住一个没有腿的女人，我们不如用我们的枪自己了结算了。"

杰克无力地笑了。"我很感动。刚刚你把我称为男人了。"

"别想太多了，小子。来吧。"

3

埃蒂和苏珊娜以夫妻相称，以夫妻相待，但他却没能正正当当地用车迎娶她，也没有给她买过钻石和婚纱。他曾经有一只很好看的高中毕业戒指，但他在十七岁那年夏天把它丢失在了科尼岛的沙滩上，那是玛丽·吉恩·索比尔斯基之夏。从西海一路过来的旅途中，埃蒂重新发现了他的木刻才华（"娘娘腔刻匠"，那个伟大的先人，出了名的瘾君子会这么叫他），他用柳木给心爱的人刻了一只美丽的戒指，虽然很轻，但却很结实。苏珊娜把它用牛皮绳串起来，挂在胸口。

他们在小路口发现了这枚戒指，仍旧穿在牛皮绳环上。埃蒂把它捡起来，阴沉沉地看了一会儿，然后把它从头上套进去，藏在衬衣里面。

“看!”杰克说。

他们往小路的一边看去。这儿,一小块没有什么草的地方,有一些痕迹。不是人,也不是动物的。埃蒂觉得那像是小孩的三轮车。那到底是什么?

“来吧。”他说道,思忖着自从意识到她不见了之后,这句话他到底说了几遍。他还在想如果他继续这样说,他们还会跟着他走多久。这不要紧。他会继续走,除非找到了她,或者除非他死了。就那么简单。最让他感到恐惧的是那个孩子……她称作小家伙的那个孩子。如果那个孩子开始攻击她?他有预感,它肯定会那么做。

“埃蒂。”罗兰说。

埃蒂不看罗兰,而是望着他身后的远方,然后用罗兰自己常用的那个不耐烦的手势示意道:我们走。

罗兰指着那个痕迹:“这是某种车子留下的痕迹。”

“你听到了声音吗?”

“没有。”

“那么你就肯定不知道。”

“但我确实知道,”罗兰说,“有人给她送了个车子,或是某个东西送的。”

“你怎么知道的,该死。”

“安迪有可能给她留了一辆,”杰克说,“如果有人指使他这么做的话。”

“谁会让他做这种事呢?”埃蒂怒道。

*芬里,杰克想道,芬里·奥提戈,不管他是谁。或者可能是沃特。*但是他什么也没有说。埃蒂已经够心烦的了。

罗兰说:“她可能已经走了,你要做好心理准备啊。”

“去死吧!”埃蒂怒吼道,然后转向上山的路说,“快走!”

4

在心里,埃蒂也承认罗兰是对的。他在赶往门口洞穴的路上,心里抱的其实不是希望,而是一种近乎绝望的决心。在那处被掉落的巨石挡住大部分去路的地方,他们发现了一辆被抛弃的车子,车子有三个低压轮胎,电动马达仍然在低沉地嗡嗡叫着。对埃蒂来说,那东西看上去就像他们在阿贝尔克罗姆比和菲奇专卖店出售的时髦的(能行驶于各地的)全地形汽车。还有手拉加速杆和手拉刹车。他弯下身去看刻在左边手柄上的字:

“拧压派”刹车,北方中央电子制造

这个车子有类似自行车的座椅,座椅后面有个载物筐。埃蒂翻开那个载物筐,就像他预料的那样,他看到了一个可装六瓶诺茨阿拉并可手提的厚纸板箱,各个地方爱挑剔的醉鬼都喜欢喝这种饮料。其中一罐饮料的扣环已经被打开。她当然很口渴。快速的跑动自然会让你感觉到口渴,尤其是在怀孕的时候。

“这个东西原本在河的对岸,”杰克小声说道,“道根。如果我之前回去的话,我可能会看到这个车子是停放在那里的。可能,还有一个车队的车呢。我猜那是安迪干的。”

埃蒂不得不承认他的分析其实很有道理。那个道根很明显就是他们的前哨阵地。可能这里就是现在雷劈的那些可恶的鬼怪以前居住过的地方。要在这样的地形进行巡视,你就得使用这样的车子。

借着那块掉落在地的大石头边上有利的地势,埃蒂望见他们刚刚扔着盘子,射着子弹与狼奋战的战场。现在,东路的那一带人潮涌动,这番情景让埃蒂想起了梅西的感恩节游行队伍。整个卡拉的人都在那里庆祝,那个时候埃蒂真的很憎恨他们。他心里想,我妻子就是因为你们这群鸡屎不如的笨蛋才不见的,你们现在却还在狂欢。这个想法很愚蠢,也极其刻薄,但至少这个突然的愤怒能让他感觉宽慰。他们在高中时候读的斯蒂芬·克雷恩①的那首诗里是怎么说的?“我喜欢,因为痛苦,也因为我的真心。”类似的句子。跟政府公文的风格很接近。

这会儿,罗兰也到了被丢弃的三轮车旁,车子还在轻声嗡鸣着。他在枪侠眼中看到的是同情——或者,更糟糕,是可怜——他不想要这样的施舍。

“来吧,伙计们。我们一定要找到她。”

---

① 斯蒂芬·克雷恩(Stephen Crane,1871—1900),美国作家,他的作品有《红色英勇标志》和《海上扁舟》等。

5

这一次，在门口洞穴深处和他打招呼的是个女人的声音，埃蒂从来都没有见过。但是，他以前听到过她的声音——啊，很熟悉的声音——他立即就听出了她的声音。

“她已经走了，你这个弱智！”库斯的薤在黑暗中叫喊着。“你知道的，她到别的地方去生孩子了。我相信当她的食人孩子最终诞生时，他会立即吃了他的妈妈的，啊。”她笑了，就是那个（刺耳的）褐色巫婆的笑声。“他要吃的不是奶水，你这个一无是处的家伙！他要吃的是肉！”

“你给我闭嘴！”埃蒂对着黑洞喊道，“闭嘴，你……你这个该死的影子！”

奇怪的是，那个影子真的不说话了。

埃蒂环顾四周，他看到塔的那两个该死的书柜——那些头版的书都藏在玻璃门里——但是里面却没有粉色的印有**中世界保龄球馆**的金属丝包；也不见了那个鬼木盒子。找不到的门还竖立在这里，它的铰链还是挂在空气里，只是这门现在看起来很木钝。不仅找不到而且似乎已经被遗忘；只有一小片无用的世界还在继续转换。“不，”埃蒂说道，“不，我不相信。这里肯定还有动力，这里肯定还有动力。”

他转向罗兰，但是罗兰却没有在看他。让人难以置信的是，罗兰现在竟然在看柜子里的那些书。好像这样找苏珊娜让他厌倦了，他只是想好好地读读书，等着时间流逝。

埃蒂抓住罗兰的肩膀，把他拉过来。“到底发生了什么？你知道吗？”

“发生的这些事还不够清楚吗？”罗兰说。卡拉汉也跟着走到他的身旁。杰克，他还是第一次来门口洞穴，还逗留在洞口张望。“她带着她的轮椅尽可能地走远，然后爬到路口，对这样一个怀了孕的女人来说也真够受的。在路口，有个人——也许是安迪，就像杰克说的那样——给她留了辆车子。”

“如果那是斯莱特曼干的，我回去后一定亲自把他给杀了。”

罗兰摇摇头说：“肯定不是斯莱特曼。”但是他想斯莱特曼肯定知道。这些也许都不重要，与现成的歪曲事实的解释比起来，他更喜欢那些零散的真实的线索。

“嘿，兄弟，很遗憾让你知道这些，但是，那个婊子已经死了，”亨利·迪恩在洞的深处说道。他的声音一点都没有遗憾的意思，反而听起来很愉快。

“那个该死的东西一下子把她都吃了！只是在吃她头的时候停顿了一下，顺便把她的牙齿吐了出来。”

“你给我闭嘴!”埃蒂叫喊着。

“你知道的，人的脑子才是最好的补脑食品。”亨利说道，语气愉悦而且专注。“整个世界的食人兽都敬畏她生的这个小子，埃蒂！这小子不但可爱，而且很饿。”

“看在上帝的分上，你不要说了!”卡拉汉尖叫道，埃蒂的兄弟的声音终于停了下来。至少，这会儿停了下来。

罗兰还是在继续看他的书，他似乎什么也没有听到。“她来到了这里，然后取了袋子。打开盒子，那样黑十三才能打开门。做这些事的都是无父母的米阿，而不是苏珊娜。然后，带着那个打开的盒子，她过了那扇门。到了那边后，她关上盒子，也同样关上了门。那样，我们就没有办法追上她了。”

“不。”埃蒂说，紧紧地抓着那个水晶门把，在水晶的几何侧面上还刻有一朵玫瑰。门怎么都不转动。不管怎么推，门还是纹丝不动。

艾默·钱伯斯在黑暗中说道:“如果你动作快点，儿子，你就可以救得你的朋友了。这都是你的错啊。”说完这句他就不说了。

“他说的不是真的，杰克，”埃蒂说，亲密地用手指擦着他的鼻尖。他的手指尖上都是灰尘。似乎那扇既虚幻又无用的门竖立在那里已经有好几个世纪了。“山洞总是能告诉你脑子里想的最坏，最糟糕的想法。”

“我一直都很恨你，你这个笨蛋!”黛塔在门后面的黑暗中胜利地叫喊着。“能够离开你，我能不高兴吗?”

“就像这样的声音。”埃蒂说着，竖起一个大拇指指向那个声音。

杰克点了点头，脸色苍白，若有所思。那个时候，罗兰又转向了塔的那个书柜子。

“罗兰?”埃蒂想让自己听起来有点发火，或者至少有那么点幽默，但他都没能成功，“你在这里烦了吗?”

“没有。”罗兰说道。

“那么，我求你不要再看那些书了啊，帮我想个办法打开那扇门——”

“我知道怎么开那个门，”罗兰说，“第一个问题是它会带我们去哪里呢，那个球怎么不见了？第二个问题是我们自己又要去哪里呢？我们是追随米阿呢，还是去塔和他的朋友为了躲避巴拉扎那帮人待着的地方呢?”

“我们当然是跟着苏珊娜!”埃蒂叫喊道,“你难道没有听到这些该死的声音说的话吗?他们在说那个孩子是个食人兽!我妻子有可能现在正在生育一个食人怪兽,如果你认为还有什么事情比这更重要——”

“塔更重要,”罗兰说道,“在门的那边的某个地方有个男人,他的名字叫塔。他有一块空地,上面种着玫瑰。”

埃蒂半信半疑地看着他,杰克和卡拉汉也是半信半疑地看着他。罗兰再次转向那个小书架。那个书架放在这个黑漆漆的山石上,是很奇怪。

“他还拥有这些书,”罗兰沉思着说道,“他愿意放弃一切来拯救他的这些书。”

“是啊,因为他是个十足的笨蛋。”

“然而,所有这些都是为了卡跟随光束的路径,”罗兰说着,从书架最上面拿下一本书。埃蒂看到那本书被倒放着,那可不是凯文·塔一贯的作风。

罗兰把那本书拿在他那裂痕累累的手上,似乎在犹豫该把那本书给谁。他看了看埃蒂……然后又看了看卡拉汉……但最后他把书给了杰克。

“把封面上写的那些读给我听听,”他说,“你们世界里的文字看着让我头痛。那些看着很容易,但当你真的用心去理解时,几乎都看不懂。”

杰克没怎么在听他的话,他的眼睛盯着书封面上的那幅画,画上是一个夕阳下的乡村小教堂。这个时候,卡拉汉从他身边走过去,他要去仔细看看竖立在幽暗的山洞里的那扇门。

最后,那男孩抬起头。“但是……罗兰,这不就是卡拉汉告诉过我们的那个教堂吗?在那个教堂里,吸血鬼折断了他的十字架,还逼他吸他的毒血?”

卡拉汉猛地从山洞口转过身来,“你说什么啊?”

杰克静静地把书递过去。卡拉汉接过书,不,他几乎是从杰克手里把书夺了过去。

“《撒冷镇》,”他开始读道,“作者斯蒂芬·金。”他抬头看看埃蒂,又看看杰克,“你们两个谁听说过他啊?我想他至少不是在我的时代里。”

杰克摇了摇头,埃蒂也想摇头的时候,他看到了一些东西。“那个教堂,”他说道,“看起来怎么像卡拉的聚会大厅啊,几乎一模一样。”

“那看起来也像建于一八一九年的斯顿汉东部卫理公会派教徒聚会厅。”卡拉汉说,“所以,我猜想这次我们大家有了三个答案。”但是他听见自己的声音很遥远，就像从山洞底部发出的那些假声音一样空洞。那个时候，他觉得自己不再是自己，很不真实。他感觉他像是又回到了十九岁。

6

那是个笑话，他的一部分理智这么告诉他，那一定是个笑话，那本书的封面说那是本小说，所以——

然后，一个念头击中了他，他感到一阵快慰。那是一阵短暂的快慰，但是聊胜于无。他想，有时候人们也会用真实的地点写一些虚构的故事。肯定是那样。一定是那样。

"你看看第一百一十九页，"罗兰说道，"我能猜出一些来，但不是全部。现在还没有办法。"

卡拉汉翻到那页，开始读道："'还在神学院的早些时候，神父的一个朋友……'"他的声音小了，不见了。眼睛在往这页的后面看。

"你继续读啊，"埃蒂说道，"神父，你读啊，不然我来读。"

慢慢地，卡拉汉又开始读了。

"'……卡拉汉神父的一个朋友给了他一个亵渎神明的毛线刺绣样品，神父看到那个刺绣样品，立即开始哈哈大笑起来。但是，随着时间的流逝，与亵渎神明相比，人们开始更加关注那件事的真实性了：上帝让我以**宁静的心**接受一切不能改变的事，上帝更叫我要以一颗**坚韧的心**去改变那些可以改变的事情，上帝还将**好运**赐给我，让我不会经常把事情搞砸。人们会经常在太阳初升的时候默念这些古老的教义。'

"'现在，他站在丹尼尔·克里克的……丹尼尔·克里克的送葬者前，那个信徒……他又想起了那个信徒。'"

卡拉汉拿着书本的手松开了。如果不是杰克及时接住那本书，它说不定已经掉进山洞底了。

"你真的有那个刺绣样品吗？"埃蒂说道，"你真的有一个那样的刺绣样品。"

"是弗兰妮·弗伊勒给我的。"卡拉汉说道，他的声音很小。"那时候，我们还都在神学院里学习。丹尼尔·克里克……也的确是我主持了他的葬礼,我记得我告诉过你的。然而,事情就是从那个时候开始改变的。但这只是本小说而已!小说是虚构的啊!它怎么……怎么能够……”他突然大声吼叫。在罗兰听来,他的吼声和山洞里面传来的声音一样的怪异。“见鬼,我可是个真实的人啊。”

“这部分写到了吸血鬼折断你的十字架,”杰克说道,“‘终于在一起了!’巴洛笑着说。他的脸坚韧智慧,虽然冷酷,但却还算俊朗——然而,随着光线的变动,他的脸似乎——”

“别读了,”卡拉汉钝钝地说道,“那让我头痛。”

“书上说他的脸让你想起了那个妖怪,当你还是个孩子时就住在你柜子里的那一个。弗利普先生。”

卡拉汉的脸色煞白,就像是刚被一个吸血鬼袭击过一样。“我从来都没有跟人说过,弗利普先生,我甚至都没有对我的兄弟说过这件事情啊。这些不可能出现在书里,不可能。”

“但那出现了。”杰克直直地说。

“我们直说好了,”埃蒂说,“在你还是个孩子时,的确是有个弗利普先生,而当你面对这个特殊的第一型吸血鬼巴洛时,你也的确会想起他来。是不是这样?”

“是这样的,但是——”

埃蒂转身对着枪侠说:“你认为,这对我们寻找苏珊娜有什么帮助吗?”

“是的。我们已经知晓了一个秘密的内核,也许就是那个秘密。我相信现在黑暗塔已经近在咫尺。如果我们离塔楼近了,那么我们离苏珊娜也近了。”

卡拉汉根本不理睬他,他继续翻阅那本书。杰克在他的身后望着。

“你知道怎么开那个门吗?”埃蒂指着那个门说道。

“是的,”罗兰说,“我需要点帮助,但是,我想卡拉·布林·斯特吉斯的人会帮我们的,他们欠我们的,他们会的。”

埃蒂点了点头,“那么好吧,我告诉你:我确信我以前看到过斯蒂芬·金的名字,至少有那么一次。”

“在那个推荐书目公告板上?”罗兰皱着眉头问。

“塔的推荐书目公告板上,”埃蒂说,“那块板就挂在玻璃窗上,你忘了吗?那也是他那个‘心灵餐厅’的一部分啊。”

罗兰点了点头。

“现在，我要告诉你一些事情，”杰克看着那本书说道，“在我跟埃蒂去隔界时，那个名字就在那里了，但是在我第一次去的时候，那个名字没有在推荐书目公告板上。那次深纽告诉我关于河的谜语时，那儿是另外一个人的名字。那个名字是在变化的，就像是《小火车查理》的作者的名字。”

“我不可能在那本书里的啊，”卡拉汉还在说，“我不是虚构的啊……难道我是虚构的吗？”

“罗兰，”埃蒂叫道，枪侠转向他，“我一定要找到她。我不在乎到底谁是真实的，谁是虚构的。我也不在乎到底谁是凯文·塔，谁是斯蒂芬·金，谁是罗马主教。现在，我想要的就是她。我一定要找到我的妻子。”他的声音越来越微弱，“帮帮我啊，罗兰。”

罗兰伸出左手接过那本书。他用右手摸着门板。他想，她是不是还活着呢，我们到底能不能够找到她呢，她醒过来没有。如果。如果。如果。

埃蒂拉起罗兰的手臂，“求你了，”他说，“求你，不要让我一个人去找她，我真的很爱她。帮我一起找到她。”

罗兰朝他笑了，他笑的时候看起来总是年轻很多。这时山洞也似乎亮了点。所有艾尔德的那些古老的能量似乎都蕴藏在了他的微笑之下：白色的力量。

“是的，”他说，“我们走。”

然后，他又重复了他刚刚说的，在这样一个黑暗的地方所需要的坚定都融在了他的话里。

“是的。”

于缅因州班戈市

二〇〇二年十二月十五日

附　言

无需赘言，美国西部对我写作“黑暗塔”系列的影响是显而易见的；卡拉（拼写稍作了一些改动）这个名字是有由来的。但是还应指出的是，这个故事从至少两个非美国的源头汲取了灵感。瑟吉欧·莱昂[①]（《荒野大镖客》、《黄昏双镖客》、《黄金三镖客》等）是意大利人。黑泽明（《七武士》），不用说了，是日本人。没有黑泽明、莱昂、佩金法[②]、霍华德·霍克斯[③]和约翰·斯特奇斯拍的电影，这个系列就不可能写成。莱昂对我的影响是最大的，但我认为，没有其他几位导演，也就没有莱昂。

我还要感谢罗宾·福斯，他总能给我提供最需要的信息。当然，最后也要感谢我的妻子塔比莎，她一如既往地耐心支持我、鼓励我，给我充分的创作自由，使我能够最大限度地发挥自己的能力写好这些故事。

斯蒂芬·金

---

① 瑟吉欧·莱昂（Sergui Leone，1929—1989），意大利西部片导演。一九六四年他把黑泽明的《大镖客》改编为《荒野大镖客》，空前轰动，开创了意大利西部片热潮。括号里列出的三部片子是他六十年代拍摄的“赏金三步曲”，有多种译法，此处选择了使用最广的译名。

② 山姆·佩金法（Sam Peckinpah，1925—1984），美国西部片导演。

③ 霍华德·霍克斯（Howard Hawks，1896—1979），美国导演，其作品题材多元，涉及黑帮片、战争片与爱情片等。

后　记

在您阅读这篇简短的后记之前，我想请您花几分钟（如果您愿意的话）再看一下书前的题献。我等您。

谢谢您。我想让您知道，自《肖申克的救赎》开始，弗兰克·穆勒为我的多部小说录过音。第一次相遇是在纽约的有声书籍公司，我们立刻喜欢上了对方。这份友谊持续的时间比我的某些读者在这个世界上生活过的时间还要久。在我们的合作过程中，弗兰克为“黑暗塔全系列”的前四本录了音。我一边听那些磁带——总共差不多有六十盘——一边继续写着枪侠的故事。有声故事对于我漫长的写作来说是个完美的陪伴，因为它能使我听清每一个词，而飞快扫阅的双眼（或时而疲倦的大脑）则无法做到。我想要的正是让自己完全沉浸在罗兰的世界里，而这正是弗兰克给我的。他还给了我别的东西，出乎意料而又妙不可言。那是我在写作过程中丢失的新鲜感；他让我感觉到罗兰和罗兰的朋友们都是真实地生活着的人，有他们各自丰富的内心世界。我在题献中说，弗兰克听到了我脑中的声音，我是在说一个事实。他就像一扇奇异的门，可以重新赋予从门中穿过的人们以生命。这个系列剩下的几本书已经完成了（第五本已经定稿，最后两本的初稿也已经写好了），在很大程度上，我要感谢弗兰克·穆勒，他的朗读给了我灵感。

我一直希望弗兰克能够接着为剩下的三本书录音（没有删节的朗读；我不允许也从不赞同对我作品的删节，这是原则），而他也十分乐意。二〇〇一年十月在班哥尔一起吃饭的时候，我们讨论了这件事。谈话间，他告诉我，“黑暗塔全系列”绝对是他的最爱。因为知道他已经为至少五百本小说录过音，所以这个评价让我受宠若惊。

那次晚饭和那个充满对未来期待的愉快谈话过了还没有一个月，弗兰克驾驶摩托车在加州的高速路上发生了严重的车祸。几天前，他刚刚知道自己即将迎来第二个孩子的降生。他当时戴着头盔，很可能正是头盔救了他的命——骑摩托车的朋友们请注意安全——但他仍然身受重伤，多处都伤及神经。无论如何，他都不可能为“黑暗塔全系列”的最后三本书录音了。几乎可以断定，弗兰克最后的作品就是对克莱夫·巴克《冷酷谷》的精彩演绎；那本书是在二〇〇一年九月录制完成的，就在车祸发生前。

弗兰克·穆勒职业生涯的完结就像是一个奇迹的中断，而他的康复练习——几乎肯定要持续一生——才刚刚开始。他需要大量的照料和专业帮助。那些都需要钱，但在正常情况下，从事自由创作的艺术家往往是拮据的。我和几个朋友发起了一个基金来帮助弗兰克；如果有可能，也希望帮助和他一样遭遇相似不幸的自由艺术家。《卡拉之狼》朗读版得到的所有收入都将捐献给这个基金。这些钱远远不够，但为弄潮儿基金（弄潮儿是弗兰克帆船的名字）筹款的行动，就像弗兰克的康复练习一样，尚处在刚刚起步的阶段。如果您手头有宽裕的几美元，并且愿意帮助弄潮儿基金的话，请不要把钱寄给我；请将您的捐赠汇往如下地址：

纽约 10001，纽约
公园大道 101 号
弄潮儿基金
亚瑟·格林先生　收

弗兰克的妻子爱瑞加感谢您。我也感谢您。
如果弗兰克能够说话，他也一定会向您致谢。

于缅因州班戈市
二〇〇二年十二月十五日